Histoire de ma vie - III

GEORGE SAND

TABLE DES MATIERES

TOME DIXIÈME

CHAPITRE VINGT-DEUXIEME[1].

Retraite à Nohant.—Travaux d'aiguille moralement utiles aux femmes.—Équilibre désirable entre la fatigue et le loisir.—Mon rouge-gorge.—Deschartres quitte Nohant.—Naissance de mon fils.—Deschartres à Paris.—Hiver de 1824 à Nohant.—Changemens et améliorations qui me donnent le spleen.—Été au Plessis.—Les enfans.—L'idéal dans leur société.—Aversion pour la vie positive.—Ormesson.—Nous revenons à Paris.—L'abbé de Prémord.—Retraite au couvent.—Aspirations à la vie monastique.—Maurice au couvent.—Sœur Hélène nous chasse.

Je passai à Nohant l'hiver de 1822-1823, assez malade, mais absorbée par le sentiment de l'amour maternel, qui se révélait à moi à travers les plus doux rêves et les plus vives aspirations. La transformation qui s'opère à ce moment dans la vie et dans les pensées de la femme est, en général, complète et soudaine. Elle le fut pour moi comme pour le grand nombre. Les besoins de l'intelligence, l'inquiétude des pensées, les curiosités de l'étude, comme celles de l'observation, tout disparut aussitôt que le doux fardeau se fit sentir, et même avant que ses premiers tressaillemens m'eussent manifesté son existence. La Providence veut que, dans cette phase d'attente et d'espoir, la vie physique et la vie de sentiment prédominent. Aussi, les veilles, les lectures, les rêveries, la vie intellectuelle en un mot, fut naturellement supprimée, et sans le moindre mérite ni le moindre regret.

L'hiver fut long et rude, une neige épaisse couvrit longtemps la terre durcie d'avance par de fortes gelées. Mon mari aimait aussi la campagne, bien que ce fût autrement que moi, et, passionné pour la chasse, il me laissait de longs loisirs que je remplissais par le travail de la layette. Je n'avais jamais cousu de ma vie. Tout en disant que cela était nécessaire à savoir, ma grand'mère ne m'y avait jamais poussée, et je m'y croyais d'une maladresse extrême. Mais quand cela eut pour but d'habiller le petit être que je voyais dans tous mes songes, je m'y jetai avec une sorte de passion. Ma bonne Ursule vint me donner les premières notions du surjet et du rabattu. Je fus bien étonnée de voir combien cela était facile; mais en même temps je compris que là, comme dans tout, il pouvait y avoir l'invention, et la maëstria du coup de ciseaux.

Depuis j'ai toujours aimé le travail de l'aiguille, et c'est pour moi une récréation où je me passionne quelquefois jusqu'à la fièvre. J'essayai même de broder les petits bonnets, mais je dus me borner à deux ou trois: j'y aurais perdu la vue. J'avais la vue longue, excellente, mais c'est ce qu'on appelle chez nous une vue grosse. Je ne distingue pas les petits objets; et compter les fils d'une mousseline, lire un caractère fin, regarder de près, en un mot, est une souffrance qui me donne le vertige et qui m'enfonce mille épingles au fond du crâne.

J'ai souvent entendu dire à des femmes de talent que les travaux du ménage, et ceux de l'aiguille particulièrement, étaient abrutissans, insipides, et faisaient partie de l'esclavage auquel on a condamné notre sexe. Je n'ai pas de goût pour la théorie de l'esclavage, mais je nie que ces travaux en soient une conséquence. Il m'a toujours semblé qu'ils avaient pour nous un attrait naturel, invincible, puisque je l'ai ressenti à toutes les époques de ma vie, et qu'ils ont calmé parfois en moi de grandes agitations d'esprit. Leur influence n'est abrutissante que pour celles qui les dédaignent et qui ne savent pas chercher ce qui se trouve dans tout: le bien-faire. L'homme qui bêche ne fait-il pas une tâche plus rude et aussi monotone que la femme qui coud? Pourtant le bon ouvrier qui bêche vite et bien ne s'ennuie pas de bêcher, et il vous dit en souriant qu'il aime la peine.

Aimer la peine, c'est un mot simple et profond du paysan, que tout homme et toute femme peuvent commenter sans risque de trouver au fond la loi du servage. C'est par là, au contraire, que notre destinée échappe à cette loi rigoureuse de l'homme exploité par l'homme.

La peine est une loi naturelle à laquelle nul de nous ne peut se soustraire sans tomber dans le mal. Dans les conjectures et les aspirations socialistes de ces derniers temps, certains esprits ont trop cru résoudre le problème du travail en rêvant un système de machines qui supprimerait entièrement l'effort et la lassitude physiques. Si cela se réalisait, l'abus de la vie intellectuelle serait aussi déplorable que l'est aujourd'hui le défaut d'équilibre entre ces deux modes d'existence. Chercher cet équilibre, voilà le problème à résoudre; faire que l'homme de peine ait la somme suffisante de loisir, et que l'homme de loisir ait la somme suffisante de peine, la vie physique et morale de tous les hommes l'exige absolument; et si l'on n'y peut pas arriver, n'espérons pas nous arrêter sur cette pente de décadence qui nous entraîne vers la fin de tout bonheur, de toute dignité, de toute sagesse, de toute santé du corps, de toute lucidité de l'esprit. Nous y courons vite, il ne faut pas se le dissimuler.

La cause n'est pas autre, selon moi, que celle-ci: une portion de l'humanité a l'esprit trop libre, l'autre l'a trop enchaîné. Vous chercherez en vain des formes politiques et sociales, il vous faut, avant tout, des hommes nouveaux. Cette génération-ci est malade jusqu'à la moelle des os. Après un essai de république où le but véritable, au point de départ, était de chercher à rétablir, autant que possible, l'égalité dans les conditions, on a dû reconnaître qu'il ne suffisait pas de rendre les citoyens égaux devant la loi. Je me hasarde même à penser qu'il n'eût pas suffi de les rendre égaux devant la fortune. Il eût fallu pouvoir les rendre égaux devant le sens de la vérité.

Trop d'ambition, de loisir et de pouvoir d'un côté; de l'autre, trop d'indifférence pour la participation au pouvoir et aux nobles loisirs, voilà ce qu'on a trouvé au fond de cette nation d'où l'homme véritable avait disparu, si tant est qu'il y eût jamais existé. Des hommes du peuple éclairés d'une soudaine intelligence et poussés par de grandes aspirations ont surgi, et se sont trouvés sans influence et sans prestige sur leurs frères. Ces hommes-là étaient généralement sages, et se préoccupaient de la solution du travail. La masse leur répondait: «Plus de travail, ou l'ancienne loi du travail. Faites-nous un monde tout neuf, ou ne nous tirez pas de notre corvée par des chimères. Le nécessaire assuré, ou le superflu sans limites: nous ne voyons pas le milieu possible, nous n'y croyons pas, nous ne voulons pas l'essayer, nous ne pouvons pas l'attendre.»

Il le faudra pourtant bien. Jamais les machines ne remplaceront l'homme d'une manière absolue, grâce au ciel, car ce serait la fin du monde. L'homme n'est pas fait pour penser toujours. Quand il pense trop il devient fou, de même qu'il devient stupide quand il ne pense pas assez. Pascal l'a dit: «Nous ne sommes ni anges, ni bêtes.»

Et quant aux femmes, qui, ni plus ni moins que les hommes, ont besoin de la vie intellectuelle, elles ont également besoin de travaux manuels appropriés à leur force. Tant pis pour celles qui ne savent y porter ni goût, ni persévérance, ni adresse, ni le courage qui est le plaisir dans la peine! Celles-là ne sont ni hommes ni femmes.

L'hiver est beau à la campagne, quoi qu'on en dise. Je n'en étais pas à mon apprentissage, et celui-là s'écoula comme un jour, sauf six semaines que je dus passer au lit dans une inaction complète. Cette prescription de Deschartres me sembla rude, mais que n'aurais-je pas fait pour conserver l'espoir d'être mère. C'était la première fois que je me voyais prisonnière pour cause de santé. Il m'arriva un dédommagement imprévu. La neige était si épaisse et si tenace dans ce moment-là que les oiseaux, mourant de faim, se laissaient prendre à la main. On m'en apporta de toutes sortes, on couvrit mon lit d'une toile verte, on fixa aux coins de grandes branches de sapin, et je vécus dans ce bosquet, environnée de pinsons, de rouges-gorges, de verdiers et de moineaux qui, apprivoisés soudainement par la chaleur et la nourriture, venaient manger dans mes mains et se réchauffer sur mes genoux. Quand ils sortaient de leur paralysie, ils volaient dans la chambre, d'abord avec gaîté, puis avec inquiétude, et je leur faisais ouvrir la fenêtre. On m'en apportait d'autres qui dégelaient de même et qui, après quelques heures ou quelques jours d'intimité avec moi (cela variait suivant les espèces et le degré de souffrance qu'ils avaient éprouvé), me réclamaient leur liberté. Il arriva que l'on me rapporta quelques-uns de ceux que j'avais relâchés déjà, et auxquels j'avais mis des marques. Ceux-là semblaient vraiment me reconnaître et reprendre possession de leur maison de santé après une rechute.

Un seul rouge-gorge s'obstina à demeurer avec moi. La fenêtre fut ouverte vingt fois, vingt fois il alla jusqu'au bord, regarda la neige, essaya ses ailes à l'air libre, fit comme une pirouette de grâces et rentra, avec la figure expressive d'un personnage raisonnable qui reste où il se trouve bien. Il resta ainsi jusqu'à la moitié du printemps, même avec les fenêtres ouvertes pendant des journées entières. C'était l'hôte le plus spirituel et le plus aimable que ce petit oiseau. Il était d'une pétulance, d'une audace et d'une gaîté inouïes. Perché sur la tête d'un chenet, dans les jours froids, ou sur le bout de mon pied étendu devant le feu, il lui prenait, à la vue de la flamme brillante, de véritables accès de folie. Il s'élançait au beau milieu, la traversait d'un vol rapide et revenait prendre sa place sans avoir une seule plume grillée. Au commencement, cette chose insensée m'effraya, car je l'aimais beaucoup; mais je m'y habituai en voyant qu'il la faisait impunément.

Il avait des goûts aussi bizarres que ses exercices, et, curieux d'essayer de tout, il s'indigérait de bougie et de pâtes d'amandes. En un mot, la domesticité volontaire l'avait transformé au point qu'il eut beaucoup de peine à s'habituer à la vie rustique, quand, après avoir cédé au magnétisme du soleil, vers le quinze avril, il se trouva dans le jardin. Nous le vîmes longtemps courir de branche en branche autour de nous, et je ne me promenais jamais sans qu'il vînt crier et voltiger près de moi.

Mon mari fit bon ménage avec Deschartres, qui finissait son bail à Nohant. J'avais prévenu M. Dudevant de son caractère absolu et irascible, et il m'avait promis de le ménager. Il me tint parole, mais il lui tardait naturellement de prendre possession de son autorité dans nos affaires; et, de son côté, Deschartres désirait s'occuper exclusivement des siennes propres. J'obtins qu'il lui fût offert de demeurer chez nous tout le reste de sa vie, et je l'y engageai vivement. Il ne me semblait pas que Deschartres pût vivre ailleurs, et je ne me trompais pas: mais il refusa expressément, et m'en dit naïvement la raison. «Il y a vingt-cinq ans que je suis le seul maître absolu dans la maison, me dit-il, gouvernant toutes choses, commandant à tout le monde, et n'ayant pour me contrôler que des femmes, car votre père ne s'est jamais mêlé de rien. Votre mari ne m'a donné aucun déplaisir, parce qu'il ne s'est pas occupé de ma gestion. A présent qu'elle est finie, c'est moi qui le fâcherais malgré moi par mes critiques et mes contradictions. Je m'ennuierais de n'avoir rien à faire, je me dépiterais de ne pas être écouté: et puis, je veux agir et commander pour mon compte. Vous savez que j'ai toujours eu le projet de faire fortune, et je sens que le moment est venu.»

L'illusion tenace de mon pauvre pédagogue pouvait être encore moins combattue que son appétit de domination. Il fut décidé qu'il quitterait Nohant à la Saint-Jean, c'est-à-dire au 24 juin, terme de son bail. Nous partîmes avant lui pour Paris, où, après quelques jours passés au Plessis chez nos bons amis, je louai un petit appartement garni hôtel de Florence, rue Neuve-des-Mathurins, chez un ancien chef de cuisine de l'empereur. Cet homme, qui se nommait Gaillot, et qui était un très honnête et excellent homme, avait contracté au service de l'en cas une étrange habitude, celle de ne jamais se coucher. On sait que l'en cas de l'empereur était un poulet toujours rôti à point, à quelque heure de jour et de nuit que ce fût. Une existence d'homme avait été vouée à la présence de ce poulet à la broche, et Gaillot, chargé de le surveiller, avait dormi dix ans sur une chaise, tout habillé, toujours en mesure d'être sur pied en un instant. Ce dur régime ne l'avait pas préservé de l'obésité. Il le continuait, ne pouvant plus s'étendre dans un lit sans étouffer, et prétendant ne pouvoir dormir bien que d'un œil. Il est mort d'une maladie de foie entre cinquante et soixante ans. Sa femme avait été femme de chambre de l'impératrice Joséphine.

C'est dans l'hôtel qu'ils avaient meublé que je trouvai, au fond d'une seconde cour plantée en jardin, un petit pavillon où mon fils Maurice vint au monde, le 30 juin 1823, sans encombre et très vivace. Ce fut le plus beau moment de ma vie que celui où, après une heure de profond sommeil qui succéda aux douleurs terribles de cette crise, je vis en m'éveillant ce petit être endormi sur mon oreiller. J'avais tant rêvé de lui d'avance, et j'étais si faible, que je n'étais pas sûre de ne pas rêver encore. Je craignais de remuer et de voir la vision s'envoler comme les autres jours.

On me tint au lit beaucoup plus longtemps qu'il ne fallait. C'est l'usage à Paris de prendre plus de précautions pour les femmes dans cette situation qu'on ne le fait dans nos campagnes. Quand je fus mère pour la seconde fois, je me levai le second jour et je m'en trouvai fort bien.

Je fus la nourrice de mon fils, comme plus tard je fus la nourrice de sa sœur. Ma mère fut sa marraine et mon beau-père son parrain.

Deschartres arriva de Nohant tout rempli de ses projets de fortune et tout gourmé dans son antique habit bleu barbeau à boutons d'or. Il avait l'air si provincial dans sa toilette surannée, qu'on se retournait dans les rues pour le regarder. Mais il ne s'en souciait pas et passait dans sa majesté. Il examina Maurice avec attention, le démaillota et le retourna de tous côtés pour s'assurer qu'il n'y avait rien à redresser ou à critiquer. Il ne le caressa pas: je n'ai pas souvenance d'avoir vu une caresse, un baiser de Deschartres à qui que ce soit: mais il le tint endormi sur ses genoux et le considéra longtemps. Puis, la vue de cet enfant l'ayant satisfait, il continua à dire qu'il était temps qu'il vécût pour lui-même.

Je passai l'automne et l'hiver suivans à Nohant, tout occupée de Maurice. Au printemps de 1824, je fus prise d'un grand spleen dont je n'aurais pu dire la cause. Elle était dans tout et dans rien. Nohant était amélioré, mais bouleversé; la maison avait changé d'habitudes, le jardin avait changé d'aspect. Il y avait plus d'ordre, moins d'abus dans la domesticité; les appartemens étaient mieux tenus, les allées plus droites, l'enclos plus vaste; on avait fait du feu avec les arbres morts, on avait tué les vieux chiens infirmes et malpropres, vendu les vieux chevaux hors de service, renouvelé toutes choses, en un mot. C'était mieux, à coup sûr. Tout cela d'ailleurs occupait et satisfaisait mon mari. J'approuvais tout et n'avais raisonnablement rien à regretter; mais l'esprit a ses bizarreries. Quand cette transformation fut opérée, quand je ne vis plus le vieux Phanor s'emparer de la cheminée et mettre ses pattes crottées sur le tapis, quand on m'apprit que le vieux paon qui mangeait dans la main de ma grand'mère ne mangerait plus les fraises du jardin, quand je ne retrouvai plus les coins sombres et abandonnés où j'avais promené mes jeux d'enfant et les rêveries de mon adolescence, quand, en somme, un nouvel intérieur me parla d'un avenir où rien de mes joies et de mes douleurs passées n'allait entrer avec moi, je me troublai, et sans réflexion, sans conscience d'aucun mal présent, je me sentis écrasée d'un nouveau dégoût de la vie qui prit encore un caractère maladif.

Un matin, en déjeunant, sans aucun sujet immédiat de contrariété, je me trouvai subitement étouffée par les larmes. Mon mari s'en étonna. Je ne pouvais rien lui expliquer, sinon que j'avais déjà éprouvé de semblables accès de désespoir sans cause, et que probablement j'étais un cerveau faible ou détraqué. Ce fut son avis, et il attribua au séjour de Nohant, à la perte encore trop récente de ma grand'mère dont tout le monde l'entretenait d'une façon attristante, à l'air du pays, à des causes extérieures enfin, l'espèce d'ennui qu'il éprouvait lui-même en dépit de la chasse, de la promenade et de l'activité de sa vie de propriétaire. Il m'avoua qu'il ne se plaisait point du tout en Berry et qu'il aimerait mieux essayer de vivre partout ailleurs. Nous convînmes d'essayer, et nous partîmes pour le Plessis.

Par suite d'un arrangement pécuniaire que, pour me mettre à l'aise, nos amis voulurent bien faire avec nous, nous passâmes l'été auprès d'eux et j'y retrouvai la distraction et l'irréflexion nécessaires à la jeunesse. La vie du Plessis était charmante, l'aimable caractère des maîtres de la maison se reflétant sur les diverses humeurs de leurs hôtes nombreux. On jouait la comédie, on chassait dans le parc, on faisait de grandes promenades, on recevait tant de monde, qu'il était facile à chacun de choisir un groupe de préférence pour sa société. La mienne se forma de tout ce qu'il y avait de plus enfant dans le château. Depuis les marmots jusqu'aux jeunes filles et aux jeunes garçons, cousins, neveux et amis de la famille, nous nous trouvâmes une douzaine, qui s'augmenta encore des enfans et adolescens de la ferme. Je n'étais pas la personne la plus âgée de la bande, mais étant la seule mariée, j'avais le gouvernement naturel de ce personnel respectable. Loïsa Puget, qui était devenue une jeune fille charmante; Félicie Saint-Aignan, qui était encore une grande petite fille, mais dont l'adorable caractère m'inspirait une prédilection qui devint avec le temps de l'amitié sérieuse; Tonine Du Plessis, la seconde fille de ma mère Angèle, qui était encore un enfant, et qui devait mourir comme Félicie dans la fleur de l'âge, c'étaient là mes compagnes préférées. Nous organisions des parties de jeu de toutes sortes, depuis le volant jusqu'aux barres, et nous inventions des règles qui permettaient même à ceux qui, comme Maurice, marchaient encore à quatre pattes, de prendre une part active à l'action générale. Puis c'étaient des voyages, voyages véritables, en égard aux courtes jambes qui nous suivaient, à travers le parc et les immenses jardins. Au besoin les plus grands portaient les plus petits, et la gaîté, le mouvement ne tarissaient pas. Le soir, les grandes personnes étant réunies, il arrivait souvent que beaucoup d'entre elles prenaient part à notre vacarme; mais quand elles en étaient lasses, ce qui arrivait bien vite, nous avions la malice de nous dire entre nous que les dames et les messieurs ne savaient pas jouer et qu'il faudrait les éreinter à la course le lendemain pour les en dégoûter.

Mon mari, comme beaucoup d'autres, s'étonnait un peu de me voir redevenue tout à coup si vivante et si folle, dans ce milieu qui semblait si contraire à mes habitudes mélancoliques; moi seule et ma bande insouciante ne nous en étonnions pas. Les enfans sont peu sceptiques à l'endroit de leurs plaisirs, et comprennent volontiers qu'on ne puisse songer à rien de mieux. Quant à moi, je me retrouvais dans une des deux faces de mon caractère, tout comme à Nohant de huit à douze ans, tout comme au couvent de treize à seize, alternative continuelle de solitude recueillie et d'étourdissement complet, dans des conditions d'innocence primitive.

A cinquante ans, je suis exactement ce que j'étais alors. J'aime la rêverie, la méditation et le travail; mais, au delà d'une certaine mesure, la tristesse arrive, parce que la réflexion tourne au noir, et si la réalité m'apparaît forcément dans ce qu'elle a de sinistre, il faut que mon âme succombe, ou que la gaîté vienne me chercher.

Or, j'ai besoin absolument d'une gaîté saine et vraie. Celle qui est égrillarde me dégoûte, celle qui est de bel esprit m'ennuie. La conversation brillante me plaît à écouter quand je suis disposée au travail de l'attention; mais je ne peux supporter longtemps aucune espèce de conversation suivie sans éprouver une grande fatigue. Si c'est sérieux, cela me fait l'effet d'une séance politique ou d'une conférence d'affaires; si c'est méchant, ce n'est plus gai pour moi. Dans une heure, quand on a quelque chose à dire ou à entendre, on a épuisé le sujet, et après cela on ne fait plus qu'y patauger. Je n'ai pas, moi, l'esprit assez puissant pour traiter de plusieurs matières graves successivement, et c'est peut-être pour me consoler de cette infirmité que je me persuade, en écoutant les gens qui parlent beaucoup, que personne n'est fort en paroles plus d'une heure par jour.

Que faire donc pour égayer les heures de la vie en commun dans l'intimité de tous les jours? Parler politique occupe les hommes en général, parler toilette dédommage les femmes. Je ne suis ni homme ni femme sous ces rapports-là; je suis enfant. Il faut qu'en faisant quelque ouvrage de mes mains qui amuse mes yeux, ou quelque promenade qui occupe mes jambes, j'entende autour de moi un échange de vitalité qui ne me fasse pas sentir le vide et l'horreur des choses humaines. Accuser, blâmer, soupçonner, maudire, railler, condamner, voilà ce qu'il y a au bout de toute causerie politique ou littéraire, car la sympathie, la confiance et l'admiration ont malheureusement des formules plus concises que l'aversion, la critique et le commérage. Je n'ai pas la sainteté infuse avec la vie, mais j'ai la poésie pour condition d'existence, et tout ce qui tue trop cruellement le rêve du bon, du simple et du vrai, qui seul me soutient contre l'effroi du siècle, est une torture à laquelle je me dérobe autant qu'il m'est possible.

Voilà pourquoi, ayant rencontré fort peu d'exceptions au positivisme effrayant de mes contemporains d'âge, j'ai presque toujours vécu par instinct et par goût avec des personnes dont j'aurais pu, à peu d'années près, être la mère. En outre, dans toutes les conditions où j'ai été libre de choisir ma manière d'être, j'ai cherché un moyen d'idéaliser la réalité autour de moi et de la transformer en une sorte d'oasis fictive, où les méchans et les oisifs ne seraient pas tentés d'entrer ou de rester. Un songe d'âge d'or, un mirage d'innocence champêtre, artiste ou poétique, m'a prise dès l'enfance et m'a suivie dans l'âge mûr. De là une foule d'amusemens très simples et pourtant très actifs, qui ont été partagés réellement autour de moi, et plus naïvement, plus cordialement, par ceux dont le cœur a été le plus pur. Ceux-là, en me connaissant, ne se sont plus étonnés du contraste d'un esprit si porté à s'assombrir et si avide de s'égayer; je devrais dire peut-être d'une âme si impossible à contenter avec ce qui intéresse la plupart des hommes, et si facile à charmer avec ce qu'ils jugent puéril et illusoire. Je ne peux pas m'expliquer mieux moi-même. Je ne me connais pas beaucoup au point de vue de la théorie: j'ai seulement l'expérience de ce qui me tue ou me ranime dans la pratique de la vie.

Mais grâce à ces contrastes, certaines gens prirent de moi l'opinion que j'étais tout à fait bizarre. Mon mari, plus indulgent, me jugea idiote. Il n'avait peut-être pas tort, et peu à peu il arriva, avec le temps, à me faire tellement sentir la supériorité de sa raison et de son intelligence, que j'en fus longtemps écrasée et comme hébétée devant le monde. Je ne m'en plaignis pas. Deschartres m'avait habituée à ne pas contredire violemment l'infaillibilité d'autrui, et ma paresse s'arrangeait fort bien de ce régime d'effacement et de silence.

Aux approches de l'hiver, comme Mme Du Plessis allait à Paris, nous nous consultâmes mon mari et moi sur la résidence que nous choisirions; nous n'avions pas le moyen de vivre à Paris, et, d'ailleurs, nous n'aimions Paris ni l'un ni l'autre. Nous aimions la campagne; mais nous avions peur de Nohant; peur probablement de nous retrouver vis-à-vis l'un de l'autre, avec des instincts différens à tous autres égards et des caractères qui ne se pénétraient pas mutuellement. Sans vouloir nous rien cacher, nous ne savions rien nous expliquer; nous ne nous disputions jamais sur rien; j'ai trop horreur de la discussion pour vouloir entamer l'esprit d'un autre; je faisais, au contraire, de grands efforts pour voir par les yeux de mon mari, pour penser comme lui et agir comme il souhaitait. Mais, à peine m'étais-je mise d'accord avec lui, que, ne me sentant plus d'accord avec mes propres instincts, je tombais dans une tristesse effroyable.

Il éprouvait probablement quelque chose d'analogue sans s'en rendre compte, et il abondait dans mon sens quand je lui parlais de nous entourer et de nous distraire. Si j'avais eu l'art de nous établir dans une vie un peu extérieure et animée, si j'avais été un peu légère d'esprit, si je m'étais plu dans le mouvement des relations variées, il eût été secoué et maintenu par le commerce du monde. Mais je n'étais pas du tout la compagne qu'il lui eût fallu. J'étais trop exclusive, trop concentrée, trop en dehors du convenu. Si j'avais su d'où venait le mal, si la cause de son ennui et du mien se fût dessinée dans mon esprit sans expérience et sans pénétration, j'aurais trouvé le remède; j'aurais peut-être réussi à me transformer; mais je ne comprenais rien du tout à lui ni à moi-même.

Nous cherchâmes une maisonnette à louer aux environs de Paris, et comme nous étions assez gênés, nous eûmes grand' peine à trouver un peu de confortable sans dépenser beaucoup d'argent. Nous ne le trouvâmes même pas, car le pavillon qui nous fut loué était une assez pauvre et étroite demeure. Mais c'était à Ormesson, dans un beau jardin et dans un contre de relations fort agréables.

L'endroit était, alors laid et triste, des chemins affreux, des coteaux de vigne qui interceptaient la vue, un hameau malpropre. Mais, à deux pas de là, l'étang d'Enghien et le beau parc de Saint-Gratien offraient des promenades charmantes. Notre pavillon faisait partie de l'habitation d'une femme très distinguée, madame Richardot, qui avait d'aimables enfans. Une habitation mitoyenne, appartenant à M. Hédée, boulanger du roi, était louée et occupée par la famille de Malus, et, chaque soir, nos trois familles se réunissaient chez madame Richardot pour jouer des charades en costumes improvisés des plus comiques. En outre, ma bonne tante Lucie et ma chère Clotilde sa fille vinrent passer quelques jours avec nous. Cette saison d'automne fut donc très bénigne dans ma destinée.

Mon mari sortait beaucoup; il était appelé souvent à Paris pour je ne sais plus quelles affaires et revenait le soir pour prendre part aux divertissemens de la réunion. Ce genre de vie serait assez normal: les hommes occupés au dehors dans la journée, les femmes chez elles avec leurs enfans, et le soir la récréation des familles en commun.

Mon mari passait quelquefois les nuits à Paris, mon domestique couchait dans des bâtimens éloignés, j'étais seule avec ma servante dans ce pavillon, éloigné lui-même de toute demeure habitée. Je m'étais mis en tête des idées sombres, depuis que j'avais entendu, dans une de ces nuits de brouillard dont la sonorité est étrangement lugubre, les cris de détresse d'un homme qu'on battait et qu'on semblait égorger. J'ai su, depuis, le mot de ce drame étrange; mais je ne peux ni ne veux le raconter.

Je me rassurai en voyant peu à peu que le jardinier qui m'effrayait ne m'en voulait pas personnellement, mais qu'il était fort contrarié de notre présence, gênante peut-être pour quelque projet d'occupation du pavillon, ou quelque dilapidation domestique. Je me rappelai Jean-Jacques Rousseau chassé de château en château, d'ermitage en ermitage, par des calculs et des mauvais vouloirs de ce genre, et je commençai à regretter de n'être pas chez moi.

Pourtant je quittai cette retraite avec regret, lorsqu'un jour mon mari s'étant querellé violemment avec ce même jardinier, résolut de transporter notre établissement à Paris. Nous prîmes un appartement meublé, petit, mais agréable par son isolement et la vue des jardins, dans la rue du Faubourg-Saint-Honoré. J'y vis souvent mes amis anciens et nouveaux, et notre milieu fut assez gai.

Pourtant la tristesse me revint, une tristesse sans but et sans nom, maladive peut-être. J'étais très fatiguée d'avoir nourri mon fils; je ne m'étais pas remise depuis ce temps-là. Je me reprochai cet abattement, et je pensai que le refroidissement insensible de ma foi religieuse pouvait bien en être la cause. J'allai voir mon jésuite, l'abbé de Prémord. Il était bien vieilli depuis trois ans. Sa voix était si faible, sa poitrine si épuisée, qu'on l'entendait à peine. Nous causâmes pourtant longtemps plusieurs fois, et il retrouva sa douce éloquence pour me consoler, mais il n'y parvint pas, il y avait trop de tolérance dans sa doctrine pour une âme aussi avide de croyance absolue que l'était la mienne. Cette croyance m'échappait; je ne sais qui eût pu me la rendre, mais, à coup sûr, ce n'était pas lui. Il était trop compatissant à la souffrance du doute. Il la comprenait trop bien peut-être. Il était trop intelligent ou trop humain. Il me conseilla d'aller passer quelques jours dans mon couvent. Il en demanda pour moi la permission à la supérieure Mme Eugénie. Je demandai la même permission à mon mari, et j'entrai en retraite aux Anglaises.

Mon mari n'était nullement religieux, mais il trouvait fort bon que je le fusse. Je ne lui parlais pas de mes combats intérieurs à l'endroit de la foi: il n'eût rien compris à un genre d'angoisse qu'il n'avait jamais éprouvée.

Je fus reçue dans mon couvent avec des tendresses infinies, et comme j'étais réellement souffrante, on m'y entoura de soins maternels; ce n'était pas là peut-être ce qu'il m'eût fallu pour me rattacher à ma vie nouvelle. Toute cette bonté suave, toutes ces délicates sollicitudes me rappelaient un bonheur dont la privation m'avait été si longtemps insupportable, et me faisaient paraître le présent vide, l'avenir effrayant. J'errais dans les cloîtres avec un cœur navré et tremblant. Je me demandais si je n'avais pas résisté à ma vocation, à mes instincts, à ma destinée, en quittant cet asile de silence et d'ignorance, qui eût enseveli les agitations de mon esprit timoré et enchaîné à une règle indiscutable une inquiétude de volonté dont je ne savais que faire. J'entrais dans cette petite église où j'avais senti tant d'ardeurs saintes et de divins ravissemens. Je n'y retrouvais que le regret des jours où je croyais avoir la force d'y prononcer des vœux éternels. Je n'avais pas eu cette force, et maintenant je sentais que je n'avais pas celle de vivre dans le monde.

Je m'efforçais aussi de voir le côté sombre et asservi de la vie monastique, afin de me rattacher aux douceurs de la liberté que je pouvais reprendre à l'instant même. Le soir, quand j'entendais la ronde de la religieuse qui fermait les nombreuses portes des galeries, j'aurais bien voulu frissonner au grincement des verrous et au bruit sonore des échos bondissans de la voûte; mais je n'éprouvais rien de semblable: le cloître n'avait pas de terreurs pour moi. Il me semblait que je chérissais et regrettais tout dans cette vie de communauté où l'on s'appartient véritablement, parce qu'en dépendant de tous, on ne dépend réellement de personne. Je voyais tant d'aise et de liberté, au contraire, dans cette captivité qui vous préserve, dans cette discipline qui assure vos heures de recueillement, dans cette monotonie de devoirs qui vous sauve des troubles de l'imprévu!

J'allais m'asseoir dans la classe, et sur ces bancs froids, au milieu de ces pupitres enfumés, je voyais rire les pensionnaires en récréation. Quelques-unes de mes anciennes compagnes étaient encore là, mais il fallut qu'on me les nommât, tant elles avaient déjà grandi et changé. Elles étaient curieuses de mon existence, elles enviaient ma libération tandis que je n'étais occupée intérieurement qu'à ressaisir les mille souvenirs que me retraçaient le moindre coin de cette classe, le moindre chiffre écrit sur la muraille, la moindre écornure du poêle ou des tables.

Ma chère bonne mère Alicia ne m'encourageait pas plus que par le passé à me nourrir de vains rêves. «Vous avez un charmant enfant, disait-elle, c'est tout ce qu'il faut pour votre bonheur en ce monde. La vie est courte.»

Oui, la vie paisible est courte. Cinquante ans passent comme un jour dans le sommeil de l'âme; mais la vie d'émotions et d'événemens résume en un jour des siècles de malaise et de fatigue.

Pourtant, ce qu'elle me disait du bonheur d'être mère, bonheur qu'elle ne se permettait pas de regretter, mais qu'elle eût vivement savouré, on le voyait bien, répondait à un de mes plus intimes instincts. Je ne comprenais pas comment j'aurais pu me résigner à perdre Maurice, et, tout en aspirant malgré moi à ne pas sortir du couvent, je le cherchais autour de moi à chaque pas que j'y faisais. Je demandai de le prendre avec moi. «Ah, oui-dà! dit Poulette en riant, un garçon chez des nonnes! Est-il bien petit, au moins, ce monsieur-là? Voyons-le: s'il passe par le tour, on lui permettra d'entrer.»

Le tour est un cylindre creux tournant sur un pivot dans la muraille. Il a une seule ouverture où l'on met les paquets qu'on apporte du dehors; on la tourne vers l'intérieur, et on déballe. Maurice se trouva fort à l'aise dans cette cage et sauta en riant au milieu des nonnes accourues pour le recevoir. Tous ces voiles noirs, toutes ces robes blanches l'étonnèrent un peu, et il se mit à crier un des trois ou quatre mots qu'il savait: «Lapins! lapins!» Mais il fut si bien accueilli, et bourré de tant de friandises, qu'il s'habitua vite aux douceurs du couvent et put s'ébattre dans le jardin sans qu'aucun gardien farouche vînt lui reprocher, comme à Ormesson, la place que ses pieds foulaient sur le gazon.

On me permit de l'avoir tous les jours. On le gâtait, et ma bonne mère Alicia l'appelait orgueilleusement son petit-fils. J'aurais voulu passer ainsi tout le carême: mais un mot de sœur Hélène me fit partir.

J'avais retrouvé cette chère sainte guérie et fortifiée au physique comme au moral. Au physique, c'était bien nécessaire, car je l'avais laissée encore une fois en train de mourir. Mais au moral, c'était superflu, c'était trop. Elle était devenue rude et comme sauvage de prosélytisme. Elle ne me fit pas un grand accueil, me reprocha sèchement mon bonheur terrestre, et comme je lui montrais mon enfant pour lui répondre, elle le regarda dédaigneusement et me dit en anglais, dans son style biblique: «Tout est déception et vanité, hors l'amour du Seigneur. Cet enfant si précieux n'a que le souffle. Mettre son cœur en lui, c'est écrire sur le sable.»

Je lui fis observer que l'enfant était rond et rose, et, comme si elle n'eût pas voulu avoir le démenti d'une sentence où elle avait mis toute sa conviction, elle me dit, en le regardant encore: «Bah! il est trop rose, il est probablement phthisique!»

Justement l'enfant toussait un peu. Je m'imaginai aussitôt qu'il était malade et je me laissai frapper l'esprit par la prétendue prophétie d'Hélène. Je sentis contre cette nature entière et farouche que j'avais tant admirée et enviée une sorte de répulsion subite. Elle me faisait l'effet d'une sybille de malheur. Je montai en fiacre, et je passai la nuit à me tourmenter du sommeil de mon petit garçon, à écouter son souffle, à m'épouvanter de ses jolies couleurs vives.

Le médecin vint le voir dès le matin. Il n'avait rien du tout, et il me fut prescrit de le soigner beaucoup moins que je ne faisais. Pourtant l'effroi que j'avais m'ôta l'envie de retourner au couvent. Je n'y pouvais garder Maurice la nuit, et il y faisait d'ailleurs affreusement froid le jour. J'allai faire mes adieux et mes remercîmens.

CHAPITRE VINGT-TROISIEME.

Mort mystérieuse de Deschartres, peut-être un suicide.

Deschartres s'était logé à la place Royale. Il avait là, pour fort peu d'argent, un très joli appartement. Il s'était meublé, et paraissait jouir d'un certain bien-être. Il nous entretenait de petites affaires qui avaient manqué, mais qui devaient aboutir à une grande affaire d'un succès infaillible. Qu'était-ce que cette grande affaire? Je n'y comprenais pas grand'chose; je ne pouvais prendre sur moi de prêter beaucoup d'attention aux lourdes expositions de mon pauvre pédagogue. Il était question d'huile de navette et de colza. Deschartres était las de l'agriculture pratique. Il ne voulait plus semer et récolter, il voulait acheter et vendre. Il avait noué des relations avec des gens à idées, comme lui, hélas! Il faisait des projets, des calculs sur le papier, et, chose étrange! lui si peu bienveillant et si obstiné à n'estimer que son propre jugement, il accordait sa confiance et prêtait ses fonds à des inconnus.

Mon beau-père lui disait souvent: «Monsieur Deschartres, vous êtes un rêveur, vous vous ferez tromper.» Il levait les épaules et n'en tenait compte.

Au printemps de 1825 nous retournâmes à Nohant, et trois mois s'écoulèrent sans que Deschartres me donnât de ses nouvelles. Etonnée de voir mes lettres sans réponse, et ne pouvant m'adresser à mon beau-père, qui avait quitté Paris, j'envoyai aux informations à la place Royale.

Le pauvre Deschartres était mort. Toute sa petite fortune avait été risquée et perdue dans des entreprises malheureuses. Il avait gardé un silence complet jusqu'à sa dernière heure. Personne n'avait rien su et personne ne l'avait vu, lui, depuis assez longtemps. Il avait légué son mobilier et ses effets à une blanchisseuse qui l'avait soigné avec dévoûment. Du reste, pas un mot de souvenir, pas une plainte, pas un appel, pas un adieu à personne. Il avait disparu tout entier, emportant le secret de son ambition déçue ou de sa confiance trahie; calme probablement, car, en tout ce qui touchait à lui seul, dans les souffrances physiques, comme dans les revers de fortune, c'était un véritable stoïcien.

Cette mort m'affecta plus que je ne voulus le dire. Si j'avais éprouvé d'abord une sorte de soulagement involontaire à être délivrée de son dogmatisme fatigant, j'avais déjà bien senti qu'avec lui j'avais perdu la présence d'un cœur dévoué et le commerce d'un esprit remarquable à beaucoup d'égards. Mon frère, qui l'avait haï comme un tyran, plaignit sa fin, mais ne le regretta pas. Ma mère ne lui faisait pas grâce au-delà de la tombe, et elle écrivait: «Enfin Deschartres n'est plus de ce monde!» Beaucoup des personnes qui l'avaient connu ne lui firent pas la part bien belle dans leurs souvenirs. Tout ce que l'on pouvait accorder à un être si peu sociable, c'était de le reconnaître honnête homme. Enfin, à l'exception de deux ou trois paysans dont il avait sauvé la vie et refusé l'argent, selon sa coutume, il n'y eut guère que moi au monde qui pleurai le grand homme, et encore dus-je m'en cacher pour n'être pas raillée, et pour ne pas blesser ceux qu'il avait trop cruellement blessés. Mais, en fait, il emportait avec lui dans le néant des choses finies toute une notable portion de ma vie, tous mes souvenirs d'enfance, agréables et tristes, tout le stimulant, tantôt fâcheux, tantôt bienfaisant, de mon développement intellectuel. Je sentis que j'étais un peu plus orpheline qu'auparavant. Pauvre Deschartres, il avait contrarié sa nature et sa destinée en cessant de vivre pour l'amitié. Il s'était cru égoïste, il s'était trompé: il était incapable de vivre pour lui-même et par lui-même.

L'idée me vint qu'il avait fini par le suicide. Je ne pus avoir sur ses derniers momens aucun détail précis. Il avait été malade pendant quelques semaines, malade de chagrin probablement; mais je ne pouvais croire qu'une organisation si robuste pût être si vite brisée par l'appréhension de la misère. D'ailleurs, il avait dû recevoir une dernière lettre de moi, où je l'invitais encore à venir à Nohant. Avec son esprit entreprenant et sa croyance aux ressources inépuisables de son génie, n'eût-il pas repris espoir et confiance, s'il se fût laissé le temps de la réflexion? N'avait-il pas plutôt cédé à une heure de découragement, en précipitant la catastrophe par quelque remède énergique, propre à emporter le mal et le chagrin avec la vie? Il m'avait tant chapitrée sur ce sujet, que je n'eusse guère cru à une funeste inconséquence de sa part, si je ne me fusse rappelé que mon pauvre précepteur était l'inconséquence personnifiée. En d'autres momens, il m'avait dit: «Le jour où votre père est mort, j'ai été bien près de me brûler la cervelle.» Une autre fois, je l'avais entendu dire à quelqu'un: «Si je me sentais infirme et incurable, je ne voudrais être à charge à personne. Je ne dirais rien, et je m'administrerais une dose d'opium pour avoir plus tôt fini.» Enfin, il avait coutume de parler de la mort avec le mépris des anciens, et d'approuver les sages qui s'étaient volontairement soustraits par le suicide à la tyrannie des choses extérieures.

CHAPITRE VINGT-QUATRIEME.

Guillery, le château de mon beau-père.—Les chasses au renard.— Peyrounine et Tant belle.—Les Gascons, gens excellens et bien calomniés.—Les paysans, les bourgeois et les gentilshommes grands mangeurs, paresseux splendides, bons voisins et bons amis.—Voyage à la Brède.—Digressions sur les pressentimens.—Retour par Castel-Jaloux, la nuit, à cheval, au milieu des bois, avec escorte de loups.—Pigon mangé par les loups.—Ils viennent sous nos fenêtres.—Un loup mange la porte de ma chambre.—Mon beau-père attaqué par quatorze loups.—Les Espagnols pasteurs nomades et bandits dans les Landes.—La culture et la récolte du liége.—Beauté des hivers dans ce pays.—Mort de mon beau-père.—Portrait et caractère de sa veuve, la baronne Dudevant.—Malheur de sa situation.— Retour à Nohant.—Parallèle entre la Gascogne et le Berri.—Blois.—Le Mont-d'Or.—Ursule.—M. Duris-Dufresne, député de l'Indre.—Une chanson.—Grand scandale à la Châtre.—Rapide résumé de divers petits voyages et circonstances jusqu'en 1831.

Guillery, le château de mon beau-père, était une maisonnette de cinq croisées de front, ressemblant assez à une guinguette des environs de Paris, et meublée comme toutes les bastides méridionales, c'est-à-dire très modestement. Néanmoins l'habitation en était agréable et assez commode. Le pays me sembla d'abord fort laid; mais je m'y habituai vite. Quand vint l'hiver, qui est la plus agréable saison de cette région de sables brûlans, les forêts de pins et de chênes-liéges prirent, sous les lichens, un aspect druidique, tandis que le sol, raffermi et rafraîchi par les pluies, se couvrit d'une végétation printanière qui devait disparaître à l'époque qui est le printemps au nord de la France. Les genêts épineux fleurirent, des mousses luxuriantes semées de violettes s'étendirent sous les taillis, les loups hurlèrent, les lièvres bondirent, Colette arriva de Nohant et la chasse résonna dans les bois.

J'y pris grand goût. C'était la chasse sans luxe, sans vaniteuse exhibition d'équipages et de costumes, sans jargon scientifique, sans habits rouges, sans prétentions ni jalousies de sport, c'était la chasse comme je pouvais l'aimer, la chasse pour la chasse. Les amis et les voisins arrivaient la veille, on envoyait vite boucher le plus de terriers possible; on partait avec le jour, monté comme on pouvait, sur des chevaux dont on n'exigeait que de bonnes jambes et dont on ne raillait pourtant pas les chutes, inévitables quelquefois dans des chemins traversés de racines que le sable dérobe absolument à la vue et contre lesquelles toute prévoyance est superflue. On tombe sur le sable fin, on se relève, et tout est dit. Je ne tombai cependant jamais; fût-ce par bonne chance ou par la supériorité des instincts de Colette, je n'en sais rien.

On se mettait en chasse quelque temps qu'il fît. De bons paysans aisés des environs, fins braconniers, amenaient leur petite meute, bien modeste en apparence, mais bien plus exercée que celle des amateurs. Je me rappellerai toujours la gravité modeste de Peyrounine amenant ses trois couples et demie au rendez-vous, prenant tranquillement la piste, et disant de sa voix douce et claire, avec un imperceptible sourire de satisfaction: «Aneim, ma tan belo! aneim, c'est allons, courage; c'est le animo des Italiens; Tan belo, c'était Tant-Belle, la reine des bassets à jambes torses, la dépisteuse, l'obstinée, la sagace, l'infatigable par excellence, toujours la première à la découverte, toujours la dernière à la retraite.

Nous étions assez nombreux, mais les bois sont immenses et la promenade n'était plus, comme aux Pyrénées, une marche forcée sur une corniche qui ne permet pas de s'éparpiller. Je pouvais m'en aller seule à la découverte sans craindre de me perdre, en me tenant à portée de la petite fanfare que Peyrounine sifflait à ses chiens. De temps en temps, je l'entendais, sous bois, admirer, à part lui, les prouesses de sa chienne favorite et manifester discrètement son orgueil en murmurant: «Oh! ma tant belle! oh! ma tant bonne!»

Mon beau-père était enjoué et bienveillant; colère, mais tendre, sensible et juste. J'aurais volontiers passé ma vie auprès de cet aimable vieillard, et je suis certaine que nul orage domestique n'eût approché de nous; mais j'étais condamnée à perdre tous mes protecteurs naturels, et je ne devais pas conserver longtemps celui-là.

Les Gascons sont de très excellentes gens, pas plus menteurs, pas plus ventards que les autres provinciaux, qui le sont tous un peu. Ils ont de l'esprit, peu d'instruction, beaucoup de paresse, de la bonté, de la libéralité, du cœur et du courage. Les bourgeois, à l'époque que je raconte, étaient, pour l'éducation et la culture de l'esprit, très au-dessous de ceux de ma province; mais ils avaient une gaîté plus vraie, le caractère plus liant, l'âme plus ouverte à la sympathie. Les caquets de village étaient là aussi nombreux, mais infiniment moins méchans que chez nous, et s'il m'en souvient bien, ils ne l'étaient même pas du tout.

Les paysans, que je ne pus fréquenter beaucoup, car ce fut seulement vers la fin de mon séjour que je commençai à entendre un peu leur idiome, me parurent plus heureux et plus indépendans que ceux de chez nous. Tous ceux qui entouraient, à quelque distance, la demeure isolée de Guillery étaient fort aisés, et je n'en ai jamais vu aucun venir demander des secours. Loin de là, ils semblaient traiter d'égal à égal avec monsu le varon, et quoique très polis et même cérémonieux, ils avaient presque l'air de s'entendre pour lui accorder une sorte de protection, comme à un voisin honorable qu'ils étaient jaloux de récompenser. On le comblait de présens, et il vivait tout l'hiver des volailles et du gibier vivans qu'on lui apportait en étrennes. Il est vrai que c'était en échange de réfection pantagruélesque. Ce pays est celui de la déesse Manducée. Les jambons, les poulardes farcies, les oies grasses, les canards obèses, les truffes, les gâteaux de millet et de maïs y pleuvent comme dans cette île où Panurge se trouvait si bien; et la maisonnette de Guillery, si pauvre de bien-être apparent, était, sous le rapport de la cuisine, une abbaye de Thélème d'où nul ne sortait, qu'il fût noble ou vilain, sans s'apercevoir d'une notable augmentation de poids dans sa personne.

Ce régime ne m'allait pas du tout. La sauce à la graisse était pour moi une espèce d'empoisonnement, et je m'abstenais souvent de manger, quoique ayant grand'faim au retour de la chasse. Aussi je me portais fort mal et maigrissais à vue d'œil, au milieu des innombrables cages où les ortolans et les palombes étaient occupés à mourir d'indigestion.

A l'automne, nous avions fait une course à Bordeaux, mon mari et moi, et nous avions poussé jusqu'à la Bréde, où la famille de Zoé avait une maison de campagne. J'eus là un très violent chagrin, dont cette inappréciable amie me sauva par l'éloquence du courage et de l'amitié. L'influence que son intelligence vive et sa parole nette eurent sur moi en ce moment de désespérance absolue disposa de plusieurs années de ma vie et fit entrer ma conscience dans un équilibre vainement cherché jusqu'alors. Je revins à Guillery brisée de fatigue, mais calme, après avoir promené sous les grands chênes plantés par Montesquieu des pensées enthousiastes et des méditations riantes où le souvenir du philosophe n'eut aucune part, je l'avoue.

Et pourtant j'aurais pu faire ce jeu de mots que l'Esprit des lois était entré d'une certaine façon et à certains égards dans ma nouvelle manière d'accepter la vie.

Nous avions descendu la Garonne pour aller à Bordeaux; la remonter pour retourner à Nérac eût été trop long, et je ne m'absentais pas trois jours sans être malade d'inquiétude sur le compte de Maurice. Le mot de sœur Hélène au couvent et un mot d'Aimée à Cauterets m'avaient mis martel en tête, au point que je me faisais et me fis longtemps de l'amour maternel un véritable supplice. Je me laissais surprendre par des terreurs imbéciles et de prétendus pressentimens. Je me souviens qu'un soir, ayant dîné chez des amis à La Châtre, il me passa par l'imagination que Nohant brûlait et que je voyais Maurice au milieu des flammes. J'avais honte de ma sottise et ne disais rien. Mais je demande mon cheval, je pars à la hâte, et j'arrive au triple galop, si convaincue de mon rêve, qu'en voyant la maison debout et tranquille, je ne pouvais en croire mes yeux.

Je revins donc de Bordeaux par terre afin d'arriver plus vite. A cette époque, les routes manquaient ou étaient mal servies. Nous arrivâmes à Castel-Jaloux à minuit, et, au sortir d'une affreuse patache, je fus fort aise de trouver mon domestique qui avait amené nos chevaux à notre rencontre. Il ne nous restait que quatre lieues à faire, mais des lieues de pays sur un chemin détestable, par une nuit noire et à travers une forêt de pins immense, absolument inhabitée, un véritable coupe-gorge où rôdaient des bandes d'Espagnols, désagréables à rencontrer même en plein jour. Nous n'aperçûmes pourtant pas d'autres êtres vivans que des loups. Comme nous allions forcément au pas dans les ténèbres, ces messieurs nous suivaient tranquillement. Mon mari s'en aperçut à l'inquiétude de son cheval, et il me dit de passer devant et de bien tenir Colette pour qu'elle ne s'effrayât pas. Je vis alors briller deux yeux à ma droite, puis je les vis passer à gauche. Combien y en a-t-il? demandai-je. Je crois qu'il n'y en a que deux, me répondit mon mari; mais il en peut venir d'autres; ne vous endormez pas. C'est tout ce qu'il y a à faire.

J'étais si lasse, que l'avertissement n'était pas de trop. Je me tins en garde, et nous gagnâmes la maison, à quatre heures du matin, sans accident.

On était très habitué alors à ces rencontres dans les forêts de pins et de liéges. Il ne passait pas de jour que l'on n'entendît les bergers crier pour s'avertir, d'un taillis à l'autre, de la présence de l'ennemi. Ces bergers, moins poétiques que ceux des Pyrénées, avaient cependant assez de caractère, avec leurs manteaux tailladés et leurs fusils en guise de houlette. Leurs maigres chiens noirs étaient moins imposans, mais aussi hardis que ceux de la montagne.

Pendant quelque temps il y eut bonne défense aussi à Guillery. Pigon était un métis plaine et montagne, non-seulement courageux, mais héroïque à l'endroit des loups. Il s'en allait, la nuit, tout seul, les provoquer dans les bois, et il revenait, le matin, avec des lambeaux de leur chair et de leur peau, attachés à son redoutable collier hérissé de pointes de fer. Mais un soir, hélas! on oublia de lui remettre son armure de guerre; l'intrépide animal partit pour sa chasse nocturne et ne revint pas.

L'hiver fut un peu plus rude que de coutume en ce pays. La Garonne déborda et, par contre, ses affluens. Nous fûmes bloqués pendant quelques jours; les loups affamés devinrent très hardis; ils mangèrent tous nos jeunes chiens. La maison était bâtie en pleine campagne, sans cour ni clôture d'aucune sorte. Ces bêtes sauvages venaient donc hurler sous nos fenêtres, et il y en eut une qui s'amusa, pendant une nuit, à ronger la porte de notre appartement, situé au niveau du sol. Je l'entendais fort bien. Je lisais dans une chambre, mon mari dormait dans l'autre. J'ouvris la porte vitrée et appelai Pigon, pensant que c'était lui qui revenait et voulait entrer. J'allais ouvrir le volet, quand mon mari s'éveilla et me cria: «Eh non, non, c'est le loup!» Telle est la tranquillité de l'habitude, que mon mari se rendormit sur l'autre oreille et que je repris mon livre, tandis que le loup continuait à manger la porte. Il ne put l'entamer beaucoup, elle était solide; mais il la mâchura de manière à y laisser ses traces. Je ne crois pas qu'il eût de mauvais desseins. Peut-être était-ce un jeune sujet qui voulait faire ses dents sur le premier objet venu, à la manière des jeunes chiens.

Un jour que, vers le coucher du soleil, mon beau-père allait voir un de ses amis à une demi-lieue de maison, il rencontra à mi-chemin, un loup, puis deux, puis trois, et en un instant il en compta quatorze. Il n'y fit pas grande attention; les loups n'attaquent guère, ils suivent: ils attendent que le cheval s'effraie, qu'il renverse son cavalier, ou qu'il bronche et tombe avec lui. Alors il faut se relever vite; autrement ils vous étranglent. Mon beau-père, ayant un cheval habitué à ces rencontres, continua assez tranquillement sa route; mais lorsqu'il s'arrêta à la grille de son voisin pour sonner, un de ses quatorze acolytes sauta au flanc de son cheval et mordit le bord de son manteau. Il n'avait pour défense qu'une cravache, dont il s'escrima sans effrayer l'ennemi; alors il imagina de sauter à terre et de secouer violemment son manteau au nez des assaillans, qui s'enfuirent à toutes jambes. Cependant il avouait avoir trouvé la grille bien lente à s'ouvrir et l'avoir vue enfin ouverte avec une grande satisfaction.

Cette aventure du vieux colonel était déjà ancienne. A l'époque de mon récit, il était si goutteux qu'il fallait deux hommes pour le mettre sur son cheval et l'en faire descendre. Pourtant, lorsqu'il était sur son petit bidet brun miroité, à crinière blonde, malgré sa grosse houppelande, ses longues guêtres en drap olive et ses cheveux blancs flottant au vent, il avait encore une tournure martiale et maniait tout doucement sa monture mieux qu'aucun de nous.

J'ai parlé des bandes d'Espagnols qui couraient le pays. C'étaient des Catalons principalement, habitans nomades du revers des Pyrénées. Les uns venaient chercher de l'ouvrage comme journaliers et inspiraient assez de confiance malgré leur mauvaise mine; les autres arrivaient par groupes avec des troupeaux de chèvres qu'ils faisaient pâturer dans les vastes espaces incultes des landes environnantes; mais ils s'aventuraient souvent sur la lisière des bois, où leurs bêtes étaient fort nuisibles. Les pourparlers étaient désagréables. Ils se retiraient sans rien dire, prenaient leur distance, et, maniant la fronde ou lançant le bâton avec une grande adresse, ils vous donnaient avis de ne pas trop les déranger à l'avenir. On les craignait beaucoup, et j'ignore si on est parvenu à se débarrasser de leur parcours. Mais je sais que cet abus persistait encore il y a quelques années, et que des propriétaires avaient été blessés et même tués dans ces combats.

C'était pourtant la même race d'hommes que ces montagnards austères dont j'avais envié aux Pyrénées le poétique destin. Ils étaient fort dévots, et qui sait s'ils ne croyaient pas consacrer comme un droit religieux l'occupation de nos landes par leurs troupeaux? Peut-être regardaient-ils cette terre immense et quasi-déserte comme un pays que Dieu leur avait livré, et qu'ils devaient défendre en son nom, contre les envahissemens de la propriété individuelle.

C'était donc un pays de loups et de brigands que Guillery, et pourtant nous y étions tranquilles et joyeux. On s'y voyait beaucoup. Les grands et petits propriétaires d'alentour n'ayant absolument rien à faire, et cultivant, en outre, le goût de ne rien faire, leur vie se passait en promenades, en chasses, en réunions et en repas les uns chez les autres.

Le liége est un produit magnifiquement lucratif de ces contrées. C'est le seul coin de la France où il pousse abondamment; et, comme il reste fort supérieur en qualité à celui de l'Espagne, il se vend fort cher. J'étais étonnée quand mon beau-père, me montrant un petit tas d'écorces d'arbres empilées sous un petit hangar, me disait: «Voici la récolte de l'année, quatre cents francs de dépense et vingt-cinq mille francs de profit net.»

Le chêne-liége est un gros vilain arbre en été. Son feuillage est rude et terne; son ombre épaisse étouffe toute végétation autour de lui, et le soin qu'on prend de lui enlever son écorce, qui est le liége même, jusqu'à la naissance des maîtresses branches, le laisse dépouillé et difforme. Les plus frais de ces écorchés sont d'un rouge sanglant, tandis que d'autres, brunis déjà par un commencement de nouvelle peau, sont d'un noir brûlé ou enfumé, comme si un incendie avait passé et pris ces géans jusqu'à la ceinture. Mais, l'hiver, cette verdure éternelle a son prix. La seule chose dont j'eusse vraiment peur dans ces bois, c'était des troupeaux innombrables de cochons tachetés de noir, qui erraient en criant, d'un ton aigre et sauvage, à la dispute de la glandée.

Le surier ou chêne-liége n'exige aucun soin. On ne le taille ni ne le dirige. Il se fait sa place, et vit enchanté d'un sable aride en apparence. A vingt ou trente ans, il commence à être bon à écorcher. A mesure qu'il prend de l'âge, sa peau devient meilleure et se renouvelle plus vite, car dès lors tous les dix ans on procède à sa toilette en lui faisant deux grandes incisions verticales en temps utile. Puis, quand il a pris soin lui-même d'aider, par un travail naturel préalable, au travail de l'ouvrier, celui-ci lui glisse un petit outil ad hoc entre cuir et chair, et s'empare aisément du liége, qui vient en deux grands morceaux proprement coupés. Je ne sais pourquoi cette opération me répugnait comme une chose cruelle. Pourtant ces arbres étranges ne paraissaient pas en souffrir le moins du monde et grandissaient deux fois centenaires sous le régime de cette décortication périodique[2].

Les pignades (bois de pins) de futaie n'étaient guère plus gaies que les surettes (bois de liéges). Ces troncs lisses et tous semblables comme des colonnes élancées, surmontés d'une grosse tête ronde d'une fraîcheur monotone, cette ombre impénétrable, ces blessures d'où pleurait la résine, c'était à donner le spleen quand on avait à faire une longue route sans autre distraction que ce que mon beau-père appelait compter les orangers lanusquets. Mais, en revanche, les jeunes bois, coupés de petits chemins de sable bien sinueux et ondulés, les petits ruisseaux babillant sous les grandes fougères, les folles clairières tourbeuses qui s'ouvraient sur la lande immense, infinie, rase et bleue comme la mer; les vieux manoirs pittoresques, géans d'un autre âge, qui semblaient grandir de toute la petitesse, particulière à ce pays, des modernes constructions environnantes, enfin, la chaîne des Pyrénées, qui, malgré la distance de trente lieues à vol d'oiseau, tout à coup, en de certaines dispositions de l'atmosphère, se dressait à l'horizon comme une muraille d'argent rosé, dentelée de rubis; c'était, en somme, une nature intéressante sous un climat délicieux.

A une demi-lieue nous allions voir, chaque semaine, la marquise de Lusignan, belle et aimable châtelaine du très romantique et imposant manoir de Xaintrailles. Lahire était un peu plus loin. A Buzet, dans les splendides plaines de la Garonne, la famille de Beaumont nous attirait par des réunions nombreuses et des charades en action dans un château magnifique. De Logareil, à deux pas de chez nous, à travers bois, le bon Auguste Berthet venait chaque jour. D'ailleurs, venaient Grammont, Trinqueléon et le bon petit médecin Larnaude. De Nérac venaient Lespinasse, d'Ast et tant d'autres que je me rappelle avec affection, tous gens aimables, pleins de bienveillance et de sympathie pour moi, hommes et femmes; bons enfans, actifs et jeunes, même les vieux, vivant en bonne intelligence, sans distinction de caste et sans querelles d'opinion. Je n'ai gardé de ce pays-là que des souvenirs doux et charmans.

J'espérais voir à Nérac ma chère Fanelly, devenue Mme le Franc de Pompignan. Elle était à Toulouse ou à Paris, je ne sais plus. Je ne trouvai que sa sœur Aména, une charmante femme aussi, avec qui j'eus le plaisir de parler du couvent.

Nous allâmes achever l'hiver à Bordeaux, où nous trouvâmes l'agréable société des eaux de Cauterets, et où je fis connaissance avec les oncles, tantes, cousins et cousines de mon mari, tous gens très honorables et qui me témoignèrent de l'amitié.

Je voyais tous les jours ma chère Zoé, ses sœurs et ses frères. Un jour que j'étais chez elle sans Maurice, mon mari entra brusquement, très pâle, en me disant: «Il est mort!» Je crus que c'était Maurice; je tombai sur mes genoux. Zoé, qui comprit et entendit ce qu'ajoutait mon mari, me cria vite: «Non, non, votre beau-père!» Les entrailles maternelles sont féroces: j'eus un violent mouvement de joie; mais ce fut un éclair. J'aimais véritablement mon vieux papa, et je fondis en larmes.

Nous partîmes le jour même pour Guillery, et nous passâmes une quinzaine auprès de Mme Dudevant. Nous la trouvâmes dans la chambre même où, en deux jours, son mari était mort d'une attaque de goutte dans l'estomac. Elle n'était pas encore sortie de cette chambre qu'elle avait habitée une vingtaine d'années avec lui, et où les deux lits restaient côte à côte. Je trouvai cela touchant et respectable. C'était de la douleur comme je la comprenais, sans effroi ni dégoût de la mort d'un être bien-aimé. J'embrassai Mme Dudevant avec une véritable effusion, et je pleurai tant tout le jour auprès d'elle, que je ne songeai pas à m'étonner de ses yeux secs et de son air tranquille. Je pensais d'ailleurs que l'excès de la douleur retenait les larmes et qu'elle devait affreusement souffrir de n'en pouvoir répandre; mais mon imagination faisait tous les frais de cette sensibilité refoulée. Mme Dudevant était une personne glacée autant que glaciale. Elle avait certainement aimé son excellent compagnon, et elle le regrettait autant qu'il lui était possible; mais elle était de la nature des liéges, elle avait une écorce très épaisse qui la garantissait du contact des choses extérieures; seulement cette écorce tenait bien et ne tombait jamais.

Ce n'est pas qu'elle ne fût aimable: elle était gracieuse à la surface, un grand savoir-vivre lui tenant lieu de grâce véritable. Mais elle n'aimait réellement personne et ne s'intéressait à rien qu'à elle-même. Elle avait une jolie figure douce sur un corps plat, osseux, carré et large d'épaules. Cette figure donnait confiance, mais la face seule ne traduit pas l'organisation entière. En regardant ses mains sèches et dures, ses doigts noueux et ses grands pieds, on sentait une nature sans charme, sans nuances, sans élans ni retours de tendresse. Elle était maladive, et entretenait la maladie par un régime de petits soins dont le résultat était l'étiolement. Elle était vêtue en hiver de quatorze jupons qui ne réussissaient pas à arrondir sa personne. Elle prenait mille petites drogues, faisait à peine quelques pas autour de sa maison, quand elle rencontrait, un jour par mois, le temps désirable. Elle parlait peu et d'une voix si mourante, qu'on se penchait vers elle avec le respect instinctif qu'inspire la faiblesse. Mais dans son sourire banal il y avait quelque chose d'amer et de perfide dont, par momens, j'étais frappée et que je ne m'expliquais pas. Ses complimens cachaient les petites aiguilles fines d'une intention épigrammatique. Si elle eût eu de l'esprit, elle eût été méchante.

Je ne crois pourtant pas qu'elle fût foncièrement mauvaise. Privée de santé et de courage, elle était aigrie intérieurement, et, à force de se tenir sur la défensive contre le froid et le chaud, et de se défier de tous les agens extérieurs qui pouvaient apporter dans son état physique une perturbation quelconque, elle en était venue à étendre ces précautions et cette abstention aux choses morales, aux affections et aux idées. Elle n'en était que plus tendue et plus nerveuse, et, quand elle était surprise par la colère, on pouvait s'émerveiller de voir ce corps brisé retrouver une vigueur fébrile, et d'entendre cette voix languissante et cette parole doucereuse prendre un accent très âpre et trouver des expressions très énergiques.

Elle était, je crois, tout à fait impropre à gouverner ses affaires, et quand elle se vit à la tête de sa maison et de sa fortune, il se fit en elle une crise d'effroi et d'inquiétude égoïste qui la conduisit spontanément à l'avarice, à l'ingratitude et à une sorte de fausseté. Ennuyée de sa froide oisiveté, elle attira tour à tour auprès d'elle des amis, des parens, ceux de son mari et les siens. Elle exploita leurs dévouemens successifs, ne put vivre avec aucun d'eux et s'amusa à les tromper tous en morcelant sa fortune entre plusieurs héritiers qu'elle connaissait à peine, et en frustrant d'une récompense méritée jusqu'à de vieux serviteurs qui lui avaient consacré trente ans de soins et de fidélité.

Elle était riche par elle-même, et n'ayant pas d'enfans, même adoptifs, il semble qu'elle eût dû abandonner à son beau-fils au moins une partie de l'héritage paternel. Il n'en fut rien. Elle s'était assuré de longue main, par testament, la jouissance de cette petite fortune, et même elle avait tenté d'en saisir la possession par la rédaction d'une clause qui se trouva, heureusement pour l'avenir de mon mari, contraire aux droits que la loi lui assurait.

Mon mari, connaissant d'avance les dispositions testamentaires de son père, ne fut pas surpris de ne voir aucun changement dans sa situation. Il resta très soumis, et aussi tendre qu'il lui fut possible auprès de sa belle-mère, espérant qu'elle lui ferait plus tard la part meilleure; mais ce fut en pure perte. Elle ne l'aima jamais, le chassa de son lit de mort et ne lui laissa que ce qu'elle n'avait pu lui ôter.

Cette pauvre femme m'a fait, à moi, sous d'autres rapports, tout le mal qu'elle a pu, mais je l'ai toujours plainte. Je ne connais pas d'existence qui mérite plus de pitié que celle d'une personne riche, sans postérité, qui se sent entourée d'égards qu'elle peut croire intéressés, et qui voit dans tous ceux qui l'approchent des aspirans à ses largesses. Être égoïste par instinct avec cela, c'est trop, car c'est le complément d'une destinée stérile et amère.

Nous retournâmes à Bordeaux, puis encore à Guillery au mois de mai, et, cette fois, le pays ne me parut pas agréable. Ce sable fin devient si léger quand il est sec, que le moindre pas le soulève en nuages ardens qu'on avale quoi qu'on fasse. Nous passâmes l'été à Nohant, et, de cette époque jusqu'à 1831, je ne fis plus que de très courtes absences.

Ce fut donc une sorte d'établissement que je regardai comme définitif et qui décida de mon avenir conjugal. C'était, en apparence, le parti le plus sage à prendre que de vivre chez soi modestement et dans un milieu restreint, toujours le même. Pourtant, il eût mieux valu poursuivre une vie nomade et des relations nombreuses. Nohant est une retraite austère par elle-même, élégante et riante d'aspect par rapport à Guillery, mais, en réalité, plus solitaire, et pour ainsi dire imprégnée de mélancolie. Qu'on s'y rassemble, qu'on la remplisse de rires et de bruit, le fond de l'âme n'en reste pas moins sérieux et même frappé d'une espèce de langueur qui tient au climat et au caractère des hommes et des choses environnantes. Le Berrichon est lourd. Quand, par exception, il a la tête vive et le sang chaud, il s'expatrie, irrité de ne pouvoir rien agiter autour de lui; ou, s'il est condamné à rester chez nous, il se jette dans le vin et la débauche, mais tristement, à la manière des Anglais, dont le sang a été mêlé plus qu'on ne croit à sa race. Quand un Gascon est gris, un Berrichon est déjà ivre, et quand l'autre est un peu ivre, limite qu'il ne dépassera guère, le Berrichon est complétement saoûl et ira s'abêtissant jusqu'à ce qu'il tombe. Il faut bien dire ce vilain mot, le seul qui peigne l'effet de la boisson sur les gens d'ici. La mauvaise qualité du vin y est pour beaucoup; mais dans l'intempérance avec laquelle on en use, il faut bien voir une fatalité de ce tempérament mélancolique et flegmatique qui ne supporte pas l'excitation, et qui s'efforce de l'éteindre dans l'abrutissement.

En dehors des ivrognes, qui sont nombreux, et dont le désordre réduit les familles à la misère ou au désespoir, la population est bonne et sage, mais froide et rarement aimable. On se voit peu, l'agriculture est peu avancée, pénible, patiente et absorbante pour le propriétaire. Le vivre est cher, relativement au Midi. L'hospitalité se fait donc rare, pour garder, à l'occasion, l'apparence du faste; et, par dessus tout, il y a une paresse, un effroi de la locomotion qui tiennent à la longueur des hivers, à la difficulté des transports et encore plus à la torpeur des esprits.

Il y a vingt-cinq ans, cette manière d'être était encore plus tranchée; les routes étaient plus rares et les hommes plus casaniers. Ce beau pays, quoique assez habité et bien cultivé, était complétement morne, et mon mari était comme surpris et effrayé du silence solennel qui plane sur nos champs dès que le soleil emporte avec lui les bruits déjà rares et contenus du travail. Là, point de loups qui hurlent, mais aussi plus de chants et de rires, plus de cris de bergers et de clameurs de chasse. Tout est paisible, mais tout est muet. Tout repose, mais tout semble mort.

J'ai toujours aimé ce pays, cette nature et ce silence. Je n'en chéris pas seulement le charme, j'en subis le poids, et il m'en coûte de le secouer, quand même j'en vois le danger. Mais mon mari n'était pas né pour l'étude et la méditation. Quoique Gascon, il n'était pas non plus naturellement enjoué. Sa mère était Espagnole, son père descendait de l'Écossais Law. La réflexion ne l'attristait pas, comme moi. Elle l'irritait. Il se fût soutenu dans le Midi. Le Berry l'accabla. Il le détesta longtemps: mais quand il en eut goûté les distractions et contracté les habitudes, il s'y cramponna comme à une seconde patrie.

Je compris bientôt que je devais m'efforcer d'étendre mes relations, que la vieillesse et la maladie de ma grand'mère avaient beaucoup restreintes et que mes années d'absence avaient encore refroidies. Je retrouvai mes compagnons d'enfance, qui, en général, ne plurent pas à M. Dudevant. Il se fit d'autres amis. J'acceptai franchement ceux qui me furent sympathiques sur quelque point, et j'attirai de plus loin ceux qui devaient convenir à lui comme à moi.

Le bon James et son excellente femme, ma chère mère Angèle, vinrent passer deux ou trois mois avec nous. Puis leur sœur, Mme Saint-Aignan avec ses filles. L'aînée, Félicie, était un ange.

Les Malus vinrent aussi. Le plus jeune, Adolphe; un cœur d'or, ayant été malade chez nous, nous lui fîmes la conduite jusqu'à Blois, avec mon frère, et nous vîmes le vieux château, alors converti en caserne et en poudrière, et abandonné aux dégradations des soldats, dont le bruit et le mouvement n'empêchaient pas certains corps de logis d'être occupés par des myriades d'oiseaux de proie. Dans le bâtiment de Gaston d'Orléans, le guano des hibous et des chouettes était si épais qu'il était impossible d'y pénétrer.

Je n'avais jamais vu une aussi belle chose de la renaissance que ce vaste monument, tout abandonné et dévasté qu'il était. Je l'ai revu restauré, lambrissé, admirablement rajeuni et pour ainsi dire retrouvé sous les outrages du temps et de l'incurie; mais ce que je n'ai pas retrouvé, moi, c'est l'impression étrange et profonde que je subis la première fois, lorsque au lever du soleil, je cueillis des violiers jaunes dans les crevasses des pierres fatidiques de l'observatoire de Catherine de Médicis.

En 1827, nous passâmes une quinzaine aux eaux du Mont-d'Or. J'avais fait une chute, et souffris longtemps d'une entorse. Maurice vint avec nous. Il se faisait gamin et commençait à regarder la nature avec ses grands yeux attentifs, tout au beau milieu de son vacarme.

L'Auvergne me sembla un pays adorable. Moins vaste et moins sublime que les Pyrénées, il en avait la fraîcheur, les belles eaux et les recoins charmans. Les bois de sapins sont même plus agréables que les épicéas des grandes montagnes. Les cascades, moins terribles, ont de plus douces harmonies, et le sol, moins tourmenté par les orages et les éboulemens, se couvre partout de fleurs luxuriantes.

Ursule était venue vivre chez moi en qualité de femme de charge. Cela ne put durer. Il y eut incompatibilité d'humeur entre elle et mon mari. Elle m'en voulut un peu de ne pas m'être prononcée pour elle. Elle me quitta presque fâchée, et puis, tout aussitôt, elle comprit que je n'avais pas dû agir autrement et me rendit son amitié, qui ne s'est jamais démentie depuis. Elle se maria à La Châtre avec un excellent homme qui l'a rendue heureuse, et elle est maintenant le seul être avec qui je puisse, sans lacune notable, repasser toute ma vie, depuis la première enfance jusqu'au demi-siècle accompli.

Les élections de 1827 signalèrent un mouvement d'opposition très marqué

31

et très général en France. La haine du ministère Villèle produisit une fusion définitive entre les libéraux et les bonapartistes, qu'ils fussent noblesse ou bourgeoisie. Le peuple resta étranger au débat dans notre province; les fonctionnaires seuls luttaient pour le ministère; pas tous, cependant. Mon cousin Auguste de Villeneuve vint du Blanc voter à La Châtre, et, quoique fonctionnaire éminent (il était toujours trésorier de la ville de Paris), il se trouva d'accord avec mon mari et ses amis pour nommer M. Duris-Dufresne. Il passa quelques jours chez nous et me témoigna, ainsi qu'à Maurice, qu'il appelait son grand-oncle, beaucoup d'affection. J'oubliai qu'il m'avait fort blessée autrefois, en voyant qu'il ne s'en doutait pas et me traitait paternellement.

M. Duris-Dufresne, beau-frère du général Bertrand, était un républicain de vieille roche. C'était un homme d'une droiture antique, d'une grande simplicité de cœur, d'un esprit aimable et bienveillant. J'aimais ce type d'un autre temps, encore empreint de l'élégance du Directoire, avec des idées et des mœurs plus laconiennes. Sa petite perruque rase et ses boucles d'oreilles donnaient de l'originalité à sa physionomie vive et fine. Ses manières avaient une distinction extrême. C'était un jacobin fort sociable.

Mon mari, s'occupant beaucoup d'opposition à cette époque, était presque toujours à la ville. Il désira s'y créer un centre de réunion et y louer une maison où nous donnâmes des bals et des soirées qui continuèrent même après la nomination de M. Duris-Dufresne.

Mais nos réceptions donnèrent lieu à un scandale fort comique. Il y avait alors, et il y a encore un peu à La Châtre, deux ou trois sociétés, qui, de mémoire d'homme, ne s'étaient mêlées à la danse. Les distinctions entre la première, la seconde et la troisième étaient fort arbitraires, et la délimitation insaisissable pour qui n'avait pas étudié à fond la matière.

Bien qu'en guerre d'opinions avec la sous-préfecture, j'étais fort liée avec M. et Mme de Périgny, couple aimable et jeune, avec qui j'avais les meilleures relations de voisinage. Eux aussi voulurent ouvrir leur salon; leur position leur en faisait une sorte de devoir, et nous convîmes de simplifier de détail des invitations en nous servant de la même liste.

Je leur communiquai la mienne, qui était fort générale, et où naturellement j'avais inscrit toutes les personnes que je connaissais tant soit peu. Mais, ô abomination, il se trouva que plusieurs des familles que j'aimais et estimais à plus juste titre étaient reléguées au second et au troisième rang dans les us et coutumes de l'aristocratie bourgeoise de La Châtre. Aussi, quand ces hauts personnages se virent en présence de leurs inférieurs, il y eut colère, indignation, malédiction sur l'arrogant sous-préfet qui n'avait agi ainsi, disait-on, que pour marquer son mépris à tous les gens du pays, en les mettant comme des œufs dans le même panier.

La semaine suivante,
Le punch est préparé;
La maîtresse est brillante,
Le salon est ciré.
Il vint trois invités, de chétive encolure:
Dans la ville on disait: bravo!
On donne un bal incognito
A la sous-préfecture.

Ce couplet d'une chanson que je fis le soir même avec Duteil, contient en peu de mots le récit véridique de l'immense événement. En la relisant, je vois que, sans être bien drôle, cette chanson est affaire de mœurs locales, et qu'elle mérite de rester dans les archives de la tradition... à La Châtre! Elle est intitulée: Soirée administrative, ou le Sous-préfet philosophe. Voici les deux premiers couplets qui résument l'affaire. C'est sur l'air des Bourgeois de Chartres:

Habitans de La Châtre,
Nobles, bourgeois, vilains,
D'un petit gentillâtre
Apprenez les dédains:
Ce jeune homme, égaré par la philosophie,
Oubliant, dans sa déraison,
Les usages et le bon ton
Vexe la bourgeoisie.
Voyant que dans la ville
Plus d'un original
Tranche de l'homme habile
Et se dit libéral,
A nos tendres moitiés qui frondent la noblesse,
Il crut plaire en donnant un bal.
Où chacun put d'un pas égal
Aller comme à la messe.

On a vu le dénouement. La chanson faillit le pousser jusqu'au tragique. Elle avait été faite au coin du feu de Périgny, et devait rester entre nous; mais Duteil ne put se tenir de la chanter. On la retint, on la copia; elle passa dans toutes les mains et souleva des tempêtes. Au moment où je l'avais complétement oubliée, je vis des yeux féroces et j'entendis des cris de rage autour de moi. Cela eut le bon résultat de détourner la foudre de la tête de mes amis Périgny et de l'attirer sur la mienne. Les plus gros bonnets de l'endroit firent serment de ne point m'honorer de leur présence; Périgny, piqué de tant de sottise, ferma son salon. Je laissai le mien ouvert et augmentai mes invitations à la seconde société. C'était la meilleure leçon à donner à la première, car n'étant pas fonctionnaire, j'avais le droit de me passer d'elle. Mais sa rancune ne tint pas contre deux ou trois soupers. D'ailleurs, dans cette première, j'avais d'excellens amis qui se moquaient de la conspiration et qui trahissaient ouvertement la bonne cause. Mon salon fut donc si rempli qu'on s'y étouffait, et la confusion y fut telle que les dames de la première et de la seconde race se laissèrent entraîner à se toucher le bout des doigts pour faire la figure de contre-danse qu'on appelle le moulinet. Quelques orthodoxes dirent que c'était une cohue. Je m'amusai à les remercier très humblement de l'honneur qu'ils me faisaient de venir chez moi, bien que je fusse de la troisième société. On cria anathème, mais on n'en mangea pas moins les pâtés, et on n'en fêta pas moins le champagne de l'insurrection. Ce fut le signal d'une grande décadence dans les constitutions hiérarchiques de cette petite oligarchie.

Au mois de septembre 1828, ma fille Solange vint au monde à Nohant. Le médecin arriva quand je dormais déjà et que la pouponne était habillée et parée de ses rubans roses. J'avais beaucoup désiré avoir une fille, et cependant je n'éprouvai pas la joie que Maurice m'avait donnée. Je craignais que ma fille ne vécût pas, parce que j'étais accouchée avant terme, à la suite d'une frayeur. Ma petite nièce Léontine ayant fait un mauvais rêve, la veille au soir, s'était mise à jeter des cris si aigus dans l'escalier où elle s'était élancée pour appeler sa mère, que je m'imaginai qu'elle avait roulé les marches et qu'elle était brisée. Je commençai aussitôt à sentir des douleurs, et en m'éveillant le lendemain, je n'eus que le temps de préparer les petits bonnets et les petites brassières, qu'heureusement j'avais terminés.

Je me souviens de l'étonnement d'un de nos amis de Bordeaux qui était venu nous voir, quand il me trouva, de grand matin, seule au salon, dépliant et arrangeant la layette, qui était encore en partie dans ma boîte à ouvrage. «Que faites-vous donc là? me dit-il.—Ma foi, vous le voyez, lui répondis-je, je me dépêche pour quelqu'un qui arrive plus tôt que je ne pensais.»

Mon frère, qui avait vu ma frayeur de la veille à propos de sa fille, et qui m'aimait véritablement quand il avait sa tête, courut ventre à terre pour amener le médecin. Tout était fini quand il revint, et il eut une si grande joie de voir l'enfant vivant qu'il était comme fou. Il vint m'embrasser et me rassurer en me disant que ma fille était belle, forte, et qu'elle vivrait. Mais je ne me tranquillisai intérieurement qu'au bout de quelques jours, en la voyant venir à merveille.

Au retour de ce temps de galop, mon frère était affamé. On se mit à table, et deux heures après, rentra chez moi tellement ivre que croyant s'asseoir sur le pied de mon lit, il tomba sur son derrière au milieu de la chambre. J'avais encore les nerfs très excités, j'eus un tel fou rire qu'il s'en aperçut et fit de grands efforts pour retrouver ses idées. «Eh bien, je suis gris, me dit-il, voilà tout. Que veux-tu? j'ai été très ému, très inquiet, ce matin, ensuite, j'ai été très content, très heureux, et c'est la joie qui m'a grisé; ce n'est pas le vin, je te jure, c'est l'amitié que j'ai pour toi qui m'empêche de me tenir sur mes jambes.» Il fallait bien pardonner en vue d'un si beau raisonnement.

Je passai l'hiver suivant à Nohant. Au printemps de 1829, j'allai à Bordeaux avec mon mari et mes deux enfans. Solange était sevrée et elle était devenue la plus robuste des deux.

A l'automne, j'allai passer à Périgueux quelques jours auprès de Félicie Mollier, une de mes amies du Berri. Je poussai jusqu'à Bordeaux pour embrasser Zoé. Le froid me prit en route, et j'en souffris beaucoup au retour.

Enfin, en 1830, je fis avec Maurice, au mois de mai, je crois, une course rapide de Nohant à Paris. J'oublie ou je confonds les époques de trois ou quatre autres apparitions de quelques jours à Paris, avec ou sans mon mari. L'une eut pour but une consultation sur ma santé, qui s'était beaucoup altérée. Broussais me dit que j'avais un anévrisme au cœur; Landré-Beauvais, que j'étais phthysique; Rostan, que je n'avais rien du tout.

Malgré ces courts déplacemens annuels, je peux dire que, de 1826 à 1831, j'avais constamment vécu à Nohant. Jusque-là, malgré des ennuis et des chagrins sérieux, je m'y étais trouvée dans les meilleures conditions possibles pour ma santé morale. A partir de ce moment-là, l'équilibre entre les peines et les satisfactions se trouva rompu. Je sentis la nécessité de prendre un parti. Je le pris sans hésiter, et mon mari y donna les mains: j'allai vivre à Paris avec ma fille, moyennant un arrangement qui me permettait de revenir tous les trois mois passer trois mois à Nohant; et, jusqu'au moment où Maurice entra au collège à Paris, je suivis très exactement le plan que je m'étais tracé. Je le laissais entre les mains d'un précepteur qui était avec nous déjà depuis deux ans, et qui a toujours été, depuis ce temps-là, un de mes amis les plus sûrs et les plus parfaits. Ce n'était pas seulement un instituteur pour mon fils, c'était un compagnon, un frère aîné, presque une mère. Pourtant il m'était impossible de me séparer de Maurice pour longtemps et de ne pas veiller sur lui la moitié de l'année.

J'ai dû esquisser rapidement ces jours de retraite et d'apparente inaction. Ce n'est pas qu'ils ne soient remplis pour moi de souvenirs; mais l'action de ma volonté y fut tellement intérieure et ma personnalité s'y effaça si bien, que je n'aurais à raconter que l'histoire des autres autour de moi; et c'est un droit que je ne crois avoir que dans de certaines limites, surtout à l'égard de certaines personnes.

Pour ne pas revenir en arrière et pour résumer cependant le résultat de ces années écoulées sur l'histoire de ma propre vie, je dirai ce que j'étais lorsque, dans l'hiver de 1831, je vins à Paris avec l'intention d'écrire.

CHAPITRE VINGT-CINQUIEME.[3]

Coup d'œil rétrospectif sur quelques années esquissées dans le précédent chapitre.—Intérieur troublé.—Rêves évanouis.—Ma religion.—Question de la liberté de s'abstenir de culte extérieur.—Mort douce d'une idée fixe.— Mort d'un cricri.—Projets d'un avenir à ma guise, vagues, mais persistans.— Pourquoi ces projets.—La gestion d'une année de revenu.—Ma démission.—Sorte d'interdiction de fait.—Mon frère et sa passion fâcheuse.—Les vents salés, les figures salées.—Essai d'un petit métier.—Le musée de peinture.—Révélation de l'art, sans certitude d'aucune spécialité.—Inaptitude pour les sciences naturelles, malgré l'amour de la nature.—On m'accorde une pension et la liberté.—Je quitte Nohant pour trois mois.

J'avais énormément vécu dans ce peu d'années. Il me semblait même avoir vécu cent ans sous l'empire de la même idée, tant je me sentais lasse d'une gaîté sans expansion, d'un intérieur sans intimité, d'une solitude que le bruit de l'ivresse rendait plus absolue autour de moi. Je n'avais pourtant à me plaindre sérieusement d'aucun mauvais procédé direct, et quand cela même eût été, je n'aurais pas consenti à m'en apercevoir. Le désordre de mon pauvre frère et de ceux qui se laissaient entraîner avec lui n'en était pas venu à ce point que je ne me sentisse plus leur inspirer une sorte de crainte qui n'était pas de la condescendance, mais un respect instinctif. J'y avais mis, de mon côté, toute la tolérance possible. Tant que l'on se bornait à être radoteur, fatigant, bruyant, malade même et fort dégoûtant, je tâchais de rire, et je m'étais même habituée à supporter un ton de plaisanterie qui dans le principe m'avait révoltée. Mais quand les nerfs se mettaient de la partie, quand on devenait obscène et grossier, quand mon pauvre frère lui-même, si longtemps soumis et repentant devant mes remontrances, devenait brutal et méchant, je me faisais sourde, et dès que je le pouvais, je rentrais, sans faire semblant de rien, dans ma petite chambre.

Là, je savais bien m'occuper, et me distraire du vacarme extérieur qui durait souvent jusqu'à six ou sept heures du matin. Je m'étais habituée à travailler, la nuit, auprès de ma grand'mère malade; maintenant j'avais d'autres malades, non à soigner, mais à entendre divaguer.

Mais la solitude morale était profonde, absolue: elle eût été mortelle à une âme tendre et à une jeunesse encore dans sa fleur, si elle ne se fût remplie d'un rêve qui avait pris l'importance d'une passion, non pas dans ma vie, puisque j'avais sacrifié ma vie au devoir, mais dans ma pensée. Un être absent, avec lequel je m'entretenais sans cesse, à qui je rapportais toutes mes réflexions, toutes mes rêveries, toutes mes humbles vertus, tout mon platonique enthousiasme, un être excellent en réalité, mais que je parais de toutes les perfections que ne comporte pas l'humaine nature, un homme enfin qui m'apparaissait quelques jours, quelques heures parfois, dans le courant d'une année, et qui, romanesque auprès de moi autant que moi-même, n'avait mis aucun effroi dans ma religion, aucun trouble dans ma conscience, ce fut là le soutien et la consolation de mon exil dans le monde de la réalité.

Ma religion, elle était restée la même, elle n'a jamais varié quant au fond. Les formes du passé se sont évanouies pour moi comme pour mon siècle à la lumière de l'étude et de la réflexion: mais la doctrine éternelle des croyants, le Dieu bon, l'âme immortelle et les espérances de l'autre vie, voilà ce qui, en moi, a résisté à tout examen, à toute discussion et même à des intervalles de doute désespéré. Des cagots m'ont jugée autrement et m'ont déclarée sans principes, dès le commencement de ma carrière littéraire, parce que je me suis permis de regarder en face des institutions purement humaines dans lesquelles il leur plaisait de faire intervenir la Divinité. Des politiques m'ont décrétée aussi d'athéisme à l'endroit de leurs dogmes étroits ou variables. Il n'y a pas de principes, selon les intolérans et les hypocrites de toutes les croyances, là où il n'y a pas d'aveuglement ou de poltronnerie. Qu'importe?

Je n'écris pas pour me défendre de ceux qui ont un parti pris contre moi. J'écris pour ceux dont la sympathie naturelle, fondée sur une conformité d'instincts, m'ouvre le cœur et m'assure la confiance. C'est à ceux-là seulement que je peux faire quelque bien. Le mal que les autres peuvent me faire, à moi, je ne m'en suis jamais beaucoup aperçue.

Il n'est pas indispensable, d'ailleurs, au salut de l'humanité que j'aie trouvé ou perdu la vérité. D'autres la retrouveront, quelque égarée qu'elle soit dans le monde et dans le siècle. Tout ce que je peux et dois faire, moi, c'est de confesser ma foi simplement, dût-elle paraître insuffisante aux uns, excessive aux autres.

Entrer dans la discussion des formes religieuses est une question de culte extérieur dont cet ouvrage-ci n'est pas le cadre. Je n'ai donc pas à dire pourquoi et comment je m'en détachai jour par jour, comment j'essayai de les admettre encore pour satisfaire ma logique naturelle, et comment je les abandonnai franchement et définitivement, le jour où je crus reconnaître que la logique même m'ordonnait de m'en dégager. Là n'est pas le point religieux important de ma vie. Là je ne trouve ni angoisses ni incertitudes dans mes souvenirs. La vraie question religieuse, je l'avais prise de plus haut dès mes jeunes années. Dieu, son existence éternelle, sa perfection infinie n'étaient guère révoqués en doute que dans des heures de spleen maladif, et l'exception de la vie intellectuelle ne doit pas compter dans un résumé de la vie entière de l'âme. Ce qui m'absorbait, à Nohant comme au couvent, c'était la recherche ardente ou mélancolique, mais assidue, des rapports qui peuvent, qui doivent exister entre l'âme individuelle et cette âme universelle que nous appelons Dieu. Comme je n'appartenais au monde ni de fait ni d'intention, comme ma nature contemplative se dérobait absolument à ses influences; comme, en un mot, je ne pouvais et ne voulais agir qu'en vertu d'une loi supérieure à la coutume et à l'opinion, il m'importait fort de chercher en Dieu le mot de l'énigme de ma vie, la notion de mes vrais devoirs, la sanction de mes sentimens les plus intimes.

Pour ceux qui ne voient dans la Divinité qu'une loi fatale, aveugle et sourde aux larmes et aux prières de la créature intelligente, ce perpétuel entretien de l'esprit avec un problème insoluble rentre probablement dans ce qu'on a appelé le mysticisme. Mystique? soit! Il n'y a pas une très grande variété de types intellectuels dans l'espèce humaine, et j'appartenais apparemment à ce type-là. Il ne dépendait pas de moi de me conduire par la lumière de la raison pure, par les calculs de l'intérêt personnel, par la force de mon jugement ou par la soumission à celui des autres. Il me fallait trouver, non pas en dehors, mais au-dessus des conceptions passagères de l'humanité, au-dessus de moi-même, un idéal de force, de vérité, un type de perfection immuable à embrasser, à contempler, à consulter et à implorer sans cesse. Longtemps je fus gênée par les habitudes de prière que j'avais contractées, non quant à la lettre, on a vu que je n'avais jamais pu m'y astreindre, mais quant à l'esprit. Quand l'idée de Dieu se fut agrandie en même temps que mon âme s'était complétée, quand je crus comprendre ce que j'avais à dire à Dieu, de quoi le remercier, quoi lui demander, je retrouvai mes effusions, mes larmes, mon enthousiasme et ma confiance d'autrefois.

Alors j'enfermai en moi la croyance comme un mystère et, ne voulant pas la discuter, je la laissai discuter et railler aux autres sans écouter, sans entendre, sans être entamée ni troublée un seul instant. Je dirai comment cette foi sereine fut encore ébranlée plus tard; mais elle ne le fut que par ma propre fièvre, sans que l'action des autres y fût pour rien.

Je n'eus jamais le pédantisme de ma préoccupation; personne ne s'en douta jamais, et quand, peu d'années après, j'eus écrit Lélia et Spiridion, deux ouvrages qui résument pour moi beaucoup d'agitations morales, mes plus intimes amis se demandaient avec stupeur en quels jours, à quelles heures de ma vie, j'avais passé par ces âpres chemins entre les cimes de la foi et les abîmes de l'épouvante.

Voici quelques mots que m'écrivait le Malgache après Lélia: «Que diable est-ce là? Où avez-vous pris tout cela? Pourquoi avez-vous fait ce livre? D'où sort-il, où va-t-il? Je vous savais bien rêveuse, je vous croyais croyante, au fond. Mais je ne me serais jamais douté que vous pussiez attacher tant d'importance à pénétrer les secrets de ce grand peut-être et à retourner dans tous les sens cet immense point d'interrogation dont vous feriez mieux de ne pas vous soucier plus que moi.

«On se moque de moi, ici, parce que j'aime ce livre. J'ai peut-être tort de l'aimer, mais il s'est emparé de moi et m'empêche de dormir. Que le bon Dieu vous bénisse de me secouer et de m'agiter comme ça! mais qui donc est l'auteur de Lélia? Est-ce vous? Non. Ce type, c'est une fantaisie. Ça ne vous ressemble pas, à vous qui êtes gaie, qui dansez la bourrée, qui appréciez le lépidoptère, qui ne méprisez pas le calembour, qui ne cousez pas mal, et qui faites très bien les confitures! Peut-être bien, après tout, que nous ne vous connaissions pas, et que vous nous cachiez sournoisement vos rêveries. Mais est-il possible que vous ayez pensé à tant de choses, retourné tant de questions et avalé tant de couleuvres psychologiques, sans que personne s'en soit jamais douté?»

J'arrivais donc à Paris, c'est-à-dire au début d'une nouvelle phase de mon existence, avec des idées très arrêtées sur les choses abstraites à mon usage, mais avec une grande indifférence et une complète ignorance des choses de la réalité. Je ne tenais pas à les savoir; je n'avais de parti pris sur quoi que ce soit, dans cette société à laquelle je voulais de moins en moins appartenir. Je ne comptais pas la réformer; je ne m'intéressais pas assez à elle pour avoir cette ambition. C'était un tort sans doute que ce détachement et cette paresse: mais c'était l'inévitable résultat d'une vie d'isolement et d'apathie.

Un dernier mot pourtant sur le catholicisme orthodoxe. En passant légèrement sur l'abandon du culte extérieur, je ne prétends pas faire aussi bon marché de la question de culte en général que j'ai peut-être eu l'air de le dire. Raconter et juger est un travail simultané peu facile, quand on ne veut pas s'arrêter trop souvent et lasser la patience du lecteur.

Disons donc ici très vite que la nécessité des cultes n'est pas encore chose jugée pour moi, et que je vois aujourd'hui autant de bonnes raisons pour l'admettre que pour la rejeter. Cependant, si l'on reconnaît, avec toutes les écoles de la philosophie moderne, un principe de tolérance absolue à cet égard dans les gouvernemens, je me trouve parfaitement dans mon droit de refuser de m'astreindre à des formules qui ne me satisfont pas, et dont aucune ne peut remplacer ni même laisser libre l'élan de ma pensée et l'inspiration de ma prière. Dans ce cas, il faut reconnaître encore que, s'il est des esprits qui ont besoin, pour garder la foi, de s'assujettir à des pratiques extérieures, il en est aussi qui ont besoin, dans le même but, de s'isoler entièrement.

Pourtant il y a là une grave question morale pour le législateur.

L'homme sera-t-il meilleur en adorant Dieu à sa guise, ou en acceptant une règle établie? Je vois dans la prière ou dans l'action de grâces en commun, dans les honneurs rendus aux morts, dans la consécration de la naissance et des principaux actes de la vie, des choses admirables et saintes que ne remplacent pas les contrats et les actes purement civils. Je vois aussi l'esprit de ces institutions tellement perdu et dénaturé qu'en bien des cas l'homme les observe de manière à en faire un sacrilège. Je ne puis prendre mon parti sur des pratiques admises par prudence, par calcul, c'est-à-dire par lâcheté ou par hypocrisie. La routine de l'habitude me paraît une profanation moindre, mais c'en est une encore, et quel sera le moyen d'empêcher que toute espèce de culte n'en soit pas souillée?

Tout mon siècle a cherché et cherche encore. Je n'en sais pas plus long que mon siècle.[4]

Pourquoi cette solitude qui avait franchi les plus vives années de ma jeunesse ne me convenait-elle plus, voilà ce que je n'ai pas dit et ce que je peux très bien dire.

L'être absent, je pourrais presque dire l'invisible, dont j'avais fait le troisième terme de mon existence (Dieu, lui et moi), était fatigué de cette aspiration surhumaine à l'amour sublime. Généreux et tendre, il ne le disait pas, mais ses lettres devenaient plus rares, ses expressions plus vives ou plus froides selon le sens que je voulais y attacher. Ses passions avaient besoin d'un autre aliment que l'amitié enthousiaste et la vie épistolaire. Il avait fait un serment qu'il m'avait tenu religieusement et sans lequel j'eusse rompu avec lui; mais il ne m'avait pas fait de serment restrictif à l'égard des joies ou des plaisirs qu'il pouvait rencontrer ailleurs. Je sentis que je devenais pour lui une chaîne terrible, ou que je n'étais plus qu'un amusement d'esprit. Je penchai trop modestement vers cette dernière opinion, et j'ai su plus tard que je m'étais trompée. Je ne m'en suis que davantage applaudie d'avoir mis fin à la contrainte de son cœur et à l'empêchement de sa destinée. Je l'aimai longtemps encore dans le silence et l'abattement. Puis je pensai à lui avec calme, avec reconnaissance, et je n'y pense qu'avec une amitié sérieuse et une estime fondée.

Il n'y eut ni explication ni reproche, dès que mon parti fut pris. De quoi me serais-je plainte? Que pouvais-je exiger? Pourquoi aurais-je tourmenté cette belle et bonne âme, gâté cette vie pleine d'avenir? Il y a d'ailleurs un point de détachement où celui qui a fait le premier pas ne doit plus être interrogé et persécuté, sous peine d'être forcé de devenir cruel ou malheureux. Je ne voulais pas qu'il en fût ainsi. Il n'avait pas mérité de souffrir, lui; et moi, je ne voulais pas descendre dans son respect en risquant de l'irriter. Je ne sais pas si j'ai raison de regarder la fierté comme un des premiers devoirs de la femme, mais il n'est pas en mon pouvoir de ne pas mépriser la passion qui s'acharne. Il me semble qu'il y a là un attentat contre le ciel, qui seul donne et reprend les vraies affections. On ne doit pas plus disputer la possession d'une âme que celle d'un esclave. On doit rendre à l'homme sa liberté, à l'âme son élan, à Dieu la flamme émanée de lui.

Quand ce divorce tranquille, mais sans retour, fut accompli, j'essayai de continuer l'existence que rien d'extérieur n'avait dérangée ni modifiée; mais cela fut impossible. Ma petite chambre ne voulait plus de moi.

J'habitais alors l'ancien boudoir de ma grand'mère, parce qu'il n'y avait qu'une porte et que ce n'était un passage pour personne, sous aucun prétexte que ce fût. Mes deux enfans occupaient la chambre attenante. Je les entendais respirer, et je pouvais veiller sans troubler leur sommeil. Ce boudoir était si petit, qu'avec mes livres, mes herbiers, mes papillons et mes cailloux (j'allais toujours m'amusant à l'histoire naturelle sans rien apprendre), il n'y avait pas de place pour un lit. J'y suppléais par un hamac. Je faisais mon bureau d'une armoire qui s'ouvrait en manière de secrétaire et qu'un cricri, que l'habitude de me voir avait apprivoisé, occupa longtemps avec moi. Il y vivait de mes pains à cacheter que j'avais soin de choisir blancs, dans la crainte qu'il ne s'empoisonnât. Il venait manger sur mon papier pendant que j'écrivais, après quoi il allait chanter dans un certain tiroir de prédilection. Quelquefois il marchait sur mon écriture, et j'étais obligée de le chasser pour qu'il ne s'avisât pas de goûter à l'encre fraîche. Un soir, ne l'entendant plus remuer et ne le voyant pas venir, je le cherchai partout. Je ne trouvai de mon ami que les deux pattes de derrière entre la croisée et la boiserie. Il ne m'avait pas dit qu'il avait l'habitude de sortir, la servante l'avait écrasé en fermant la fenêtre.

J'ensevelis ses tristes restes dans une fleur de datura, que je gardai longtemps comme une relique; mais je ne saurais dire quelle impression me fit ce puéril incident, par sa coïncidence avec la fin de mes poétiques amours. J'essayai bien de faire là-dessus de la poésie, j'avais ouï dire que le bel esprit console de tout; mais, tout en écrivant la Vie et la Mort d'un esprit familier, ouvrage inédit et bien fait pour l'être toujours, je me surpris plus d'une fois tout en larmes. Je songeais malgré moi que ce petit cri du grillon, qui est comme la voix même du foyer domestique, aurait pu chanter mon bonheur réel, qu'il avait bercé au moins les derniers épanchemens d'une illusion douce, et qu'il venait de s'envoler pour toujours avec elle.

La mort du grillon marqua donc, comme d'une manière symbolique, la fin de mon séjour à Nohant. Je m'inspirai d'autres pensées, je changeai ma manière de vivre, je sortis, je me promenai beaucoup durant l'automne. J'ébauchai une espèce de roman qui n'a jamais vu le jour; puis, l'ayant lu, je me convainquis qu'il ne valait rien, mais que j'en pouvais faire de moins mauvais, et, qu'en somme, il ne l'était pas plus que beaucoup d'autres qui faisaient vivre tant bien que mal leurs auteurs. Je reconnus que j'écrivais vite, facilement, longtemps sans fatigue; que mes idées, engourdies dans mon cerveau, s'éveillaient et s'enchaînaient, par la déduction, au courant de la plume; que dans ma vie de recueillement, j'avais beaucoup observé et assez bien compris les caractères que le hasard avait fait passer devant moi, et que, par conséquent, je connaissais assez la nature humaine pour la dépeindre; enfin, que de tous les petits travaux dont j'étais capable, la littérature proprement dite était celui qui m'offrait le plus de chance de succès comme métier, et, tranchons le mot, comme gagne-pain.

Quelques personnes, avec qui je m'en expliquai au commencement, crièrent fi! La poésie pouvait-elle exister, disaient-elles, avec une semblable préoccupation? Était-ce donc pour trouver une profession matérielle que j'avais tant vécu dans l'idéal?

Moi, j'avais mon idée là-dessus depuis longtemps. Dès avant mon mariage j'avais senti que ma situation dans la vie, ma petite fortune, ma liberté de ne rien faire, mon prétendu droit de commander à un certain nombre d'êtres humains, paysans et domestiques, enfin mon rôle d'héritière et de châtelaine, malgré ses minces proportions et son imperceptible importance, était contraire à mon goût, à ma logique, à mes facultés. Que l'on se rappelle comment la pauvreté de ma mère, qui l'avait séparée de moi, avait agi sur ma petite cervelle et sur mon pauvre cœur d'enfant; comment j'avais, dans mon for intérieur, repoussé l'héritage, et projeté longtemps de fuir le bien-être pour le travail.

A ces idées romanesques succéda, dans les commencemens de mon mariage, la volonté de complaire à mon mari et d'être la femme de ménage qu'il souhaitait que je fusse. Les soins domestiques ne m'ont jamais ennuyée, et je ne suis pas de ces esprits sublimes qui ne peuvent descendre de leurs nuages. Je vis beaucoup dans les nuages, certainement, et, c'est une raison de plus pour que j'éprouve le besoin de me retrouver souvent sur la terre. Souvent, fatiguée et obsédée de mes propres agitations, j'aurais volontiers dit, comme Panurge sur la mer en fureur: «Heureux celui qui plante choux! il a un pied sur la terre, et l'autre n'en est distant que d'un fer de bêche!»

Mais ce fer de bêche, ce quelque chose entre la terre et mon second pied, voilà justement ce dont j'avais besoin et ce que je ne trouvais pas. J'aurais voulu une raison, un motif aussi simple que l'action de planter choux, mais aussi logique, pour m'expliquer à moi-même le but de mon activité. Je voyais bien qu'en me donnant beaucoup de soins pour économiser sur toutes choses, comme cela m'était recommandé, je n'arrivais qu'à me pénétrer de l'impossibilité d'être économe sans égoïsme en certains cas; plus j'approchais de la terre, en creusant le petit problème de lui faire rapporter le plus possible, et plus je voyais que la terre rapporte peu et que ceux qui ont peu ou point de terre à bêcher ne peuvent pas exister avec leurs deux bras. Le salaire était trop faible, le travail trop peu assuré, l'épuisement et la maladie trop inévitables. Mon mari n'était pas inhumain et ne m'arrêtait pas dans le détail de la dépense; mais quand, au bout du mois, il voyait mes comptes, il perdait la tête et me la faisait perdre aussi en me disant que mon revenu était de moitié trop faible pour ma libéralité, et qu'il n'y avait aucune possibilité de vivre à Nohant et avec Nohant sur ce pied-là. C'était la vérité; mais je ne pouvais prendre sur moi de réduire au strict nécessaire l'aisance de ceux que je gouvernais, et de refuser le nécessaire à ceux que je ne gouvernais pas. Je ne résistais à rien de ce qui m'était imposé ou conseillé, mais je ne savais pas m'y prendre. Je m'impatientais et j'étais débonnaire. On le savait, et on en abusait souvent.

Ma gestion ne dura qu'une année. On m'avait prescrit de ne pas dépasser dix mille francs; j'en dépensai quatorze, de quoi j'étais penaude comme un enfant pris en faute. J'offris ma démission, et on l'accepta. Je rendis mon portefeuille et renonçai même à une pension de quinze cents francs qui m'était assurée par contrat de mariage pour ma toilette. Il ne m'en fallait pas tant, et j'aimais mieux être à la discrétion de mon gouvernement que de réclamer. Depuis cette époque jusqu'en 1831, je ne possédais pas une obole, je ne pris pas cent sous dans la bourse commune sans les demander à mon mari, et quand je le priai de payer mes dettes personnelles au bout de neuf ans de mariage, elles se montaient à cinq cents francs.

Je ne rapporte pas ces petites choses pour me plaindre d'avoir subi aucune contrainte ni souffert d'aucune avarice. Mon mari n'était pas avare, et il ne me refusait rien; mais je n'avais pas de besoins, je ne désirais rien en dehors des dépenses courantes établies par lui dans la maison, et, contente de n'avoir plus aucune responsabilité je lui laissais une autorité sans limites et sans contrôle. Il avait donc pris tout naturellement l'habitude de me regarder comme un enfant en tutelle, et il n'avait pas sujet de s'irriter contre un enfant si tranquille.

Si je suis entrée dans ce détail, c'est que j'ai à dire comment, au milieu de cette vie de religieuse que je menais bien réellement à Nohant, et à laquelle ne manquaient ni la cellule, ni le vœu d'obéissance, ni celui de silence, ni celui de pauvreté, le besoin d'exister par moi-même se fit sentir. Je souffrais de me voir inutile. Ne pouvant assister autrement les pauvres gens, je m'étais faite médecin de campagne, et ma clientèle gratuite s'était accrue au point de m'écraser de fatigue. Par économie, je m'étais faite aussi un peu pharmacien, et quand je rentrais de mes visites, je m'abrutissais dans la confection des onguens et des sirops. Je ne me lassais pas du métier; que m'importait de rêver là ou ailleurs? Mais je me disais qu'avec un peu d'argent à moi, mes malades seraient mieux soignés et que ma pratique pourrait s'aider de quelques lumières.

Et puis l'esclavage est quelque chose d'anti-humain, que l'on n'accepte qu'à la condition de rêver toujours la liberté. Je n'étais pas esclave de mon mari; il me laissait bien volontiers à mes lectures et à mes juleps; mais j'étais asservie à une situation donnée, dont il ne dépendait pas de lui de m'affranchir. Si je lui eusse demandé la lune, il m'eût dit en riant: «Ayez de quoi la payer, je vous l'achète;» et si je me fusse laissée aller à dire que j'aimerais à voir la Chine, il m'eût répondu: «Ayez de l'argent, faites que Nohant en rapporte, et allez en Chine.»

J'avais donc agité en moi plus d'une fois le problème d'avoir des ressources, si modestes qu'elles fussent, mais dont je pusse disposer sans remords et sans contrôle, pour un bonheur d'artiste, pour une aumône bien placée, pour un beau livre, pour une semaine de voyage, pour un petit cadeau à une amie pauvre, que sais-je? pour tous ces riens dont on peut se priver, mais sans lesquels pourtant on n'est pas homme ou femme, mais bien plutôt ange ou bête. Dans notre société toute factice, l'absence totale de numéraire constitue une situation impossible, la misère effroyable ou l'impuissance absolue. L'irresponsabilité est un état de servage; quelque chose comme la honte de l'interdiction.

Je m'étais dit aussi qu'un moment viendrait où je ne pourrais plus rester à Nohant. Cela tenait à des causes encore passagères alors; mais que parfois je voyais s'aggraver d'une manière menaçante. Il eût fallu chasser mon frère, qui, gêné par une mauvaise gestion de son propre bien, était venu vivre chez nous par économie, et un autre ami de la maison pour qui j'avais, malgré sa fièvre bachique, une très véritable amitié; un homme qui, comme mon frère, avait du cœur et de l'esprit à revendre, un jour sur trois, sur quatre, ou sur cinq, selon le vent, disaient-ils. Or, il y avait des vents salés qui faisaient faire bien des folies, des figures salées qu'on ne pouvait rencontrer sans avoir envie de boire, et quand on avait bu, il se trouvait que, de toutes choses, le vin était encore la plus salée. Il n'y a rien de pis que des ivrognes spirituels et bons, on ne peut se fâcher avec eux. Mon frère avait le vin sensible, et j'étais forcée de m'enfermer dans ma cellule pour qu'il ne vînt pas pleurer toute la nuit, les fois où il n'avait pas dépassé une certaine dose qui lui donnait envie d'étrangler ses meilleurs amis. Pauvre Hippolyte! Comme il était charmant dans ses bons jours, et insupportable dans ses mauvaises heures! Tel qu'il était, et malgré des résultats indirects plus sérieux que ses radotages, ses pleurs et ses colères, j'aimais mieux songer à m'exiler qu'à le renvoyer. D'ailleurs, sa femme habitait avec nous aussi, sa pauvre excellente femme qui n'avait qu'un bonheur au monde, celui d'être d'une santé si frêle qu'elle passait dans son lit plus de temps que sur ses pieds, et qu'elle dormait d'un sommeil assez accablé pour ne pas trop s'apercevoir encore de ce qui se passait autour de nous.

Dans la vue de m'affranchir et de soustraire mes enfans à de fâcheuses influences, un jour possibles; certaine qu'on me laisserait m'éloigner, à la condition de ne pas demander le partage, même très inégal, de mon revenu, j'avais tenté de me créer quelque petit métier. J'avais essayé de faire des traductions: c'était trop long, j'y mettais trop de scrupule et de conscience; des portraits au crayon ou à l'aquarelle, en quelques heures: je saisissais très bien la ressemblance, je ne dessinais pas mal mes petites têtes, mais cela manquait d'originalité: de la couture; j'allais vite, mais je ne voyais pas assez fin, et j'appris que cela rapporterait tout au plus dix sous par jour: des modes; je pensais à ma mère, qui n'avait pu s'y remettre faute d'un petit capital. Pendant quatre ans j'allai tâtonnant et travaillant comme un nègre à ne rien faire qui vaille pour découvrir en moi une capacité quelconque. Je crus un instant l'avoir trouvée. J'avais peint des fleurs et des oiseaux d'ornement en compositions microscopiques sur des tabatières et des étuis à cigares en bois de Spa. Il s'en trouva de très jolis que le vernisseur admira lorsque à un de mes petits voyages à Paris, je les lui portai. Il me demanda si c'était mon état, je répondis que oui, pour voir ce qu'il avait à me dire. Il me dit qu'il mettrait ces petits objets sur sa montre, et qu'il les laisserait marchander. Au bout de quelques jours, il m'apprit qu'il avait refusé quatre-vingts francs de l'étui à cigares: je lui avais dit, à tout hasard, que j'en voulais cent francs, pensant qu'on ne m'en offrirait pas cent sous.

J'allai trouver les employés de la maison Giroux et leur montrai mes échantillons. Ils me conseillèrent d'essayer beaucoup d'objets différens, des éventails, des boîtes à thé, des coffrets à ouvrage, et m'assurèrent que j'en aurais le débit chez eux. J'emportai donc de Paris une provision de matériaux, mais j'usai mes yeux, mon temps et ma peine à la recherche des procédés. Certains bois réussissaient comme par miracle, d'autres laissaient tout partir ou tout gâter au vernissage. J'avais des accidens qui me retardaient, et, somme toute, les matières premières coûtaient si cher, qu'avec le temps perdu et les objets gâtés, je ne voyais, en supposant un débit soutenu, que de quoi manger du pain très sec. Je m'y obstinai pourtant, mais la mode de ces objets passa à temps pour m'empêcher d'y poursuivre un échec.

Et puis, malgré moi, je me sentais artiste, sans avoir jamais songé à me dire que je pouvais l'être. Dans un de mes courts séjours à Paris, j'étais entrée un jour au musée de peinture. Ce n'était sans doute pas la première fois, mais j'avais toujours regardé sans voir, persuadée que je ne m'y connaissais pas, et ne sachant pas tout ce qu'on peut sentir sans comprendre. Je commençai à m'émouvoir singulièrement. J'y retournai le lendemain, puis le surlendemain; et, à mon voyage suivant, voulant connaître un à un tous les chefs-d'œuvre, et me rendre compte de la différence des écoles un peu plus que par la nature des types et des sujets, je m'en allais mystérieusement toute seule dès que le musée était ouvert, et j'y restais jusqu'à ce qu'il fermât. J'étais comme enivrée, comme clouée devant le Titien, les Tintoret, les Rubens. C'était d'abord l'école flamande qui m'avait saisie par la poésie dans la réalité, et peu à peu j'arrivai à sentir pourquoi l'école italienne était si appréciée. Comme je n'avais personne pour me dire en quoi c'était beau, mon admiration croissante avait tout l'attrait d'une découverte, et j'étais toute surprise et toute ravie de trouver, devant la peinture, des jouissances égales à celles que j'avais goûtées dans la musique. J'étais loin d'avoir un grand discernement, je n'avais jamais eu la moindre notion sérieuse de cet art, qui, pas plus que les autres, ne se révèle aux sens sans le secours de facultés et d'éducation spéciales. Je savais très bien que dire devant un tableau: «Je juge parce que je vois, et je vois parce que j'ai des yeux,» est une impertinence d'épicier cuistre. Je ne disais donc rien, je ne m'interrogeais pas même pour savoir ce qu'il y avait d'obstacles ou d'affinités entre moi et les créations du génie. Je contemplais, j'étais dominée, j'étais transportée dans un monde *nouveau*. La nuit, je voyais passer devant moi toutes ces grandes figures qui, sous la main des maîtres, ont pris un cachet de puissance morale, même celles qui n'expriment que la force ou la santé physiques. C'est dans la belle peinture qu'on sent ce que c'est que la vie: c'est comme un résumé splendide de la forme et de l'expression des êtres et des choses, trop souvent voilées ou flottantes dans le mouvement de la réalité et dans l'appréciation de celui qui les contemple; c'est le spectacle de la nature et de l'humanité vu à travers le sentiment du génie qui l'a composé et mis en scène. Quelle bonne fortune pour un esprit naïf qui n'apporte devant de telles œuvres ni préventions de critique, ni préventions de capacité personnelle! L'univers se révélait à moi. Je voyais à la fois dans le présent et dans le passé, je devenais classique et romantique en même temps, sans savoir ce que signifiait la querelle agitée dans les arts. Je voyais le monde du vrai surgir à travers tous les fantômes de ma fantaisie et toutes les hésitations de mon regard. Il me semblait avoir conquis je ne sais quel trésor d'infini dont j'avais ignoré l'existence. Je n'aurais pu dire quoi, je ne savais pas de nom pour ce que je sentais se presser dans mon esprit réchauffé et comme dilaté; mais j'avais la fièvre, et je m'en revenais du musée, me perdant de rue en rue, ne sachant où j'allais, oubliant de manger, et m'apercevant tout à coup que l'heure était venue d'aller entendre le Freyschutz ou Guillaume Tell. J'entrais alors chez un pâtissier, je dînais d'une brioche, me disant avec satisfaction, devant la petite bourse dont on m'avait munie, que la suppression de mon repas me donnait le droit et le moyen d'aller au spectacle.

On voit qu'au milieu de mes projets et de mes émotions, je n'avais rien appris. J'avais lu de l'histoire et des romans; j'avais déchiffré des partitions, j'avais jeté un œil distrait sur les journaux et un peu fermé l'oreille à dessein aux entretiens politiques du moment. Mon ami Néraud, un vrai savant, artiste jusqu'au bout des ongles dans la science, avait essayé de m'apprendre la botanique; mais en courant avec lui dans la campagne, lui chargé de sa boîte de ferblanc, moi portant Maurice sur mes épaules, je ne m'étais amusée, comme disent les bonnes gens, qu'à la moutarde; encore n'avais-je pas bien étudié la moutarde et savais-je tout au plus que cette plante est de la famille des crucifères. Je me laissais distraire des classifications et des individus par le soleil dorant les brouillards, par les papillons courant après les fleurs et Maurice courant après les papillons.

Et puis j'aurais voulu tout voir et tout savoir en même temps. Je faisais causer mon professeur, et sur toutes choses il était brillant et intéressant; mais je ne m'initiai avec lui qu'à la beauté des détails, et le côté exact de la science me semblait aride pour ma mémoire récalcitrante. J'eus grand tort; mon Malgache, c'est ainsi que j'appelais Néraud, était un initiateur admirable, et j'étais encore en âge d'apprendre. Il ne tenait qu'à moi de m'instruire d'une manière générale, qui m'eût permis de me livrer seule ensuite à de bonnes études. Je me bornai à comprendre un ensemble de choses qu'il résumait en lettres ravissantes sur l'histoire naturelle et en récits de ses lointains voyages, qui m'ouvrirent un peu le monde des tropiques. J'ai retrouvé la vision qu'il m'avait donnée de l'Ile-de-France en écrivant le roman d'Indiana, et, pour ne pas copier les cahiers qu'il avait rassemblés pour moi, je n'ai pas su faire autre chose que de gâter ses descriptions en les appropriant aux scènes de mon livre.

Il est tout simple que, n'apportant dans mes projets littéraires, ni talent éprouvé, ni études spéciales, ni souvenirs d'une vie agitée à la surface, ni connaissance approfondie du monde des faits, je n'eusse aucune espèce d'ambition. L'ambition s'appuie sur la confiance en soi-même, et je n'étais pas assez sotte pour compter sur mon petit génie. Je me sentais riche d'un fond très restreint; l'analyse des sentimens, la peinture d'un certain nombre de caractères, l'amour de la nature, la familiarisation, si je puis parler ainsi, avec les scènes et les mœurs de la campagne: c'était assez pour commencer. A mesure que je vivrai, me disais-je, je verrai plus de gens et de choses, j'étendrai mon cercle d'individualités, j'agrandirai le cadre des scènes, et s'il faut, d'ailleurs, me retrancher dans le roman d'inductions, qu'on appelle le roman historique, j'étudierai le détail de l'histoire et je devinerai par la pensée la pensée des hommes qui ne sont plus.

Quand ma résolution fut mûre d'aller tenter la fortune, c'est-à-dire les mille écus de rente que j'avais toujours rêvés, la déclarer et la suivre fut l'affaire de trois jours. Mon mari me devait une pension de quinze cents francs. Je lui demandai ma fille, et la permission de passer à Paris deux fois trois mois par an, avec deux cent cinquante francs par mois d'absence. Cela ne souffrit aucune difficulté. Il pensa que c'était un caprice dont je serais bientôt lasse.

Mon frère, qui pensait de même, me dit: «Tu t'imagines vivre à Paris avec un enfant moyennant deux cent cinquante francs par mois! C'est trop risible, toi qui ne sais pas ce que coûte un poulet! Tu vas revenir avant quinze jours les mains vides, car ton mari est bien décidé à être sourd à toute demande de nouveau subside.—C'est bien, lui répondis-je, j'essaierai. Prête-moi pour huit jours l'appartement que tu occupes dans ta maison de Paris et garde-moi Solange jusqu'à ce que j'aie un logement. Je reviendrai effectivement bientôt.»

Mon frère fut le seul qui essaya de combattre ma résolution. Il se sentait un peu coupable du dégoût que m'inspirait ma maison. Il n'en voulait pas convenir avec lui-même, et il en convenait avec moi à son insu. Sa femme comprenait mieux et m'approuvait. Elle avait confiance dans mon courage et dans ma destinée. Elle sentait que je prenais le seul moyen d'éviter ou d'ajourner une détermination plus pénible.

Ma fille ne comprenait rien encore; Maurice n'eût rien compris si mon frère n'eût pris soin de lui dire que je m'en allais pour longtemps et que je ne reviendrais peut-être pas. Il agissait ainsi dans l'espoir que le chagrin de mon pauvre enfant me retiendrait. J'eus le cœur brisé de ses larmes, mais je parvins à le tranquilliser et à lui donner confiance en ma parole.

J'arrivai à Paris peu de temps après les scènes du Luxembourg et le procès des ministres.

CHAPITRE VINGT-SIXIEME.

Manière de préface à une nouvelle phase de mon récit.—Pourquoi je ne parle pas de toutes les personnes qui ont eu de l'influence sur ma vie, soit par la persuasion, soit par la persécution.—Quelques lignes de J.-J. Rousseau sur le même sujet.—Mon sentiment est tout l'opposé du sien.—Je ne sais pas attenter à la vie des autres, et, pour cause de christianisme invétéré, je n'ai pu me jeter dans la politique de personnalités.—Je reprends mon histoire.—La mansarde du quai Saint-Michel et la vie excentrique que j'ai menée pendant quelques mois avant de m'installer.—Déguisement qui réussit extraordinairement.—Méprises singulières.—M. Pinson.—Le bouquet de Mlle Leverd.—M. Rollinat père.—Sa famille.—François Rollinat.—Digression assez longue.—Mon chapitre de l'amitié, moins beau, mais aussi senti que celui de Montaigne.

Établissons un fait avant d'aller plus loin.

Comme je ne prétends pas donner le change sur quoi que ce soit en racontant ce qui me concerne, je dois commencer par dire nettement que je veux taire et non arranger ni déguiser plusieurs circonstances de ma vie. Je n'ai jamais cru avoir de secrets à garder pour mon compte vis-à-vis de mes amis. J'ai agi, sous ce rapport, avec une sincérité à laquelle j'ai dû la franchise de mes relations et le respect dont j'ai toujours été entourée dans mon milieu d'intimité. Mais vis-à-vis du public, je ne m'attribue pas le droit de disposer du passé de toutes les personnes dont l'existence a côtoyé la mienne.

Mon silence sera indulgence ou respect, oubli ou déférence, je n'ai pas à m'expliquer sur ces causes. Elles seront de diverses natures probablement, et je déclare qu'on ne doit rien préjuger pour ou contre les personnes dont je parlerai peu ou point.

Toutes mes affections ont été sérieuses, et pourtant j'en ai brisé plusieurs sciemment et volontairement. Aux yeux de mon entourage, j'ai agi trop tôt ou trop tard, j'ai eu tort ou raison, selon qu'on a plus ou moins bien connu les causes de mes résolutions. Outre que ces débats d'intérieur auraient peu d'intérêt pour le lecteur, le seul fait de les présenter à son appréciation serait contraire à toute délicatesse, car je serais forcée de sacrifier parfois la personnalité d'autrui à la mienne propre.

Puis-je, cependant, pousser cette délicatesse jusqu'à dire que j'ai été injuste en de certaines occasions pour le plaisir de l'être? Là commencerait le mensonge. Et qui donc en serait dupe? Tout le monde sait, du reste, que, dans toute querelle, qu'elle soit de famille ou d'opinion, d'intérêt ou de cœur, de sentiment ou de principes, d'amour ou d'amitié, il y a des torts réciproques, et qu'on ne peut expliquer et motiver les uns que par les autres. Il est des personnes que j'ai vues à travers un prisme d'enthousiasme, et vis-à-vis desquelles j'ai eu le grand tort de recouvrer la lucidité de mon jugement. Tout ce qu'elles avaient à me demander, c'était de bons procédés, et je défie qui que ce soit de dire que j'aie manqué à ce fait. Pourtant leur irritation a été vive, et je le comprends très bien. On est disposé, dans le premier moment d'une rupture, à prendre le désenchantement pour un outrage. Le calme se fait, on devient plus juste. Quoi qu'il en soit de ces personnes, je ne veux pas avoir à les peindre; je n'ai pas le droit de livrer leurs traits à la curiosité ou à l'indifférence des passans. Si elles vivent dans l'obscurité, laissons-les jouir de ce doux privilége. Si elles sont célèbres, laissons-les se peindre elles-mêmes, si elles le jugent à propos, et ne faisons pas le triste métier de biographe des vivans.

Les vivans! on leur doit bien, je pense, de les laisser vivre, et il y a longtemps qu'on a dit que le ridicule était une arme mortelle. S'il en est ainsi, combien plus le blâme de telle ou telle action, ou seulement la révélation de quelque faiblesse! Dans des situations plus graves que celles auxquelles je fais allusion ici, j'ai vu la perversité naître et grandir d'heure en heure; je la connais, je l'ai observée, et je ne l'ai même pas prise pour type en général, dans mes romans. On a critiqué en moi cette bénignité d'imagination. Si c'est une infirmité du cerveau, on peut bien croire qu'elle est dans mon cœur aussi et que je ne sais pas vouloir constater le laid dans la vie réelle. Voilà pourquoi je ne le montrerai pas dans une histoire véritable. Me fût-il prouvé que cela est utile à montrer, il n'en resterait pas moins certain pour moi que le pilori est un mauvais mode de prédication, et que celui qui a perdu l'espoir de se réhabiliter devant les hommes n'essaiera pas de se réconcilier avec lui-même.

D'ailleurs, moi, je pardonne, et si des âmes très coupables devant moi se réhabilitent sous d'autres influences, je suis prête à bénir. Le public n'agit pas ainsi; il condamne et lapide. Je ne veux donc pas livrer mes ennemis (si je peux me servir d'un mot qui n'a pas beaucoup de sens pour moi) à des juges sans entrailles ou sans lumières, et aux arrêts d'une opinion que ne dirige pas la moindre pensée religieuse, que n'éclaire pas le moindre principe de charité.

Je ne suis pas une sainte: j'ai dû avoir, je le répète, et j'ai eu certainement ma part de torts, sérieux aussi, dans la lutte qui s'est engagée entre moi et plusieurs individualités. J'ai dû être injuste, violente de résolutions, comme le sont les organisations lentes à se décider, et subir des préventions cruelles, comme l'imagination en crée aux sensibilités surexcitées. L'esprit de mansuétude que j'apporte ici n'a pas toujours dominé mes émotions au moment où elles se sont produites. J'ai pu murmurer contre mes souffrances et me plaindre des faits, dans le secret de l'amitié; mais jamais de sang-froid, avec préméditation et sous l'empire d'un lâche sentiment de rancune ou de haine, je n'ai traduit personne à la barre de l'opinion. Je n'ai pas voulu le faire là où les gens les plus purs et les plus sérieux s'en attribuent le droit: en politique. Je ne suis pas née pour ce métier d'exécuteur, et si j'ai refusé obstinément d'entrer dans ce fait de guerre générale, par scrupule de conscience, par générosité ou débonnaireté de caractère, à plus forte raison ne me démentirai-je pas quand il s'agira de ma cause isolée.

Et qu'on ne dise pas qu'il est facile d'écrire sa vie quand on en retranche l'exposé de certaines applications essentielles de la volonté. Non, cela n'est pas facile, car il faut prendre franchement le parti de laisser courir des récits absurdes et de folles calomnies, et j'ai pris ce parti-là, en commençant cet ouvrage. Je ne l'ai pas intitulé mes Mémoires, et c'est à dessein que je me suis servi de ces expressions: Histoire de ma vie, pour bien dire que je n'entendais pas raconter sans restriction celle des autres. Or, dans toutes les circonstances où la vie de quelqu'un de mes semblables a pu faire dévier la mienne propre de la ligne tracée par sa logique naturelle, je n'ai rien à dire, ne voulant pas faire un procès public à des influences que j'ai subies ou repoussées, à des caractères qui, par persuasion ou par persécution, m'ont déterminée à agir dans un sens ou dans l'autre. Si j'ai flotté ou erré, j'ai, du moins, la grande consolation d'être aujourd'hui certaine de n'avoir jamais agi, après réflexion, qu'avec la conviction d'accomplir un devoir ou d'user d'un droit légitime, ce qui est au fond la même chose.

J'ai reçu dernièrement un petit volume récemment publié[5], de fragmens inédits de Jean-Jacques Rousseau, et j'ai été vivement frappée de ce passage qui faisait partie d'un projet de préface ou introduction aux Confessions: «Les liaisons que j'ai eues avec plusieurs personnes me forcent d'en parler aussi librement que de moi. Je ne puis me bien faire connaître que je ne les fasse connaître aussi; et l'on ne doit pas s'attendre que, dissimulant dans cette occasion ce qui ne peut être tu sans nuire aux vérités que je dois dire, j'aurai pour d'autres des ménagemens que je n'ai pas pour moi-même.»

Je ne sais pas si, lors même qu'on est Jean-Jacques Rousseau, on a le droit de traduire ainsi ses contemporains devant ses contemporains pour une cause toute personnelle. Il y a là quelque chose qui révolte la conscience publique. On aimerait que Rousseau se fût laissé accuser de légèreté et d'ingratitude envers Mme de Warens, plutôt que d'apprendre par lui des détails qui souillent l'image de sa bienfaitrice. On eût pu pressentir qu'il y eût des motifs à son inconstance, des excuses à son oubli, et le juger avec d'autant plus de générosité qu'il en eût paru digne par sa générosité même.

J'écrivais, il y a sept ans, aux premières pages de ce récit: «Comme nous sommes tous solidaires, il n'y a point de faute isolée. Il n'y a point d'erreur dont quelqu'un ne soit la cause ou le complice, et il est impossible de s'accuser sans accuser le prochain, non pas seulement l'ennemi qui nous dénonce, mais encore parfois l'ami qui nous défend. C'est ce qui est arrivé à Rousseau, et cela est mal.»

Oui, cela est mal. Après sept ans d'un travail cent fois interrompu par des préoccupations générales et particulières qui ont donné à mon esprit tout le loisir de nouvelles réflexions et tout le profit d'un nouvel examen, je me retrouve vis-à-vis de moi-même et de mon ouvrage dans la même conviction, dans la même certitude. Certaines confidences personnelles, qu'elles soient confession ou justification, deviennent, dans des conditions de publicité littéraire, un attentat à la conscience, à la réputation d'autrui, ou bien elles ne sont pas complètes et par là elles ne sont pas vraies.

Tout ceci établi, je continue. Je retire à mes souvenirs une portion de leur intérêt, mais il leur restera encore assez d'utilité, sous plus d'un rapport, pour que je prenne la peine de les écrire.

Ici ma vie devient plus active, plus remplie de détails et d'incidens. Il me serait impossible de les retrouver dans un ordre de dates certaines. J'aime mieux les classer par ordre de progression dans leur importance.

Je cherchai un logement et m'établis bientôt quai Saint-Michel, dans une des mansardes de la grande maison qui fait le coin de la place, au bout du pont, en face de la Morgue. J'avais là trois petites pièces très propres donnant sur un balcon d'où je dominais une grande étendue du cours de la Seine, et d'où je contemplais face à face les monumens gigantesques de Notre-Dame, Saint-Jacques-la-Boucherie, la Sainte-Chapelle, etc. J'avais du ciel, de l'eau, de l'air, des hirondelles, de la verdure sur les toits; je ne me sentais pas trop dans le Paris de la civilisation, qui n'eût convenu ni à mes goûts ni à mes ressources, mais plutôt dans le Paris pittoresque et poétique de Victor Hugo, dans la ville du passé.

J'avais, je crois, trois cents francs de loyer par an. Les cinq étages de l'escalier me chagrinaient fort, je n'ai jamais su monter, mais il le fallait bien, et souvent avec ma grosse fille dans les bras; je n'avais pas de servante. Ma portière, très fidèle, très propre et très bonne, m'aida à faire mon ménage pour 15 fr. par mois. Je me fis apporter mon repas de chez un gargotier très propre et très honnête aussi, moyennant deux francs par jour. Je savonnais et repassais moi-même le fin. J'arrivai alors à trouver mon existence possible dans la limite de ma pension.

Le plus difficile fut d'acheter des meubles. Je n'y mis pas de luxe, comme on peut croire. On me fit crédit, et je parvins à payer; mais cet établissement, si modeste qu'il fût, ne put s'organiser tout de suite: quelques mois se passèrent, tant à Paris qu'à Nohant, avant que je pusse transplanter Solange de son palais de Nohant (relativement parlant), dans cette pauvreté, sans qu'elle en souffrît, sans qu'elle s'en aperçût. Tout s'arrangea peu à peu, et dès que je l'eus auprès de moi, avec le vivre et le service assurés, je pus devenir sédentaire, ne sortir le jour que pour la mener promener au Luxembourg, et passer à écrire toutes mes soirées auprès d'elle.

Jusque-là, c'est-à-dire jusqu'à ce que ma fille fût avec moi à Paris, j'avais vécu d'une manière moins facile et même d'une manière très inusitée, mais qui allait pourtant très directement à mon but.

Je ne voulais pas dépasser mon budget, je ne voulais rien emprunter; ma dette de 500 francs, la seule de ma vie, m'avait tant tourmentée! Et si M. Dudevant eût refusé de la payer! Il la paya de bonne grâce: mais je n'avais osé la lui déclarer qu'étant très malade et craignant de mourir insolvable. J'allais cherchant de l'ouvrage et n'en trouvant pas. Je dirai tout à l'heure où j'en étais de mes chances littéraires. J'avais en montre un petit portrait dans le café du quai Saint-Michel, dans la maison même, mais la pratique n'arrivait pas. J'avais raté la ressemblance de ma portière: cela risquait de me faire bien du tort dans le quartier.

J'aurais voulu lire, je n'avais pas de livres de fonds. Et puis c'était l'hiver, il n'est pas économique de garder la chambre quand on doit compter les bûches. J'essayai de m'installer à la bibliothèque Mazarine; mais il eût mieux valu, je crois, aller travailler sur les tours de Notre-Dame, tant il y faisait froid. Je ne pus y tenir, moi qui suis l'être le plus frileux que j'aie jamais connu. Il y avait là de vieux piocheurs qui s'installaient à une table, immobiles, satisfaits, momifiés, et ne paraissant pas s'apercevoir que leurs nez bleus se cristallisaient. J'enviais cet état de pétrification: je les regardais s'asseoir et se lever comme poussés par un ressort, pour bien m'assurer qu'ils étaient en bois.

Et puis encore j'étais avide de me déprovincialiser et de me mettre au courant des choses, au niveau des idées et des formes de mon temps. J'en sentais la nécessité, j'en avais la curiosité; excepté les œuvres les plus saillantes, je ne connaissais rien des arts modernes; j'avais surtout soif du théâtre.

Je savais bien qu'il était impossible à une femme pauvre de se passer ces fantaisies. Balzac disait: «On ne peut pas être femme à Paris à moins d'avoir 25 mille francs de rente.» Et ce paradoxe d'élégance devenait une vérité pour la femme qui voulait être artiste.

Pourtant je voyais mes jeunes amis berrichons, mes compagnons d'enfance, vivre à Paris avec aussi peu que moi et se tenir au courant de tout ce qui intéresse la jeunesse intelligente. Les événemens littéraires et politiques, les émotions des théâtres et des musées, des clubs et de la rue, ils voyaient tout, ils étaient partout. J'avais d'aussi bonnes jambes qu'eux et de ces bons petits pieds du Berry qui ont appris à marcher dans les mauvais chemins, en équilibre sur de gros sabots. Mais sur le pavé de Paris, j'étais comme un bateau sur la glace. Les fines chaussures craquaient en deux jours, les socques me faisaient tomber, je ne savais pas relever ma robe. J'étais crottée, fatiguée, enrhumée, et je voyais chaussures et vêtemens, sans compter les petits chapeaux de velours arrosés par les gouttières, s'en aller en ruine avec une rapidité effrayante.

J'avais fait déjà ces remarques et ces expériences avant de songer à m'établir à Paris, et j'avais posé ce problème à ma mère, qui y vivait très élégante et très aisée avec 3,500 francs de rente: comment suffire à la plus modeste toilette dans cet affreux climat, à moins de vivre enfermée dans sa chambre sept jours sur huit? Elle m'avait répondu: «C'est très possible à mon âge et avec mes habitudes; mais quand j'étais jeune et que ton père manquait d'argent, il avait imaginé de m'habiller en garçon. Ma sœur en fit autant, et nous allions partout à pied avec nos maris, au théâtre, à toutes les places. Ce fut une économie de moitié dans nos ménages.»

Cette idée me parut d'abord divertissante et puis très ingénieuse. Ayant été habillée en garçon durant mon enfance, ayant ensuite chassé en blouse et en guêtres avec Deschartres, je ne me trouvai pas étonnée du tout de reprendre un costume qui n'était pas nouveau pour moi. A cette époque, la mode aidait singulièrement au déguisement. Les hommes portaient de longues redingotes carrées, dites à la propriétaire, qui tombaient jusqu'aux talons et qui dessinaient si peu la taille que mon frère, en endossant la sienne à Nohant, m'avait dit en riant: «C'est très joli, cela, n'est-ce pas? C'est la mode, et ça ne gêne pas. Le tailleur prend mesure sur une guérite, et ça irait à ravir à tout un régiment.»

Je me fis donc faire une redingote-guérite en gros drap gris, pantalon et gilet pareils. Avec un chapeau gris et une grosse cravate de laine, j'étais absolument un petit étudiant de première année. Je ne peux pas dire quel plaisir me firent mes bottes: j'aurais volontiers dormi avec, comme fit mon frère dans son jeune âge, quand il chaussa la première paire. Avec ces petits talons ferrés, j'étais solide sur le trottoir. Je voltigeais d'un bout de Paris à l'autre. Il me semblait que j'aurais fait le tour du monde. Et puis, mes vêtemens ne craignaient rien. Je courais par tous les temps, je revenais à toutes les heures, j'allais au parterre de tous les théâtres. Personne ne faisait attention à moi et ne se doutait de mon déguisement. Outre que je le portais avec aisance, l'absence de coquetterie du costume et de la physionomie écartait tout soupçon. J'étais trop mal vêtue, et j'avais l'air trop simple (mon air habituel, distrait et volontiers hébété) pour attirer ou fixer les regards. Les femmes savent peu se déguiser, même sur le théâtre. Elles ne veulent pas sacrifier la finesse de leur taille, la petitesse de leurs pieds, la gentillesse de leurs mouvemens, l'éclat de leurs yeux, et c'est par tout cela pourtant, c'est par le regard surtout qu'elles peuvent arriver à n'être pas facilement devinées. Il y a une manière de se glisser partout sans que personne détourne la tête, et de parler sur un diapason bas et sourd qui ne résonne pas en flûte aux oreilles qui peuvent vous entendre. Au reste, pour n'être pas remarquée en homme, il faut avoir déjà l'habitude de ne pas se faire remarquer en femme.

Je n'allais jamais seule au parterre, non pas que j'y aie vu les gens plus ou moins mal appris qu'ailleurs, mais à cause de la claque payée et non payée, qui, à cette époque, était fort querelleuse. On se bousculait beaucoup aux premières représentations, et je n'étais pas de force à lutter contre la foule. Je me plaçais toujours au centre du petit bataillon de mes amis berrichons, qui me protégeaient de leur mieux. Un jour pourtant, que nous étions près du lustre, et qu'il m'arriva de bâiller sans affectation, mais naïvement et sincèrement, les romains voulurent me faire un mauvais parti. Ils me traitèrent de garçon perruquier. Je m'aperçus alors que j'étais très colère et très mauvaise tête quand on me cherchait noise, et si mes amis n'eussent été en nombre pour imposer à la claque, je crois bien que je me serais fait assommer.

Je raconte là un temps très passager et très accidentel dans ma vie, bien qu'on ait dit que j'avais passé plusieurs années ainsi, et que, dix ans plus tard, mon fils encore imberbe ait été souvent pris pour moi. Il s'est amusé de ces quiproquos, et puisque je suis sur ce chapitre, je m'en rappelle plusieurs qui me sont propres et qui datent de 1831.

Je dînais alors chez Pinson, restaurateur, rue de l'Ancienne-Comédie. Un de mes amis m'ayant appelée madame devant lui, il crut devoir en faire autant. «Eh non, lui dis-je, vous êtes du secret, appelez-moi monsieur.» Le lendemain, je n'étais pas déguisée, il m'appela monsieur. Je lui en fis reproche, mais ce fréquent changement de costume ne put jamais s'arranger avec les habitudes de son langage. Il ne s'était pas plus tôt accoutumé à dire monsieur que je reparaissais en femme, et il n'arrivait à dire madame que le jour où je redevenais monsieur. Ce brave et honnête père Pinson! Il était l'ami de ses cliens, et quand ils n'avaient pas de quoi payer, non seulement il attendait, mais encore il leur ouvrait sa bourse. Pour moi, bien que j'aie fort peu mis son obligeance à contribution, j'ai toujours été reconnaissante de sa confiance comme d'un service rendu.

Mais c'est à la première représentation de la Reine d'Espagne, de Delatouche, que j'eus la comédie pour mon propre compte.

J'avais des billets d'auteur, et cette fois je me prélassais au balcon, dans ma redingote grise, au-dessous d'une loge où Mlle Leverd, une actrice de grand talent qui avait été jolie, mais que la petite-vérole avait défigurée, étalait un superbe bouquet qu'elle laissa tomber sur mon épaule. Je n'étais pas dans mon rôle au point de le ramasser. «Jeune homme, me dit-elle d'un ton majestueux, mon bouquet! Allons donc!» Je fis la sourde oreille. «Vous n'êtes guère galant, me dit un vieux monsieur qui était à côté de moi, et qui s'élança pour ramasser le bouquet. A votre âge, je n'aurais pas été si distrait.» Il présenta le bouquet à Mlle Leverd, qui s'écria en grasseyant: «Ah! vraiment, c'est vous, monsieur Rollinat?» Et ils causèrent ensemble de la pièce nouvelle.—Bon, pensai-je; me voilà auprès d'un compatriote qui me reconnaît peut-être, bien que je ne me souvienne pas de l'avoir jamais vu. M. Rollinat le père était le premier avocat de notre département.

Pendant qu'il causait avec Mlle Leverd, M. Duris-Dufresne, qui était à l'orchestre, monta au balcon pour me dire bonjour. Il m'avait déjà vue déguisée, et s'asseyant un instant à la place vide de M. Rollinat, il me parla, je m'en souviens, de la Fayette, avec qui il voulait me faire faire connaissance. M. Rollinat revint à sa place et ils se parlèrent à voix basse; puis le député se retira en me saluant avec un peu trop de déférence pour le costume que je portais. Heureusement l'avocat n'y fit pas attention et me dit en se rasseyant: «Ah çà, il paraît que nous sommes compatriotes? Notre député vient de me dire que vous étiez un jeune homme très distingué. Pardon, moi, j'aurais dit un enfant. Quel âge avez-vous donc? Quinze ans, seize ans?—Et vous, monsieur, lui dis-je, vous qui êtes un avocat très distingué, quel âge avez-vous donc?—Oh! moi! reprit-il en riant, j'ai passé la septantaine.—Eh bien, vous êtes comme moi, vous ne paraissez pas avoir votre âge.»

La réponse lui fut agréable, et la conversation s'engagea. Quoique j'aie toujours eu fort peu d'esprit, si peu qu'en ait une femme, elle en a toujours plus qu'un collégien. Le bon père Rollinat fut si frappé de ma haute intelligence qu'à plusieurs reprises il s'écria: «Singulier, singulier!» La pièce tomba violemment, malgré un feu roulant d'esprit, des situations charmantes et un dialogue tout inspiré de la verve de Molière; mais il est certain que le sujet de l'intrigue et la crudité des détails étaient un anachronisme. Et puis, la jeunesse était romantique. Delatouche avait mortellement blessé ce qu'on appelait alors la pléiade, en publiant un article intitulé la Camaraderie; moi seule peut-être dans la salle, j'aimais à la fois Delatouche et les romantiques.

Dans les entr'actes, je causai jusqu'à la fin avec le vieux avocat, qui jugeait bien et sainement le fort et le faible de la pièce. Il aimait à parler et s'écoutait lui-même plus volontiers que les autres. Content d'être compris, il me prit en amitié, me demanda mon nom et m'engagea à l'aller voir. Je lui dis un nom en l'air qu'il s'étonna de ne pas connaître, et lui promis de le voir en Berry. Il conclut en me disant: «M. Dufresne ne m'avait pas trompé: vous êtes un enfant remarquable. Mais je vous trouve faible sur vos études classiques. Vous me dites que vos parens vous ont élevé à la maison, et que vous n'avez fait ni ne comptez faire vos classes. Je vois bien que cette éducation a son bon côté: vous êtes artiste, et, sur tout ce qui est idée ou sentiment, vous en savez plus long que votre âge ne le comporte. Vous avez une convenance et des habitudes de langage qui me font croire que vous pourrez un jour écrire avec succès. Mais, croyez-moi, faites vos études classiques. Rien ne remplace ce fonds-là. J'ai douze enfans. J'ai mis tous mes enfans au collége. Il n'y en a pas un qui ait votre précocité de jugement, mais ils sont tous capables de se tirer d'affaire dans les diverses professions que la jeunesse peut choisir; tandis que vous, vous êtes forcé d'être artiste et rien autre chose. Or, si vous échouez dans l'art, vous regretterez beaucoup de n'avoir pas reçu l'éducation commune.»

J'étais persuadée que ce brave homme n'était pas la dupe de mon déguisement et qu'il s'amusait avec esprit à me pousser dans mon rôle. Cela me faisait l'effet d'une conversation de bal masqué, et je me donnais si peu de peine pour soutenir la fiction, que je fus fort étonnée d'apprendre plus tard qu'il y avait été de la meilleure foi du monde.

L'année suivante, M. Dudevant me présenta François Rollinat, qu'il avait invité à venir passer quelques jours à Nohant, et à qui je demandai d'interroger son père sur un petit bonhomme avec lequel il avait causé avec beaucoup de bonté à la première et dernière représentation de la Reine d'Espagne. «Eh! précisément, répondit Rollinat, mon père nous parlait l'autre jour de cette rencontre à propos de l'éducation en général. Il disait avoir été frappé de l'aisance d'esprit et des manières des jeunes gens d'aujourd'hui, d'un entre autres, qui lui avait parlé de toutes choses comme un petit docteur, tout en lui avouant qu'il ne savait ni latin ni grec, et qu'il n'étudiait ni droit ni médecine.—Et votre père ne s'est pas avisé de penser que ce petit docteur pouvait bien être une femme?—Vous peut-être? s'écria Rollinat.—Précisément!—Eh bien! de toutes les conjectures auxquelles mon père s'est livré, en s'enquérant en vain du fils de famille que vous pouviez être, voilà la seule qui ne se soit présentée ni à lui ni à nous. Il a été cependant frappé et intrigué, il cherche encore, et je veux bien me garder de le détromper. Je vous demande la permission de vous le présenter sans l'avertir de rien.—Soit! mais il ne me reconnaîtra pas, car il est probable qu'il ne m'a pas regardée.»

Je me trompais; M. Rollinat avait si bien fait attention à ma figure qu'en me voyant il fit un saut sur ses jambes grêles et encore lestes, en s'écriant! «Oh! ai-je été assez bête!»

Nous fûmes dès lors comme des amis de vingt ans, et puisque je tiens ce personnage, je parlerai ici de lui et de sa famille, bien que tout cela pousse mon récit un peu en avant de la période où je le laisse un moment pour le reprendre tout à l'heure.

M. Rollinat le père, malgré sa théorie sur l'éducation classique, était artiste de la tête aux pieds, comme le sont, au reste, tous les avocats un peu éminens. C'était un homme de sentiment et d'imagination, fou de poésie, très poète et pas mal fou lui-même, bon comme un ange, enthousiaste, prodigue, gagnant avec ardeur une fortune pour ses douze enfans, mais la mangeant à mesure sans s'en apercevoir; les idolâtrant, les gâtant et les oubliant devant la table de jeu, où, gagnant et perdant tour à tour, il laissa son reste avec sa vie.

Il était impossible de voir un vieillard plus jeune et plus vif, buvant sec et ne se grisant jamais, chantant et folâtrant avec la jeunesse sans jamais se rendre ridicule, parce qu'il avait l'esprit chaste et le cœur naïf; enthousiaste de toutes les choses d'art, doué d'une prodigieuse mémoire et d'un goût exquis, c'était à coup sûr une des plus heureuses organisations que le Berry ait produites.

Il n'épargna rien pour l'éducation de sa nombreuse famille. L'aîné fut avocat, un autre missionnaire, un troisième savant, un autre militaire, les autres artistes et professeurs, les filles comme les garçons. Ceux que j'ai connus plus particulièrement sont François, Charles et Marie-Louise. Cette dernière a été gouvernante de ma fille pendant un an. Charles, qui avait un admirable talent, une voix magnifique, un esprit charmant comme son caractère, mais dont l'âme fière et contemplative ne voulut jamais se livrer à la foule, a été se fixer en Russie, où il a fait successivement plusieurs éducations chez de grands personnages.

François avait terminé ses études de bonne heure. A vingt-deux ans, reçu avocat, il vint exercer à Châteauroux. Son père lui céda son cabinet, estimant lui donner une fortune, et ne doutant pas qu'il ne pût facilement faire face à tous les besoins de la famille avec un beau talent et une belle clientèle. En conséquence, il ne se tourmenta plus de rien, et mourut en jouant et en riant, laissant plus de dettes que de biens, et toute la famille à élever ou à établir.

François a porté cette charge effroyable avec la patience du bœuf berrichon. Homme d'imagination et de sentiment, lui aussi, artiste comme son père, mais philosophe plus sérieux, il a, dès l'âge de vingt-deux ans, absorbé sa vie, sa volonté, ses forces, dans l'aride travail de la procédure pour faire honneur à tous ses engagemens et mener à bien l'existence de sa mère et de onze frères et sœurs. Ce qu'il a souffert de cette abnégation, de ce dégoût d'une profession qu'il n'a jamais aimée, et où le succès de son talent n'a jamais pu réussir à le griser, de cette vie étroite, refoulée, assujettie des tracasseries du présent, des inquiétudes de l'avenir, du ver rongeur de la dette sacrée, nul ne s'en est douté, quoique le souci et la fatigue l'aient écrit sur sa figure assombrie et préoccupée. Lourd et distrait à l'habitude, Rollinat ne se révèle que par éclairs; mais alors c'est l'esprit le plus net, le tact le plus sûr, la pénétration la plus subtile; et quand il est retiré et bien caché dans l'intimité, quand son cœur satisfait ou soulagé permet à son esprit de s'égayer, c'est le fantaisiste le plus inouï, et je ne connais rien de désopilant comme ce passage subit d'une gravité presque lugubre à une verve presque délirante.

Mais tout ce que je raconte là ne dit pas et ne saurait dire les trésors d'exquise bonté, de candeur généreuse et de haute sagesse que renferme, à l'insu d'elle-même, cette âme d'élite. Je sus l'apprécier à première vue, et c'est par là que j'ai été digne d'une amitié que je place au nombre des plus précieuses bénédictions de ma destinée. Outre les motifs d'estime et de respect que j'avais pour ce caractère éprouvé par tant d'abnégation et de simplicité dans l'héroïsme domestique, une sympathie particulière, une douce entente d'idées, une conformité, ou, pour mieux dire, une similitude extraordinaire d'appréciation de toutes choses, nous révélèrent l'un à l'autre ce que nous avions rêvé de l'amitié parfaite, un sentiment à part de tous les autres sentimens humains par sa sainteté et sa sérénité.

Il est bien rare qu'entre un homme et une femme, quelque pensée plus vive que ne le comporte de lien fraternel ne vienne jeter quelque trouble, et souvent l'amitié fidèle d'un homme mûr n'est pour nous que la générosité d'une passion vaincue dans le passé. Une femme chaste et sincère échappe vite à ce danger, et l'homme qui ne lui pardonne pas de n'avoir pas partagé ses agitations secrètes n'est pas digne du bienfait de l'amitié. Je dois dire qu'en général j'ai été heureuse sous ce rapport, et que, malgré la confiance romanesque dont on m'a souvent raillée, j'ai eu, en somme, l'instinct de découvrir les belles âmes et d'en conserver l'affection. Je dois dire aussi que, n'étant pas du tout coquette, ayant même une sorte d'horreur pour cette étrange habitude de provocation dont ne se défendent pas toutes les femmes honnêtes, j'ai rarement eu à lutter contre l'amour dans l'amitié. Aussi, quand il a fallu l'y découvrir, je ne l'ai jamais trouvé offensant, parce qu'il était sérieux et respectueux.

Quant à Rollinat, il n'est pas le seul de mes amis qui m'ait fait, du premier jour jusqu'à celui-ci, l'honneur de ne voir en moi qu'un frère. Je leur ai toujours avoué à tous que j'avais pour lui une sorte de préférence inexplicable. D'autres m'ont, autant que lui, respectée dans leur esprit et servie de leur dévouement, d'autres que le lien des souvenirs d'enfance devrait pourtant me rendre plus précieux: ils ne me le sont pas moins; mais c'est parce que je n'ai pas ce lien avec Rollinat, c'est parce que notre amitié n'a que vingt-cinq ans de date, que je dois la considérer comme plus fondée sur le choix que sur l'habitude. C'est d'elle que je me suis souvent plu à dire avec Montaigne:

«Si on me presse de dire pourquoy je l'aime, je sens que cela ne se peut exprimer qu'en respondant: Parce que c'est luy, parce que c'est moy. Il y a au delà de tout mon discours et de ce que j'en puis dire particulièrement, je ne sçay quelle force inexplicable et fatale, médiatrice de cette union. Nous nous cherchions avant que de nous être veus et par des rapports que nous oyïons l'un de l'autre qui faisoient en notre affection plus d'effort que ne porte la raison des rapports. Et à notre première rencontre, nous nous trouvâmes si pris, si cognus, si obligez entre nous, que rien dès lors ne nous fut si proche que l'un à l'autre. Ayant si tard commencé, nostre intelligence n'avoit point à perdre tems et n'avoit à se reigler au patron des amitiés régulières auxquelles il faut tant de précautions de longue et préalable conversation.»

Dès ma jeunesse, dès mon enfance, j'avais eu le rêve de l'amitié idéale, et je m'enthousiasmais pour ces grands exemples de l'antiquité, où je n'entendais pas malice. Il me fallut, dans la suite, apprendre qu'elle était accompagnée de cette déviation insensée ou maladive dont Cicéron disait: Quis est enim iste amor amicitiæ? Cela me causa une sorte de frayeur, comme tout ce qui porte le caractère de l'égarement et de la dépravation. J'avais vu des héros si purs, et il me fallait les concevoir si dépravés ou si sauvages! Aussi fus-je saisie de dégoût jusqu'à la tristesse quand, à l'âge où l'on peut tout lire, je compris toute l'histoire d'Achille et de Patrocle, d'Harmodius et d'Aristogiton. Ce fut justement le chapitre de Montaigne sur l'amitié qui m'apporta cette désillusion, et dès lors ce même chapitre si chaste et si ardent, cette expression mâle et sainte d'un sentiment élevé jusqu'à la vertu, devint une sorte de loi sacrée applicable à une aspiration de mon âme.

J'étais pourtant blessée au cœur du mépris que mon cher Montaigne faisait de mon sexe quand il disait: «A dire vray, la suffisance ordinaire des femmes n'est pas pour respondre à cette conférence et communication nourrisse de cette sainte cousture: ny leur âme ne semble assez ferme pour soustenir restreinte d'un nœud si pressé et si durable.»

En méditant Montaigne dans le jardin d'Ormesson, je m'étais souvent sentie humiliée d'être femme, et j'avoue que, dans toute lecture d'enseignement philosophique, même dans les livres saints, cette infériorité morale attribuée à la femme a révolté mon jeune orgueil. «Mais cela est faux! m'écriai-je; cette ineptie et cette frivolité que vous nous jetez à la figure, c'est le résultat de la mauvaise éducation à laquelle vous nous avez condamnées, et vous aggravez le mal en le constatant. Placez-nous dans de meilleures conditions, placez-y les hommes aussi: faites qu'ils soient purs, sérieux et forts de volonté, et vous verrez bien que nos âmes sont sorties semblables des mains du Créateur.»

Puis, m'interrogeant moi-même et me rendant bien compte des alternatives de langueur et d'énergie, c'est-à-dire de l'irrégularité de mon organisation essentiellement féminine, je voyais bien qu'une éducation rendue un peu différente de celle des autres femmes par des circonstances fortuites avait modifié mon être; que mes petits os s'étaient endurcis à la fatigue, ou bien que ma volonté développée par les théories stoïciennes de Deschartres d'une part, et les mortifications chrétiennes de l'autre, s'était habituée à dominer souvent les défaillances de la nature. Je sentais bien aussi que la stupide vanité des parures, pas plus que l'impur désir de plaire à tous les hommes, n'avaient de prise sur mon esprit formé au mépris de ces choses par les leçons et les exemples de ma grand'mère. Je n'étais donc pas tout à fait une femme comme celles que censurent et raillent les moralistes; j'avais dans l'âme l'enthousiasme du beau, la soif du vrai, et pourtant j'étais bien une femme comme toutes les autres, souffreteuse, nerveuse, dominée par l'imagination, puérilement accessible aux attendrissemens et aux inquiétudes de la maternité. Cela devait-il me reléguer à un rang secondaire dans la création et dans la famille? Cela étant réglé par la société, j'avais encore la force de m'y soumettre patiemment ou gaîment. Quel homme m'eût donné l'exemple de ce secret héroïsme qui n'avait que Dieu pour confident des protestations de la dignité méconnue?

Que la femme soit différente de l'homme, que le cœur et l'esprit aient un sexe, je n'en doute pas. Le contraire fera toujours exception même en supposant que notre éducation fasse les progrès nécessaires (je ne la voudrais pas semblable à celle des hommes), la femme sera toujours plus artiste et plus poète dans sa vie, l'homme le sera toujours plus dans son œuvre. Mais cette différence, essentielle pour l'harmonie des choses et pour les charmes les plus élevés de l'amour, doit-elle constituer une infériorité morale? Je ne parle pas ici socialisme: au temps où cette question fondamentale commença à me préoccuper, je ne savais ce que c'était que le socialisme. Je dirai plus tard en quoi et pourquoi mon esprit s'est refusé à le suivre sur la voie de prétendu affranchissement où certaines opinions ont fait dévier, selon moi, la théorie des véritables instincts et des nobles destinées de la femme: mais je philosophais dans le secret de ma pensée, et je ne voyais pas que la vraie philosophie fût trop grande dame pour nous admettre à l'égalité dans son estime, comme le vrai Dieu nous y admet dans les promesses du ciel.

J'allais donc nourrissant le rêve des mâles vertus auxquelles les femmes peuvent s'élever, et à toute heure j'interrogeais mon âme avec une naïve curiosité pour savoir si elle avait la puissance de son aspiration, et si la droiture, le désintéressement, la discrétion, la persévérance dans le travail, toutes les forces enfin que l'homme s'attribue exclusivement étaient interdites en pratique à un cœur qui en acceptait ardemment et passionnément le précepte. Je ne me sentais ni perfide, ni vaine, ni bavarde, ni paresseuse, et je me demandais pourquoi Montaigne ne m'eût pas aimée et respectée à l'égal d'un frère, à l'égal de son cher de la Béotie.

En méditant aussi ce passage sur l'absorption rêvée par lui, mais par lui déclarée impossible, de l'être tout entier dans l'amor amicitiæ, entre l'homme et la femme, je crus avec lui longtemps que les transports et les jalousies de l'amour étaient inconciliables avec la divine sérénité de l'amitié, et, à l'époque où j'ai connu Rollinat, je cherchais l'amitié sans l'amour comme un refuge et un sanctuaire où je pusse oublier l'existence de toute affection orageuse et navrante. De douces et fraternelles amitiés m'entouraient déjà de sollicitudes et de dévouemens dont je ne méconnaissais pas le prix: mais, par une combinaison sans doute fortuite de circonstances, aucun de mes anciens amis, homme ou femme, n'était précisément d'âge à me bien connaître et à me bien comprendre, les uns pour être trop jeunes, les autres pour être trop vieux. Rollinat, plus jeune que moi de quelques années, ne se trouva pas différent de moi pour cela. Une fatigue extrême de la vie l'avait déjà placé à un point de vue de désespérance, tandis qu'un enthousiasme invincible pour l'idéal le conservait vivant et agité sous le poids de la résignation absolue aux choses extérieures. Le contraste de cette vie intense, brûlant sous la glace, ou plutôt sous sa propre cendre, répondait à ma propre situation, et nous fûmes étonnés de n'avoir qu'à regarder chacun en soi-même pour nous connaître à l'état philosophique. Les habitudes de la vie étaient autres à la surface; mais il y avait une ressemblance d'organisation qui rendit notre mutuel commerce aussi facile dès l'abord que s'il eût été fondé sur l'habitude: même manie d'analyse, même scrupule de jugement allant jusqu'à l'indécision, même besoin de la notion du souverain bien, même absence de la plupart des passions et des appétits qui gouvernent ou accidentent la vie de la plupart des hommes; par conséquent, même rêverie incessante, mêmes accablemens profonds, mêmes gaîtés soudaines, même innocence de cœur, même incapacité d'ambition, mêmes paresses princières de la fantaisie aux momens dont les autres profitent pour mener à bien leur gloire et leur fortune, même satisfaction triomphante à l'idée de se croiser les bras devant toute chose réputée sérieuse qui nous paraissait frivole et en dehors des devoirs admis par nous comme sérieux; enfin mêmes qualités ou mêmes défauts, mêmes sommeils et mêmes réveils de la volonté.

Le devoir nous a jetés cependant tout entiers dans le travail, pieds et poings liés, et nous y sommes restés avec une persistance invincible, cloués par ces devoirs acceptés sans discussion. D'autres caractères, plus brillans et plus actifs en apparence, m'ont souvent prêché le courage. Rollinat ne m'a jamais prêché que d'exemple, sans se douter même de la valeur et de l'effet de cet exemple. Avec lui et pour lui, je fis le code de la véritable et saine amitié, d'une amitié à la Montaigne, toute de choix, d'élection et de perfection. Cela ressembla d'abord à une convention romanesque, et cela a duré vingt-cinq ans, sans que la sainte cousture des âmes se soit relâchée un seul instant, sans qu'un doute ait effleuré la foi absolue que nous avons l'un dans l'autre, sans qu'une exigence, une préoccupation personnelle ait rappelé à l'un ou à l'autre qu'il était un être à part, une existence différente de l'âme unique en deux personnes.

D'autres attachemens ont pris cependant la vie tout entière de chacun de nous, des affections plus complètes, en égard aux lois de la vie réelle, mais qui n'ont rien ôté à l'union tout immatérielle de nos cœurs. Rien dans cette union paisible et pour ainsi dire paradisiaque ne pouvait rendre jalouses ou inquiètes les âmes associées à notre existence plus intime. L'être que l'un de nous préférait à tous les autres devenait aussitôt cher et sacré à l'autre, et sa plus douce société. Enfin, cette amitié est restée digne des plus beaux romans de la chevalerie. Bien qu'elle n'ait jamais rien posé; elle en a, elle en aura toujours la grandeur en nous-mêmes, et ce pacte de deux cerveaux enthousiastes a pris toute la consistance d'une certitude religieuse. Fondée sur l'estime, dans le principe, elle a passé dans les entrailles à ce point de n'avoir plus besoin d'estime mutuelle, et s'il était possible que l'un de nous deux arrivât à l'aberration de quelque vice ou de quelque crime, il pourrait se dire encore qu'il existe sur la terre une âme pure et saine qui ne se détacherait pas de lui.

Je me souviens en ce moment d'une circonstance où un autre de mes amis l'accusa vivement auprès de moi d'un tort sérieux. Cela n'avait rien de fondé, et je ne sus que hausser les épaules; mais quand je vis que la prévention s'obstinait contre lui, je ne pus m'empêcher de dire avec impatience: «Eh bien! quand cela serait? Du moment que c'est lui, c'est bien. Ça m'est égal.»

Plus souvent accusée que lui, parce que j'ai eu une existence plus en vue, je suis certaine qu'il a dû plus d'une fois répondre à propos de moi comme j'ai fait à propos de lui. Il n'est pas un seul autre de mes amis qui n'ait discuté avec moi sur quelque opinion ou quelque fait personnel, et qui, par conséquent, ne m'ait parfois discutée vis-à-vis de lui-même. C'est un droit qu'il faut reconnaître à l'amitié dans les conditions ordinaires de la vie et qu'elle regarde souvent comme un devoir; mais là où ce droit n'a pas été réservé, pas même prévu par une confiance sans limites, là où ce devoir disparaît dans la plénitude d'une foi ardente, là seulement est la grande, l'idéale amitié. Or, j'ai besoin d'idéal. Que ceux qui n'en ont que faire s'en passent.

Mais vous qui flottez encore entre la mesure de poésie et de réalité que la sagesse peut admettre, vous pour qui j'écris et à qui j'ai promis de dire des choses utiles, à l'occasion, vous me pardonnerez cette longue digression en faveur de la conclusion qu'elle amène et que voici.

Oui, il faut poétiser les beaux sentimens dans son âme et ne pas craindre de les placer trop haut dans sa propre estime. Il ne faut pas confondre tous les besoins de l'âme dans un seul et même appétit de bonheur qui nous rendrait volontiers égoïstes. L'amour idéal..... je n'en ai pas encore parlé, il n'est pas temps encore,—l'amour idéal résumerait tous les plus divins sentimens que nous pouvons concevoir, et pourtant il n'ôterait rien à l'amitié idéale. L'amour sera toujours de l'égoïsme à deux, parce qu'il porte avec lui des satisfactions infinies. L'amitié est plus désintéressée, elle partage toutes les peines et non tous les plaisirs. Elle a moins de racines dans la réalité, dans les intérêts, dans les enivremens de la vie. Aussi est-elle plus rare, même à un état très imparfait, que l'amour à quelque état qu'on le prenne. Elle paraît cependant bien répandue, et le nom d'ami est devenu si commun qu'on peut dire mes amis en parlant de deux cents personnes. Ce n'est pas une profanation, en ce sens qu'on peut et doit aimer, même particulièrement, tous ceux que l'on connaît bons et estimables. Oui croyez-moi, le cœur est assez large pour loger beaucoup d'affections, et plus vous en donnerez de sincères et de dévouées, plus vous le sentirez grandir en force et en chaleur. Sa nature est divine, et plus vous le sentez parfois affaissé et comme mort sous le poids des déceptions, plus l'accablement de sa souffrance atteste sa vie immortelle. N'ayez donc pas peur de ressentir pleinement les élans de la bienveillance et de la sympathie, et de subir les émotions douces ou pénibles des nombreuses sollicitudes qui réclament les esprits généreux; mais n'en vouez pas moins un culte à l'amitié particulière, et ne vous croyez pas dispensé d'avoir un ami, un ami parfait, c'est à dire une personne que vous aimiez assez pour vouloir être parfait vous-même envers elle, une personne qui vous soit sacrée et pour qui vous soyez également sacré. Le grand but que nous devons tous poursuivre, c'est de tuer en nous le grand mal qui nous ronge, la personnalité. Vous verrez bientôt que quand on a réussi à devenir excellent pour quelqu'un, on ne tarde pas à devenir meilleur pour tout le monde, et si vous cherchez l'amour idéal, vous sentirez que l'amitié idéale prépare admirablement le cœur à en recevoir le bienfait.

CHAPITRE VINGT-SEPTIEME.

Dernière visite au couvent.—Vie excentrique.—Debureau.—Jane et Aimée.—La baronne Dudevant me défend de compromettre son nom dans

les arts.—Mon pseudonyme.—Jules Sand et George Sand.—Karl Sand.—
Le choléra.—Le cloître Saint-Merry.—Je change de mansarde.

Il n'y a peut-être pas pour moi autant de contraste qu'on croirait à
descendre de ces hauteurs du sentiment pour revenir à la vie d'écolier
littéraire que j'étais en train de raconter. J'appelais cela crûment alors ma vie
de gamin, et il y avait bien un reste d'aristocratie d'habitudes dans la manière
railleuse dont je l'envisageais; car, au fond, mon caractère se formait, et la
vie réelle se révélait en moi sous cet habit d'emprunt qui me permettait
d'être assez homme pour voir un milieu à jamais fermé sans cela à la
campagnarde engourdie que j'avais été jusqu'alors.

Je regardai à cette époque, dans les arts et dans la politique, non plus
seulement par induction et par déduction, comme j'aurais fait dans une
donnée historique quelconque, mais dans l'histoire et dans le roman de la
société et de l'humanité vivante. Je contemplai ce spectacle de tous les
points où je pus me placer, dans les coulisses et sur la scène, aux loges et au
parterre. Je montai à tous les étages: du club à l'atelier, du café à la
mansarde. Il n'y eut que les salons où je n'eus que faire. Je connaissais le
monde intermédiaire entre l'artisan et l'artiste. Je l'avais cependant peu
fréquenté dans ses réunions, et je m'étais toujours sauvée autant que
possible de ses fêtes qui m'ennuyaient au delà de mes forces; mais je
connaissais sa vie intérieure, elle n'avait plus rien à me dire.

Des gens charitables, toujours prêts à avilir dans leurs sales pensées la
mission de l'artiste, ont dit qu'à cette époque et plus tard j'avais eu les
curiosités du vice. Ils en ont menti lâchement: voilà tout ce que j'ai à leur
répondre. Quiconque est poète sait que le poète ne souille pas
volontairement son être, sa pensée, pas même son regard, surtout quand ce
poète l'est doublement par sa qualité de femme.

Bien que cette existence bizarre n'eût rien que je prétendisse cacher plus
tard, je ne l'adoptai pas sans savoir quels effets immédiats elle pouvait avoir
sur les convenances et l'arrangement de ma vie. Mon mari la connaissait et
n'y apportait ni blâme ni obstacle. Il en était de même de ma mère et de ma
tante. J'étais donc en règle vis-à-vis des autorités constituées de ma destinée.
Mais, dans tout le reste du milieu où j'avais vécu, je devais rencontrer
probablement plus d'un blâme sévère. Je ne voulus pas m'y exposer. Je vis à
faire mon choix et à savoir quelles amitiés me seraient fidèles, quelles autres
se scandaliseraient. A première vue, je triai un bon nombre de
connaissances dont l'opinion m'était à peu près indifférente, et à qui je
commençai par ne donner aucun signe de vie. Quant aux personnes que
j'aimais réellement et dont je devais attendre quelque réprimande, je me

décidai à rompre avec elles sans leur rien dire. «Si elles m'aiment, pensai-je, elles courront après moi, et si elles ne le font pas, j'oublierai qu'elles existent, mais je pourrai toujours les chérir dans le passé; il n'y aura pas eu d'explication blessante entre nous; rien n'aura gâté le pur souvenir de notre affection.»

Au fait, pourquoi leur en aurais-je voulu? Que pouvaient-elles savoir de mon but, de mon avenir, de ma volonté? Savaient-elles, savais-je moi-même, en brûlant mes vaisseaux, si j'avais quelque talent, quelque persévérance? Je n'avais jamais dit à personne le mot de l'énigme de ma pensée, je ne l'avais pas trouvé encore d'une manière certaine; et quand je parlais d'écrire, c'était en riant et en me moquant de la chose et de moi-même.

Une sorte de destinée me poussait cependant. Je la sentais invincible, et je m'y jetais résolûment: non une grande destinée, j'étais trop indépendante dans ma fantaisie pour embrasser aucun genre d'ambition, mais une destinée de liberté morale et d'isolement poétique, dans une société à laquelle je ne demandais que de m'oublier en me laissant gagner sans esclavage le pain quotidien.

Je voulus pourtant revoir une dernière fois mes plus chères amies de Paris. J'allai passer quelques heures à mon couvent. Tout le monde y était si préoccupé des effets de la révolution de juillet, de l'absence d'élèves, de la perturbation générale dont on subissait les conséquences matérielles, que je n'eus aucun effort à faire pour ne point parler de moi. Je ne vis qu'un instant ma bonne mère Alicia. Elle était affairée et pressée. Sœur Hélène était en retraite. Poulette me promenait dans les cloîtres, dans les classes vides, dans les dortoirs sans lits, dans le jardin silencieux, en disant à chaque pas: «Ça va mal! ça va bien mal!»

Il ne restait plus personne de mon temps que les religieuses et la bonne Marie Josèphe, la brusque et rieuse servante, qui me sembla la plus cordiale et la seule vivante au milieu de ces âmes préoccupées. Je compris que les nonnes ne peuvent pas et ne doivent pas aimer avec le cœur. Elles vivent d'une idée, et n'attachent une véritable importance qu'aux conditions extérieures qui sont le cadre nécessaire à cette idée. Tout ce qui trouble l'arrangement d'une méditation qui a besoin d'ordre immuable et de sécurité absolue est un événement terrible, ou tout au moins une crise difficile. Les amitiés du dehors ne peuvent rien pour elles. Les choses humaines n'ont de valeur à leurs yeux qu'en raison du plus ou moins d'aide qu'elles apportent à leurs conditions d'existence exceptionnelle. Je ne regrettai plus le couvent en voyant que là l'idéal était soumis à de telles éventualités. La vie d'une communauté c'est tout un monde à immobiliser, et le canon de juillet ne s'était pas inquiété de la paix des sanctuaires.

Moi, j'avais l'idéal logé dans un coin de ma cervelle, et il ne me fallait que quelques jours d'entière liberté pour le faire éclore. Je le portais dans la rue, les pieds sur le verglas, les épaules couvertes de neige, les mains dans mes poches, l'estomac un peu creux quelquefois, mais la tête d'autant plus remplie de songes, de mélodies, de couleurs, de formes, de rayons et de fantômes. Je n'étais plus une dame, je n'étais pas non plus un monsieur. On me poussait sur le trottoir comme une chose qui pouvait gêner les passans affairés. Cela m'était bien égal, à moi qui n'avais aucune affaire. On ne me connaissait pas, on ne me regardait pas; on ne me reprenait pas; j'étais un atome perdu dans cette immense foule. Personne ne disait comme à La Châtre: «Voilà madame Aurore qui passe; elle a toujours le même chapeau et la même robe;» ni comme à Nohant: «Voilà not'dame qui poste sur son grand chevau, faut qu'elle soit dérangée d'esprit pour poster comme ça.» A Paris, on ne pensait rien de moi, on ne me voyait pas. Je n'avais aucun besoin de me presser pour éviter des paroles banales; je pouvais faire tout un roman, d'une barrière à l'autre, sans rencontrer personne qui me dit: «A quoi diable pensez-vous?» Cela valait mieux qu'une cellule, et j'aurais pu dire avec René, mais avec autant de satisfaction qu'il l'avait dit avec tristesse «que je promenais dans le désert des hommes.»

Après que j'eus bien regardé et comme qui dirait remâché et savouré une dernière fois tous les coins et recoins de mon couvent et de mes souvenirs chéris, je sortis en me disant que je ne repasserais plus cette grille derrière laquelle je laissais mes plus saintes tendresses à l'état de divinités sans courroux et d'astres sans nuages; une seconde visite eût amené des questions sur mon intérieur, sur mes projets, sur mes dispositions religieuses. Je ne voulais pas discuter. Il est des êtres qu'on respecte trop pour les contredire et de qui l'on ne veut emporter qu'une tranquille bénédiction.

Je remis mes chères bottes en rentrant et j'allai voir Debureau dans la pantomime: un idéal de distinction exquise servi deux fois par jour aux titis de la ville et de la banlieue, et cet idéal les passionnait. Gustave Papet, qui était le riche, le milord de notre association berrichonne, paya du sucre d'orge à tout le parterre, et puis, comme nous sortions affamés, il emmena souper trois ou quatre d'entre nous aux Vendanges de Bourgogne. Tout à coup, il lui prit envie d'inviter Debureau, qu'il ne connaissait pas le moins du monde. Il rentre dans le théâtre, le trouve en train d'ôter son costume de Pierrot dans une cage qui lui servait de loge, le prend sous le bras et l'amène. Debureau fut charmant de manières. Il ne se laissa pas tenter par la moindre pointe de champagne, craignant, disait-il, pour ses nerfs et ayant besoin du calme le plus complet pour son jeu. Je n'ai jamais vu d'artiste plus sérieux, plus consciencieux, plus religieux dans son art. Il l'aimait de passion et en parlait comme d'une chose grave, tout en parlant de lui-même avec une extrême modestie. Il étudiait sans cesse et ne se blasait pas, malgré un exercice continuel et même excessif. Il ne s'inquiétait pas si les finesses admirables de sa physionomie et son originalité de composition étaient appréciées par des artistes ou saisies par des esprits naïfs. Il travaillait pour se satisfaire, pour essayer et pour réaliser sa fantaisie, et cette fantaisie, qui paraissait si spontanée, était étudiée à l'avance avec un soin extraordinaire. Je l'écoutai avec grande attention: il ne posait pas du tout, et je voyais en lui, malgré la bouffonnerie du genre, un de ces grands artistes qui méritent le titre de maîtres. Jules Janin venait de faire alors un petit volume sur cet artiste, un opuscule spirituel, mais qui ne m'avait rien fait pressentir du talent de Debureau. Je lui demandai s'il était satisfait de cette appréciation. «J'en suis reconnaissant, me dit-il. L'intention en est bonne pour moi et l'effet profite à ma réputation: mais tout cela ce n'est pas l'art, ce n'est pas l'idée que j'en ai; ce n'est pas sérieux, et le Debureau de M. Janin n'est pas moi. Il ne m'a pas compris.»

J'ai revu Debureau plusieurs fois depuis et me suis toujours senti pour le paillasse des boulevards une grande déférence et comme un respect dû à l'homme de conviction et d'étude.

J'assistais, douze ou quinze ans plus tard, à une représentation à son bénéfice, à la fin de laquelle il tomba à faux dans une trappe. J'envoyai savoir de ses nouvelles le lendemain, et il m'écrivit pour me dire lui-même que ce n'était rien, une lettre charmante qui finissait ainsi: «Pardonnez-moi de ne pas savoir mieux vous remercier. Ma plume est comme la voix du personnage muet que je représente; mais mon cœur est comme mon visage qui exprime la vérité.»

Peu de jours après, cet excellent homme, cet artiste de premier ordre, était mort des suites de sa chute.

Après le couvent, j'avais encore quelque chose à briser, non dans mon cœur, mais dans ma vie. J'allai voir mes amies Jane et Aimée. Aimée n'eût pas été l'amie de mon choix. Elle avait quelque chose de froid et de sec à l'occasion, qui ne m'avait jamais été sympathique. Mais, outre qu'elle était la sœur adorée de Jane, il y avait en elle tant de qualités sérieuses, une si noble intelligence, une si grande droiture et, à défaut de bonté spontanée, une si généreuse équité de jugement, que je lui étais réellement attachée. Quant à Jane, cette douce, cette forte, cette humble, cette angélique nature, aujourd'hui comme au couvent, je lui garde, au fond de l'âme, une tendresse que je ne puis comparer qu'au sentiment maternel.

Toutes deux étaient mariées. Jane était mère d'un gros enfant qu'elle couvait de ses grands yeux noirs avec une muette ivresse. Je fus heureuse de la voir heureuse; j'embrassai bien tendrement l'enfant et la mère, et je m'en allai, promettant de revenir bientôt, mais résolue à ne revenir jamais.

Je me suis tenu parole, et je m'en applaudis. Ces deux jeunes héritières, devenues comtesses, et plus que jamais orthodoxes en toutes choses, appartenaient désormais à un monde qui n'aurait eu pour ma bizarre manière d'exister que de la raillerie, et pour l'indépendance de mon esprit que des anathèmes. Un jour fût venu où il eût fallu me justifier d'imputations fausses, ou lutter contre des principes de foi et des idées de convenances que je ne voulais pas combattre ni froisser dans les autres. Je savais que l'héroïsme de l'amitié fût resté pur dans le cœur de Jane; mais on le lui eût reproché, et je l'aimais trop pour vouloir apporter un chagrin, un trouble quelconque dans son existence. Je ne connais pas cet égoïsme jaloux qui s'impose, et j'ai une logique invincible pour apprécier les situations qui se dessinent clairement devant moi. Celle que je me faisais était bien nette. Je choquais ouvertement la règle du monde. Je me détachais de lui bien sciemment; je devais donc trouver bon qu'il se détachât de moi dès qu'il saurait mes excentricités. Il ne les savait pas encore. J'étais trop obscure pour avoir besoin de mystère. Paris est une mer où les petites barques passent inaperçues par milliers entre les gros vaisseaux. Mais le moment pouvait venir où quelque hasard me placerait entre des mensonges que je ne voulais pas faire et des remontrances que je ne voulais pas accepter. Les remontrances perdues sont toujours suivies de refroidissement, et du refroidissement on va en deux pas aux ruptures. Voilà ce dont je ne supportais pas l'idée. Les personnes vraiment fières ne s'y exposent pas, et quand elles sont aimantes, elles ne les provoquent pas, mais elles les préviennent, et par là savent les rendre impossibles.

Je retournai sans tristesse à ma mansarde et à mon utopie, certaine de laisser des regrets et de bons souvenirs, satisfaite de n'avoir plus rien de sensible à rompre.

Quant à la baronne Dudevant, ce fut bien lestement emballé, comme nous disions au quartier latin. Elle me demanda pourquoi je restais si longtemps à Paris sans mon mari. Je lui dis que mon mari le trouvait bon. «Mais est-il vrai, reprit-elle, que vous ayez l'intention d'imprimer des livres?—Oui, madame.—Té! s'écria-t-elle (c'était une locution gasconne qui signifie Tiens! et dont elle avait pris l'habitude), voilà une drôle d'idée.—Oui, madame.—

C'est bel et bon, mais j'espère que vous ne mettrez pas le nom que je porte sur les couvertures de livre imprimées?—Oh! certainement non, madame, il n'y a pas de danger.» Il n'y eut pas d'autre explication. Elle partit peu de temps après pour le Midi, et je ne l'ai jamais revue.

Le nom que je devais mettre sur des couvertures imprimées ne me préoccupa guère. En tout état de choses, j'avais résolu de garder l'anonyme. Un premier ouvrage fut ébauché par moi, refait en entier ensuite par Jules Sandeau, à qui Delatouche fit le nom de Jules Sand. Cet ouvrage amena un autre éditeur qui demanda un autre roman sous le même pseudonyme. J'avais écrit Indiana à Nohant, je voulus le donner sous le pseudonyme demandé; mais Jules Sandeau, par modestie, ne voulut pas accepter la paternité d'un livre auquel il était complétement étranger. Cela ne faisait pas le compte de l'éditeur. Le nom est tout pour la vente, et le petit pseudonyme s'étant bien écoulé, on tenait essentiellement à le conserver. Delatouche, consulté, trancha la question par un compromis: Sand resterait intact et je prendrais un autre prénom qui ne servirait qu'à moi. Je pris vite et sans chercher celui de George qui me paraissait synonyme de Berrichon, Jules et George, inconnus au public, passeraient pour frères ou cousins.

Le nom de George Sand me fut donc bien acquis, et Jules Sandeau, resté légitime propriétaire de Rose et Blanche, voulut reprendre son nom en toutes lettres, afin, disait-il, de ne pas se parer de mes plumes. A cette époque, il était fort jeune et avait bonne grâce à se montrer si modeste. Depuis il a fait preuve de beaucoup de talent pour son compte, et il s'est fait un nom de son véritable nom. J'ai gardé, moi, celui de l'assassin de Kotzebue qui avait passé par la tête de Delatouche et qui commença ma réputation en Allemagne, au point que je reçus des lettres de ce pays où l'on me priait d'établir ma parenté avec Karl Sand, comme une chance de succès de plus. Malgré la vénération de la jeunesse allemande pour le jeune fanatique dont la mort fut si belle, j'avoue que je n'eusse pas songé à choisir pour pseudonyme ce symbole du poignard de l'illuminisme. Les sociétés secrètes vont à mon imagination dans le passé, mais elles n'y vont que jusqu'au poignard exclusivement, et les personnes qui ont cru voir, dans ma persistance à signer Sand et dans l'habitude qu'on a prise autour de moi de m'appeler ainsi, une sorte de protestation en faveur de l'assassinat politique se sont absolument trompées. Cela n'entre ni dans mes principes religieux ni dans mes instincts révolutionnaires. Le mode de société secrète ne m'a même jamais paru d'une bonne application à notre temps et à notre pays; je n'ai jamais cru qu'il en pût sortir autre chose désormais chez nous qu'une dictature, et je n'ai jamais accepté le principe dictatorial en moi-même.

Il est donc probable que j'eusse changé ce pseudonyme, si je l'eusse cru destiné à acquérir quelque célébrité; mais jusqu'au moment où la critique se déchaîna contre moi à propos du roman de Lélia, je me flattai de passer inaperçue dans la foule des lettrés de la plus humble classe. En voyant que bien, malgré moi, il n'en était plus ainsi, et qu'on attaquait violemment tout dans mon œuvre, jusqu'au nom dont elle était signée, je maintins le nom et poursuivis l'œuvre. Le contraire eût été une lâcheté.

Et à présent j'y tiens, à ce nom, bien que ce soit, a-t-on dit, la moitié du nom d'un autre écrivain. Soit. Cet écrivain a, je le répète, assez de talent pour que quatre lettres de son nom ne gâtent aucune couverture imprimée, et ne sonnent point mal à mon oreille dans la bouche de mes amis. C'est le hasard de la fantaisie de Delatouche qui me l'a donné. Soit encore: je m'honore d'avoir eu ce poète, cet ami pour parrain. Une famille dont j'avais trouvé le nom assez bon pour moi a trouvé ce nom de Dudevant (que la baronne susnommée essayait d'écrire avec une apostrophe)[6], trop illustre et trop agréable pour le compromettre dans la république des arts. On m'a baptisée, obscure et insouciante, entre le manuscrit d'Indiana, qui était alors tout mon avenir, et un billet de mille francs qui était en ce moment là toute ma fortune. Ce fut un contrat, un nouveau mariage entre le pauvre apprenti poète que j'étais et l'humble muse qui m'avait consolée dans mes peines. Dieu me garde de rien déranger à ce que j'ai laissé faire à la destinée. Qu'est-ce qu'un nom dans notre monde révolutionné et révolutionnaire? Un numéro pour ceux qui ne font rien, une enseigne ou une devise pour ceux qui travaillent ou combattent. Celui qu'on m'a donné, je l'ai fait moi-même et moi seule après coup, par mon labeur. Je n'ai jamais exploité le travail d'un autre, je n'ai jamais pris, ni acheté, ni emprunté une page, une ligne à qui que ce soit. Des sept ou huit cent mille francs que j'ai gagnés depuis vingt ans, il ne m'est rien resté, et aujourd'hui, comme il y a vingt ans, je vis, au jour le jour, de ce nom qui protége mon travail, et de ce travail dont je ne me suis pas réservé une obole. Je ne sens pas que personne ait un reproche à me faire, et, sans être fière de quoi que ce soit (je n'ai fait que mon devoir), ma conscience tranquille ne voit rien à changer dans le nom qui la désigne et la personnifie.

Mais avant de raconter ces choses littéraires, j'ai encore à résumer diverses circonstances qui les ont précédées.

Mon mari venait me voir à Paris. Nous ne logions point ensemble, mais il venait dîner chez moi et il me menait au spectacle. Il me paraissait satisfait de l'arrangement qui nous rendait, sans querelles et sans questions aucunes, indépendans l'un de l'autre.

Il ne me sembla pas que mon retour chez moi lui fût aussi agréable.

Pourtant je sus faire supporter ma présence, en ne critiquant et ne troublant rien des arrangemens pris en mon absence. Il ne s'agissait plus pour moi d'être chez moi, en effet. Je ne regardais plus Nohant comme une chose qui m'appartient. La chambre de mes enfans et ma cellule à côté étaient un terrain neutre où je pouvais camper, et si beaucoup de choses me déplaisaient ailleurs, je n'avais rien à dire et ne disais rien. Je ne pouvais me plaindre à personne de la démission que j'avais librement donnée. Quelques amis pensèrent que j'aurais dû ne pas le faire, mais lutter contre les causes premières de cette résolution. Elles avaient raison en théorie, mais la pratique ne se met pas toujours si volontiers qu'on croit aux ordres de la théorie. Je ne sais pas combattre pour un intérêt purement personnel. Toutes mes facultés et toutes mes forces peuvent se mettre au service d'un sentiment ou d'une idée; mais quand il ne s'agit que de moi, j'abandonne la partie avec une faiblesse apparente qui n'est, en somme, que le résultat d'un raisonnement bien simple: Puis-je remplacer pour un autre les satisfactions bonnes ou mauvaises que je lui ferais sacrifier! Si c'est oui, je suis dans mon droit; si c'est non, mon droit lui paraîtra toujours inique et ne me paraîtra jamais bien légitime à moi-même.

Il faut avoir pour contrarier et persécuter quelqu'un dans l'exercice de ses goûts des motifs plus graves que l'exercice des siens propres. Il ne se passait alors dans ma maison rien d'apparent dont mes enfans dussent souffrir. Solange allait me suivre, Maurice vivait, en mon absence, avec Jules Boncoiran, son bon petit précepteur. Rien ne dut me faire croire que cet état de choses ne pût pas durer, et il n'a pas tenu à moi qu'il ne durât pas.

Quand vint l'établissement au quai Saint-Michel avec Solange, outre que j'éprouvais le besoin de retrouver mes habitudes naturelles qui sont sédentaires, la vie générale devint bientôt si tragique et si sombre, que j'en dus ressentir le contre-coup. Le choléra enveloppa des premiers les quartiers qui nous entouraient. Il approcha rapidement, il monta d'étage en étage, la maison que nous habitions. Il y emporta six personnes et s'arrêta à la porte de notre mansarde, comme s'il eût dédaigné une si chétive proie.

Parmi le groupe de compatriotes amis qui s'était formé autour de moi, aucun ne se laissa frapper de cette terreur funeste qui semblait appeler le mal et qui généralement le rendait sans ressources. Nous étions inquiets les uns pour les autres, et point pour nous-mêmes. Aussi, afin d'éviter d'inutiles angoisses, nous étions convenus de nous rencontrer tous les jours au jardin du Luxembourg, ne fût-ce que pour un instant, et quand l'un de nous manquait à l'appel, on courait chez lui. Pas un ne fut atteint, même légèrement. Aucun pourtant ne changea rien à son régime et ne se mit en garde contre la contagion.

C'était un horrible spectacle que ce convoi sans relâche passant sous ma fenêtre et traversant le pont Saint-Michel. En de certains jours, les grandes voitures de déménagemens, dites tapissières, devenues les corbillards des pauvres, se succédèrent sans interruption, et ce qu'il y avait de plus effrayant, ce n'était pas ces morts entassés pêle-mêle comme des ballots, c'était l'absence des parens et des amis derrière les chars funèbres; c'était les conducteurs doublant le pas, jurant et fouettant les chevaux, c'était les passans s'éloignant avec effroi du hideux cortége, c'était la rage des ouvriers qui croyaient à une fantastique mesure d'empoisonnement et qui levaient leurs poings fermés contre le ciel; c'était, quand ces groupes menaçans avaient passé, l'abattement ou l'insouciance qui rendaient toutes les physionomies irritantes ou stupides.

J'avais pensé à me sauver, à cause de ma fille; mais tout le monde disait que le déplacement et le voyage étaient plus dangereux que salutaires, et je me disais aussi que si l'influence pestilentielle s'était déjà, à mon insu, attachée à nous, au moment du départ, il valait mieux ne pas la porter à Nohant, où elle n'avait pas pénétré et où elle ne pénétra pas.

Et puis, du reste, dans les dangers communs dont rien ne peut préserver, on prend vite son parti. Mes amis et moi, nous nous disions que le choléra s'adressant plus volontiers aux pauvres qu'aux riches, nous étions parmi les plus menacés, et devions, par conséquent, accepter la chance sans nous affecter du désastre général où chacun de nous était pour son compte, aussi bien que ces ouvriers furieux ou désespérés qui se croyaient l'objet d'une malédiction particulière.

Au milieu de cette crise sinistre, survint le drame poignant du Cloître Saint-Méry. J'étais au jardin du Luxembourg avec Solange, vers la fin de la journée. Elle jouait sur le sable, je la regardais assise derrière le large socle d'une statue. Je savais bien qu'une grande agitation devait gronder dans Paris; mais je ne croyais pas qu'elle dût sitôt gagner mon quartier: absorbée, je ne vis pas que tous les promeneurs s'étaient rapidement écoulés. J'entendis battre la charge, et, emportant ma fille, je me vis seule de mon sexe avec elle dans cet immense jardin, tandis qu'un cordon de troupes au pas de course traversait d'une grille à l'autre. Je repris le chemin de ma mansarde au milieu d'une grande confusion et cherchant les petites rues, pour n'être pas renversée par les flots de curieux qui, après s'être groupés et pressés sur un point, se précipitaient et s'écrasaient, emportés par une soudaine panique. A chaque pas, on rencontrait des gens effarés qui vous criaient: «N'avancez pas, retournez, retournez! La troupe arrive, on tire sur tout le monde.» Ce qu'il y avait jusque-là de plus dangereux, c'était la précipitation avec laquelle on fermait les boutiques au risque de briser la tête à tous les passans. Solange se démoralisait et commençait à jeter des cris désespérés. Quand nous arrivâmes au quai, chacun fuyait en sens différent; j'avançai toujours, voyant que le pire c'était de rester dehors, et j'entrai vite chez moi sans prendre le temps de voir ce qui se passait, sans même avoir peur, n'ayant encore jamais vu la guerre des rues, et n'imaginant rien de ce que j'ai vu ensuite, c'est-à-dire l'ivresse qui s'empare tout d'abord du soldat et qui fait de lui, sous le coup de la surprise et de la peur, l'ennemi le plus dangereux que puissent rencontrer des gens inoffensifs dans une bagarre.

Et il ne faut pas qu'on s'en étonne. Dans presque tous ces événemens déplorables ou magnifiques dont une grande ville est le théâtre, la masse des spectateurs, et souvent celle des acteurs, ignore ce qui se passe à deux pas de là, et court risque de s'entr'égorger, chacun cédant à la crainte de l'être. L'idée qui a soulevé l'ouragan est souvent plus insaisissable encore que le fait, et quelle qu'elle soit, elle ne se présente aux esprits incultes qu'à travers mille fictions délirantes. Le soldat est peuple, lui aussi; la discipline n'a pas contribué à éclairer sa raison, qu'elle lui commanderait d'ailleurs d'abjurer, s'il avait la prétention de s'en servir. Ses chefs le poussent au massacre par la terreur, comme souvent les meneurs poussent le peuple à la provocation par le même moyen. De part et d'autre, avant qu'on ait brûlé une amorce, des récits horribles, des calomnies atroces ont circulé, et le fantôme du carnage a déjà fait son fatal office dans les imaginations troublées.

Je ne raconterai pas l'événement au milieu duquel je me trouvais. Je n'écris que mon histoire particulière. Je commençai par ne songer qu'à tranquilliser ma pauvre enfant, que la peur rendait malade. J'imaginai de lui dire qu'il ne s'agissait, sur le quai, que d'une chasse aux chauve-souris comme elle l'avait vu faire sur la terrasse de Nohant à son père et à son oncle Hippolyte, et je parvins à la calmer et à l'endormir au bruit de la fusillade. Je mis un matelas de mon lit dans la fenêtre de sa petite chambre, pour parer à quelque balle perdue qui eût pu l'atteindre, et je passai une partie de la nuit sur le balcon, à tâcher de saisir et de comprendre l'action à travers les ténèbres.

On sait ce qui se passa en ce lieu. Dix-sept insurgés s'étaient emparé du poste du petit pont de l'Hôtel-Dieu. Une colonne de garde nationale les surprit dans la nuit. «Quinze de ces malheureux, dit Louis Blanc (Histoire de Dix ans), furent mis en pièces et jetés dans la Seine. Deux furent atteints dans les rues voisines et égorgés.»

Je ne vis pas cette scène atroce, enveloppée dans les ombres de la nuit, mais j'en entendis les clameurs furieuses et les râles formidables; puis un silence de mort s'étendit sur la cité endormie de fatigue après les émotions de la crainte.

Des bruits plus éloignés et plus vagues attestaient pourtant une résistance sur un point inconnu. Le matin, on put circuler et aller chercher des alimens pour la journée, qui menaçait les habitans d'un blocus à domicile. A voir l'appareil des forces développées par le gouvernement, on ne se doutait guère qu'il s'agissait de réduire une poignée d'hommes décidés à mourir.

Il est vrai qu'une nouvelle révolution pouvait sortir de cet acte d'héroïsme désespéré: l'empire pour le duc de Reichstadt et la monarchie pour le duc de Bordeaux, aussi bien que la république pour le peuple. Tous les partis avaient, comme de coutume, préparé l'événement, et ils en convoitaient le profit; mais quand il fut démontré que ce profit, c'était la mort sur les barricades, les partis s'éclipsèrent, et le martyre de l'héroïsme s'accomplit à la face de Paris consterné d'une telle victoire.

La journée du 6 juin fut d'une solennité effrayante, vue du lieu élevé où j'étais. La circulation était interdite, la troupe gardait tous les ponts et l'entrée de toutes les rues adjacentes. A partir de dix heures du matin jusqu'à la fin de l'exécution, la longue perspective des quais déserts prit au grand soleil l'aspect d'une ville morte, comme si le choléra eût emporté le dernier habitant. Les soldats qui gardaient les issues semblaient des fantômes frappés de stupeur. Immobiles et comme pétrifiés le long des parapets, ils ne rompaient, ni par un mot ni par un mouvement, la morne physionomie de la solitude. Il n'y eut d'êtres vivans, en de certains momens du jour, que les hirondelles qui rasaient l'eau avec une rapidité inquiète, comme si ce calme inusité les eût effrayées. Il y eut des heures d'un silence farouche, que troublaient seuls les cris aigres des martinets autour des combles de Notre-Dame. Puis tout à coup les oiseaux éperdus rentrèrent au sein des vieilles tours, les soldats reprirent leurs fusils qui brillaient en faisceaux sur les ponts. Ils reçurent des ordres à voix basse. Ils s'ouvrirent pour laisser passer des bandes de cavaliers qui se croisèrent, les uns pâles de colère, les autres brisés et ensanglantés. La population captive reparut aux fenêtres et sur les toits, avide de plonger du regard dans les scènes d'horreur qui allaient se dérouler au delà de la Cité. Le bruit sinistre avait commencé. Deux feux de peloton sonnaient le glas des funérailles à intervalles devenus réguliers. Assise à l'entrée du balcon, et occupant Solange dans la chambre pour l'empêcher de regarder dehors, je pouvais compter chaque assaut et chaque réplique. Puis le canon tonna. A voir le pont encombré de brancards qui revenaient par la Cité en laissant une traînée sanglante, je pensai que l'insurrection, pour être si meurtrière, était encore importante; mais ses coups s'affaiblirent; on aurait presque pu compter le nombre de ceux que chaque décharge des assaillans avait emportés. Puis le silence se fit encore une fois, la population descendit des toits dans la rue; les portiers des maisons, caricatures expressives des alarmes de la propriété, se crièrent les uns aux autres d'un air de triomphe: C'est fini! et les vainqueurs qui n'avaient fait que regarder repassèrent en tumulte. Le roi se promena sur les quais. La bourgeoisie et la banlieue fraternisèrent à tous les coins de rue. La troupe fut digne et sérieuse. Elle avait cru un instant à une seconde révolution de juillet.

Pendant quelques jours, les abords de la place et du quai Saint-Michel conservèrent de larges taches de sang, et la Morgue, encombrée de cadavres dont les têtes superposées faisaient devant les fenêtres comme un massif de hideuse maçonnerie, suinta un ruisseau rouge qui s'en allait lentement sous les arches sans se mêler aux eaux du fleuve. L'odeur était si fétide, et j'avais été si navrée, autant, je l'avoue, devant ces pauvres soldats expirans que devant les fiers prisonniers, que je ne pus rien manger pendant quinze jours. Longtemps après, je ne pouvais seulement voir la viande; il me semblait toujours sentir cette odeur de boucherie qui avait monté âcre et chaude à mon réveil, les 6 et 7 juin, au milieu des bouffées tardives du printemps.

Je passai l'automne à Nohant. C'est là que j'écrivis Valentine, le nez dans la petite armoire qui me servait de bureau et où j'avais déjà écrit Indiana.

L'hiver fut si froid dans ma mansarde que je reconnus l'impossibilité d'y écrire sans brûler plus de bois que mes finances ne me le permettaient. Delatouche quittait la sienne, qui était également sur les quais, mais au troisième seulement, et la face tournée au midi, sur des jardins. Elle était aussi plus spacieuse, confortablement arrangée, et depuis longtemps je nourrissais le doux rêve d'une cheminée à la prussienne. Il me céda son bail, et je m'installai au quai Malaquais, où je vis bientôt arriver Maurice, que son père venait de mettre au collége.

Me voici déjà à l'époque de mes premiers pas dans le monde des lettres, et, pressée d'établir le cadre de ma vie extérieure, je n'ai encore rien dit des petites tentatives que j'avais faites pour arriver à ce but. C'est donc le moment de parler des relations que j'avais nouées et des espérances qui m'avaient soutenue.

CHAPITRE VINGT-HUITIEME.

Quatre Berrichons dans les lettres.—MM. Delatouche et Duris-Dufresne.— Ma visite à M. de Kératry.—Rêve de quinze cents francs de rente.

Nous étions alors trois Berrichons à Paris, Félix Pyat, Jules Sandeau et moi, apprentis littéraires sous la direction d'un quatrième Berrichon, M. Delatouche. Ce maître eût dû, et il eût voulu, sans doute, être un lien entre nous, et nous comptions ne faire qu'une famille en Apollon, dont il eût été le père. Mais son caractère aigri, susceptible et malheureux, trahit les intentions et les besoins de son cœur qui était bon, généreux et tendre. Il se brouilla tour à tour avec nous trois, après nous avoir un peu brouillés ensemble.

J'ai dit, dans un article nécrologique assez détaillé sur M. Delatouche, tout le bien et tout le mal qui étaient en lui, et j'ai pu dire le mal sans manquer en rien à la reconnaissance que je lui devais et à la vive amitié que je lui avais rendue plusieurs années avant sa mort pour montrer combien ce mal, c'est-à-dire cette douleur inquiète, cette susceptibilité maladive, cette misanthropie, en un mot, était fatale et involontaire; je n'ai eu qu'à citer des fragmens de ses lettres, où lui-même, en quelques mots pleins de grâce et de force, se peignait dans sa grandeur et dans sa souffrance. J'avais déjà écrit sur lui, pendant sa vie, avec le même sentiment de respect et d'affection. Je n'ai jamais eu rien à me reprocher envers lui, pas même l'ombre d'un tort, et je n'aurais jamais su comment et pourquoi j'avais pu lui déplaire, si je n'avais vu par moi-même, au déclin rapide de sa vie, combien il était profondément atteint d'une hypocondrie sans ressources.

Il m'a rendu justice en voyant que j'étais juste envers lui, c'est-à-dire prompte à courir à lui dès qu'il m'ouvrit des bras paternels, sans me souvenir de ses colères et de ses injustices mille fois réparées, selon moi, par un élan, par un repentir, par une larme de son cœur.

Je ne pourrais résumer ici l'ensemble de son caractère et de ses rapports avec moi personnellement, comme je l'ai fait dans un opuscule spécial, sans sortir de l'ordre de mon récit, faute que j'ai déjà trop commise et qui m'a paru souvent inévitable, les personnes et les choses ayant besoin de se compléter dans le souvenir de celui qui en parle pour être bien appréciées et jugées, en dernier ressort, équitablement[7].

Mais pour ne point m'arrêter à chaque pas dans ma narration, je dirai simplement ici quels rapports s'étaient établis entre nous lorsque je publiai Indiana et Valentine.

Mon bon vieux ami Duris-Dufresne à qui, des premiers, j'avais confié mon projet d'écrire, avait voulu me mettre en relations avec Lafayette, assurant qu'il me prendrait en amitié, que je lui serais très sympathique et qu'il me lancerait avec sollicitude dans le monde des arts, où il avait de nombreuses relations. Je me refusai à cette entrevue, bien que j'eusse aussi beaucoup de sympathie pour Lafayette, que j'allais quelquefois écouter à la tribune, conduite par mon papa (c'est ainsi que les huissiers de la chambre appelaient mon vieux député quand nous nous cherchions dans les couloirs après la séance); mais je me trouvais si peu de chose que je ne pus prendre sur moi d'aller occuper de ma mince personnalité le patriarche du libéralisme.

Et puis, si j'avais besoin d'un patron littéraire, c'était bien plus comme conseil que comme appui. Je désirais savoir, avant tout, si j'avais quelque talent, et je craignais de prendre un goût pour une faculté. M. Duris-Dufresne, à qui j'avais lu, bien en secret, quelques pages, à Nohant, sur l'émigration des nobles en 89, me tenait naïvement pour un grand esprit; mais je me défiais beaucoup de sa partialité et de sa galanterie. D'ailleurs il ne s'intéressait qu'aux choses politiques, et c'est à quoi je me sentais le moins portée.

Je lui observai que les amis étaient trop volontiers éblouis, et qu'il me faudrait un juge sans préventions. «Mais n'allons pas le chercher si haut, lui disais-je; les gens trop célèbres n'ont pas le temps de s'arrêter aux choses trop secondaires.»

Il me proposa un de ses collègues à la chambre, M. de Kératry, qui faisait des romans, et qu'il me donna pour un juge fin et sévère. J'avais lu le Dernier des Beaumanoir, ouvrage fort mal fait, bâti sur une donnée révoltante, mais à laquelle le goût épicé du romantisme faisait grâce en faveur de l'audace. Il y avait cependant dans cet ouvrage des pages assez belles et assez touchantes, un mélange bizarre de dévotion bretonne et d'aberration romanesque, de la jeunesse dans l'idée, de la vieillesse dans les détails. «Votre illustre collègue est un fou, dis-je à mon papa, et quant à son livre, j'en pourrais quelquefois faire d'aussi mauvais. Cependant on peut être bon juge et méchant praticien. L'ouvrage n'est toujours pas d'un imbécile, il s'en faut. Voyons M. de Kératry. Mais je loge sous les toits, vous me dites qu'il est vieux et marié. Demandez-lui son heure. J'irai chez lui.»

Dès le lendemain, j'eus rendez-vous chez M. de Kératry à huit heures du matin. C'était bien matin. J'avais les yeux gros comme le poing, j'étais complétement stupide.

M. de Kératry me parut plus âgé qu'il ne l'était. Sa figure, encadrée de cheveux blancs, était fort respectable. Il me fit entrer dans une jolie chambre où je vis, couché sous un couvre-pieds de soie rose très galant, une charmante petite femme qui jeta un regard de pitié languissante sur ma robe de stoff et sur mes souliers crottés, et qui ne crut pas devoir m'inviter à m'asseoir.

Je me passai de la permission et demandai à mon nouveau patron, en me fourrant dans la cheminée, si mademoiselle sa fille était malade. Je débutais par une insigne bêtise. Le vieillard me répondit d'un air tout gonflé d'orgueil armoricain que c'était là madame de Kératry, sa femme. «Très bien, lui dis-je, je vous en fais mon compliment; mais elle est malade, et je la dérange. Donc je me chauffe et je m'en vais.—Un instant, reprit le protecteur, M. Duris-Dufresne m'a dit que vous vouliez écrire, et j'ai promis de causer avec vous de ce projet, mais tenez, en deux mots, je serai franc, une femme ne doit pas écrire.—Si c'est votre opinion, nous n'avons point à causer, repris-je. Ce n'était pas la peine de nous éveiller si matin, madame de Kératry et moi, pour entendre ce précepte.»

Je me levai et sortis sans humeur, car j'avais plus envie de rire que de me fâcher. M. de Kératry me suivit dans l'antichambre et m'y retint quelques instants pour me développer sa théorie sur l'infériorité des femmes, sur l'impossibilité où était la plus intelligente d'entre elles d'écrire un bon ouvrage (le Dernier des Beaumanoir apparemment); et comme je m'en allais toujours sans discuter et sans lui rien dire de piquant il termina sa harangue par un trait napoléonien qui devait m'écraser. «Croyez-moi, me dit-il gravement comme j'ouvrais la dernière porte de son sanctuaire, ne faites pas de livres, faites des enfans.—Ma foi, monsieur, lui répondis-je en pouffant de rire et en lui fermant sa porte sur le nez, gardez le précepte pour vous-même, si bon vous semble.»

Delatouche a arrangé ma réponse depuis en racontant cette belle entrevue. Il m'a fait dire: faites-en vous-même si vous pouvez. Je ne fus ni si méchante ni si spirituelle, d'autant plus que sa petite femme avait l'air d'un ange de candeur. Je retournai chez moi fort divertie de l'originalité de ce Chrysale romantique, et bien certaine que je ne m'élèverais jamais à la hauteur de ses inventions littéraires. On sait que le sujet du Dernier des Beaumanoir est le viol d'une femme que l'on croit morte par le prêtre chargé de l'ensevelir. Ajoutons cependant, pour rester équitable, que le livre a de très belles pages.

Je fis rire Duris-Dufresne aux larmes en lui racontant l'aventure. En même temps il était furieux et voulait pourfendre son Breton bretonnant. Je le calmai en lui disant que je ne donnerais pas ma matinée pour... un éditeur!

Il ne combattit plus dès lors mon projet d'aller voir Delatouche, contre lequel il m'avait exprimé jusque-là de fortes préventions. Je n'avais qu'un mot à écrire, mon nom eût suffi pour m'assurer un bon accueil de mon compatriote. J'étais intimement liée avec sa famille. Il était cousin des Duvernet, et son père avait été lié avec le mien.

Il m'appela et me reçut paternellement. Comme il savait déjà par Félix Pyat mon colloque avec M. de Kératry, il mit toute la coquetterie de son esprit, qui était d'une trempe exquise et d'un brillant remarquable, à soutenir la thèse contraire. «Mais ne vous faites pas d'illusions, cependant, me dit-il. La littérature est une ressource illusoire, et moi qui vous parle, malgré toute la supériorité de ma barbe, je n'en tire pas quinze cents francs par an, l'un dans l'autre.»

TOME ONZIÈME

PARIS, 1855.
LEIPZIG, CHEZ WOLFGANG GERHARD.

CHAPITRE VINGT-HUITIEME.
(SUITE.)

Rêve de quinze cents francs de rente.—Le Figaro.—Une promenade dans le quartier Latin.—Balzac.—Emmanuel Arago.—Premier luxe de Balzac.—Ses contrastes.—Aversion que lui portait Delatouche.—Dîner et soirée fantastiques chez Balzac.—Jules Janin.—Delatouche m'encourage et me paralyse.—Indiana.—C'est à tort qu'on a dit que c'était ma personne et mon histoire.—La théorie du beau.—La théorie du vrai.—Ce qu'en pensait Balzac.—Ce qu'en pensent la critique et le public.

—Quinze cents francs! m'écriai-je; mais si j'avais quinze cents francs à joindre à ma petite pension, je m'estimerais très riche, et je ne demanderais plus rien au ciel ni aux hommes, pas même une barbe!

—Oh! reprit-il en riant, si vous n'avez pas plus d'ambition que cela, vous simplifiez la question. Ce ne sera pas encore la chose la plus facile du monde que de gagner quinze cents francs, mais c'est possible, si vous ne vous rebutez pas des commencemens.

Il lut un roman dont je ne me rappelle même plus le titre ni le sujet, car je l'ai brûlé peu de temps après. Il le trouva, avec raison, détestable. Cependant il me dit que je devais en savoir faire un meilleur, et que peut-être un jour j'en pourrais faire un bon. «Mais il faut vivre pour connaître la vie, ajouta-t-il. Le roman, c'est la vie racontée avec art. Vous êtes une nature d'artiste, mais vous ignorez la réalité, vous êtes trop dans le rêve. Patientez avec le temps et l'expérience, et soyez tranquille: ces deux tristes conseilleurs viendront assez vite. Laissez-vous enseigner par la destinée et tâchez de rester poète. Vous n'avez pas autre chose à faire.»

Cependant, comme il me voyait assez embarrassée de suffire à la vie matérielle, il m'offrit de me faire gagner quarante ou cinquante francs par mois si je pouvais m'employer à la rédaction de son petit journal. Pyat et Sandeau étaient déjà occupés à cette besogne; j'y fus associée un peu par-dessus le marché.

Delatouche avait acheté le Figaro, et il le faisait à peu près lui-même, au coin de son feu, en causant tantôt avec ses rédacteurs, tantôt avec les nombreuses visites qu'il recevait. Ces visites, quelquefois charmantes, quelquefois risibles, posaient un peu, sans s'en douter, pour le secrétariat respectable qui, retranché dans les petits coins de l'appartement, ne se faisait pas faute d'écouter et de critiquer.

J'avais ma petite table et mon petit tapis auprès de la cheminée; mais je n'étais pas très assidue à ce travail, auquel je n'entendais rien. Delatouche me prenait un peu au collet pour me faire asseoir; il me jetait un sujet et me donnait un petit bout de papier sur lequel il fallait le faire tenir. Je barbouillais dix pages que je jetais au feu et où je n'avais pas dit un mot de ce qu'il fallait traiter. Les autres avaient de l'esprit, de la verve, de la facilité. On causait et on riait. Delatouche était étincelant de causticité. J'écoutais, je m'amusais beaucoup, mais je ne faisais rien qui vaille, et au bout du mois, il me revenait douze francs cinquante centimes ou quinze francs tout au plus pour ma part de collaboration, encore était-ce trop bien payé.

Delatouche était adorable de grâce paternelle, et il se rajeunissait avec nous jusqu'à l'enfantillage. Je me rappelle un dîner que nous lui donnâmes chez Pinson et une fantastique promenade au clair de la lune que nous lui fîmes faire à travers le quartier Latin. Nous étions suivis d'un sapin qu'il avait pris à l'heure pour aller je ne sais où et qu'il garda jusqu'à minuit sans pouvoir se dépêtrer de notre folle compagnie. Il y remonta bien vingt fois et en descendit toujours, persuadé par nos raisons. Nous allions sans but et nous voulions lui prouver que c'était la plus agréable manière de se promener. Il la goûtait assez, car il nous cédait sans trop de combat. Le cocher de fiacre, victime de nos taquineries, avait pris son mal en patience, et je me souviens qu'arrivés, je ne sais pourquoi ni comment, à la montagne Sainte-Geneviève, comme il allait fort lentement dans la rue déserte, nous nous occupions à traverser la voiture, à la file les uns des autres, laissant les portières ouvertes et les marchepieds baissés, et chantant je ne sais plus quelle facétie sur un ton lugubre: je ne sais pas non plus pourquoi cela nous paraissait drôle et pourquoi Delatouche riait de si bon cœur. Je crois que c'était la joie de se sentir bête une fois en sa vie. Pyat prétendait avoir un but, qui était de donner une sérénade à tous les épiciers du quartier, et il allait de boutique en boutique chantant à pleine voix: Un épicier, c est une rose.

C'est la seule fois que j'aie vu Delatouche véritablement gai, car son esprit, habituellement satirique, avait un fonds de spleen qui rendait souvent son enjouement mortellement triste. «Sont-ils heureux! me disait-il, en me donnant le bras à l'arrière-garde, tandis que les autres couraient devant en faisant leur tapage; ils n'ont bu que de l'eau rougie et ils sont ivres! Quel bon vin que la jeunesse! et quel bon rire que celui qui n'a pas besoin de motif! Ah! si l'on pouvait s'amuser comme cela deux jours de suite! Mais aussitôt que l'on sait de quoi et de qui l'on s'amuse, on ne s'amuse plus, on a envie de pleurer.»

Le grand chagrin de Delatouche était de vieillir. Il n'en pouvait prendre son parti, et c'est lui qui disait: «On n'a jamais cinquante ans, on a deux fois vingt-cinq ans.» Malgré cette révolte de son esprit, il était plus vieux que son âge. Déjà malade et aggravant son mal par l'impatience avec laquelle il le supportait, il était souvent, le matin, d'une humeur irascible devant laquelle je m'esquivais sans rien dire. Puis il me rappelait ou venait me chercher, ne se donnant jamais tort, mais effaçant par mille gracieusetés et mille gâteries de papa le chagrin qu'il avait causé.

Quand j'ai cherché plus tard la cause de sa soudaine aversion, on m'a dit qu'il avait été amoureux de moi, jaloux sans en convenir, et blessé de n'avoir jamais été deviné. Cela n'est pas. Je me méfiais de lui au commencement, M. Duris-Dufresne m'ayant mise en garde par ses propres préventions. J'aurais donc eu à son égard la pénétration qui m'a souvent manqué à temps en d'autres circonstances, faute de coquetterie suffisante. Mais là, j'avais à bien voir si ma confiance tomberait sur un cœur désintéressé, et je constatai bientôt que la jalousie de notre patron, comme nous l'appelions, était tout intellectuelle et s'exerçait sur tout ce qui l'approchait, sans acception d'âge ni de sexe.

C'était un ami, et surtout un maître jaloux par nature, comme le vieux Porpora que j'ai dépeint dans un de mes romans. Quand il avait couvé une intelligence, développé un talent, il ne voulait plus souffrir qu'une autre inspiration ou qu'une autre assistance que la sienne osât en approcher.

Un de mes amis, qui connaissait un peu Balzac, m'avait présentée à lui, non comme une muse de département, mais comme une bonne personne de province très émerveillée de son talent. C'était la vérité. Bien que Balzac n'eût pas encore produit ses chefs-d'œuvre à cette époque, j'étais vivement frappée de sa manière neuve et originale, et je le considérais déjà comme un maître à étudier. Balzac avait été, non pas charmant pour moi, à la manière de Delatouche, mais excellent aussi, avec plus de rondeur et d'égalité de caractère. Tout le monde sait comme le contentement de lui-même, contentement si bien fondé qu'on le lui pardonnait, débordait en lui; comme il aimait à parler de ses ouvrages, à les raconter d'avance, à les faire en causant, à les lire en brouillons ou en épreuves. Naïf et bon enfant au possible, il demandait conseil aux enfans, n'écoutait pas la réponse, ou s'en servait pour la combattre avec l'obstination de sa supériorité. Il n'enseignait jamais, il parlait de lui, de lui seul. Une seule fois il s'oublia pour nous parler de Rabelais, que je ne connaissais pas encore. Il fut si merveilleux, si éblouissant, si lucide, que nous nous disions en le quittant: «Oui, oui, décidément, il aura tout l'avenir qu'il rêve; il comprend trop bien ce qui n'est pas lui, pour ne pas faire de lui-même une grande individualité.»

Il demeurait alors rue de Cassini, dans un petit entre-sol très gai, à côté de l'Observatoire. C'est par lui ou chez lui, je crois, que je fis connaissance avec Emmanuel Arago, un homme qui devait devenir un frère pour moi, et qui était alors un enfant. Je me liai vite avec lui, pouvant me donner avec lui des airs de grand'mère, car il était encore si jeune que ses bras avaient grandi dans l'année plus que ne le comportaient ses manches. Il avait pourtant commis déjà un volume de vers et une pièce de théâtre fort spirituelle.

Un beau matin, Balzac, ayant bien vendu la Peau de Chagrin, méprisa son entre-sol et voulut le quitter; mais, réflexion faite, il se contenta de transformer ses petites chambres de poète en un assemblage de boudoirs de marquise, et un beau jour il nous invita à venir prendre des glaces dans ses murs tendus de soie et bordés de dentelle. Cela me fit beaucoup rire: je ne pensais pas qu'il prît au sérieux ce besoin d'un vain luxe, et que ce fût pour lui autre chose qu'une fantaisie passagère. Je me trompais, ces besoins d'imagination coquette devinrent les tyrans de sa vie, et pour les satisfaire il sacrifia souvent le bien-être le plus élémentaire. Dès lors il vivait un peu ainsi, manquant de tout au milieu de son superflu, et se privant de soupe et de café plutôt que d'argenterie et de porcelaine de Chine.

Réduit bientôt à des expédiens fabuleux pour ne pas se séparer de colifichets qui réjouissaient sa vue; artiste fantaisiste, c'est-à-dire enfant aux rêves d'or, il vivait par le cerveau dans le palais des fées; homme opiniâtre cependant, il acceptait, par la volonté, toutes les inquiétudes et toutes les souffrances plutôt que de ne pas forcer la réalité à garder quelque chose de son rêve.

Puérile et puissant, toujours envieux d'un bibelot, et jamais jaloux d'une gloire, sincère jusqu'à la modestie, vantard jusqu'à la hâblerie, confiant en lui-même et aux autres, très expansif, très bon et très fou, avec un sanctuaire de raison intérieure, où il rentrait pour tout dominer dans son œuvre, cynique dans la chasteté, ivre en buvant de l'eau, intempérant de travail et sobre d'autres passions, positif et romanesque avec un égal succès, crédule et sceptique, plein de contrastes et de mystères, tel était Balzac encore jeune, déjà inexplicable pour quiconque se fatiguait de la trop constante étude de lui-même à laquelle il condamnait ses amis, et qui ne paraissait pas encore à tous aussi intéressante qu'elle l'était réellement.

En effet, à cette époque, beaucoup de juges, compétens d'ailleurs, niaient le génie de Balzac, ou tout au moins ne le croyaient pas destiné à une si puissante carrière de développement. Delatouche était des plus récalcitrans. Il parlait de lui avec une aversion effrayante. Balzac avait été son disciple, et leur rupture, dont ce dernier n'a jamais su le motif, était toute fraîche et toute saignante. Delatouche ne donnait aucune bonne raison à son ressentiment, et Balzac me disait souvent: «Gare à vous! vous verrez qu'un beau matin sans vous en douter, sans savoir pourquoi, vous trouverez en lui un ennemi mortel.»

Delatouche eut évidemment tort à mes yeux en décriant Balzac, qui ne parlait de lui qu'avec regret et douceur; mais Balzac eut tort de croire à une inimitié irréconciliable. Il eût pu le ramener avec le temps.

C'était trop tôt alors. J'essayai en vain plusieurs fois de dire à Delatouche ce qui pouvait les rapprocher. La première fois il sauta au plafond. «Vous l'avez donc vu? s'écria-t-il; vous le voyez donc? Il ne me manquait plus que ça!» Je crus qu'il allait me jeter par les fenêtres. Il se calma, bouda, revint, et finit par me passer mon Balzac, en voyant que cette sympathie n'enlevait rien à celle qu'il réclamait. Mais, à chaque nouvelle relation littéraire que je devais établir ou accepter, Delatouche devait entrer dans les mêmes colères, et même les indifférens lui paraissaient des ennemis s'ils ne m'avaient pas été présentés par lui.

Je parlai fort peu de mes projets littéraires à Balzac. Il n'y crut guère, ou ne songea pas à examiner si j'étais capable de quelque chose. Je ne lui demandai pas de conseils, il m'eût dit qu'il les gardait pour lui-même; et cela autant par ingénuité de modestie que par ingénuité d'égoïsme; car il avait sa manière d'être modeste sous l'apparence de la présomption, je l'ai reconnu depuis, avec une agréable surprise; et quant à son égoïsme, il avait aussi ses réactions de dévoûment et de générosité.

Son commerce était fort agréable, un peu fatigant de paroles pour moi qui ne sais pas assez répondre pour varier les sujets de conversation, mais son âme était d'une grande sérénité, et, en aucun moment, je ne l'ai vu maussade. Il grimpait avec son gros ventre tous les étages de la maison du quai Saint-Michel et arrivait soufflant, riant et racontant sans reprendre haleine. Il prenait des paperasses sur ma table, y jetait les yeux et avait l'intention de s'informer un peu de ce que ce pouvait être; mais aussitôt, pensant à l'ouvrage qu'il était en train de faire, il se mettait à le raconter, et, en somme, je trouvais cela plus instructif que tous les empêchemens que Delatouche, questionneur désespérant, apportait à ma fantaisie.

Un soir que nous avions dîné chez Balzac d'une manière étrange, je crois que cela se composait de bœuf bouilli, d'un melon et de vin de Champagne frappé, il alla endosser une belle robe de chambre toute neuve, pour nous la montrer avec une joie de petite fille, et voulut sortir ainsi costumé, un bougeoir à la main, pour nous reconduire jusqu'à la grille du Luxembourg. Il était tard, l'endroit désert, et je lui faisais observer qu'il se ferait assassiner en rentrant chez lui. «Du tout, me dit-il; si je rencontre des voleurs, ils me prendront pour un fou, et ils auront peur de moi, ou pour un prince, et ils me respecteront.» Il faisait une belle nuit calme. Il nous accompagna ainsi, portant sa bougie allumée dans un joli flambeau de vermeil ciselé, parlant des quatre chevaux arabes qu'il n'avait pas encore, qu'il aurait bientôt, qu'il n'a jamais eus, et qu'il a cru fermement avoir pendant quelque temps. Il nous eût reconduits jusqu'à l'autre bout de Paris, si nous l'avions laissé faire.

Je ne connaissais pas d'autres célébrités et ne désirais pas en connaître. Je rencontrais une telle opposition d'idées, de sentimens et de systèmes entre Balzac et Delatouche, que je craignais de voir ma pauvre tête se perdre dans un chaos de contradictions, si je prêtais l'oreille à un troisième maître. Je vis à cette époque, une seule fois, Jules Janin pour lui demander un service. C'est la seule démarche que j'aie jamais faite auprès de la critique, et comme ce n'était pas pour moi, je n'y eus aucun scrupule. Je trouvai en lui un bon garçon sans affectation et sans étalage d'aucune vanité, ayant le bon goût de ne pas montrer son esprit sans nécessité et parlant de ses chiens avec plus d'amour que de ses écrits. Comme j'aime aussi les chiens, je me trouvai fort à l'aise, une conversation littéraire avec un inconnu m'eût affreusement intimidée.

J'ai dit que Delatouche était désespérant. Il était ainsi pour lui-même et travaillait à se dégoûter de tout ce qu'il entreprenait. Il se laissait aller, de temps en temps, à raconter ses romans d'avance, avec plus de discrétion et d'intimité que Balzac, mais avec plus de complaisance encore s'il se voyait bien écouté. Par exemple, il ne fallait pas s'aviser de remuer un meuble, de tisonner ou d'éternuer dans ces momens-là: il s'interrompait aussitôt pour vous demander, avec une sollicitude polie, si vous étiez enrhumé ou si vous aviez des inquiétudes dans les jambes; et, feignant d'avoir oublié son roman, il se faisait beaucoup prier pour faire semblant de chercher à le retrouver. Il avait mille fois moins de talent pour écrire que Balzac; mais comme il en avait mille fois plus pour déduire ses idées par la parole, ce qu'il racontait admirablement paraissait admirable, tandis que ce que Balzac racontait d'une manière souvent impossible ne représentait souvent qu'une œuvre impossible. Mais quand l'ouvrage de Delatouche était imprimé, on y cherchait en vain le charme et la beauté de ce qu'on avait entendu, et on avait la surprise contraire en lisant Balzac. Balzac savait qu'il exposait mal, non pas sans feu et sans esprit, mais sans ordre et sans clarté. Aussi préférait-il lire quand il avait son manuscrit sous la main, et Delatouche, qui faisait cent romans sans les écrire, n'avait presque jamais rien à lire; ou c'étaient quelques pages qui ne rendaient pas son projet et qui l'attristaient visiblement. Il n'avait pas de facilité; aussi avait-il la fécondité en horreur, et trouvait-il contre celle de Balzac, sans songer à celle de Walter Scott, qu'il adorait, les invectives les plus bouffonnes et les comparaisons les plus médicinales.

J'ai toujours pensé que Delatouche dépensait trop de véritable talent en paroles. Balzac ne dépensait que de la folie. Il jetait là son trop plein et gardait sa sagesse profonde pour son œuvre. Delatouche s'épuisait en démonstrations excellentes, et, quoique riche, ne l'était pas assez pour se montrer si généreux.

Et puis sa fatale santé paralysait son essor au moment où il déployait ses ailes. Il a fait de beaux vers, faciles et pleins, mêlés à des vers tiraillés et un peu vides; des romans très remarquables, très originaux, et des romans très faibles et très lâchés; des articles très mordans, très ingénieux, et d'autres si personnels qu'ils étaient incompréhensibles et, partant, sans intérêt pour le public. Ce haut et ce bas d'une intelligence d'élite s'expliquent par le cruel va-et-vient de la maladie.

Delatouche avait aussi le malheur de s'occuper trop de ce que faisaient les autres. A cette époque, il lisait tout. Il recevait, comme journaliste, tout ce qui paraissait, feignait de n'y pas jeter les yeux, et remettait l'exemplaire au premier venu de ses rédacteurs en lui disant: «Avalez la médecine; vous êtes jeune, elle ne vous tuera pas. Dites de l'ouvrage ce que vous voudrez, je ne veux pas savoir ce que c'est.»—Mais quand on lui apportait le compte-rendu, il critiquait la critique avec une netteté qui prouvait qu'il avait le premier avalé la médecine et même savouré l'âcre saveur qui le tentait.

J'eusse été bien sotte de ne pas écouter tout ce que me disait Delatouche, mais cette perpétuelle analyse de toutes choses, cette dissection des autres et de lui-même, toute cette critique brillante et souvent juste, qui aboutissait à la négation de lui-même et des autres, attristaient singulièrement mon esprit, et tant de lisières commençaient à me donner des crampes. J'apprenais tout ce qu'il ne faut pas faire, rien de ce qu'il faut faire, et je perdais toute confiance en moi.

Je reconnaissais, je reconnais encore que Delatouche me rendait grand service en m'amenant à hésiter. A cette époque, on faisait les choses les plus étranges en littérature. Les excentricités du génie de Victor Hugo, jeune, avaient enivré la jeunesse, ennuyée des vieilles rengaines de la Restauration. On ne trouvait plus Chateaubriand assez romantique; c'était tout au plus si le maître nouveau l'était assez pour les appétits féroces qu'il avait excités. Les marmots de sa propre école, ceux qu'il n'eût jamais acceptés pour disciples, et qui le sentaient bien, voulaient l'enfoncer en le dépassant. On cherchait des titres impossibles, des sujets dégoûtans, et, dans cette course au clocher d'affiches ébouriffantes, des gens de talent eux-mêmes subissaient la mode, et, couverts d'oripeaux bizarres, se précipitaient dans la mêlée.

J'étais bien tentée de faire comme les autres écoliers, puisque les maîtres donnaient le mauvais exemple, et je cherchais des bizarreries que je n'eusse jamais pu exécuter. Parmi les critiques du moment qui résistaient à ce cataclysme, Delatouche avait du discernement et du goût, en ce qu'il faisait la part du beau et du bon dans les deux écoles. Il me retenait sur cette pente glissante par des moqueries comiques et des avis sérieux. Mais il me jetait tout aussitôt dans des difficultés inextricables. «Fuyez le pastiche, disait-il. Servez-vous de votre propre fonds; lisez dans votre vie, dans votre cœur; rendez vos impressions.» Et quand nous avions causé n'importe de quoi, il me disait: «Vous êtes trop absolue dans votre sentiment, votre caractère est trop à part: vous ne connaissez ni le monde, ni les individus. Vous n'avez pas vécu et pensé comme tout le monde. Vous êtes un cerveau creux.» Je me disais qu'il avait raison, et je retournais à Nohant, décidée à faire des boîtes à thé et des tabatières de Spa.

Enfin je commençai Indiana, sans projet et sans espoir, sans aucun plan, mettant résolûment à la porte de mon souvenir tout ce qui m'avait été posé en précepte ou en exemple, et ne fouillant ni dans la manière des autres, ni dans ma propre individualité pour le sujet et les types. On n'a pas manqué de dire qu'Indiana était ma personne et mon histoire. Il n'en est rien. J'ai présenté beaucoup de types de femmes, et je crois que quand on aura lu cet exposé des impressions et des réflexions de ma vie, on verra bien que je ne me suis jamais mise en scène sous des traits féminins. Je suis trop romanesque pour avoir vu une héroïne de roman dans mon miroir. Je ne me suis jamais trouvée ni assez belle, ni assez aimable, ni assez logique dans l'ensemble de mon caractère et de mes actions pour prêter à la poésie ou à l'intérêt, et j'aurais eu beau chercher à embellir ma personne et à dramatiser ma vie, je n'en serais pas venue à bout. Mon moi, me revenant face à face, m'eût toujours refroidie.

Je suis loin de dire qu'un artiste n'ait pas le droit de se peindre et de se raconter, et plus il se couronnera des fleurs de la poésie pour se montrer au public, mieux il fera s'il a assez d'habileté pour qu'on ne le reconnaisse pas trop sous cette parure, ou s'il est assez beau pour qu'elle ne le rende pas ridicule. Mais, en ce qui me concerne, j'étais d'une étoffe trop bigarrée pour me prêter à une idéalisation quelconque. Si j'avais voulu montrer le fonds sérieux, j'aurais raconté une vie, qui jusqu'alors, avait plus ressemblé à celle du moine Alexis (dans le roman peu récréatif de Spiridion) qu'à celle d'Indiana la créole passionnée. Ou bien, si j'avais pris l'autre face de ma vie, mes besoins d'enfantillage, de gaîté, de bêtise absolue, j'aurais fait un type si invraisemblable, que je n'aurais rien trouvé à lui faire dire et à lui faire faire qui eût le sens commun.

Je n'avais pas la moindre théorie quand je commençai à écrire, et je ne crois pas en avoir jamais eu, quand une envie de roman m'a mis la plume dans la main. Cela n'empêche pas que mes instincts ne m'aient fait, à mon insu, la théorie que je vais établir, que j'ai généralement suivie sans m'en rendre compte, et qui, à l'heure où j'écris, est encore en discussion.

Selon cette théorie, le roman serait une œuvre de poésie autant que d'analyse. Il y faudrait des situations vraies et des caractères vrais, réels même, se groupant autour d'un type destiné à résumer le sentiment ou l'idée principale du livre. Ce type représente généralement la passion de l'amour, puisque presque tous les romans sont des histoires d'amour. Selon la théorie annoncée (et c'est là qu'elle commence), il faut idéaliser cet amour, ce type, par conséquent, et ne pas craindre de lui donner toutes les puissances dont on a l'aspiration en soi-même, ou toutes les douleurs dont on a vu ou senti la blessure. Mais, en aucun cas, il ne faut l'avilir dans le hasard des événemens; il faut qu'il meure ou qu'il triomphe, et on ne doit pas craindre de lui donner une importance exceptionnelle dans la vie, des forces au-dessus du vulgaire, des charmes ou des souffrances qui dépassent tout à fait l'habitude des choses humaines, et même un peu le vraisemblable admis par la plupart des intelligences.

En résumé, idéalisation du sentiment qui fait le sujet, en laissant à l'art du conteur le soin de placer ce sujet dans des conditions et dans un cadre de réalité assez sensible pour le faire ressortir, si, toutefois, c'est bien un roman qu'il veut faire.

Cette théorie est-elle vraie? Je crois que oui; mais elle n'est pas, elle ne doit pas être absolue. Balzac, avec le temps, m'a fait comprendre, par la variété et la force de ses conceptions, que l'on pouvait sacrifier l'idéalisation du sujet à la vérité de la peinture, à la critique de la société et de l'humanité même.

Balzac résumait complétement ceci, quand il me disait, dans la suite: «Vous cherchez l'homme tel qu'il devrait être; moi, je le prends tel qu'il est. Croyez-moi, nous avons raison tous deux. Ces deux chemins conduisent au même but. J'aime aussi les êtres exceptionnels; j'en suis un. Il m'en faut d'ailleurs pour faire ressortir mes êtres vulgaires, et je ne les sacrifie jamais sans nécessité. Mais ces êtres vulgaires m'intéressent plus qu'ils ne vous intéressent. Je les grandis, je les idéalise, en sens inverse, dans leur laideur ou leur bêtise. Je donne à leurs difformités des proportions effrayantes ou grotesques. Vous, vous ne sauriez pas; vous faites bien de ne pas vouloir regarder des êtres et des choses qui vous donneraient le cauchemar. Idéalisez dans le joli et dans le beau, c'est un ouvrage de femme.»

Balzac me parlait ainsi sans dédain caché et sans causticité déguisée. Il était sincère dans le sentiment fraternel, et il a trop idéalisé la femme pour qu'on puisse le soupçonner d'avoir eu jamais la théorie de M. Kératry.

Balzac, esprit vaste, non pas infini et sans défauts, mais le plus étendu et le plus pourvu de qualités diverses qui, dans le roman, se soit produit de notre temps, Balzac, maître sans égal en l'art de peindre la société moderne et l'humanité actuelle, avait mille fois raison de ne pas admettre un système absolu. Il ne m'a rien révélé de cela alors que je cherchais, et je ne lui en veux pas, il ne le savait pas lui-même; il cherchait et tâtonnait aussi pour son compte. Il a essayé de tout. Il a vu et prouvé que toute manière était bonne et tout sujet fécond pour un esprit souple comme le sien. Il a développé davantage ce en quoi il s'est senti le plus puissant, et il s'est moqué de cette erreur de la critique qui veut imposer un cadre, des sujets et des procédés aux artistes, erreur dans laquelle le public donne encore, sans s'apercevoir que cette théorie arbitraire étant toujours l'expression d'une individualité, se dérobe la première à son propre principe et fait acte d'indépendance en contredisant le point de vue d'une théorie voisine ou opposée. On est frappé de ces contradictions quand on lit une demi-douzaine d'articles de critique sur un même ouvrage d'art; on voit alors que chaque critique a son critérium, sa passion, son goût particulier, et que si deux ou trois d'entre eux se trouvent d'accord pour préconiser une loi quelconque dans les arts, l'application qu'ils font de cette loi prouve des appréciations très diverses et des préventions que ne gouverne aucune règle fixe.

Il est heureux, du reste, qu'il en soit ainsi. S'il n'y avait qu'une école et qu'une doctrine dans l'art, l'art périrait vite, faute de hardiesse et de tentatives nouvelles. L'homme va toujours cherchant avec douleur le vrai absolu, dont il a le sentiment, et qu'il ne trouvera jamais en lui-même à l'état d'individu. La vérité est le but d'une recherche pour laquelle toutes les forces collectives de notre espèce ne sont pas de trop, et cependant, erreur étrange et fatale, dès qu'un homme de quelque capacité aborde cette recherche, il voudrait l'interdire aux autres et donner pour unique découverte celle qu'il croit tenir. La recherche de la loi de liberté elle-même sert d'aliment au despotisme et à l'intolérance de l'orgueil humain. Triste folie! Si les sociétés n'ont pu encore s'y soustraire, que les arts au moins s'en affranchissent et trouvent la vie dans l'indépendance absolue de l'inspiration.

L'inspiration! Voilà quelque chose de bien malaisé à définir et de bien important à consacrer comme un fait surhumain, comme une intervention presque divine. L'inspiration est pour les artistes ce que la grâce est pour les chrétiens, et on n'a pas encore imaginé de défendre aux croyans de recevoir la grâce quand elle descend dans leurs âmes. Il y a pourtant une prétendue critique qui défendrait volontiers aux artistes de recevoir l'inspiration et de lui obéir.

Et je ne parle pas ici des critiques de profession, je ne resserre pas mon plaidoyer dans les limites d'une ou plusieurs coteries. Je combats un préjugé public, universel. On veut que l'art suive un chemin battu, et quand une manière a plu, un siècle tout entier s'écrie: «Donnez-nous du même, il n'y a que cela de bon!» Malheur alors aux novateurs! Il leur faut succomber ou soutenir une lutte effroyable, jusqu'à ce que leur protestation, cri de révolte au début, devienne à son tour une tyrannie qui écrasera ou combattra d'autres innovations également légitimes et désirables.

J'ai toujours trouvé le mot inspiration très ambitieux et ne pouvant s'appliquer qu'aux génies de premier ordre. Je n'oserais jamais m'en servir pour mon propre compte, sans protester un peu contre l'emphase d'un terme qui ne trouve sa sanction que dans un incontestable succès. Pourtant il faudrait un mot qui ne fît pas rougir les gens modestes et bien élevés, et qui exprimât cette sorte de grâce qui descend plus ou moins vive, plus ou moins féconde sur toutes les têtes éprises de leur art. Il n'est si humble travailleur qui n'ait son heure d'inspiration, et peut-être la liqueur céleste est-elle aussi précieuse dans le vase d'argile que dans le vase d'or: seulement, l'un la conserve pure, l'autre l'altère ou se brise. La grâce des chrétiens n'agit pas seule et fatalement. Il faut que l'âme la recueille, comme la bonne terre le grain sacré. L'inspiration n'est pas d'une autre nature. Prenons donc le mot tel qu'il est, et qu'il n'implique rien de présomptueux sous ma plume.

Je sentis, en commençant à écrire Indiana, une émotion très vive et très particulière, ne ressemblant à rien de ce que j'avais éprouvé dans mes précédens essais. Mais cette émotion fut plus pénible qu'agréable. J'écrivis tout d'un jet, sans plan, je l'ai dit, et littéralement sans savoir où j'allais, sans m'être même rendu compte du problème social que j'abordais. Je n'étais pas saintsimonienne, je ne l'ai jamais été, bien que j'aie eu de vraies sympathies pour quelques idées et quelques personnes de cette secte; mais je ne les connaissais pas à cette époque, et je ne fus point influencée par elles.

J'avais en moi seulement, comme un sentiment bien net et bien ardent, l'horreur de l'esclavage brutal et bête. Je ne l'avais pas subi, je ne le subissais pas, on le voit par la liberté dont je jouissais et qui ne m'était pas disputée. Donc, Indiana n'était pas mon histoire dévoilée comme on l'a dit. Ce n'était pas une plainte formulée contre un maître particulier. C'était une protestation contre la tyrannie en général, et si je personnifiais cette tyrannie dans un homme, si j'enfermais la lutte dans le cadre d'une existence domestique, c'est que je n'avais pas l'ambition de faire autre chose qu'un roman de mœurs. Voilà pourquoi, dans une préface écrite après le livre, je me défendis de vouloir porter atteinte aux institutions. J'étais fort sincère et ne prétendais pas en savoir plus long que je n'en disais. La critique m'en apprit davantage et me fit mieux examiner la question.

J'écrivis donc ce livre sous l'empire d'une émotion et non d'un système. Cette émotion, lentement amassée dans le cours d'une vie de réflexions, déborda très impétueuse dès que le cadre d'une situation quelconque s'ouvrit pour la contenir; mais elle s'y trouva fort à l'étroit, et cette sorte de combat contre l'exécution me soutint pendant six semaines dans un état de volonté tout nouveau pour moi.

CHAPITRE VINGT-NEUVIEME.

Delatouche passe brusquement de la raillerie à l'enthousiasme.—Valentine paraît.—Impossibilité de la collaboration projetée.—La Revue des Deux-Mondes. Buloz.—Gustave Planche.—Delatouche me boude et rompt avec moi.—Résumé de nos rapports par la suite.—Maurice entre au collége.—Son chagrin et le mien.—Tristesse et dureté du régime des lycées.—Une exécution à Henri IV.—La tendresse ne raisonne pas.—Maurice fait sa première communion.

Je demeurais encore quai Saint-Michel avec ma fille quand Indiana parut[8]. Dans l'intervalle de la commande à la publication, j'avais écrit Valentine et commencé Lélia. Valentine parut donc deux ou trois mois après Indiana, et ce livre fut écrit également à Nohant, où j'allais toujours régulièrement passer trois mois sur six.

Delatouche grimpa à ma mansarde et trouva le premier exemplaire d'Indiana, que l'éditeur Ernest Dupuy venait de m'envoyer, et sur la couverture duquel j'étais en train précisément d'écrire le nom de Delatouche. Il le prit, le flaira, le retourna, curieux, inquiet, railleur surtout ce jour-là. J'étais sur le balcon; je voulus l'y attirer, parler d'autre chose, il n'y eut pas moyen, il voulait lire, il lisait, et à chaque page il s'écriait: «Allons! c'est un pastiche; école de Balzac! Pastiche, que me veux-tu! Balzac, que me veux-tu?»

Il vint sur le balcon, le volume à la main, et me critiquant mot par mot, me démontrant par a plus b que j'avais copié la manière de Balzac, et qu'à cela je n'avais gagné que de n'être ni Balzac ni moi-même.

Je n'avais ni cherché ni évité cette imitation de manière, et il ne me semblait pas que le reproche fût fondé. J'attendis, pour me condamner moi-même, que mon juge, qui emportait son exemplaire, l'eût feuilleté en entier. Le lendemain matin, à mon réveil, je reçus ce billet: «George, je viens faire amende honorable; je suis à vos genoux. Oubliez mes duretés d'hier soir, oubliez toutes les duretés que je vous ai dites depuis six mois. J'ai passé la nuit à vous lire. O mon enfant, que je suis content de vous!»

Je croyais que tout mon succès se bornerait à ce billet paternel et ne m'attendais nullement au prompt retour de l'éditeur, qui me demandait Valentine. Les journaux parlèrent tous de M. G. Sand avec éloge, insinuant que la main d'une femme avait dû se glisser çà et là pour révéler à l'auteur certaines délicatesses du cœur et de l'esprit, mais déclarant que le style et les appréciations avaient trop de virilité pour n'être pas d'un homme. Ils étaient tous un peu Kératry.

Cela ne me causa nul ennui, mais fit souffrir Jules Sandeau dans sa modestie. J'ai dit d'avance que ce succès le détermina à reprendre son nom intégralement et à renoncer à des projets de collaboration que nous avions déjà jugés nous-mêmes inexécutables. La collaboration est tout un art qui ne demande pas seulement, comme on le croit, une confiance mutuelle et de bonnes relations, mais une habileté particulière et une habitude de procédés ad hoc. Or, nous étions trop inexpérimentés l'un et l'autre pour nous partager le travail. Quand nous avions essayé, il était arrivé que chacun de nous refaisait en entier le travail de l'autre, et que ce remaniement successif faisait de notre ouvrage la broderie de Pénélope.

Les quatre volumes d'Indiana et Valentine vendus, je me voyais à la tête de trois mille francs qui me permettaient d'acquitter mon petit arriéré, d'avoir une servante et de me permettre un peu plus d'aisances. La Revue des Deux-Mondes venait d'être achetée par M. Buloz, qui me demanda des nouvelles. Je fis, pour ce recueil, la Marquise, Lavinia, je ne sais quoi encore.

La Revue des Deux-Mondes était rédigée par l'élite des écrivains d'alors. Excepté deux ou trois peut-être, tout ce qui a conservé un nom comme publiciste, poète, romancier, historien, philosophe, critique, voyageur, etc., a passé par les mains de Buloz, homme intelligent, qui ne sait pas s'exprimer, mais qui a une grande finesse sous sa rude écorce. Il est très facile, trop facile même de se moquer de ce Genevois têtu et brutal. Lui-même se laisse taquiner avec bonhomie quand il n'est pas de trop mauvaise humeur; mais ce qui n'est pas facile, c'est de ne pas se laisser persuader et gouverner par lui. Il a tenu dix ans les cordons de ma bourse, et, dans notre vie d'artiste, ces cordons, qui ne se desserrent pour nous donner quelques heures de liberté qu'en échange d'autant d'heures d'esclavage, sont les fils de notre existence même.

Dans cette longue association d'intérêts, j'ai bien envoyé dix mille fois mon Buloz au diable, mais je l'ai tant fait enrager que nous sommes quittes. D'ailleurs, en dépit de ses exigences, de ses duretés et de ses sournoiseries, le despote Buloz a des momens de sincérité et de véritable sensibilité, comme tous les bourrus. Il avait de certaines menues ressemblances avec mon pauvre Deschartres, voilà pourquoi j'ai supporté si longtemps ses maussaderies entremêlées de mouvemens d'amitié candide. Nous nous sommes brouillés, nous avons plaidé. J'ai reconquis ma liberté sans dommage réciproque, résultat auquel nous serions arrivés sans procès, s'il eût pu dépouiller son entêtement. Je l'ai revu peu de temps après, pleurant son fils aîné, qui venait de mourir dans ses bras. Sa femme, qui est une personne distinguée, Mlle Blaze, m'avait appelée auprès d'elle dans ce moment de douleur suprême. Je leur ai tendu les mains sans me souvenir de la guerre récente, et je ne m'en suis jamais souvenue depuis. Dans toute amitié, quelque troublée et incomplète qu'elle ait pu être, il y a des liens plus forts et plus durables que nos luttes d'intérêt matériel et nos colères d'un jour. Nous croyons détester des gens que nous aimons toujours quand même. Des montagnes de disputes nous séparent d'eux, un mot suffit parfois pour nous faire franchir ces montagnes. Ce mot de Buloz: «Ah! George, que je suis malheureux!» me fit oublier toutes les questions de chiffres et de procédure. Et lui aussi, en d'autres temps, il m'avait vue pleurer, et il ne m'avait pas raillée. Sollicitée depuis, mainte fois, d'entrer dans des croisades contre Buloz, j'ai refusé carrément, sans m'en vanter à lui, quoique la critique de la Revue des Deux-Mondes continuât à prononcer que j'avais eu beaucoup de talent tant que j'avais travaillé à la Revue des Deux-Mondes, mais que depuis ma rupture, hélas!...... Naïf Buloz! ça m'est égal!

Ce qui ne me fut pas indifférent, ce fut la subite colère de Delatouche contre moi. La crise annoncée par Balzac éclata un beau matin sans aucun motif apparent. Il haïssait particulièrement Gustave Planche, qui m'avait rendu visite en m'apportant un grand article à ma louange, fraîchement inséré dans la Revue des Deux-Mondes. Comme je ne travaillais pas encore à cette revue, l'hommage était désintéressé, et je ne pouvais que l'accueillir avec gratitude. Est-ce là ce qui blessa Delatouche? Il n'en fit rien paraître. Il demeurait alors tout à fait à Aulnay et ne venait pas souvent à Paris. Je ne m'aperçus donc pas tout de suite de sa bouderie, et je m'apprêtais à aller le trouver, quand M. de la Rochefoucauld, qu'il m'avait présenté et qui était son voisin de campagne, m'apprit qu'il ne parlait plus de moi qu'avec exécration; qu'il m'accusait d'être enivrée par la gloire, de sacrifier mes vrais amis, de les dédaigner, de ne vivre qu'avec des gens de lettres, d'avoir méprisé ses conseils, etc. Comme il n'y avait rien de vrai dans ces reproches, je crus que c'était une de ses boutades accoutumées, et, pour le ramener plus délicatement que par une lettre, je lui dédiai Lélia, qui allait paraître. Il le prit pour mal, comme nous disons en Berry, et déclara que c'était une vengeance contre lui. Une vengeance de quoi? Je pensais qu'il ne me pardonnait pas de voir Gustave Planche, et je priai celui-ci de faire une démarche auprès de lui pour s'excuser d'un article fort cruel dont il était l'auteur, et où Delatouche avait été fort mal arrangé. Je crois que c'était une réponse à de violentes attaques contre le cénacle des romantiques dont Planche avait été le champion par momens. Quoi qu'il en soit, Gustave Planche, touché du bien que je lui disais de Delatouche, lui écrivit une lettre fort bonne et même respectueuse, comme il convenait à un jeune homme vis-à-vis d'un homme âgé, à laquelle Delatouche, de plus en plus irrité, ne daigna pas répondre. Il continua à déclamer et à exciter contre moi les personnes avec qui j'étais liée. Il vint à bout de m'enlever deux amis sur les cinq ou six dont s'était composée notre intimité. L'un d'eux vint plus tard m'en demander pardon. L'autre, j'ai eu à le défendre par la suite contre Delatouche lui-même, qui le foulait aux pieds. Mais alors je connaissais mon pauvre Delatouche, je savais ce qu'il fallait admettre et rejeter dans ses indignations, trop violentes et trop amères pour n'être pas à moitié injustes.

Moins de deux ans après cette fureur contre moi, Delatouche vint en Berry chez sa cousine, Mme Duvernet la mère, et, ramené à la vérité par elle et son fils, mon ami Charles, il eut grande envie de venir me voir. Il ne put s'y décider. Il m'adressa des gracieusetés dans un de ses romans. Il ne se souvenait pas d'avoir dit contre moi des choses trop fortes pour que je pusse me rendre à des avances littéraires. Ce n'étaient pas des complimens qui devaient fermer la blessure de l'amitié. Des complimens, je n'y tenais pas; je n'en ai jamais eu besoin. Je n'ai jamais demandé à l'amitié de me considérer comme un grand esprit, mais de me traiter comme un cœur loyal. Je ne me rendis qu'à des avances directes, à une demande de service en 1844. Une telle démarche est l'amende la plus honorable qui se puisse exiger, et là je n'hésitai pas une seconde. Je jetai mes deux bras au cou de mon vieux ami, enfant terrible et tendre, qui, dès ce moment, mit un véritable luxe de cœur à me faire oublier le passé.

Un autre chagrin plus profond pour moi fut l'entrée de mon fils au collége. J'avais attendu avec impatience le moment de l'avoir près de moi, et ni lui ni moi ne savions ce que c'est que le collége. Je ne veux pas médire de l'éducation en commun, mais il est des enfans dont le caractère est antipathique à cette règle militaire des lycées, à cette brutalité de la discipline, à cette absence de soins maternels, de poésie extérieure, de recueillement pour l'esprit, de liberté pour la pensée. Mon pauvre Maurice était né artiste, il en avait tous les goûts, il en avait pris avec moi toutes les habitudes, et, sans le savoir encore, il en avait toute l'indépendance. Il se faisait presque une fête d'entrer au collége, et comme tous les enfans, il voyait un plaisir dans un changement de lieu et d'existence. Je le conduisis donc à Henri IV, gai comme un petit pinson, et contente moi-même de le voir si bien disposé. Sainte-Beuve, ami du proviseur, me promettait qu'il serait l'objet d'une sollicitude particulière. Le censeur était un père de famille, un homme excellent, qui le reçut comme un de ses enfans.

Nous fîmes avec lui le tour de l'établissement. Ces grandes cours sans arbres, ces cloîtres uniformes d'une froide architecture moderne, ces tristes clameurs de la récréation, voix discordantes et comme furieuses des enfans prisonniers, ces mornes figures des maîtres d'études, jeunes gens déclassés qui sont là, pour la plupart, esclaves de la misère, et, forcément victimes ou tyrans: tout, jusqu'à ce tambour, instrument guerrier, magnifique pour ébranler les nerfs des hommes qui vont se battre, mais stupidement brutal pour appeler des enfans au recueillement du travail, me serra le cœur et me causa une sorte d'épouvante. Je regardais, à la dérobée, dans les yeux de Maurice, et je le voyais partagé entre l'étonnement et quelque chose d'analogue à ce qui se passait en moi. Pourtant il tenait bon, il craignait que son père ne se moquât de lui; mais quand vint le moment de se séparer, il m'embrassa, le cœur gros, les yeux pleins de larmes. Le censeur le prit dans ses bras très paternellement, voyant bien que l'orage allait éclater. Il éclata, en effet, au moment où je m'en allais vite pour cacher mon malaise. L'enfant s'échappa des bras qui le caressaient, vint s'attacher à moi en criant, avec des sanglots désespérés, qu'il ne voulait pas rester là.

Je crus que j'allais mourir. C'était la première fois que je voyais Maurice malheureux, et je voulais le remmener. Mon mari fut plus ferme et eut certes toutes bonnes raisons de son côté. Mais, obligée de m'enfuir devant les caresses et les supplications de mon pauvre enfant, poursuivie par ses cris jusqu'au bas de l'escalier, je revins chez moi sanglotant et criant presque autant que lui, dans le fiacre qui me ramenait.

J'allai le voir deux jours après. Je le trouvai affublé de l'affreux habit carré d'uniforme, lourd et malpropre. Je ne sais si cette coutume subsiste encore de faire porter aux élèves qui entrent les vieux habits de ceux qui sortent. C'était une véritable vilenie de spéculation, puisque les parens payaient un trousseau d'entrée. Je réclamai en vain, remontrant que cela était malsain et pouvait communiquer aux enfans des maladies de peau. Une autre coutume barbare consistait dans l'absence de vases de nuit dans les dortoirs, avec défense de sortir pour se soulager. D'un autre côté, la spéculation autorisait la vente de méchantes friandises qui les rendaient malades.

Encore le proviseur était-il des plus honnêtes et des plus humains, et le mieux disposé à combattre des abus qui n'étaient pas de son fait. Il eut un successeur qui se montra fort doux et affable. Mais M. ..... vint ensuite, qui se posa devant moi en homme moral à la manière d'un sergent de ville, et qui sut rendre les enfans aussi malheureux que la règle le comportait. Partisan farouche de l'autorité absolue, c'est lui qui autorisa un père intelligent à faire battre son fils par son nègre, devant toute la classe, convoquée militairement au spectacle de cette exécution dans le goût créole ou moscovite, et menacée de punition sévère en cas du moindre signe d'improbation. J'ai oublié le nom du proviseur et celui du père de l'enfant, je ne veux pas que mon fils me les rappelle, mais tout ce qui était élève à Henri IV à cette époque pourra certifier le fait.

Ma seconde visite à Maurice se termina comme la première: mes amis m'accusèrent de faiblesse. J'avoue que je ne me sentais ni Romain ni

Spartiate devant le désespoir d'un pauvre enfant que l'on condamnait à subir une loi brutale et mercenaire, sans qu'il eût en rien mérité ce cruel châtiment. On me traîna, ce jour-là, au Conservatoire de musique, comptant que Beethoven me ferait du bien. J'avais tant pleuré, en revenant du collége, que j'avais littéralement les yeux en sang. Cela ne paraissait guère raisonnable et ne l'était pas du tout. Mais la raison ne pleure jamais, ce n'est pas son affaire, et les entrailles ne raisonnent pas, elles ne nous ont pas été données pour cela.

La Symphonie pastorale ne me calma pas du tout. Je me souviendrai toujours de mes efforts pour pleurer tout bas comme d'une des plus abominables angoisses de ma vie.

Maurice ne se rendit qu'à la crainte d'augmenter un chagrin que je ne pouvais pas lui cacher; mais son parti n'était pris qu'à moitié. Ses jours de sortie amenaient de nouvelles crises. Il arrivait le matin, gai, bruyant, enivré de sa liberté. Je passais une grande heure à le laver et à le peigner, car la malpropreté qu'il apportait du collége était fabuleuse. Il ne tenait pas à se promener; toute sa joie était de rester avec sa sœur et moi dans mes petites chambres, de barbouiller des bons hommes sur du papier, de regarder ou de découper des images. Jamais enfant, et plus tard jamais homme, n'a si bien su s'occuper et s'amuser d'un travail sédentaire. Mais, à chaque instant, il regardait la pendule, disant: Je n'ai plus que tant d'heures à passer avec toi. Sa figure s'allongeait à mesure que le temps s'écoulait. Quand venait le dîner, au lieu de manger, il commençait à pleurer, et quand l'heure de rentrer avait sonné, le déluge était tel, que souvent j'étais forcée d'écrire qu'il était malade, et c'était la vérité. L'enfance ne sait pas lutter contre le chagrin, et celui de Maurice était une véritable nostalgie.

Quand on le prépara à sa première communion, qui était affaire de réglement au collége, je vis qu'il acceptait très naïvement l'enseignement religieux. Je n'aurais voulu pour rien au monde qu'il commençât sa vie par un acte d'hypocrisie ou d'athéïsme, et si je l'eusse trouvé disposé à se moquer, comme beaucoup d'autres, je lui aurais dit les motifs sérieux qui m'apparurent dans mon enfance pour me décider à ne pas protester contre une institution dont j'acceptais l'esprit plutôt que la lettre; mais, en reconnaissant qu'il ne discutait rien, je me gardai bien de faire naître en lui le moindre doute. La discussion n'était pas de son âge et son esprit ne devançait pas son âge. Il fit donc sa première communion avec beaucoup d'innocence et de ferveur.

Je venais de passer une des plus tristes années de ma vie, celle de 1833, et il me reste à la résumer.

CHAPITRE TRENTIEME.

Ce que je gagnai à devenir artiste.—La mendicité organisée.—Les filous de Paris.—La mendicité des emplois, celle de la gloire.—Les lettres anonymes et celles qui devraient l'être.—Les visites. Les Anglais, les curieux, les flâneurs, les donneurs de conseils.—Le boulet.—Réflexions sur l'aumône, sur l'emploi des biens.—Le devoir religieux et le devoir social en opposition flagrante.—Les problèmes de l'avenir et la loi du temps.—L'héritage matériel et intellectuel.—Les devoirs de la famille, de la justice, de la probité s'opposant à l'immolation évangélique dans la société actuelle.— Contradiction inévitable avec soi-même.—Ce que j'ai cru devoir conclure pour ma gouverne particulière.—Doute et douleur. Réflexions sur la destinée humaine et sur l'action de la Providence.—Lélia.—La critique.— Les chagrins qui passent; celui qui reste.—Le mal général.—Balzac.— Départ pour l'Italie.

Cette année 1833 ouvrit pour moi la série des chagrins réels et profonds que je croyais avoir épuisée et qui ne faisait que de commencer. J'avais voulu être artiste, je l'étais enfin. Je m'imaginai être arrivée au but poursuivi depuis longtemps, à l'indépendance extérieure et à la possession de ma propre existence: je venais de river à mon pied une chaîne que je n'avais pas prévue.

Être artiste! oui, je l'avais voulu, non-seulement pour sortir de la geôle matérielle où la propriété, grande ou petite, nous enferme dans un cercle d'odieuses petites préoccupations; pour m'isoler du contrôle de l'opinion en ce qu'elle a d'étroit, de bête, d'égoïste, de lâche, de provincial: pour vivre en dehors des préjugés du monde, en ce qu'ils ont de faux, de suranné, d'orgueilleux, de cruel, d'impie et de stupide; mais encore, et avant tout, pour me réconcilier avec moi-même, que je ne pouvais souffrir oisive et inutile, pesant, à l'état de maître, sur les épaules des travailleurs. Si j'avais pu piocher la terre, je m'y serais mise avec eux plutôt que d'entendre ces mots que, dans mon enfance, on avait grondés autour de moi quand Deschartres avait le dos tourné: «Il veut que l'on s'échauffe, lui qui a le ventre plein et les mains derrière son dos!» Je voyais bien que les gens à mon service étaient souvent plus paresseux que fatigués, mais leur apathie ne me justifiait pas de mon inaction. Il ne me semblait pas avoir le droit d'exiger d'eux le moindre labeur, moi qui ne faisais rien du tout, car c'est ne rien faire que de s'occuper pour son plaisir.

Par goût, je n'aurais pas choisi la profession littéraire, et encore moins la célébrité. J'aurais voulu vivre du travail de mes mains, assez fructueusement pour pouvoir faire consacrer mon droit au travail par un petit résultat sensible, mon revenu patrimonial étant trop mince pour me permettre de vivre ailleurs que sous le toit conjugal, où régnaient des conditions inacceptables. Comme la seule objection à la liberté qu'on me laissait d'en sortir était le manque d'un peu d'argent à me donner, il me fallait ce peu d'argent. Je l'avais enfin. Il n'y avait plus de reproches ni de mécontentement de ce côté-là.

J'aurai souhaité vivre obscure, et comme depuis la publication d'Indiana jusqu'après celle de Valentine, j'avais réussi à garder assez bien l'incognito pour que les journaux m'accordassent toujours le titre de monsieur, je me flattais que ce petits succès ne changerait rien à mes habitudes sédentaires et à une intimité composée de gens aussi inconnus que moi-même. Depuis que je m'étais installée au quai Saint-Michel avec ma petite, j'avais vécu si retirée et si tranquille que je ne désirais d'autre amélioration à mon sort qu'un peu moins de marches d'escalier à monter et un peu plus de bûches à mettre au feu.

En m'établissant au quai Malaquais je me crus dans un palais, tant la mansarde de Delatouche était confortable au prix de celle que je quittais. Elle était un peu sombre, quoique en plein midi; on n'avait pas encore bâti à portée de la vue, et les grands arbres des jardins environnans faisaient un épais rideau de verdure où chantaient les merles et où babillaient les moineaux avec autant de laisser-aller qu'en pleine campagne. Je me croyais donc en possession d'une retraite et d'une vie conformes à mes goûts et à mes besoins. Hélas! bientôt je devais soupirer, là comme partout, après le repos et bientôt courir en vain comme Jean-Jacques Rousseau, à la recherche d'une solitude.

Je ne sus pas garder ma liberté, défendre ma porte aux curieux, aux désœuvrés, aux mendians de toute espèce, et bientôt je vis que ni mon temps ni mon argent de l'année ne suffiraient à un jour de cette obsession. Je m'enfermai alors, mais ce fut une lutte incessante, abominable, entre la sonnette, les pourparlers de la servante et le travail dix fois interrompu.

Il y a, à Paris, autour des artistes, une mendicité organisée dont on est longtemps dupe, et dont on continue à être victime ensuite par scrupule de conscience. Ce sont de prétendus vieux artistes dans la misère qui vont de porte en porte avec des souscriptions couvertes de signatures fabriquées: ou bien des artisans sans ouvrage, des mères qui viennent de mettre leur dernière nippe au mont-de-piété pour donner le pain de la journée à leurs enfans: ce sont des comédiens infirmes, des poètes sans éditeurs, de fausses dames de charité. Il y a même de prétendus missionnaires, de soi-disant curés. Tout cela est un ramassis d'infâmes vagabonds échappés du bagne ou dignes d'y entrer. Les meilleurs sont de vieilles bêtes que la vanité, l'absence de talent et finalement l'ivrognerie ont réduits à une misère véritable.

Quand on a eu la simplicité de se laisser prendre à la première histoire, à la première figure, la bande vous signale comme une proie à exploiter, vous entoure, vous surveille, connaît vos heures de sortie et jusqu'à vos heures de recette. Elle approche d'abord avec discrétion, puis ce sont de nouvelles figures et de nouvelles histoires, des visites plus fréquentes, des lettres où l'on vous avertit que, dans deux heures, si le secours demandé n'arrive pas, on ne trouvera plus au logis désigné qu'un cadavre. Le sort d'Élisa Mercœur et d'Hégésippe Moreau sert désormais de thème et de menace à tous les poètes qui ne rougissent pas de mendier, et qui se disent trop grands hommes pour faire un autre état que de rêver aux étoiles.

Je ne suis pas tellement simple que je sois la dupe de toutes ces misères intéressantes; mais il en est tant de réelles et d'imméritées que, parmi celles qui demandent, c'est un travail à perdre la tête que de reconnaître les vraies d'avec les fausses. En thèse générale, et l'on peut dire quatre-vingt-dix fois sur cent, ceux qui mendient sont de faux pauvres ou des pauvres infâmes. Ceux qui souffrent réellement, en dépit du courage et de la moralité, aiment mieux mourir que de mendier. Il faut chercher ceux-ci, les découvrir, les tromper souvent pour leur faire accepter l'assistance. Les autres vous assiègent, vous obsèdent, vous menacent.

Mais il est aussi des malheureux sans grandes vertus et sans grands vices, privés de l'héroïsme du silence (héroïsme qu'il est vraiment cruel d'exiger de la pauvre espèce humaine), il est des courages épuisés, des volontés usées par l'insuccès ou rebutées par l'impuissance. Il est aussi des femmes qui, par un autre genre d'héroïsme que celui de la résignation, boivent le calice de l'humilité et tendent la main pour sauver leur mari, leur amant, leurs enfans surtout. Il suffit qu'on risque d'abandonner à la faim, au désespoir, au suicide, une de ces victimes innocentes sur quatre-vingt-dix-neuf filous effrontés, pour qu'on ne dorme pas tranquille: et voilà le boulet qui s'attacha à ma vie dès que mon petit avoir de chaque journée eut dépassé le strict nécessaire.

N'ayant pas le temps de courir aux informations, pour saisir la vérité, puisque j'étais rivée au travail, je cédai longtemps à cette considération toute simple en apparence qu'il valait mieux donner cent sous à un gredin que de risquer de les refuser à un honnête homme. Mais le système d'exploitation grossit avec une telle rapidité et dans de telles proportions autour de moi, que je dus regretter d'avoir donné aux uns pour arriver à être forcée de refuser aux autres. Puis, je remarquai, dans les discours pathétiques que l'on me tenait, des contradictions, des mensonges. Il fut un temps où, ne se gênant plus du tout, tous ces visages patibulaires arrivaient le même jour de la semaine. J'essayai de refuser le premier, le second vint et insista. Je tins bon, le troisième ne vint pas. Je vis dès-lors que c'était une bande. J'aurais dû avertir la police. J'y répugnai, ne me croyant pas assez sûre de mon fait.

Mais d'autres mendians arrivèrent, soit une autre bande, soit l'arrière-garde de la première. Je pris sur moi ce dont je ne m'étais pas encore senti le courage, dans la crainte d'humilier la misère: j'exigeai des preuves. Quelques maladroits s'éclipsèrent subitement devant cette méfiance, me laissant voir assez naïvement qu'elle était fondée. D'autres feignirent d'en être blessés, d'autres enfin me fournirent des moyens apparens de constater leur dénûment. Ils donnèrent leurs noms, leurs adresses; c'étaient de faux noms, adresses. Je montai dans des mansardes hideuses. Je vis des enfans desséchés de faim, rongés de plaies, et quand j'eus porté là des secours, je découvris, un beau matin, que ces mansardes et ces enfans étaient loués pour une exhibition de guenilles et de maladies, qu'ils n'appartenaient pas à la femme qui pleurait sur eux devant moi, et qui les mettait à la porte à grands coups de balai quand j'étais partie.

J'envoyai une fois chez un poète malheureux, qui devait être trouvé asphyxié, comme Escousse, si, à telle heure, il ne recevait pas ma réponse. On frappa en vain, il faisait le mort. On enfonça la porte: on le trouva mangeant des saucisses.

Pourtant, comme au milieu de cette vermine qui s'attache aux gens consciencieux, il m'arrivait de mettre la main sur de véritables infortunés, je ne pus jamais me décider à repousser d'une manière absolue la mendicité. Pendant quelques années, je fis une petite rente à des personnes chargées d'aller aux informations pendant quelques heures de la matinée. Elles furent trompées un peu moins que moi, voilà tout, et depuis que je n'habite plus Paris, la correspondance ruineuse de centaine de mendians continue à m'arriver de tous les points de la France.

Il y a une série de poètes et d'auteurs qui veulent des protections, comme si la protection pouvait suppléer, je ne dis pas seulement au talent, mais à la plus simple notion de la langue que l'on prétend écrire. Il y a une série de femmes incomprises qui veulent entrer au théâtre. Elles n'ont jamais essayé, il est vrai, de jouer la comédie, mais elles se sentent la vocation de jouer les premiers rôles: une série de jeunes gens sans emploi qui demandent le premier emploi venu dans les arts, dans l'agriculture, dans la comptabilité;

ils sont propres à tout apparemment, et bien qu'on ne les connaisse pas, on doit les recommander et répondre d'eux comme de soi-même. De plus modestes avouent qu'ils sont sans éducation aucune, qu'ils ne sont propres à rien, mais que, sous peine de manquer d'humanité, il faut leur trouver quelque chose à faire. Il y a aussi une série d'ouvriers démocrates qui ont résolu le problème social et qui feront disparaître la misère de notre société, si on leur donne de quoi publier leur système. Ceux-là sont infaillibles. Quiconque en doute est vendu à l'orgueil, à l'avarice et à l'égoisme. Il y a encore une série de petits commerçans ruinés qui ont besoin de 5 ou 6 mille francs pour racheter un fonds de boutique. «Cela est une misère pour vous, disent-ils; vous êtes bonne, vous ne me refuserez pas.» Il y a enfin des peintres, des musiciens, qui n'ont pas de succès parce qu'ils ont trop de génie et que la jalousie des maîtres les repousse; il y a des soldats engagés qui voudraient se racheter, des juifs qui demandent des autographes pour les vendre, des demoiselles qui veulent entrer chez moi comme femmes de chambre pour être mes élèves en littérature. J'ai chez moi des armoires pleines de lettres saugrenues, de manuscrits fabuleux, de romances ou d'opéras de l'autre monde, et des théories sociales à sauver tous les habitans du système planétaire. Tout cela avec un post-scriptum portant demande d'un petit secours en attendant, et en double ou triple récidive, avec injures à la seconde sommation et menaces à la troisième.

Et pourtant j'ai la patience de lire toutes les lettres quand elles ne sont pas impossibles à déchiffrer, quand elles ne sont pas de seize pages en caractères microscopiques. J'ai la conscience de commencer toutes les élucubrations philosophiques, musicales et littéraires, et de les continuer quand je ne suis pas révoltée à la première page par des fautes trop grossières ou des aberrations trop révoltantes.

Quand je vois une ombre de talent, je mets à part et je réponds. Quand j'en vois beaucoup, je m'en occupe tout à fait. Ces derniers ne me donnent pas grande besogne: mais la médiocrité honnête est encore assez abondante pour me prendre bien du temps et me causer bien de la fatigue. Le vrai talent ne demande jamais rien: il offre et donne un pur témoignage de sympathie. La médiocrité honnête ne demande pas d'argent, mais des complimens sous forme d'encouragement. La médiocrité plate, à un degré au-dessous, commence à demander des éditeurs ou des articles de journaux. La stupidité demande, que dis-je, elle exige impérieusement l'argent et la gloire!

Ajoutez à cette persécution les lettres anonymes remplies d'injures grossières; les entreprises, souvent aussi cyniques, des saints et des saintes qui veulent me faire rentrer dans le giron de l'Église; les curés qui m'offrent de racheter mon âme en leur envoyant de quoi réparer une chapelle ou habiller une statue de la Vierge; les visites étranges, les trappistes, les instituteurs destitués en 1848, les mouchards volontaires, espèces d'agens provocateurs imbéciles qui viennent crier contre tous les gouvernemens, et qui se trompent, faisant du légitimisme chez les républicains et vice versâ; les artistes bohémiens, les colonels et capitaines espagnols réfugiés de tous les partis, successivement battus dans ce pays des vicissitudes, officiers supérieurs à la quinzaine, chamarrés de décorations, qui demandent vingt francs et se rabattent sur vingt sous: enfin la misère fausse ou vraie, humble ou arrogante, la vanité confiante ou haineuse, l'ignoble race de parti, l'indiscrétion, la folie, la bassesse ou la stupidité sous toutes les formes: voilà la lèpre qui s'attache à toute célébrité, qui dérange, qui trouble, qui lasse, qui ruine, qui tue à la longue, à moins qu'on n'adopte ce farouche principe toute misère est méritée, qu'on n'écrive sur sa porte, je ne donne rien, et qu'on dorme tranquille en se disant: «J'ai été exploité par les fripons, que ce soit tant pis désormais pour les honnêtes gens qui ont faim!»

Et encore n'ai-je pas parlé des simples curieux, race très mélangée où l'on risque de tourner le dos à quelques honorables sympathies pour se délivrer d'une foule d'oisifs importuns. Dans cette dernière catégorie, il y a des Anglais en voyage qui veulent simplement mettre sur leur livre de notes qu'ils vous ont vue; et comme j'ai trop oublié l'anglais pour faire l'effort de le parler avec eux, ceux qui ne parlent pas trois mots de français me parlent dans leur langue, je leur réponds dans la mienne. Ils ne comprennent pas, ils font oh! et s'en vont satisfaits. Comme je sais que quelques-uns ont un carnet et un crayon tout taillé pour écrire les réponses, même avant de remonter en voiture, de crainte de les oublier, je me suis amusée quelquefois à leur répondre aussi par oh! ou à leur dire des choses si inintelligibles, quand leur figure m'ennuyait, que je les défie bien d'en avoir retenu quelque chose. Il est vrai qu'il y a le curieux trop intelligent qui vous fait parler et vous prête des mots.

Il y a aussi le curieux malveillant, qui vient avec l'intention de vous confesser, et qui s'en va tout à fait ennemi quand il n'a pu vous arracher que des réflexions sur la pluie et le beau temps.

Il y a encore les poseurs, qui entrent chez vous pour vous faire savoir qu'ils vous valent bien, et que vous n'avez pas de temps à perdre si vous voulez corroborer un peu votre futile talent à l'aide de leur expérience et de leur puissante raison. Ils vous donnent des sujets de roman, des types, de situations de théâtre. Enfin, ce sont des riches prodigues qui ont de la bienveillance pour vous et qui viennent vous faire l'aumône d'une idée.

On ne peut pas se figurer les excentricités, les inconvenances, les ridicules, les vanités, les folies et les bêtises de toutes sortes qui viennent se faire passer en revue par les malheureux artistes affligés de quelque renommée. Cette importunité délirante n'a qu'un bon résultat, qui est de vous inspirer un vif intérêt et une joyeuse sollicitude pour le talent modeste et vrai qui veut bien se révéler à vous. On est pressé alors de reporter sur lui le bon vouloir que tant d'aberrations et de prétentions vous ont forcé de refouler.

Ainsi, à peine arrivée au résultat que j'avais poursuivi, une double déception m'apparut. Indépendance sous ces deux formes, l'emploi du temps et l'emploi des ressources, voilà ce que je croyais tenir, voilà ce qui se transforma en un esclavage irritant et continuel. En voyant combien mon travail était loin de suffire aux exigences de la misère environnante, je doublai, je triplai, je quadruplai la dose du travail. Il y eut des momens où elle fut excessive, et où je me reprochai les heures de repos et de distraction nécessaires comme une mollesse de l'âme, comme une satisfaction de l'égoïsme. Naturellement absolue dans mes convictions, je fus longtemps gouvernée par la loi de ce travail forcé et de cette aumône sans bornes, comme je l'avais été par l'idée catholique, au temps où je m'interdisais les jeux et la gaîté de l'adolescence pour m'absorber dans la prière et dans la contemplation.

Ce ne fut qu'en ouvrant ma pensée au rêve d'une grande réforme sociale que je me consolai, par la suite, de l'étroitesse et de l'impuissance de mon dévouement. Je m'étais dit, avec tant d'autres, que certaines bases sociales étaient indestructibles, et que le seul remède contre les excès de l'inégalité était dans le sacrifice individuel, volontaire. Mais c'est la porte ouverte aux égoïstes aussi bien qu'aux dévoués, cette théorie de l'aumône particulière. On y entre tout entier ou on fait semblant d'y entrer. Personne n'est là pour constater que vous êtes dedans ou dehors. Il y a bien une loi religieuse qui vous prescrit de donner, non pas votre superflu, mais jusqu'au nécessaire; il y a bien une opinion qui conseille la charité: mais il n'est pas de pouvoir constitué qui vous contraigne et qui contrôle l'étendue et la réalité de vos dons[9]. Dès lors, vous êtes libre de tricher l'opinion, d'être athée devant Dieu et hypocrite devant les hommes. La misère est à la merci de la conscience de chaque individu; et tandis que des courages naïfs s'immolent avec excès, des esprits froids et positifs s'abstiennent de les seconder, et leur laissent porter un fardeau impossible.

Oui, impossible! Car s'il en était autrement, si une poignée de bons serviteurs pouvait sauver le monde et suffire, par un travail forcé et une abnégation sans limites, à détruire la misère et tous les vices qu'elle engendre, ceux-là devraient s'estimer heureux et fiers de leur mission, et l'espoir du succès en attirerait un plus grand nombre à la gloire et à la joie du sacrifice. Mais cet abîme de la misère n'est pas de ceux que les dieux consentent à fermer quand il a englouti quelque holocauste. Il est sans fond, et il faut qu'une société entière y précipite ses offrandes pour le combler un instant. Dans l'état des choses, il semble même que les dévouemens partiels le creusent et l'agrandissent, puisque l'aumône avilit, en condamnant celui qui compte sur elle à l'abandon de soi-même.

On a retiré au clergé, aux communautés religieuses les immenses biens qu'ils possédaient; on a tenté, dans une grande révolution sociale, de créer une caste de petits propriétaires actifs et laborieux à la place d'une caste de mendians inertes et nuisibles. Donc l'aumône ne sauvait pas la société, même exercée en grand par un corps constitué et considérable; donc les richesses consacrées à l'aumône étaient loin de suffire, puisque ces richesses, mobilisées et distribuées sous une autre forme, ont laissé l'abîme béant et la misère pullulante. Et l'on voit qu'en me servant de cet exemple, je suppose que tout a été pour le mieux, que le clergé et les couvens n'ont jamais employé leurs biens qu'à faire l'aumône, et que la vente des biens nationaux n'a enrichi que des pauvres, ce qui n'est pas absolument vrai, on le sait de reste.

Oui, oui, hélas! la charité est impuissante, l'aumône inutile. Il est arrivé, il arrivera encore que des crises violentes forceront les dictatures, qu'elles soient populaires ou monarchiques, à tailler dans le vif et à exiger de la part des classes riches des sacrifices considérables. Ce sera le droit du moment, mais jamais un droit absolu, selon les hommes, si un principe nouveau ne vient le consacrer d'une manière éternelle dans la libre croyance de tous les hommes.

Les gouvernemens, quels qu'ils soient, n'y peuvent guère encore. Ne les accusez pas trop. A supposer qu'ils voulussent inaugurer à tout prix ce principe de salut universel sous une forme quelconque, ils le voudraient en vain. La résistance des masses brisera toujours la volonté des individus, quelque ardente, quelque miraculeuse qu'elle puisse être. Toute dictature est un rêve, si ce n'est celle du temps.

Et cependant, que faire, nous autres individus de bonne intention? Nous abstenir ou nous immoler!

Je me suis mille fois posé ce problème, et je ne l'ai pas résolu. La loi du Christ: Vendez tout, donnez l'argent aux pauvres et suivez-moi, est interdite aujourd'hui par les lois humaines. Je n'ai pas le droit de vendre mes biens et de les donner aux pauvres. Quand même des constitutions particulières de propriété ne s'y opposeraient pas, la loi morale de l'hérédité des biens, qui entraîne celle de l'hérédité d'éducation, de dignité et d'indépendance, nous l'interdit absolument, sous peine d'infraction aux devoirs de la famille. Nous ne sommes pas libres d'imposer le baptême de la misère aux enfans nés de nous. Ils ne sont pas plus notre propriété morale que les serfs n'étaient la propriété légitime d'un seigneur.

La misère est dégradante, il n'y a pas à dire, puisque, là où elle est complète, il faut s'humilier, et puisqu'on n'y échappe, dans ce cas, que par la mort. Personne ne pourrait donc légitimement jeter ses enfans dans l'abîme pour en retirer ceux des autres. Si tous appartiennent à Dieu au même titre, nous nous devons plus spécialement à ceux qu'il nous a donnés. Or, tout ce qui enchaîne la liberté future d'un enfant est un acte de tyrannie, quand même ce serait un acte d'enthousiasme et de vertu.

Si quelque jour, dans l'avenir, la société nous demande le sacrifice d'un héritage, sans doute elle pourvoira à l'existence de nos enfans; elle les fera honnêtes et libres au sein d'un monde où le travail constituera le droit de vivre. La société ne peut prendre légitimement à chacun que pour rendre à tous. En attendant le règne de cette idée, qui est encore à l'état d'utopie, forcés de nous débattre dans les liens de la famille qui seront toujours sacrés, et les effroyables difficultés de l'existence par le travail; contraints de nous conformer aux lois constituées, c'est-à-dire de respecter la propriété d'autrui et de faire respecter la nôtre, sous peine de finir par le bagne ou l'hôpital, quel est donc le devoir, pour ceux qui voient, de bonne foi, l'abîme de la souffrance et de la misère?

Voilà un problème insoluble, si l'on ne se résout à vivre au sein d'une contradiction entre les principes de l'avenir et les nécessités du présent. Ceux qui nous crient que nous devrions prêcher d'exemple, ne rien posséder et vivre à la manière des chrétiens primitifs, semblent avoir raison contre nous: seulement, en nous prescrivant avec ironie de donner tout et de vivre d'aumônes, ils ne sont guère logiques non plus, puisqu'ils nous engagent à consacrer, par notre exemple, le principe de la mendicité que nous repoussons à l'état de théorie sociale.

Quelques socialistes abordent plus franchement la question, et j'en sais qui m'ont dit: «Ne faites pas l'aumône. En donnant à ceux qui demandent, vous consacrez le principe de leur servitude.»

Eh bien, ceux-là, même qui me parlaient ainsi dans des momens de conviction passionnée, faisaient l'aumône le moment d'après, incapables de résister à la pitié qui commande aux entrailles et qui échappe au raisonnement: et comme, en faisant l'aumône, on est encore plus humain et plus utile qu'en se réduisant soi-même à la nécessité de la recevoir, je crois qu'ils avaient raison d'enfreindre leur propre logique, et de se résigner, comme moi, à n'être pas d'accord avec eux-mêmes.

La vérité n'en reste pas moins une chose absolue, en ce sens qu'on ne peut ni ne doit admettre la justice des lois qui régissent aujourd'hui la propriété. Je ne crois pas qu'elles puissent être anéanties d'une manière durable et utile, par un bouleversement subit et violent. Il est assez démontré que le partage des biens constituerait un état de lutte effroyable et sans issue, si ce n'est l'établissement d'une nouvelle caste de gros propriétaires dévorant les petits, ou une stagnation d'égoïsmes complétement barbares.

Ma raison ne peut admettre autre chose qu'une série de modifications successives amenant les hommes, sans contrainte et par la démonstration de leurs propres intérêts, à une solidarité générale dont la forme absolue est encore impossible à définir. Durant le cours de ces transformations progressives, il y aura encore bien des contradictions entre le but à poursuivre et les nécessités du moment. Toutes les écoles socialistes de ces derniers temps ont entrevu la vérité et l'ont même saisie par quelque point essentiel; mais aucune n'a pu tracer bien sagement le code des lois qui doivent sortir de l'inspiration générale à un moment donné de l'histoire. C'est tout simple: l'homme ne peut que proposer; c'est l'avenir qui dispose. Tel croit être le philosophe le plus avancé de son siècle, qui sera tout à coup dépassé par des événemens et des situations tout à fait mystérieux dans les desseins de la Providence, de même que certains obstacles qui paraissent légers aux plus prudens résisteront longtemps à l'action des efforts humains.

Pour ma part, je n'ai pas eu tout à fait la liberté du choix dans ma conduite privée, en égard à l'emploi des biens qui me sont échus. Placée, par contrat, sous la loi du régime dotal, qui est une sorte de substitution de la propriété, j'ai dû regarder Nohant comme un petit majorat dont je n'étais que le dépositaire, et je n'aurais pu éluder cette loi qu'en faisant l'office de dépositaire infidèle envers mes enfans. Je me suis fait un cas de conscience de leur transmettre intact le mince héritage que j'avais reçu pour eux, et j'ai cru concilier, autant que possible, la religion de la famille et la religion de l'humanité en ne disposant, pour les pauvres, que des revenus de mon travail. Je ne sais pas si je suis dans le faux. J'ai cru être dans le vrai. J'ai la certitude de m'être abstenue, depuis bien des années, de toute satisfaction purement personnelle, de n'avoir rien donné à la vanité, au luxe, à la mollesse, à l'avarice, aux passions que je n'avais pas et que le moyen de les satisfaire n'a pas fait naître en moi. Mince mérite à coup sûr! Le seul sacrifice qui m'ait un peu coûté, c'est de renoncer aux voyages, que j'aurais aimés de passion, et qui m'eussent développée comme artiste; mais dont j'ai dû m'abstenir, à moins de nécessité pour les autres. Renoncer au séjour de Paris m'a été personnellement nuisible aussi à beaucoup d'égards; mais j'ai cru ne devoir pas hésiter, et ce sacrifice a porté avec soi sa récompense, puisque l'amour de la campagne et de la vie intime m'a dédommagée de mon isolement social.

Je n'ai donc rien fait de grand et je n'ai vu réellement rien de grand à faire, qui n'entamât pas, par quelque point, la sécurité de ma conscience. Lancer mes enfans, malgré eux, dans le fanatisme de convictions ardentes, m'eût semblé un attentat contre leur liberté morale. J'ai cru devoir leur dire ma foi et les laisser maîtres de la partager ou de la rejeter. J'ai cru devoir, dans la prévision des crises de l'avenir, travailler à amoindrir en eux la confiance aveugle et dangereuse que l'héritage inspire à la jeunesse, et leur prêcher la nécessité du travail. J'ai cru devoir faire de mon fils un artiste, ne pas l'élever pour n'être qu'un propriétaire, et cependant ne pas le forcer à n'être qu'artiste en le dépouillant de sa propriété. J'ai cru devoir remplir avec une fidélité scrupuleuse toutes les obligations que, sous peine de déshonneur et de manque de parole, les contrats relatifs à l'argent imposent à tout le monde. Quant à l'argent, je n'ai pas su en gagner à tout prix: je n'ai même pas su en gagner beaucoup, tout en travaillant avec une persévérance soutenue. J ai su en perdre, par conséquent en refuser à ceux qui m'en demandaient, plutôt que d'en arracher rigoureusement à ceux qui m'en devaient, et que j'aurais réduits à la gêne. Les relations pécuniaires sont établies de telle sorte que l'assistance envers les uns pourrait bien, si l'on n'y prenait garde, être le dépouillement cruel des autres. Que faire de mieux? Je ne sais pas. Si je le savais, je l'aurais fait, car mon intention est très droite. Mais je ne vois pas, et je n'ai pas trouvé le moyen de rendre mon dévouement utile à mes semblables dans de grandes proportions, et je ne peux pas attribuer cette impossibilité à l'insuffisance de mes ressources. Qu'elles s'étendissent à des sommes beaucoup plus considérables, le nombre des infortunés à ma charge n'eût fait que s'accroître, et des millions de louis dans mes mains eussent amené des millions de pauvres autour de moi. Où serait la limite? MM. de Rothschild donnant leur fortune aux indigens, détruiraient-ils la misère? On sait bien que non. Donc la charité individuelle n'est pas le remède, ce n'est même pas un palliatif. Ce n'est pas autre chose qu'un besoin moral qu'on subit, une émotion qui se manifeste et qui n'est jamais satisfaite.

J'ai donc des raisons d'expérience, des raisons puisées dans mes propres entrailles, pour ne pas accepter le fait social comme une vérité bonne et durable, et pour protester contre ce fait jusqu'à ma dernière heure. On a dit que j'avais pris cet esprit de révolte dans mon orgueil. Qu'est-ce que mon orgueil avait à faire dans tout cela? J'ai commencé par accepter sans réflexion et sans combat les choses établies. J'ai pratiqué la charité, et je l'ai pratiquée longtemps avec beaucoup de mystère, croyant naïvement que c'était là un mérite dont il fallait se cacher. J'étais dans la lettre de l'Évangile: «Que votre main gauche ne sache pas ce que donne la main droite.» Hélas! en voyant l'étendue et l'horreur de la misère, j'ai reconnu que la pitié était une obligation si pressante, qu'il n'y avait aucune espèce de mérite à en subir les tiraillemens, et que d'ailleurs, dans une société si opposée à la loi du Christ, garder le silence sur de telles plaies ne pouvait être que lâcheté ou hypocrisie.

Voilà à quelles certitudes m'amenait le commencement de ma vie d'artiste, et ce n'était que le commencement! Mais à peine eus-je abordé ce problème du malheur général que l'effroi me saisit jusqu'au vertige. J'avais fait bien des réflexions, j'avais subi bien des tristesses dans la solitude de Nohant, mais j'avais été absorbée et comme engourdie par des préoccupations personnelles. J'avais probablement cédé au goût du siècle, qui était alors de s'enfermer dans une douleur égoïste, de se croire René ou Obermann, et de s'attribuer une sensibilité exceptionnelle, par conséquent des souffrances inconnues au vulgaire. Le milieu dans lequel je m'étais isolée alors était fait pour me persuader que tout le monde ne pensait pas et ne souffrait pas à ma manière, puisque je ne voyais autour de moi que préoccupations des intérêts matériels, aussitôt noyées dans la satisfaction de ces mêmes intérêts.

Quand mon horizon se fut élargi, quand m'apparurent toutes les tristesses, tous les besoins, tous les désespoirs, tous les vices du grand milieu social, quand mes réflexions n'eurent plus pour objet ma propre destinée, mais celle du monde où je n'étais qu'un atome, ma désespérance personnelle s'étendit à tous les êtres, et la loi de la fatalité se dressa devant moi si terrible que ma raison en fut ébranlée.

Qu'on se figure une personne arrivée jusqu'à l'âge de trente ans sans avoir ouvert les yeux sur la réalité, et douée pourtant de très bons yeux pour tout voir; une personne austère et sérieuse au fond de l'âme, qui s'est laissé bercer et endormir si longtemps par des rêves poétiques, par une foi enthousiaste aux choses divines, par l'illusion d'un renoncement absolu à tous les intérêts de la vie générale, et qui, tout à coup frappée du spectacle étrange de cette vie générale, l'embrasse et le pénètre avec toute la lucidité que donne la force d'une jeunesse pure et d'une conscience saine!

Et ce moment où j'ouvrais les yeux était solennel dans l'histoire. La république rêvée en juillet aboutissait aux massacres de Varsovie et à l'holocauste du cloître Saint-Méry. Le choléra venait de décimer le monde.

Le saint-simonisme, qui avait donné aux imaginations un moment d'élan, était frappé de persécution et avortait, sans avoir tranché la grande question de l'amour, et même, selon moi, après l'avoir un peu souillée. L'art aussi avait souillé, par des aberrations déplorables, le berceau de sa réforme romantique. Le temps était à l'épouvante et à l'ironie, à la consternation et à l'impudence, les uns pleurant sur la ruine de leurs généreuses illusions, les autres riant sur les premiers échelons d'un triomphe impur; personne ne croyant plus à rien, les uns par découragement, les autres par athéisme.

Rien dans mes anciennes croyances ne s'était assez nettement formulé en moi, au point de vue social, pour m'aider à lutter contre ce cataclysme où s'inaugurait le règne de la matière, et je ne trouvais pas dans les idées républicaines et socialistes du moment une lumière suffisante pour combattre les ténèbres que Mammon soufflait ouvertement sur le monde. Je restais donc seule avec mon rêve de la Divinité toute-puissante, mais non plus tout amour, puisqu'elle abandonnait la race humaine à sa propre perversité ou à sa propre démence.

C'est sous le coup de cet abattement profond que j'écrivis Lélia, à bâtons rompus et sans projet d'en faire un ouvrage ni de le publier. Cependant, quand j'eus lié ensemble, au hasard d'une donnée de roman, un assez grand nombre de fragmens épars, je les lus à Sainte-Beuve, qui m'encouragea à continuer et qui conseilla à Buloz de m'en demander un chapitre pour la Revue des Deux-Mondes. Malgré ce précédent, je n'étais pas encore décidée à faire de cette fantaisie un livre pour le public. Il portait trop le caractère du rêve, il était trop de l'école de Corambé pour être goûté par de nombreux lecteurs. Je ne me pressais donc pas, et j'éloignais de moi, à dessein, la préoccupation du public, éprouvant une sorte de soulagement triste à céder à l'imprévu de ma rêverie, et m'isolant même de la réalité du monde actuel, pour tracer la synthèse du doute et de la souffrance, à mesure qu'elle se présentait à moi sous une forme quelconque.

Ce manuscrit traîna un an sous ma plume, quitté souvent avec dédain et souvent repris avec ardeur. C'est, je crois, un livre qui n'a pas le sens commun au point de vue de l'art, mais qui n'en a été que plus remarqué par les artistes, comme une chose d'inspiration spontanée dans le détail. J'ai écrit deux préfaces à ce livre, et j'ai dit là tout ce que j'avais à en dire. Je n'y reviendrai donc pas inutilement. Le succès de la forme fut très grand. Le fond fut critiqué avec une amertume extrême. On voulut voir des portraits dans tous les personnages, des révélations personnelles dans toutes les situations; on alla jusqu'à interpréter dans un sens vicieux et obscène des passages écrits avec la plus grande candeur, et je me souviens que, pour comprendre ce que l'on m'accusait d'avoir voulu dire, je fus forcée de me faire expliquer des choses que je ne savais pas.

Je ne fus pas très sensible à ce déchaînement de la critique et aux ignobles calomnies qu'il souleva. Ce que l'on sait complétement faux n'inquiète guère. On sent que cela tombera de soi-même dans les bons esprits, si tant est que les bons esprits puissent se tromper sur l'intention et sur les tendances d'un livre.

Je m'étonnai seulement, et maintenant encore je m'étonne des inimitiés personnelles que soulève l'émission des idées. Je n'ai jamais compris qu'on fût l'ennemi d'un artiste qui pense et crée dans un sens opposé à celui que l'on a ou que l'on aurait choisi. Que l'on discute et combatte le but de son œuvre, je le conçois; mais que l'on altère, de propos délibéré, cette pensée pour la rendre condamnable; que l'on dénature le texte même par de fausses citations ou des comptes-rendus infidèles; que l'on calomnie la vie de l'auteur pour injurier sa personne; qu'on le haïsse à travers son livre: voilà encore une des énigmes de la vie que je n'ai pas résolues et que je ne résoudrai probablement jamais. Je vois bien le fait, je le vois dans tous les temps et à propos de toutes les idées: mais je m'étonne que l'horreur de l'inquisition, généralement sentie aujourd'hui, n'ait pas suffi à guérir les hommes de cette rage de persécution réciproque, où il semble que la critique regrette de n'avoir pas le bourreau à sa droite et le bûcher à sa gauche, en procédant à ses réquisitoires.

Je vis ces fureurs avec tristesse, mais avec une certaine tranquillité. Je n'avais pas pour rien amassé dans la solitude un grand dédain pour tout ce qui n'était pas le vrai. Si j'eusse aimé et cherché le monde, je me serais tourmentée probablement de la calomnie qui pouvait momentanément m'en fermer l'accès; mais, ne cherchant que l'amitié sérieuse et sachant que rien ne pouvait ébranler celles qui m'entouraient, je ne m'aperçus réellement jamais des effets de la méchanceté, et ma tâche fut si facile sous ce rapport que je ne saurais mettre la persécution au nombre des malheurs de ma vie.

D'ailleurs, en toutes choses, les chagrins qui n'ont eu leur effet que sur ma propre existence, je les compte aujourd'hui pour rien. Ce n'est pas que je les aie tous portés avec courage. Non! J'étais, je suis peut-être encore d'une sensibilité excessive et que la raison ne gouverne pas du tout dans le moment de la crise. Mais j'apprécie les souffrances morales comme je crois que la raison doit les apprécier, sitôt qu'elle reprend son empire. Je vois dans mon passé, comme dans celui de tous les êtres aimans que j'ai connus, des déchiremens terribles, des déceptions accablantes, des heures d'agonie véritable; mais je fais la part de la personnalité, qui est violente dans la jeunesse. C'est le propre de la jeunesse de vouloir saisir et fixer le rêve du bonheur. Si elle y renonçait facilement, si elle ne le poursuivait avec âpreté, si au lendemain d'une catastrophe, elle ne se relevait du désespoir avec une assurance nouvelle, si elle ne vivait de chimères, de croyances ardentes, de dévoûmens enthousiastes, d'amers dédains, de chaudes indignations, en un mot de tous les abattemens et de tous les renouvellemens de la volonté, elle ne serait pas la jeunesse, et cette fatalité qui la pousse à découvrir le monde de son imagination et l'idéal de son cœur à travers l'imminence des naufrages, c'est presque un droit qu'elle exerce, puisque c'est une loi qu'elle subit.

Mais tout cela, vu à distance, rentre dans le monde des songes évanouis. Nul de nous ne regrette d'être délivré de ses maux, et nul de nous cependant ne regrette de les avoir éprouvés. Tous nous savons qu'il faut vivre quand on est dans la force des émotions, parce qu'il faut avoir vécu quand on est dans la force de la réflexion. Il ne faut regretter des épreuves de la vie que celles qui nous ont fait un mal réel et durable.

Quel est ce mal? Je vais vous le dire. Toute douleur lente ou rapide qui nous ôte de forces et nous laisse amoindris est une infortune véritable et dont il n'est guère facile de se consoler jamais. Un vice, un crime moral, une lâcheté, voilà de ces malheurs qui vieillissent tout à coup et qui méritent la pitié qu'on peut avoir envers soi-même et demander aux autres. Il est, dans l'ordre moral, des maladies analogues à celles de la vie physique, en ce qu'elles nous laissent infirmes et à jamais brisés.

Votre corps est-il sans infirmités contractées avant l'âge? Quelque souffreteux que vous puissiez être, ne vous plaignez pas; vous vous portez aussi bien qu'une créature humaine peut l'espérer. Ainsi de votre âme. Vous sentez-vous en possession de l'exercice de vos facultés pour le vrai et pour le juste? Quelles que soient vos crises passagères de découragement ou d'excitation, ne reprochez pas à la destinée de vous avoir éprouvés trop rudement; vous êtes aussi heureux que l'homme peut aspirer à l'être.

Cette philosophie me paraît bien facile à présent. Se laisser souffrir, puisque la souffrance est inévitable et ne pas la maudire quand elle s'apaise, puisqu'elle ne nous a pas rendus pires; toute âme honnête peut pratiquer cette humble sagesse pour son compte.

Mais il est une douleur plus difficile à supporter que toutes celles qui nous frappent à l'état d'individu. Elle a pris tant de place dans mes réflexions, elle a eu tant d'empire sur ma vie, jusqu'à venir empoisonner mes phases de pur bonheur personnel, que je dois bien la dire aussi!

Cette douleur, c'est le mal général: c'est la souffrance de la race entière, c'est la vue, la connaissance, la méditation du destin de l'homme ici-bas. On se fatigue vite de se contempler soi-même. Nous sommes de petits êtres sitôt épuisés, et le roman de chacun de nous est si vite repassé dans sa propre mémoire! A moins de se croire sublime, peut-on n'examiner et ne contempler que son moi? D'ailleurs, qui est-ce qui se trouve sublime de bien bonne foi? Le pauvre fou qui se prend pour le soleil et qui, de sa triste loge, crie aux passans: Prenez garde à l'éclat de mes rayons!

Nous n'arrivons à nous comprendre et à nous sentir vraiment nous-mêmes qu'en nous oubliant, pour ainsi dire, et en nous perdant dans la grande conscience de l'humanité. C'est alors qu'à côté de certaines joies et de certaines gloires dont le reflet nous grandit et nous transfigure, nous sommes saisis tout à coup d'un invincible effroi et de poignans remords en regardant les maux, les crimes, les folies, les injustices, les stupidités, les hontes de cette nation qui couvre le globe et qui s'appelle l'homme. Il n'y a pas d'orgueil, il n'y a pas d'égoïsme qui nous console quand nous nous absorbons dans cette idée.

Tu te diras en vain: «Je suis un être raisonnable parmi ces millions d'êtres qui ne le sont pas: je ne souffre pas de ces maux que leur sottise leur attire.» Hélas! tu n'en seras pas plus fier, puisque tu ne peux pas faire que tes semblables soient semblables à toi. Ton isolement t'épouvantera d'autant plus que tu te croiras meilleur et te sentiras plus heureux que les autres.

Ton innocence même, la conscience de ta douceur et de ta probité, la sérénité de ton propre cœur, ne te seront pas un refuge contre la tristesse profonde qui t'enveloppe, si tu te sens vivre dans un milieu impur, sur une terre souillée, parmi des êtres sans foi ni loi, qui se dévorent les uns les autres, et chez qui le vice est bien autrement contagieux que la vertu.

Tu as une heureuse famille, je suppose, d'excellens amis, un entourage de bonnes âmes comme la tienne. Tu as réussi à fuir le contact de l'humanité malade. Hélas! pauvre homme de bien, tu n'en es que plus seul?

Tu es doux, généreux, sensible: tu ne peux lire l'histoire sans frémir à chaque page, et le sort des victimes innombrables que le temps dévore t'arrache de saintes larmes: hélas! pauvre bon cœur, à quoi servent les pleurs de ta pitié? Elles mouillent la page que tu lis et ne font pas revivre un seul homme immolé par la haine!

Tu es dévoué, actif, ardent; tu parles, tu écris, tu agis de toutes tes forces sur les esprits qui veulent bien t'écouter. On te jette des pierres et de la boue:

n'importe, tu es courageux, tu persévères! Hélas! pauvre martyr, tu mourras à la peine, et ta dernière prière sera encore pour des hommes que d'autres hommes font souffrir!

Eh bien, il n'est pas nécessaire d'être un saint pour vivre ainsi de la vie des autres et pour sentir que le mal général empoisonne et flétrit le bonheur personnel. Tous, oui, tous, nous subissons cette douleur commune à tous, et ceux qui semblent s'en préoccuper le moins s'en préoccupent encore assez pour en redouter le contre-coup sur l'édifice fragile de leur sécurité. Cette préoccupation augmente de jour en jour, d'heure en heure, à mesure que le monde s'éclaire, se communique sa vie et se sent vibrer d'un bout à l'autre comme une chaîne magnétique. Deux personnes ne se rencontrent pas, trois hommes ne se trouvent pas réunis, sans que, du chapitre des intérêts particuliers, on ne passe vite à celui des intérêts généraux pour s'interroger, se répondre et se passionner. Le paysan lui-même, ce type d'insouciance et de dédain pour tout ce qui est au delà de son champ, veut savoir aujourd'hui si de l'autre côté de sa colline, les êtres humains sont plus tranquilles et plus satisfaits que lui.

C'est la loi de la vie; mais, de toutes les lois de la vie, c'est la plus cruelle; et quand ce devient une loi de la conscience, c'est le tourment du devoir de tous aux prises avec l'impuissance de chacun.

Ceci n'est pas une récrimination politique. La politique d'actualité, si intéressante qu'elle puisse être, n'est jamais qu'un horizon. La loi de douleur qui plane sur notre monde et le cri de plainte qui s'en exhale partent des intimes convulsions de son essence même, et nulle révolution actuellement possible ne saurait ni l'étouffer ni en détruire les causes profondes. Quand on s'abîme dans cette recherche, on arrive à constater l'action du bien et du mal dans l'humanité, à saisir le mécanisme des effets et des résistances, à savoir enfin comment s'opère cet éternel combat. Rien de plus! Le pourquoi, c'est Dieu seul qui pourrait nous le dire, lui qui a fait l'homme si lentement progressif, et qui eût pu le faire si intelligent et plus puissant pour le bien que pour le mal.

Devant cette question que l'âme peut adresser à la suprême sagesse, j'avoue que le terrible mutisme de la divinité consterne l'entendement. Là, nous sentons notre volonté se briser contre la porte d'airain des impénétrables mystères: car nous ne pouvons pas admettre le souverain bien, type de toute lumière et de toute perfection, répondant à la terre suppliante et gémissante par la loi brutale de son bon plaisir.

Devenir athée et supposer une loi intelligente présidant à la règle des destinées de l'univers, c'est admettre quelque chose de bien plus extraordinaire et de bien plus incroyable que de s'avouer, soi, raison bornée, dépassé par les motifs de la raison infinie. La foi triomphe donc de ses propres doutes; mais l'âme navrée sent les bornes de sa puissance se resserrer étroitement sur elle et enchaîner son dévoûment dans un si petit espace, que l'orgueil s'en va pour jamais et que la tristesse demeure.

Voilà sous l'empire de quelles préoccupations secrètes j'avais écrit Lélia. Je n'en parlais à personne, sachant bien que personne autour de moi ne pouvait me répondre, et chérissant peut-être aussi, d'une certaine façon, le secret de ma rêverie. J'avais toujours été et j'ai été toujours ainsi, aimant à me nourrir seule d'une idée lentement savourée, quelque rongeuse et dévorante qu'elle puisse être. Le seul égoïsme permis c'est celui du découragement qui ne veut se communiquer à personne, et qui, en s'épuisant dans la contemplation de ses propres causes, finit par céder au besoin de vivre, à la grâce intérieure peut-être!

Il est vrai qu'en me taisant ainsi devant mes amis, j'exhalais, en publiant mon livre, une plainte qui devait avoir un plus grand retentissement. Je n'y songeai pas d'abord. Faisant bon marché de moi-même et de ma propre douleur, je me dis que mon livre serait peu lu et ferait plutôt rire à mes dépens, comme un ramassis de songes creux, qu'il ne ferait rêver aux durs problèmes du doute et de la croyance. Quand je vis qu'il faisait soupirer aussi quelques âmes inquiètes, je me persuadai et je me persuade encore que l'effet de ces sortes de livres est plutôt bon que mauvais, et que, dans un siècle matérialiste, ces ouvrages-là valent mieux que les Contes drôlatiques, bien qu'ils amusent beaucoup moins la masse des lecteurs.

A propos des Contes drôlatiques, qui parurent vers la même époque, j'eus une assez vive discussion avec Balzac, et comme il voulait m'en lire malgré moi des fragmens, je lui jetai presque son livre au nez. Je me souviens que, comme je le traitais de gros indécent, il me traita de prude et sortit en me criant sur l'escalier: «Vous n'êtes qu'une bête!» Mais nous n'en fûmes que meilleurs amis, tant Balzac était véritablement naïf et bon.

Après quelques jours passés dans la forêt de Fontainebleau, je désirai voir l'Italie, dont j'avais soif comme tous les artistes et qui me satisfit dans un sens opposé à celui que j'attendais. Je fus vite fatiguée de voir des tableaux et des monumens. Le froid m'y donna la fièvre, puis la chaleur m'écrasa et le beau ciel finit par me lasser. Mais la solitude se fit pour moi dans un coin de Venise, et m'eût enchaînée là longtemps si j'avais eu mes enfans avec moi. Je ne referai ici, qu'on se rassure, aucune des descriptions que j'ai publiées soit dans les Lettres d'un voyageur, soit dans divers romans, dont j'ai placé la scène en Italie, et à Venise particulièrement. Je donnerai seulement sur moi-même quelques détails qui ont naturellement leur place dans ce récit.

CHAPITRE TRENTE-UNIEME.

M. Bayle (Stendhal).—La cathédrale d'Avignon.—Passage à Gênes, Pise et Florence.—Arrivée à Venise par l'Apennin, Bologne et Ferrare.—Alfred de Musset, Géraldy, Léopold Robert à Venise.—Travail et solitude à Venise.—Détresse financière.—Rencontre singulière.—Départ pour la France.—Arrivée à Paris.—Retour à Nohant.—Julie.—Mes amis du Berry.—Ceux de la mansarde.—Prosper Bressant.—Le Prince.

Sur le bateau à vapeur qui me conduisait de Lyon à Avignon, je rencontrai un des écrivains les plus remarquables de ce temps-ci, Bayle, dont le pseudonyme était Stendhal. Il était consul à Civita-Vecchia et retournait à son poste, après un court séjour à Paris. Il était brillant d'esprit et sa conversation rappelait celle de Delatouche, avec moins de délicatesse et de grâce, mais avec plus de profondeur. Au premier coup d'œil c'était un peu aussi le même homme, gras et d'une physionomie très fine sous un masque empâté. Mais Delatouche était embelli, à l'occasion, par sa mélancolie soudaine, et Bayle restait satirique et railleur à quelque moment qu'on le regardât. Je causai avec lui une partie de la journée et le trouvai fort aimable. Il se moqua de mes illusions sur l'Italie, assurant que j'en aurais vite assez, et que les artistes à la recherche du beau en ce pays étaient de véritables badauds. Je ne le crus guère, voyant qu'il était las de son exil et y retournait à contre-cœur. Il railla, d'une manière très amusante, le type italien, qu'il ne pouvait souffrir et envers lequel il était fort injuste. Il me prédit surtout une souffrance que je ne devais nullement éprouver, la privation de causerie agréable et de tout ce qui, selon lui, faisait la vie intellectuelle, les livres, les journaux, les nouvelles, l'actualité, en un mot. Je compris bien ce qui devait manquer à un esprit si charmant, si original et si poseur, loin des relations qui pouvaient l'apprécier et l'exciter. Il posait surtout le dédain de toute vanité et cherchait à découvrir, dans chaque interlocuteur, quelque prétention à rabattre sous le feu roulant de sa moquerie. Mais je ne crois pas qu'il fût méchant: il se donnait trop de peine pour le paraître.

Tout ce qu'il me prédit d'ennui et de vide intellectuel en Italie m'alléchait au lieu de m'effrayer, puisque j'allais là, comme partout, pour fuir le bel esprit dont il me croyait friande.

Nous soupâmes avec quelques autres voyageurs de choix, dans une mauvaise auberge de village, le pilote du bateau à vapeur n'osant franchir le pont Saint-Esprit avant le jour. Il fut là d'une gaîté folle, se grisa raisonnablement, et dansant autour de la table avec ses grosses bottes fourrées devint quelque peu grotesque et pas du tout joli.

A Avignon, il nous mena voir la grande église, très bien située, où, dans un coin, un vieux Christ en bois peint, de grandeur naturelle et vraiment hideux, fut pour lui matière aux plus incroyables apostrophes. Il avait en horreur ces repoussans simulacres dont les méridionaux chérissaient, selon lui, la laideur barbare et la nudité cynique. Il avait envie de s'attaquer, à coups de poing, à cette image.

Pour moi, je ne vis pas, avec regret, Bayle prendre le chemin de terre pour gagner Gênes. Il craignait la mer, et mon but était d'arriver vite à Rome. Nous nous séparâmes donc après quelques jours de liaison enjouée; mais comme le fond de son esprit trahissait le goût, l'habitude ou le rêve de l'obscénité, je confesse que j'avais assez de lui et que s'il eût pris la mer, j'aurais peut-être pris la montagne. C'était, du reste, un homme éminent, d'une sagacité plus ingénieuse que juste en toutes choses appréciées par lui, d'un talent original et véritable, écrivant mal, et disant pourtant de manière à frapper et à intéresser vivement ses lecteurs.

La fièvre me prit à Gênes, circonstance que j'attribuai au froid rigoureux du trajet sur le Rhône, mais qui en était indépendante, puisque, dans la suite, je retrouvai cette fièvre à Gênes par le beau temps et sans autre cause que l'air de l'Italie, dont l'acclimatation m'est difficile.

Je poursuivis mon voyage quand même, ne souffrant pas, mais peu à peu si abrutie par les frissons, les défaillances et la somnolence, que je vis Pise et le Campo-Santo avec une grande apathie. Il me devint même indifférent de suivre une direction ou une autre: Rome et Venise furent jouées à pile ou face, Venise face retomba dix fois sur le plancher. J'y voulus voir une destinée, et je partis pour Venise par Florence.

Nouvel accès de fièvre à Florence. Je vis toutes les belles choses qu'il fallait voir, et je les vis à travers une sorte de rêve qui me les faisait paraître un peu fantastiques. Il faisait un temps superbe, mais j'étais glacée, et en regardant le Persée de Cellini et le Chapelle carrée de Michel-Ange, il me semblait, par momens, que j'étais statue moi-même. La nuit, je rêvais que je devenais mosaïque, et je comptais attentivement mes petits carrés de lapis et de jaspe.

Je traversai l'Apennin par une nuit de janvier froide et claire, dans la calèche assez confortable qui, accompagnée de deux gendarmes en habit jaune serin, faisait le service de courrier. Je n'ai jamais vu de route plus déserte et de gendarmes moins utiles, car ils étaient toujours à une lieue en avant ou en arrière de nous, et paraissaient ne pas se soucier du tout de servir de point de mire aux brigands. Mais, en dépit des alarmes du courrier, nous ne fîmes d'autre rencontre que celle d'un petit volcan que je pris pour une lanterne allumée auprès de la route, et que cet homme appelait avec emphase il monte fuoco.

Je ne pus rien voir à Ferrare et à Bologne: j'étais complétement abattue. Je m'éveillai un peu au passage du Pô, dont l'étendue, à travers de vastes plaines sablonneuses, a un grand caractère de tristesse et de désolation. Puis je me rendormis jusqu'à Venise, très peu étonnée de me sentir glisser en gondole, et regardant, comme dans un mirage, les lumières de la place Saint-Marc se refléter dans l'eau, et les grandes découpures de l'architecture byzantine se détacher sur la lune, immense à son lever, fantastique elle-même à ce moment-là plus que tout le reste.

Venise était bien la ville de mes rêves, et tout ce que je m'en étais figuré se trouva encore au-dessous de ce qu'elle m'apparut, et le matin et le soir, et par le calme des beaux jours et par le sombre reflet des orages. J'aimai cette ville pour elle-même, et c'est la seule au monde que je puisse aimer ainsi, car une ville m'a toujours fait l'effet d'une prison que je supporte à cause de mes compagnons de captivité. A Venise on vivrait longtemps seul, et l'on comprend qu'au temps de sa splendeur et de sa liberté, ses enfans l'aient presque personnifiée dans leur amour et l'aient chérie non pas comme une chose, mais comme un être.

A ma fièvre succéda un grand malaise et d'atroces douleurs de tête que je ne connaissais pas, et qui se sont installées, depuis lors, dans mon cerveau en migraines fréquentes et souvent insupportables. Je ne comptais rester dans cette ville que peu de jours et en Italie que peu de semaines, mais des événemens imprévus m'y retinrent davantage.

Alfred de Musset subit bien plus gravement que moi l'effet de l'air de Venise qui foudroie beaucoup d'étrangers, on ne le sait pas assez[10]. Il fit une maladie grave; une fièvre typhoïde le mit à deux doigts de la mort. Ce ne fut pas seulement le respect dû à un beau génie qui m'inspira pour lui une grande sollicitude et qui me donna, à moi très malade aussi, des forces inattendues; c'était aussi les côtés charmans de son caractère et les souffrances morales que de certaines luttes entre son cœur et son imagination créaient sans cesse à cette organisation de poète. Je passai dix-sept jours à son chevet sans prendre plus d'une heure de repos sur vingt-quatre. Sa convalescence dura à peu près autant, et quand il fut parti, je me souviens que la fatigue produisit sur moi un phénomène singulier. Je l'avais accompagné de grand matin, en gondole, jusqu'à Mestre, et je revenais chez moi par les petits canaux de l'intérieur de la ville. Tous ces canaux étroits, qui servent de rues, sont traversés de petits ponts d'une seule arche pour le passage des piétons. Ma vue était si usée par les veilles, que je voyais tous les objets renversés, et particulièrement ces enfilades de ponts qui se présentaient devant moi comme des arcs retournés sur leur base.

Mais le printemps arrivait, le printemps du nord de l'Italie, le plus beau de l'univers peut-être. De grandes promenades dans les Alpes tyroliennes et ensuite dans l'Archipel vénitien, semé d'îlots charmans, me remirent bientôt en état d'écrire. Il le fallait, mes petites finances étaient épuisées, et je n'avais pas du tout de quoi retourner à Paris. Je pris un petit logement plus que modeste dans l'intérieur de la ville. Là, seule toute l'après-midi, ne sortant que le soir pour prendre l'air, travaillant encore la nuit au chant des rossignols apprivoisés qui peuplent tous les balcons de Venise, j'écrivis André, Jacques, Mattea et les premières Lettres d'un voyageur.

Je fis à Buloz divers envois qui devaient promptement me mettre à même de payer ma dépense courante (car je vivais en partie à crédit) et de retourner vers mes enfans, dont l'absence me tiraillait plus vivement le cœur de jour en jour. Mais un guignon particulier me poursuivait dans cette chère Venise; l'argent n'arrivait pas. Les semaines se succédaient, et chaque jour mon existence devenait plus problématique. On vit à très bon marché, il est vrai, dans ce pays, si l'on veut se restreindre à manger des sardines et des coquillages, nourriture saine d'ailleurs, et que l'extrême chaleur rend suffisante au peu d'appétit qu'elle vous permet d'avoir. Mais le café est indispensable à Venise. Les étrangers y tombent malades, principalement parce qu'ils s'effrayent du régime nécessaire, qui consiste à prendre du café noir au moins six fois par jour. Cet excitant, inoffensif pour les nerfs, indispensable comme tonique tant que l'on vit dans l'atmosphère débilitante des lagunes, reprend son danger dès qu'on remet le pied en terre ferme.

Le café était donc un objet coûteux dont il fallut commencer à restreindre la consommation. L'huile de la lampe pour les longues veillées s'usait terriblement vite. Je gardais encore la gondole de louage, de sept à dix heures du soir, moyennant 15 fr. par mois; mais c'était à la condition d'avoir un gondolier si vieux et si éclopé, que je n'aurais pas osé le renvoyer, dans la crainte qu'il ne mourût de faim. Pourtant je faisais cette réflexion, que je dînais pour six sous afin d'avoir de quoi le payer, et qu'il trouvait, lui, le moyen d'être ivre tous les soirs.

J'aurais aimé tout dans Venise, hommes et choses, sans l'occupation autrichienne qui était odieuse et révoltante. Les Vénitiens sont bons, aimables, spirituels, et, sans leurs rapports avec les Esclavons et les Juifs, qui ont envahi leur commerce, ils seraient aussi honnêtes que les Turcs, qui sont là aimés et estimés comme ils le méritent.

Mais, malgré ma sympathie pour ce beau pays et pour les habitans, malgré les douceurs d'une vie favorable au travail par la mollesse même des habitudes environnantes, malgré les ravissantes découvertes que chaque pas au hasard vous fait faire dans le plus pittoresque assemblage de décors féeriques, de solitudes splendides et de recoins charmans, je m'impatientais et je m'effrayais de la misère bien réelle où j'allais tomber et de l'impossibilité de partir, dont je ne voyais pas arriver le terme. J'écrivais en vain à Paris, j'allais en vain chaque jour à la poste; rien n'arrivait. J'avais envoyé des volumes; je ne savais pas seulement si on les avait reçus. Personne à Venise ne connaissait peut-être l'existence de la Revue des Deux-Mondes.

Un jour que je n'avais plus rien, littéralement rien, et qu'ayant dîné pour moins que rien, je me prélassais encore dans ma gondole, jouissant de mon reste, puisque la quinzaine était payée d'avance, tout en réfléchissant à ma situation et en me demandant, avec une mortelle répugnance, si j'oserais la confier à une seule des personnes, en bien petit nombre, que je connaissais à Venise; une tranquillité singulière me vint tout à coup à l'idée, saugrenue, mais nette et fixe, que j'allais rencontrer, le jour même, à l'instant même, une personne de mon pays, qui, connaissant mon caractère et ma position, me tirerait d'embarras sans m'en faire éprouver aucun à lui emprunter le nécessaire. Dans cette conviction non raisonnée, à coup sûr, mais complète, j'ouvris la jalousie et me mis à regarder attentivement toutes les figures des gondoles qui croisaient la mienne sur le canal Saint-Marc. Je n'en vis aucune de ma connaissance; mais l'idée persistant, j'entrai au jardin public, cherchant les groupes de promeneurs, et faisant attention, contre ma coutume, à tous les visages, à toutes les voix.

Tout à coup, mes regards rencontrent ceux d'un homme très bon et très honnête avec qui j'avais fait connaissance autrefois aux eaux du mont Dore, et qui, s'étant lié avec mon mari, était venu nous voir plusieurs fois à Nohant. Il était riche, indépendant. Il savait qui j'étais moi-même. Il accourut à moi, très surpris de me voir là. Je lui racontai mon aventure, et sur-le-champ il m'ouvrit sa bourse avec joie, assurant qu'au moment où il m'avait aperçue, il était justement en train de penser à moi et de se rappeler Nohant et le Berry, sans pouvoir s'expliquer pourquoi ce souvenir se présentait si nettement à lui, au milieu de préoccupations où rien ne se rattachait à moi ni aux miens.

Fut-ce un effet du hasard ou de son imagination après coup, en m'entendant lui raconter en riant mon pressentiment, je n'en sais rien. Je raconte le fait tel qu'il est.

Je refusai de lui prendre plus de deux cents francs. Il s'en allait en Russie, et comme il devait s'arrêter quelques jours à Vienne, je pensais, avec raison, recevoir à temps de Paris, de quoi le rembourser avant qu'il allât plus loin, et de quoi m'en aller moi-même en France.

Mon espérance fut réalisée. A peine avait-il quitté Venise, qu'un employé de la poste, prié et sommé de faire des recherches, découvrit, dans un casier négligé, les lettres et les billets de banque de Buloz, oubliés là depuis près de deux mois, soit par hasard, soit à dessein, en dépit de toutes les questions et de toutes les instances.

Je mis ordre aussitôt à mes affaires; je fis mes paquets, et je partis à la fin d'août par une chaleur écrasante.

J'avais toujours gardé au fond de ma malle un pantalon de toile, une casquette et une blouse bleue, en cas de besoin, dans la prévision de courses dans les montagnes. Je pus donc dédommager mes jambes du long engourdissement des jours et des nuits de griffonage et des promenades en gondole, et je fis une grande partie du voyage à pied. Je vis tous les grands lacs, dont le plus beau est, à mon sens, le lac de Garde; je traversai le Simplon, passant, en une journée, de la chaleur torride du versant italien au froid glacial de la crête des Alpes, et retrouvant, le soir, dans la vallée du Rhône, une fraîcheur printanière. Je n'écris pas un voyage; je dirai donc seulement que celui-là fut pour moi un perpétuel ravissement. J'eus un temps admirable jusqu'au passage de la Tête Noire, entre Martigny et Chamounix. Là, un orage superbe me donna le plus beau spectacle du monde. Mais le mulet dont on m'avait persuadé de m'embarrasser ne voulant plus ni avancer ni reculer, je lui jetai la bride sur le cou, et, courant à l'aise sur les pentes gazonneuses, j'arrivai à Chamounix avant la pluie, dont les gros nuages venaient lourdement derrière moi, faisant retentir les montagnes de roulemens formidables et sublimes.

De Genève j'accourus d'un trait à Paris, affamée de revoir mes enfans. Je trouvai Maurice grandi et presque habitué au collége. Il avait des notes superbes: mais mon retour, qui était pour nous deux une si grande joie, devait bientôt ramener son aversion pour tout ce qui n'était pas la vie à nous deux. Je revenais trop tôt pour son éducation classique.

Ses vacances s'ouvraient. Nous partîmes ensemble pour rejoindre, à Nohant, Solange, qui y avait passé le temps de mon absence sous la garde d'une bonne dont j'étais sûre comme soins et surveillance et dont je me croyais sûre comme caractère. Cette femme me paraissait dévouée et remplissait consciencieusement son office. Je trouvai mon gros enfant propre, frais, vigoureux, mais d'une soumission à sa bonne qui m'inquiéta, en égard à son caractère d'enfant terrible. Cela me fit penser à mon enfance et à cette Rose qui, en m'adorant, me brisait. J'observai sans rien dire, et je vis que les verges jouaient un rôle dans cette éducation modèle. Je brûlai les verges et je pris l'enfant dans ma chambre. Cette exécution mortifia cruellement l'orgueil de Julie (elle s'appelait Julie, comme l'ancienne femme de chambre de ma grand'mère). Elle devint aigre et insolente, et je vis que, sous ses qualités essentielles comme ménagère, elle cachait, comme femme, une noirceur atroce. Elle se tourna vers mon mari, qu'elle flagorna, et qui eut la faiblesse d'écouter les calomnies odieuses et stupides qu'il lui plut de débiter sur mon compte. Je la renvoyai sans vouloir d'explication avec elle et en lui payant largement les services qu'elle m'avait rendus. Mais elle partit avec la haine et la vengeance au cœur, et M. Dudevant entretint avec elle une correspondance qui lui permit de la retrouver plus tard.

Je ne m'en inquiétai pas, et me fussé-je méfiée de cette lâche aversion, il n'en eût été ni plus ni moins. Je ne sais pas ménager ce que je méprise, et je ne prévoyais pas, d'ailleurs, que mes tranquilles relations avec mon mari dussent aboutir à des orages. Il y en avait eu rarement entre nous. Il n'y en avait plus depuis que nous nous étions faits indépendans l'un de l'autre. Tout le temps que j'avais passé à Venise, M. Dudevant m'avait écrit sur un ton de bonne amitié et de satisfaction parfaite, me donnant des nouvelles des enfans, et m'engageant même à voyager pour mon instruction et pour ma santé. Ces lettres furent produites et lues, dans la suite, par l'avocat général, l'avocat de mon mari se plaignant des douleurs que son client avait dévorées dans la solitude.

Ne prévoyant rien de sombre dans l'avenir, j'eus un moment de véritable bonheur à me retrouver à Nohant avec mes enfans et mes amis. Fleury était marié avec Laure Decerfz, ma charmante amie d'enfance, plus jeune que moi, mais déjà raisonnable quand j'étais encore un vrai diable. Duvernet avait épousé Eugénie, que je connaissais peu, mais qui vint à moi comme un enfant tout cœur, me demandant de la tutoyer d'emblée puisque je tutoyais son mari, Mme Duteil qui, plus jeune que moi aussi, était déjà mon ancienne amie; Jules Néraud, mon Malgache bien aimé; Gustave Papet, un camarade d'enfance, un ami ensuite; l'excellent Planet, avec qui mon amitié datait seulement de 1830, mais dont l'âme naïve et le tendre dévouement savaient se révéler de prime abord; enfin, Duteil, l'un des hommes les plus charmans qui aient existé, lorsqu'il n'était qu'à moitié gris, et mon cher Rollinat, voilà les cœurs qui s'étaient donnés à moi tout entiers. La mort en a pris deux[11], les autres me sont restés fidèles.

Fleury, Planet (Duvernet dans ses fréquens voyages à Paris) avaient été les hôtes de fondation de la mansarde du quai Saint-Michel et ensuite de celle du quai Malaquais. Parmi les huit ou dix personnes dont s'était composée cette vie intime et fraternelle, presque toutes rêvaient un avenir de liberté pour la France, sans se douter qu'elles joueraient un rôle plus ou moins actif dans les événemens soit politiques, soit littéraires de la France. Il y avait même là un enfant, un bel enfant de douze à treize ans, mêlé à nous par le hasard, et comme adopté par nous. Intelligent, gracieux, sympathique et divertissant au possible, ce gamin, qui devait être un jour un des acteurs les plus aimés du public et que je devais retrouver pour lui confier des rôles, s'appelait Prosper Bressant.

Celui-là, je le perdis de vue en partant pour l'Italie, d'autres plus tard et peu à peu; mais le noyau berrichon que, les circonstances aidant, je devais retrouver toujours, je le retrouvais à Nohant en 1834, avec une joie nouvelle, après une absence de près d'une année.

Je fis, avec plusieurs d'entre eux, une promenade à Valançay, et, au retour, j'écrivis sous l'émotion d'une vive causerie avec Rollinat, un petit article intitulé le Prince, qui fâcha beaucoup, m'a-t-on dit, M. de Talleyrand. Je ne le sus pas plus tôt fâché, que j'eus regret d'avoir publié cette boutade. Ne le connaissant pas, je n'avais senti aucune aigreur personnelle contre lui. Il m'avait servi de type et de prétexte pour un accès d'aversion contre les idées et les moyens de cette école de fausse politique et de honteuse diplomatie dont il était le représentant. Mais, bien que cette vieillesse-là ne fût guère sacrée, bien que cet homme à moitié dans la tombe appartînt déjà à l'histoire, j'eus comme un repentir, fondé ou non, de ne pas avoir mieux déguisé sa personnalité dans ma critique. Mes amis me dirent en vain que j'avais usé d'un droit d'historien pour ainsi dire; je me dis, moi, intérieurement, que je n'étais pas un historien, surtout pour les choses présentes; que ma vocation ne me commandait pas de m'attaquer aux vivans, d'abord parce que je n'avais pas assez de talent en ce genre pour faire une œuvre de démolition vraiment utile, ensuite parce que j'étais femme, et qu'un sexe ne combattant pas l'un contre l'autre à armes égales, l'homme qui insulte une femme commet une lâcheté gratuite, tandis que la femme qui blesse un homme la première, ne pouvant lui en rendre raison, abuse de l'impunité.

Je ne détruisis pas mon petit ouvrage, parce que ce qui est fait est fait, et que nous ne devons jamais reprendre une pensée émise, qu'elle nous plaise ou non. Mais je me promis de ne jamais m'occuper des personnes quand je n'aurais pas plus de bien que de mal à en dire, ou quand je n'y serais pas contrainte par une attaque personnelle calomnieuse.

J'aurais bien eu, par momens, une certaine verve pour la polémique. Je le sentais, à l'ardeur de mon indignation contre le mensonge, et je fus cent fois sollicitée de me mêler au combat journalier de la politique. Je m'y refusai obstinément, même dans les jours où certains de mes amis m'y poussaient comme à l'accomplissement d'un devoir. Si on avait voulu faire avec moi un journal qui généralisât le combat de parti à parti, d'idée à idée, je m'y fusse mise avec courage, et j'aurais probablement osé plus que bien d'autres. Mais restreindre cette guerre aux proportions d'un duel de chaque jour, faire le procès des individus, les traduire, pour des faits de détail, à la barre de l'opinion, cela était antipathique à ma nature, et probablement impossible à mon organisation. Je ne me fusse pas soutenue vingt-quatre heures dans les conditions de colère et de ressentiment sans lesquelles même les justes sévérités ne peuvent s'accomplir. Il m'en a coûté parfois de faire partie de la rédaction d'un journal ou seulement d'une revue, où mon nom semblait être l'acceptation d'une solidarité avec ces exécutions politiques ou littéraires. Quelques-uns m'ont dit que je manquais de caractère et que mes sentimens étaient tièdes. Le premier point peut être vrai, mais le second étant faux, je ne pense pas que l'un soit la conséquence rigoureuse de l'autre. Je me rappelle que bon nombre de ceux qui, en 1847, me reprochaient vivement mon apathie politique et me prêchaient l'action en fort beaux termes, furent, en 1848, bien plus calmes et bien plus doux que je ne l'avais jamais été.

Avant d'aborder l'année 1835, où, pour la première fois de ma vie, je me sentis gagnée par un vif intérêt aux événemens d'actualité, je parlerai de quelques personnes avec lesquelles je commençais ou devais commencer bientôt à être liée. Comme ces personnes sont toujours restées étrangères au monde politique, il me serait difficile d'y revenir quand j'entrerai un peu dans ce monde-là, et, pour ne pas interrompre alors mon sujet principal, je compléterai ici, en quelque sorte, l'histoire de mes relations avec elles, comme je l'ai déjà fait pour M. Delatouche.

CHAPITRE TRENTE-DEUXIEME.

Madame Dorval.

J'étais liée depuis un an avec Mme Dorval, non pas sans lutte avec plusieurs de mes amis, qui avaient d'injustes préventions contre elle. J'aurais beaucoup sacrifié à l'opinion de mes amis les plus sérieux, et j'y sacrifiais souvent, lors même que je n'étais pas bien convaincue; mais pour cette femme, dont le cœur était au niveau de l'intelligence, je tins bon, et je fis bien.

Née sur les tréteaux de province, élevée dans le travail et la misère, Marie Dorval avait grandi à la fois souffreteuse et forte, jolie et fanée, gaie comme un enfant, triste et bonne comme un ange condamné à marcher sur les plus durs chemins de la vie. Sa mère était de ces natures exaltées qui excitent de trop bonne heure la sensibilité de leurs enfans. A la moindre faute de Marie, elle lui disait: «Vous me tuez, vous me faites mourir de chagrin!» Et la pauvre petite, prenant au sérieux ces reproches exagérés, passait des nuits entières dans les larmes, priant avec ardeur, et demandant à Dieu, avec des repentirs et des remords navrans, de lui rendre sa mère, qu'elle s'accusait d'avoir assassinée; et le tout pour une robe déchirée ou un mouchoir perdu.

Ébranlée ainsi dès l'enfance, la vie d'émotions se développa en elle, intense, inépuisable, et en quelque sorte nécessaire. Comme ces plantes délicates et charmantes que l'on voit pousser, fleurir, mourir et renaître sans cesse, fortement attachées au roc, sous la foudre des cataractes, cette âme exquise, toujours pliée sous le poids des violentes douleurs, s'épanouissait au moindre rayon de soleil, et cherchait avec avidité le souffle de la vie autour d'elle, quelque fugitif, quelque empoisonné parfois qu'il put être. Ennemie de toute prévoyance, elle trouvait dans la force de son imagination et dans l'ardeur de son âme les joies d'un jour, les illusions d'une heure, que devaient suivre les étonnemens naïfs ou les regrets amers. Généreuse, elle oubliait ou pardonnait; et, se heurtant sans cesse à des chagrins renaissans, à des déceptions nouvelles, elle vivait, elle aimait, elle souffrait toujours.

Tout était passion chez elle, la maternité, l'art, l'amitié, le dévoûment, l'indignation, l'aspiration religieuse; et comme elle ne savait et ne voulait rien modérer, rien refouler, son existence était d'une plénitude effrayante, d'une agitation au dessus des forces humaines.

Il est étrange que je me sois attachée longtemps et toujours à cette nature poignante qui agissait sur moi, non pas d'une manière funeste (Marie Dorval aimait trop le beau et le grand pour ne pas vous y rattacher, même dans ses heures de désespoir), mais qui me communiquait ses abattemens, sans pouvoir me communiquer ses renouvellemens soudains et vraiment merveilleux. J'ai toujours cherché les âmes sereines, ayant besoin de leur patience et désirant l'appui de leur sagesse. Avec Marie Dorval, j'avais un rôle tout opposé, celui de la calmer et de la persuader; et ce rôle m'était bien difficile, surtout à l'époque où, troublée et effrayée de la vie jusqu'à la désespérance, je ne trouvais rien de consolant à lui-dire qui ne fût démenti en moi par une souffrance moins expansive, mais aussi profonde que les siennes.

Et pourtant ce n'était pas par devoir seulement que j'écoutais sans me lasser sa plainte passionnée et incessante contre Dieu et les hommes. Ce n'était pas seulement le dévoûment de l'amitié qui m'enchaînait au spectacle de ses tortures; j'y trouvais un charme étrange, et, dans ma pitié, il y avait un respect profond pour ces trésors de douleur qui ne s'épuisaient que pour se renouveler.

A très peu d'exceptions près, je ne supporte pas longtemps la société des femmes; non pas que je les sente inférieures à moi par l'intelligence: j'en consomme si peu dans le commerce habituel de la vie, que tout le monde en a plus que moi autour de moi; mais la femme est, en général, un être nerveux et inquiet, qui me communique, en dépit de moi-même, son trouble éternel à propos de tout. Je commence par l'écouter à regret, et puis je me laisse prendre à un intérêt bien naturel, et je m'aperçois enfin que, dans toutes les agitations puériles qu'on me raconte, il n'y a pas de quoi fouetter un chat.

D'autres sont vaines sitôt qu'elles deviennent sérieuses, et celles qui ne sont pas artistes de profession arrivent souvent à un orgueil démesuré, dès qu'elles sortent de la région des caquets et de la préoccupation exagérée des petites choses. C'est un résultat de l'éducation incomplète; mais cette éducation le fût-elle moins, il resterait toujours à la femme une sorte d'excitation maladive qui tient à son organisation, et qui en fait le tourment quand, par exception, elle n'en fait pas le charme.

J'aime donc mieux les hommes que les femmes, et je le dis sans malice, bien sérieusement convaincue que les fins de la nature sont logiques et complètes, que la satisfaction des passions n'est qu'un côté restreint et accidentel de cet attrait d'un sexe pour l'autre, et qu'en dehors de toute relation physique, les âmes se recherchent toujours dans une sorte d'alliance intellectuelle et morale où chaque sexe apporte ce qui est le complément de l'autre. S'il en était autrement, les hommes fuiraient les femmes, et réciproquement, quand l'âge des passions finit, tandis qu'au contraire, le principal élément de la civilisation humaine est dans leurs rapports calmes et délicats.

Malgré cette disposition que je n'ai jamais voulu nier, trouvant qu'à la nier il y avait hypocrisie mal entendue et déraison complète; malgré mon éloignement à écouter les confidences de femmes, qui sont rarement vraies, et souvent insipides; malgré ma préférence pour la corde plus franche et plus pleine que les hommes font vibrer dans mon esprit, j'ai connu et je connais plusieurs femmes qui, vraiment femmes par la sensibilité et la grâce, m'ont mis le cœur et le cerveau complétement à l'aise, par une candeur véritable et une placidité de caractère non pas virile, mais pour ainsi dire angélique.

Telle n'était pourtant pas Mme Dorval. C'était le résumé de l'inquiétude féminine arrivée à sa plus haute puissance. Mais c'en était aussi l'expression la plus intéressante et la plus sincère. Ne dissimulant rien d'elle-même, elle n'arrangeait et n'affectait rien. Elle avait un abandon d'une rare éloquence; éloquence parfois sauvage, jamais triviale, toujours chaste dans sa crudité et trahissant partout la recherche de l'idéal insaisissable, le rêve du bonheur pur, le ciel sur la terre. Cette intelligence supérieure, inouïe de science psychologique et riche d'observations fines et profondes, passait du sévère au plaisant avec une mobilité stupéfiante. Quand elle racontait sa vie, c'est-à-dire son déboire de la veille, et sa croyance au lendemain, c'était au milieu de larmes amères et de rires entraînans qui dramatisaient ou éclairaient son visage, sa pantomime, tout son être, de lueurs tour à tour terribles et brillantes. Tout le monde a connu à demi cette femme impétueuse, car quiconque l'a vue aux prises avec les fictions de l'art, peut, jusqu'à un certain point, se la représenter telle qu'elle était dans la réalité: mais ce n'était là qu'un côté d'elle-même. On ne lui a jamais fait, l'on n'aurait, je crois, jamais pu lui faire le rôle où elle se fût manifestée et révélée tout entière, avec sa verve sans fiel, sa tendresse immense, ses colères enfantines, son audace splendide, sa poésie sans art, ses rugissemens, ses sanglots et ses rires naïfs et sympathiques, soulagement momentané qu'elle semblait vouloir donner à l'émotion de son auditeur accablé.

Parfois, cependant, c'était une gaîté désespérée; mais bientôt le rire vrai s'emparait d'elle et lui donnait de nouvelles puissances. C'était la balle élastique qui touchait la terre pour rebondir sans cesse. Ceux qui l'écoutaient une heure en étaient éblouis. Ceux qui l'écoutaient des jours entiers la quittaient brisés, mais attachés à cette destinée fatale par un invincible attrait, celui qui attire la souffrance, vers la souffrance et la tendresse du cœur, vers l'abîme des cœurs navrés.

Lorsque je la connus, elle était dans tout l'éclat de son talent et de sa gloire. Elle jouait Antony et Marion Delorme.

Avant de prendre la place qui lui était due, elle avait passé par toutes les vicissitudes de la vie nomade. Elle avait fait partie de troupes ambulantes dont le directeur proposait une partie de dominos sur le théâtre, à l'amateur le plus fort de la société, pour égayer l'entr'acte. Elle avait chanté dans les chœurs de Joseph, grimpée sur une échelle et couverte d'un parapluie pour quatre, la coulisse du théâtre (c'était une ancienne église) étant tombée en ruines, et les choristes étant obligés de se tenir là sur une brèche masquée de toiles, par une pluie battante. Le chœur avait été interrompu par l'exclamation d'un des coryphées, criant à celui qui était sur l'échelon au dessus de lui: «Animal, tu me crèves l'œil avec ton parapluie! A bas le parapluie!»

A quatorze ans, elle jouait Fanchette dans le Mariage de Figaro, et je ne sais plus quel rôle dans une autre pièce. Elle ne possédait au monde qu'une robe blanche qui servait pour les deux rôles. Seulement, pour donner à Fanchette une tournure espagnole, elle cousait une bande de calicot rouge au bas de sa jupe, et la décousait vite après la pièce, pour avoir l'air de mettre un autre costume, quand les deux pièces étaient jouées le même soir. Dans le jour, vêtue d'un étroit fourreau d'enfant, en tricot de laine, elle lavait et repassait sa précieuse robe blanche.

Un jour, qu'elle était ainsi vêtue et ainsi occupée, un vieux riche de province vint lui offrir son cœur et ses écus. Elle lui jeta son fer à repasser au visage, et alla conter cette insulte à un petit garçon de quinze ans qu'elle regardait comme son amoureux, et qui voulut tuer le séducteur.

Mariée jeune, elle chantait l'opéra comique à Nancy, je crois, lorsque sa petite fille eut la cuisse cassée dans la coulisse par la chute d'un décor. Il lui fallut courir de son enfant à la scène, et de la scène à son enfant, sans interrompre la représentation.

Mère de trois enfants et chargée de sa vieille mère infirme, elle travailla avec un courage infatigable pour les entourer de soins. Elle vint à Paris tenter la fortune, c'était l'ambition d'échapper à la misère. Mais, ayant en horreur toute autre ressource que celle du travail, elle végéta plusieurs années dans la fatigue et les privations. Ce ne fut que par le rôle de la Meunière, dans le mélodrame en vogue des Deux Forçats, qu'elle commença à faire remarquer ses éminentes qualités dramatiques.

Dès lors ses succès furent brillans et rapides. Elle créa la femme du drame nouveau, l'héroïne romantique au théâtre, et si elle dut sa gloire aux maîtres dans cet art, ils lui durent, eux aussi, la conquête d'un public qui voulait en voir et qui en vit la personnification dans trois grands artistes, Frédérick Lemaître, Mme Dorval et Bocage.

Mme Dorval créa, en outre, un type à part dans le rôle de Jeanne Vaubernier (Mme Dubarry). Il faut l'avoir vue dans ce rôle, où, exquise de grâce et de charme dans la trivialité, elle résolut une difficulté qui semblait insurmontable.

Mais il faut l'avoir vue dans Marion Delorme, dans Angelo, dans Chatterton, dans Antony, et plus tard dans le drame de Marie-Jeanne, pour savoir quelle passion jalouse, quelle chasteté suave, quelles entrailles de maternité étaient en elle à une égale puissance.

Et pourtant elle avait à lutter contre des défauts naturels. Sa voix était éraillée, sa prononciation grasseyante, et son premier abord sans noblesse et même sans grâce. Elle avait le débit de convention maladroit et gêné, et, trop intelligente pour beaucoup de rôles qu'elle eut à jouer, elle disait souvent: «Je ne sais aucun moyen de dire juste des choses fausses. Il y a au théâtre des locutions convenues qui ne pourront jamais sortir de ma bouche que de travers, parce qu'elles n'en sont jamais sorties dans la réalité. Je n'ai jamais dit dans un moment de surprise: Que vois-je! et dans un mouvement d'hésitation: Où m'égaré-je? Eh bien! j'ai souvent des tirades entières dont je ne trouve pas un seul mot possible et que je voudrais improviser d'un bout à l'autre, si on me laissait faire.»

Mais il y avait toute une entrée en matière dans les premières scènes de ses rôles, où, quelque vrais et bien écrits qu'ils fussent, ses défauts ressortaient plus que ses qualités. Ceux qui la connaissaient ne s'en inquiétaient pas, sachant que le premier éclair qui jaillirait d'elle amènerait l'embrasement du public. Ses ennemis (tous les grands artistes en ont beaucoup et de très acharnés) se frottaient les mains au début, et les gens sans prévention qui la voyaient pour la première fois, s'étonnaient qu'on la leur eût tant vantée; mais, dès que le mouvement se faisait dans le rôle, la grâce souple et abandonnée se faisait dans la personne; dès que le trouble arrivait dans la situation, l'émotion de l'actrice creusait cette situation, jusqu'à l'épouvante, et quand la passion, la terreur ou le désespoir éclataient, les plus froids étaient entraînés, les plus hostiles étaient réduits au silence.

J'avais publié seulement Indiana, je crois, quand, poussée vers Mme Dorval par une sympathie profonde, je lui écrivis pour lui demander de me recevoir. Je n'étais nullement célèbre, et je ne sais même pas si elle avait entendu parler de mon livre. Mais ma lettre la frappa par sa sincérité. Le jour même où elle l'avait reçue, comme je parlais de cette lettre à Jules Sandeau, la porte de ma mansarde s'ouvre brusquement, et une femme vient me sauter au cou avec effusion, en criant tout essoufflée: Me voilà, moi!

Je ne l'avais jamais vue que sur les planches; mais sa voix était si bien dans mes oreilles, que je n'hésitai pas à la reconnaître. Elle était mieux que jolie, elle était charmante; et, cependant, elle était jolie, mais si charmante que cela était inutile. Ce n'était pas une figure, c'était une physionomie, une âme. Elle était encore mince, et sa taille était un souple roseau qui semblait toujours balancé par quelque souffle mystérieux, sensible pour lui seul. Jules Sandeau la compara, ce jour-là, à la plume brisée qui ornait son chapeau. «Je suis sûr, disait-il, qu'on chercherait dans l'univers entier une plume aussi légère et aussi molle que celle qu'elle a trouvée. Cette plume unique et merveilleuse a volé vers elle par la loi des affinités, ou elle est tombée sur elle, de l'aile de quelque fée en voyage.»

Je demandai à Mme Dorval comment ma lettre l'avait convaincue et amenée si vite. Elle me dit que cette déclaration d'amitié et de sympathie lui avait rappelé celle qu'elle avait écrite à Mlle Mars après l'avoir vue jouer pour la première fois: «J'étais si naïve et si sincère! ajouta-t-elle. J'étais persuadée qu'on ne vaut et qu'on ne devient quelque chose soi-même que par l'enthousiasme que le talent des autres nous inspire. Je me suis souvenue, en lisant votre lettre, qu'en écrivant la mienne je m'étais sentie véritablement artiste pour la première fois, et que mon enthousiasme était une révélation. Je me suis dit que vous étiez ou seriez artiste aussi; et puis, je me suis rappelé encore que Mlle Mars, au lieu de me comprendre et de m'appeler, avait été froide et hautaine avec moi; je n'ai pas voulu faire comme Mlle Mars.»

Elle nous invita à dîner pour le dimanche suivant; car elle jouait tous les soirs de la semaine, et passait le jour du repos au milieu de sa famille. Elle était mariée avec M. Merle, écrivain distingué, qui avait fait des vaudevilles charmans, le Ci-devant jeune Homme entr'autres, et qui, presque jusqu'à ses derniers jours, a fait le feuilleton de théâtre de la Quotidienne avec esprit, avec goût, et presque toujours avec impartialité. M. Merle avait un fils; les trois filles de Mme Dorval et quelques vieux amis composaient la réunion intime, où les jeux et les rires des enfans avaient naturellement le dessus.

On ne sait pas assez combien est touchante la vie des artistes de théâtre quand ils ont une vraie famille et qu'ils la prennent au sérieux. Je crois qu'aujourd'hui le plus grand nombre est dans les conditions du devoir ou du bonheur domestique, et qu'il serait bien temps d'en finir absolument avec les préjugés du passe. Les hommes ont plus de moralité dans cette classe que les femmes, et la cause en est dans les séductions qui environnent la jeunesse et la beauté, séductions dont les conséquences, agréables seulement pour l'homme, sont presque toujours funestes pour la femme. Mais quand même les actrices ne sont pas dans une position régulière selon les lois civiles, quand même, je dirai plus, elles sont livrées à leurs plus mauvaises passions, elles sont presque toutes des mères d'une tendresse ineffable et d'un courage héroïque. Les enfans de celles-ci sont même généralement plus heureux que ceux de certaines femmes du monde, ces dernières, ne pouvant et ne voulant pas avouer leurs fautes, cachent et éloignent les fruits de leur amour, et quand, à la faveur du mariage, elles les glissent dans la famille, le moindre doute fait peser la rigueur et l'aversion sur la tête de ces malheureux enfans.

Chez les actrices, faute avouée est réparée. L'opinion de ce monde-là ne flétrit que celles qui abandonnent ou méconnaissent leur progéniture. Que le monde officiel condamne si bon lui semble, les pauvres petits ne se plaindront pas d'être accueillis chez eux par une opinion plus tolérante. Là, vieux et jeunes parens, et même époux légitimes venus après coup, les adoptent sans discussion vaine et les entourent de soins et de caresses. Bâtards ou non, ils sont tous fils de famille, et quand leur mère a du talent, les voilà de suite ennoblis et traités dans leur petit monde comme de petits princes.

Nulle part les liens du sang ne sont plus étroitement serrés que chez les artistes de théâtre. Quand la mère est forcée de travailler aux répétitions cinq heures par jour, et à la représentation cinq heures par soirée; quand elle a à peine le temps de manger et de s'habiller, les courts momens où elle peut caresser et adorer ses enfans sont des momens d'ivresse passionnée, et les jours de repos sont de vrais jours de fête. Comme elle les emporte alors à la campagne avec transport! comme elle se fait enfant avec eux, et comme, en dépit des égaremens qu'elle peut avoir subis ailleurs, elle redevient pure dans ses pensées et un moment sanctifiée par le contact de ces âmes innocentes!

Aussi, celles qui vivent dans des habitudes de vertu (et il y en a plus qu'on ne pense), sont-elles dignes d'une vénération particulière; car, en général, elles ont une rude charge à porter, quelquefois, père, mère, vieilles tantes, sœurs trop jeunes, ou mères aussi, sans courage et sans talent. Cet entourage est nécessaire souvent pour surveiller et soigner les enfans de l'artiste qu'elle ne peut élever elle-même d'une manière suivie, et qui lui sont un éternel sujet d'inquiétude; mais souvent aussi cet entourage use et abuse, ou il se querelle, et, au sortir des enivremens de la fiction, il faut venir mettre la paix dans cette réalité troublée.

Pourtant l'artiste, loin de répudier sa famille, l'appelle et la resserre autour de lui. Il tolère, il pardonne, il soutient, il nourrit les uns et élève les autres.

Quelque sage qu'il soit, ses appointemens ne suffisent qu'à la condition d'un travail terrible, car l'artiste ne peut vivre avec la parcimonie que le petit commerçant et l'humble bourgeois savent mettre dans leur existence. L'artiste a des besoins d'élégance et de salubrité dont le citadin sordide ne recule pas à priver ses enfans et lui-même. Il a le sentiment du beau, par conséquent la soif d'une vraie vie. Il lui faut un rayon de soleil, un souffle d'air pur, qui, si mesuré qu'il soit, devient chaque jour d'un prix plus exorbitant dans les villes populeuses.

Et puis, l'artiste sent vivement les besoins de l'intelligence. Il ne vit, il ne grandit que par là. Son but n'est pas d'amasser une petite rente pour doter ses enfans; il faut que ses enfans soient élevés en artistes pour le devenir à leur tour. On veut pour les siens ce que l'on possède soi-même, et parfois on le veut d'autant plus qu'on en a été privé et qu'on s'est miraculeusement formé à la vie intellectuelle par des prodiges de volonté. On sait ce qu'on a souffert, et, comme on a risqué d'échouer, on veut épargner à ses enfans ces dangers et ces épreuves. Ils seront donc élevés et instruits comme les enfans du riche; et cependant on est pauvre: la moyenne des appointemens des artistes un peu distingués de Paris est de cinq mille francs par an. Pour arriver à huit ou dix mille, il faut déjà avoir un talent très sérieux, ou, ce qui est plus rare et plus difficile à atteindre (car il y a des centaines de talens ignorés ou méconnus), il faut avoir un succès notable.

L'artiste n'arrive donc à résoudre le dur problème qu'à travers des peines infinies, et toutes ces questions d'amour-propre excessif et de jalousie puérile qu'on lui reproche de prendre trop au sérieux, cachent souvent des abîmes d'effroi ou de douleur, des questions de vie et de mort.

Ce dernier point était bien réel chez Mme Dorval. Elle gagnait tout au plus quinze mille francs et ne se reposant jamais, et vivant de la manière la plus simple, sachant faire sa demeure et ses habitudes élégantes sans luxe, à force de goût et d'adresse; mais grande, généreuse, payant souvent des dettes qui n'étaient pas les siennes, ne sachant pas repousser des parasites qui n'avaient de droit chez elle que la persistance de l'habitude, elle était sans cesse aux expédiens, et je lui ai vu vendre, pour habiller ses filles ou pour sauver de lâches amis, jusqu'aux petits bijoux qu'elle aimait comme des souvenirs et qu'elle baisait comme des reliques.

Récompensée souvent par la plus noire ingratitude, par des reproches qui étaient de véritables blasphèmes dans certaines bouches, elle se consolait dans l'espoir du bonheur de ses filles: mais l'une d'elles brisa son cœur.

Gabrielle avait seize ans; elle était d'une idéale beauté. Je ne la vis pas trois fois sans m'apercevoir qu'elle était jalouse de sa mère et qu'elle ne songeait qu'à secouer son autorité. Mme Dorval ne voulait pas entendre parler de théâtre pour ses filles. «Je sais trop ce que c'est!» disait-elle; et, dans ce cri, il y avait toutes les terreurs et toutes les tendresses de la mère.

Gabrielle ne se gêna pas pour me dire que sa mère redoutait sur la scène le voisinage de sa jeunesse et de sa beauté. Je l'en repris, et elle me témoigna très naïvement sa colère et son aversion pour quiconque donnait raison contre elle à sa mère. Je fus surprise de voir tant d'amertume cachée sous cette figure d'ange, pour laquelle je m'étais sentie prévenue, et qui, en me donnant sa confiance, s'était imaginée apparemment que j'abonderais dans son sens.

Peu de temps après, Gabrielle s'éprit d'un homme de lettres de quelque talent, F***, qui faisait de petits articles dans la Revue des Deux-Mondes, sous le nom de lord Feeling. Mais ce talent était d'une mince portée et d'un emploi à peu près nul, commercialement parlant. F... ne possédait rien, et, de plus, il était phthisique.

Mme Dorval voulut l'éloigner; Gabrielle, irritée, l'accusa de vouloir le lui enlever. «Ah! s'écriait la pauvre mère blessée et consternée, voilà l'exécrable rengaine? des filles jalouses! On veut les empêcher de courir à leur perte, on a le cœur brisé d'être forcé de briser le leur, et pour vous consoler, elles vous accusent d'être infâme, pas davantage!»

Mme Dorval jugea nécessaire de mettre Gabrielle au couvent. Un beau matin, Gabrielle disparut, enlevée par F....

F... était un honnête homme, mais une âme sans énergie comme son organisation mortellement frappée, et un esprit sans ressources comme sa fortune. Après le scandale de cet enlèvement, Mme Dorval ne pouvant lui refuser la main de Gabrielle, il n'avait d'autre parti à prendre que de venir demander et obtenir un double pardon. La courageuse mère eût donné asile à ce malade qui voulait être époux au bord de sa tombe, à cette fille abusée qui se posait en victime parce qu'on voulait l'empêcher de l'être.

F... fit tout le contraire de ce que lui eussent conseillé la raison et la droiture. Il emmena Gabrielle en Espagne, comme s'il eût craint que sa mère ne mît des gendarmes après elle, et ils essayèrent de se marier sans son consentement; mais ils n'y réussirent pas et furent forcés de le demander dans des termes blessans. Le mariage consenti et conclu, ils demandèrent de l'argent. Mme Dorval donna tout ce qu'elle put donner. On trouva naturellement qu'elle n'en avait guère, et on lui en fit un crime. Les jeunes époux, au lieu de chercher à travailler à Paris, partirent pour l'Angleterre, mangeant ainsi d'un coup, en voyages et en déplacemens, le peu qu'ils possédaient. Avaient-ils l'espoir de se créer des occupations à Londres? Cet espoir ne se réalisa pas. Gabrielle n'était pas artiste, bien qu'elle eût été élevée comme une héritière eût pu l'être, avec des maîtres d'art et les conseils de vrais artistes; mais la beauté ne suffit pas sans le courage et l'intelligence.

F... n'était pas beaucoup mieux doué: c'était un bon jeune homme, d'une figure intéressante, capable de sentimens doux et tendres, mais très à court d'idées et trop délicat pour ne pas comprendre, s'il eût réfléchi, qu'enlever une jeune fille pauvre, sans avoir les moyens ni la force de lui créer une existence, est une faute dont on a mauvaise grâce à se draper. Il tomba dans le découragement, et la phthisie fit d'effrayans progrès. Ce mal est contagieux entre mari et femme. Gabrielle en fut envahie et y succomba en quelques semaines, en proie à la misère et au désespoir.

Le malheureux F... revint mourir à Paris. Il reçut l'hospitalité pendant quelques jours, à Saint-Gratien, chez le marquis de Custines, et là il eut la faiblesse de se plaindre de Mme Dorval avec âcreté. Se faisant illusion sur lui-même, comme tous les phthisiques, il prétendait avoir été robuste et bien portant avant ce séjour à Londres, où les privations de sa femme et l'inquiétude de l'avenir l'avaient tué. Il se trompait complétement sur lui-même. Le premier mot que Mme Dorval m'avait dit sur son compte avait été celui-ci: «Il a un peu de talent, très peu de courage, et une santé perdue.» Il suffisait, en effet, de le voir, pour remarquer sa toux sèche, sa maigreur extrême et le profond abattement de sa physionomie. La pauvre Gabrielle attribuait ces symptômes effrayans aux souffrances de la passion, et, innocente qu'elle était, ne se doutait pas que l'assouvissement de cette passion serait la mort pour tous deux.

Quant aux secours que Mme Dorval eût dû leur envoyer, dans l'état de gêne très dure et très effrayante où elle vivait elle-même, harcelée (je l'ai vu) par des créanciers qui saisissaient ses appointemens et menaçaient de saisir ses meubles, ces secours eussent été un faible palliatif. En outre, F... avouait lui-même qu'il avait eu honte de lui faire savoir à quelles extrémités il s'était vu réduit, et cette honte se comprend de reste de la part d'un homme qui n'a tenu compte des prévisions maternelles et qui s'est fait fort d'être un soutien digne de confiance. F... s'était montré irrité surtout de n'avoir pas inspiré cette confiance à Mme Dorval.

Malgré ce remords intérieur, F..., brisé par la perte de sa femme, aigri par sa propre souffrance et se débattant aux approches de l'agonie, s'épanchait en confidences amères. Que Dieu lui pardonne, mais elles furent coupables, ces plaintes de sa faiblesse! Bon nombre de personnes les écoutèrent et les accueillirent, coupables aussi de ne pas savoir les réduire à néant comme l'examen du fait et par la plus simple réflexion sur ce fait même.

Les ennemis de Mme Dorval s'emparèrent avec joie du plus odieux et du plus absurde reproche qu'on pût inventer contre cette mère martyre, à toute heure de sa vie, du déchirement de ses propres entrailles. Elle, une mauvaise mère, quand son sentiment maternel tenait de la passion et parfois du délire! quand elle est morte elle-même à la peine! Je raconte toute sa vie, et on verra tout à l'heure comme elle savait aimer.

Un jour qu'on rapportait, bien à tort selon moi, à Mme Dorval les plaintes de sa fille et de F..., au nombre desquelles celle-ci que Gabrielle avait été par elle maltraitée et battue, elle devint sombre et rêveuse; puis, sans écouter les questions indélicates et cruelles qu'on lui adressait, elle s'écria: «Ah oui! mon Dieu, j'aurais dû la battre! Pardonnez-moi, mon Dieu, de n'avoir pas eu ce courage-là!»

Abreuvée de douleurs, la pauvre femme se releva de ce nouveau coup par le travail, l'affection des siens et de tendres soins pour sa plus jeune fille, Caroline, un bel enfant blond et calme, dont la santé, longtemps ébranlée, lui avait causé de mortelles angoisses. Au lieu de la seconder et d'adopter l'enfant malade, comme celui qui avait le besoin et le droit d'être l'enfant gâté, les deux sœurs aînées s'étaient amusées à en être jalouses.

Mais Caroline était bonne; elle chérissait sa mère: elle méritait d'être heureuse, et elle le fut. Après que sa sœur Louise fut mariée, elle se maria, à son tour, avec Réné Luguet, un jeune acteur en qui Mme Dorval pressentit un talent vrai, une âme généreuse, un caractère sûr.

Je vis cependant Mme Dorval triste et abattue pendant les premiers mois de cette nouvelle vie qui se faisait autour d'elle. Elle était souvent malade. Un jour je la trouvai au fond de son appartement de la rue du Bac, courbée et comme brisée sur un métier à tapisserie. «Je suis cependant heureuse, me dit-elle en pleurant de grosses larmes. Eh bien, je souffre, et je ne sais pas pourquoi. Les affections ardentes m'ont usée avant l'âge. Je me sens vieille, fatiguée. J'ai besoin de repos, je cherche le repos, et voilà ce qui m'arrive: je ne sais pas me reposer.» Puis elle entra dans le détail de sa vie intime. «J'ai rompu violemment, me dit-elle, avec les souffrances violentes. Je veux vivre du bonheur des autres, faire ce que tu m'as dit, m'oublier moi-même. J'aurais voulu aussi me rattacher à mon art, l'aimer; mais cela m'est impossible. C'est un excitant qui me ramène au besoin de l'excitation, et, ainsi excitée à demi, je n'ai plus que le sentiment de la douleur, les affreux souvenirs, et, pour toute diversion au passé, les mille coups d'épingle de la réalité présente, trop faibles pour emporter le mal, assez forts pour y ajouter l'impatience et le malaise. Ah! si j'avais des rentes, ou si mes enfans n'avaient plus besoin de moi, je me reposerais tout à fait!»

Et comme je lui observais qu'elle se plaignait justement de ne pas savoir devenir calme: «C'est vrai, me dit-elle, l'ennui me dévore, depuis que je n'ai plus à m'inquiéter. Louise est mariée selon son choix, Caroline a un mari charmant, qu'elle adore. M. Merle, toujours gai et satisfait, pourvu que rien ne fasse un pli dans son bien-être, est, aujourd'hui comme toujours, le calme personnifié; aimable, facile à vivre, charmant dans son égoïsme. Tout ne va pas mal, sauf cet appartement que vous trouvez si joli, mais qui est sombre et qui me fait l'effet d'un tombeau.»

Et elle se remit à pleurer. «Tu me caches quelque chose? lui dis-je.—Non, vrai! s'écria-t-elle. Tu sais bien que j'ai au contraire le défaut de t'accabler de mes peines, et que c'est à toi que je demande toujours du courage. Mais est-ce que tu ne comprends pas l'ennui? Un ennui sans cause, car si on la savait, cette cause, on trouverait le remède. Quand je me dis que c'est peut-être l'absence de passions, je sens un tel effroi à l'idée de recommencer ma vie, que j'aime encore mille fois mieux la langueur où je suis tombée. Mais, dans cette espèce de sommeil où me voilà, je rêve trop et je rêve mal. Je voudrais voir le ciel ou l'enfer, croire au Dieu et au diable de mon enfance, me sentir victorieuse d'un combat quelconque, et découvrir un paradis, une récompense. Eh bien, je ne vois rien qu'un nuage, un doute. Je m'efforce par momens de me sentir dévote. J'ai besoin de Dieu; mais je ne le comprends pas sous la forme que la religion lui donne. Il me semble que l'Église est aussi un théâtre, et qu'il y a là des hommes qui jouent un rôle. Tiens, ajouta-t-elle en me montrant une jolie réduction en marbre blanc de la Madeleine de Canova, je passe des heures à regarder cette femme qui pleure, et je me demande pourquoi elle pleure, si c'est du repentir d'avoir vécu ou du regret de ne plus vivre. Longtemps je ne l'ai étudiée que comme un modèle de pose, à présent je l'interroge comme une idée. Tantôt elle m'impatiente, et je voudrais la pousser pour la forcer à se relever; tantôt elle m'épouvante, et j'ai peur d'être brisée aussi sans retour.

—Je voudrais être toi, reprit-elle, en réponse aux réflexions que les siennes me suggéraient.

—Moi, je t'aime trop pour te souhaiter cela, lui dis-je. Je ne m'ennuie pas, dans le sens que tu dis, depuis aujourd'hui ni depuis hier, mais depuis l'heure où je suis venue au monde.

—Oui, oui, je sais cela, s'écria-t-elle: mais c'est un fort ennui, ou un ennui fort, comme tu voudras. Le mien est plus mou que douloureux, il est écœurant. Tu creuses la raison de tes tristesses, et quand tu la tiens, voilà que ton parti est pris. Tu te tires de tout en disant: «C'est comme cela et ne peut être autrement.» Voilà, moi, comme je voudrais pouvoir dire. Et puis, tu crois qu'il y a une vérité, une justice, un bonheur quelque part; tu ne sais pas où, cela ne te fait rien. Tu crois qu'il n'y a qu'à mourir pour entrer dans quelque chose de mieux que la vie. Tout cela, je le sens d'une manière vague; mais je le désire plus que je ne l'espère.»

Puis s'interrompant tout à coup: «Qu'est-ce que c'est qu'une abstraction? me dit-elle. Je lis ce mot-là dans toutes sortes de livres, et plus on me l'explique, moins je comprends.»

Je ne lui eus pas répondu deux mots que je vis qu'elle comprenait mieux que moi, car elle s'imaginait que j'avais du génie, et c'est elle qui en avait.

«Eh bien! reprit-elle avec feu, une idée abstraite n'est rien pour moi. Je ne peux pas mettre mon cœur et mes entrailles dans mon cerveau. Si Dieu a le sens commun, il veut qu'en nous, comme en dehors de nous, chaque chose soit à sa place et y remplisse sa fonction. Je peux comprendre l'abstraction Dieu et contempler un instant l'idée de la perfection à travers une espèce de voile, mais cela ne dure pas assez pour me charmer. Je sens le besoin d'aimer, et que le diable m'emporte si je peux aimer une abstraction!

«Et puis, quoi? Ce Dieu-là, que vos philosophes et vos prêtres nous montrent les uns comme une idée, les autres sous la forme d'un Christ, qui me répondra qu'il soit ailleurs que dans vos imaginations? Qu'on me le montre, je veux le voir! S'il m'aime un peu, qu'il me le dise et qu'il me console! Je l'aimerai tant, moi! Cette Madeleine, elle l'a vu, elle l'a touché, son beau rêve! Elle a pleuré à ses pieds, elle les a essuyés de ses cheveux! Où peut-on rencontrer encore une fois le divin Jésus? Si quelqu'un le sait, qu'il me le dise, j'y courrai. Le beau mérite d'adorer un être parfait qui existe réellement! Croit-on que si je l'avais connu, j'aurais été une pécheresse? Est-ce que ce sont les sens qui entraînent? Non, c'est la soif de toute autre chose; c'est la rage de trouver l'amour vrai qui appelle et fuit toujours. Que l'on nous envoie des saints, et nous serons bien vite des saintes. Qu'on me donne un souvenir comme celui que cette pleureuse emporta au désert, je vivrai au désert comme elle, je pleurerai mon bien-aimé, et je ne m'ennuierai pas, je t'en réponds.»

Telle était cette âme troublée et toujours ardente, dont je gâte probablement les effusions en tâchant de les résumer et de les traduire. Car qui rendra le feu de sa parole et l'animation de ses pensées? Ceux qui ont entendu et compris cette parole ne l'oublieront jamais!

Cet abattement ne fut que passager. Bientôt Caroline eut un fils, à qui sa mère donna le nom de Georges; et cet enfant devint la joie, l'amour suprême de Marie. Il fallait à ce cœur dévoué un être à qui elle pût se donner tout entière, le jour et la nuit, sans repos et sans restriction. «Mes enfans, disait-elle, prétendent que je les ai moins aimés à mesure qu'ils grandissaient. Cela n'est pas vrai; mais il est bien certain que je les ai aimés autrement. A mesure qu'ils avaient moins besoin de moi, j'étais moins inquiète d'eux, et c'est cette inquiétude qui fait la passion. Ma fille est heureuse; je troublerais son bonheur si j'avais l'air d'en douter. C'est son mari maintenant qui est sa mère, c'est lui qui la regarde dormir et qui s'inquiète si elle dort mal. Moi, j'ai besoin d'oublier mon sommeil, mon repos, ma vie pour quelqu'un. Il n'y a que les petits enfans qui soient dignes d'être choyés et couvés ainsi à toute heure. Quand on aime, on devient la mère d'un homme qui se laisse faire sans vous en savoir gré, ou qui ne se laisse pas faire, dans la crainte d'être ridicule. Ces chers innocens que nous berçons et que nous réchauffons sur notre cœur ne sont ni fiers ni ingrats, eux! Ils ont besoin de nous, ils usent de leur droit qui est de nous rendre esclaves. Nous sommes à eux comme ils sont à nous, tout entiers. Nous souffrons tout d'eux et pour eux, et comme nous ne leur demandons rien que de vivre et d'être heureux, nous trouvons qu'ils font bien assez pour nous quand ils daignent nous sourire.

«Tiens! me disait-elle en me montrant ce bel enfant, je demandais un saint, un ange, un Dieu, visible pour moi. Dieu me l'a envoyé. Voilà l'innocence, voilà la perfection, voilà la beauté de l'âme dans celle du corps. Voilà celui que j'aime, que je sers et que je prie. L'amour divin est dans une de ses caresses, et je vois le ciel dans ses yeux bleus.»

Cette tendresse immense qui se réveillait en elle plus vive que jamais donna un essor nouveau à son génie. Elle créa le rôle de Marie-Jeanne, et y trouva ces cris qui déchiraient l'âme, ces accens de douleur et de passion qu'on n'entendra plus au théâtre, parce qu'ils ne pouvaient partir que de ce cœur-là et de cette organisation-là, parce que ces cris et ces accens seraient sauvages et grotesques venant de toute autre qu'elle, et qu'il fallait une individualité comme la sienne pour les rendre terrifians et sublimes.

Mais ce fatal rôle et ce profond amour donnaient le coup de la mort à Mme Dorval. Elle fit une affreuse maladie à la suite de ce grand succès et réchappa, comme par miracle, d'une perforation au poumon. Elle s'était effrayée de l'idée de mourir. Georges vivait, elle voulait vivre.

Mme Dorval joua Agnès de Méranie et fit ensuite un essai fort curieux, qui fut de jouer la tragédie classique à l'Odéon. Cela n'était ni dans son air, ni dans sa voix. Pourtant, elle avait dit les vers de Ponsard avec une si grande intelligence, elle avait été si chaste et si sobre dans Lucrèce, que le public fut curieux de lui entendre dire les vers de Racine. Elle étudia Phèdre avec un soin infini, cherchant consciencieusement une interprétation nouvelle.

Au milieu de ces études, elle me parla d'elle-même avec la modestie naïve qui n'appartient qu'au génie. «Je n'ai pas, disait-elle, la prétention de trouver mieux que n'a fait Rachel, mais je peux trouver autre chose. Le public ne s'attend pas à me la voir imiter, je ne serais que sa parodie; mais il doit s'intéresser à moi dans ce rôle, non pas à cause de l'actrice, mais à cause de Racine. Il ne s'agit pas de retrouver l'intention première du poète: il n'y a rien de puéril comme les recherches de la vraie tradition. Il s'agit de faire valoir la beauté de la pensée et le charme de la forme, en montrant qu'elles se prêtent à toutes les natures et peuvent être exprimées par les types les plus opposés.

Elle fit, en effet, des prodiges d'intelligence et de passion dans ce rôle. Pour quiconque n'eût pas vu Rachel, elle eût marqué dans les annales du théâtre, par cette création que, du reste, Rachel ne possédait pas, à cette époque, avec autant de perfection qu'aujourd'hui. Elle était trop jeune, et la première jeunesse ne peut secouer les apparences de la retenue et de la crainte, autant que la situation de Phèdre le comporte. Le rôle est brûlant, Mme Dorval y fut brûlante. Rachel y est brûlante maintenant, et Rachel est complète, parce qu'elle a encore la jeunesse, la beauté, la grâce idéale qui manquaient dès lors à Mme Dorval. Rachel inspire l'amour, elle l'inspirait déjà, bien qu'elle ne fût pas à l'apogée de son talent. Mme Dorval ne l'inspirait plus, et il y a plus d'amoureux que d'artistes dans un public quelconque. Mais tout ce qu'il y eut d'artistes pour la voir dans ce rôle, l'apprécia profondément et sentit des détails dont personne, pas même les grandes célébrités de l'empire, n'avaient peut-être révélé la portée.

En 1848, je vis Mme Dorval très effrayée et très consternée de la révolution qui venait de s'accomplir. M. Merle, bien que modéré par caractère et tolérant dans ses opinions, appartenait au parti légitimiste, et Mme Dorval s'imaginait qu'elle serait persécutée. Elle rêvait même d'échafauds et de proscriptions, son imagination active ne sachant pas faire les choses à demi.

Il n'y avait qu'un motif fondé à ses alarmes. Cette perturbation devait frapper et frappait déjà tous ceux qui vivent d'un travail approprié aux conditions de la forme politique que l'on remet en question. Les artisans et les artistes, tous ceux qui vivent au jour le jour, se trouvent momentanément paralysés dans de telles crises, et Mme Dorval, ayant à lutter contre l'âge, la fatigue, et son propre effroi, pouvait difficilement résister au passage de l'avalanche. J'étais dans une situation non moins précaire: la crise me surprenait endettée par suite du mariage de ma fille; d'un côté, on me menaçait d'une saisie sur mon mobilier, de l'autre, les prix du travail se trouvaient réduits de trois quarts, et encore le placement fut-il suspendu pendant quelques mois.

Mais j'étais à peu près insensible aux dangers de cette situation. Les privations du moment ne sont rien, je n'en parle pas. La seule souffrance réelle de ces momens-là, c'est de ne pouvoir s'acquitter immédiatement envers ceux qui réclament leurs créances, et de ne pouvoir assister ceux qui souffrent autour de soi. Mais quand on est soutenu par une croyance sociale, par un espoir impersonnel, les anxiétés personnelles, quelque sérieuses qu'elles soient, s'en trouvent amoindries.

Mme Dorval, qui eût très bien compris et senti les idées générales, mais qui en repoussait vivement l'examen et la préoccupation, ayant assez à souffrir, disait-elle, pour son propre compte, ne voyait que désastres et ne rêvait que catastrophes sanglantes dans la révolution de février. Pauvre femme! c'était le pressentiment de l'affreuse douleur qui allait frapper sa famille.

Au mois de juin 1848, après ces exécrables journées qui venaient de tuer la république en armant ses enfans les uns contre les autres, et en creusant entre les deux forces de la révolution, peuple et bourgeoisie, un abîme que vingt années ne suffiront peut-être pas à combler, j'étais à Nohant, très menacée par les haines lâches et les imbéciles terreurs de la province. Je ne m'en souciais pas plus que de tout ce qui m'avait été personnel dans les événemens. Mon âme était morte, mon espoir écrasé sous les barricades.

Au milieu de cet abattement, je reçus de Marie Dorval la lettre que voici:

«Ma pauvre bonne et chère amie, je n'ai pas osé t'écrire: je te croyais trop occupée; et d'ailleurs je ne le pouvais pas; dans mon désespoir, je t'aurais écrit une lettre trop folle. Mais, aujourd'hui, je sais que tu es à Nohant, loin de notre affreux Paris, seule avec ton cœur si bon et qui m'a tant aimée! J'ai lu, à travers mes larmes, ta lettre à ***. Je t'y retrouve toujours tout entière, comme dans le roman du Champi.—Pauvre Champi!—Alors j'ai eu absolument besoin de t'écrire pour obtenir de toi quelques paroles de consolation pour ma pauvre âme désolée.—J'ai perdu mon fils, mon Georges!—le savais-tu?—Mais tu ne sais pas la douleur profonde, irréparable que je ressens.—Je ne sais que faire, que croire! Je ne comprends pas que Dieu nous enlève d'aussi chères créatures. Je veux prier Dieu, et je ne sens que de la colère et de la révolte dans mon cœur. Je passe ma vie sur son petit tombeau. Me voit-il? Le crois-tu? Je ne sais plus que faire de ma vie, je ne connais plus mon devoir. Je voudrais et je ne peux plus aimer mes autres enfans.—J'ai cherché des consolations dans les livres de prières. Je n'y ai rien trouvé qui me parle de ma situation et des enfans que nous perdons. Il faudrait remercier Dieu d'un aussi affreux malheur!—Non, je ne le peux pas! Jésus lui-même n'a-t-il pas crié: «Mon Dieu, pourquoi m'avez-vous abandonné?» Si cette grande âme a douté, que devenir, nous autres pauvres créatures? Ah! ma chère, que je suis malheureuse! c'était tout mon bonheur.—Je croyais que c'était ma récompense pour avoir été bonne fille, et bien dévouée toujours à toute une famille dont la charge était bien chère!—mais aussi bien lourde à mes pauvres épaules.... j'étais si heureuse! Je n'enviais rien à personne. Je luttais avec courage dans une profession haïssable, que je remplissais de mon mieux, et quand la maladie ne m'arrêtait pas, dans l'idée de rendre tout mon monde plus heureux autour de moi. Les révolutions... l'art perdu... nous étions encore heureux.—Nos pauvres petits faisaient des barricades, chantaient la Marseillaise, les bruits de la rue redoublaient leur gaîté! Eh bien! quelques jours après ces mêmes bruits redoublaient les convulsions de mon pauvre Georges. Il a eu quatorze jours d'agonie. Quatorze jours nous avons été sur la croix! Il est tombé à nos pieds le 3 mai. Il a rendu sa petite âme le 16 mai, à trois heures et demie du soir.

«Pardonne-moi de t'attrister, ma chère bonne, mais je viens à toi que j'aime tant! qui as toujours été si bonne pour moi! Toi qui es cause (car sans toi, cela ne se pouvait pas) de ce beau voyage dans le Midi, avec mon fils! ce voyage qui a rétabli ma santé (hélas! trop!), qui a rendu cet enfant si joyeux, qui a rempli de plaisirs, de promenade, de soleil, sa pauvre petite existence sitôt finie!

«Je viens encore à toi pour que tu m'écrives une lettre qui donne un peu de forces à mon âme. Je te demande du secours encore une fois. Les belles paroles qui sortent de ton noble cœur, de ta haute raison, je sais bien où les prendre, mais j'y trouverai un plus grand soulagement si elles viennent de ton cœur au mien.

«Adieu, ma chère George, mon amie et mon nom chéri!

«Marie Dorval.

«12 juin 1848, rue de Varennes, 2.»

Je n'ai pas voulu changer un mot, ni supprimer une ligne de cette lettre. Bien que je n'aie pas coutume de publier les éloges qu'on m'adresse, celui-ci est sacré pour moi. C'était la dernière bénédiction de cette âme aimante et croyante en dépit de tout, et cette tendre vénération pour les objets de son amitié montre les trésors de piété morale qui étaient encore en elle.

Les consolations qu'on lui adressait n'étaient jamais perdues. Elle fit un nouvel effort pour s'étourdir dans le travail et pour reprendre sa tâche de dévouement. Mais, hélas! ses forces étaient épuisées, je ne devais plus la revoir.

Je passai l'hiver à Nohant, et la dernière lettre qui soit sortie de sa main tremblante, elle l'écrivait en 1849 à sa chère Caroline, à l'occasion du 16 mai, ce jour fatal qui lui avait enlevé son Georges. Caroline m'envoya cette lettre froissée, brûlante de fièvre, et dont l'écriture torturée a quelque chose de tragique.

«Caen, le 15 mai 1849.

«Chère Caroline, ta pauvre mère a souffert toutes les tortures de l'enfer. Chère fille, nous voici dans l'anniversaire douloureux. Je te prie que la chambre de mon Georges soit fermée et interdite à tout le monde. Que Marie n'aille pas jouer dans cette chambre. Tu tireras le lit au milieu de la chambre. Tu mettras son portrait ouvert sur son lit, et tu le couvriras de fleurs, ainsi que dans tous les vases. Tu enverras chercher ces fleurs à la halle. Mets-lui tout le printemps qu'il ne peut plus voir. Puis, tu prieras toute la journée en ton nom et au nom de sa pauvre grand'mère.

«Je vous embrasse bien tendrement.

«Ta Mère.»

A cette lettre déchirante était jointe celle-ci, de Caroline à moi:

«Ma mère est morte le 20 mai, un an et quatre jours après mon pauvre Georges. Elle est tombée malade dans la diligence, en allant à Caen donner des représentations. Elle s'est mise au lit en arrivant, et elle ne s'est plus relevée que pour revenir à Paris, où, deux jours après, elle est morte dans nos bras. Elle a bien souffert, mais ses derniers momens ont été doux. Elle pensait à ce pauvre petit ange qu'elle allait rejoindre: vous savez comme elle l'aimait. Cet amour l'a tuée. Il y avait un an qu'elle souffrait. Elle a souffert de toutes les façons. On a été si injuste, si cruel pour elle! Ah! madame, dites-moi que maintenant elle est heureuse! Je vous embrasse comme elle l'eût fait elle-même, de toute mon âme.

«Caroline Luguet.»

«Le dernier livre qu'elle ait lu, c'est votre Petite Fadette.»

«23 mai 1849.

«Chère madame Sand,

«Elle est morte, cette admirable et pauvre femme! Elle nous laisse inconsolables. Plaignez-nous!

«Réné Luguet.»

Maintenant, voici les détails de cette cruelle mort après une si cruelle vie. C'est Réné Luguet qui me les donna dans une admirable lettre dont je suis forcée de supprimer la moitié. On verra pourquoi.

«Chère madame Sand,

«Oh! vous avez raison, c'est pour nous un grand malheur, si grand, voyez vous, que c'en est fait pour nous de toute joie sur la terre. Pour mon compte, j'ai tout perdu, une amie, un compagnon d'infortune, une mère! ma mère intellectuelle, la mère de mon âme, celle qui donna l'essor à mon cœur, celle qui me fit artiste, qui me fit homme et qui m'en apprit les devoirs, celle qui me fit loyal et courageux, qui me donna le sentiment du beau, du vrai, du grand.—De plus, elle chérissait ma chère Caroline, elle adorait nos enfans. Elle en est morte! jugez, jugez si je la pleure.

«Chère madame, vous qu'elle a tant aimée, vous qu'elle vénérait, laissez moi vous raconter une partie de ses souffrances, vous aurez la mesure des miennes.

«Elle est donc morte de chagrin, de découragement. Le dédain, oui! le dédain l'a tuée!...

...............«Quand la pauvre femme allait de porte en porte demander l'emploi de son talent, de son génie, on ouvrait de grands yeux au nom de Dorval. Le génie! Il est bien question de cela! Il lui manquait une ou deux dents, sa robe était noire, son regard triste. Les événemens ont amené dans les théâtres des désastres qui ont amené à leur tour...............

«........ C'est donc au plus fort de cette décomposition que notre premier grand malheur arriva, mon Georges mourut. Marie, frappée au cœur, resta d'abord debout, sans nous laisser voir la profondeur de sa blessure: puis elle étendit la main pour se rattacher à quelque chose: vite, nous cherchâmes quelque grande diversion à ce grand chagrin, une grande création! *** vint avec un beau rôle. Elle le lut, l'apprit, elle y était sublime. C'était l'ancre du salut. Il fallait, quoi qu'elle fit, que quelques heures par jour fussent dérobées à sa douleur..............

«Sans motif, sans excuse, sans un mot d'explication, on lui retirait le rôle!..................

«C'en était fait. Elle reçut le coup en plein cœur. On dit à présent qu'on le regrette. Il est bien temps!

«La vie de cette pauvre mère s'échappait donc par trois blessures profondes, la mort d'un être adoré,—l'oubli et l'injustice partout,—à la maison, l'effroi de la misère!

«C'est ainsi que nous arrivâmes au 10 avril dernier. J'allais à Caen, elle devait venir m'y rejoindre, mais avant elle voulut tenter un dernier effort, une dernière démarche pour avoir aux Français un coin et 500 fr. par mois. On lui répondit que bientôt, grâce à des calculs intelligens, on allait faire une économie de 300 fr. sur le luminaire, et que, si on pouvait vaincre la répugnance du comité, on aviserait à lui donner du pain.

«Ce fut son dernier coup, car je vis dans ce moment-là son regard angélique se porter vers moi, et la mort était dans ce regard.

«Elle partit pour Caen, et là, tout de suite, en deux heures, je vis le mal si grand, que je dus appeler une consultation. L'état fut jugé très grave, il y avait fièvre pernicieuse et ulcère au foie. Je crus entendre prononcer ma propre condamnation à mort. Je ne pouvais en croire mes yeux, quand je regardais cet ange de douleur et de résignation, qui ne se plaignait pas, et qui, en me souriant tristement, semblait me dire: Vous êtes là, vous ne me laisserez pas mourir!

«A dater de ce moment-là, j'ai passé quarante nuits à son chevet, debout! Elle n'a pas eu d'autre garde, d'autre infirmier, d'autre ami que moi. Je voulais seul accomplir cette tâche; pendant quarante jours, j'ai été là, la disputant à la mort, comme un chien fidèle défend son maître en péril.

«Puis j'ai vu venir la faiblesse, la profonde mélancolie. Elle s'est mise à parler sans cesse de son enfance, de ses beaux jours; elle résumait toute son existence: je me sentais terrassé par le désespoir, par la fatigue. Plusieurs fois, je m'étais évanoui. Il fallait prendre un parti, et, bien que les médecins eussent prédit la mort en cas de voyage, comme je voyais la mort arriver rapidement et qu'elle appelait Paris, sa fille et sa petite Marie avec un accent qui me fait encore frissonner... je demandai à Dieu un miracle, je retins le coupé de la diligence, je levai et je me mis à habiller moi-même cette créature adorée, qui se laissait faire, comme si j'avais été sa mère. Je la descendis dans mes bras, et une heure après, nous partions pour Paris tous deux mourans, elle de son mal, moi de mon désespoir.

«Deux heures plus tard, par une tempête affreuse nous versions: mais c'est à peine si nous nous en sommes aperçus. Tout nous était si égal!

«Enfin, le lendemain, elle était dans sa chambre, au milieu de nous tous. Dieu merci, elle était vivante; mais le mal, que le voyage avait engourdi, reprit son empire, et le 20 mai, à une heure, elle nous dit: Je meurs, mais je suis résignée! ma fille, ma bonne fille, adieu.... Luguet .... sublime.... Ce furent ses dernières paroles. Puis son dernier soupir s'est exhalé à travers un sourire. Oh! ce sourire, il flamboie toujours devant mes yeux, et j'ai besoin de regarder bien vite mes enfans et ma chère Caroline pour accepter la vie!

«Chère madame Sand, j'ai le cœur meurtri. Votre lettre a ravivé toutes mes tortures. Cette adorable Marie! vous avez été son dernier poète. J'ai lu la Petite Fadette à son chevet. Puis nous avons parlé longtemps de tous ces beaux livres dont elle racontait les scènes touchantes en pleurant. Puis elle m'a parlé de vous, de votre cœur. Ah! chère madame Sand, comme vous aimiez Marie! comme vous aviez su comprendre son âme! comme elle vous aimait, et comme je vous aime!—Et comme je suis malheureux! Il me semble que ma vie est sans but et que je ne l'accepte plus que par devoir.

«J'attends le jour où je pourrai vous parler d'elle, vous raconter toutes les choses inouïes de grandeur et de beauté que cet ange m'a dites dans ses jours de mélancolie et dans ses jours de douleur.

«Votre affectionné et désolé,

«Luguet.»

Je citerai encore une lettre de ce bon et grand cœur qui avait été digne d'une telle mère. Je lui en demande pardon d'avance. Ces épanchemens ne s'attendaient guère à la publicité; mais il s'agit ici, non de ménager la modestie de ceux qui vivent, il s'agit d'élever le monument de celle qui est morte. C'était une des plus grandes artistes et une des meilleures femmes de ce siècle. Elle a été méconnue, calomniée, raillée, diffamée, abandonnée par plusieurs qui eussent dû la défendre, par quelques uns qui eussent dû la bénir. Il faut qu'au moins quelques voix s'élèvent sur sa tombe, et ces voix-là seront le meilleur poids dans la balance où l'opinion pèse d'une main distraite le bien et le mal. Ces voix-là, ce sont les voix d'amis qui l'ont connue longtemps et qui ont recueilli et apprécié tous les secrets de son intimité: ce sont les voix de la famille. Elles prévaudront contre celles des gens qui voient de loin et jugent au hasard.

Paris, décembre 49.

«Chère madame Sand, j'ai vu hier votre pièce du Champi. Jamais, depuis que je suis au théâtre, je n'ai éprouvé une telle émotion! Ah! ce garçon dévoué, gardien fidèle de l'existence de la pauvre persécutée! Heureux fils qui sauve sa Madeleine! Tous n'ont pas ce bonheur-là! Comme j'ai pleuré! Blotti au fond de ma loge, le mouchoir aux dents, j'ai cru étouffer!

«Ah! c'est que, pour moi, ce n'était plus François et Madeleine: c'était elle et moi! ce n'était pas un homme et une femme qui peuvent ou doivent finir par un mariage; ce n'était même pas un fils et une mère; c'était deux âmes qui avaient besoin l'une de l'autre. Ah! j'ai vu passer là les dix belles années de ma vie, mon dévouement, mon espérance, mon but, mon soutien, tout! Oh! j'ai été trop heureux pendant dix ans, il fallait payer cela!

«Chère madame Sand, pardonnez-moi toutes ces larmes au sujet d'un succès qui réjouit tous ceux qui vous connaissent; mais à qui dirai-je ce que je souffre, si ce n'est à vous?

«Ne viendrez-vous donc pas à Paris voir votre pièce? Et nous!—ne nous cherchez plus rue de Varennes. Oh non! nous avons fui cette maison maudite. Nous y serions tous morts. Les portes, les corridors, les bruits de l'escalier, tout cela nous faisait frissonner à toute heure. Les cris de la rue venaient tous les matins, à heure fixe, nous rappeler qu'à telle heure elle disait cela. Enfin de ces riens qui tuent! Nous avons traîné ailleurs notre profonde tristesse.... Caroline vous embrasse tendrement; la pauvre enfant est désolée aussi. Ma tendresse pour elle augmente chaque jour. Elle mérite tant d'être heureuse, celle-là!

«Réné Luguet.»

C'est ainsi que fut aimée, c'est ainsi que fut pleurée Marie Dorval. Son mari,

M. Merle, était déjà tombé dans un état de langueur suivi de paralysie. Aimable et bon, mais profondément personnel, il trouva tout simple de rester, lui, ses infirmités affreuses et ses dettes intarissables à la charge de Luguet et de Caroline, auxquels il n'était rien, sinon un devoir légué par Mme Dorval, devoir qu'ils accomplirent jusqu'au bout, en dépit des vicissitudes de la vie d'artiste et des mauvais jours qu'ils eurent à traverser, tant leur fut chère et sacrée la pensée de continuer la tâche de dévouement qui leur était léguée par elle.

Oui, si elle a été trahie et souillée, cette victime de l'art et de la destinée, elle a été aussi bien chérie et bien regrettée. Et je n'ai pas parlé de moi, de moi qui ne me suis pas encore habituée à l'idée qu'elle n'est plus, et que je ne pourrai plus la secourir et la consoler; de moi, qui n'ai pu raconter cette histoire et transcrire ces détails sans me sentir étouffée par les larmes; de moi, qui ai la conviction de la retrouver dans un meilleur monde, pure et sainte comme le jour où son âme quitta le sein de Dieu pour venir errer dans notre monde insensé, et tomber de lassitude sur nos chemins maudits!

CHAPITRE TRENTE-TROISIEME.

Eugène Delacroix.

Eugène Delacroix fut un de mes premiers amis dans le monde des artistes, et j'ai le bonheur de le compter toujours parmi mes vieux amis. Vieux, on le sent, est le mot relatif à l'ancienneté des relations, et non à la personne. Delacroix n'a pas et n'aura pas de vieillesse. C'est un génie et un homme jeune. Bien que, par une contradiction originale et piquante, son esprit critique sans cesse le présent et raille l'avenir, bien qu'il se plaise à connaître, à sentir, à deviner, à chérir exclusivement les œuvres et souvent les idées du passé, il est, dans son art, l'innovateur et l'oseur par excellence. Pour moi, il est le premier maître de ce temps-ci, et, relativement à ceux du passé, il restera un des premiers dans l'histoire de la peinture. Cet art n'ayant pas généralement progressé depuis la renaissance, et paraissant moins goûté et moins compris relativement par les masses, il est naturel qu'un type d'artiste comme Delacroix, longtemps étouffé ou combattu par cette décadence de l'art et par cette perversion du goût général, ait réagi, de toute la force de ses instincts, contre le monde moderne. Il a cherché dans tous les obstacles qui l'entouraient des monstres à renverser, et il a cru les trouver souvent dans des idées de progrès dont il n'a senti ou voulu sentir que le côté incomplet ou excessif. C'est une volonté trop exclusive et trop ardente que la sienne pour s'accommoder des choses à l'état d'abstraction. En cela il est, dans l'appréciation des vues sociales, comme était Marie Dorval dans celles des idées religieuses. Il faut à ces fortes imaginations un terrain solide pour édifier le monde de leurs pensées. Il ne faut pas leur parler d'attendre que la lumière soit faite. Elles ont horreur du vague, elles veulent le grand jour. C'est tout simple: elles sont jour et lumière elles-mêmes.

Il ne faut donc pas espérer de les calmer en leur disant que la certitude est et sera toujours en dehors des faits du monde où l'on vit, et que la foi à l'avenir ne doit pas s'embarrasser du spectacle des choses présentes. Ces yeux perçans voient souvent les hommes d'avenir faire fatalement des mouvemens rétrogrades, et, dès lors, ils jugent que la philosophie du siècle marche à reculons.

C'est ici le lieu de dire que notre philosophie, à nous autres qui nous piquons d'être progressistes, devrait bien faire le progrès d'une certaine tolérance. Dans l'art, dans la politique, et, en général, dans tout ce qui n'est pas science exacte, on veut qu'il n'y ait qu'une vérité, et c'est là une vérité, en effet; mais, dès qu'on se l'est formulée à soi-même, on s'imagine avoir trouvé la vraie formule, on se persuade qu'il n'y en a qu'une, et on prend dès lors cette formule pour la chose. Là commencent l'erreur, la lutte, l'injustice et le chaos des discussions vaines.

Il n'y a qu'une vérité dans l'art, le beau; qu'une vérité dans la morale, le bien; qu'une vérité dans la politique, le juste. Mais dès que vous voulez faire chacun le cadre d'où vous prétendez exclure tout ce qui, selon vous, n'est pas juste, bien et beau, vous arrivez à rétrécir ou à déformer tellement l'image de l'idéal, que vous vous trouvez fatalement et bien heureusement à peu près seul de votre avis. Le cadre de la vérité est plus vaste, toujours plus vaste qu'aucun de nous ne peut se l'imaginer.

La notion de l'infini peut seule agrandir un peu l'être fini que nous sommes, et c'est la notion qui entre le plus difficilement dans nos esprits. La discussion, la délimitation, l'épluchage et l'épilogage sont devenus, surtout en ce temps-ci, de véritables maladies; à ce point que beaucoup de jeunes artistes sont morts pour l'art, ayant oublié, à force de causer, qu'il s'agissait de prouver par des œuvres, et non par des discours. L'infini ne se démontre pas, il se cherche, et le beau se sent plus dans l'âme qu'il ne s'établit par des règles. Tous ces catéchismes d'art et de politique que l'on se jette à la tête, sentent l'enfance de la politique et de l'art. Laissons donc discuter, puisque c'est l'enseignement pénible, agaçant et puéril, qu'il faut sans doute encore à notre époque; mais que ceux d'entre nous qui sentent au dedans d'eux-mêmes un élan véritable ne s'embarrassent pas de ce bruit de l'école, et fassent leur tâche en se bouchant un peu les oreilles.

Et puis, quand notre tâche du jour est faite, regardons celle des autres, et ne nous hâtons pas de dire qu'elle n'est pas bonne, parce qu'elle est différente. Profiter vaut mieux que contredire, et bien souvent on ne profite de rien, parce que l'on veut tout critiquer.

Nous exigeons trop de logique dans les autres, et par là nous montrons que nous n'en avons pas assez pour nous-mêmes. Nous voulons qu'on voie par nos yeux en toutes choses, et plus un individu nous frappe et nous occupe par l'emploi de hautes facultés, plus nous voulons l'assimiler à nos facultés propres, qui, à supposer qu'elles ne soient pas très inférieures, sont du moins très différentes. Philosophes, nous voudrions qu'un musicien fît ses délices de Spinoza; musiciens, nous voudrions qu'un philosophe nous donnât l'opéra de Guillaume Tell; et quand l'artiste, hardi novateur dans sa partie, rejette l'innovation sur un autre point, de même que quand le penseur, bouillant à s'élancer dans l'inconnu de ses croyances, recule devant la nouveauté d'une tentative d'art, nous crions à l'inconséquence et nous dirions volontiers: «Toi, artiste, je condamne tes œuvres d'art, parce que tu n'es pas de mon parti et de mon école; toi, philosophe, je nie ta science, parce que tu n'entends rien à la mienne.»

C'est ainsi qu'on juge trop souvent, et trop souvent la critique écrite arrive pour donner la dernière main à ce système d'intolérance si parfaitement déraisonnable. Cela était surtout sensible il y a quelques années, lorsque beaucoup de journaux et de revues représentaient beaucoup de nuances d'opinions. On eût pu dire alors: «Dis-moi dans quel journal tu écris, et je vais te dire quel artiste tu vas louer ou blâmer.»

On m'a bien souvent dit à moi: «Comment pouvez-vous vivre et parler avec tel de vos amis qui pense tout au rebours de vous? Quelles concessions vous fait-il, ou quelles concessions n'êtes-vous pas forcée de lui faire?»

Je n'ai jamais fait ni demandé la moindre concession, et si j'ai quelquefois discuté, c'est pour m'instruire en faisant parler les autres, m'instruire, non pas en ce sens que j'acceptais toujours toutes leurs solutions, mais en ce sens qu'examinant le mécanisme de leur pensée et recherchant en eux la source de leurs convictions, j'arrivais à comprendre ce que l'être humain le mieux organisé renferme de contradictions de fait dans sa logique apparente, et, par suite, de logique véritable dans ses apparentes contradictions.

Du moment que l'intelligence vous révèle ses forces, ses besoins, son but et même ses infirmités à côté de ses grandeurs, je ne comprends guère qu'on ne l'accepte pas tout entière, même avec ses tâches, lesquelles, comme celles du soleil, ne peuvent pas être regardées à l'œil nu sans faire cligner beaucoup la paupière.

J'ai donc, outre l'amitié tendre qui me lie à certaines natures d'élite, un grand respect pour ce que je n'admettrais pas en moi-même à l'état de croyance arrêtée, mais ce qui, chez elles me paraît l'accident inévitable, nécessaire, peut être le coup de fouet intérieur de leur développement. Un grand artiste peut nier devant moi une partie de ce qui fait la vie de mon âme, peu m'importe; je sais bien que par les endroits de mon âme qui lui sont ouverts, il fera rentrer ma vie avec sa flamme. De même un grand philosophe qui me blâmera d'être artiste me rendra plus artiste en ranimant ma foi à des vérités supérieures, lorsqu'il m'expliquera ces vérités avec l'éloquence de la conviction.

Notre esprit est une boîte à compartimens qui communiquent les uns avec les autres par un admirable mécanisme. Un grand esprit qui se livre à nous nous donne à respirer comme un bouquet de fleurs où certains parfums, qui nous seraient nuisibles isolés, nous charment et nous raniment par leur mélange avec les autres parfums qui les modifient.

Ces réflexions me viennent à propos d'Eugène Delacroix. Je pourrais les appliquer à beaucoup d'autres natures éminentes que j'ai eu le bonheur d'apprécier sans qu'elles m'aient causé aucun souci en me contredisant et même en se moquant de moi à l'occasion. J'ai été tenace dans ma résistance à certains de leurs dires, mais tenace aussi dans mon affection pour elles et dans ma reconnaissance pour le bien qu'elles m'ont fait en excitant en moi le sentiment de moi-même. Elles me regardent comme une rêveuse incorrigible; mais elles savent que je suis une amie fidèle.

Le grand maître dont je parle est donc mélancolique et chagrin dans sa théorie, enjoué, charmant, bon enfant au possible dans son commerce. Il démolit sans fureur et raille sans fiel, heureusement pour ceux qu'il critique; car il a autant d'esprit que de génie, chose à quoi l'on ne s'attend pas en regardant sa peinture, où l'agrément cède la place à la grandeur, et où la maestria n'admet pas la gentillesse et la coquetterie. Ses types sont austères; on aime à les regarder bien en face: ils vous appellent dans une région plus haute que celle où l'on vit. Dieux, guerriers, poètes ou sages, ces grandes figures de l'allégorie ou de l'histoire qu'il a traitées vous saisissent par une allure formidable ou par un calme olympien. Il n'y a pas moyen de penser, en les contemplant, au pauvre modèle d'atelier, qu'on retrouve dans presque toutes les peintures modernes, sous le costume d'emprunt à l'aide duquel on a vainement tenté de le transformer. Il semble que si Delacroix a fait poser des hommes et des femmes, il ait cligné les yeux pour ne pas les voir trop réels.

Et cependant ses types sont vrais, quoique idéalisés dans le sens du mouvement dramatique ou de la majesté rêveuse. Ils sont vrais comme les images que nous portons en nous-mêmes quand nous nous représentons les dieux de la poésie ou les héros de l'antiquité. Ce sont bien des hommes, mais non des hommes vulgaires comme il plaît au vulgaire de les voir pour les comprendre. Ils sont bien vivans, mais de cette vie grandiose, sublime ou terrible dont le génie seul peut retrouver le souffle.

Je ne parle pas de la couleur de Delacroix. Lui seul aurait peut-être la science et le droit de faire la démonstration de cette partie de son art, où ses adversaires les plus obstinés n'ont pas trouvé moyen de le discuter; mais parler de la couleur en peinture, c'est vouloir faire sentir et deviner la musique par la parole. Décrira-t-on le Requiem de Mozart? On pourrait bien écrire un beau poème en l'écoutant; mais ce ne serait qu'un poème et non une traduction; les arts ne se traduisent pas les uns par les autres. Leur lien est serré étroitement dans les profondeurs de l'âme, mais, ne parlant pas la même langue, ils ne s'expliquent mutuellement que par de mystérieuses analogies. Ils se cherchent, s'épousent et se fécondent dans des ravissemens où chacun d'eux n'exprime que lui-même.

«Ce qui fait le beau de cette industrie-là, me disait gaîment Delacroix lui-même dans une de ses lettres, consiste dans des choses que la parole n'est pas habile à exprimer.—Vous me comprenez de reste, ajoute-t-il; et une phrase de votre lettre me dit assez combien vous sentez les limites nécessaires à chacun des arts, limites que messieurs vos confrères franchissent parfois avec une aisance admirable.»

Il n'y a guère moyen d'analyser la pensée dans quelque art que ce soit, si ce n'est à travers une pensée de même ordre. Du moment qu'on veut rapetisser à sa propre mesure, quand on est petit, les grandes pensées des maîtres, on erre et on divague sans entamer en rien le chef-d'œuvre: on a pris une peine inutile.

Quant à disséquer leur procédé, soit pour le louer, soit pour le blâmer, l'étalage des termes techniques que la critique introduit plus ou moins adroitement dans ses argumentations sur la peinture et la musique, n'est qu'un tour de force réussi ou manqué. Manqué, ce qui arrive souvent à ceux qui parlent du métier sans en comprendre les termes et en les employant à tort et à travers, le tour fait rire les plus humbles praticiens. Réussi, il n'initie en rien le public à ce qu'il lui importe de sentir, et n'apprend rien aux élèves attentifs à saisir les secrets de la maîtrise. Vous leur direz en vain les procédés de l'artiste, et devant ces naïfs rapins qui s'extasient sur un petit coin de la toile en se demandant avec stupeur comment cela est fait, vous exposerez en vain la théorie savante des moyens employés: vous fussent-ils révélés par la propre bouche du maître, ils seront parfaitement inutiles à celui qui ne saura pas les mettre en œuvre. S'il n'a pas de génie, aucun moyen ne lui servira; s'il a du génie, il trouvera ses moyens tout seul, ou se servira à sa manière de ceux d'autrui, qu'il aura compris ou devinés sans vous. Les seuls ouvrages d'art sur l'art qui aient de l'importance et qui puissent être utiles sont ceux qui s'attachent à développer les qualités de sentiment des grandes choses, et qui par là, élèvent et élargissent le sentiment des lecteurs. Sous ce point de vue, Diderot a été grand critique, et de nos jours, plus d'un critique a encore écrit de belles et bonnes pages. Hors de là, il n'y a qu'efforts perdus et pédantisme puéril.

Un modèle d'appréciation supérieure est sous mes yeux. J'en veux rappeler un fragment pour ceux qui ne l'auraient pas sous la main.

«On ne peut nier l'impression sans cesse décroissante des ouvrages qui s'adressent à la partie la plus enthousiaste de l'esprit; c'est une espèce de refroidissement mortel qui nous gagne par degrés, avant de glacer tout à fait la source de toute vénération et de toute poésie...............

«Doit-on se dire que les beaux ouvrages ne sont pas faits pour le public et ne sont pas appréciés par lui, et qu'il ne garde ses admirations privilégiées que pour de futiles objets? Serait-ce qu'il se sent pour toute production extraordinaire une sorte d'antipathie, et que son instinct le porte naturellement vers ce qui est vulgaire et de peu de durée? Y aurait-il, pour toute œuvre qui semble par sa grandeur échapper au caprice de la mode, une condition secrète de lui déplaire, et n'y voit-il qu'une espèce de reproche de l'inconstance de ses goûts et de la vanité de ses opinions?»

Après ce cri de douleur et d'étonnement, le critique que je cite nous parle du Jugement dernier, et, sans employer aucun terme de métier, sans nous initier à aucun des procédés que nous n'avons pas besoin de connaître, occupé seulement de nous communiquer l'enthousiasme qui l'embrase, il nous jette dans la pensée la propre pensée de Michel-Ange.

«Le style de Michel-Ange, dit-il, semble le seul qui soit parfaitement approprié à un pareil sujet. L'espèce de convention qui est particulière à ce style, ce parti tranché de fuir toute trivialité au risque de tomber dans l'enflure et d'aller jusqu'à l'impossible, se trouvaient à leur place dans la peinture d'une scène qui nous transporte dans une sphère tout idéale. Il est si vrai que notre esprit va toujours au-delà de ce que l'art peut exprimer en ce genre, que la poésie elle-même, qui semble si immatérielle dans ses moyens d'expression, ne nous donne jamais qu'une idée trop définie de semblables inventions. Quand l'Apocalypse de saint Jean nous peint les dernières convulsions de la nature, les montagnes qui s'écroulent, les étoiles qui tombent de la voûte céleste, l'imagination la plus poétique et la plus vaste ne peut s'empêcher de circonscrire dans un champ borné le tableau qui lui est offert. Les comparaisons employées par les poètes sont tirées d'objets matériels qui arrêtent la pensée dans son vol. Michel-Ange, au contraire, avec ses dix ou douze groupes de quelques figures disposées symétriquement et sur une surface que l'œil embrasse sans peine, nous donne une idée incomparablement plus terrible de la catastrophe suprême qui amène aux pieds de son juge le genre humain éperdu; et cet empire immense qu'il prend à l'instant même sur l'imagination, il ne le doit à aucune des ressources que peuvent employer les peintres vulgaires; c'est son style seul qui le soutient dans les régions du sublime et nous y emporte avec lui.

Le Christ de Michel-Ange n'est ni un philosophe ni un héros de roman. C'est Dieu lui-même dont le bras va réduire en poudre l'univers. Il faut à Michel-Ange, il faut au peintre des formes, des contrastes, des ombres, des lumières sur des corps charnus et mouvans. Le jugement dernier, c'est la fête de la chair; aussi comme on la voit courir déjà sur les os de ces pâles ressuscités, au moment où la trompette entr'ouvre leur tombe et les arrache au sommeil des siècles! Dans quelle variété de poétiques attitudes ils entr'ouvrent leurs paupières à la lueur de ce sinistre et dernier jour qui secoue pour jamais la lumière du sépulcre et pénètre jusqu'aux entrailles de cette terre où la mort a entassé ses victimes! Quelques-uns soulèvent avec effort la couche épaisse sous laquelle ils ont dormi si longtemps; d'autres, dégagés déjà de leur fardeau, restent là étendus et comme étonnés d'eux-mêmes. Plus loin, la barque vengeresse emporte la foule des réprouvés. Caron se tient là, battant de son aviron les âmes paresseuses: qualunque s'adagia!»

Qui donc a écrit ces belles pages? Ne semble-t-il pas qu'on entende Michel-Ange lui-même parler de son œuvre et en expliquer la pensée? Ce langage si grand et si ferme qu'il ne semble pas appartenir à notre siècle, n'est-il pas celui du maître traduit par quelque littérateur contemporain du premier ordre?

Non! ces pages sont écrites par un maître moderne qui n'a ni le goût ni le temps d'écrire. Elles ont été jetées à la hâte sur le papier, dans un jour de brûlante indignation contre l'indifférence du public et de la critique en présence d'une belle copie du Jugement dernier, due à Sigalon, et que Paris était appelé à contempler au palais des Beaux-Arts, ce dont Paris ne se souciait pas le moins du monde. Ces pages, dont le maître ne veut pas seulement qu'on lui parle et qu'il craint peut-être de relire, sont signées Eugène Delacroix.

Je ne dirai pas: Que n'en a-t-il écrit beaucoup d'autres[12]! mais bien: Que n'a-t-il pu mettre douze heures de plus dans ses journées déjà trop courtes pour la peinture! Lui seul, je le crois, eût pu traduire son propre génie à la multitude en lui traduisant celui des maîtres tant aimés et si bien compris par lui!

Citons la conclusion; on y verra le procédé par lequel Delacroix est devenu un peintre égal à Michel-Ange.

«On n'a pas craint d'affirmer que la vue du chef-d'œuvre de Michel-Ange corromprait le goût des élèves et les induirait à la manière, comme si quelque chose pouvait être plus funeste que la manière même des écoles. Sans doute, des modèles aussi frappans ne s'adressent pas à tous les esprits. Il en est de l'étude d'une manière si agrandie, d'un art si abstrait, si l'on peut parler ainsi, comme de ces régimes austères auxquels ne se soumettent que les rudes tempéramens. En présence de tant de grandeur et de hardiesse, un élève imbécile se retourne vers son maître et ne voit dans le dédain du grand peintre pour l'imitation vulgaire que l'impuissance d'imiter. Le maître se demande à son tour s'il fera céder la tradition devant ce mépris de toute tradition, et cependant le sublime artiste s'avance à travers les siècles, entouré de disciples plus dignes de lui. Tous les grands noms de la peinture marchent à ses côtés et le couronnent des rayons de leur propre gloire...................................

«Après toutes les nouvelles déviations dans lesquelles l'art pourra se trouver entraîné par le caprice et le besoin du changement, le grand style du Florentin sera toujours comme un pôle vers lequel il faudra se tourner de nouveau pour retrouver la route de toute grandeur et de toute beauté.»

Le voilà, le procédé! C'est d'adorer le beau d'abord, ensuite de le comprendre, et puis enfin de le tirer de soi-même. Il n'y en a pas d'autre.

On peut bien croire que l'inintelligence du siècle a fait mortellement souffrir cette âme enthousiaste des grandes choses. Heureusement, la gaîté charmante de son esprit l'a préservé de la souffrance qui aigrit. Quant à celle qui énerve, le géant était trop fortement trempé pour la connaître. Il a résolu le problème de prendre son essor entier, un essor victorieux, immense, et qui laisse le parlage et le paradoxe loin sous ses pieds, comme cette fulgurante figure d'Apollon qu'il a jetée aux voûtes du Louvre oublie, dans la splendeur des cieux, les Chimères qu'il vient de terrasser. Il a résolu ce problème sans perdre la jeunesse de son âme, la générosité et la droiture de ses instincts, le charme de son caractère, la modestie et le bon goût de son attitude.

Delacroix a traversé plusieurs phases de son développement en imprimant à chaque série de ses ouvrages le sentiment profond qui lui était propre. Il s'est inspiré du Dante, de Shakspeare et de Goëthe, et les romantiques ayant trouvé en lui leur plus haute expression, ont cru qu'il appartenait exclusivement à leur école. Mais une telle fougue de création ne pouvait s'enfermer dans un cercle ainsi défini. Elle a demandé au ciel et aux hommes de l'espace, de la lumière, des lambris assez vastes pour contenir ses compositions, et s'élançant alors dans le monde de son idéal complet, elle a tiré de l'oubli, où il était question de les reléguer, les allégories de l'antique Olympe, qu'elle a mêlées en grand historien de la poésie, à l'illustration des génies de tous les siècles. Delacroix a rajeuni ce monde évanoui ou travesti par de froides traditions, au feu de son interprétation brûlante. Autour de ces personnifications surhumaines, il a créé un monde de lumière et d'effets, que le mot couleur ne suffit peut-être pas à exprimer pour le public, mais qu'il est forcé de sentir dans l'effroi, le saisissement ou l'éblouissement qui s'emparent de lui à un tel spectacle. Là éclate l'individualité du sentiment de ce maître, enrichie du sentiment collectif des temps modernes, dont la source cachée au fond des esprits supérieurs grossit toujours à travers les âges.

Il y aura néanmoins toujours un ordre d'esprits systématiques qui reprocheront à Delacroix de n'avoir pas présenté à leurs sens le joli, le gracieux, la forme voluptueuse, l'expression caressante comme ils l'entendent. Reste à savoir s'ils l'entendent bien, et si, dans cette région de la fantaisie, ils sont compétens à discerner le faux du vrai, le naïf du maniéré. J'en doute. Ceux qui comprennent réellement le Corrége, Raphaël, Watteau, Prud'hon, comprennent tout aussi bien Delacroix. La grâce a son siége et la puissance a le sien. D'ailleurs les grâces sont des divinités à mille faces. Elles sont lascives ou chastes, selon l'œil qui les voit, selon l'âme qui les formule. Le génie de Delacroix est sévère, et quiconque n'a pas un sentiment capable d'élévation ne le goûtera jamais entièrement. Je crois qu'il y est tout résigné.

Mais quelle que soit la critique, il laissera un grand nom et de grandes œuvres. Quand on le voit pâle, frêle, nerveux et se plaignant de mille petits maux obstinés à le tenir en haleine, on s'étonne que cette délicate organisation ait pu produire avec une rapidité surprenante, à travers des contrariétés et des fatigues inouïes, des œuvres colossales. Et pourtant elles sont là, et elles seront suivies, s'il plaît à Dieu, de beaucoup d'autres, car le maître est de ceux qui se développent jusqu'à la dernière heure, et dont on croit en vain saisir le dernier mot à chaque nouveau prodige.

Delacroix n'a pas été seulement grand dans son art, il a été grand dans sa vie d'artiste. Je ne parle pas de ses vertus privées, de son culte pour sa famille, de ses tendresses pour ses amis malheureux, des charmes solides de son caractère, en un mot. Ce sont là des mérites individuels que l'amitié ne publie pas à son de trompe. Les épanchemens de son cœur dans ses admirables lettres feraient ici un beau chapitre qui le peindrait mieux que je ne sais le faire. Mais les amis vivans doivent-ils être ainsi révélés, même quand cette révélation ne peut être que la glorification de leur être intime? Non, je ne le pense pas. L'amitié a sa pudeur, comme l'amour a la sienne. Mais ce qui en Delacroix appartient à l'appréciation publique pour le profit que portent les nobles exemples, c'est l'intégrité de sa conduite; c'est le peu d'argent qu'il a voulu gagner, la vie modeste et longtemps gênée qu'il a acceptée plutôt que de faire aux goûts et aux idées du siècle (qui sont bien souvent celles des gens en place) la moindre concession à ses principes d'art. C'est la persévérance héroïque avec laquelle, souffrant, malingre, brisé en apparence, il a poursuivi sa carrière, riant des sots dédains; ne rendant jamais le mal pour le mal, malgré les formes charmantes d'esprit et de savoir-vivre qui l'eussent rendu redoutable dans ces luttes sourdes et terribles de l'amour-propre; se respectant lui-même dans les moindres choses, ne boudant jamais le public, exposant chaque année au milieu d'un feu croisé d'invectives, qui eût étourdi ou écœuré tout autre; ne se reposant jamais, sacrifiant ses plaisirs les plus purs, car il aime et comprend admirablement les autres arts, à la loi impérieuse d'un travail longtemps infructueux pour son bien-être et son succès: vivant, en un mot, au jour le jour, sans envier le faste ridicule dont s'entourent les artistes parvenus, lui dont la délicatesse d'organes et de goûts se fût si bien accommodée pourtant d'un peu de luxe et de repos.

TOME DOUZIÈME

CHAPITRE TRENTE-TROISIEME.
(SUITE.)

Delacroix.—David Richard et Gaubert.—La phrénologie et la médecine.—
Les saints et les anges.

Dans tous les temps, dans tous les pays, on cite les grands artistes qui n'ont rien donné à la vanité ou à l'avarice, rien sacrifié à l'ambition, rien immolé à la vengeance. Nommer Delacroix, c'est nommer un de ces hommes purs dont le monde croit assez dire en les déclarant honorables, faute de savoir combien la tâche est rude au travailleur qui succombe et au génie qui lutte.

Je n'ai point à faire l'historique de nos relations; elle est dans ce seul mot, amitié sans nuages. Cela est bien rare et bien doux, et entre nous cela est d'une vérité absolue. Je ne sais pas si Delacroix a des imperfections de caractère. J'ai vécu près de lui dans l'intimité de la campagne et dans la fréquence des relations suivies, sans jamais apercevoir en lui une seule tache, si petite qu'elle fût. Et pourtant nul n'est plus liant, plus naïf et plus abandonné dans l'amitié. Son commerce a tant de charmes qu'auprès de lui on se trouve soi-même être sans défauts, tant il est facile d'être dévoué à qui le mérite si bien. Je lui dois en outre, bien certainement, les meilleures heures de pures délices que j'aie goûtées en tant qu'artiste. Si d'autres grandes intelligences m'ont initiée à leurs découvertes et à leurs ravissemens dans la sphère d'un idéal commun, je peux dire qu'aucune individualité d'artiste ne m'a été aussi plus sympathique, et, si je puis parler ainsi, plus intelligente dans son expansion vivifiante. Les chefs-d'œuvre qu'on lit, qu'on voit ou qu'on entend ne vous pénètrent jamais mieux que doublés en

161

quelque sorte dans leur puissance par l'appréciation d'un puissant génie. En musique et en poésie comme en peinture, Delacroix est égal à lui-même, et tout ce qu'il dit quand il se livre est charmant ou magnifique sans qu'il s'en aperçoive.

Je ne compte pas entretenir le public de tous mes amis. Un chapitre consacré à chacun d'eux outre qu'il blesserait la timidité modeste de certaines natures éprises de recueillement et d'obscurité, n'aurait d'intérêt que pour moi et pour un fort petit nombre de lecteurs. Si j'ai parlé beaucoup de Rollinat, c'est parce que cette amitié type a été pour moi l'occasion de dresser mon humble autel à une religion de l'âme que chacun de nous porte plus ou moins pure en soi-même.

Quant aux personnes célèbres, je ne m'attribue pas le droit d'ouvrir le sanctuaire de leur vie intime, mais je regarde comme un devoir d'apprécier l'ensemble excellent de leur vie par rapport à la mission qu'elles remplissent, quand je suis à même de remplir ce devoir en connaissance de cause.

Que ceux de mes anciens amis qui ne trouveront pas leurs noms à cette page de mon histoire ne pensent donc pas qu'ils soient effacés de mon cœur. Plus d'un, même, que les circonstances ont forcément éloigné, à la longue, du milieu où j'ai dû vivre, m'est resté cher, et garde dans mes souvenirs la place honorable et douce qu'il s'y est faite.

Parmi ceux-là, je te nommerai pourtant, David Richard, type noble et doux, âme pure entre toutes! Tu appartiens à l'estime d'un groupe moins restreint que celui où ton humilité vraiment chrétienne s'est toujours cachée. La charité t'a, pour ainsi dire, détaché de toi-même, et tes patientes études, les élans généreux de ton cœur t'ont jeté dans une vie d'apôtre où le mien t'a suivi avec une constante vénération.

C'est qu'il est rare que les âmes portées à ce sentiment-là ne deviennent pas dignes de l'inspirer à leur tour. Cet humble axiome résume toute la vie de David Richard. Doué d'une tendresse suave et d'une foi fervente, il vit dans ses amis (et en tête de ses premiers amis fut l'illustre Lamennais), non pas des soutiens et des appuis pour sa faiblesse, mais des alimens naturels pour les forces de son dévouement. Je ne sais pas si on l'a jamais soutenu et consolé, lui! Je ne crois pas, du moins, qu'il ait jamais songé à se plaindre d'aucune peine personnelle. Ce que je sais, c'est qu'il écoutait, consolait et calmait toujours, attirant à lui toutes les peines des autres et les dissipant ou les calmant par je ne sais quelle influence mystérieuse.

Je crois sérieusement à des influences. Je ne sais pas qualifier autrement certaines dispositions soudaines où nous placent, à notre insu, peut-être à l'insu d'elles-mêmes, certaines personnes que nous aimons ou qui nous déplaisent à première vue. Que ce soit une impression reçue dans une existence antérieure dont nous avons perdu le souvenir, ou réellement un fluide qui émane d'elles, il est certain que la rencontre de ces personnes nous est bienfaisante ou nuisible. Je ne crois pas que ces préventions soient imaginaires dans leurs causes n'ayant jamais vu qu'elles le fussent dans leurs effets. Je ne parle pas des préventions légères, fantasques ou préconçues. On fait fort bien de vaincre celles-là dès qu'on les sent mal fondées; mais il en est de bien sérieuses auxquelles on ne donne pas assez d'attention, et qu'on se repent toujours d'avoir repoussées lorsqu'on avait la liberté d'agir.

Si c'est une superstition, j'ai celle-là, je l'avoue, et j'ai fait l'expérience d'aimer toute ma vie les gens que j'ai aimés en les voyant pour la première fois. Il en fut ainsi de David Richard, que je n'ai pas vu depuis plus de dix ans, et de mon pauvre Gaubert, que je ne verrai plus que dans une autre vie. Les voir était pour moi un véritable bien-être moral, que je ressentais même d'une façon matérielle, dans l'aisance de ma respiration, comme s'ils eussent apporté autour de moi une atmosphère plus pure que celle dont j'étais nourrie à l'habitude. Ne plus les voir n'a rien ôté au bien-être intellectuel que m'apporte leur souvenir et au rassérénement qui se fait dans ma pensée quand je m'imagine converser avec eux.

C'est qu'il y a des âmes, je ne dirai pas faites les unes pour les autres, trop de dissemblances dans leurs facultés leur commandent de ne pas se jeter aveuglement dans le même chemin; mais des âmes qui se conviennent par quelque point essentiel et dominant. Gaubert me disait, dans sa langue phrénologique, que nous nous tenions par les protubérances de l'affectionnivité et de la vénération. Soit! Quand ces âmes se rencontrent, elles se devinent et s'acceptent mutuellement sans hésiter, elles se saluent comme de vieilles connaissances; elles n'ont rien à se révéler de nouveau, et pourtant elles se délectent dans l'entretien l'une de l'autre, comme si elles se retrouvaient après une longue séparation.

La femme admirable et infortunée dont j'ai parlé dans les pages précédentes demandait au ciel des saints et des anges sur la terre. Je me souviens de lui avoir dit souvent qu'il y en avait, mais que nous n'avions pas toujours le sens divin qui les fait reconnaître sous l'humble forme et parfois sous le pauvre habit qui les déguisent. Nous avons de l'imagination, nous cherchons le prestige. La beauté, le charme, l'esprit, la grâce nous enivrent, et nous courons après de trompeurs météores sans nous douter que les vrais saints sont plus souvent cachés dans la foule que placés sur le piédestal. Et puis, quand nous avons suivi ces belles lumières qui attirent comme les feux follets, elles s'éteignent tout à coup, et avec elles l'enthousiasme qu'elles nous inspiraient. Ces erreurs-là s'appellent quelquefois passions. Les vrais saints ne fanatisent pas ainsi. Ils n'inspirent que des sentimens doux et angéliques comme eux-mêmes. Ils sont trop modestes pour vouloir entraîner ou éblouir. Ils ne troublent pas le cerveau, ils ne tourmentent pas le cœur. Ils sourient et bénissent. Heureux l'instinct qui les découvre et le jugement qui les apprécie!

Des saints et des anges! Et pourquoi ne voulons-nous pas comprendre que ces beaux êtres fantastiques sont déjà de ce monde à l'état latent, comme le papillon splendide dans sa pauvre larve? Ils n'ont ni rayons de feu ni ailes d'or pour se distinguer des autres hommes. Ils n'ont pas même toujours les beaux yeux profonds et lumineux qui éclairaient la figure pâle de mon bon Gaubert. Ils ne sont ni remarqués ni admirés dans le monde. Ils ne brillent nulle part, ni sur des chevaux rapides, ni aux avant-scènes des théâtres, ni dans les salons, ni dans les académies, ni dans le forum, ni dans les cénacles. S'ils eussent vécu sous Tibère, ils n'eussent brillé qu'aux arènes, en qualité de martyrs, comme tant d'autres fidèles serviteurs de Dieu, dont on n'eût jamais entendu parler si l'occasion d'un grand acte de foi ne se fût rencontrée pour envoyer aux archives du ciel les noms sacrés de ces victimes obscures, la splendeur de ces vertus ignorées.

Des saints et des anges! Oui, à mes yeux, Gaubert était un saint et Richard un ange. Celui-ci paisible et nageant sans trouble et sans effroi dans son rayonnement intérieur; celui-là, plus agité, plus impatient, exhalant de brûlantes indignations contre la folie ou la perversité qu'il comprenait d'autant moins qu'il les étudiait davantage.

Gaubert m'inspirait une tendresse véritable, parce qu'il l'éprouvait pour moi. Quoiqu'il n'eût qu'une dizaine d'années de plus que moi, sa tête chauve, ses joues creuses, sa débile santé et, plus que tout cela, l'austérité naïve de sa vie et de ses idées, le vieillissaient de vingt ans à mes yeux et à ceux de ses autres amis. C'était le type du vertueux et tendre père, sévère et absolu dans ses théories, indulgent jusqu'à la gâterie dans la pratique des affections. J'ai pleuré sa mort, non pas seulement par respect et par attendrissement, mais par égoïsme de cœur. Il nous avait pourtant dit cent fois à tous qu'il ne fallait pas pleurer les morts, mais bien plutôt remercier Dieu de les avoir appelés à lui, et pousser le dévouement au-delà de la tombe, jusqu'à se réjouir de les savoir en possession de leur récompense. Il avait raison, mais les entrailles ne raisonnent pas, et si je l'ai amèrement regretté, c'est sa faute. Il s'était rendu trop nécessaire à moi. Je voyais en lui un refuge contre tous les découragemens et toutes les langueurs de la volonté, une loi vivante du devoir avec les suavités de la prédication enthousiaste et ces douceurs de la sollicitude paternelle qui pénètrent et consolent. Les saints farouches et ascétiques frappent l'imagination ou éveillent l'orgueil qu'on appelle émulation. Ils n'agissent donc que sur de nobles orgueilleux de leur trempe. Les saints doux et tendres attirent davantage, et, pour mon compte, je n'aime que ceux-ci.

J'aurai à reparler de Gaubert et du bon frère qui lui a survécu, dans la suite de mon histoire.

CHAPITRE TRENTE-QUATRIEME.

Sainte-Beuve.—Luigi Calamatta.—Gustave Planche.—Charles Didier.— Pourquoi je ne parle pas de certains autres.

Je ne crois pas interrompre l'ordre de mon récit en consacrant encore quelques pages à mes amis. Le monde de sentimens et d'idées où ces amis me firent pénétrer est une partie essentielle de ma véritable histoire, celle de mon développement moral et intellectuel. J'ai la conviction profonde que je dois aux autres tout ce que j'ai acquis et gardé d'un peu bon dans l'âme. Je suis venue sur la terre avec le goût et le besoin du vrai; mais je n'étais pas une assez puissante organisation pour me passer d'une éducation conforme à mes instincts, ou pour la trouver toute faite dans les livres. Ma sensibilité avait besoin surtout d'être réglée. Elle ne le fut guère: les amis éclairés, les sages conseils vinrent un peu trop tard et quand le feu avait trop longtemps couvé sous la cendre pour être étouffé facilement. Mais cette sensibilité douloureuse fut souvent calmée et toujours consolée par des affections sages et bienfaisantes.

Mon esprit, à demi cultivé, était à certains égards une table rase, à d'autres égards une sorte de chaos. L'habitude que j'ai d'écouter, et qui est une grâce d'état, me mit à même de recevoir de tous ceux qui m'entourèrent une certaine somme de clarté et beaucoup de sujets de réflexion. Parmi ceux-là, des hommes supérieurs me firent faire assez vite de grands pas, et d'autres hommes, d'une portée moins saisissante, quelques-uns même qui paraissaient ordinaires, mais qui ne furent jamais tels à mes yeux, m'aidèrent puissamment à me tirer du labyrinthe d'incertitudes où ma contemplation s'était longtemps endormie.

Parmi les hommes d'un talent apprécié, M. Sainte-Beuve, par les abondantes et précieuses ressources de sa conversation, me fut très salutaire, en même temps que son amitié, un peu susceptible, un peu capricieuse mais toujours précieuse à retrouver, me donna quelquefois la force qui me manquait vis-à-vis de moi-même. Il m'a affligé profondément par des aversions et des attaques acerbes contre des personnes que j'admirais et que je respectais; mais je n'avais ni le droit ni le pouvoir de modifier ses opinions et d'enchaîner ses vivacités de discussion; et comme, vis-à-vis de moi, il fut toujours généreux et affectueux (on m'a dit qu'il ne l'avait pas toujours été en paroles, mais je ne le crois plus); comme d'ailleurs il m'avait été secourable avec sollicitude et délicatesse dans certaines détresses de mon âme et de mon esprit, je regarde comme un devoir de le compter parmi mes éducateurs et bienfaiteurs intellectuels.

Sa manière littéraire ne m'a pourtant pas servi de type, et dans des momens où ma pensée éprouvait le besoin d'une expression plus hardie, sa forme délicate et adroite m'a paru plus propre à m'empêtrer qu'à me dégager. Mais quand les heures de fièvre sont passées, on revient à cette forme un peu vanlotée, comme on revient à Vanloo lui-même; pour en reconnaître la vraie force et la vraie beauté à travers le caprice de l'individualité et le cachet de l'école, sous ces miévreries souriantes de la recherche, il y a, quand même, le génie du maître. Comme poète et comme critique, Sainte-Beuve est un maître aussi. Sa pensée est souvent complexe, ce qui la rend un peu obscure au premier abord; mais les choses qui ont une conscience réelle valent qu'on les relise, et la clarté est vive au fond de cette apparente obscurité. Le défaut de cet écrivain est un excès de qualités. Il sait tant, il comprend si bien, il voit et devine tant de choses, son goût est si abondant et son objet le saisit par tant de côtés à la fois, que la langue doit lui paraître insuffisante et le cadre toujours trop étroit pour le tableau.

A mes yeux, il était dominé par une contradiction nuisible, je ne dirai pas à son talent, il a bien prouvé que son talent n'en a pas souffert, mais à son propre bonheur. J'entends par ce mot de bonheur, non pas une rencontre ou une réunion de faits qu'il n'est au pouvoir d'aucun homme de faire surgir et de gouverner, mais une certaine source de foi et de sérénité intérieure qui, pour être intermittente, et souvent troublée par le contact des choses extérieures, n'en est pas moins intarissable au fond de l'âme. Le seul bonheur que Dieu nous ait accordé, et dont on puisse oser, sans folie, lui demander la continuation, c'est de sentir qu'au milieu des accidens et des catastrophes de la vie commune, on est en possession de certaines joies intimes et pures qui sont bien l'idéal de celui qui les savoure. Dans l'art comme dans la philosophie, dans l'amour comme dans l'amitié, dans toutes ces choses abstraites dont les événemens ne peuvent nous ôter le sentiment ou le rêve, l'âge ou l'expérience prématurée nous apportent ce bienfait de nous mettre d'accord un jour ou l'autre avec nous-mêmes.

Probablement ce jour est venu pour Sainte-Beuve; mais je l'ai vu longtemps aussi tourmenté que je l'étais alors, quoiqu'il eût infiniment plus de science, de raison et de force défensive contre la douleur. Il enseignait la sagesse avec une éloquence convaincante, et il portait cependant en lui le trouble des âmes généreuses inassouvies.

Il me semblait alors qu'il voulait résoudre le problème de la raison en le compliquant. Il voyait le bonheur dans l'absence d'illusions et d'entraînement; et puis tout aussitôt, il voyait l'ennui, le dégoût et le spleen dans l'exercice de la logique pure. Il éprouvait le besoin des grandes émotions: il convenait que s'y soustraire par crainte du désenchantement est un métier de dupe, puisque les petites émotions inévitables nous tuent en détail; mais il voulait gouverner et raisonner les passions en les subissant. Il voulait qu'on pardonnât aux illusions de ne pouvoir pas être complètes, oubliant, ce me semble, que si elles ne sont pas complètes, elles ne sont pas du tout, et que les amis, les amans, les philosophes qui voient quelque chose à pardonner à leur idéal ne sont déjà plus en possession de la foi, mais qu'ils sont tout simplement dans l'exercice de la vertu et de la sagesse.

Croire ou aimer par devoir m'a toujours révoltée comme un paradoxe. On peut agir dans le fait comme si on croyait ou comme si on aimait: voilà, en certains cas, le devoir. Mais du moment qu'on ne croit plus à l'idée ou qu'on n'aime plus l'être, c'est le devoir seul que l'on suit et que l'on aime.

Sainte-Beuve avait bien trop d'esprit pour se poser de la sorte une prescription impossible; mais quand il arrivait à philosopher sur la pratique de la vie, je ne sais si je me trompais, mais je croyais le voir tourner dans ce cercle infranchissable.

En résumé, trop de cœur pour son esprit et trop d'esprit pour son cœur, voilà comment je m'expliquai cette nature éminente, et, sans oser affirmer aujourd'hui que je l'ai bien comprise, je m'imagine toujours que ce résumé est la clef de ce que son talent offre d'original et de mystérieux. Peut-être que si ce talent fût laissé être faible, maladroit et fatigué à ses heures, il aurait pris des revanches d'autant plus éclatantes; mais bien qu'il aimât ce laisser-aller dans l'œuvre des autres, il n'a pas consenti à être inégal, et il s'est maintenu excellent. Ceux qui ont entrevu dans un artiste quelque chose de plus ému et de plus pénétrant que ce qu'il a consenti à exprimer dans son œuvre générale se permettent quelque regret. Ils ont eu pour cet artiste plus d'ambition qu'il ne s'en est permis à lui-même. Mais le public n'est pas obligé de savoir que les œuvres qui le charment et l'instruisent ne sont souvent que le débordement d'un vase qui a retenu le plus précieux de sa liqueur. C'est d'ailleurs un peu notre histoire à tous. L'âme renferme toujours le plus pur de ses trésors comme un fonds de réserve qu'elle doit rendre à Dieu seul, et que les épanchemens des tendresses intimes font seuls pressentir. On est même effrayé quand le génie réussit à se produire tout entier sous une forme arrêtée; on craint qu'il ne se soit épuisé dans cet effort suprême, car l'impuissance de se manifester complétement est un bienfait du ciel envers l'humaine faiblesse, et si l'on pouvait exprimer l'aspiration infinie, elle cesserait peut-être aussitôt d'exister.

Le hasard d'un portrait que Buloz fit graver pour mettre en tête d'une de mes éditions me fit connaître Calamatta, graveur habile et déjà estimé, qui vivait pauvrement et dignement avec un autre graveur italien, Mercuri, à qui l'on doit, entre autres, la précieuse petite gravure des Moissonneurs de Léopold Robert. Ces deux artistes étaient liés par une noble et fraternelle amitié. Je ne fis que voir et saluer Mercuri, dont le caractère timide ne pouvait guère se communiquer à ma propre timidité. Calamatta, plus Italien dans ses manières, c'est-à-dire plus confiant et plus expansif, me fut vite sympathique, et, peu à peu, notre mutuelle amitié s'établit pour toute la vie.

J'ai rencontré en vérité peu d'amis aussi fidèles, aussi délicats dans leur sollicitude et aussi soutenus dans l'agréable et saine durée des relations. Quand on peut dire d'un homme qu'il est un ami sûr, on dit de lui une grande chose, car il est rare de rencontrer chez une personne aimable et enjouée aucune légèreté, et chez une personne sérieuse aucune pédanterie. Calamatta, aimable compagnon dans le rire et dans le mouvement de la vie d'artiste, est un esprit sérieux, recueilli et juste, que l'on trouve toujours dans une bonne et sage voie d'appréciation des choses de sentiment. Beaucoup de caractères charmans comme le sien inspirent la confiance, mais peu la méritent et la justifient comme lui.

La gravure est un art sérieux en même temps qu'un métier dur et assujettissant, où le procédé, ennemi de l'inspiration, peut s'appeler réellement le génie de la patience. Le graveur doit être habile artisan avant de songer à être artiste. Certes, la partie du métier est immense aussi dans la peinture, et, dans la peinture murale particulièrement, elle se complique de difficultés formidables. Mais les émotions de la création libre, du génie, qui ne relève que de lui-même sont si puissantes, que le peintre a des jouissances infinies. Le graveur n'en connaît que de craintives, car ses joies sont troublées justement par l'appréhension de se laisser prendre à l'envie de devenir créateur lui-même.

J'ai entendu discuter beaucoup cette question-ci, à savoir: si le graveur doit être artiste comme Edelink de Bervic, ou comme Marc-Antoine et Audran; c'est-à-dire s'il doit copier fidèlement les qualités et les défauts de son modèle, ou s'il doit copier librement en donnant essor à son propre génie;

en un mot, si la gravure doit être l'exacte reproduction ou l'ingénieuse interprétation de l'œuvre des maîtres.

Je ne me pique de trancher aucune question difficile, surtout en dehors de mon métier à moi, mais il me semble que celle-ci est la même qu'on peut appliquer à la traduction des livres étrangers. Pour ma part, si j'étais chargée de ce soin, et qu'il me fût permis de choisir, je ne choisirais que des chefs-d'œuvre, et je me plairais à les rendre le plus servilement possible, parce que les défauts des maîtres sont encore aimables ou respectables. Au contraire, si j'étais forcée de traduire un ouvrage utile, mais obscur et mal écrit, je serais tentée de l'écrire de mon mieux, afin de le rendre aussi clair que possible; mais il est bien probable que l'auteur vivant me saurait très mauvais gré du service que je lui aurais rendu, car il est dans la nature des talens incomplets de préférer leurs défauts à leurs qualités.

Ce malheur d'avoir trop bien fait doit arriver aux graveurs qui interprètent, et il n'y a peut-être qu'un peintre de génie qui puisse pardonner à son copiste d'avoir eu plus de talent que lui.

Cependant, si l'on admettait en principe que tout graveur est libre d'arranger à sa guise l'œuvre qu'il reproduit, et, pour peu que la mode encourageât cette licence, où s'arrêterait-on, et où serait le caractère utile et sérieux de cet art, dont le premier but est non-seulement de répandre et de populariser l'œuvre de la peinture, mais encore de conserver intacte à la postérité la pensée des maîtres, à travers le temps et les événemens qui détruisent les originaux?

Il faut que chaque science, chaque art, chaque métier même ait sa doctrine. Rien n'existe sans une pensée dominante où le travail se rattache, où la volonté se maintient consciencieuse. Dans les époques de décadence où chacun fait à sa guise, sans respect pour rien ni personne, les arts déclinent et périssent.

Calamatta, après avoir soulevé et retourné ces considérations dans sa pensée, se renferma dans une idée où il trouva au moins une certitude absolue: c'est qu'il faut savoir très bien dessiner pour savoir bien copier, et que qui ne le sait pas ne comprend pas ce qu'il voit et ne peut pas le rendre, quelque effort d'attention et de volonté qu'il y apporte. Il fit donc des études sérieuses en s'essayant à dessiner des portraits d'après nature, en même temps qu'il poursuivait ces travaux de burin qui prennent des années. Calamatta a travaillé sept ans de suite au Vœu de Louis XIII de M. Ingres.

On lui doit quelques portraits remarquables qu'il a répandus par la gravure après les avoir dessinés lui-même, entre autres celui de M. Lamennais, dont la ressemblance est fidèle et dont l'expression est saisissante.

Mais le talent vraiment supérieur de Calamatta est dans la copie passionnément minutieuse et consciencieuse des maîtres anciens. Il a consacré le meilleur de sa volonté à reproduire la Joconde de Léonard de Vinci, dont il termine la gravure peut-être au moment où j'écris, et dont le dessin m'a paru un chef-d'œuvre. Ce type, réputé si difficile à reproduire, cette figure de femme d'une beauté si mystérieuse, même pour ses contemporains, et que le peintre estima miraculeuse à saisir dans son expression, méritait de rester à jamais dans les arts. Le fugitif sourire de la Joconde, ce rayonnement divin d'une émotion inconnue, un grand génie a su le fixer sur la toile, arrachant ainsi à l'empire de la mort un éclair de cette vie exquise que fait la beauté exquise; mais le temps détruit les belles toiles aussi fatalement (quoique plus tardivement) qu'il détruit les beaux corps. La gravure conserve et immortalise. Un jour, elle seule restera pour attester que les maîtres et les femmes ont vécu, et tandis que les ossemens des générations ne seront plus que poussière, la triomphante Joconde sourira encore, de son vrai et intraduisible sourire, à de jeunes cœurs amoureux d'elle.

Parmi ceux de mes amis qui m'ont enseigné, par l'exemple soutenu (la meilleure des leçons), qu'il faut étudier, chercher et vouloir toujours; aimer le travail plus que soi-même, et n'avoir pour but dans la vie que de laisser après soi le meilleur de sa propre vie, Calamatta est aux premiers rangs, et, à ce titre, il garde dans mon âme une bonne part de ce respect qui est la base essentielle de toute amitié durable.

Je dois aussi une reconnaissance particulière, comme artiste, à M. Gustave Planche, esprit purement critique, mais d'une grande élévation. Mélancolique par caractère et comme rassasié, en naissant, du spectacle des choses humaines, Gustave Planche n'est cependant pas un esprit froid ni un cœur impuissant; mais une tension contemplative, trop peu accessible aux émotions variées et au laisser-aller de l'imprévu dans les arts, concentra le rayonnement de sa pensée sur un seul point fixe. Il ne voulut longtemps admettre, comprendre et sentir le beau que dans le grand et le sévère. Le joli, le gracieux et l'agréable lui devinrent antipathiques. De là une injustice réelle dans plusieurs faits d'appréciation, qui lui fut imputée à mauvaise humeur, à parti pris, bien qu'aucune critique ne soit plus intègre et plus sincère que la sienne.

Aussi nul critique n'a soulevé plus de colères et attiré sur lui plus de vengeances personnelles. Il endura le tout avec patience poursuivant ses exécutions sous une apparente impassibilité. Mais c'était là un rôle que sa force intérieure n'acceptait pas réellement. Cette hostilité, qu'il avait provoquée, le faisait souffrir; car le fond de son caractère est plus bienveillant que sa plume, et si l'on y faisait bien attention, on verrait que cette forme cassante et absolue ne couvre pas les ménagemens caractéristiques de la haine. Une discussion douce le ramène facilement, ou, du moins, le ramenait alors des excès de sa propre logique. Il est vrai qu'en reprenant la plume, entraîné par je ne sais quelle fatalité de son talent, il achevait de briser ce qu'il s'était peut-être promis de ménager.

J'aurais complétement accepté ce caractère avec tous ses inconvéniens et tous ses dangers si j'avais trouvé juste et concluant le point de vue où il se plaçait, en tant que critique. La différence de mon sentiment sur les œuvres d'art que je défendais quelquefois contre ses anathèmes ne m'eût pas empêchée de regarder la sobriété et la sévérité de ses appréciations comme des effets utiles de ses convictions raisonnées.

Mais ce que je n'approuvais pas, et ce que j'ai approuvé de moins en moins, même chez mes amis, dans l'exercice de la critique en général, c'est le ton hautain et dédaigneux, c'est la rudesse des formes, c'est, en un mot, le sentiment qui préside parfois à cet enseignement et qui en dénature le but et l'effet. Je trouvais Planche d'autant plus dans l'erreur sur ce point, que son sentiment n'était égaré par aucune personnalité méchante, envieuse ou vindicative. Il parlait de tous les vivans, au contraire, avec une grande sérénité, et même, dans la conversation, il leur rendait beaucoup plus de justice ou montrait pour eux beaucoup plus d'indulgence qu'il ne voulait en faire paraître en écrivant. C'était donc évidemment le résultat d'un système et d'une croyance qui pouvaient être respectables, mais dont le résultat n'était pas bienfaisant.

Si la critique est ce quelle doit être, un enseignement, elle doit se montrer douce et généreuse, afin d'être persuasive. Elle doit ménager surtout l'amour-propre, qui, durement froissé en public, se révolte naturellement contre cette sorte d'insulte à la personne. On aura beau dire que la critique est libre et ne relève que d'elle-même, toutes choses relèvent de Dieu, qui a fait de la charité le premier de nos devoirs et la plus forte de nos armes. Si les critiques qui nous jugent sont plus forts que nous (ce qui n'arrive pas toujours), nous le sentirons aisément à leur indulgence, et les conseils enveloppés de ces explications modestes qui prouvent ont une valeur que la raillerie et le dédain n'auront jamais.

Je ne pense pas qu'il faille céder à la critique, même la plus aimable, quand elle ne nous persuade pas; mais une critique élevée, désintéressée, noble de sentimens et de formes, doit nous être toujours utile, même quand elle nous contredit ouvertement. Elle soulève en nous-mêmes un examen nouveau et une discussion approfondie qui ne peuvent nous être que salutaires. Elle doit donc nous trouver reconnaissans quand son but est bien visiblement d'instruire le public et nous-mêmes.

C'était là certainement le but de Gustave Planche; mais il n'en prenait pas le moyen. Il blessait la personnalité, et le public, qui s'amuse de ces sortes de scandales, ne les approuve pas au fond. Du moment, d'ailleurs, qu'il aperçoit ou croit apercevoir la passion au fond du débat, il ne juge plus que la passion et oublie de juger l'œuvre qui en a soulevé les orages.

La connaissance générale, le goût et l'intelligence des arts ne gagnent donc rien à ces querelles, et l'instruction véritable que le beau savoir et le beau style de Gustave Planche eussent dû répandre en a été amoindrie.

Il n'est pas le seul à qui ce malheur soit arrivé. Par son caractère personnel, il l'a peut-être moins mérité qu'un autre; par la rudesse de son langage et la persistance de ses impitoyables conclusions, il s'y est exposé davantage.

Le reproche que je me permets de lui adresser est bien désintéressé, à coup sûr, car personne ne m'a plus constamment soutenue et encouragée.

En outre, j'ai une prédilection très grande pour les côtés élevés et tranchés de ce jugement véritablement éclairé de haut, à plusieurs égards, en peinture et en musique particulièrement. Je le trouve moins juste en littérature. Il n'a pas accepté des talens que le public a acceptés avec raison. Il s'est peut-être raidi dans sa conscience austère contre l'intelligence générale des engouemens, jusqu'y dépasser son but et à se sentir mal disposé, même pour les succès mérités.

Quoi qu'il en soit, il a montré un grand courage moral: si grand, qu'il y en a à le dire et à défendre l'homme, son talent et sa droiture contre les inimitiés que lui a attirées le ton acerbe de sa critique.

Lui-même, dès ses premiers pas dans la carrière, a posé sa doctrine avec la rigueur d'un esprit absolu. Mais, dur à lui-même encore plus qu'aux autres, il s'écrie: «C'est un abîme (la critique sévère) qui s'ouvre devant vous. Parfois il vous prend des éblouissemens et des vertiges. De questions en questions, on arrive à une question dernière et insoluble, le doute universel. Or, c'est tout simplement la plus douloureuse de toutes les pensées. Je n'en connais pas de plus décourageante, de plus voisine du désespoir... C'est une œuvre mesquine (toujours la critique) et qui ne mérite pas même le nom d'œuvre.

172

C'est une oisiveté officielle, un perpétuel et volontaire loisir; c'est la raillerie douloureuse de l'impuissance, le râle de la stérilité; c'est un cri d'enfer et d'agonie[13].»

Tout le reste du chapitre est aussi curieux et même de plus en plus curieux. C'est la confession, non pas ingénue et irréfléchie, mais volontaire et comme désespérée, d'un jeune homme ambitieux de produire quelque chose de grand, qui s'agite dans le collier de misère de la critique, acceptée contre son gré, dans un jour d'incertitude ou de découragement. «Honte et malheur à moi, dit-il, si je ne puis jamais accepter ou remplir un rôle plus glorieux et plus élevé!»

Ces plaintes étaient injustes, ce point de vue était faux. Le rôle de critique, bien compris, est un rôle tout aussi grand que celui de créateur, et de grands esprits philosophiques n'ont pas fait autre chose que la critique des idées et des préjugés de leur temps. Cela a bien suffi non-seulement à leur gloire, mais encore aux progrès de leur siècle, car toute œuvre de perfectionnement se compose de deux actes également importans de la volonté humaine, renverser et réédifier. On prétend que l'un est plus malaisé que l'autre; mais si l'on rebâtit difficilement et souvent fort mal, ne serait-ce pas que l'on commence toujours à fonder sur des ruines, et que si ces ruines servent encore de base à nos édifices mal assurés, c'est que le travail de la démolition, de la critique, n'a pas été assez complet et assez profond? D'où il résulte que l'un est aussi rare et aussi difficile que l'autre.

Gustave Planche, en avançant en âge et en réfléchissant mieux, comprit sans doute qu'il s'était trompé en méprisant sa vocation, car il la continua et fit bien, non pour son bonheur, ni pour le plus grand plaisir de ses adversaires, mais pour le progrès de l'éducation du goût public, auquel il a sérieusement contribué, en dépit des défauts de sa manière et des erreurs de son propre goût. S'il a manqué souvent aux convenances de forme, aux égards dus au génie lors même qu'on le croit égaré, aux encouragemens dus au talent consciencieux et patient qui n'est pas le génie, mais qui peut grandir sous une heureuse influence; si, en un mot, il a fait des victimes de son enthousiasme et de son abattement, de ses heures de puissance et de ses heures de spleen, il n'en a pas moins mêlé à ses plus amères réflexions contre les individus une foule d'excellentes choses générales dont la masse peut profiter, sauf à en faire une application moins rigide. Il a montré, sur un très grand nombre de sujets et d'objets, un goût sûr, éclairé, un sentiment délicat ou grandiose, exprimés d'une manière élégante, claire et toujours concise malgré l'ampleur. Sa forme n'a que le défaut d'être un peu trop sculpturale et uniforme. On la croirait recherchée et apprêtée, tant elle est parfois pompeuse; mais c'est une manière naturelle à cet écrivain qui produit avec une grande rapidité et une grande facilité.

Il me fut très utile, non-seulement parce qu'il me força, par ses moqueries franches, à étudier un peu ma langue, que j'écrivais avec beaucoup trop de négligence, mais encore parce que sa conversation, peu variée mais très substantielle et d'une clarté remarquable, m'instruisit d'une quantité de choses que j'avais à apprendre pour entrer dans mon petit progrès relatif.

Après quelques mois de relations très douces et très intéressantes pour moi, j'ai cessé de le voir pour des raisons personnelles qui ne doivent rien faire préjuger contre son caractère privé, dont je n'ai jamais eu qu'à me louer, en ce qui me concerne.

Mais, puisque je raconte ma propre histoire, il faut bien que je dise que son intimité avait pour moi de graves inconvéniens. Elle m'entourait d'inimitiés et d'amertumes violentes. Il n'est pas possible d'avoir pour ami un critique aussi austère (je me sers sans raillerie aucune du mot qu'il s'appliquait volontiers à lui-même), sans être réputé solidaire de ses aversions et de ses condamnations. Déjà Delatouche n'avait pas voulu se prêter à un raccommodement avec lui, et s'était brouillé avec moi à cause de lui. Tous ceux que Planche avait blessés, par des écrits ou des paroles, me faisaient un crime de le mettre chez moi en leur présence, et j'étais menacée d'un isolement complet par l'abandon d'amis plus anciens que lui, que je ne devais pas sacrifier, disaient-ils, à un nouveau venu.

J'hésitai beaucoup. Il était malheureux par nature, et il avait pour moi un attachement et un dévouement qui paraissaient en dehors de sa nature. J'eusse trouvé lâche de l'éloigner en vue des haines littéraires que ses éloges m'avaient attirées: on ne doit rien faire pour les ennemis; mais je sentais bien que son commerce me nuisait intérieurement. Son humeur mélancolique, ses théories de dégoût universel, son aversion pour le laisser-aller de l'esprit aux choses faciles et agréables dans les arts, enfin la tension de raisonnement et la persistance d'analyse qu'il fallait avoir quand on causait avec lui, me jetaient, à mon tour, dans une sorte de spleen auquel je n'étais que trop disposée à l'époque où je le connus. Je voyais en lui une intelligence éminente qui s'efforçait généreusement de me faire part de ses conquêtes, mais qui les avait amassées au prix de son bonheur, et j'étais encore dans l'âge où l'on a plus besoin de bonheur que de savoir.

Le quereller sur la cause fatale de sa tristesse, cause tout à fait mystérieuse qui doit tenir à son organisation et que je n'ai jamais pénétrée, parce qu'il ne la pénétrait sans doute pas lui-même, eût été injuste et cruel; je ne voulus donc pas entamer de ces discussions profondes qui achèvent de tuer le moral quand elles ne le sauvent pas. Je n'étais pas d'ailleurs dans une position apostolique. Je me sentais abattue et brisée moi-même, car c'était le temps où j'écrivais Lélia, évitant soigneusement de dire à Planche le fond de mon propre problème, tant je craignais de le lui voir résoudre par une désespérance sans appel, et ne m'entretenant avec lui que de la forme et de la poésie de mon sujet.

Cela n'était pas toujours de son goût, et si l'ouvrage est défectueux, ce n'est pas la faute de son influence, mais bien, au contraire, celle de mon entêtement.

Je sentais bien, moi, tout en me débattant contre le doute religieux, que je ne pourrais sortir de cette maladie mortelle que par quelque révélation imprévue du sentiment ou de l'imagination. Aussi je sentais bien que la psychologie de Planche n'était pas applicable à ma situation intellectuelle.

J'avais même, dans ces temps-là, des éclairs de dévotion que je cachais avec le plus grand soin à tous, et à lui particulièrement: à tous, non! Je les disais à Mme Dorval, qui seule pouvait me comprendre. Je me souviens d'être entrée plusieurs fois alors, vers le soir, dans les églises sombres et silencieuses, pour me perdre dans la contemplation de l'idée du Christ, et pour prier encore avec des larmes mystiques comme dans mes jeunes années de croyance et d'exaltation.

Mais je ne pouvais plus méditer sans retomber dans mes angoisses sur la justice et la bonté divines, en regard du mal et de la douleur qui régnent sur la terre. Je ne me calmais un peu qu'en rêvant à ce que j'avais pu comprendre et retenir de la Théodicée de Leibnitz. C'était ma dernière ancre de salut que Leibnitz! Je m'étais toujours dit que le jour où je le comprendrais bien, je serais à l'abri de toute défaillance de l'esprit.

Je me souviens aussi qu'un jour Planche me demanda si je connaissais Leibnitz, et que je lui répondis non bien vite, non pas tant par modestie que par crainte de le lui entendre discuter et démolir.

Je n'aurais pourtant pas repoussé Planche d'autour de moi, dans un but d'intérêt personnel, même d'un ordre si élevé et si précieux que celui de ma sérénité intellectuelle, sans des circonstances particulières qu'il comprit avec une grande loyauté de désintéressement et sans aucun dépit d'amitié. Pourtant on l'accusa auprès de moi de quelques mauvaises paroles sur mon compte. Je m'en expliquai vivement avec lui. Il les nia sur l'honneur, et par la suite, de nombreux témoignages m'affirmèrent la sincérité de sa conduite à mon égard. Je n'ai plus fait que le rencontrer. La dernière fois, ce fut chez

Mme Dorval, et je crois bien qu'il y a quelque chose comme déjà dix ans de cela.

Je n'ai pourtant pas épuisé le fiel que mon estime pour lui avait amassé contre moi, car, en 1852, à propos d'une préface, où j'eus l'impertinence de dire qu'un critique sérieux, M. Planche, avait seul bien jugé Sédaine, dans ces derniers temps, des journalistes me firent dire que M. Planche, le seul critique sérieux de l'époque, avait seul bien jugé ma pièce. C'était une interprétation un peu tiraillée on le voit; mais la prévention n'y regarde pas de si près. Cela donna lieu à une petite campagne de feuilletons contre moi. Voici l'occasion d'en faire une bien plus brillante, car je dis encore que Planche est un des critiques les plus sérieux de ce temps-ci, le plus sérieux, hélas, si l'on applique ce mot à l'absence totale de bonheur et d'enjouement! car il est facile de voir, à ses écrits qu'il n'a pas encore trouvé en ce monde le plus petit mot pour rire.

S'il y a de sa faute dans ce continuel déplaisir, n'oublions pas que nous disons souvent d'un malade qui s'aigrit et se décourage: C'est sa faute!—Et qu'en disant cela, nous sommes assez cruels sans y prendre garde. Quand la maladie nous empoigne, nous sommes plus indulgens pour nous-mêmes et nous trouvons légitime de crier et de nous plaindre. Eh bien! il y a des intelligences fatalement souffrantes d'un certain rêve qu'elles nous paraissent s'obstiner à caresser au détriment de tout le reste. Que ce rêve s'applique aux arts ou aux sciences, au passé ou au présent, il n'en est pas moins une idée fixe produite par une faculté idéaliste prononcée, et, dans l'impossibilité où cette faculté se trouve de transiger avec elle-même, il n'y a pas de prise pour les conseils et les reproches du dehors.

Un autre caractère mélancolique, un autre esprit éminent était Charles Didier. Il fut un de mes meilleurs amis, et nous nous sommes refroidis, séparés, perdus de vue. Je ne sais pas comment il parle de moi aujourd'hui; je sais seulement que je peux parler de lui à ma guise.

Je ne dirai pas comme Montesquieu; «Ne nous croyez pas quand nous parlons l'un de l'autre; nous sommes brouillés.»—Je me sens plus forte que cela, à cette heure où je résume ma vie avec le même calme et le même esprit de justice que si j'étais avec la pleine possession de ma lucidité, in articulo mortis.

Je regarde donc dans le passé, et j'y vois entre Didier et moi quelques mois de dissentiment et quelques mois de ressentiment. Puis, pour ma part, de longues années de cet oubli qui est ma seule vengeance des chagrins que l'on m'a causés, avec ou sans préméditation. Mais, en deçà de ces malentendus et de ce parti pris, je vois cinq ou six années d'une amitié pure et parfaite. Je relis des lettres d'une admirable sagesse, les conseils d'un vrai dévoûment, les consolations d'une intelligence des plus élevées. Et maintenant que le temps de l'oubli est passé pour moi, maintenant que je sors de ce repos volontaire, nécessaire peut-être, de ma mémoire, ces années bénies sont là, devant moi, comme la seule chose utile et bonne que j'aie à constater et à conserver dans mon cœur.

Charles Didier était un homme de génie, non pas sans talent, mais d'un talent très inférieur à son génie. Il se révélait par éclairs, mais je ne sache pas qu'aucun de ses ouvrages ait donné issue complète au large fond d'intelligence qu'il portait en lui-même. Il m'a semblé que son talent n'avait pas progressé après Rome souterraine, qui est un fort beau livre. Il se sentait impuissant à l'expension littéraire complète, et il en souffrait mortellement. Sa vie était traversée d'orages intérieurs contre la réalité desquels son imagination n'était peut-être pas assez vive pour réagir. La gaîté où nous voulions quelquefois l'entraîner, et où il se laissait prendre, lui faisait plus de mal que de bien. Il la payait, le lendemain, par une inquiétude ou un accablement plus profonds, et ce monde d'idéale candeur que la bonhomie de l'esprit des autres faisait et fait encore apparaître devant moi fuyait devant lui comme une déception folle.

Je l'appelais mon ours, et même mon ours blanc, parce que, avec une figure encore jeune et belle, il avait cette particularité d'une belle chevelure blanchie longtemps avant l'âge. C'était l'image de son âme, dont le fond était encore plein de vie et de force, mais dont je ne sais quelle crise mystérieuse avait déjà paralysé l'effusion.

Sa manière, brusquement grondeuse, ne fâchait aucun de nous. On plaignait cette sorte de misanthropie sous laquelle persistaient des qualités solides et des dévouemens aimables; on la respectait quand même elle devenait chagrine et trop facilement accusatrice. Il se laissait ramener, et c'était un homme d'une assez haute valeur pour qu'on pût être fier de l'avoir influencé quelque peu!

En politique, en religion, en philosophie et en art, il avait des vues toujours droites et quelquefois si belles que, dans ses rares épanchemens, on sentait la supériorité de son être voilé à son être révélé.

Dans la pratique de la vie, il était de bon conseil, bien que son premier mouvement fût empreint d'une trop grande méfiance des hommes, des choses et de Dieu même. Cette méfiance avait le fâcheux effet de me mettre en garde contre ses avis, qui souvent eussent été meilleurs à suivre pourtant que ceux que je recevais de mon propre instinct.

C'était un esprit préoccupé, autant que le mien alors, de la recherche des idées sociales et religieuses. J'ignore absolument quelle conclusion il a trouvée. J'ignore même, là où je suis, s'il a publié récemment quelque ouvrage. J'ai ouï parler, il y a quelques années, d'une brochure légitimiste qu'on lui reprochait beaucoup. Je n'ai pu me la procurer alors, et aujourd'hui je ne l'ai pas encore lue. Je ne saurais croire, si cette brochure est dans le sens qu'on m'a dit, que l'expression n'ait pas trahi la pensée véritable de l'auteur, ainsi qu'il arrive souvent, même aux écrivains habiles. Mais si le point de vue de Charles Didier a changé entièrement, je saurais encore moins croire qu'il n'y ait pas chez lui une conviction désintéressée.

Je fermerai ici cette galerie de personnes amies dans le présent ou dans le passé, pour entreprendre plus tard une nouvelle série d'appréciations, à mesure que de nouvelles figures intéressantes m'apparaîtront dans l'ordre de mes souvenirs. Ce ne sera pas un ordre complètement exact probablement, car il faudra qu'il se prête aux pauses qu'il me sera possible de faire dans la narration de ma propre existence; mais il ne sera pas interverti à dessein, ni d'une manière qui entraîne ma mémoire à de notables infidélités.

Je ne m'engage pas, je le redis une fois de plus, à parler de toutes les personnes que j'ai connues, même d'une manière particulière. J'ai dit qu'à l'égard de quelques-unes ma réserve ne devait rien faire préjuger contre l'estime qu'elles pouvaient mériter, et je vais dire ici un des principaux motifs de cette réserve.

Des personnes dont j'étais disposée à parler avec toute la convenance que le goût exige, avec tout le respect dû à de hautes facultés, ou tous les égards auxquels a droit tout contemporain, quel qu'il soit; des personnes enfin qui eussent dû me connaître assez pour être sans inquiétude m'ont témoigné, ou fait exprimer par des tiers, de vives appréhensions sur la part que je comptais leur faire dans ces mémoires.

A ces personnes-là, je n'avais qu'une réponse à faire, qui était de leur promettre de ne leur assigner aucune part, bonne ou mauvaise, petite ou grande, dans mes souvenirs. Du moment qu'elles doutaient de mon discernement et de mon savoir-vivre dans un ouvrage tel que celui-ci, je ne devais pas songer à leur donner confiance en mon caractère d'écrivain, mais bien à les rassurer d'une manière spontanée et absolue par la promesse de mon silence.

Aucune de celles que je viens de dépeindre n'a fait à mon cœur la petite injure de se préoccuper du jugement de mon esprit. Et cependant je n'ai pas caché que quelques méprises, quelques fâcheries, ont passé entre deux ou trois d'entre elles et moi; mais je n'ai même pas voulu examiner et juger ces mésintelligences passagères, où j'ai porté, moi, et je m'en accuse, plus de franchise que de douceur. J'ai été d'autant mieux disposée à repousser toute espèce de soupçon sur le passé qu'elles ne m'en témoignaient aucun, à moi, sur l'avenir.

Je crois décidément que les personnes qui se sont tourmentées de cette opinion ont eu grand tort, et qu'elles eussent mieux fait de se confier à mon jugement rétrospectif.

CHAPITRE TRENTE-CINQUIEME.

Je reprends mon récit.—J'arrive à dire des choses fort délicates, et je les dis exprès sans délicatesse, les trouvant ainsi plus chastement dites.—Opinion de mon ami Dutheil sur le mariage.—Mon opinion sur l'amour.—Marion de Lorme.—Deux femmes de Balzac.—L'orgueil de la femme.—L'orgueil humain en général.—Les Lettres d'un voyageur: mon plan au début.— Comme quoi le voyageur était moi.—Maladies physiques et morales agissant les unes sur les autres.

J'ai dit précédemment qu'après mon retour d'Italie, 1834, j'avais éprouvé un grand bonheur à retrouver mes enfans, mes amis, ma maison; mais ce bonheur fut court. Mes enfans ni ma maison ne m'appartenaient, moralement parlant. Nous n'étions pas d'accord, mon mari et moi, sur la gouverne de ces humbles trésors. Maurice ne recevait pas, au collège, l'éducation conforme à ses instincts, à ses facultés, à sa santé. Le foyer domestique subissait des influences tout à fait anormales et dangereuses. C'était, ma faute, je l'ai dit, mais ma faute fatalement, et sans que je pusse trouver dans ma volonté, ennemie des luttes journalières et des querelles de ménage, la force de dominer la situation.

Un de mes amis, Dutheil, qui eût voulu rendre possible la durée de cette situation, me disait que je pouvais m'en rendre maîtresse.

Je lui fis comprendre qu'il se trompait, car son cerveau arrivait aisément à la compréhension de ce qu'il traitait, dans la pratique, de raffinemens et de subtilités romanesques.

«L'amour n'est pas un calcul de pure volonté, lui disais-je. Nous ne sommes pas seulement corps, ou seulement esprit; nous sommes corps et esprit tout ensemble. Là où l'un de ces agens de la vie ne participe pas, il n'y a pas d'amour vrai.

«Si le corps a des fonctions dont l'âme n'a point à se mêler, comme de manger et de digérer[14], l'union de deux êtres dans l'amour peut-il s'assimiler à ces fonctions-là? La seule pensée en est révoltante. Dieu, qui a mis le plaisir et la volupté dans les embrassemens de toutes les créatures, même dans ceux des plantes, n'a-t-il pas donné le discernement à ces créatures en proportion de leur degré de perfectionnement dans l'échelle des êtres? L'homme, étant le plus élevé, le plus complet de tous, n'a-t-il pas le sentiment ou le rêve de cette union nécessaire du sens physique et du sens intellectuel et moral dans la possession ou dans l'aspiration de ses jouissances?»

Je disais là, j'espère, un lieu commun des mieux conditionnés. Et pourtant cette vérité incontestable est si peu observée dans la pratique, que les créatures humaines s'approchent et que les enfans des hommes naissent par milliers sans que l'amour, le véritable amour, ait présidé une fois sur mille à ces actes sacrés de la reproduction.

Le genre humain se perpétue quand même, et s'il n'y était jamais convié que par l'amour vrai, il faudrait peut-être, pour arrêter la dépopulation, revenir aux étranges idées du maréchal de Saxe sur le mariage. Mais il n'en est pas moins vrai que le vœu de la Providence, je dirai même la loi divine, est transgressée chaque fois qu'un homme et une femme unissent leurs lèvres sans unir leurs cœurs et leurs intelligences. Si l'espèce humaine est encore si loin du but où la beauté de ses facultés peut aspirer, en voilà une des causes les plus générales et les plus funestes.

On dit en riant qu'il n'est pas si difficile de procréer: il ne faut que se mettre deux.—Eh bien! non, il faut être trois: un homme, une femme, et Dieu en eux. Si la pensée de Dieu est étrangère à leur extase, ils feront bien un enfant, mais ils ne feront pas un homme. L'homme complet ne sortira jamais que de l'amour complet. Deux corps peuvent s'associer pour produire un corps, mais la pensée peut seule donner la vie à la pensée. Aussi que sommes-nous? Des hommes qui aspirent à être hommes, et rien de plus jusqu'à présent, des êtres passifs, incapables et indignes de la liberté et de l'égalité, parce que, pour la plupart, nous sommes nés d'un acte passif et aveugle de la volonté.

Et encore fais-je ici trop d'honneur à cet acte en l'appelant acte de volonté. Là où le cœur et l'esprit ne se manifestent pas, il n'y a pas de volonté véritable. L'amour est là un acte de servage que subissent deux êtres esclaves de la matière. «Heureusement, me répondait Dutheil, le genre humain n'a pas besoin de ces sublimes aspirations pour trouver ses fonctions génératrices agréables et faciles;»—moi, je disais malheureusement.

Et quoi qu'il en soit, ajoutais-je, quand une créature humaine, qu'elle soit homme ou femme, s'est élevée à la compréhension de l'amour complet, il ne lui est plus possible, et disons mieux, il ne lui est plus permis de revenir sur ses pas et de faire acte de pure animalité. Quelle que soit l'intention, quel que soit le but, sa conscience doit dire non, quand même son appétit dirait oui. Et si l'un et l'autre se trouvent parfaitement d'accord en toute occasion pour dire ensemble oui ou non, comment douter de la force religieuse de cette protestation intérieure?

Si vous faites intervenir les considérations de pure utilité, ces intérêts de la famille où l'égoïsme se pare quelquefois du nom de morale, vous tournerez autour du vrai sans l'entamer. Vous aurez beau dire que vous sacrifiez, non à une tentation de la chair, mais à un principe de vertu, vous ne ferez pas fléchir la loi de Dieu à ce principe purement humain. L'homme commet à toute heure, sur la terre, un sacrilége qu'il ne comprend pas, et dont la divine sagesse peut l'absoudre en vue de son ignorance; mais elle n'absoudra pas de même celui qui a compris l'idéal et qui le foule aux pieds. Il n'y a pas au pouvoir de l'homme de raison personnelle ou sociale assez forte pour l'autoriser à transgresser une loi divine, quand cette loi a été clairement révélée à sa raison, à son sentiment, à ses sens même.

Quand Marion Delorme se livre à Laffemas, qu'elle abhorre, pour sauver la vie de son amant, la sublimité de son dévouement n'est qu'une sublimité relative. Le poète a fort bien compris qu'une courtisane seule, c'est-à-dire une femme habituée, dans le passé, à faire bon marché d'elle-même, pouvait accepter par amour la dernière des souillures. Mais quand Balzac, dans la Cousine Bette, nous montre une femme pure et respectable s'offrir en tremblant à un ignoble séducteur pour sauver sa famille de la ruine, il trace avec un art infini une situation possible; mais ce n'en est pas moins une situation odieuse, où l'héroïne perd toutes nos sympathies. Pourquoi Marion Delorme les garde-t-elle, en dépit de son abaissement? C'est parce qu'elle ne comprend pas ce qu'elle fait; c'est parce qu'elle n'a pas, comme l'épouse légitime et la mère de famille, la conscience du crime qu'elle commet.

Balzac, qui cherchait et osait tout, a été plus loin: il nous a montré, dans un autre roman, une femme provoquant et séduisant son mari qu'elle n'aime pas, pour le préserver des piéges d'une autre femme. Il s'est efforcé de relever la honte de cette action en donnant à cette héroïne une fille dont elle veut conserver la fortune. Ainsi, c'est l'amour maternel surtout qui la pousse à tromper son mari par quelque chose de pire peut-être qu'une infidélité, par un mensonge de la bouche, du cœur et des sens.

Je n'ai pas caché à Balzac que cette histoire, dont il disait le fond réel, me révoltait au point de me rendre insensible au talent qu'il avait déployé en la racontant. Je la trouvais immorale sans me gêner, moi à qui l'on reprochait d'avoir fait des livres immoraux.

Et, à mesure que j'ai interrogé mon cœur, ma conscience et ma religion, je suis devenue encore plus rigide dans ma manière de voir. Non seulement je regarde comme un péché mortel (il me plaît de me servir de ce mot, qui exprime bien ma pensée, parce qu'il dit que certaines fautes tuent notre âme); je regarde comme un péché mortel non seulement le mensonge des sens dans l'amour, mais encore l'illusion que les sens chercheraient à se faire dans les amours incomplets. Je dis, je crois qu'il faut aimer avec tout son être, ou vivre, quoi qu'il arrive, dans une complète chasteté. Les hommes n'en feront rien, je le sais; mais les femmes, qui sont aidées par la pudeur et par l'opinion, peuvent fort bien, quelle que soit leur situation dans la vie, accepter cette doctrine quand elles sentent qu'elles valent la peine de l'observer.

Pour celles qui n'ont pas le moindre orgueil, je ne saurais rien trouver à leur dire.

Ce mot d'orgueil, dont je me suis servie beaucoup à cette époque, en écrivant, me revient maintenant avec sa véritable signification. J'oublie si parfaitement ce que j'écris, et j'ai tant de répugnance à me relire, qu'il m'a fallu recevoir, ces jours-ci, une lettre où quelqu'un se donnait la peine de me transcrire une foule d'aphorismes de ma façon, tirés des Lettres d'un voyageur, en m'adressant, à ce sujet, une foule de questions, pour me décider à prendre connaissance de mon livre, que j'avais fort oublié, selon ma coutume.

Je viens donc de relire les Lettres d'un voyageur de septembre 1834 et de janvier 1835, et j'y retrouve le plan d'un ouvrage que je m'étais promis de continuer toute ma vie. Je regrette beaucoup de ne l'avoir pas fait. Voici quel était ce plan, suivi au début de la série, mais dont je me suis écartée en continuant, et que je semble avoir tout à fait perdu de vue à la fin. Cet abandon apparent vient surtout de ce que j'ai réuni sous le même titre de Lettres d'un voyageur diverses lettres ou séries de lettres qui ne rentraient pas dans l'intention et dans la manière des premières.

Cette intention et cette manière consistaient, dans ma pensée première, à rendre compte des dispositions successives de mon esprit d'une façon naïve et arrangée en même temps. Je m'explique pour ceux qui ne se souviennent pas de ces lettres, ou qui ne les connaissent pas, car pour qui les connaît l'explication est inutile.

Je sentais beaucoup de choses à dire et je voulais les dire à moi et aux autres. Mon individualité était en train de se faire; je la croyais finie, bien qu'elle eût à peine commencé à se dessiner à mes propres yeux; et, malgré cette lassitude qu'elle m'inspirait déjà, j'en étais si vivement préoccupée, que j'avais besoin de l'examiner et de la tourmenter, pour ainsi dire comme un métal en fusion jeté par moi dans un moule.

Mais comme je sentais dès lors qu'une individualité isolée n'a pas le droit de se déclarer sans avoir à son service quelque bonne conclusion utile pour les autres, et que je n'avais pas du tout cette conclusion, je voulais généraliser mon propre personnage en le modifiant. Moi qui n'avais encore que trente ans et qui n'avais guère vécu que d'une vie intérieure; moi qui n'avais fait que jeter un regard effrayé sur les abîmes des passions et les problèmes de la vie; moi enfin qui n'en étais encore qu'au vertige des premières découvertes, je ne me sentais réellement pas le droit de parler de moi tout à fait réellement. Cela eût donné trop peu de portée à mes réflexions sur les choses générales, trop d'affirmation à mes plaintes particulières. Il m'était bien permis de philosopher à ma manière sur les peines de la vie et d'en parler comme si j'en avais épuisé la coupe, mais non pas de me poser, moi, femme, jeune encore, et même encore très enfant à beaucoup d'égards, comme un penseur éprouvé ou comme une victime particulière de la destinée. Décrire mon moi réel eût été d'ailleurs une occupation trop froide pour mon esprit exalté. Je créai donc, au hasard de la plume, et, me laissant aller à toute fantaisie, un moi fantastique très vieux, très expérimenté, et partant très désespéré.

Ce troisième état de mon moi supposé, le désespoir, était le seul vrai, et je pouvais, en me laissant aller à mes idées noires, me placer dans la situation du vieil oncle, du vieux voyageur que je faisais parler. Quant au cadre où je le faisais mouvoir, je n'en pouvais trouver de meilleur que le milieu où j'existais, puisque c'était l'impression de ce milieu sur moi-même que je voulais raconter et décrire.

En un mot, je voulais faire le propre roman de ma vie et n'en être pas le personnage réel, mais le personnage pensant et analysant. Et encore, tout en étant ce personnage, je voulais étendre son point de vue à une expérience de malheur que je n'avais pas, que je ne pouvais pas avoir.

Je prévis bien que la fiction n'empêcherait pas le public de vouloir chercher et définir mon moi réel à travers le masque du vieillard. Il fut ainsi pour quelques lecteurs, et un avocat trop intelligent voulut, dans mon procès en séparation, me rendre responsable, en tant que partie adverse, de tout ce que j'avais fait dire au voyageur. Du moment que je parlais à la première personne, cela lui suffisait pour m'accuser de tout ce dont le pauvre voyageur s'accuse à un point de vue poétique et métaphorique. J'avais des vices, j'avais commis des crimes, n'était-ce pas évident? Le voyageur, le vieil oncle, ne présentait-il point sa vie passée comme un abîme d'enivremens, et sa vie présente comme un abîme de remords? En vérité, si j'avais pu, en moins de quatre ans, car il n'y avait pas quatre ans que j'avais quitté le bercail où la rigidité de ma vie avait été facile à constater; si j'avais pu en si peu d'années acquérir toute l'expérience du bien et du mal que s'attribuait mon voyageur, je serais un être fort extraordinaire, et, en tout cas, je n'aurais pas vécu au fond d'une mansarde comme je l'avais fait, entourée de cinq ou six personnes d'humeur grave ou poétique comme la mienne.

Mais peu importe ce qui me fut imputé comme personnel et réel dans les Lettres d'un oncle, car c'est sous ce titre que parurent d'abord les quatrième et cinquième numéros des Lettres d'un voyageur, et c'est sous ce titre que je m'étais promis de continuer dans la même donnée. C'eût été, je crois, un bon livre, je ne dis pas beau, mais intéressant et vivant, plus utile par conséquent que les romans où notre personnalité, à force de se disséminer dans des types divers et de s'égarer dans des situations fictives, arrive à disparaître pour nous-mêmes.

Je reviendrai sur les autres lettres de ce recueil; je ne m'occupe ici que des deux numéros que je viens de citer, et je dois dire que sous cette fiction-là il y avait une réalité bien profonde pour moi, le dégoût de la vie. On a vu que c'était un vieux mal chronique, éprouvé et combattu dès ma première jeunesse, oublié et repris comme un fâcheux compagnon de voyage qu'on croit avoir laissé loin derrière soi, et qui tout à coup revient se traîner sur vos talons. Je cherchais le secret de cette tristesse qui ne m'avait pas quittée à Venise et qui me reprenait plus amère au retour, dans des faits extérieurs, dans des causes immédiates, et elle n'y était réellement pas. Je dramatisais de bonne foi ces causes, et j'en exagérais, non le sentiment, il était poignant dans mon cœur, mais l'importance absolue. Pour avoir été déçue dans quelques illusions, je faisais le procès à toutes mes croyances; pour avoir perdu le calme et la confiance de mes pensées d'autrefois, je me persuadais ne pouvoir plus vivre.

La vraie cause, je la vois très clairement aujourd'hui. Elle était physique et morale, comme toutes les causes de la souffrance humaine, où l'âme n'est pas longtemps malade sans que le corps s'en ressente, et réciproquement. Le corps souffrait d'un commencement d'hépatite qui s'est manifestée clairement plus tard et qui a pu être combattue à temps. Je la combats encore, car l'ennemi est en moi et se fait sentir au moment où je le crois endormi. Je crois que ce mal est proprement le spleen des Anglais, causé par un engorgement du foie. J'en avais le germe ou la prédisposition sans le savoir; ma mère l'avait et en est morte. Je dois en mourir comme elle, et nous devons tous mourir de quelque mal que l'on porte en soi-même, à l'état latent, dès l'heure de sa naissance. Toute organisation, si heureuse qu'elle soit, est pourvue de sa cause de destruction, soit physique et devant agir sur le système moral et intellectuel, soit morale et devant agir sur les fonctions de l'organisme.

Que ce soit la bile qui m'ait rendue mélancolique, ou la mélancolie qui m'ait rendue bilieuse (ceci résoudrait un grand problème métaphysique et physiologique; je ne m'en charge pas), il est certain que les vives douleurs au foie ont pour symptômes, chez tous ceux qui y sont sujets, une tristesse profonde et l'envie de mourir. Depuis cette première invasion de mon mal, j'ai eu des années heureuses, et lorsqu'il revenait me saisir, bien que je fusse dans des conditions favorables à l'amour de la vie, je me sentais tout à coup prise du désir de l'éternel repos.

Mais si le mal physique est fallacieux dans ses effets sur l'âme, l'âme réagit, je ne dirai pas par sa volonté immédiate, qui est souvent paralysée par ce mal même, mais par sa disposition générale et par ses croyances acquises. Depuis que je n'ai plus ces doutes amers où la pensée dangereuse du néant arrive à être une volupté irrésistible, depuis que cet éternel repos dont je parlais tout à l'heure m'est démontré illusoire, depuis enfin que je crois à une éternelle activité au delà de cette vie, la pensée du suicide n'est plus que passagère et facilement vaincue par la réflexion. Et quant aux noires illusions du malheur en ce monde, produites par l'hépatite, je ne saurais plus les prendre au sérieux comme au temps où j'ignorais que la cause était en moi-même. Je les subis encore, mais non pas d'une manière aussi complète que par le passé. Je me débats pour écarter ces voiles qui tombent comme de lourds orages sur l'imagination. On est alors dans la disposition singulière où nous jettent quelquefois les songes, quand on se dit, au milieu d'apparitions désagréables, qu'on sait fort bien être endormi, et que l'on s'agite dans son lit pour se réveiller.

Quant à la cause morale indépendante de la cause physique, je l'ai dite, je la dirai encore, car j'écris pour ceux qui souffrent comme j'ai souffert, et je ne saurais trop m'expliquer sur ce point.

QUATRIEME PARTIE.

CHAPITRE PREMIER.

Personnalité de la jeunesse.—Détachement de l'âge mûr.—L'orgueil religieux.—Mon ignorance me désole encore.—Si je pouvais me reposer et m'instruire!—J'aime, donc je crois.—L'orgueil catholique, l'humilité chrétienne.—Encore Leibnitz.—Pourquoi mes livres ont des endroits ennuyeux.—Horizon nouveau.—Allées et venues.—Solange et Maurice.— Planet.—Projets de départ et de dispositions testamentaires.—M. de Persigny.—Michel (de Bourges).

Je vivais trop en moi-même, par moi-même et pour moi-même. Je ne me savais pas égoïste, je ne croyais pas l'être, et si je ne l'étais pas dans le sens étroit, avare et poltron du mot, je l'étais dans mes idées, dans ma philosophie. Cela est bien visible dans les Lettres d'un voyageur. On y sent la personnalité ardente de la jeunesse, inquiète, tenace, ombrageuse, orgueilleuse en un mot.

Oui, orgueilleuse, je l'étais, et je le fus encore longtemps après. J'eus raison de l'être en bien des occasions, car cette estime de moi-même n'était pas de la vanité. J'ai quelque bon sens, et la vanité est une folie qui me fait toujours peur à voir. Ce n'était pas moi-même, à l'état de personne, que je voulais aimer et respecter; c'était moi-même à l'état de créature humaine, c'est-à-dire d'œuvre divine, pareille aux autres, mais ne voulant pas me laisser moralement détériorer par ceux qui niaient et raillaient leur propre divinité.

Cet orgueil-là, je l'ai encore. Je ne veux pas qu'on me conseille et qu'on me persuade ce que je crois être mauvais et indigne de la dignité humaine. Je résiste avec une obstination qui n'est que dans ma croyance, car mon caractère n'a aucune énergie. Donc la croyance est bonne à quelque chose. Elle remédie parfois à ce qui manque à l'organisation.

Mais il y a un fol orgueil que l'on nourrit au dedans de soi-même et qui s'exhale de l'homme à Dieu. A mesure que nous nous sentons devenir plus intelligens, nous nous croyons plus près de lui, ce qui est vrai, mais vrai d'une manière si relative à notre misère, que notre ambition ne s'en contente pas. Nous voulons comprendre Dieu, et nous lui demandons ses secrets avec assurance. Dès que les croyances aveugles des religions enseignées ne nous suffisent plus et que nous voulons arriver à la foi par les propres forces de notre entendement, ce qui est, je le soutiens, de droit et de devoir, nous allons trop vite. Nous autres Français surtout, ardens et pressés à l'attaque du ciel comme à celle d'une redoute, nous ne savons pas planer lentement et monter peu à peu sur les ailes d'une philosophie patiente et d'une lente étude. Nous demandons la grâce sans humilité, c'est-à-dire la lumière, la sérénité, une certitude que rien ne trouble; et quand notre faiblesse rencontre dans le moindre raisonnement des obstacles imprévus, nous voilà irrités et comme désespérés.

Ceci est l'histoire de ma vie, ma véritable histoire. Tout le reste n'en a été que l'accident et l'apparence. Une femme très supérieure dont je parlerai plus tard[15] m'écrivait dernièrement, en me parlant de Sainte-Beuve: «Il a toujours été tourmenté des choses divines.» Le mot est beau et bon, et m'a résumé mon propre tourment. Hélas! oui, c'est un calvaire que cette recherche de la vérité abstraite; mais ç'a été un moindre tourment pour Sainte-Beuve que pour moi, j'en réponds; car il était savant, et je n'ai jamais pu l'être, n'ayant ni temps, ni mémoire, ni facilité à comprendre la manière des autres. Or cette science des œuvres humaines n'est pas la lumière divine, elle n'en reçoit que de fugitifs reflets; mais elle est un fil conducteur qui m'a manqué et qui me manquera tant que, forcée à vivre de mon travail de chaque jour, je ne pourrai consacrer au moins quelques années à la réflexion et à la lecture.

Cela ne m'arrivera pas: je mourrai dans le nuage épais qui m'enveloppe et m'oppresse. Je ne l'ai déchiré que par momens, et, dans des heures d'inspirations plus que d'étude, j'ai aperçu l'idéal divin comme les astronomes aperçoivent le corps du soleil à travers les fluides embrasés qui le voilent de leur action impétueuse et qui ne s'écartent que pour se resserrer de nouveau. Mais c'est assez peut-être, non pour la vérité générale, mais pour la vérité à mon usage, pour le contentement de mon pauvre cœur; c'est assez pour que j'aime ce Dieu, que je sens là, derrière les éblouissemens de l'inconnu, et pour que je jette au hasard dans son mystérieux infini l'aspiration à l'infini qu'il a mise en moi et qui est une émanation de lui-même. Quelle que soit la route de ma pensée, clairvoyance, raison, poésie ou sentiment, elle arrivera bien à lui, et ma pensée parlant à ma pensée est encore avec quelque chose de lui.

Que vous dirai-je, cœurs amis qui m'interrogez? J'aime, donc je crois. Je sens que j'aime Dieu de cet amour désintéressé que Leibnitz nous dit être le seul vrai et qui ne se peut assouvir sur la terre, puisque nous aimons les êtres de notre choix par besoin d'être heureux, et nos semblables comme nous aimons nos enfans, par besoin de les rendre heureux, ce qui est au fond la même chose, leur bonheur étant nécessaire au nôtre. Je sens que mes douleurs et mes fatigues ne peuvent altérer l'ordre immuable, la sérénité de l'auteur de toutes choses; je sens qu'il n'agit pas pour m'en retirer en modifiant les événemens extérieurs autour de moi; mais je sens que quand j'anéantis en moi la personnalité qui aspire aux joies terrestres, la joie céleste me pénètre et que la confiance absolue, délicieuse, inonde mon cœur d'un bien-être impossible à décrire. Comment ferais-je donc pour ne pas croire, puisque je sens?

Mais je n'ai véritablement senti ces joies secrètes qu'à deux époques de ma vie, dans l'adolescence, à travers le prisme de la foi catholique, et dans l'âge mûr, sous l'influence d'un détachement sincère de ma personnalité devant Dieu.—Ce qui ne m'empêche pas, je le déclare, de chercher sans cesse à le comprendre, mais ce qui me préserve de le nier aux heures où je ne le comprends pas.

Quoique mon être ait subi des modifications et passé par des phases d'action et de réaction, comme tous les êtres pensans, il est au fond toujours le même: besoin de croire, soif de connaître, plaisir d'aimer.

Les catholiques, et j'en ai connu de très sincères, m'ont crié que, dans ces trois termes, il y en avait un qui tuerait les deux autres. La soif de connaître est, suivant eux, l'ennemi et le destructeur impitoyable du besoin de croire et du plaisir d'aimer.

Ils ont quelquefois raison, ces bons catholiques. Dès qu'on ouvre la porte aux curiosités de l'esprit, les joies du cœur sont amèrement troublées et risquent d'être emportées pour longtemps dans la tourmente. Mais je dirai encore là que la soif de connaître est inhérente à l'intelligence humaine, que c'est une faculté divine qui nous est donnée, et que refuser à cette faculté son exercice, s'efforcer de la détruire en nous, c'est transgresser une loi divine. Il en est de ces croyans naïfs qui ne sentent pas les tressaillemens de leur intelligence et qui aiment Dieu avec leur cœur seulement, comme de ces amans qui n'aiment qu'avec leurs sens. Ils ne connaissent qu'un amour incomplet. Ils ne sont pas encore à l'état d'hommes parfaits. Ignorant leur infirmité, ils ne sont pas coupables; mais ils le deviennent dès qu'ils la sentent ou la devinent, s'ils s'opiniâtrent dans leur impuissance.

Les catholiques appelleront encore ce que je dis là les suggestions du démon de l'orgueil. Je leur répondrai: «Oui, il y a un démon de l'orgueil; je consens à parler votre langue poétique. Il est en vous et en moi. En vous, pour vous persuader que votre sentiment est si grand et si beau que Dieu l'accepte sans se soucier du culte de votre raison. Vous êtes des paresseux qui ne voulez pas souffrir en risquant de rencontrer le doute dans une recherche approfondie, et vous avez la vanité de croire que Dieu vous dispense de souffrir, pourvu que vous l'adoriez comme un fétiche. C'est trop d'estime de vous-mêmes. Dieu voudrait davantage, et cependant vous êtes contens de vous.

«Le démon de l'orgueil! Il est en moi aussi chaque fois que je m'irrite contre les souffrances que j'ai acceptées en sortant du facile aveuglement des mystères. Il a été en moi surtout au commencement de cette recherche, et il m'a rendue sceptique pendant quelques années de ma vie. Il était né chez vous, mon démon d'orgueil; il me venait de l'enseignement catholique; il méprisait ma raison au moment où je voulais en faire usage; il me disait: Ton cœur seul vaut quelque chose, pourquoi l'as-tu laissé languir? Et ainsi émoussant l'arme dont j'avais besoin, chaque fois que j'y portais la main, il me rejetait dans le vague et voulait me persuader de ne croire qu'à mon sentiment.

«Ainsi, ceux que vous appelez des esprits forts, ô catholiques, ne sont pas toujours assez fiers de leur raison, tandis que vous autres, vous êtes à toute heure excessivement orgueilleux de votre sentiment.»

Mais le sentiment sans raison fait le mal aussi aisément que le bien. Le sentiment sans raison est exigeant, impérieux, égoïste. C'est par le sentiment sans raison qu'à quinze ans je reprochais à Dieu, avec une sorte de colère impie, les heures de fatigue et de langueur où il semblait me retirer sa grâce. C'est encore par le sentiment sans raison qu'à trente ans, je voulais mourir, disant: Dieu ne m'aime pas et ne se soucie pas de moi, puisqu'il me laisse faible, ignorant et malheureux sur la terre.

Je suis encore ignorante et faible; mais je ne suis plus malheureuse, parce que je suis moins orgueilleuse qu'alors. J'ai reconnu que j'étais peu de chose: raison, sentiment, instinct réunis, cela fait encore un être si fini et une action si bornée, qu'il faut en revenir à l'humilité chrétienne jusqu'à ce point de dire: «Je sens vivement, je comprends fort peu et j'aime beaucoup.» Mais il faut quitter l'orthodoxie catholique quand elle dit: Je prétends sentir et aimer sans rien comprendre. Cela est possible, je n'en doute pas, mais cela ne suffit pas à accomplir la volonté de Dieu, qui veut que l'homme comprenne autant qu'il lui est donné de comprendre.

En résumé, s'efforcer d'aimer Dieu en le comprenant, et s'efforcer de le comprendre en l'aimant; s'efforcer de croire ce que l'on ne comprend pas, mais s'efforcer de comprendre pour mieux croire, voilà tout Leibnitz, et Leibnitz est le plus grand théologien des siècles de lumière. Je ne l'ai jamais ouvert, depuis dix ans, sans trouver, dans celles de ses pages où il se met à la portée de tous, la règle saine de l'esprit humain, celle que je me sens de plus en plus capable de suivre.

Je demande bien pardon de ce chapitre à ceux qui ne se sont jamais tourmentés des choses divines. C'est, je crois, le grand nombre; mon insistance sur les idées religieuses ennuiera donc beaucoup de personnes; mais je crois les avoir déjà assez ennuyées, depuis le commencement de cet ouvrage, pour qu'elles en aient, depuis longtemps, abandonné la lecture.

Ce qui, du reste, m'a mis à l'aise toute ma vie en écrivant des livres, c'est la conscience du peu de popularité qu'ils devaient avoir. Par popularité, je n'entends pas qu'ils dussent, par leur nature, rester dans la région aristocratique des intelligences. Ils ont été mieux lus et mieux compris par ceux des hommes du peuple qui portent le sentiment de l'idéal dans leur aspiration, que par beaucoup d'artistes qui ne se soucient que du monde positif. Mais, soit dans le peuple, soit dans l'aristocratie, je n'ai dû contenter, à coup sûr, que le très petit nombre. Mes éditeurs s'en sont plaints. «Pour Dieu, m'écrivait souvent Buloz, pas tant de mysticisme!» Ce bon Buloz me faisait l'honneur de voir du mysticisme dans mes préoccupations! Au reste, tout son monde de lecteurs pensait comme lui que je devenais de plus en plus ennuyeuse, et que je sortais du domaine de l'art, en communiquant à mes personnages la contention dominante de mon propre cerveau. C'est bien possible, mais je ne vois pas trop comment j'eusse pu faire pour ne pas écrire avec le propre sang de mon cœur et la propre flamme de ma pensée.

On s'est souvent moqué de moi autour de moi. Je ne demandais pas mieux. Qu'importe! J'aime à rire aussi à mes heures, et il n'est rien qui repose l'âme tendue vers le spectacle des choses abstraites comme de se moquer de soi-même dans l'entr'acte. J'ai vécu plus souvent avec les personnes gaies qu'avec les personnes graves, depuis mon âge mûr surtout, et j'aime les caractères artistes, les intelligences d'instinct. Leur commerce habituel est beaucoup plus doux que celui des penseurs obstinés. Quand on est, comme moi, moitié mystique (j'accepte le mot de Buloz), moitié artiste, on n'est pas de force à vivre avec les apôtres du raisonnement pur, sans risquer d'y devenir fou; mais aussi, après des jours passés dans le délicieux oubli des choses dogmatiques, on a besoin d'une heure pour les écouter ou pour les lire.

Voilà pourquoi j'ai fait fatalement des romans dont une partie plaît aux uns et déplaît aux autres; voilà surtout ce qui, en dehors de toute influence des chagrins positifs, explique la tristesse et la gaîté des Lettres d'un voyageur.

J'approche du moment où ma vue s'ouvrit sur une perspective nouvelle, la politique. J'y fus conduite comme je pouvais l'être, par une influence du sentiment. C'est donc une histoire de sentiment, c'est trois ans de ma vie que j'ai à raconter.

Revenue à Nohant en septembre, retournée à Paris à la fin des vacances avec mes enfans, je revins encore, en janvier 1835, passer quelques jours sous mon toit. C'est là que j'écrivis le second numéro des Lettres d'un voyageur dans une disposition un peu moins sombre, mais encore très triste. Enfin, je passai février et mars à Paris, et en avril j'étais de nouveau à Nohant.

Ces allées et ces venues me fatiguaient le corps et l'âme. Je n'étais bien nulle part. Il y avait pourtant du bon dans mon âme, ces lettres désolées me le prouvent bien aujourd'hui; mais tout en me débattant pour retourner aux douceurs de ma vie de Nohant, j'y trouvais de tels ennuis, et, d'autre part, mon cœur était si troublé, si déchiré par des chagrins secrets, que j'éprouvai tout à coup le besoin de m'en aller. Où? Je n'en savais rien, je ne voulais pas le savoir. Il me fallait aller loin, le plus loin possible, me faire oublier en oubliant moi-même. Je me sentais malade, mortellement malade. Je n'avais plus du tout de sommeil, et, par momens, il me semblait que ma raison était prête à me quitter. Je m'étais fait un riant espoir d'avoir ma fille avec moi; mais je dus renoncer, pour le moment, au plaisir de l'élever moi-même. C'était une nature toute différente de celle de son frère, s'ennuyant de ma vie sédentaire autant que Maurice s'y complaisait, et sentant déjà le besoin d'une suite de distractions appropriées à son âge et nécessaires à l'énergie alors très prononcée de son organisation. Je la menais à Nohant pour la secouer et la développer sans crise; mais quand il fallait revenir à la mansarde et ne plus avoir une demi-douzaine d'enfans villageois pour compagnons de ses jeux échevelés, sa vigueur physique comprimée se tournait en révolte ouverte. C'était une enfant terrible si drôle, que mes amis la gâtaient affreusement et moi-même, incapable d'une sévérité soutenue, vaincue par une tendresse aveugle pour le premier âge, je ne savais pas, je ne pouvais pas la dominer.

J'espérai qu'elle serait plus calme et plus heureuse avec d'autres enfans, et dans des conditions où la discipline subie en commun paraît moins dure aux natures indépendantes. J'essayai de la mettre en pension dans une de ces charmantes petites maisons d'éducation du quartier Beaujon, au milieu de ces tranquilles et rians jardins qui semblent destinés à n'être peuplés que de belles petites filles. Mlles Martin étaient deux bonnes sœurs anglaises vraiment maternelles pour leurs jeunes élèves. Ces élèves n'étaient que huit, condition excellente pour qu'elles fussent choyées et surveillées avec soin.

Ma grosse fille se trouva fort bien de ce nouveau régime. Elle commença à s'effiler et à se civiliser avec ses compagnes. Mais elle resta longtemps sauvage avec les personnes du dehors, avec mes amis surtout, qui se plaisaient trop à se faire ses esclaves. Elle avait une manière d'être si originale et si comique avec eux, que la fine mouche, voyant bien qu'en les faisant rire elle les désarmait, s'en donnait à cœur joie. Emmanuel Arago surtout, ce bon frère aîné, qu'elle traitait encore plus lestement que Maurice, et qui était encore enfant lui-même pour s'en divertir, fut sa victime de prédilection. Un jour qu'elle s'était montrée fort aimable avec lui, jusqu'à le reconduire à la porte du jardin de la pension: «Solange, lui dit-il, qu'est-ce que tu veux que je t'apporte quand je reviendrai!—Rien, lui dit-elle, mais tu peux me faire un grand plaisir si tu m'aimes bien.—Lequel, dis?—Eh bien, mon garçon, c'est de ne jamais revenir me voir.»

Une autre fois qu'elle était chez moi, un peu malade, et que le médecin avait recommandé de la faire promener, elle partit de bonne grâce, en fiacre, avec Emmanuel, pour le jardin du Luxembourg; mais, chemin faisant, il lui prit fantaisie de déclarer qu'elle ne voulait pas se promener à pied. Emmanuel, à qui j'avais recommandé d'être inflexible, tint bon, et lui déclara, de son côté, que ce n'était pas la coutume de se promener en fiacre dans le jardin du Luxembourg, et qu'elle y marcherait sur ses pieds bon gré, mal gré. Elle parut se soumettre; mais, arrivée à la grille, quand il la prit dans ses bras pour la faire descendre, il s'aperçut qu'elle était sans souliers: elle les avait adroitement détachés et jetés dans la rue avant d'arriver. "A présent, lui dit-elle, vois si tu veux me faire marcher pieds nus."

Souvent, quand j'étais dehors avec elle, il lui passait par l'esprit de s'arrêter court et de ne vouloir ni marcher ni monter en voiture, ce qui ameutait les passans autour de nous. Elle avait sept ou huit ans, qu'elle me faisait encore de ces tours-là, et qu'il me fallait la porter malgré elle du bas de l'escalier à la mansarde, ce qui n'était pas une petite affaire. Et le pire, c'est que ces humeurs bizarres n'avaient aucune cause que je pusse prévoir d'avance et deviner ensuite. Elle-même ne s'en rend pas compte aujourd'hui; c'était comme une impossibilité naturelle de se plier à l'impulsion d'autrui, et je ne pouvais pas m'habituer à briser par la rigueur cette incompréhensible résistance.

Je me décidai donc à me séparer de ma fille pour quelque temps; mais quoiqu'il me fût bientôt prouvé qu'elle acceptait plus volontiers la règle générale que la règle particulière, et qu'elle était heureuse en pension, ce fut pour moi un profond chagrin de voir que son bonheur d'enfant ne lui venait pas de moi. J'en fus d'autant plus disposée, malgré mes belles résolutions, à la gâter par la suite.

De son côté, Maurice faisait tout le contraire. Il ne voulait et ne savait vivre qu'avec moi. Ma mansarde était le paradis de ses rêves. Aussi, quand il fallait se séparer le soir, c'était des larmes à recommencer, et je ne me sentais pas plus de courage que lui.

Mes amis blâmaient ma faiblesse pour mes pauvres enfans et je sentais bien qu'elle était extrême. Je ne l'entretenais pas à plaisir, car elle me déchirait l'âme. Mais que faire pour la vaincre? J'étais opprimée et torturée par mes entrailles comme je l'étais d'ailleurs par mon cœur et mon cerveau.

Planet me conseilla de prendre une grande résolution, et de quitter la France au moins pour un an. «Votre séjour à Venise a été bon pour vos enfans, me disait-il: Maurice n'a travaillé et ne travaillera au collége qu'en vous sentant loin de lui. Il est encore faible. Solange, trop forte, subit une crise de développement physique dont vous vous tourmentez trop. En vous faisant sa victime, elle s'habitue à vous voir souffrir, et cela ne vaut rien pour elle. Vous n'avez pas de bonheur, cela est certain; votre intérieur à Nohant n'est possible qu'à la condition d'y être comme en visite. Votre mari est aigri maintenant par votre présence, et le temps approche où il en sera irrité. Vous vous affectez de vos chagrins extérieurs jusqu'à vous en créer d'imaginaires. Vos écrits prouvent que vous vous tournez contre vous-même, et que vous vous en prenez à votre propre organisation, à votre propre destinée, d'une rencontre de circonstances fâcheuses, il est vrai, mais non pas tellement exceptionnelles que votre volonté ne puisse les surmonter ou les faire fléchir. Un moment viendra où vous le pourrez; mais auparavant il vous faut recouvrer la santé morale et physique, que vous êtes en train de perdre. Il faut vous éloigner du spectacle et des causes de vos souffrances. Il faut sortir de ce cercle d'ennuis et de déboires. Allez-vous-en faire de la poésie dans quelque beau pays où vous ne connaîtrez personne. Vous aimez la solitude, vous en serez toujours privée ici: ne vous flattez pas de vivre en ermite dans votre mansarde. On vous y assiégera toujours. La solitude est mauvaise à la longue; mais par momens elle est nécessaire. Vous êtes dans un de ces momens-là. Obéissez à l'instinct qui vous y pousse; fuyez! Je vous connais, vous n'aurez pas plus tôt rêvé seule quelques jours que vous reviendrez croyante, et quand vous en serez là, je réponds de vous.»

Planet a toujours été pour ses amis un excellent médecin moral, persuasif par l'attention avec laquelle il pesait ses conseils et celle qu'il portait à comprendre votre véritable situation. Beaucoup d'amis ont le tort de nous juger d'après eux-mêmes, de vous apporter une opinion toute faite, que ne modifie aucune objection de votre part, et qui vous fait sentir que vous n'êtes pas compris. Planet, ingénieux dans l'art de consoler, interrogeait minutieusement, n'avait pas de parti pris tant qu'il n'avait pas réussi à se figurer qu'il était vous-même, et alors il se prononçait avec une grande décision et une grande netteté. Pour les gens qui ne le connaissaient que superficiellement, Planet était un type de simplicité et même de niaiserie; mais il avait, pour nous autres, le génie du cœur et de la volonté. Il n'est aucun de nous, je parle de ce groupe berrichon qui ne s'est jamais divisé et dont je faisais partie, qui n'ait subi plusieurs fois dans sa vie l'influence extraordinaire de Planet, celui d'entre nous qui, au premier abord, eût semblé devoir être mené par tous les autres.

Je fus donc persuadée, et un beau matin, après avoir arrangé tant bien que mal mes affaires de façon à m'assurer quelques ressources, je quittai Paris sans faire d'adieux à personne et sans dire mon projet à Maurice. Je vins à Nohant pour prendre congé de mes amis et les entretenir de mes enfans, dans le cas où quelque accident me ferait trouver la mort en voyage, car je voulais aller loin devant moi en prenant la route de l'Orient.

Je savais bien que mes amis n'auraient aucune autorité sur mes enfans tant qu'ils seraient enfans. Mais ils pouvaient, au sortir de ce premier âge, exercer sur eux de douces influences. J'espérais même que Mme Decerfz pourrait être une véritable mère pour ma fille, et je voulais vendre ma propriété littéraire pour lui créer une petite rente qui la mît à même de faire son éducation, dans le cas où mon mari viendrait à y consentir. A l'époque du mariage de ma fille, cette rente lui eût été restituée: c'était alors peu de chose, mais cela représentait ce que coûte, dans la meilleure position possible l'éducation d'une jeune fille. Je partis donc pour Nohant avec le projet de tenter cet arrangement, qui ne devait avoir lieu que dans l'éventualité de ma mort, et pour entretenir, dans tous les cas, mes amis du devoir que je leur léguais d'entourer Maurice et Solange d'un réseau de sollicitudes paternelles et de relations assidues.

Mais avant de raconter ce qui suivit, je ne veux pas oublier une circonstance singulière qui eut lieu dans l'hiver de 1835.

J'avais en Berry une amie charmante, une nouvelle amie, il est vrai, Mme Rozane B., femme d'un fonctionnaire établi à La Châtre depuis quelques années seulement. C'était une personne distinguée à tous égards, d'une beauté exquise, et d'un caractère si parfaitement aimable qu'elle fut bientôt parmi nous comme si elle y était née.

Étant appelée à Paris pour ses affaires au moment où j'y retournais (au mois de janvier, je crois), elle accepta une des deux chambrettes de ma mansarde, et y passa une quinzaine.

Elle me dit un jour en recevant des lettres de sa famille, qui habitait Lyon: «On me charge vraiment d'une commission singulière. Une famille très honorable prie la mienne de s'informer par moi de ce que fait à Paris et dans le monde un jeune homme que je ne connais pas et dont l'existence est mystérieuse, même pour les siens. Si je sais comment m'y prendre, je veux être pendue. J'ai son adresse, et voilà tout.»

Elle se résolut à le prier de venir la voir, afin de parler avec lui de sa famille et de le sonder sur ses projets et sur ses occupations. Je l'autorisai à le recevoir chez moi.

Après qu'elle eut reçu sa visite, elle me dit qu'elle n'était guère plus avancée et qu'elle l'avait engagé à revenir, afin de pouvoir me le présenter. Elle comptait sur moi pour le faire causer d'une manière plus explicite. Cette idée me fit beaucoup rire. S'il y a jamais eu sous le ciel une personne inhabile à en confesser une autre, c'est moi à coup sûr; mais je ne pus refuser à Rozane ce qu'elle exigeait de moi: je reçus avec elle la visite du jeune homme mystérieux, et même elle nous laissa ensemble quelques instants, espérant qu'il se méfierait moins de moi que d'elle-même.

Je ne me rappelle pas un mot de la conversation, qui ne roula que sur des idées générales, et même, sans le secours de Rozane, qui a retenu le fait avec précision, je ne me souviendrais pas beaucoup de la conclusion que j'en tirai; mais, grâce à elle, la voici textuellement telle que je la lui donnai quand il fut parti: «Ce jeune homme est charmant. C'est un esprit très remarquable, et sa conscience me paraît fort tranquille. S'il voyage, s'il court le monde, ce n'est pas comme aventurier subalterne, mais comme aventurier politique, comme conspirateur. Il s'est dévoué à la fortune de la famille Bonaparte. Il croit encore à cette étoile. Il croit à quelque chose en ce monde: il est bien heureux!»

Or, je n'avais pas trop mal deviné. Ce jeune homme était M. Fialin de Persigny.

Je reprends le récit de mon voyage en Orient, lequel n'eut lieu que dans mes rêves.

J'étais à Nohant depuis quelques jours, quand Fleury, partant pour Bourges, où Planet était établi (il y rédigeait un journal d'opposition), me proposa d'aller causer sérieusement de ma situation et de mes projets, non seulement avec ce fidèle ami, mais avec le célèbre avocat Michel, notre ami à tous.

Il est donc temps que je parle de cet homme si diversement apprécié et que je crois avoir bien connu, quoique ce ne fût pas chose aisée. C'est à cette époque que je commençai à subir une influence d'un genre tout à fait exceptionnel dans la vie ordinaire des femmes, influence qui me fut longtemps précieuse, et qui pourtant cessa tout d'un coup et d'une manière complète, sans briser mon amitié.

CHAPITRE DEUXIEME

Éverard.—Sa tête, sa figure, ses manières, ses habitudes.—Patriotes ennemis de la propreté.—Conversation nocturne et ambulatoire.— Sublimités et contradictions.—Fleury et moi faisons le même rêve, à la même heure.—De Bourges à Nohant.—Les lettres d'Éverard.—Procès d'avril.—Lyon et Paris.—Les avocats.—Pléiade philosophique et politique.—Planet pose la question sociale.—Le pont des Saints-Pères.— Fête au château.—Fantasmagorie babouviste.—Ma situation morale.— Sainte-Beuve se moque.—Un dîner excentrique.—Une page de Louis Blanc.—Éverard malade et halluciné.—Je veux partir; conversation décisive; Éverard sage et vrai.—Encore une page de Louis Blanc.—Deux points de vue différens dans la défense, je donne raison à M. Jules Favre.

La première chose qui m'avait frappée en voyant Michel pour la première fois, fraîche que j'étais dans mes études phrénologiques, c'était la forme extraordinaire de sa tête. Il semblait avoir deux crânes soudés l'un à l'autre, les signes des hautes facultés de l'âme étant aussi proéminens à la proue de ce puissant navire que ceux des généreux instincts l'étaient à la poupe. Intelligence, vénération, enthousiasme, subtilité et vastitude d'esprit étaient équilibrés par l'amour familial, l'amitié, la tendre domesticité, le courage physique. Éverard[16] était une organisation admirable. Mais Éverard était malade, Éverard ne devait pas, ne pouvait pas vivre. La poitrine, l'estomac, le foie étaient envahis. Malgré une vie sobre et austère, il était usé, et à cette réunion de facultés et de qualités hors ligne, dont chacune avait sa logique particulière, il manquait fatalement la logique générale, la cheville ouvrière des plus savantes machines humaines, la santé.

Ce fut précisément cette absence de vie physique qui me toucha profondément. Il est impossible de ne pas ressentir un tendre intérêt pour une belle âme aux prises avec les causes d'une inévitable destruction, quand cette âme ardente et courageuse domine à chaque instant son mal et paraît le dominer toujours. Éverard n'avait que trente-sept ans, et son premier aspect était celui d'un vieillard petit, grêle, chauve et voûté; le temps n'était pas venu où il voulut se rajeunir, porter une perruque, s'habiller à la mode et aller dans le monde. Je ne l'ai jamais vu ainsi: cette phase d'une transformation qu'il dépouilla tout à coup, comme il l'avait revêtue, ne s'est pas accomplie sous mes yeux. Je ne le regrette pas; j'aime mieux conserver son image sévère et simple comme elle m'est toujours apparue.

Éverard paraissait donc, au premier coup d'œil avoir soixante ans, et il avait soixante ans en effet; mais, en même temps, il n'en avait que quarante quand on regardait mieux sa belle figure pâle, ses dents magnifiques et ses yeux myopes d'une douceur et d'une candeur admirables à travers ses vilaines lunettes. Il offrait donc cette particularité de paraître et d'être réellement jeune et vieux tout ensemble.

Cet état problématique devait être et fut la cause de grands imprévus et de grandes contradictions dans son être moral. Tel qu'il était, il ne ressemblait à rien et à personne. Mourant à toute heure, la vie débordait cependant en lui à toute heure, et parfois avec une intensité d'expansion fatigante même pour l'esprit qu'il a le plus émerveillé et charmé, je veux dire pour mon propre esprit.

Sa manière d'être extérieure répondait à ce contraste par un contraste non moins frappant. Né paysan, il avait conservé le besoin d'aise et de solidité dans ses vêtemens. Il portait chez lui et dans la ville une épaisse houppelande informe et de gros sabots. Il avait froid en toute saison et partout; mais, poli quand même, il ne consentait pas à garder sa casquette ou son chapeau dans les appartemens. Il demandait seulement la permission de mettre un mouchoir, et il tirait de sa poche trois ou quatre foulards qu'il nouait au hasard les uns sur les autres, qu'il faisait tomber en gesticulant, qu'il ramassait et remettait avec distraction, se coiffant ainsi, sans le savoir, de la manière tantôt la plus fantastique et tantôt la plus pittoresque.

Sous cet accoutrement, on apercevait une chemise fine, toujours blanche et fraîche, qui trahissait la secrète exquisité de ce paysan du Danube. Certains démocrates de province blâmaient ce sybaritisme caché et ce soin extrême de la personne. Ils avaient grand tort. La propreté est un indice et une preuve de sociabilité et de déférence pour nos semblables, et il ne faut pas qu'on proscrive la propreté raffinée, car il n'y a pas de demi-propreté. L'abandon de soi-même, la mauvaise odeur, les dents répugnantes à voir, les cheveux sales, sont des habitudes malséantes qu'on aurait tort d'accorder aux savans, aux artistes ou aux patriotes. On devrait les en reprendre d'autant plus, et ils devraient se les permettre d'autant moins, que le charme de leur commerce ou l'excellence de leurs idées attire davantage, et qu'il n'est point de si belle parole qui ne perde de son prix quand elle sort d'une bouche qui vous donne des nausées. Enfin, je me persuade que la négligence du corps doit avoir dans celle de l'esprit quelque point de correspondance dont les observateurs devraient toujours se méfier.

Les manières brusques, le sans-gêne, la franchise acerbe d'Éverard n'étaient qu'une apparence, et, avouons-le, une affectation devant les gens hostiles, ou qu'il supposait tels à première vue. Il était par nature la douceur, l'obligeance et la grâce même: attentif au moindre désir, au moindre malaise de ceux qu'il aimait, tyrannique en paroles, débonnaire dans la tendresse quand on ne résistait pas à ses théories d'autorité absolue.

Cet amour de l'autorité n'était cependant pas joué. C'était le fond, c'était les entrailles même de son caractère, et cela ne diminuait en rien ses bontés et ses condescendances paternelles. Il voulait des esclaves, mais pour les rendre heureux, ce qui eût été une belle et légitime volonté s'il n'eût eu affaire qu'à des êtres faibles. Mais il eût sans doute voulu travailler à les rendre forts, et dès lors ils eussent cessé d'être heureux en se sentant esclaves.

Ce raisonnement si simple n'entra jamais dans sa tête; tant il est vrai que les plus belles intelligences peuvent être troublées par quelque passion qui leur retire, sur certains points, la plus simple lumière.

Arrivée à l'auberge de Bourges, je commençai par dîner, après quoi j'envoyai dire à Éverard par Planet que j'étais là, et il accourut. Il venait de lire Lélia et il était toqué de cet ouvrage. Je lui racontai tous mes ennuis, toutes mes tristesses, et le consultai beaucoup moins sur mes affaires que sur mes idées. Il était disposé à l'expansion, et de sept heures du soir à quatre heures du matin, ce fut un véritable éblouissement pour mes deux amis et pour moi. Nous nous étions dit bonsoir à minuit, mais comme il faisait un brillant clair de lune et une nuit de printemps magnifique, il nous proposa une promenade dans cette belle ville austère et muette qui semble être faite pour être vue ainsi. Nous le reconduisîmes jusqu'à sa porte; mais là il ne voulut pas nous quitter et nous reconduisit jusqu'à la nôtre en passant par l'hôtel de Jacques Cœur, un admirable édifice de la Renaissance, où chaque fois nous faisions une longue pause. Puis il nous demanda de le reconduire encore, revint encore avec nous, et ne se décida à nous laisser rentrer que quand le jour parut. Nous fîmes neuf fois la course, et l'on sait que rien n'est fatigant comme de marcher en causant et en s'arrêtant à chaque pas; mais nous ne sentîmes l'effet de cette fatigue que quand il nous eût quittés.

Que nous avait-il dit durant cette longue veillée? Tout et rien. Il s'était laissé emporter par nos dire, qui ne se plaçaient là que pour lui fournir la réplique, tant nous étions curieux d'abord et puis ensuite avides de l'écouter. Il avait monté d'idée en idée jusqu'aux plus sublimes élans vers la Divinité, et c'est quand il avait franchi tous ces espaces qu'il était véritablement transfiguré. Jamais parole plus éloquente n'est sortie, je crois, d'une bouche humaine, et cette parole grandiose était toujours simple. Du moins elle s'empressait de redevenir naturelle et familière quand elle s'arrachait souriante à l'entraînement de l'enthousiasme. C'était comme une musique pleine d'idées qui vous élève l'âme jusqu'aux contemplations célestes, et qui vous ramène sans effort et sans contraste par un lien logique et une douce modulation, aux choses de la terre et aux souffles de la nature.

Je n'essaierai pas de me rappeler ce dont il nous entretint. Mes Lettres à Éverard (Sixième numéro des Lettres d'un voyageur), qui sont comme des réponses réfléchies à ces appels spontanés de sa prédication, ne peuvent que le faire pressentir. J'étais le sujet un peu passif de sa déclamation naïve et passionnée. Planet et Fleury m'avaient citée devant son tribunal pour que j'eusse à confesser mon scepticisme à l'endroit des choses de la terre, et cet orgueil qui voulait follement s'élever à l'adoration d'une perfection abstraite en oubliant les pauvres humains mes semblables. Comme c'était chez moi une théorie plus sentie que raisonnée, je n'étais pas bien solide dans ma défense, et je ne résistais guère que pour me faire mieux endoctriner. Cependant j'apercevais dans cet admirable enseignement de profondes contradictions que j'eusse pu saisir au vol et que j'eusse bien fait de constater davantage. Mais il est doux et naturel de se laisser aller au charme des choses de détail, quand elles sont bien pensées et bien dites, et c'est être ennemi de soi-même que d'en interrompre la déduction par des chicanes. Je n'eus pas ce courage; mes amis ne l'eurent pas non plus quoique l'un, Planet, eût le parfait et solide bon sens qui peut tenir tête au génie; quoique l'autre, Fleury, eût de secrètes méfiances instinctives contre la poésie dans les argumens.

Tous trois nous fûmes vaincus, et quel que fût le degré de conviction de l'homme qui nous avait parlé, nous nous sentîmes, en le quittant, tellement au dessus de nous-mêmes, que nous ne pouvions et ne devions pas nous soustraire par le doute à l'admiration et à la reconnaissance.

«Jamais je ne l'ai vu ainsi, nous dit Planet. Il y a un an que je vis à ses côtés, et je ne le connais que de ce soir. Il s'est enfin livré pour vous tout entier; il a fait tous les frais de son intelligence et de sa sensibilité. Ou il vient de se révéler à lui-même pour la première fois de sa vie, ou il a vécu parmi nous replié sur lui-même et se défendant d'un complet abandon.»

De ce moment, l'attachement de Planet pour Éverard devint une sorte de fétichisme, et il en arriva de même à plusieurs autres qui avaient douté jusque-là de son cœur et qui y crurent en le lui voyant ouvrir devant moi. Ce fut une modification notable que j'apportais, sans le savoir, à l'existence morale d'Éverard et à ses relations avec quelques-uns de ses amis. Ce fut une douceur réelle dans sa vie, mais fût-ce un bien réel? Il n'est bon pour personne d'être trop aveuglement aimé.

Après quelques heures de sommeil, je retrouvai mon Gaulois (Fleury) singulièrement tourmenté. Il avait fait un rêve effrayant, et je fus presque effrayée moi-même en le lui entendant raconter: car, à peu de chose près, j'avais eu le même rêve. C'était une parole dite en riant par Éverard qui s'était logée, on ne sait jamais comment cela arrive, dans un coin de notre cervelle, et précisément celle qui nous avait le moins frappés dans le moment où elle avait été dite.

Il n'y avait rien de plus naturel et de plus explicable que ce fait d'une parole éveillant la même pensée, et que la même cause produisant dans l'imagination de mon ami et dans la mienne les mêmes effets. Pourtant, cette coïncidence d'images simultanées dans le cours des mêmes heures nous frappa un instant tous les deux, et peu s'en fallut que nous n'y vissions un pressentiment ou un avertissement à la manière des croyances antiques.

Mais nous ne songeâmes bientôt qu'à rire de notre préoccupation et surtout du mouvement naïf que j'avais provoqué chez Éverard par ma résistance enjouée aux argumens humanitaires de la guillotine. Il ne pensait pas un mot de ce qu'il avait dit; il avait horreur de la peine de mort en matière politique; il avait voulu être logique jusqu'à l'absurde, mais il eût ri de son propre emportement, si, après les mondes que la suite de la discussion nous avait fait franchir à tous, nous eussions songé à revenir sur cette misère de quelques têtes de plus ou de moins en travers de nos opinions!

Nous étions dans le vrai en nous disant qu'Éverard n'eût pas voulu occire seulement une mouche pour réaliser son utopie. Mais Fleury n'en resta pas moins frappé de la tendance dictatoriale de son esprit, qui ne lui était apparue pour la première fois qu'en l'entendant contrecarrer par mes théories de liberté individuelle.

Et puis, fût-ce l'effet du songe allégorique qui nous avait visités tous deux, ou la sollicitude d'une amitié délicate et la crainte de m'avoir jetée sous une influence funeste, en voulant me pousser sous une influence curative? Il est certain que le Gaulois se sentit tout à coup pressé de partir. Il m'en avait fait la promesse en montant en voiture, et il avait regretté cette promesse en arrivant à Bourges. Maintenant, il trouvait qu'on n'attelait pas assez vite. Il craignait de voir arriver Éverard pour nous retenir.

Éverard, de son côté, pensait nous retrouver là, et fut étonné de notre fuite. Moi, sans me presser avec inquiétude, mais bien résolue à m'en aller dès le matin, je m'en allais en effet, causant de lui et de la république sur la grande route avec mon Gaulois, et ne lui cachant pas que j'acceptais un bel aperçu de cet idéal, mais que j'avais besoin d'y réfléchir et de me reposer de ces torrens d'éloquence qu'il n'était pas dans ma nature de subir trop longtemps sans respirer.

Mais il ne dépendit pas de moi de respirer, en effet, l'air du matin et des pommiers en fleur. La béatitude de mes rêveries n'était pas du goût de mon compagnon de voyage. Il était organisé pour le combat et non pour la contemplation. Il voulait trouver sa certitude dans les luttes et dans les solutions successives de l'humanité. Il n'essayait pas de me prêcher après Éverard, mais il voulait se prêcher lui-même, commenter chacune des paroles du maître, accepter ou repousser ce qui lui avait paru faux ou juste, et comme lui-même était un esprit distingué et un cœur sincère, il ne me fût pas possible de ne pas parler d'Éverard, de politique et de philosophie pendant dix-huit lieues.

Éverard ne me laissa pas respirer davantage. A peine fus-je reposée de ma course, que je reçus à mon réveil une lettre enflammée du même souffle de prosélytisme qu'il semblait avoir épuisé dans notre veillée ambulatoire à travers les grands édifices blanchis par la lune et sur le pavé retentissant de la vieille cité endormie. C'était une écriture indéchiffrable d'abord, et comme torturée par la fièvre de l'impatience de s'exprimer; mais quand on avait lu le premier mot, tout le reste allait de soi-même. C'était un style aussi concis que sa parole était abondante, et comme il m'écrivait de très longues lettres, elles étaient si pleines de choses non développées, qu'il y en avait pour tout un jour à les méditer après les avoir lues.

Ces lettres se succédèrent avec rapidité sans attendre les réponses. Cet ardent esprit avait résolu de s'emparer du mien; toutes ses facultés étaient tendues vers ce but. La décision brusque et la délicate persuasion, qui étaient les deux élémens de son talent extraordinaire, s'aidaient l'une l'autre pour franchir tous les obstacles de la méfiance par des élans chaleureux et par des ménagemens exquis. Si bien que cette manière impérieuse et inusitée de fouler aux pieds les habitudes de la convenance, de se poser en dominateur de l'âme et en apôtre inspiré d'une croyance, ne laissait aucune prise à la raillerie, et ne tombait pas un seul instant dans le ridicule, tant il y avait de modestie personnelle, d'humilité religieuse et de respectueuse tendresse dans ses cris de colère comme dans ses cris de douleur.

«Je sais bien,» me disait-il—après des élans de lyrisme où le tutoiement arrivait de bonne grâce—«que le mal de ton intelligence vient de quelque grande peine de cœur. L'amour est une passion égoïste. Étends cet amour brûlant et dévoué, qui ne recevra jamais sa récompense en ce monde, à toute cette humanité qui déroge et qui souffre. Pas tant de sollicitude pour une seule créature! Aucune ne le mérite, mais toutes ensemble l'exigent au nom de l'éternel auteur de la création!»

Tel fut, en résumé, le thème qu'il développa dans cette série de lettres, auxquelles je répondis sous l'empire d'un sentiment modifié, depuis une certaine méfiance au point de départ jusqu'à la foi presque entière pour conclusion. On pourrait appeler ces Lettres à Éverard, qui, de ses mains, ont passé presque immédiatement dans celles du public, l'analyse rapide d'une conversion rapide.

Cette conversion fut absolue dans un sens et très incomplète dans un autre sens. La suite de mon récit le fera comprendre.

Une grande agitation régnait alors en France. La monarchie et la république allaient jouer leur va-tout dans ce grand procès qu'on a nommé avec raison le procès-monstre, bien que, par une suite brutale de dénis de justice et de violations de la légalité, le pouvoir ait su l'empêcher d'atteindre aux proportions et aux conséquences qu'il pouvait et devait avoir.

Il n'était plus guère possible de rester neutre dans ce vaste débat qui n'avait plus le caractère des conspirations et des coups de main, mais bien celui d'une protestation générale où tous les esprits s'éveillaient pour se jeter dans un camp ou dans l'autre. La cause de ce procès (les événemens de Lyon) avait eu un caractère plus socialiste, et un but plus généralement senti que ceux de Paris qui les avaient précédés. Ici il ne s'était agi, du moins en apparence, que de changer la forme du gouvernement. Là-bas, le problème de l'organisation du travail avait été soulevé avec la question du salaire et pleinement compris. Le peuple, sollicité et un peu entraîné ailleurs par des chefs politiques, avait, à Lyon, entraîné ces mêmes chefs dans une lutte plus profonde et plus terrible.

Après les massacres de Lyon, la guerre civile ne pouvait plus de longtemps amener de solution favorable à la démocratie. Le pouvoir avait la force des canons et des baïonnettes. Le désespoir seul pouvait chercher désormais dans les combats le terme de la souffrance et de la misère. La conscience et la raison conseillaient d'autres luttes, celles du raisonnement et de la discussion. Le retentissement de la parole publique devait ébranler l'opinion publique. C'est sous l'opinion de la France entière que pouvait tomber ce pouvoir perfide, ce système de provocation inauguré par la politique de Louis-Philippe.

C'était une belle partie à jouer. Une simple mais large question de procédure pouvait aboutir à une révolution. Elle pouvait, tout au moins, imprimer un mouvement de recul à l'aristocratie et lui poser une digue difficile à franchir. La partie fut mal jouée par les démocrates. C'est à eux que le mouvement de recul fut imprimé, c'est devant eux que la digue fut posée.

Au premier abord, il semblait pourtant que cette réunion de talens appelés de tous les coins du pays et représentant tous les types de l'intelligence des provinces dût produire une résistance vigoureuse. C'était, dans les rêves du départ, la formation d'un corps d'élite, d'un petit bataillon sacré impossible à entamer, parce qu'il présentait une masse parfaitement homogène. Il s'agissait de parler et de protester, et presque tous les combattans de la démocratie appelés dans la lice étaient des orateurs brillans ou des argumentateurs habiles.

Mais on oubliait que les avocats les plus sérieux sont, avant tout, des artistes, et que les artistes n'existent qu'à la condition de s'entendre sur certaines règles de forme, et de différer essentiellement les uns des autres par le fond de la pensée, par l'illumination intérieure, par l'inspiration.

On se croyait bien d'accord au début sur la conclusion politique, mais chacun comptait sur ses propres moyens; on pliera difficilement des artistes à la discipline, à la charge en douze temps.

Le moment commençait à poindre où les idées purement politiques et les idées purement socialistes devaient creuser des abîmes entre les partisans de la démocratie. Cependant on s'entendait encore à Paris contre l'ennemi commun. On s'entendait même mieux sous ce rapport qu'on n'avait fait depuis longtemps. La phalange des avocats de province venait se ranger sur un pied d'égalité, mais avec une tendre vénération, autour d'une pléiade de célébrités, choisie d'inspiration et d'enthousiasme parmi les plus beaux noms démocratiques du barreau, de la politique et de la philosophie, de la science et de l'art littéraire: Dupont, Marie, Garnier-Pagès, Ledru-Rollin, Armand Carrel, Buonarotti, Voyer-d'Argenson, Pierre Leroux, Jean Reynaud, Raspail, Carnot, et tant d'autres dont la vie a été éclatante de dévoûment ou de talent par la suite. A côté de ces noms déjà illustres, un nom encore obscur, celui de Barbès, donne à cette réunion choisie un caractère non moins sacré pour l'histoire que ceux de Lamennais, Jean Reynaud et Pierre Leroux. Grand parmi les grands, Barbès a eu l'éclat de la vertu, à défaut de celui de la science.

J'ai dit qu'on se croyait bien d'accord au point de départ. Pour mon compte, je me crus d'accord avec Éverard et je supposais ses amis d'accord avec lui. Il n'en était rien. La plupart de ceux qu'il avait amenés de la province étaient tout au plus girondins quoiqu'ils se crussent montagnards.

Mais Éverard n'avait encore confié à personne et pas plus à moi qu'aux autres, sa doctrine ésotérique. Son expansion ne paralysait pas une grande prudence qui, en fait d'idées, allait quelquefois jusqu'à la ruse. Il se croyait en possession d'une certitude, et, sentant bien qu'elle dépassait la portée révolutionnaire de ses adeptes, il en insinuait tout doucement l'esprit et n'en révélait pas la lettre.

Pourtant certaines réticences, certaines contradictions m'avaient frappée, et je sentais en lui des lacunes ou des choses réservées qui échappaient aux autres et qui me tourmentaient. J'en parlais à Planet, qui n'y voyait pas plus avant que moi et qui, naïvement tourmenté aussi pour son compte, avait coutume de dire à tout propos, et même souvent à propos de bottes: «Mes amis, il est temps de poser la question sociale!»

Il disait cela si drôlement, ce bon Planet, que sa proposition était toujours accueillie par des rires, et que son mot était passé chez nous en proverbe. On disait: «Allons poser la question sociale» pour dire: «Allons dîner!» et quand quelque bavard venait nous ennuyer, on proposait de lui poser la question sociale pour la mettre en fuite.

Planet cependant avait raison; même dans ses gaîtés excentriques, son bon sens allait toujours au fait.

Enfin, un soir que nous avions été au Théâtre-Français, et que, par une nuit magnifique, nous ramenions Éverard à sa demeure voisine de la mienne (il s'était logé quai Voltaire), la question sociale fut sérieusement posée. J'avais toujours admis ce que l'on appelait alors l'égalité des biens, et même le partage des biens, faute d'avoir adopté généralement le mot si simple d'association, qui n'est devenu populaire que par la suite. Les mots propres descendent toujours trop tard dans les masses. Il a fallu que le socialisme fût accusé de vouloir le retour de la loi agraire et de toutes ses conséquences brutales, pour qu'il trouvât des formules plus propres à exprimer ses aspirations.

J'entendais, moi, ce partage des biens de la terre d'une façon toute métaphorique; j'entendais réellement par là la participation au bonheur, due à tous les hommes, et je ne pouvais pas m'imaginer un dépècement de la propriété qui n'eût pu rendre les hommes heureux qu'à la condition de les rendre barbares. Quelle fut ma stupéfaction quand Éverard, serré de près par mes questions et les questions encore plus directes et plus pressantes de Planet, nous exposa enfin son système!

Nous nous étions arrêtés sur le pont des Saints-Pères. Il y avait bal ou concert au château: on voyait le reflet des lumières sur les arbres du jardin des Tuileries. On entendait le son des instrumens qui passait par bouffées dans l'air chargé de parfums printaniers, et que couvrait, à chaque instant, le roulement des voitures sur la place du Carroussel. Le quai désert du bord de l'eau, le silence et l'immobilité qui régnaient sur le pont contrastaient avec ces rumeurs confuses, avec cet invisible mouvement. J'étais tombée dans la rêverie, je n'écoutais plus le dialogue entamé, je ne me souciais plus de la question sociale, je jouissais de cette nuit charmante, de ces vagues mélodies, des doux reflets de la lune mêlés à ceux de la fête royale.

Je fus tirée de ma contemplation par la voix de Planet, qui disait auprès de moi: «Ainsi, mon bon ami, vous vous inspirez du vieux Buonarotti, et vous iriez jusqu'au babouvisme?—Quoi? qu'est-ce? leur dis-je tout étonnée. Vous voulez faire revivre cette vieillerie? Vous avez laissé chez moi l'ouvrage de Buonarotti: je l'ai lu, c'est beau; mais ces moyens empiriques pouvaient entrer dans le cœur désespéré des hommes de cette époque, au lendemain de la chute de Robespierre. Aujourd'hui, ils seraient insensés, et ce n'est pas par ces chemins-là qu'une époque civilisée peut vouloir marcher.—La civilisation! s'écria Éverard courroucé et frappant de sa canne les balustrades sonores du pont; oui! voilà le grand mot des artistes! La civilisation! Moi, je vous dis que, pour rajeunir et renouveler votre société corrompue, il faut que ce beau fleuve soit rouge de sang, que ce palais maudit soit réduit en cendres, et que cette vaste cité où plongent vos regards soit une grève nue, où la famille du pauvre promènera la charrue et dressera sa chaumière!»

Là-dessus, voilà mon avocat parti, et comme mon rire d'incrédulité échauffait sa verve, ce fut une déclamation horrible et magnifique contre la perversité des cours, la corruption des grandes villes, l'action dissolvante et énervante des arts, du luxe, de l'industrie, de la civilisation, en un mot. Ce fut un appel au poignard et à la torche, ce fut une malédiction sur l'impure Jérusalem et des prédictions apocalyptiques; puis, après ces funèbres images, il évoqua le monde de l'avenir comme il le rêvait en ce moment-là, l'idéal de la vie champêtre, les mœurs de l'âge d'or, le paradis terrestre fleurissant sur les ruines fumantes du vieux monde par la vertu de quelque fée.

Comme je l'écoutais sans le contredire, il s'arrêta pour m'interroger. L'horloge du château sonnait deux heures. «Il y a deux grandes heures que tu plaides la cause de la mort, lui dis-je, et j'ai cru entendre le vieux Dante au retour de l'enfer. Maintenant, je me délecte à ta symphonie pastorale; pourquoi l'interrompre si tôt?

«—Ainsi, s'écria-t-il indigné, tu t'occupes à admirer ma pauvre éloquence? Tu te complais dans les phrases, dans les mots, dans les images? Tu m'écoutes comme un poème ou comme un orchestre, voilà tout! Tu n'es pas plus convaincue que cela!»

A mon tour je plaidai, mais sans aucun art, la cause de la civilisation, la cause de l'art surtout, et puis, poussée par ses dédains injustes, je voulus plaider aussi celle de l'humanité, faire appel à l'intelligence de mon farouche pédagogue, à la douceur de ses instincts, à la tendresse de son cœur, que je connaissais déjà si aimant et si impressionnable. Tout fut inutile. Il était monté sur ce dada qui était véritablement le cheval pâle de la vision. Il était hors de lui: il descendit sur le quai en déclamant, il brisa sa canne sur les murs du vieux Louvre, il poussa des exclamations tellement séditieuses que je ne comprends pas comment il ne fut ni remarqué, ni entendu, ni ramassé par la police. Il n'y avait que lui au monde qui pût faire de pareilles excentricités sans paraître fou et sans être ridicule.

Pourtant j'en fus attristée, et, lui tournant le dos, je le laissai plaider tout seul et repris avec Planet le chemin de ma demeure.

Il nous rejoignit sur le pont. Il était à la fois furieux et désolé de ne m'avoir pas persuadée. Il me suivit jusqu'à ma porte, voulant m'empêcher de rentrer, me suppliant de l'écouter encore, me menaçant de ne jamais me revoir si je le quittais ainsi. On eût dit d'une querelle d'amour, et il ne s'agissait pourtant que de la doctrine de Babeuf.

Il ne s'agissait que de cela! C'était quelque chose, pourtant! Maintenant que les idées ont dépassé cette farouche doctrine, elle fait déjà sourire les hommes avancés; mais elle a eu son temps dans le monde, elle a soulevé la Bohême au nom de Jean Hus, elle a dominé souvent l'idéal de Jean-Jacques Rousseau, elle a bouleversé bien des imaginations à travers les tempêtes de la révolution du dernier siècle, et même encore, à travers les agitations intellectuelles de 1848, elle s'est fondue en partie dans l'esprit de certains clubs de cette époque avec les théories de certaines dictatures. En un mot, elle a fait secte, et comme, dans toute doctrine de rénovation, il y a de grandes lueurs de vérité et de touchantes aspirations vers l'idéal, elle a mérité l'examen, elle a exercé sa part de séduction en se formulant au pied de l'échafaud où montèrent, déjà frappés de leur propre main, l'enthousiaste Gracchus et le stoïque Darthé.

Emmanuel Arago, plaidant pour Barbès en 1839, a dit Barbès est babouviste. Il ne m'a pas semblé depuis, en causant avec Barbès, qu'il eût jamais été babouviste dans le sens où l'avait été Éverard en 1835. On se trompe aisément quand, pour exposer la croyance d'un homme, on est obligé, pour la résumer et la définir, de l'assimiler à celle d'un homme qui l'a précédé. On ne peut pas être, quoi qu'on fasse, dans l'exacte vérité. Toute doctrine se transforme rapidement dans l'esprit des adeptes, et d'autant plus que les adeptes sont ou deviennent plus forts que le maître.

Je ne veux pas analyser et critiquer ici la doctrine de Babeuf. Je ne veux la montrer que dans ses résultats possibles, et comme Éverard, le plus illogique des hommes de génie dans l'ensemble de sa vie, était le plus implacable logicien de l'univers dans chaque partie de sa science et dans chaque phase de sa conviction, il n'est pas indifférent d'avoir à constater qu'elle le jetait, à l'époque que je raconte, dans des aberrations secrètes et dans un rêve de destruction colossale.

J'avais passé le mois précédent à lire Éverard et à lui écrire. Je l'avais revu dans cet intervalle, je l'avais pressé de questions, et, pour mieux mettre à profit le peu de temps que nous avions, je n'avais plus rien discuté. J'avais tâché de construire en moi l'édifice de sa croyance, afin de voir si je pouvais me l'assimiler avec fruit. Convertie au sentiment républicain et aux idées nouvelles, on sait maintenant de reste que je l'étais d'avance. J'avais gagné à entendre cet homme, véritablement inspiré en certains momens, de ressentir de vives émotions que la politique ne m'avait jamais semblé pouvoir me donner. J'avais toujours pensé froidement aux choses de fait; j'avais regardé couler autour de moi, comme un fleuve lourd et troublé, les mille accidens de l'histoire générale contemporaine, et j'avais dit: «Je ne boirai pas cette eau.» Il est probable que j'eusse continué à ne pas vouloir mêler ma vie intérieure à l'agitation de ces flots amers. Sainte-Beuve, qui m'influençait encore un peu à cette époque par ses adroites railleries et ses raisonnables avertissemens, regardait les choses positives en amateur et en critique. La critique dans sa bouche avait de grandes séductions pour la partie la plus raisonneuse et la plus tranquille de l'esprit. Il raillait agréablement cette fusion subite qui s'opérait entre les esprits les plus divers venus de tous les points de l'horizon et qui se mêlaient, disait-il, comme tous les cercles du Dante écrasés subitement en un seul.

Un dîner où Liszt avait réuni M. Lamennais, M. Ballanche, le chanteur

Nourrit et moi, lui paraissait la chose la plus fantastique qui se pût imaginer. Il me demandait ce qui avait pu être dit entre ces cinq personnes. Je lui répondais que je n'en savais rien, que M. Lamennais avait dû causer avec M. Ballanche, Liszt avec Nourrit, et moi avec le chat de la maison.

Et pourtant, relisons aujourd'hui cette admirable page de Louis Blanc:

«Et comment peindre maintenant l'effet que produisaient sur les esprits tant de surprenantes complications? Le nom des accusés volait de bouche en bouche; on s'intéressait à leurs périls; on glorifiait leur constance; on se demandait avec anxiété jusqu'où ils pousseraient l'audace des résolutions prises. Dans les salons même où leurs doctrines n'étaient pas admises, leur intrépidité touchait le cœur des femmes; prisonniers, ils gouvernaient irrésistiblement l'opinion; absens, ils vivaient dans toutes les pensées. Pourquoi s'en étonner? Ils avaient pour eux, chez une nation généreuse, toutes les sortes de puissance: le courage, la défaite et le malheur. Époque orageuse et pourtant regrettable! Comme le sang bouillonnait alors dans nos veines! Comme nous nous sentions vivre! Comme elle était bien ce que Dieu l'a faite, cette nation française qui périra sans doute le jour où lui manqueront tout à fait les émotions élevées! Les politiques à courte vue s'alarment de l'ardeur des sociétés: ils ont raison; il faut être fort pour diriger la force. Et voilà pourquoi les hommes d'État médiocres s'attachent à énerver un peuple. Ils le font à leur taille, parce qu'autrement ils ne le pourraient conduire. Ce n'est pas ainsi qu'agissent les hommes de génie. Ceux-là ne s'étudient point à éteindre les passions d'un grand peuple; car ils ont à les féconder, et ils savent que l'engourdissement est la dernière maladie d'une société qui s'en va.»

Cette page me semble avoir été écrite pour moi, tant elle résume ce qui se passait en moi et autour de moi. J'étais, dans mon petit être, l'expression de cette société qui s'en allait, et l'homme de génie qui, au lieu de me montrer le repos et le bonheur dans l'étouffement des préoccupations immédiates, s'attachait à m'émouvoir pour me diriger, c'était Éverard, expression lui-même du trouble généreux des passions, des idées et des erreurs du moment.

Depuis quelques jours que nous nous étions retrouvés à Paris, lui et moi, toute ma vie avait déjà changé de face. Je ne sais si l'agitation qui régnait dans l'air que nous respirions tous aurait beaucoup pénétré sans lui dans ma mansarde; mais avec lui elle y était entrée à flots. Il m'avait présenté son ami intime, Girerd (de Nevers), et les autres défenseurs des accusés d'avril, choisis dans les provinces voisines de la nôtre. Un autre de ses amis, Degeorges (d'Arras), qui devint aussi le mien, Planet, Emmanuel Arago, et deux ou trois autres amis communs complétaient l'école. Dans la journée, je recevais mes autres amis. Peu d'entre eux connaissaient Éverard; tous ne partageaient pas ses idées; mais ces heures étaient encore agitées par la discussion des choses du dehors, et il n'y avait guère moyen de ne pas s'oublier soi-même absolument dans cet accès de fièvre que les événemens donnaient à tout le monde.

Éverard venait me chercher à six heures pour dîner dans un petit restaurant tranquille avec nos habitués, en pique-nique. Nous nous promenions le soir tous ensemble, quelquefois en bateau sur la Seine, et quelquefois le long des boulevards jusque vers la Bastille, écoutant les propos, examinant les mouvemens de la foule, agitée et préoccupée aussi, mais pas autant qu'Éverard s'en était flatté en quittant la province.

Pour n'être pas remarquée comme femme seule avec tous ces hommes, je reprenais quelquefois mes habits de petit garçon, lesquels me permirent de pénétrer inaperçue à la fameuse séance du 20 mai au Luxembourg.

Dans ces promenades, Éverard marchait et parlait avec une animation fébrile, sans qu'il fût au pouvoir d'aucun de nous de le calmer et de le forcer à se ménager. En rentrant, il se trouvait mal, et nous avons passé souvent une partie de la nuit, Planet et moi, à l'aider à lutter contre une sorte d'agonie effrayante. Il était alors assiégé de visions lugubres; courageux contre son mal, faible contre les images qu'on éveillait en lui, il nous suppliait de ne pas le laisser seul avec les spectres. Cela m'effrayait un peu moi-même. Planet, habitué à le voir ainsi, ne s'en inquiétait pas; et quand il le voyait s'assoupir, il allait le mettre au lit, revenait causer avec moi dans la chambre voisine, bien bas pour ne pas l'éveiller dans son premier sommeil, et me ramenait chez moi quand il le sentait bien endormi. Au bout de trois ou quatre heures Éverard s'éveillait plus actif, plus vivant, plus fougueux chaque jour, plus imprévoyant surtout du mal qu'il creusait en lui et dont, à chaque effort de la vie, il croyait le retour impossible. Il courait aux réunions ardentes où s'agitait la question de la défense des accusés, et après des discussions passionnées, il revenait s'évanouir chez lui avant dîner, quand on ne l'y apportait pas évanoui déjà dans la voiture. Mais alors c'était l'affaire de quelques instans de pâleur livide et de sourds gémissemens. Il se ranimait comme par un miracle de la nature ou de la volonté, il revenait parler et rire avec nous, car, au milieu de cette excitation et de cet affaissement successifs, il se jetait dans la gaîté avec l'insouciance et la candeur d'un enfant.

Tant de contrastes m'émouvaient et m'arrachaient à moi-même. Je m'attachais par le cœur à cette nature qui ne ressemblait à rien, mais qui avait pour les moindres soins, pour la moindre sollicitude, des trésors de reconnaissance. Le charme de sa parole me retenait des heures entières, moi que la parole fatigue extrêmement, et j'étais dominée aussi par un vif désir de partager cette passion politique, cette foi au salut général, ces vivifiantes espérances d'une prochaine rénovation sociale, qui semblaient devoir transformer en apôtres, même les plus humbles d'entre nous.

Mais j'avoue qu'après cette causerie du pont des Saints-Pères, et cette déclamation anti-sociale et anti-humaine dont il m'avait régalée, je me sentis tomber du ciel en terre, et que, haussant les épaules, à mon réveil, je repris ma résolution de m'en aller chercher des fleurs et des papillons en Égypte ou en Perse.

Sans trop réfléchir ni m'émouvoir, j'obéis à l'instinct qui me poussait vers la solitude, et j'allai chercher mon passeport pour l'étranger. En rentrant, je trouvai chez moi Éverard qui m'attendait. «Qu'est-ce qu'il y a? s'écria-t-il. Ce n'est pas la figure sereine que je connais?—C'est une figure de voyageur, lui répondis-je, et il y a que je m'en vas décidément. Ne te fâche pas; tu n'es pas de ceux avec qui on est poli par hypocrisie de convenance. J'ai assez de vos républiques. Vous en avez tous une qui n'est pas la mienne et qui n'est celle d'aucun des autres. Vous ne ferez rien cette fois-ci. Je reviendrai vous applaudir et vous couronner dans un meilleur temps, quand vous aurez usé vos utopies, et rassemblé des idées saines.»

L'explication fut orageuse. Il me reprocha ma légèreté d'esprit et ma sécheresse de cœur. Poussée à bout par ses reproches je me résumai.

Quelle était cette folle volonté de dominer mes convictions et de m'imposer celles d'autrui? Pourquoi, comment avait-il pu prendre à ce point au pied de la lettre l'hommage que mon intelligence avait rendu à la sienne en l'écoutant sans discussion et en l'admirant sans réserve? Cet hommage avait été complet et sincère, mais il n'avait pas pour conséquence possible l'abandon absolu des idées, des instincts et des facultés de mon être. Après tout, nous ne nous connaissions pas entièrement l'un et l'autre, et nous n'étions peut-être pas destinés à nous comprendre, étant venus de si loin l'un vers l'autre pour discuter quelques articles de foi dont il croyait avoir la solution. Cette solution, il ne l'avait pas. Je ne pouvais pas lui en faire un reproche; mais lui, où prenait-il la fantaisie tyrannique de s'irriter de ma résistance à ses théories comme d'un tort envers lui-même?

«En m'entendant te parler comme un élève attentif aux leçons de ton maître, tu t'es cru mon père, lui dis-je; tu m'as appelé ton fils bien-aimé et ton Benjamin, tu as fait de la poésie, de l'éloquence biblique. Je t'ai écouté comme dans un rêve dont la grandeur et la pureté céleste charmeront toujours mes souvenirs. Mais on ne peut pas rêver toujours. La vie réelle appelle des conclusions sans lesquelles on chante comme une lyre, sans avancer le règne de Dieu et le bonheur des hommes. Moi, je place ce bonheur dans la sagesse plus que dans l'action. Je ne veux rien, je ne demande rien dans la vie, que le moyen de croire en Dieu et d'aimer mes semblables. J'étais malade, j'étais misanthrope; tu t'es fais fort de me guérir; tu m'as beaucoup attendrie, j'en conviens. Tu as combattu rudement mon mauvais orgueil, et tu m'as fait entrevoir un idéal de fraternité qui a fondu la glace de mon cœur. En cela, tu as été véritablement chrétien, et tu m'as convertie par le sentiment. Tu m'as fait pleurer de grosses larmes, comme au temps où je devenais dévote par un attendrissement subit et imprévu de ma rêverie. Je n'aurais pas retrouvé en moi-même, après tant d'incertitudes et de fatigues d'esprit, la source de ces larmes vivifiantes. Ton éloquence et ta persuasion ont fait le miracle que je te demandais: sois bénis pour cela, et laisse-moi partir sans regret. Laisse-moi aller réfléchir maintenant aux choses que vous cherchez ici, aux principes qui peuvent se formuler et s'appliquer aux besoins de cœur et d'esprit de tous les hommes. Et ne me dis pas que vous les avez trouvés, que tu les tiens dans ta main, cela n'est pas. Vous ne tenez rien, vous cherchez! Tu es meilleur que moi, mais tu n'en sais pas plus que moi.»

Et comme il paraissait offensé de ma franchise, je lui dis encore:

«Tu es un véritable artiste. Tu ne vis que par le cœur et l'imagination. Ta magnifique parole est un don qui t'entraîne fatalement à la discussion. Ton esprit a besoin d'imposer à ceux qui t'écoutent avec ravissement des croyances que la raison n'a pas encore mûries. C'est là où la réalité me saisit et m'éloigne de toi. Je vois toute cette poésie du cœur, toutes ces aspirations de l'âme aboutir à des sophismes, et voilà justement ce que je ne voudrais pas entendre, ce que je suis fâchée d'avoir entendu. Écoute, mon pauvre père, nous sommes fous. Les gens du monde officiel, du monde positif, qui ne voient de nous que des excentricités de conduite et d'opinion, nous traitent de rêveurs. Ils ont raison, ne nous en fâchons pas. Acceptons ce dédain. Ils ne comprennent pas que nous vivions d'un désir et d'une espérance dont le but ne nous est pas personnel. Ces gens-là sont fous à leur manière; ils sont complétement fous à nos yeux, eux qui poursuivent des biens et des plaisirs que nous ne voudrions pas toucher avec des pincettes. Tant que durera le monde, il y aura des fous occupés à regarder par terre, sans se douter qu'il y a un ciel sur leurs têtes, et des fous qui, regardant trop le ciel ne tiendront pas assez de compte de ceux qui ne voient qu'à leurs pieds. Il y a donc une sagesse qui manque à tous les hommes, une sagesse qui doit embrasser la vue de l'infini et celle du monde fini où nous sommes. Ne la demandons pas aux fous du positivisme, mais ne prétendons pas la leur donner avant de l'avoir trouvée.

«Cette sagesse-là, c'est celle dont la politique ne peut se passer. Autrement vous ferez des coups de tête et des coups de main pour aboutir à des chimères ou à des catastrophes. Je sens qu'en te parlant ainsi au milieu de ta fièvre d'action, je ne peux pas te convaincre; aussi je ne te parle que pour te prouver mon droit de me retirer de cette mêlée où je ne peux porter aucune lumière, et où je ne peux pas suivre la tienne, qui est encore enveloppée de nuages impénétrables.»

Quand j'eus tout dit, Éverard, qui s'était calmé à grand'peine pour tout entendre, reprit son énergie et sa conviction. Il me donna des raisons devant lesquelles je me sentis vaincue, et dont voici le résumé:

«Nul ne peut trouver la lumière à lui tout seul. La vérité ne se révèle plus aux penseurs retirés sur la montagne. Elle ne se révèle même plus à des cénacles détachés comme des cloîtres sur les divers sommets de la pensée. Elle s'y élucubre, et rien de plus. Pour trouver, à l'heure dite, la vérité applicable aux sociétés en travail, il faut se réunir, il faut peser toutes les opinions, il faut se communiquer les uns aux autres, discuter et se consulter, afin d'arriver tant bien que mal, à une formule qui ne peut jamais être la vérité absolue, Dieu seul la possède, mais qui est la meilleure expression possible de l'aspiration des hommes à la vérité. Voilà pourquoi j'ai la fièvre, voilà pourquoi je m'assimile avec ardeur toutes les idées qui me frappent, voilà pourquoi je parle jusqu'à m'épuiser, jusqu'à divaguer, parce que parler, c'est penser tout haut et qu'en pensant ainsi tout haut je vais plus vite qu'en pensant tout bas et tout seul. Vous autres qui m'écoutez, et toi tout le premier, qui écoutes plus attentivement que personne, vous tenez trop de compte des éclairs fugitifs qui traversent mon cerveau. Vous ne vous attachez pas assez à la nécessité de me suivre comme on suit un guide dévoué et aventureux sur un chemin dont il ne connaît pas lui-même tous les détours, mais dont sa vue perçante et son courage passionné ont su apercevoir le but lointain. C'est à vous de m'avertir des obstacles, à vous de me ramener dans le sentier quand l'imagination ou la curiosité m'emportent. Et cela fait, si vous vous impatientez de mes écarts, si vous vous lassez de suivre un pilote incertain de sa route, cherchez-en un meilleur, mais ne le méprisez pas pour n'avoir pas été un dieu, et ne le maudissez pas pour vous avoir montré des rives nouvelles conduisant plus ou moins à celle où vous voulez aborder.

«Quant à toi, je te trouve exigeant et injuste, écolier sans cervelle! Tu ne sais rien, tu l'avoues, et tu ne voulais rien apprendre, tu l'as déclaré. Puis, tout à coup, la fièvre de savoir s'étant emparé de toi, tu as demandé du jour au lendemain la science infuse, la vérité absolue. Vite, vite, donnez le secret de Dieu à M. George Sand, qui ne veut pas attendre!

«Eh bien! ajouta-t-il après un feu roulant de ces plaisanteries sans aigreur qu'il aimait à saisir comme des mouches qu'on attrape en courant, moi je fais une découverte, c'est que les âmes ont un sexe et que tu es une femme. Croirais-tu que je n'y avais pas encore pensé? En lisant Lélia et tes Premières Lettres d'un voyageur, je t'ai toujours vu sous l'aspect d'un jeune garçon, d'un poète enfant dont je faisais mon fils, moi dont la profonde douleur est de n'avoir pas d'enfans et qui élève ceux du premier lit de ma femme avec une tendresse mêlée de désespoir. Quand je t'ai vu réellement pour la première fois, j'ai été étonné comme si l'on ne m'avait pas dit que tu t'habilles d'une robe et que tu t'appelles d'un nom de femme dans la vie réelle. J'ai voulu garder mon rêve, t'appeler George tout court, te tutoyer comme on se tutoie sous les ombrages virgiliens, et ne te regarder à la clarté de notre petit soleil que le temps de savoir chaque jour comment se porte ton moral. Et, en vérité, je ne connais de toi que le son de ta voix, qui est sourd et qui ne me rappelle pas la flûte mélodieuse d'une voix de femme. Je t'ai donc toujours parlé comme à un garçon qui a fait sa philosophie et qui a lu l'histoire. A présent je vois bien, et tu me le rappelles, que tu as l'ambition et l'exigence des esprits incultes, des êtres de pur sentiment et de pure imagination, des femmes en un mot. Ton sentiment est, je l'avoue, un impatient logicien qui veut que la science philosophique réponde d'emblée à toutes ses fibres et satisfasse toutes ses délicatesses; mais la logique du sentiment pur n'est pas suffisante en politique, et tu demandes un impossible accord parfait entre les nécessités de l'action et les élans de la sensibilité. C'est là l'idéal, mais il est encore irréalisable sur la terre, et tu en conclus qu'il faut se croiser les bras en attendant qu'il arrive de lui-même.

«Croise donc tes bras et va-t'en! Certes, tu es libre de fait; mais ta conscience ne le serait pas si elle se connaissait bien elle-même. Je n'ai pas le droit de te demander ton affection. J'ai voulu te donner la mienne. Tant pis pour moi; tu ne me l'avais pas demandée, tu n'en avais pas besoin. Je ne te parlerai donc pas de moi, mais de toi-même, et de quelque chose de plus important que toi-même, le devoir.

«Tu rêves une liberté de l'individu qui ne peut se concilier avec le devoir général. Tu as beaucoup travaillé à conquérir cette liberté pour toi-même. Tu l'as perdue dans l'abandon du cœur à des affections terrestres qui ne t'ont pas satisfait, et à présent tu te reprends toi-même dans une vie d'austérité que j'approuve et que j'aime, mais dont tu étends à tort l'application à tous les actes de ta volonté et de ton intelligence. Tu te dis que ta personne t'appartient et qu'il en est ainsi de ton âme. Eh bien! voilà un sophisme pire que tous ceux que tu me reproches et plus dangereux, puisque tu es maître d'en faire la loi de ta propre vie, tandis que les miens ne peuvent se réaliser sans des miracles. Songe à ceci que, si tous les amans de la vérité absolue disaient comme toi adieu à leur pays, à leurs frères, à leur tâche, non-seulement la vérité absolue, mais encore la vérité relative n'auraient plus un seul adepte. Car la vérité ne monte pas en croupe des fuyards et ne galoppe pas avec eux. Elle n'est pas dans la solitude, rêveur que tu es! Elle ne parle pas dans les plantes et dans les oiseaux, ou c'est d'une voix si mystérieuse que les hommes ne la comprennent pas. Le divin philosophe que tu chéris le savait bien quand il disait à ses disciples: «Là où vous serez seulement trois réunis en mon nom, mon esprit sera avec vous.»

«C'est donc avec les autres qu'il faut chercher et prier. Si peu que l'on trouve en s'unissant à quelques autres, c'est quelque chose de réel, et ce qu'on croit trouver seul n'existe que pour soi seul, n'existe pas par conséquent. Va-t'en donc à la recherche, à la poursuite du néant; moi je me consolerai de ton départ avec la certitude d'être, en dépit des erreurs d'autrui et des miennes propres, à la recherche et à la poursuite de quelque chose de bon et de vrai.»

Ayant tout dit, il sortit, un peu sans que j'y fisse attention, car j'étais absorbée par mes propres réflexions sur tout ce qu'il venait de dire, en des termes dont la plume ne peut donner qu'une sèche analyse.

Quand je voulus lui répondre, pensant qu'il était dans la pièce voisine, où il se retirait quelquefois pour faire, tout à coup brisé, une sieste de cinq minutes, je m'aperçus qu'il était parti tout à fait et qu'il m'avait enfermée. Je cherchai la clef partout, il l'avait mise dans sa poche, et j'avais donné congé pour le reste de la journée à la femme qui me servait, et qui avait la seconde clef de l'appartement. J'attribuai ma captivité à une distraction d'Éverard, et je me remis à réfléchir tranquillement. Au bout de trois heures il revint me délivrer, et comme je lui signalais sa distraction: «Non pas, me dit-il en riant, je l'ai fait exprès. J'étais attendu à une réunion, et, voyant que je ne t'avais pas encore convaincue, je t'ai mise au secret afin de te donner le temps de la réflexion. J'avais peur d'un coup de tête et de ne plus te retrouver à Paris ce soir. A présent que tu as réfléchi, voilà ta clef, la clef des champs! Dois-je te dire adieu et aller dîner sans toi?

—Non, lui répondis-je, j'avais tort; je reste. Allons dîner et chercher quelque chose de mieux que Babeuf pour notre nourriture intellectuelle.»

J'ai rapporté cette longue conversation parce qu'elle raconte ma vie et celle de la vie d'un certain nombre de révolutionnaires à ce moment donné.

Pendant cette phase du procès d'avril, le travail d'élucubration était partout dans nos rangs, parfois, savant et profond, parfois naïf et sauvage. Quand on s'y reporte par le souvenir, on est étonné du progrès qu'ont fait les idées en si peu de temps, et moins effrayé par conséquent du progrès énorme qui reste à faire.

Le véritable foyer de cette élucubration sociale et philosophique était dans les prisons d'État. «Alors, dit Louis Blanc, cet admirable historien de nos propres émotions, qu'on ne peut trop citer, alors, on vit ces hommes sur qui pesait la menace d'un arrêt terrible s'élever soudain au dessus du péril et de leurs passions pour se livrer à l'étude des plus arides problèmes. Le comité de défense parisien avait commencé par distribuer entre les membres les plus capables du parti les principales branches de la science de gouverner, assignant à l'un la partie philosophique et religieuse, à l'autre la partie administrative, à celui-ci l'économie politique, à celui-là les arts. Ce fut pour tous le sujet des plus courageuses méditations, des recherches les plus passionnées. Mais tous, dans cette course intellectuelle, n'étaient pas destinés à suivre la même carrière. Des dissidences théoriques se manifestèrent, des discussions brûlantes s'élevèrent. Par le corps, les captifs appartenaient au geôlier, mais d'un vol indomptable et libre, leur esprit parcourait le domaine, sans limites, de la pensée. Du fond de leurs cachots, ils s'inquiétaient de l'avenir des peuples, ils s'entretenaient avec Dieu; et, placés sur la route de l'échafaud, ils s'exaltaient, ils s'enivraient d'espérance, comme s'ils eussent marché à la conquête du monde. Spectacle touchant et singulier, dont il convient de conserver le souvenir à jamais!

«Que des préoccupations sans grandeur se soient mêlées à ce mouvement, que l'émulation ait quelquefois fait place à des rivalités frivoles ou haineuses, que des esprits trop faibles pour s'élever impunément se soient perdus dans le pays des rêves, on ne peut le nier; mais ces résultats trop inévitables des infirmités de la nature humaine ne suffisent pas pour enlever au fait général que nous venons de signaler ce qu'il présente de solennel et d'imposant[17].»

Si l'on veut juger le procès d'avril et tous les faits qui s'y rattachent d'une manière juste, élevée et vraiment philosophique, il faut relire tout ce chapitre si court et si plein de l'Histoire de dix ans. Les hommes et les choses y sont jugés non seulement avec la connaissance exacte d'un passé que l'historien n'a jamais le droit d'arranger et d'atténuer, mais avec la haute équité d'un grand et généreux esprit qui fixe et précise la vérité morale, c'est à dire la suprême vérité de l'histoire au milieu des contradictions apparentes des événemens et des hommes qui les subissent.

Je ne raconterai pas ces événemens. Cela serait tout à fait inutile: ils sont enregistrés là d'une manière si conforme à mon sentiment, à mon souvenir, à ma conscience et à ma propre expérience, que je ne saurais y rien ajouter.

Acteur perdu et ignoré, mais vivant et palpitant dans ce drame, je ne suis ici que le biographe d'un homme qui y joua un rôle actif, et, faut-il le dire, problématique en apparence, parce que l'homme était incertain, impressionnable et moins politique qu'artiste.

On sait qu'un grand débat s'était élevé entre les défenseurs: débat ardent, insoluble sous la pression des actes précipités de la pairie. Une partie des accusés s'entendait avec ses défenseurs pour n'être pas défendue. Il ne s'agissait pas de gagner le procès judiciaire et de se faire absoudre, par le pouvoir; il s'agissait de faire triompher la cause générale dans l'opinion en plaidant avec énergie le droit sacré du peuple devant le pouvoir de fait, le droit du plus fort. Une autre catégorie d'accusés, celle de Lyon, voulait être défendue, non pas pour proclamer sa non-participation au fait dont on l'accusait, mais pour apprendre à la France ce qui s'était passé à Lyon, de quelle façon l'autorité avait provoqué le peuple, de quelle façon elle avait traité les vaincus, de quelle façon les accusés eux-mêmes avaient fait ce qui était humainement possible pour prévenir la guerre civile et pour en ennoblir et en adoucir les cruels résultats. Il s'agissait de savoir si l'autorité avait eu le droit de prendre quelques provocations isolées, on disait même payées, pour une rébellion à réprimer, et pour ruer une armée sur une population sans défense. On avait des faits, on voulait les dire, et, selon moi, la véritable cause était là. On était assez fort pour plaider la cause du peuple trahi et mutilé, on ne l'était pas assez pour proclamer celle du genre humain affranchi.

J'étais donc dans les idées de M. Jules Favre, qui se trouvait posé dans les conciliabules en adversaire d'Éverard, et qui était un adversaire digne de lui. Je ne connaissais pas Jules Favre, je ne l'avais jamais vu, jamais entendu; mais lorsque Éverard, après avoir combattu ses argumens avec véhémence, venait me les rapporter, je leur donnais raison. Éverard sentait bien que ce n'était pas par envie de le contredire et de l'irriter; mais il en était affligé, et devinant bien que je redoutais l'exposé public de ses utopies, il s'écriait: «Ah! maudits soient le pont des Saints-Pères et la question sociale!»

CHAPITRE TROISIEME.

Lettre incriminée au procès monstre.—Ma rédaction rejetée.—Défection du barreau républicain.—Trélat.—Discours d'Éverard.—Sa condamnation.—Retour à Nohant.—Projets d'établissement.—La maison déserte à Paris.—Charles d'Aragon.—Affaire Fieschi.—Les opinions politiques de Maurice.—M. Lamennais.—M. Pierre Leroux.—Le mal du pays me prend.—La maison déserte à Bourges.—Contradictions d'Éverard.—Je reviens à Paris.

Cependant il s'agissait surtout de soutenir le courage de certains accusés, en petit nombre, heureusement, qui menaçaient de faiblir. J'étais bien d'accord avec Éverard sur ce point, que, quel que fût le résultat d'une division dans les motifs et les idées des défenseurs, il fallait que la crainte et la lassitude ne parussent pas, même chez quelques accusés. Il me fit rédiger la lettre, la fameuse lettre qui devait donner au procès monstre une nouvelle extension. C'était son but, à lui de rendre inextricable le système d'accusation. L'idée souriait par momens à Armand Carrel; en d'autres, elle alarmait sa prudence. Mais Éverard la poussa rapidement, et lui, que l'on pouvait supposer parfois si méfiant du lendemain, c'est tout au plus s'il prit le temps de la réflexion. Il trouva ma rédaction trop sentimentale et la changea.

«Il n'est pas question de soutenir la foi chancelante par des homélies, me dit-il; les hommes ne donnent pas tant de part à l'idéal. C'est par l'indignation et la colère qu'on les ranime. Je veux attaquer violemment la pairie pour exalter les accusés; je veux d'ailleurs mettre en cause tout le barreau républicain.» Je lui fis observer que le barreau républicain signerait ma rédaction et reculerait devant la sienne. «Il faudra bien que tous signent, répondit-il, et s'ils ne le font pas, on se passera d'eux.»

On se passa du grand nombre, en effet, et ce fut une grande faute que de provoquer les défections. Toutes n'étaient pas si coupables qu'elles le parurent à Éverard. Certains hommes étaient venus là sans vouloir une révolution de fait, espérant contribuer seulement à une révolution dans les idées ne rêvant ni profit ni gloire, mais l'accomplissement d'un devoir dont toutes les conséquences ne leur avaient pas été soumises. J'en connais plusieurs qu'il me fut impossible de blâmer quand ils m'expliquèrent leurs motifs d'abstention.

On sait quelles conséquences eut la lettre. Elle fut fatale au parti en ce qu'elle y mit le désordre; elle fut fatale à Éverard en ce sens qu'elle donna lieu à un discours très controversé dans les rangs de son parti. Il avait, par un mouvement généreux, assumé sur lui toute la responsabilité de cette pièce incriminée par la cour des pairs. Il l'eût fait, quand même Trélat ne lui eût pas donné l'exemple du sacrifice. Mais Trélat fit devant la cour un acte d'hostilité héroïque, tandis qu'Éverard sema de contrastes sa profession de foi devant ce même tribunal. Laissons parler Louis Blanc: «....Puis M.

Michel (de Bourges) s'avance. On connaissait déjà l'entraînement de sa parole, et tous attendaient, au milieu d'un solennel silence. Il commença d'une voix brève et profonde; à demi courbé sur la balustrade qui lui servait d'appui, tantôt il la faisait trembler sous la pression convulsive de ses mains; tantôt, d'un mouvement impétueux, il en parcourait l'étendue, semblable à ce Caïus Gracchus dont il fallait qu'un joueur de flûte modérât, lorsqu'il parlait, l'éloquence trop emportée. M. Michel (de Bourges) cependant ne fut ni aussi hardi ni aussi terrible que M. Trélat. Il se défendit, ce que M. Trélat n'avait pas daigné faire, et les attaques qu'il dirigea contre la pairie ne furent pas tout à fait exemptes de ménagemens. Tout en maintenant l'esprit de la lettre, il parut disposé à faire bon marché des formes, et il reconnut qu'à en juger par ce qu'il voyait depuis trois jours, les pairs valaient mieux que leur institution. Du reste, et pour ce qui concernait le fond même du procès, il fut inflexible.»

Je ne me permettrai de reprendre qu'un mot à cette excellente appréciation. Selon moi, Éverard ne se défendit pas, et je souffre encore en m'imaginant que, s'il fit bon marché des formes de sa provocation, ce fut peut-être sous l'impression de la critique que je lui avais faite de ces mêmes formes. Je trouvais, moi, et je me permettais de le lui dire, que la principale maladresse de son parti était la rudesse du langage et le ton acerbe des discussions. On revenait trop au vocabulaire des temps les plus aigris de la révolution; on affectait de le faire, sans songer qu'un choix d'expression fort du cachet de son temps, paraît violent, par conséquent faible, à quarante ans de distance. J'admirais l'originalité de la parole d'Éverard, précisément parce qu'elle donnait une couleur, une physionomie nouvelle à ces choses du passé. Il sentait bien que là était sa puissance, et il riait de tout son cœur des vieilles formules et des déclamations banales. Mais en écrivant, il y retombait quelquefois sans en avoir conscience, et quand je le lui faisais remarquer, il en convenait modestement. Nous n'avions pourtant pas été d'accord sur ce point en rédigeant la lettre. Il avait défendu et maintenu sa version; mais depuis, en l'entendant blâmer par d'autres, il s'en était dégoûté, et l'artiste dominant, par bouffées, l'homme de parti, il aurait voulu qu'une pièce destinée à faire tant de bruit fût un chef-d'œuvre de goût et d'éloquence. Il est vrai que s'il en eût été ainsi, on ne l'eût pas incriminée et que son but n'eût pas été atteint.

Comme il ne l'était pas davantage par la situation isolée que lui faisaient les poursuites, il n'était plus forcé rigoureusement de défendre chaque expression de cette lettre. Du moment qu'elle n'était plus signée par un parti tout entier, elle redevenait son œuvre personnelle, et il crut peut-être de bon goût de n'y pas tenir aveuglément.

Je n'ai pas entendu ce discours, je n'étais qu'à la séance du 20 mai. Rien n'est plus fugitif qu'un discours; et la sténographie, qui en conserve les mots, n'en conserve pas toujours l'esprit. Il faudrait pouvoir sténographier l'accent et photographier la physionomie de l'orateur pour bien comprendre toutes les nuances de sa pensée à chaque crise de son improvisation. Éverard ne préparait jamais rien en politique; il s'inspirait du moment, et, sous le coup de l'exaltation nerveuse qui dominait son talent en même temps qu'elle l'entretenait, il n'était pas toujours maître de sa parole. Ce ne fut pas la seule fois qu'on lui reprocha l'imprévu de sa pensée et qu'on la jugea plus significative et plus concluante qu'elle ne l'était dans son propre esprit.

Quoi qu'il en soit, ce discours, à la fin duquel il fut ramené chez lui atteint d'une bronchite aiguë, lui fit de nombreux détracteurs parmi ses coréligionnaires. Éverard avait blessé des croyances et des amours-propres dans les discussions orageuses au sein du parti. Il eut contre lui des rancunes amères et même des sévérités impartiales. «Était-ce donc la peine, disait-on, d'avoir combattu avec tant d'âpreté l'opinion de ceux qui voulaient adopter le système de la défense, pour arriver à se défendre soi-même, tout seul, d'un acte dont l'intention était collective?»

Mais n'était-ce pas précisément parce que cette cause n'avait plus de sens collectif qu'Éverard était fatalement entraîné à en faire meilleur marché? N'y avait-il pas quelque chose de naïf et de grand dans la modestie qui lui faisait confesser n'avoir aucun ressentiment, aucune haine personnelle? Et sa péroraison fut-elle timide lorsqu'il s'écria: «Si l'amende m'atteint, je mettrai ma fortune à la disposition du fisc, heureux de consacrer encore à la défense des accusés ce que j'ai pu gagner dans l'exercice de ma profession. Quant à la prison, je me rappelle le mot de cet autre républicain qui sut mourir à Utique: J'aime mieux être en prison, que de siéger ici, à côté de toi, César!»

L'arrêt qui condamnait Trélat à trois ans de prison et Michel à un mois seulement servit de texte aux commentaires hostiles. Michel fut jaloux de la prison de Trélat et non de l'honneur qui lui en revenait. Il chérissait ce noble caractère, et le parallèle qui fut établi entre eux au désavantage de l'un des deux ne diminua en rien la tendresse et la vénération de celui-ci pour l'autre. «Trélat est un saint, disait Éverard, et je ne le vaux pas.» Cela était vrai: mais, pour la dire sincèrement en pareille circonstance, il fallait encore être très grand soi-même.

Éverard fut assez gravement malade. La preuve qu'il n'avait pas été aussi agréable à la pairie que quelques adversaires le prétendaient, c'est que la pairie procéda très brutalement avec lui en le sommant de se faire écrouer mort ou vif. Je réclamai pour lui, à son insu, auprès de M. Pasquier, qui voulut bien faire envoyer le médecin délégué d'office en ces sortes de constatations.

Ce médecin procéda à l'interrogatoire d'Éverard d'une manière blessante, feignant de prendre la maladie pour une feinte et le retard demandé par moi pour un danger. Peu s'en fallut qu'Éverard ne fît manquer l'objet de ma démarche, car, en voyant arriver le médecin du pouvoir d'un air rogue, il répondit brusquement qu'il n'était pas malade et refusa de se laisser examiner. Pourtant j'obtins que le pouls fût consulté, et la fièvre était si réelle et si violente que l'Esculape monarchique se radoucit aussitôt, honteux peut-être d'une insulte toute gratuite et assez inintelligente; car quel est le condamné à un mois de prison qui préférerait la fuite? Je vis par ce petit fait comment on provoquait les républicains, même dans les circonstances légères, et je me fis une idée du système adopté dans les prisons pour exciter ces colères et ces révoltes que le pouvoir semblait avide de faire naître afin d'avoir le plaisir de les châtier.

Dès qu'Éverard fut guéri, je partis pour Nohant avec ma fille. Je ne sais plus pour quel motif, la peine prononcée contre Éverard ne devait plus être subie qu'au mois de novembre suivant. Ce fut peut-être dans l'intérêt de ses cliens que ce délai lui fut accordé.

Cette fois, mon séjour chez moi fut désagréable et même difficile. Il fallut m'armer de beaucoup de volonté pour ne pas aigrir la situation. Ma présence était positivement gênante. Mes amis souffrirent d'avoir à le constater, et ceux-mêmes qui contribuaient à me gâter mon intérieur, mon frère et une autre, sentirent que la position n'était pas tenable pour moi. Ils songèrent donc à conseiller quelque arrangement.

Je recevais trois mille francs de pension pour ma fille et pour moi. C'était fort court, mon travail étant encore peu lucratif et soumis d'ailleurs aux éventualités humaines, ne fût-ce qu'à l'état de ma santé. Pourtant c'était possible à la condition que, passant chez moi six mois sur douze, je mettrais de côté quinze cents francs par an pour payer l'éducation de l'enfant. Si l'on me fermait ma porte, ma vie devenait précaire, et la conscience de mon mari ne pouvait pas, ne devait pas être bien satisfaite.

Il le reconnaissait. Mon frère le pressait de me donner six mille francs par an. Il lui en serait resté à peu près dix en comptant son propre avoir. C'était de quoi vivre à Nohant, et y vivre seul, puisque tel était son désir. M. Dudevant s'était rendu à ce conseil; il avait donc promis de doubler ma pension; mais quand il avait été question de le faire, il m'avait déclaré être dans l'impossibilité de vivre à Nohant avec ce qui lui restait. Il fallut entrer dans quelques explications et me demander ma signature pour sortir d'embarras financiers qu'il s'était créés. Il avait mal employé une partie de son petit héritage, il ne l'avait plus. Il avait acheté des terres qu'il ne pouvait payer; il était inquiet, chagrin. Quand j'eus signé, les choses n'allèrent pas mieux, selon lui. Il n'avait pas résolu le problème qu'il m'avait donné à résoudre quelques années auparavant; ses dépenses excédaient nos revenus. La cave seule en emportait une grosse part, et, pour le reste, il était volé par des domestiques trop autorisés à le faire. Je constatai plusieurs friponneries flagrantes, croyant lui rendre service autant qu'à moi-même. Il m'en sut mauvais gré. Comme Frédéric-le-Grand, il voulait être servi par des pillards. Il me défendit de me mêler de ses affaires, de critiquer sa gestion et de commander à ses gens. Il me semblait que tout cela était un peu à moi, puisqu'il disait n'avoir plus rien à lui. Je me résignai à garder le silence et à attendre qu'il ouvrît les yeux.

Cela ne tarda pas. Dans un jour de dégoût de son entourage, il me dit que Nohant le ruinait, qu'il y éprouvait des chagrins personnels, qu'il s'y ennuyait au milieu de ses loisirs, et qu'il était prêt à m'en laisser la jouissance et l'entretien. Il voulait aller vivre à Paris ou dans le Midi avec le reste de nos revenus, qu'il évaluait alors à sept mille francs. J'acceptai. Il rédigea nos conventions, que je signai sans discussion aucune; mais, dès le lendemain, il me témoigna tant de regret et de déplaisir que je partis pour Paris en lui laissant le traité déchiré et en remettant mon sort à la providence des artistes, au travail.

Ceci s'était passé au mois d'avril. Mon voyage à Nohant en juin n'améliora pas la position. M. Dudevant persistait à quitter Nohant. Cette idée prenait plus de consistance quand j'y retournais; mais, comme elle était accompagnée de dépit, je m'en allai encore sans rien exiger.

Éverard était retourné à Bourges. Je vécus à Paris tout à fait cachée pendant quelque temps. J'avais un roman à faire, et comme je mourais de chaud dans ma mansarde du quai Malaquais, je trouvai moyen de m'installer dans un atelier de travail assez singulier. L'appartement du rez-de-chaussée était en réparation, et les réparations se trouvaient suspendues, je ne sais plus pour quel motif. Les vastes pièces de ce beau local étaient encombrées de pierres et de bois de travail: les portes donnant sur le jardin avaient été enlevées, et le jardin lui-même fermé, désert et abandonné, attendait une métamorphose. J'eus donc là une solitude complète, de l'ombrage, de l'air et de la fraîcheur. Je fis de l'établi d'un menuisier un bureau bien suffisant pour un petit attirail, et j'y passai les journées les plus tranquilles que j'aie peut-être jamais pu saisir, car personne au monde ne me savait là, que le portier, qui m'avait confié la clé, et ma femme de chambre, qui m'y apportait mes lettres et mon déjeuner. Je ne sortais de ma tanière que pour aller voir mes enfans à leurs pensions respectives. J'avais remis Solange chez les demoiselles Martin.

Je pense que tout le monde est, comme moi, friand de ces rares et courts instans où les choses extérieures daignent s'arranger de manière à nous laisser un calme absolu relativement à elles. Le moindre coin nous devient alors une prison volontaire, et, quel qu'il soit, il se pare à nos yeux de ce je ne sais quoi de délicieux qui est le sentiment de la conquête et de la possession du temps, du silence et de nous-mêmes. Tout m'appartenait dans ces murs vides et dévastés, qui bientôt allaient se couvrir de dorures et de soie, mais dont jamais personne ne devait jouir à ma manière. Du moins je me disais que les futurs occupans n'y retrouveraient peut-être jamais une heure du loisir assuré et de la rêverie complète que j'y goûtais chaque jour, du matin à la nuit. Tout était mien en ce lieu, les tas de planches qui me servaient de siéges et de lits de repos, les araignées diligentes qui établissaient leurs grandes toiles avec tant de science et de prévision d'une corniche à l'autre; les souris mystérieusement occupées à je ne sais quelles recherches actives et minutieuses dans les copeaux; les merles du jardin qui, venus insolemment sur le seuil, me regardaient, immobiles et méfians tout à coup, et terminaient leur chant insoucieux et moqueur sur une modulation bizarre, écourtée par la crainte. J'y descendais quelquefois le soir, non plus pour écrire, mais pour respirer et songer sur les marches du perron. Le chardon et le bouillon blanc avaient poussé dans les pierres disjointes; les moineaux, réveillés par ma présence, frôlaient le feuillage des buissons dans un silence agité, et les bruits des voitures, les cris du dehors arrivant jusqu'à moi, me faisaient sentir davantage le prix de ma liberté et la douceur de mon repos.

Quand mon roman fut fini, je rouvris ma porte à mon petit groupe d'amis. C'est à cette époque, je crois, que je me liai avec Charles d'Arragon, un être excellent et du plus noble caractère, puis avec M. Artaud, un homme très savant et parfaitement aimable. Mes autres amis étaient républicains; et, malgré l'agitation du moment, jamais aucune discussion politique ne troubla le bon accord et les douces relations de la mansarde.

Un jour, une femme d'un grand cœur, qui m'était chère, Mme Julie Beaune vint me voir. «On s'agite beaucoup dans Paris, me dit-elle. On vient de tirer sur Louis-Philippe.» C'était la machine Fieschi. Je fus très inquiète; Maurice était sorti avec Charles d'Arragon, qui l'avait mené justement voir passer le roi chez la comtesse de Montijo. Je craignais qu'au retour ils ne se trouvassent dans quelque bagarre. J'allais y courir, quand d'Arragon me ramena mon collégien sain et sauf. Pendant que j'interrogeais le premier sur l'événement, l'autre me parlait d'une charmante petite fille avec laquelle il prétendait avoir parlé politique. C'était la future impératrice des Français. Ce mot d'enfant m'en rappelle un autre. Maurice, un an plus tard m'écrivait: «Montpensier (le jeune prince était au collége Henri IV), m'a invité à son bal, malgré mes opinions politiques. Je m'y suis bien amusé. Il nous a tous fait cracher avec lui sur la tête des gardes nationaux[18].»

C'est dans le courant de cette année-là que je m'approchai très humblement de deux des plus grandes intelligences de notre siècle, M. Lamennais et M. Pierre Leroux. J'avais projeté de consacrer un long chapitre de cet ouvrage à chacun de ces hommes illustres; mais les bornes de l'ouvrage ne peuvent être reculées à mon gré, et je ne voudrais pas écourter deux sujets aussi vastes que ceux de leur philosophie dans l'histoire et de leur mission dans le monde des idées. Cet ouvrage-ci est la préface étendue et complète d'un livre qui paraîtra plus tard, et où, n'ayant plus à raconter ma propre histoire dans son développement minutieux et lent, je pourrai aborder des individualités plus importantes et plus intéressantes que la mienne propre.

Je me bornerai donc à esquisser quelques traits des imposantes figures que j'ai rencontrées dans la période de mon existence contenue dans ce livre et à dire l'impression qu'elles firent sur moi.

J'allais alors cherchant la vérité religieuse et la vérité sociale dans une seule et même vérité. Grâce à Éverard, j'avais compris que ces deux vérités sont indivisibles et doivent se compléter l'une par l'autre, mais je ne voyais encore qu'un épais brouillard faiblement doré par la lumière qu'il voilait à mes yeux. Un jour, au milieu des péripéties du procès monstre, Liszt, qui était reçu avec bonté par M. Lamennais, le fit consentir à monter jusqu'à mon grenier de poète. L'enfant israélite Puzzi, élève de Liszt, musicien ensuite sous son vrai nom d'Herman, aujourd'hui carme déchaussé sous le nom de frère Augustin, les accompagnait.

M. Lamennais, petit, maigre et souffreteux, n'avait qu'un faible souffle de vie dans la poitrine. Mais quel rayon dans sa tête! Son nez était trop proéminent pour sa petite taille et pour sa figure étroite. Sans ce nez disproportionné, son visage eût été beau. L'œil clair lançait des flammes; le front droit et sillonné de grands plis verticaux, indices d'ardeur dans la volonté, la bouche souriante et le masque mobile sous une apparence de contraction austère, c'était une tête fortement caractérisée pour la vie de renoncement, de contemplation et de prédication.

Toute sa personne, ses manières simples, ses mouvemens brusques, ses attitudes gauches, sa gaîté franche, ses obstinations emportées, ses soudaines bonhomies, tout en lui, jusqu'à ses gros habits propres, mais pauvres, et à ses bas bleus, sentait le cloarek breton.

Il ne fallait pas longtemps pour être saisi de respect et d'affection pour cette âme courageuse et candide. Il se révélait tout de suite et tout entier, brillant comme l'or et simple comme la nature.

En ces premiers jours où je le vis, il arrivait à Paris, et, malgré tant de vicissitudes passées, malgré plus d'un demi-siècle de douleurs, il redébutait dans le monde politique avec toutes les illusions d'un enfant sur l'avenir de la France. Après une vie d'étude, de polémique et de discussion, il allait quitter définitivement sa Bretagne pour mourir sur la brèche, dans le tumulte des événemens, et il commençait sa campagne de glorieuse misère par l'acceptation du titre de défenseur des accusés d'avril.

C'était beau et brave. Il était plein de foi, et il disait sa foi avec netteté, avec clarté, avec chaleur; sa parole était belle, sa déduction vive, ses images rayonnantes; et chaque fois qu'il se reposait dans un des horizons qu'il a successivement parcourus, il y était tout entier, passé, présent et avenir, tête et cœur, corps et biens, avec une candeur et une bravoure admirables. Il se résumait alors dans l'intimité avec un éclat que tempérait un grand fonds d'enjouement naturel. Ceux qui, l'ayant rencontré perdu dans ses rêveries, n'ont vu de lui que son œil vert, quelquefois hagard, et son grand nez acéré comme un glaive, ont eu peur de lui et ont déclaré son aspect diabolique. S'ils l'avaient regardé trois minutes, s'ils avaient échangé avec lui trois paroles, ils eussent compris qu'il fallait chérir cette bonté tout en frissonnant devant cette puissance, et qu'en lui tout était versé à grandes doses, la colère et la douceur, la douleur et la gaîté, l'indignation et la mansuétude.

On l'a dit, et on l'a très bien dit[19] et compris, jusqu'au lendemain de sa mort, les esprits droits et justes ont embrassé d'un coup d'œil cette illustre carrière de travaux et de souffrances; la postérité le dira à jamais, et ce sera une gloire de l'avoir reconnu et proclamé sur la tombe encore tiède de Lamennais: ce grand penseur a été, sinon parfaitement, du moins admirablement logique avec lui-même dans toutes ses phases de développement. Ce que, dans des heures de surprise, d'autres critiques, sérieux d'ailleurs, mais placés momentanément à un point de vue trop étroit, ont appelé les évolutions du génie, n'a été chez lui que le progrès divin d'une intelligence éclose dans les liens des croyances du passé et condamnée par la Providence à les élargir et à les briser, à travers mille angoisses, sous la pression d'une logique plus puissante que celle des écoles, la logique du sentiment.

Voilà ce qui me frappa et me pénétra surtout quand je l'eus entendu se résumer en un quart d'heure de naïve et sublime causerie. C'est en vain que Sainte-Beuve avait essayé de me mettre en garde, dans ses charmantes lettres et dans ses spirituels entretiens, contre l'inconséquence de l'auteur de l'Essai sur l'indifférence. Sainte-Beuve n'avait pas alors dans l'esprit apparemment la synthèse de son siècle. Il en avait pourtant suivi la marche, et il avait admiré le vol de Lamennais jusqu'aux protestations de l'Avenir. En le voyant mettre le pied dans la politique d'action, il fut choqué de voir ce nom auguste mêlé à tant de noms qui semblaient protester contre sa foi et ses doctrines.

Sainte-Beuve démontrait et accusait le côté contradictoire de cette marche avec son talent ordinaire; mais, pour sentir que cette critique-là ne portait que sur des apparences, il suffirait de regarder en face, des yeux de l'âme, et d'écouter avec le cœur l'ermite de la Chenaie. On sentait spontanément tout ce qu'il y avait de spontané dans cette âme sincère, dans ce cœur épris de justice et de vérité jusqu'à la passion. Mélange de dogmatisme absolu et de sensibilité impétueuse, M. Lamennais ne sortait jamais d'un monde exploré, par la porte de l'orgueil, du caprice ou de la curiosité. Non! Il en était chassé par un élan suprême de tendresse froissée, de pitié ardente, de charité indignée. Son cœur disait alors probablement à sa raison: «Tu as cru être là dans le vrai. Tu avais découvert ce sanctuaire, tu croyais y rester toujours. Tu ne pressentais rien au delà, tu avais fait ton siège, tiré les rideaux et fermé la porte. Tu étais sincère, et pour te fortifier dans ce que tu croyais bon et définitif, comme dans une citadelle, tu avais entassé sur ton seuil tous les argumens de ta science et de ta dialectique.—Eh bien! tu t'étais trompée! car voilà que des serpens habitaient avec toi, à ton insu. Ils s'étaient glissés, froids et muets, sous ton autel, et voilà que, réchauffés, ils sifflent et relèvent la tête. Fuyons, ce lieu est maudit et la vérité y serait profanée. Emportons nos lares, nos travaux, nos découvertes, nos croyances; mais allons plus loin, montons plus haut, suivons ces esprits qui s'élèvent en brisant leurs fers; suivons-les pour leur bâtir un autel nouveau, pour leur conserver un idéal divin, tout en les aidant à se débarrasser des liens qu'ils traînent après eux, et à se guérir du venin qui les a souillés dans les horreurs de cette prison.»

Et ils s'en allaient de compagnie, ce grand cœur et cette généreuse raison qui se cédaient toujours l'un à l'autre. Ils construisaient ensemble une nouvelle église, belle, savante, étayée selon les règles de la philosophie. Et c'était merveille de voir comment l'architecte inspiré faisait plier la lettre de ses anciennes croyances à l'esprit de sa nouvelle révélation. Qu'y avait-il de changé? Rien selon lui. Je lui ai entendu dire naïvement à diverses époques de sa vie: «Je défie qui que ce soit de me prouver que je ne suis pas catholique aussi orthodoxe aujourd'hui que je l'étais en écrivant l'Essai sur l'indifférence.» Et il avait raison pour son compte. Au temps où il avait écrit ce livre, il n'avait pas vu le pape debout à côté du czar bénissant les victimes. S'il l'eût vu, il eût protesté contre l'impuissance du pape, contre l'indifférence de l'Église en matière de religion. Qu'y avait-il de changé dans les entrailles et dans la conscience du croyant? Rien, en vérité. Il n'abandonnait jamais ses principes, mais les conséquences fatales ou forcées de ces principes.

Maintenant, dirons-nous qu'il y avait en lui une réelle inconséquence dans ses relations de tous les jours, dans ses engouemens, dans sa crédulité, dans ses soudaines méfiances, dans ses retours imprévus? Non, bien que nous ayons quelquefois souffert de sa facilité à subir l'influence passagère de certaines personnes qui exploitaient son affection au profit de leur vanité ou de leurs rancunes, nous ne dirons pas que ces inconséquences furent réelles. Elles ne partaient pas des entrailles de son sentiment. Elles étaient à la surface de son caractère, au degré du thermomètre de sa frêle santé. Nerveux et irascible, il se fâchait souvent avant d'avoir réfléchi, et son unique défaut était de croire avec précipitation à des torts qu'il ne prenait pas le temps de se faire prouver. Mais j'avoue que, pour ma part, bien qu'il m'en ait gratuitement attribué quelques-uns, il ne m'a jamais été possible de ressentir la moindre irritation contre lui. Faut-il tout dire? J'avais comme une faiblesse maternelle pour ce vieillard que je reconnaissais en même temps pour un des pères de mon église, pour une des vénérations de mon âme. Par le génie et la vertu qui rayonnaient en lui, il était dans mon ciel, sur ma tête. Par les infirmités de son tempérament débile, par ses dépits, ses bouderies, ses susceptibilités, il était à mes yeux comme un enfant généreux, mais enfant à qui l'on doit dire de temps en temps: «Prenez garde, vous allez être injuste. Ouvrez donc les yeux!»

Et quand j'applique à un tel homme ce mot d'enfant, ce n'est pas du haut de ma pauvre raison que je le prononce, c'est du fond de mon cœur attendri, fidèle et plein d'amitié pour lui au delà de la tombe. Qu'y a-t-il de plus touchant, en effet, que de voir un homme de ce génie, de cette vertu et de cette science ne pouvoir pas entrer dans la maturité du caractère, grâce à une modestie incomparable? N'êtes-vous pas ému quand vous voyez le lion de l'Atlas dominé et persuadé par le petit chien compagnon de sa captivité? Lamennais semblait ignorer sa force, et je crois qu'il ne se faisait aucune idée de ce qu'il était pour ses contemporains et pour la postérité. Autant il avait la notion de son devoir, de sa mission, de son idéal, autant il s'abusait sur l'importance de sa vie intérieure et individuelle. Il la croyait nulle et allait la livrant au hasard des influences et des personnes du moment. Le moindre cuistre eût pu l'émouvoir, l'irriter, le troubler et, au besoin, lui persuader d'agir ou de s'abstenir dans la sphère de ses goûts les plus purs et de ses habitudes les plus modestes. Il daignait répondre à tous, consulter les derniers de tous, discuter avec eux, et parfois les écouter avec la naïve admiration d'un écolier devant un maître.

Il résulta de cette touchante faiblesse, de cette humilité extrême, quelques malentendus dont souffrirent ses vrais amis. Quant à moi, ce n'est pas à ma personnalité que la grande individualité de Lamennais s'est jamais heurtée, c'est à mes tendances socialistes. Après m'avoir poussée en avant, il a trouvé que je marchais trop vite. Moi, je trouvais qu'il marchait parfois trop lentement à mon gré. Nous avions raison tous les deux à notre point de vue: moi, dans mon petit nuage, comme lui dans son grand soleil, car nous étions égaux, j'ose le dire, en candeur et en bonne volonté. Sur ce terrain-là, Dieu admet tous les hommes à la même communion.

Je ferai ailleurs l'histoire de mes petites dissidences avec lui, non plus pour me raconter, mais pour le montrer, lui, sous un des aspects de sa rudesse apostolique, soudainement tempérée par sa suprême équité et sa bonté charmante. Il me suffira de dire, quant à présent, qu'il daigna d'abord en quelques entretiens très courts, mais très pleins, m'ouvrir une méthode de philosophie religieuse qui me fit une grande impression et un grand bien, en même temps que ses admirables écrits rendirent à mon espérance la flamme prête à s'éteindre.

Je parlerai de M. Pierre Leroux avec la même concision pour le moment et pour le même motif, c'est-à-dire que, pour n'en pas parler à demi, j'en parlerai très peu ici, et seulement par rapport à moi dans le temps que je raconte.

C'était quelques semaines avant ou après le procès d'avril. Planet était à Paris, et, toujours préoccupé de la question sociale, au milieu des rires que son mot favori soulevait autour de lui, il me prenait à part et me demandait, dans le sérieux de son esprit et dans la sincérité de son âme, de lui résoudre cette question. Il voulait juger l'époque, les événemens, les hommes, Éverard lui-même, son maître chéri: il voulait juger sa propre action, ses propres instincts, savoir, en un mot, où il allait.

Un jour que nous avions causé longtemps ensemble, moi lui demandant précisément ce qu'il me demandait, et tous deux reconnaissant que nous ne saisissions pas bien le lien de la révolution faite avec celle que nous voudrions faire, il me vint une idée lumineuse. «J'ai ouï dire à Sainte-Beuve, lui dis-je, qu'il y avait deux hommes dont l'intelligence supérieure avait creusé et éclairé particulièrement ce problème dans une tendance qui répondait à mes aspirations et qui calmerait mes doutes et mes inquiétudes. Ils se trouvent, par la force des choses et par la loi du temps, plus avancés que M. Lamennais, parce qu'ils n'ont pas été retardés comme lui par les empêchemens du catholicisme. Ils sont d'accord sur les points essentiels de leur croyance, et ils ont autour d'eux une école de sympathies qui entretient dans l'ardeur de leurs travaux. Ces deux hommes sont Pierre Leroux et Jean Reynaud. Quand Sainte-Beuve me voyait tourmentée des désespérances de Lélia, il me disait de chercher vers eux la lumière, et il m'a proposé de m'amener ces savans médecins de l'intelligence. Mais, moi je n'ai pas voulu, parce que je n'ai pas osé: je suis trop ignorante pour les comprendre, trop bornée pour les juger, et trop timide pour leur exposer mes doutes intérieurs. Cependant, il se trouve que Pierre Leroux est timide aussi, je l'ai vu, et j'oserais davantage avec celui-là; mais comment l'aborder, comment le retenir quelques heures? Ne va-t-il pas nous rire au nez comme les autres, si nous lui posons la question sociale?

—Moi, je m'en charge, dit Planet, j'oserai fort bien, et si je le fais rire, peu m'importe, pourvu qu'il m'instruise. Écrivez-lui et demandez-lui pour moi, pour un meunier de vos amis, pour un bon paysan, le catéchisme du républicain en deux ou trois heures de conversation. J'espère que moi je ne l'intimiderai pas, et vous aurez l'air d'écouter par-dessus le marché.»

J'écrivis dans ce sens, et Pierre Leroux vint dîner avec nous deux dans la mansarde. Il fut d'abord fort gêné: il était trop fin pour n'avoir pas deviné le piége innocent que je lui avais tendu, et il balbutia quelque temps avant de s'exprimer. Il n'est pas plus modeste que M. Lamennais, il est timide; M. Lamennais ne l'était pas. Mais la bonhomie de Planet, ses questions sans détour, son attention à écouter et sa facilité à comprendre le mirent à l'aise, et quand il eut un peu tourné autour de la question, comme il fait souvent quand il parle, il arriva à cette grande clarté, à ces vifs aperçus et à cette véritable éloquence qui jaillissent de lui comme de grands éclairs d'un nuage imposant. Nulle instruction n'est plus précieuse que la sienne quand on ne le tourmente pas trop pour formuler ce qu'il ne croit pas avoir suffisamment dégagé pour lui-même. Il a la figure belle et douce, l'œil pénétrant et pur, le sourire affectueux, la voix sympathique et ce langage de l'accent et de la physionomie, cet ensemble de chasteté et de bonté vraies qui s'empare de la persuasion autant que la force des raisonnemens. Il était dès lors le plus grand critique possible dans la philosophie de l'histoire, et s'il ne vous faisait pas bien nettement entrevoir le but de sa philosophie personnelle, du moins il faisait apparaître le passé dans une si vive lumière, et il en promenait une si belle sur tous les chemins de l'avenir, qu'on se sentait arracher le bandeau des yeux comme avec la main.

Je ne sentis pas ma tête bien lucide quand il nous parla de la propriété des instrumens de travail, question qu'il roulait dans son esprit à l'état de problème, et qu'il a éclaircie depuis dans ses écrits. La langue philosophique avait trop d'arcanes pour moi, et je ne saisissais pas l'étendue des questions que les mots peuvent embrasser; mais la logique de la Providence m'apparut dans ses discours, et c'était déjà beaucoup, c'était une assise jetée dans le champ de mes réflexions. Je me promis d'étudier l'histoire des hommes, mais je ne le fis pas, et ce ne fut que plus tard que, grâce à ce grand et noble esprit, je pus saisir enfin quelques certitudes.

A cette première rencontre avec lui, j'étais trop dérangée par la vie extérieure. Il me fallait produire sans repos, tirer de moi-même, sans le secours d'aucune philosophie, des historiens de cœur, et cela pour suffire à l'éducation de ma fille, à mes devoirs envers les autres et envers moi-même. Je sentis alors l'effroi de cette vie de travail dont j'avais accepté toutes les responsabilités. Il ne m'était plus permis de m'arrêter un instant, de revoir mon œuvre, d'attendre l'inspiration, et j'avais des accès de remords en songeant à tout ce temps consacré à un travail frivole, quand mon cerveau éprouvait le besoin de se livrer à de salutaires méditations. Les gens qui n'ont rien à faire et qui voient les artistes produire avec facilité sont volontiers surpris du peu d'heures, du peu d'instans qu'ils peuvent se réserver à eux-mêmes. Ils ne savent pas que cette gymnastique de l'imagination, quand elle n'altère pas la santé, laisse du moins une excitation des nerfs, une obsession d'images et une langueur de l'âme qui ne permettent pas de mener de front un autre genre de travail.

Je prenais ma profession en grippe dix fois par jour en entendant parler d'ouvrages sérieux que j'aurais voulu lire, ou de choses que j'aurais voulu voir par moi-même. Et puis, quand j'étais avec mes enfans, j'aurais voulu ne vivre que pour eux et avec eux. Et quand venaient mes amis, je me reprochais de ne pas les recevoir assez bien et d'être parfois préoccupée au milieu d'eux. Il me semblait que tout ce qui est le vrai de la vie passait devant moi comme un rêve, et que ce monde imaginaire du roman s'appesantissait sur moi comme une poignante réalité.

C'est alors que je me pris à regretter Nohant, dont je me bannissais par faiblesse et qui se fermait devant moi par ma faute. Pourquoi avais-je déchiré le contrat qui m'assurait la moitié de mon revenu? J'aurais pu au moins louer une petite maison non loin de la mienne et m'y retirer avec ma fille une moitié de l'année, au temps des vacances de Maurice; je me serais reposée là, en face des mêmes horizons qu'avaient contemplés mes premiers regards, au milieu des amis de mon enfance; j'aurais vu fumer les cheminées de Nohant au-dessus des arbres plantés par ma grand'mère, assez loin pour ne pas gêner ce qui se passait maintenant sous leurs ombrages, assez près pour me figurer que je pouvais encore y aller lire ou rêver en liberté.

Éverard, à qui je disais ma nostalgie et le dégoût que j'avais de Paris, me conseillait de m'établir à Bourges ou aux environs. J'y fis un petit voyage. Un de mes amis, qui s'absentait, me prêta sa maison, où je passai seule quelques jours, en compagnie de Lavater, que je trouvai dans la bibliothèque, et sur lequel je fis avec amour un petit travail. Cette solitude au milieu d'une ville morte, dans une maison déserte, pleine de poésie, me parut délicieuse. Éverard, Planet et la maîtresse de la maison, femme excellente et pleine de soins, venaient me voir une heure ou deux le soir, puis je passais la moitié des nuits seule dans un petit préau rempli de fleurs, sous la lune brillante, savourant ces belles senteurs de l'été et cette sérénité salutaire qu'il me fallait conquérir à la pointe de l'épée. D'un restaurant voisin, un homme qui ne savait pas mon nom venait m'apporter mes repas dans un panier que je recevais par la guichet de la cour. J'étais encore une fois oubliée du monde entier et plongée dans l'oubli de ma propre vie réelle.

Mais cette douce retraite ne pouvait pas durer. Je ne pouvais m'emparer de cette charmante maison, la seule peut-être qui me convînt dans toute la ville par son isolement dans un quartier silencieux et par son caractère d'abandon uni à un modeste confortable. D'ailleurs, il m'y fallait mes enfans, et cette claustration ne leur eût pas été bonne. Dès que j'aurais mis le pied dans une rue de Bourges, j'aurais été signalée dans toute la ville, et je n'acceptais pas l'idée d'une vie de relations dans une ville de province. Je ne me doutais pas que je touchais à une situation de ce genre, et que je m'en accommoderais fort bien.

Malgré les instances d'Éverard, j'abandonnai l'idée de m'établir de ce côté. Le pays me semblait affreux; une plaine plate, semée de marécages et dépourvue d'arbres, s'étend autour de la ville comme la campagne de Rome. Il faut aller loin pour trouver des forêts et des eaux vives. Et puis, faut-il le dire? Éverard, avec Planet, avec un ou deux amis, était d'un commerce délicieux; tête-à-tête, il était trop brillant, il me fatiguait. Il avait besoin d'un interlocuteur pour lui donner la réplique. Les autres s'en chargeaient, moi je ne savais qu'écouter. Quand nous étions seuls ensemble, mon silence l'irritait, et il y voyait une marque de méfiance ou d'indifférence pour ses idées et ses passions politiques. Son esprit dominateur le tourmentait étrangement avec moi, dont l'esprit cède facilement à l'entraînement, mais échappe à la domination. Avec lui surtout, ma conscience se réservait instinctivement un sanctuaire inattaquable, celui du détachement des choses de ce monde en ce qu'elles ont de vain et de tumultueux. Quand il m'avait circonvenue dans un réseau d'argumens à l'usage des hommes d'action, tantôt pour me tracer d'excellentes lois de conduite, tantôt pour me prouver des nécessités politiques qui me semblaient coupables ou puériles, j'étais forcée de lui répondre, et comme la discussion n'est pas dans ma nature et qu'il m'en coûte d'être en désaccord avec ceux que j'aime, aussitôt que j'en venais à parler bien clairement, ce qui m'étonnait moi-même et me brisait comme si j'eusse parlé dans l'effort d'un rêve, je voyais avec effroi l'effet de mes paroles sur lui. Elles l'impressionnaient trop, elles le jetaient dans un profond dégoût de sa propre existence, dans le découragement de l'avenir et dans les irrésolutions de la conscience.

Cela eût été bon à une nature forte et par conséquent modérée: cela était mauvais à une nature qui n'était qu'ardente et qui passait rapidement d'un excès à l'autre. Il s'écriait alors que j'avais l'inexorable vérité pour moi, que j'étais plus philosophe et plus éclairée que lui, qu'il était un malheureux poète toujours trompé par des chimères. Que sais-je? Cette cervelle impressionnable, cet esprit naïf dans la modestie autant qu'il était sophistique et impérieux dans l'orgueil, ne connaissait de terme moyen à aucune chose. Il parlait de quitter sa carrière politique, sa profession, ses affaires, et de se retirer dans sa petite propriété pour lire des poètes et des philosophes à l'ombre des saules et au murmure de l'eau.

Il me fallait alors lui remonter le moral, lui dire qu'il poussait ma logique jusqu'à l'absurde, lui rappeler les belles et excellentes raisons qu'il m'avait données pour me tirer de ma propre apathie, raisons qui m'avaient persuadée et depuis lesquelles je ne parlais plus sans respect de la mission révolutionnaire et de l'œuvre démocratique.

Nous n'avions plus de querelles sur le babouvisme. Il avait quitté ce système pour en creuser un autre. Il relisait Montesquieu. Il était modéré en politique pour le moment, car je l'ai toujours connu sous l'influence d'une personne ou d'un livre. Un peu plus tard, il lut l'Oberman de Senancourt et parla pendant trois mois de se retirer au désert. Puis il eut des idées religieuses et rêva la vie monastique. Il devint ensuite platonicien, puis aristotélicien; enfin, à l'époque où j'ai perdu la trace de ses engouemens, il était revenu à Montesquieu.

Dans toutes ces phases d'enthousiasme ou de conviction il était grand poète, grand raisonneur ou grand artiste. Son esprit embrassait et dépassait toutes choses. Excessif dans l'activité comme dans l'abattement, il eut une période de stoïcisme où il nous prêchait la modération avec une énergie à la fois touchante et comique.

On ne pouvait se lasser de l'entendre quand il se tenait dans l'enseignement des idées générales; mais quand la discussion de ces idées lui devenait personnelle, l'intimité avec lui redevenait un orage: un bel orage à coup sur, plein de grandeur, de générosité et de sincérité, mais qu'il n'était pas dans mes facultés de soutenir longtemps sans lassitude. Cette agitation était sa vie; comme l'aigle, il planait dans la tempête. C'eût été ma mort, à moi: j'étais un oiseau de moindre envergure.

Il y avait surtout en lui quelque chose à quoi je ne pouvais m'identifier, l'imprévu. Il me quittait le soir dans des idées calmes et vraies, il reparaissait le lendemain tout transformé et comme furieux d'avoir été tranquillisé la veille. Alors il se calomniait, il se déclarait ambitieux dans l'acception la plus étroite du mot, il se moquait de mes restrictions et cas de conscience, il parlait de vengeance politique, il s'attribuait des haines, des rancunes, il se parait de toutes sortes de travers et même de vices de cœur qu'il n'avait pas et qu'il n'aurait jamais pu se donner. Je souriais et le laissais dire. Je regardais cela comme un accès de fièvre et de divagation qui m'ennuyait un peu, mais dont la fin allait venir. Elle venait toujours, et je remarquais avec étonnement une évolution soudaine et complète dans ses idées, avec un oubli absolu de ce qu'il venait de penser tout haut. Cela était même inquiétant, et j'étais forcée de constater ce que j'avais déjà constaté ailleurs, c'est que les plus beaux génies touchent parfois et comme fatalement à l'aliénation. Si Éverard n'avait pas été voué à l'eau sucrée pour toute boisson, même pendant ses repas, maintes fois je l'aurais cru ivre.

J'étais déjà assez attachée à lui pour supporter tout cela sans humeur et pour le ménager dans ses crises. L'amitié de la femme est, en général, très maternelle, et ce sentiment a dominé ma vie plus que je n'aurais voulu. J'avais soigné Éverard à Paris dans une maladie grave. Il avait beaucoup souffert, et je l'avais vu à toute heure admirable de douceur, de patience et de reconnaissance pour les moindres soins. C'est là un lien qui improvise les grandes amitiés. Il avait pour moi la plus touchante gratitude, et moi, je m'étais habituée à le dorloter au moral. J'avais passé avec Planet des nuits à son chevet, à combattre la fièvre qui le tourmentait par des paroles amies qui faisaient plus d'effet sur cette organisation tout intellectuelle que les potions du médecin. J'avais raisonné son délire, tranquillisé ses inquiétudes, écrit ses lettres, amené ses amis autour de lui, écarté les contrariétés qui pouvaient l'atteindre. Maurice, dans ses jours de sortie, l'avait soigné et choyé comme un aïeul. Il adorait mes enfans, et, d'instinct, mes enfans le chérissaient.

C'étaient là de douces chaînes, et la pureté de notre affection me les rendait plus précieuses encore. Il m'était assez indifférent, quant à moi, que l'on pût se méprendre sur la nature de nos relations; nos amis la connaissaient, et leur présence continuelle la sanctifiait encore plus. Mais je m'étais flattée en vain qu'un pacte tout fraternel serait une condition de tranquillité angélique. Éverard n'avait pas la placidité de Rollinat. Pour être chastes, ses sentimens n'étaient point calmes. Il voulait posséder l'âme exclusivement, et il était aussi jaloux de cette possession que le sont les amans et les époux de posséder la personne. Cela constituait une sorte de tyrannie dont on avait beau rire, il fallait la subir ou s'en défendre.

Je passai trois ans à faire alternativement l'un et l'autre. Ma raison se préserva toujours de son influence quand cette influence était déraisonnable, mais mon cœur subit encore le poids et le charme de son amitié, tantôt avec joie, tantôt avec amertume. Le sien avait des trésors de bonté dont on se sentait heureux et fier d'être l'objet; son caractère était toujours généreux et incapable de descendre aux petitesses de détail; mais son cerveau avait des bourrasques dont on souffrait cruellement en le voyant souffrir et en reconnaissant l'impossibilité de lui épargner la souffrance.

Pour n'avoir pas à trop revenir sur une situation qui se renouvela souvent pendant ces trois années, et encore au delà, quoique de moins en moins, je veux résumer en peu de mots le sujet de nos dissidences. Éverard, au milieu de ses flottemens tumultueux et de ses cataractes d'idées opposées, nourrissait le ver rongeur de l'ambition. On a dit qu'il aimait l'argent et l'influence. Je n'ai jamais vu d'étroitesse ni de laideur dans ses instincts. Quand il se tourmentait d'une perte d'argent, ou quand il se réjouissait d'un succès de ce genre, c'était avec l'émotion légitime d'un malade courageux qui craint la cessation de ses forces, de son travail, de l'accomplissement de ses devoirs. Pauvre et endetté, il avait épousé une femme riche. Si ce n'était pas un tort, c'était un malheur. Cette femme avait des enfans, et la pensée de les dépouiller pour ses besoins personnels était odieuse à Éverard. Il avait soif de faire fortune, non-seulement afin de ne jamais tomber à leur charge, mais encore, par un sentiment de tendresse et de fierté très concevable, afin de les laisser plus riches qu'il ne les avait trouvés en les adoptant.

Son âpreté au travail, ses soucis devant une dette, sa sollicitude dans le placement des fonds acquis à la sueur de son visage, avaient donc un motif sérieux et pressant. Ce n'est pas du tout là ce qu'on pouvait lui imputer à ambition; mais quand un homme se dévoue à un rôle politique, il faut qu'il puisse sacrifier sa fortune, et celui qui ne le peut pas est toujours accusé de ne pas le vouloir.

La convoitise d'Éverard était d'une nature plus élevée. Il avait soif de pouvoir. Pourquoi? Cela serait impossible à dire. C'était un appétit de son organisation, et rien de plus. Il n'était ni prodigue, ni vaniteux, ni vindicatif, et dans le pouvoir il ne voyait que le besoin d'agir et le plaisir de commander. Il n'eut jamais su s'en servir. Dès qu'il avait une carrière d'activité ouverte, il ressentait l'accablement et le dégoût de sa tâche. Dès qu'il était obéi aveuglément, il prenait ses séides en pitié. Enfin, en toutes choses, dès qu'il atteignait au but poursuivi avec ardeur, il le trouvait au-dessous de ses aspirations.

Mais il se plaisait dans les préoccupations de l'homme d'État. Habile au premier chef dans la science des affaires, puissant dans l'intuition de celles qu'il n'avait pas étudiées, prompt à s'assimiler les notions les plus diverses, doué d'une mémoire aussi étonnante que celle de Pierre Leroux, invincible dans la déduction et le raisonnement des choses de fait, il sentait ses brillantes facultés le prendre à la gorge et l'étouffer par leur inaction. La monotonie de sa profession l'exaspérait, en même temps que l'assujettissement de cette fatigue achevait de ruiner sa santé. Il rêvait donc une révolution comme les béats rêvent le ciel, et il ne se disait pas qu'en se laissant dévorer par cette aspiration, il usait son âme et la rendait incapable de se gouverner elle-même dans de moindres périls et de moindres labeurs.

C'est cette ambition fatale que j'assayai en vain d'engourdir et de calmer. Elle avait son beau côté sans doute, et si le destin l'eût secondée, elle se fut épurée au creuset de l'expérience et au foyer de l'inspiration; mais elle retomba sur elle-même sans trouver l'aliment qui convenait à son heure, et il fut dévoré par elle sans profit marqué pour la cause révolutionnaire.

Il a passé sur la terre comme une âme éperdue, chassée de quelque monde supérieur, vainement avide de quelque grande existence appropriée à son grand désir. Il a dédaigné la part de gloire qui lui était comptée, et qui eût enivré bien d'autres. L'emploi borné d'un talent immense n'a pas suffi à son vaste rêve. Cela est bien pardonnable, nous le lui pardonnons tous, mais nous ne pouvons nous empêcher de regretter l'impuissance de nos efforts pour le retenir plus longtemps parmi nous.

D'ailleurs, ce n'était pas seulement au point de vue de son repos et de sa santé que je m'attachais à lui faire prendre patience. C'était en vue de son propre idéal de justice et de sagesse, qui me semblait compromis dans la lutte de ses instincts avec ses principes. En même temps qu'Éverard concevait un monde renouvelé par le progrès moral du genre humain, il acceptait en théorie, ce qu'il appelait les nécessités de la politique pure, les ruses, le charlatanisme, le mensonge même, les concessions sans sincérité, les alliances sans foi, les promesses vaines. Il était encore de ceux qui disent que qui veut la fin veut les moyens! Je pense qu'il ne réglait jamais sa conduite personnelle sur ces déplorables erremens de l'esprit de parti, mais j'étais affligée de les lui voir admettre comme pardonnables, ou seulement inévitables.

Plus tard, la dissidence se creusa et porta sur l'idéal même. J'étais devenue socialiste, Éverard ne l'était plus.

Ses idées subirent encore des modifications après la Révolution de Février, qui l'avait intempestivement surpris dans une phase de modération un peu dictatoriale. Ce n'est pas le moment de compléter son histoire, trop tôt suspendue par une mort prématurée. Il faut que je revienne au récit de mes propres vicissitudes.

Je quittai donc Bourges attristée de ses agitations, partagée entre le besoin de les fuir et le regret de le laisser dans la tourmente, mais mon devoir m'appelait ailleurs, et il le reconnaissait.

CHAPITRE QUATRIEME.

Irrésolution.

Je ne savais trop que devenir. Retourner à Paris m'était odieux, rester loin de mes enfans m'était devenu impossible. Depuis que j'avais renoncé au projet de les quitter pour un grand voyage, chose étrange, je n'aurais plus voulu les quitter d'un jour. Mes entrailles, engourdies par le chagrin, s'étaient réveillées en même temps que mon esprit s'était ouvert aux idées sociales. Je sentais revenir ma santé morale et j'avais la perception des vrais besoins de mon cœur.

Mais à Paris je ne pouvais plus travailler, j'étais malade. Les ouvriers avaient repris possession du rez-de-chaussée, les importuns et les curieux venaient disputer mes heures à mes amis et à mes devoirs. La politique, tendue de nouveau par l'attentat Fieschi, devenait une source amère pour la réflexion. On exploitait l'assassinat, on arrêtait Armand Carrel, un des hommes les plus purs de notre temps: on marchait à grands pas vers les lois de septembre. Le peuple laissait faire.

Je n'avais pas conçu de grandes espérances pendant le procès d'avril; mais, si raisonnable ou si pessimiste que l'on fût, à ce moment-là, il y avait dans l'air je ne sais quel souffle de vie qui retombait soudainement glacé sous un souffle de mort. La république fuyait à l'horizon pour une nouvelle période d'années...........

Je m'installai donc chez Duteil pour quelques semaines, sentant qu'il fallait vivre là comme dans une maison de verre, au cœur du commérage de La Châtre, et faire tomber toutes les histoires que l'on y bâtissait depuis que j'existe sur l'excentricité de mon caractère. Ces histoires merveilleuses avaient pris un bien plus bel essor depuis que j'avais été tenter à Paris la destinée de l'artiste. Comme je n'avais absolument rien à cacher, et que je n'ai jamais rien posé, il m'était bien facile de me faire connaître. Quelques rancunes à propos de la fameuse chanson persistèrent bien un peu, quelques fanatiques de l'autorité maritale se raidirent bien encore contre ma cause; mais, en général, je vis tomber toutes les préventions, et si j'avais eu mes pauvres enfans avec moi, ce temps que je passai à La Châtre eût été un des plus agréables de ma vie. Je luttais pour eux, je pris donc patience. La famille de Duteil devint vite la mienne. Sa femme, la belle et charmante Agasta, sa belle-sœur, l'excellente Félicie, toutes deux pleines d'intelligence et de cœur, furent comme mes sœurs, à moi aussi. M. et Madame Desages (cette dernière était la propre sœur de Duteil) demeuraient dans la même maison, au rez-de-chaussée. Nous étions réunis tous les soirs quatorze, dont sept enfans[20]. Charles et Eugénie Duvernet, Alphonse et Laure Fleury, Planet, désormais fixé à La Châtre, Gustave Papet quand il quittait Paris, et quelques autres personnes de la famille Duteil, venaient se joindre à nous fort souvent, et nous organisions pour les enfans des charades en action, des travestissemens, des danses et des jeux bien véritablement innocens, qui leur mettaient l'âme en joie. C'est si bon, le rire inextinguible de ces heureuses créatures! Ils mettent tant d'ardeur et de bonne foi dans les émotions du jeu! Je redevenais encore une fois enfant moi-même, traînant tous leurs cœurs après moi. Ah! oui, c'était là mon empire et ma vocation, j'aurais dû être bonne d'enfans ou maîtresse d'école.

A dix heures la marmaille allait se coucher, à onze heures le reste de la famille se séparait. Félicie, bonne pour moi comme un ange, me préparait ma table de travail et mon petit souper; elle couchait sa sœur Agasta, qui était atteinte d'une maladie de nerfs fort grave et qui, après s'être ranimée à la gaîté des enfans, retombait souvent accablée et comme mourante. Nous causions un peu avec elle pour l'endormir, ou, quand elle dormait d'elle-même, avec Duteil et Planet, qui aimaient à babiller et qu'il nous fallait renvoyer pour les empêcher de me prendre ma veillée. A minuit, je me mettais enfin à écrire jusqu'au jour, bercée quelquefois par d'étranges rugissemens.

Vis-à-vis de mes fenêtres, dans la rue étroite, montueuse et malpropre, flottait, de temps immémorial, l'enseigne classique: A la Boutaille. Duteil, qui prétendait avoir appris à lire sur cette enseigne, disait que le jour où cette faute d'orthographe serait corrigée, il n'aurait plus qu'à mourir, parce que toute la physionomie du Berry serait changée.

TOME TREIZIÈME ET DERNIER

CHAPITRE QUATRIEME.
(SUITE.)

L'auberge de la Boutaille et les bohémiens.—Je ne vais pas à la Chenaie.—
Lettre de mon frère.—La famille Duteil.—Je vais à Nohant.—Le Bois de
Vavray.—Grande résolution.—Course à Châteauroux et à Bourges.—La
prison de Bourges.—La brèche.—Un quart d'heure de cachot.—
Consultation, détermination et retour.—Enlevons Hermione!—Premier
jugement.—La maison déserte à Nohant.—Second jugement.—Réflexions
sur la séparation de corps.—La maison déserte à La Châtre.—Bourges.—La
famille Tourangin.—Plaidoiries.—Transaction.—Retour définitif et prise de
possession de Nohant.

L'auberge de la Boutaille était tenue par une vieille sibylle qui logeait à la
nuit, et ce taudis était principalement affecté aux bateleurs ambulans, aux
petits colporteurs suspects et aux montreurs d'animaux savans. Les
marmottes, les chiens chorégraphes, les singes pelés et surtout les ours
muselés tenaient cour plénière dans des caves dont les soupiraux donnaient
sur la rue. Ces pauvres bêtes, harassées de la fatigue du voyage et rouées des
coups inséparables de toute éducation classique, vivaient là en bonne
intelligence une partie de la nuit; mais, aux approches du jour, la faim, ou
l'ennui se faisant sentir, on commençait à s'agiter, à s'injurier et à grimper
aux barreaux du soupirail pour gémir, grimacer ou maugréer de la façon la
plus lugubre.

C'était le prélude de scènes très curieuses et que je me suis souvent divertie
à surveiller à travers la fonte de ma jalousie. L'hôtesse de la Boutaille,

Madame Gaudron, sachant très bien à quelles gens elle avait affaire, se levait la première et très mystérieusement pour surveiller le départ de ses hôtes. De leur côté, ceux-ci, préméditant de partir sans payer, faisaient leurs préparatifs à tâtons, et l'un d'eux, descendant auprès des bêtes, les excitait pour les faire gronder, afin de couvrir le bruit furtif de la fuite des camarades.

L'adresse et la ruse de ces bohémiens étaient merveilleuses; je ne sais par quels trous de la serrure ils s'évadaient, mais, en dépit de l'œil attentif et de l'oreille fine de la vieille, elle se trouvait très souvent en présence d'un gamin pleurard qui se disait abandonné avec les animaux par ses compagnons dénaturés et dans l'impossibilité de payer la dépense. Que faire? Mettre ce bétail en fourrière et le nourrir jusqu'à ce que la police eût rattrapé les délinquans? C'était là une mauvaise créance, et il fallait bien laisser partir la feinte victime avec les quadrupèdes affamés et menaçans, qui paraissaient peu disposés à se laisser appréhender au corps.

Quand la bande payait honnêtement son écot, la vieille avait un autre souci. Elle redoutait surtout ceux qui se conduisaient en gentilshommes et dédaignaient de marchander. Elle furetait alors autour de leurs paquets avec angoisse, comptait et recomptait ses couverts d'étain et ses guenilles. Le bât de l'âne, quand il y avait un âne, était surtout l'objet de son anxiété. Elle trouvait mille prétextes pour retenir cet âne, et, au dernier moment, elle passait adroitement ses mains sous le bât pour lui palper l'échine. Mais, en dépit de toutes ces précautions et de toutes ces alarmes, il se passait peu de jours sans qu'on l'entendit geindre sur ses pertes et maudire sa clientèle.

Quels beaux Decamps, quels fantastiques Callot j'ai vus là, aux rayons blafards de la lune ou aux pâles lueurs de l'aube d'hiver, quand la bise faisait claqueter l'enseigne séculaire, et que les bohémiens, blêmes comme des spectres, se mettaient en marche sur le pavé couvert de neige! Tantôt c'était une femme bronzée, pittoresque sous ses guenilles sombres, portant dans ses bras un pauvre bel enfant rose, volé ou acheté sur les chemins; tantôt c'était le petit Savoyard beaucoup plus laid que son singe, et tantôt l'Hercule de carrefour traînant dans une espèce de brouette sa femme et sa nombreuse progéniture. Il y avait de ces êtres effrayans ou hideux, et pourtant, par hasard, il s'y détachait quelquefois des figures plus intéressantes, des paillasses tristes et résignés comme celui qu'a idéalisé Frédérick Lemaître, de vieux artistes mendians raclant du violon avec une sorte de maestria désordonnée, des petites filles gymnastes exténuées et livides, riant et chantant le printemps et l'amour au bras de leurs amoureux de quinze ans. Que de misère, que d'insouciance, que de larmes ou de chansons sur ces chemins poudreux ou glacés qui ne mènent pas même à l'hôpital!

M. Lamennais m'avait invitée à aller passer quelques jours à la Chênaie; je partis et m'arrêtai en route, en me demandant ce que j'allais faire là, moi si gauche, si muette, si ennuyeuse! Oser lui demander une heure de son temps précieux, c'était déjà beaucoup, et à Paris il m'en avait accordé quelques-unes; mais aller lui prendre des jours entiers, c'est ce que je n'osai pas accepter. J'eus tort, je ne le connaissais pas dans toute sa bonhomie, comme je l'ai connu plus tard. Je craignais la tension soutenue d'un grand esprit que je n'aurais pas pu suivre, et le moindre de ses disciples eût été plus fort que moi pour soutenir un dialogue sérieux. Je ne savais pas qu'il aimait à se reposer dans l'intimité des travaux ardus de l'intelligence. Personne ne causait avec autant d'abandon et d'entrain de tout ce qui est à la portée de tous. Il n'était pas difficile d'ailleurs, l'excellent homme, sur l'esprit de ses interlocuteurs. On l'amusait avec un rien. Une niaiserie, un enfantillage le faisaient rire. Et comme il riait! Il riait comme Éverard, jusqu'à en être malade, mais plus souvent et plus facilement que lui. Il a écrit quelque part que les pleurs sont le lot des anges et le rire celui de Satan. L'idée est belle là où elle est, mais dans la vie humaine le rire d'un homme de bien est comme le chant de sa conscience. Les personnes vraiment gaies sont toujours bonnes, et il en était justement la preuve.

Je n'allai donc pas à la Chenaie. Je revins sur mes pas, je rentrai à Paris, et j'y reçus une lettre de mon frère qui me disait d'aller à Nohant. Il prenait alors mon parti et se faisait fort de décider mon mari à m'abandonner sans regret l'habitation et le revenu de ma terre. «Casimir, disait-il, est dégoûté des ennuis de la propriété et des dépenses que celle-là exige. Il n'y sait pas suffire. Toi, avec ton travail, tu pourrais t'en tirer. Il veut aller vivre à Paris ou chez sa belle-mère dans le Midi: il se trouvera plus riche avec la moitié de vos revenus et la vie de garçon, qu'il ne l'est dans ton château,...» etc. Mon frère, qui prit plus tard le parti de mon mari contre moi, s'exprimait là avec beaucoup de liberté et de sévérité sur la situation de Nohant en mon absence. «Tu ne dois pas abandonner ainsi tes intérêts, ajoutait-il, c'est un tort envers tes enfants,» etc.

A cette époque mon frère n'habitait plus Nohant, mais il faisait de fréquents voyages au pays.

Je crus devoir suivre son conseil, et je trouvai en effet M. Dudevant disposé à quitter le Berry et à me laisser les charges et les profits de la résidence. En même temps qu'il prenait cette résolution il me témoignait tant de dépit, que je n'insistai pas et m'en allai encore une fois, n'ayant pas le courage d'entamer une lutte pour de l'argent. Cette lutte devint nécessaire, inévitable quelques semaines plus tard. Elle eut des motifs plus sérieux, elle devint un devoir envers mes enfants d'abord, ensuite envers mes amis et mon entourage, et peut-être aussi envers la mémoire de ma grand'mère, dont l'éternelle préoccupation et les dernières volontés se trouvaient trop ouvertement violées aux lieux mêmes qu'elle m'avait transmis pour abriter et protéger ma vie.

Le 19 octobre 1835, j'avais été passer à Nohant la fin des vacances de Maurice. A la suite d'un orage que rien n'avait provoqué, rien absolument, pas même une parole ou un sourire de ma part, j'allai m'enfermer dans ma petite chambre. Maurice m'y suivit en pleurant. Je le calmai en lui disant que cela ne recommencerait pas. Il se paya des consolations que l'on donne aux enfants en paroles vagues; mais, dans ma pensée, les miennes avaient un sens arrêté et définitif. Je ne voulais pas que mes enfants vissent jamais se renouveler la preuve de dissentiments qu'ils avaient ignorés jusque-là. Je ne voulais pas que ces dissentiments eussent pour conséquence de leur faire oublier ce qu'ils devaient de respect à leur père ou à moi.

Quelques jours auparavant, mon mari avait signé un acte sous seing privé exécutable à la date du 11 novembre suivant, par lequel je lui abandonnais plus de la moitié de mes revenus. Cet acte, qui me laissait l'habitation de Nohant et la gouverne de ma fille, ne me garantissait en rien contre le revirement de sa volonté. Sa manière d'être et ses paroles sans détour me prouvaient qu'il considérait comme nulles les promesses deux fois faites et deux fois signées. C'était son droit, le mariage le veut ainsi, dans notre législation l'époux étant le maître; or, le maître n'est jamais engagé envers celui qui n'est maître de rien.

Quand Maurice fut couché et endormi, Duteil vint près de moi s'enquérir de la disposition de mon esprit. Il blâmait ouvertement celle qui s'était trahie chez mon mari. Il voulait amener une réconciliation à laquelle tous deux se refusèrent. Je le remerciai de son intervention, mais je ne lui fis point part de la résolution que je venais de prendre. Il me fallait l'avis de Rollinat.

Je passai la nuit à réfléchir. En ce moment où je sentais la plénitude de mes droits, mes devoirs m'apparaissent dans toute leur rigueur. J'avais tardé bien longtemps, j'avais été bien faible et bien insoucieuse de mon propre sort. Tant que ce n'avait été qu'une question personnelle dont mes enfants ne pouvaient souffrir dans leur éducation morale, j'avais cru pouvoir me sacrifier et me permettre la satisfaction intérieure de laisser tranquille un homme que je n'étais pas née pour rendre heureux selon ses goûts. Pendant treize ans il avait joui du bien-être qui m'appartenait et dont je m'étais abstenue pour lui complaire. J'aurais voulu le lui laisser toute sa vie; il aurait pu le conserver. La veille encore, le voyant soucieux, je lui avais dit: «Vous regrettez Nohant, je le vois bien, malgré le dégoût que vous avez pris de votre gestion. Eh bien, tout n'est-il pas pour le mieux, puisque je vous en débarrasse? Croyez-vous que la porte du logis vous sera jamais fermée?» Il m'avait répondu: «Je ne remettrai jamais les pieds dans une maison dont je ne serais pas le seul maître.» Et dès le lendemain il avait voulu être pour jamais le seul maître.

Il ne pouvait plus, il ne devait plus m'inspirer de sécurité. J'étais sans ressentiment contre lui, je le voyais emporté par une fatalité d'organisation, je devais séparer ma destinée de la sienne, ou sacrifier plus que je n'avais encore fait, c'est-à-dire ma dignité vis-à-vis de mes enfants, ou ma vie, à laquelle je ne tenais pas beaucoup, mais que je leur devais également.

Dès le matin, M. Dudevant alla à la Châtre. Il n'était plus sédentaire comme il avait été longtemps. Il s'absentait des journées, des semaines entières. Il n'aurait pas dû trouver mauvais qu'au moins, pendant les vacances de Maurice, je fusse là pour garder la maison et les enfants. Je sus par les domestiques que rien n'était changé dans ses projets; il devait partir le jour suivant, le 21, pour Paris et reconduire Maurice au collége, Solange à sa pension. Cela avait été convenu; je devais les rejoindre au bout de quelques jours; mais les nouvelles circonstances me firent changer de résolution. Je décidai que je ne reverrais mon mari ni à Paris ni à Nohant, et que je ne l'y reverrais pas même avant son départ. Je serais sortie de la maison tout à fait si je n'eusse pas voulu passer avec Maurice le dernier jour de ses vacances. Je pris un petit cheval et un mauvais cabriolet, il n'y avait pas de domestique à mes ordres; je mis mes deux enfants dans ce modeste véhicule, et je les menai dans le bois de Vavray, un endroit, charmant alors, d'où, assis sur la mousse, à l'ombre des vieux chênes, on embrassait de l'œil des horizons mélancoliques et profonds de la vallée Noire.

Il faisait un temps superbe. Maurice m'avait aidée à dételer le petit cheval qui paissait à côté de nous. Un doux soleil d'automne faisait resplendir les bruyères. Armés de couteaux et de paniers, nous faisions une récolte de mousses et de jungermannes que le Malgache m'avait demandé de prendre là, au hasard, pour sa collection, n'ayant pas, lui, m'écrivait-il, le temps d'aller si loin pour explorer la localité.

Nous prenions donc de tout sans choisir, et mes enfants, l'un qui n'avait pas vu passer la tempête domestique de la veille, l'autre qui, grâce à l'insouciance de son âge, l'avait déjà oubliée, couraient, criaient et riaient à travers le taillis. C'était une gaîté, une joie, une ardeur de recherches qui me rappelait le temps heureux où j'avais couru ainsi à côté de ma mère pour l'embellissement de nos petites grottes. Hélas! vingt ans plus tard, j'ai eu à mes côtés un autre enfant rayonnant de force, de bonheur et de beauté, bondissant sur la mousse des bois et la ramassant dans les plis de sa robe comme avait fait sa mère, comme j'avais fait moi-même, dans les mêmes lieux, dans les mêmes jeux, dans les mêmes rêves d'or et de fées! Et cet enfant-là repose à présent entre ma grand'mère et mon père! Aussi j'ai peine à écrire en cet instant, et le souvenir de ce triple passé sans lendemain m'oppresse et m'étouffe[21]!

Nous avions emporté un petit panier pour goûter sous l'ombrage. Nous ne rentrâmes qu'à la nuit. Le lendemain, les enfants partirent avec M. Dudevant, qui avait passé la nuit à la Châtre et qui ne demanda pas à me voir.

J'étais décidée à n'avoir plus aucune explication avec lui; mais je ne savais pas encore par quel moyen j'éviterais cette inévitable nécessité domestique. Mon ami d'enfance Gustave Papet vint me voir; je lui racontai l'aventure, et nous partîmes ensemble pour Châteauroux.

«Je ne vois de remède absolu à cette situation, me dit Rollinat, qu'une séparation par jugement. L'issue ne m'en paraît pas douteuse; reste à savoir si tu en auras le courage. Les formes judiciaires sont brutales, et, faible comme je te connais, tu reculeras devant la nécessité de blesser et d'offenser ton adversaire.» Je lui demandai s'il n'y avait pas moyen d'éviter le scandale des débats; je me fis expliquer la marche à suivre, et quand il l'eut fait, nous reconnûmes que, mon mari laissant prendre un jugement par défaut, sans plaidoiries et sans publicité, la position qu'il avait réglée lui-même, par contrat volontaire, resterait la même pour lui, puisque telle était mon intention, avec cet avantage essentiel pour moi de rendre la convention légale, c'est-à-dire réelle.

Mais sur tout cela Rollinat voulait consulter Éverard. Nous retournâmes avec lui à Nohant le jour même, et, prenant seulement là le temps de dîner, nous repartîmes dans le même cabriolet, en poste, pour Bourges.

Éverard payait sa dette à la pairie. Il était en prison. La prison de ville est l'antique château des ducs de Bourgogne. Dans les ombres de la nuit, elle avait un grand caractère de force et de désolation. Nous gagnâmes un des geôliers, qui nous fit passer par une brèche et nous conduisit dans les ténèbres, à travers des galeries et des escaliers fantastiques. Il y eut un moment où, entendant le pas d'un surveillant, il me poussa dans une porte ouverte qu'il referma sur moi, tandis qu'il fourrait Rollinat je ne sais où, et se présentait seul au passage de son supérieur.

Je tirai de ma poche une des allumettes qui me servaient pour mes cigarettes, et je regardai où j'étais. Je me trouvais dans un cachot fort lugubre, situé au pied d'une tourelle. A deux pas de moi, un escalier souterrain à fleur de terre descendait dans les profondeurs des geôles. J'éteignis vite mon allumette, qui pouvait me trahir, et restai immobile, sachant le danger d'une promenade à tâtons dans cette retraite de mauvaise mine.

On m'y laissa bien un quart d'heure, qui me parut fort long. Enfin mon homme revint me délivrer, et nous pûmes gagner l'appartement où Éverard, averti par Gustave, nous attendait pour me donner consultation vers deux heures du matin.

Il nous approuva d'avoir fait cette démarche rapidement et avec mystère. Ceux de mes amis qui étaient dans de bons termes avec M. Dudevant devaient l'ignorer, si elle ne devait pas aboutir. Il écouta le récit de toute ma vie conjugale, et, apprenant toutes les évolutions de volonté que j'avais dû subir, il se prononça, comme Rollinat, pour la séparation judiciaire. Mon plan de conduite me fut tracé après mûre délibération. Je devais surprendre mon adversaire par une requête au président du tribunal, afin que, ce fait accompli, il pût en accepter les conséquences dans un moment où il devait mieux en sentir la nécessité. On ne mettait pas en doute qu'il ne les acceptât sans discussion pour éviter d'ébruiter les causes de ma détermination. Nous comptions sans les mauvais conseillers que M. Dudevant crut devoir écouter dans la suite du procès.

Je devais, pour conserver mes droits de plaignante, ne pas rentrer au domicile conjugal, et jusqu'à ce que le président du tribunal eût statué sur mon domicile temporaire, aller chez un de mes amis de la Châtre. Le plus âgé était Duteil; mais Duteil, ami de mon mari, voudrait-il me recevoir dans la circonstance? Quant à sa femme et à sa sœur, cela n'était pas douteux pour moi; quant à lui, c'était une chose à tenter.

Le geôlier vint nous avertir que le jour allait poindre et qu'il fallait sortir comme nous étions entrés, sans être vus, le règlement de la prison s'opposant à ces consultations nocturnes. La sortie se passa sans encombre. Nous reprîmes la poste et nous allâmes surprendre Duteil à la Châtre. En trente heures nous avions fait cinquante-quatre lieues dans un débris de cabriolet tombant en ruines, et nous n'avions pas pris un moment de repos moral.

«Me voilà, dis-je à Duteil; je viens demeurer chez toi, à moins que tu ne me chasses. Je ne te demande ni conseil ni consultation contre M. Dudevant, qui est ton ami. Je ne t'appellerai pas en témoignage contre lui. Je t'autoriserai, dès que j'aurai obtenu un jugement, à devenir le conciliateur entre nous, c'est-à-dire à lui assurer de ma part les meilleures conditions d'existence possibles, celles qu'il avait réglées. Ton rôle, que tu peux dès à présent lui faire connaître, est donc honorable et facile.

«—Vous resterez chez moi, dit Duteil avec cette spontanéité de cœur qui le caractérisait dans les grandes occasions. Je suis si reconnaissant de la préférence que vous m'accordez sur vos autres amis, que vous pouvez compter à jamais sur moi, quoi qu'il arrive. Quant au procès que vous voulez entamer, laissez-moi en causer avec vous.

«—Donne-moi d'abord à dîner, car je meurs de faim, lui répondis-je, et ensuite j'irai chercher à Nohant mes pantoufles et mes paperasses.

«—Je vous y accompagnerai, dit-il, et nous causerons chemin faisant.»

Le dîner m'ayant un peu remise, je repris avec lui le vénérable cabriolet, et deux heures après nous revenions chez lui. Il m'avait écoutée en silence, se bornant à des questions d'un ordre plus élevé que celle des hasards de la procédure, et ne me disant pas trop son avis. Enfin, dans l'allée de peupliers qui touche à l'arrivée de la petite ville, il se résuma ainsi: «J'ai été le compagnon et l'hôte joyeux de votre mari et de votre frère, mais je n'ai jamais oublié, quand vous étiez là, que j'étais chez vous et que je devais à votre caractère de mère de famille un respect sans bornes. Je vous ai cependant quelquefois assommée de mon bavardage après dîner et de mon tapage aux heures de votre travail. Vous savez bien que c'était comme malgré moi et qu'une parole de reproche de vous me dégrisait quelquefois comme par miracle. Votre tort est de m'avoir gâté par trop de douceur. Aussi qu'est-il arrivé? C'est que, tout en me sentant le camarade de votre mari pendant douze heures de gaieté, j'avais chaque soir une treizième heure de tristesse où je me sentais votre ami. Après ma femme et mes enfants, vous êtes ce que j'aime le mieux sur la terre, et si j'hésite depuis deux heures à vous donner raison, c'est que je redoute pour vous les fatigues et les chagrins de la lutte que vous entamez. Pourtant je crois qu'elle peut être douce et se renfermer dans le petit horizon de notre petite ville, si Casimir écoute mes conseils. Je vois ceux qu'il faut lui donner dans son intérêt, et je pense maintenant pouvoir me faire fort de le persuader. Voilà!»—Et comme nous escaladions le petit pont en dos d'âne qui entre en ville, il allongea un coup de fouet au cheval en disant avec la gaieté ranimée: «Allons! enlevons Hermione!»

Le 16 février 1836, le tribunal rendit un jugement de séparation en ma faveur. M. Dudevant y fit défaut, ce qui nous fit croire à tous qu'il acceptait cette solution. Je pus aller prendre possession de mon domicile légal à Nohant. Le jugement me confiait la garde et l'éducation de mon fils et de ma fille.

Je me croyais dispensée de pousser plus loin les choses. Mon mari écrivait à Duteil de manière à me le faire espérer. Je passai quelques semaines à Nohant dans l'attente de son arrivée au pays pour notre liquidation, et nos arrangemens. Duteil se chargeait de faire pour moi toutes les concessions possibles, et je devais, pour éviter toute rencontre irritante, me rendre à Paris dès que M. Dudevant viendrait à La Châtre.

J'eus donc à Nohant quelques beaux jours d'hiver, où je savourai pour la première fois depuis la mort de ma grand'mère les douceurs d'un recueillement que ne troublait plus aucune note discordante. J'avais, autant par économie que par justice, fait maison nette de tous les domestiques habitués à commander à ma place. Je ne gardai que le vieux jardinier de ma grand'mère, établi avec sa femme dans un pavillon au fond de la cour. J'étais donc absolument seule dans cette grande maison silencieuse. Je ne recevais même pas mes amis de La Châtre, afin de ne donner lieu à aucune amertume. Il ne m'eût pas semblé de bon goût de pendre sitôt la crémaillère, comme on dit chez nous, et de paraître fêter bruyamment ma victoire.

Ce fut donc une solitude absolue, et une fois dans ma vie, j'ai habité Nohant à l'état de maison déserte. La maison déserte a longtemps été un de mes rêves. Jusqu'au jour où j'ai pu goûter sans alarmes les douceurs de la vie de famille, je me suis bercée de l'espoir de posséder dans quelque endroit ignoré une maison, fût-ce une ruine ou une chaumière, où je pourrais de temps en temps disparaître et travailler sans être distraite par le son de la voix humaine.

Nohant fut donc en ce temps-là, c'est-à-dire en ce moment-là, car il fut court comme tous les pauvres petits repos de ma vie, un idéal pour ma fantaisie. Je m'amusai à le ranger, c'est-à-dire à le déranger moi-même. Je faisais disparaître tout ce qui me rappelait des souvenirs pénibles, et je disposais les vieux meubles comme je les avais vus placés dans mon enfance. La femme du jardinier n'entrait dans la maison que pour faire ma chambre et m'apporter mon dîner. Quand il était enlevé, je fermais toutes les portes donnant dehors et j'ouvrais toutes celles de l'intérieur. J'allumais beaucoup de bougies et je me promenais dans l'enfilade des grandes pièces du rez-de-chaussée, depuis le petit boudoir où je couchais toujours, jusqu'au grand salon illuminé en outre par un grand feu. Puis j'éteignais tout, et marchant à la seule lueur du feu mourant dans l'âtre, je savourais l'émotion de cette obscurité mystérieuse pleine de pensées mélancoliques, après avoir ressaisi les rians et doux souvenirs de mes jeunes années. Je m'amusais à me faire un peu peur en passant comme un fantôme devant les glaces ternies par le temps, et le bruit de mes pas dans ces pièces vides et sonores me faisait quelquefois tressaillir, comme si l'ombre de Deschartres se fût glissée derrière moi.

J'allai à Paris au mois de mars, à ce que je crois me rappeler. M. Dudevant vint à La Châtre et accepta une transaction qui lui faisait des conditions infiniment meilleures que le jugement prononcé contre lui. Mais à peine eut-il signé, qu'il crut devoir n'en tenir compte et former opposition. Il s'y prit fort mal; il était aigri par les conseils de mon pauvre frère, qui, mobile comme l'onde, ou plutôt comme le vin, s'était tourné contre ma victoire après m'avoir fourni toutes les armes possibles pour le combat. La belle-mère de mon mari, madame Dudevant, faisait pour ainsi dire à celui-ci une nécessité de poursuivre la lutte. Il se trouvait qu'elle me détestait affreusement sans que j'aie jamais su pourquoi. Peut-être éprouvait-elle, à la veille de sa mort, ce besoin de détester quelqu'un qui, le jour de sa mort, devint un besoin de détester tout le monde, mon mari tout le premier. Quoi qu'il en soit, elle mettait alors, m'a-t-on dit, pour condition à son héritage, la résistance de son beau-fils à toute conciliation avec moi.

Mon mari, je le répète, s'y prit mal. Voulant repousser la séparation, il imagina de présenter au tribunal une requête dictée, on eût pu dire rédigée par deux servantes que j'avais chassées, et qu'un célèbre avocat ne le détourna pas de prendre pour auxiliaires. Les conseils de cet avocat sont quelquefois funestes. Un fait récent, qui a pour jamais déchiré mon âme sans profit pour sa gloire, à lui, me l'a cruellement prouvé.

Quant à son intervention dans mes affaires conjugales, elle ne servit qu'à rendre amère une solution qui eût pu être calme. Elle éclaira plus qu'il n'était besoin la conscience des juges. Ils ne comprirent pas qu'en me supposant de si étranges torts envers lui et envers moi-même, mon mari voulût renouer notre union. Ils trouvèrent l'injure suffisante, et, annulant les motifs de leur premier jugement pour vice de forme dans la procédure, ils le renouvelèrent le 11 mai 1836, absolument dans les mêmes termes.

J'étais revenue à La Châtre, chez Duteil; j'avais fait toute la nuit des projets et des préparatifs de départ. Je m'étais assurée par emprunt une somme de dix mille francs avec laquelle j'étais résolue à enlever mes enfans et à fuir en

Amérique si la déplorable requête était prise en considération. J'avoue maintenant, sans scrupule, cette intention formelle que j'avais de résister à l'effet de la loi, et j'ose dire très ouvertement que celle qui règle les séparations judiciaires est une loi contre laquelle la conscience du présent proteste, et une des premières sur lesquelles la sagesse de l'avenir reviendra.

Le principal vice de cette loi, c'est la publicité qu'elle donne aux débats. Elle force l'un des époux, le plus mécontent, le plus blessé des deux, à subir une existence impossible ou à mettre au jour les plaies de son âme. Ne suffirait-il pas de révéler ces plaies à des magistrats intègres, qui en garderaient le secret, sans être forcé de publier l'égarement de celui qui les a faites? On exige des témoins, on fait une enquête. On rédige et on affiche les fautes signalées. Pour soustraire les enfants à des influences qui ne sont peut-être que passagèrement funestes, il faut qu'un des époux laisse dans les annales d'un greffe un monument de blâme contre l'autre. Et ce n'est encore là que la partie douce et voilée de semblables luttes. Si l'adversaire fait résistance, il faut arriver à l'éclat des plaidoiries et au scandale des journaux. Ainsi une femme timide ou généreuse devra renoncer à respecter son mari ou à préserver ses enfans. Un de ses devoirs sera en opposition avec l'autre. Dira-t-on que, si l'amour maternel ne l'emporte pas, elle aura sacrifié l'avenir des enfans à la morale publique, à la sainteté de la famille? Ce serait un sophisme difficile à admettre, et si l'on veut que le devoir de la mère ne soit pas plus impérieux que celui de l'épouse, on accordera au moins qu'il l'est tout autant.

Et si c'est l'époux qui demande la séparation, son devoir n'est-il pas plus effroyable encore? Une femme peut articuler des causes d'incompatibilité suffisantes pour rompre le lien sans être déshonorantes pour l'homme dont elle porte le nom. Ainsi, qu'elle allègue la vie bruyante, les emportemens et les amours de son mari dans le domicile conjugal, c'est trop exiger d'elle sans doute pour la délivrer des malheurs qu'entraînent ces infractions à la règle; mais enfin ce ne sont pas là des souillures dont un homme ne puisse se laver dans l'opinion. Il y a plus; dans notre société, dans nos préjugés et dans nos mœurs, plus un homme est signalé pour avoir eu des bonnes fortunes, plus le sourire des assistans le complimente. En province surtout, quiconque a beaucoup fêté la table et l'amour passe pour un joyeux compère, et tout est dit. On le blâme un peu de n'avoir pas ménagé la fierté de sa femme légitime, on convient qu'il a eu tort de s'emporter contre elle, mais enfin, faire acte d'autorité absolue dans la maison est le droit du mari, et pour peu qu'il y eût mis des formes, tout son sexe lui eût donné raison plus ou moins; et, en fait, il peut avoir subi les entraînemens de certaines intempérances, et n'en être pas moins un galant homme à tous autres égards.

Telle n'est pas la position de la femme accusée d'adultère. On n'attribue à la femme qu'un seul genre d'honneur. Infidèle à son mari, elle est flétrie et avilie, elle est déshonorée aux yeux de ses enfans, elle est passible d'une peine infamante, la prison. Voilà ce qu'un mari outragé qui veut soustraire ses enfans à de mauvais exemples est forcé de faire quand il demande la séparation judiciaire. Il ne peut se plaindre ni d'injures, ni de mauvais traitemens. Il est le plus fort, il en a les droits, on lui rirait au nez s'il se plaignait d'avoir été battu. Il faut donc qu'il invoque l'adultère et qu'il tue moralement la femme qui porte son nom. C'est peut-être pour lui éviter la nécessité de ce meurtre moral que la loi lui concède le droit de meurtre réel sur sa personne.

Quelles solutions aux malheurs domestiques! Cela est sauvage, cela peut tuer l'âme de l'enfant condamné à contempler la durée du désaccord de ses parens ou à en connaître l'issue.

Mais ceci n'est rien encore, et l'homme est investi de bien d'autres droits. Il peut déshonorer sa femme, la faire mettre en prison et la condamner ensuite à rentrer sous sa dépendance, à subir son pardon et ses caresses! S'il lui épargne ce dernier outrage, le pire de tous, il peut lui faire une vie de fiel et d'amertume, lui reprocher sa faute à toutes les heures de sa vie, la tenir éternellement sous l'humiliation de la servitude, sous la terreur des menaces.

Imaginez le rôle d'une mère de famille sous le coup de l'outrage d'une pareille miséricorde! Voyez l'attitude de ses enfans condamnés à rougir d'elle, ou à l'absoudre en détestant l'auteur de son châtiment! Voyez celle de ses parens, de ses amis, de ses serviteurs! Supposez un époux implacable, une femme vindicative, vous aurez un intérieur tragique. Supposez un mari inconséquent et débonnaire à ses heures, une femme sans mémoire et sans dignité, vous aurez un intérieur ridicule. Mais ne supposez jamais un époux vraiment généreux et moral, capable de punir au nom de l'honneur et de pardonner au nom de la religion. Un tel homme peut exercer sa rigueur et sa clémence dans le secret du ménage, il ne peut jamais invoquer le bénéfice de la loi pour infliger publiquement une honte qu'il n'est pas en son pouvoir d'effacer.

Cette doctrine judiciaire fut pourtant admise par les conseils de mon mari et plaidée plus tard par un brave homme, avocat de province, qui n'était peut-être pas sans talent, mais qui fut forcé d'être absurde sous le poids d'un système immoral et révoltant. Je me souviens que, plaidant au nom de la religion, de l'autorité, de l'orthodoxie de principes, et voulant invoquer le type de la charité évangélique dans l'image du Christ, il le traita de philosophe et de prophète, son mouvement oratoire ne pouvant s'élever jusqu'à en taire un Dieu. Je le crois bien: appeler la sanction d'un Dieu sur la vengeance précédant le pardon, c'eût été un sacrilége.

Ajoutons que cette vengeance prétendue légitime peut reposer sur d'atroces calomnies, accueillies dans un moment d'irritation maladive; le ressentiment de certaine valetaille sait orner de faits monstrueux la faute présumée. Un époux autorisé à admettre des infamies jusqu'à essayer d'en fournir la preuve y risquerait son honneur ou sa raison.

Non, le lien conjugal brisé dans les cœurs ne peut être renoué par la main des hommes. L'amour et la foi, l'estime et le pardon sont choses trop intimes et trop saintes pour qu'il n'y faille pas Dieu seul pour témoin et le mystère pour caution. Le lien conjugal est rompu dès qu'il est devenu odieux à l'un des époux. Il faudrait qu'un conseil de famille et de magistrature fût appelé à connaître, je ne dis pas des motifs de plainte, mais de la réalité, de la force et de la persistance du mécontentement. Que des épreuves de temps fussent imposées, qu'une sage lenteur se tînt en garde contre les caprices coupables ou les dépits passagers; certes, on ne saurait mettre trop de prudence à prononcer sur les destinées d'une famille; mais il faudrait que la sentence ne fût motivée que sur des incompatibilités certaines dans l'esprit des juges, vagues dans la formule judiciaire, inconnues au public. On ne plaiderait plus pour la haine et pour la vengeance, et on plaiderait beaucoup moins.

Plus on aplanira les voies de la délivrance, plus les naufragés du mariage feront d'efforts pour sauver le navire avant de l'abandonner. Si c'est une arche sainte comme l'esprit de la loi le proclame, faites qu'elle ne sombre pas dans les tempêtes, faites que ses porteurs fatigués ne la laissent pas tomber dans la boue; faites que deux époux, forcés par un devoir de dignité bien entendue à se séparer, puissent respecter le lien qu'ils brisent et enseigner à leurs enfans à les respecter l'un et l'autre.

Voilà les réflexions qui se pressaient dans mon esprit la veille du jour qui devait décider de mon sort. Mon mari, irrité des motifs énoncés au jugement, et s'en prenant à moi et à mes conseils judiciaires de ce que les formes légales ont de dur et d'indélicat, ne songeait plus qu'à en tirer vengeance. Aveuglé, il ne savait pas que la société était là son seul ennemi. Il ne se disait pas que je n'avais articulé que les faits absolument nécessaires, et fourni que les preuves strictement exigées par la loi. Il connaissait pourtant le Code mieux que moi: il avait été reçu avocat; mais jamais sa pensée, éprise d'immobilité dans l'autorité, n'avait voulu s'élever à la critique morale des lois, et par conséquent prévoir leurs funestes conséquences.

GEORGE SAND

Il répondait donc à une enquête où l'on n'avait trahi que des faits dont il aimait à se vanter, par des imputations dont j'aurais frémi de mériter la cent millième partie. Son avoué se refusa à lire un libelle. Les juges se seraient refusés à l'entendre.

Il allait donc au delà de l'esprit de la loi, qui permet à l'époux offensé par des reproches, de motiver les procédés acerbes dont on l'accuse, par de violens sujets de plainte. Mais la loi qui admet le moyen de défense dans un procès où l'époux demande la séparation à son profit ne saurait l'admettre comme acte de vengeance dans une lutte où il repousse la séparation. Elle la prononce d'autant plus en faveur de la femme qui s'est déclarée offensée, que ce moyen est la pire des offenses: c'est ce qui arriva.

Je n'étais pourtant pas tranquille sur l'issue de ce débat. J'aurais voulu, moi, dans un premier moment d'indignation, que mon mari fût autorisé à faire la preuve des griefs qu'il articulait. Éverard, qui devait plaider pour moi, repoussait l'idée d'un pareil débat. Il avait raison, mais ma fierté souffrait, je l'avoue, de la possibilité d'un soupçon dans l'esprit des juges. «Ce soupçon, disais-je, prendra peut-être assez de consistance dans leur pensée pour qu'en prononçant la séparation ils me retirent le soin d'élever mon fils.»

Pourtant, quand j'eus réfléchi, je reconnus l'absence de danger de ma situation, de quelque façon qu'elle vînt à aboutir. Le soupçon ne pouvait même pas effleurer l'esprit de mes juges: Les accusations portaient trop le cachet de la démence.

Je m'endormis alors profondément. J'étais fatiguée de mes propres pensées qui, pour la première fois avaient embrassé la question du mariage d'une manière générale assez lucide. Jamais, je le jure, je n'avais senti aussi vivement la sainteté du pacte conjugal et les causes de sa fragilité dans nos mœurs que dans cette crise où je me voyais en cause moi-même. J'éprouvais enfin un calme souverain, j'étais sûre de la droiture de ma conscience et de la pureté de mon idéal. Je remerciai Dieu de ce qu'au milieu de mes souffrances personnelles il m'avait permis de conserver sans altération la notion et l'amour de la vérité.

A une heure de l'après-midi, Félicie entra dans ma chambre. «Comment! vous pouvez dormir! me dit-elle. Sachez donc que l'on sort de l'audience, vous avez gagné votre procès, vous avez Maurice et Solange. Levez-vous vite pour remercier Éverard qui arrive et qui a fait pleurer toute la ville.»

Il y eut encore tentative de transaction avec M. Dudevant pendant que je retournais à Paris; mais ses conseils ne lui laissaient pas le loisir d'entendre raison. Il forma appel devant la cour de Bourges. Je revins habiter La Châtre.

Quoique je fusse choyée et heureuse autant que possible dans la famille de Duteil, j'y souffrais un peu du bruit des enfans qui se levaient à l'heure où je commençais à m'endormir, et de la chaleur que l'étroitesse de la rue et la petitesse de la maison rendaient accablante. Passer l'été dans une ville, c'est pour moi chose cruelle. Je n'avais pas seulement une pauvre petite branche de verdure à regarder. Rozane Bourgoing m'offrit une chambre chez elle, et il fut convenu que les deux familles se réuniraient tous les soirs.

M. et Mme Bourgoing, avec une jeune sœur de Rozane qu'ils traitaient comme leur enfant, et qui était presque aussi belle que Rozane, occupaient une jolie maison avec un jardinet perché en terrasse sur un précipice. C'était l'ancien rempart de la ville, et par là on voyait la campagne, on y était. L'Indre coulait, sombre et paisible, sous des rideaux d'arbres magnifiques et s'en allait, le long d'une vallée charmante, se perdre dans la verdure. Devant moi, sur l'autre rive, s'élevait la Rochaille, une colline semée de blocs diluviens et ombragée de noyers séculaires. La maisonnette blanche et les ajoupas de roseaux du Malgache s'apercevaient un peu plus loin, et à côté de nous la grande tour carrée de l'ancien château des Lombault dominait le paysage.

J'allais de temps en temps à Bourges, ou bien Éverard venait de temps en temps à La Châtre. C'était toujours en vue de nous consulter sur le procès, mais le procès était la chose dont nous pouvions le moins parler. J'avais la tête pleine d'art, Éverard avait la tête pleine de politique, Planet l'avait toujours de socialisme. Duteil et le Malgache faisaient de tout cela un pot-pourri d'imagination, d'esprit, de divagation et de gaîté. Fleury discutait avec ce mélange de bon sens et d'enthousiasme qui se disputent sa cervelle à la fois positive et romanesque. Nous nous chérissions trop les uns les autres pour ne pas nous quereller avec violence. Quelles bonnes violences! entrecoupées de tendres élans de cœur et de rires homériques! Nous ne pouvions nous séparer, on oubliait de dormir, et ces prétendus jours de repos nous laissaient harassés de fatigue, mais débarrassés du trop plein d'imagination et de ferveur républicaine qui s'entassait en nous dans les heures de la solitude.

Enfin mon insupportable procès fut appelé à Bourges. Je m'y rendis, au commencement de juillet, après avoir été chercher Solange à Paris. Je voulais être encore une fois en mesure de l'emporter en cas d'échec. Quant à Maurice, mes précautions étaient prises pour l'enlever un peu plus tard.

J'étais toujours secrètement en révolte contre la loi que j'invoquais ouvertement. C'était fort illogique, mais la loi l'était plus que moi, elle qui, pour m'ôter ou me rendre mes droits de mère, me forçait à vaincre tout souvenir d'amitié conjugale, ou à voir ces souvenirs outragés et méconnus dans le cœur de mon mari. Ces droits maternels, la société peut les annuler, et, en thèse générale, elle les fait primer par ceux du mari. La nature n'accepte pas de tels arrêts, et jamais on ne persuadera à une mère que ses enfans ne sont pas à elle plus qu'à leur père. Les enfans ne s'y trompent pas non plus.

Je savais les juges de Bourges prévenus contre moi et circonvenus par un système de propos fantastiques sur mon compte. Ainsi, le jour où je me montrai habillée comme tout le monde dans la ville, ceux des bourgeois qui ne m'y rencontrèrent pas demandèrent aux autres s'il était vrai que j'avais des pantalons rouges et des pistolets à ma ceinture.

M. Dudevant voyait bien qu'avec sa requête il avait fait fausse route. On lui conseilla de se poser en mari égaré par l'amour et la jalousie. C'était un peu tard, et je pense qu'il joua fort mal un rôle que démentait sa loyauté naturelle. On le poussa à venir le soir sous mes fenêtres et jusqu'à ma porte, comme pour solliciter une entrevue mystérieuse; mais ma conscience se révolta contre une pareille comédie, et, après s'être promené de long en large quelques instans dans la rue, je le vis qui s'en allait en riant et en haussant les épaules. Il avait bien raison.

J'avais reçu l'hospitalité dans la famille Tourangin, une des plus honorables de la ville. Félix Tourangin, riche industriel et proche parent de la famille Duteil, avait deux filles, l'une mariée, l'autre déjà majeure, et quatre fils, dont les derniers étaient des enfans. Agasta et son mari m'avaient accompagnée. Rollinat, Planet et Papet nous avaient suivis. Les autres nous rejoignirent bientôt; j'avais donc tout mon cher Berry autour de moi, car dès ce moment je m'attachai à la famille Tourangin, comme si j'y avais passé ma vie. Le père Félix m'appelait sa fille, Élisa, un ange de bonté et une femme du plus grand mérite et de la plus adorable vertu, m'appelait sa sœur. Je me faisais avec elle la mère des petits frères. Leurs autres parens nous venaient voir souvent, et me témoignaient le plus affectueux intérêt, même M. Mater, le premier président, quand mon procès fut terminé. Je vis arriver aussi, le jour des débats, Émile Regnault, un Sancerrois que j'avais aimé comme un frère et qui avait épousé contre moi je ne sais plus quelle mauvaise querelle. Il vint me faire amende honorable de torts que j'avais oubliés.

L'avocat de mon mari, donnant dans le système adopté, plaida, comme je l'ai déjà dit d'avance, l'amour de mon mari, et, tout en offrant de faire hautement la preuve de mes crimes, il m'offrit généreusement le pardon après l'outrage. Éverard fit ressortir avec une merveilleuse éloquence l'inconséquence odieuse d'une pareille philosophie conjugale. Si j'étais coupable, il fallait commencer par me répudier, et si je ne l'étais pas, il ne fallait pas faire le généreux. Dans tous les cas, la générosité était difficile à accepter après la vengeance. Tout l'édifice de l'amour tomba d'ailleurs devant des preuves. Il lut une lettre de 1831 où M. Dudevant me disait: «J'irai à Paris; je ne descendrai pas chez vous, parce que je ne veux pas vous gêner, pas plus que je ne veux que vous me gêniez.» L'avocat général en lut d'autres où la satisfaction de mon absence était si clairement exprimée, qu'il n'y avait pas à compter beaucoup sur cette tendresse posthume qui m'était offerte. Et pourquoi M. Dudevant se défendait-il de ne pas m'avoir aimée? Plus il disait de mal de moi, plus on était porté à l'absoudre. Mais proclamer à la fois cette affection et les prétendues causes qui m'en rendaient indigne, c'était jeter dans les esprits le soupçon d'un calcul intéressé qu'il n'eût sans doute pas voulu mériter.

Il le sentit, car, sans attendre le jugement, il se désista de son appel, et, la cour donnant acte de ce désistement, le jugement de La Châtre eut son plein effet sur le reste de ma vie.

Nous reprîmes alors l'ancien traité qu'il m'avait offert à Nohant et que ses malheureuses irrésolutions m'avaient forcé à rendre valide par une année de luttes amères, inutiles s'il eût consenti à ne pas varier.

Cet ancien traité, qui fit base pour le nouveau, lui attribuait le soin de payer et surveiller l'éducation de Maurice au collége. Sur ce point, du moment que nous retombions d'accord, je ne craignais plus d'être séparée de mon fils. Mais l'aversion de Maurice pour le collége pouvait revenir, et ce n'est pas sans peine que je me décidai à ne pas faire de réserves. Éverard, Duteil et Rollinat me remontrèrent que tout pacte devait entraîner réconciliation de cœur et d'esprit; qu'il y allait de l'honneur de mon mari d'employer une part du revenu que je lui faisais à payer l'éducation de son fils; que Maurice était bien portant, travaillait passablement et paraissait habitué au régime universitaire; qu'il avait déjà douze ans, et que dans bien peu d'années la direction de ses idées et le choix de sa carrière appartiendraient fort peu à ses parens et beaucoup à lui-même; que dans tous les cas, sa passion pour moi ne devait guère m'inspirer d'inquiétudes, et que Mme Dudevant, la baronne, n'aurait pas beau jeu à vouloir m'enlever son cœur et sa confiance. C'étaient de très bonnes raisons, auxquelles je cédai pourtant à regret. J'avais le pressentiment d'une nouvelle lutte. On me disait en vain que l'éducation en commun était nécessaire, fortifiante pour le corps et pour l'esprit; il ne me semblait pas qu'elle convînt à Maurice, et je ne me trompais pas. Je cédai, craignant de prendre pour la science de l'instinct maternel une faiblesse de cœur dangereuse à l'objet de ma sollicitude. M. Dudevant ne paraissait vouloir élever aucune contestation sur l'emploi des vacances. Il promettait de m'envoyer Maurice aussitôt qu'elles seraient ouvertes, et il tint parole.

J'embrassai l'excellente Élisa et sa famille, qui m'avaient si bien aimée à première vue, Agasta, qui, le matin de mon procès, avait été entendre la messe à mon intention, les beaux enfans de la maison et les braves amis qui m'avaient entourée d'une sollicitude fraternelle. Je partis pour Nohant, où je rentrai définitivement avec Solange le jour de Sainte-Anne, patronne du village. On dansait sous les grands ormes, et le son rauque et criard de la cornemuse, si cher aux oreilles qu'il a bercées dès l'enfance, eût pu me paraître d'un heureux augure.

CHAPITRE CINQUIEME

Voyage en Suisse.—Mme d'Agoult.—Son salon à l'hôtel de France.—Maurice tombe malade.—Luttes et chagrins.—Je l'emmène à Nohant.—Lettre de Pierret.—Je vais à Paris.—Ma mère malade.—Retour sur mes relations avec elle depuis mon mariage.—Ses derniers momens.—Pierret.—Je cours après Maurice.—Je cours après Solange.—La sous-préfecture de Nérac.—Retour à Nohant.—Nouvelles discussions.—Deux beaux enfans pour cinquante mille francs.—Travail, fatigue et vouloir.—Père et mère.

Je n'avais pourtant pas conquis la moindre aisance. J'entrais, au contraire, je ne pouvais pas me le dissimuler, dans de grands embarras, par suite d'un mode de gestion qu'à plusieurs égards il me fallait changer, et de dettes qu'on laissait à ma charge sans compensation immédiate. Mais j'avais la maison de mes souvenirs pour abriter les futurs souvenirs de mes enfans. A-t-on bien raison de tenir tant à ces demeures pleines d'images douces et cruelles, histoire de votre propre vie, écrite sur tous les murs en caractères mystérieux et indélébiles, qui, à chaque ébranlement de l'âme, vous entourent d'émotions profondes ou de puériles superstitions? Je ne sais; mais nous sommes tous ainsi faits. La vie est si courte que nous avons besoin, pour la prendre au sérieux, d'en tripler la notion en nous-mêmes, c'est-à-dire de rattacher notre existence par la pensée à l'existence des parens qui nous ont précédés et à celle des enfans qui nous survivront.

Au reste, je n'entrais pas à Nohant avec l'illusion d'une oasis finale. Je sentais bien que j'y apportais mon cœur agité et mon intelligence en travail.

Liszt était en Suisse et m'engageait à venir passer quelque temps auprès d'une personne avec laquelle il m'avait fait faire connaissance et qu'il voyait souvent à Genève, où elle s'était établie pour quelque temps. C'était la comtesse d'Agoult, belle, gracieuse, spirituelle, et douée par-dessus tous ces avantages d'une intelligence supérieure. Elle m'appelait aussi d'une façon fort aimable, et je regardai ce voyage comme une diversion utile à mon esprit après les dégoûts de la vie positive où je venais de me plonger. C'était une très bonne promenade pour mes enfans et un moyen de les soustraire à l'étonnement de leur nouvelle position, en les éloignant des propos et commentaires qui, dans ce premier moment de révolution intérieure, pouvaient frapper leurs oreilles. Sitôt que les vacances me ramenèrent Maurice, je partis donc pour Genève avec lui, sa sœur et Ursule.

Après deux mois de courses intéressantes et de charmantes relations avec mes amis de Genève, nous revînmes tous à Paris. J'y passai quelque temps en hôtel garni, ma mansarde du quai Malaquais étant à peu près tombée en ruines, et le propriétaire ayant expulsé ses locataires pour cause de réparations urgentes. J'avais quitté cette chère mansarde, déjà toute peuplée de mes songes décevans et de mes profondes tristesses, avec d'autant plus de regret que le rez-de-chaussée, mon atelier solitaire, sorti de ses décombres et redevenu un riche appartement, était occupé par une femme excellente, la belle duchesse de Caytus, mariée en secondes noces à M. Louis de Rochemur. Ils avaient deux petites filles adorables, et là où il y a des enfans il est facile de m'attirer. Je fus doucement retenue chez eux, malgré ma sauvagerie, par une sympathie réelle inspirée et partagée. Je les voyais donc très souvent, ce voisinage allant à mes habitudes sédentaires. Je n'avais que l'escalier à descendre. C'est chez eux que j'ai vu pour la première fois M. de Lamartine. J'y rencontrai aussi M. Berryer.

A l'hôtel de France, où Mme d'Agoult m'avait décidée à demeurer près d'elle, les conditions d'existence étaient charmantes pour quelques jours. Elle recevait beaucoup de littérateurs, d'artistes et quelques hommes du monde intelligent. C'est chez elle ou par elle que je fis connaissance avec Eugène Sue, le baron d'Ekstein, Chopin, Mickiewicz, Nourrit, Victor Schœlcher, etc. Mes amis devinrent aussi les siens. Elle connaissait de son côté M. Lamennais, Pierre Leroux, Henri Heine, etc. Son salon improvisé dans une auberge était donc une réunion d'élite qu'elle présidait avec une grâce exquise, et où elle se trouvait à la hauteur de toutes les spécialités éminentes par l'étendue de son esprit et la variété de ses facultés à la fois poétiques et sérieuses.

On faisait là d'admirable musique, et, dans l'intervalle, on pouvait s'instruire en écoutant causer. Elle voyait aussi Mme Marliani, notre amie commune, tête passionnée, cœur maternel, destinée malheureuse parce qu'elle voulut trop faire plier la vie réelle devant l'idéal de son imagination et les exigences de sa sensibilité.

Ce n'est pas ici le lieu d'une appréciation détaillée des diverses sommités intellectuelles qu'à partir de cette époque j'ai plus ou moins abordées. Il me faudrait embrasser chacune d'elles dans une synthèse qui me détournerait trop quant à présent de ma propre histoire. Cela serait beaucoup plus intéressant, à coup sûr, et pour moi-même et pour les autres, mais j'approche de la limite qui m'est fixée, et je vois qu'il me reste, si Dieu me prête vie, beaucoup de riches sujets pour un travail futur et peut-être pour un meilleur livre.

Je n'avais ni le moyen de vivre à Paris ni le goût d'une vie aussi animée, mais je fus forcée d'y passer l'hiver: Maurice tomba malade. Le régime du collége, auquel pendant une année il avait paru vouloir se faire, redevint tout à coup mortel pour lui, et, après de petites indispositions qui paraissaient sans gravité: les médecins s'aperçurent d'un commencement d'hypertrophie au cœur. Je me hâtai de l'emmener chez moi; je voulais l'emmener à Nohant; M. Dudevant, alors à Paris, s'y opposa. Je ne voulus pas lutter contre l'autorité paternelle, quelques droits que j'eusse pu faire valoir. Je devais avant tout à mon fils de ne pas lui enseigner la révolte. J'esperai vaincre son père par la douceur et lui faire toucher l'évidence.

Cela fut très difficile pour lui et horriblement douloureux pour moi. Les personnes qui ont le bonheur de jouir d'une excellente santé ne croient pas facilement aux maux qu'elles ne connaissent point. J'écrivis à M. Dudevant, je le reçus, j'allai chez lui, je lui confiai Maurice de temps en temps pour qu'il s'assurât de sa maladie: il ne voulait rien entendre; il croyait à une conspiration de la tendresse maternelle excessive caressant la faiblesse et la paresse de l'enfance. Il se trompait cruellement. J'avais fait contre les pleurs de Maurice et contre mes propres terreurs tous les efforts possibles. Je voyais bien qu'en se soumettant l'enfant périssait. D'ailleurs, le proviseur refusait d'assumer sur lui la responsabilité de le reprendre. La méfiance de son père exaspérait la maladie de Maurice. Ce qui lui était le plus sensible, à lui qui n'avait jamais menti, c'était de pouvoir être soupçonné de mensonge. Chaque reproche sur sa pusillanimité, chaque doute sur la réalité de son mal, enfonçaient un aiguillon dans ce pauvre cœur malade. Il empirait visiblement, il n'avait plus de sommeil; il était quelquefois si faible qu'il me fallait le porter dans mes bras pour le coucher. Une consultation signée Levrault, médecin du collége Henri IV, Gaubert, Marjolin et Guersant (ces deux derniers m'étaient inconnus et ne pouvaient être soupçonnés de complaisance), ne convainquit pas M. Dudevant. Enfin, après quelques semaines de terreurs et de larmes, nous fûmes réunis l'un à l'autre pour toujours, mon enfant et moi. M. Dudevant voulut le garder toute une nuit chez lui pour se convaincre qu'il avait le délire et la fièvre. Il s'en convainquit si bien qu'il m'écrivit dès le matin de venir vite le chercher. J'y courus. Maurice, en me voyant, fit un cri, sauta pieds nus sur le carreau et vint se cramponner à moi. Il voulait s'en aller tout nu.

Nous partîmes pour Nohant dès que la fièvre fut un peu calmée. J'étais effrayée de l'éloigner des soins de Gaubert, qui venait le voir trois fois par jour; mais Gaubert me criait de l'emmener. L'enfant avait le mal du pays. Dans ses songes agités, il criait, lui, Nohant! Nohant!! d'une voix déchirante. C'était une idée fixe, il croyait que tant qu'il ne serait pas là son père viendrait le reprendre. «Cet enfant ne respire que par votre souffle, me disait Gaubert, vous êtes le médecin qu'il lui faut.»

Nous fîmes le voyage en poste, à courtes journées, avec Solange. Maurice recouvra vite un peu de sommeil et d'appétit; mais un rheumatisme aigu dans tous les membres et de violentes douleurs de tête revinrent souvent l'accabler. Il passa le reste de l'hiver dans ma chambre, et pendant six mois nous ne nous quittâmes pas d'une heure. Son éducation classique dut être interrompue; il n'y avait aucun moyen de le remettre aux études du collège sans lui briser le cerveau.

Mme d'Agoult vint passer chez moi une partie de l'année. Liszt, Charles Didier, Alexandre Rey et Bocage y vinrent aussi. Nous eûmes un été magnifique, et le piano du grand artiste fit nos délices. Mais à ce temps de soleil splendide, consacré à un travail paisible et à de doux loisirs, succédèrent des jours bien douloureux.

Je reçus un jour, au milieu du dîner, une lettre de Pierret qui me disait: «Votre mère vient d'être envahie subitement par une maladie très grave. Elle le sent, et la terreur de la mort empire son mal. Ne venez pas avant quelques jours. Il nous faut ce temps-là pour la préparer à votre arrivée comme à une chose étrangère à sa maladie. Écrivez-lui comme si vous ignoriez tout, et inventez un prétexte pour venir à Paris. «Le lendemain il m'écrivait: «Tardez encore un peu, elle se méfie. Nous ne sommes pas sans espoir de la sauver.»

Mme d'Agoult partait pour l'Italie. Je confiai Maurice à Gustave Papet, qui demeurait à une demi-lieue de Nohant: je laissai Solange à Mlle Rollinat, qui faisait son éducation à Nohant, et je courus chez ma mère.

Depuis mon mariage, je n'avais plus de sujets immédiats de désaccord avec elle, mais son caractère agité n'avait pas cessé de me faire souffrir. Elle était venue à Nohant, et s'y était livrée à ses involontaires injustices, à ses inexplicables susceptibilités contre les personnes les plus inoffensives. Et pourtant, dès ce temps-là, à la suite d'explications sérieuses, j'avais pris enfin de l'ascendant sur elle. D'ailleurs, je l'aimais toujours avec une passion instinctive que ne pouvaient détruire mes trop justes sujets de plainte. Ma renommée littéraire produisait sur elle les plus étranges alternatives de joie et de colère. Elle commençait par lire les critiques malveillantes de certains journaux et leurs insinuations perfides sur mes principes et sur mes mœurs. Persuadée aussitôt que tout cela était mérité, elle m'écrivait ou accourait chez moi pour m'accabler de reproches, en m'envoyant ou m'apportant un ramassis d'injures qui, sans elle, ne fussent jamais arrivées jusqu'à moi. Je lui demandais alors si elle avait lu l'ouvrage incriminé de la sorte. Elle ne l'avait jamais lu avant de le condamner. Elle se mettait à le lire après avoir protesté qu'elle ne l'ouvrirait pas. Alors, tout aussitôt, elle s'engouait de mon œuvre avec l'aveuglement qu'une mère peut y mettre, elle déclarait la chose sublime et les critiques infâmes: et cela recommençait à chaque nouvel ouvrage.

Il en était ainsi de toutes choses à tous les momens de ma vie. Quelque voyage ou quelque séjour que je fisse, quelque personne, vieille ou jeune, homme ou femme, qu'elle rencontrât chez moi, quelque chapeau que j'eusse sur la tête ou quelque chaussure que j'eusse aux pieds, c'était une critique, une tracasserie incessante qui dégénérait en querelle sérieuse et en reproches véhémens, si je ne me hâtais, pour la satisfaire, de lui promettre que je changerais de projets, de connaissances et d'habillemens à sa guise. Je n'y risquais rien, puisqu'elle oubliait dès le lendemain le motif de son dépit. Mais il fallait beaucoup de patience pour affronter, à chaque entrevue, une nouvelle bourrasque impossible à prévoir. J'avais de la patience, mais j'étais mortellement attristée de ne pouvoir retrouver son esprit charmant et ses élans de tendresse qu'à travers des orages perpétuels.

Elle demeurait depuis plusieurs années boulevard Poissonnière, no 6, dans une maison qui a disparu pour faire place à la maison du pont de fer. Elle y vivait presque toujours seule, ne pouvant garder huit jours une servante. Son petit appartement était toujours rangé par elle, nettoyé avec un soin minutieux, orné de fleurs, et brillant de jour ou de soleil. Elle logeait en plein midi et tenait sa fenêtre ouverte en été, à la chaleur, à la poussière et au bruit du boulevard, n'ayant jamais Paris assez dans sa chambre. «Je suis Parisienne dans l'âme, disait-elle. Tout ce qui rebute les autres de Paris me plaît et m'est nécessaire. Je n'y ai jamais trop chaud, ni trop froid. J'aime mieux les arbres poudreux du boulevard et les ruisseaux noirs qui les arrosent que toutes vos forêts où l'on a peur, et toutes vos rivières où l'on risque de se noyer. Les jardins ne m'amusent plus, ils me rappellent trop les cimetières. Le silence de la campagne m'effraie et m'ennuie. Paris me fait l'effet d'être toujours en fête, et ce mouvement que je prends pour de la gaîté m'arrache à moi-même. Vous savez bien que le jour où il me faudra réfléchir, je mourrai.» Pauvre mère, elle réfléchissait beaucoup dans ses derniers jours!

Bien que plusieurs de mes amis, témoins de ses emportemens ou de ses malices contre moi, me reprochassent d'être trop faible de cœur envers elle, je ne pouvais me défendre d'une vive émotion chaque fois que j'allais la voir. Quelquefois je passais sous sa fenêtre, et je grillais de monter chez elle; puis je m'arrêtais, effrayée de l'algarade qui m'y attendait peut-être; mais je succombais presque toujours, et lorsque j'avais eu la fermeté de rester une semaine sans la voir, je partais avec une secrète impatience d'arriver. J'observais en moi la force de cet instinct de la nature, à l'étrange oppression que j'éprouvais en voyant la porte de sa maison. C'était une petite grille donnant sur un escalier qu'il fallait descendre. Au bas demeurait un marchand de fontaines qui remplissait, je crois, les fonctions de portier, car de la boutique quelque voix me criait toujours: «Elle y est, montez!» On traversait une petite cour et on montait un étage, puis on suivait un couloir, et on montait encore trois autres étages. Cela donnait le temps de la réflexion, et la réflexion me revenait toujours dans ce couloir sombre, où je me disais: «Voyons, quelle figure m'attend là-haut? Bonne ou mauvaise? Souriante ou bouleversée? Que pourra-t-elle inventer aujourd'hui pour se fâcher?»

Mais je me rappelais le bon accueil qu'elle savait me faire quand je la surprenais dans une bonne disposition. Quel doux cri de joie, quel brillant regard, quel tendre baiser maternel! Pour cette exclamation, pour ce regard et pour ce baiser, je pouvais bien affronter deux heures d'amertume. Alors l'impatience me prenait, je trouvais l'escalier insupportable, je le franchissais rapidement; j'arrivais plus émue encore qu'essoufflée, et mon cœur battait à se rompre au moment où je tirais la sonnette. J'écoutais à travers la porte, et déjà je savais mon sort, car lorsqu'elle était de bonne humeur, elle reconnaissait ma manière de sonner, et je l'entendais s'écrier en mettant la main sur la serrure: «Ah! c'est mon Aurore!»—mais si elle était dans des idées noires, elle ne reconnaissait pas mon bruit, ou, ne voulant pas dire qu'elle l'avait reconnu, elle criait: «Qui est là?»

Ce Qui est là? me tombait comme une pierre sur la poitrine, et il fallait quelquefois bien du temps avant qu'elle voulût s'expliquer ou qu'elle pût se calmer. Enfin, quand j'avais arraché un sourire, ou quand Pierret arrivait bien disposé à prendre mon parti, l'explication violente tournait en gaîté, et je l'emmenais dîner au restaurant et passer la soirée au spectacle. Elle appelait cela une partie de plaisir, et elle s'amusait comme dans sa jeunesse. Elle était alors si charmante qu'il fallait tout oublier.

Mais en certains jours il était impossible de s'entendre. C'était justement quelquefois ceux où l'accueil avait été le plus riant, où le coup de sonnette avait éveillé l'accent le plus tendre. Il lui passait par la tête de me retenir pour me taquiner, et comme je voyais venir l'orage, je m'esquivais, lassée ou froissée, redescendant tous les escaliers avec autant d'impatience que je les avais montés.

Pour donner une idée de ces étranges querelles de sa part, il me suffira de raconter celle-ci, qui prouve, entre toutes les autres, combien son cœur était peu complice des voyages de son imagination.

J'avais au bras un bracelet de cheveux de Maurice, blonds, nuancés, soyeux, enfin d'un ton et d'une finesse à ne pas douter qu'ils eussent appartenu à la tête d'un petit enfant. On venait d'exécuter Alibaud, et ma mère avait entendu dire qu'il avait de longs cheveux. Je n'ai jamais vu Alibaud, j'ai ouï dire qu'il était très brun; mais ne voilà-t-il pas que ma pauvre mère, qui avait la tête toute remplie de ce drame, s'imagine que ce bracelet est de sa chevelure! «La preuve, me dit-elle, c'est que ton ami Charles Ledru a plaidé la cause de l'assassin.» A cette époque, je ne connaissais pas Charles Ledru, pas même de vue; mais il n'y eut aucun moyen de la dissuader. Elle voulait me faire jeter au feu ce cher bracelet, qui était toute la toison dorée du premier âge de Maurice, et qu'elle m'avait vu dix fois au bras sans y faire attention. Je fus obligée de me sauver pour l'empêcher de me l'arracher. Je me sauvais souvent en riant; mais, tout en riant, je sentais de grosses larmes tomber sur mes joues. Je ne pouvais m'habituer à la voir irritée et malheureuse dans ces momens où j'allais lui porter tout mon cœur: mon cœur souvent navré de quelque amertume secrète qu'elle n'eût probablement pas su comprendre, mais qu'une heure de son amour eût pu dissiper.

La première lettre que j'avais écrite en prenant la résolution de lutter judiciairement contre mon mari avait été pour elle. Son élan vers moi fut alors spontané, complet, et ne se démentit plus. Dans les voyages que je fis à Paris durant cette lutte, je la trouvai toujours parfaite. Il y avait donc près de deux ans que ma pauvre petite mère était redevenue pour moi ce qu'elle avait été dans mon enfance. Elle tournait un peu ses taquineries vers Maurice, qu'elle eût voulu gouverner à sa guise et qui résistait un peu plus que je n'aurais voulu. Mais elle l'adorait quand même, et j'avais besoin de la voir se livrer à ces petites frasques pour ne pas m'inquiéter de ce doux changement survenu en elle à mon égard. Il y avait des momens où je disais à Pierret: «Ma mère est adorable maintenant, mais je la trouve moins vive et moins gaie. Êtes-vous sûr qu'elle ne soit pas malade?—Eh non, me répondait-il; elle est mieux portante, au contraire. Elle a enfin passé l'âge où on se ressent encore d'une grande crise, et à présent la voilà comme elle était dans sa jeunesse, aussi aimable et presque aussi belle.» C'était la vérité. Quand elle était un peu parée, et elle s'habillait à ravir, on la regardait encore passer sur le boulevard, incertain de son âge et frappé de la perfection de ses traits.

Au moment où, appelée par cette terrible nouvelle de la fin prochaine de ma mère, j'arrivais à Paris à la fin de juillet, les derniers bulletins m'avaient laissé pourtant grande espérance. J'accours, je descends l'escalier du boulevard, et je suis arrêtée par le marchand de fontaines, qui me dit: «Mais madame Dupin n'est plus ici!» Je crus que c'était une manière de m'annoncer sa mort, et la fenêtre ouverte, que j'avais prise pour un bon augure, me revint à l'esprit comme le signe d'un éternel départ. «Tranquillisez-vous, me dit cet homme, elle ne va pas plus mal. Elle a voulu aller se faire soigner dans une maison de santé pour avoir moins de bruit et un jardin. M. Pierret a dû vous l'écrire.»

La lettre de Pierret ne m'était pas parvenue. Je courus à l'adresse qu'on m'indiquait, m'imaginant trouver ma mère en convalescence, puisqu'elle se préoccupait de la jouissance d'un jardin.

Je la trouvai dans une affreuse petite chambre sans air, couchée sur un grabat et si changée que j'hésitai à la reconnaître: elle avait cent ans. Elle jeta ses bras à mon cou en me disant: «Ah! me voilà sauvée: tu m'apportes la vie!» Ma sœur, qui était auprès d'elle, m'expliqua tout bas que le choix de cet affreux domicile était une fantaisie de malade, et non une nécessité. Notre pauvre mère s'imaginant, dans ses heures de fièvre, qu'elle était environnée de voleurs, cachait un sac d'argent sous son oreiller et ne voulait pas habiter une meilleure chambre dans la crainte de révéler ses ressources à ces brigands imaginaires.

Il fallut entrer dans sa fantaisie un instant; mais, peu à peu, j'en triomphai. La maison de santé était belle et vaste. Je louai le meilleur appartement sur le jardin, et dès le lendemain elle consentit à y être transportée. Je lui amenai mon cher Gaubert, dont la douce et sympathique figure lui plut, et qui réussit à lui persuader de suivre ses prescriptions. Mais il m'emmena ensuite au jardin pour me dire: «Ne vous flattez pas, elle ne peut pas guérir; le foie est affreusement tuméfié. La crise des douleurs atroces est passée. Elle va mourir sans souffrance. Vous ne pouvez que retarder un peu le moment fatal par des soins moraux. Quant aux soins physiques, faites absolument tout ce qu'elle voudra. Elle n'a pas la force de vouloir rien qui lui soit précisément nuisible. Mon rôle, à moi, est de lui prescrire des choses insignifiantes et d'avoir l'air de compter sur leur efficacité. Elle est impressionnable comme un enfant. Occupez son esprit de l'espoir d'une prochaine guérison. Qu'elle parte doucement et sans en avoir conscience. Puis il ajouta avec sa sérénité habituelle, lui qui était frappé à mort aussi, et qui le savait bien, quoiqu'il le cachât pieusement à ses amis: «Mourir n'est pas un mal!»

Je prévins ma sœur, et nous n'eûmes plus qu'une pensée, celle de distraire et d'endormir les prévisions de notre pauvre malade. Elle voulut se lever et sortir. «C'est dangereux, nous dit Gaubert, elle peut expirer dans vos bras; mais retenir son corps dans une inaction que son esprit ne peut accepter est plus dangereux encore. Faites ce qu'elle désire.»

Nous habillâmes notre pauvre mère et la portâmes dans une voiture de remise. Elle voulut aller aux Champs-Élysées. Là, elle fut un instant ranimée par le sentiment de la vie qui s'agitait autour d'elle. «Que c'est beau, nous disait-elle, ces voitures qui font du bruit, ces chevaux qui courent, ces femmes en toilette, ce soleil, cette poussière d'or! On ne peut pas mourir au milieu de tout cela! non! à Paris on ne meurt pas!» Son œil était encore brillant et sa voix pleine. Mais, en approchant de l'arc de triomphe, elle nous dit en redevenant pâle comme la mort: «Je n'irai pas jusque-là. J'en ai assez.» Nous fûmes épouvantées, elle semblait prête à exhaler son dernier souffle. Je fis arrêter la voiture. La malade se ranima. «Retournons, me dit-elle; un autre jour nous irons jusqu'au bois de Boulogne.»

Elle sortit encore plusieurs fois. Elle s'affaiblissait visiblement, mais la crainte de la mort s'évanouissait. Les nuits étaient mauvaises et troublées par la fièvre et le délire: mais le jour elle semblait renaître. Elle avait envie de manger de tout; ma sœur s'inquiétait de ses fantaisies et me grondait de lui apporter tout ce qu'elle demandait. Je grondais ma sœur de songer seulement à la contredire, et elle se rassurait, en effet, en voyant notre pauvre malade, entourée de fruits et de friandises, se réjouir en les regardant, en les touchant et en disant: «J'y goûterai tout à l'heure.» Elle n'y goûtait même pas. Elle en avait joui par les yeux.

Nous la descendions au jardin, et là, sur un fauteuil, au soleil, elle tombait dans la rêverie, et même dans la méditation. Elle attendait d'être seule avec moi pour me dire ce qu'elle pensait. «Ta sœur est dévote, me disait-elle, et moi je ne le suis plus du tout depuis que je me figure que je vais mourir. Je ne veux pas voir la figure d'un prêtre, entends-tu bien! Je veux, si je dois partir, que tout soit riant autour de moi. Après tout, pourquoi craindrais-je de me trouver devant Dieu? Je l'ai toujours aimé.» Et elle ajoutait avec une vivacité naïve: «Il pourra bien me reprocher tout ce qu'il voudra, mais de ne pas l'avoir aimé, cela, je l'en défie!»

Soigner et consoler ma mère mourante ne me fut pas accordé sans lutte et sans distraction par le destin qui me poursuivait. Mon frère, qui agissait de la manière la plus étrange et la plus contradictoire du monde, m'écrivit: «Je t'avertis, à l'insu de ton mari, qu'il va partir pour Nohant afin de t'enlever Maurice. Ne me trahis pas, cela me brouillerait avec lui. Mais je crois devoir te mettre en garde contre ses projets. C'est à toi de savoir si ton fils est réellement trop faible pour rentrer au collége.»

Certes, Maurice était hors d'état de rentrer au collége, et je craignais, sur ses nerfs ébranlés, l'effet d'une surprise douloureuse et d'une explication vive avec son père.

Je ne pouvais quitter ma mère. Un de mes amis prit la poste, courut à Ars, et conduisit Maurice à Fontainebleau, où j'allai, sous un nom supposé, l'installer dans une auberge. L'ami qui s'était chargé de me l'amener voulut bien rester près de lui pendant que je revenais auprès de ma malade.

J'arrivai à la maison de santé à sept heures du matin. J'avais voyagé la nuit pour gagner du temps. Je vis la fenêtre ouverte. Je me rappelai celle du boulevard, et je sentis que tout était fini. J'avais embrassé ma mère l'avant-veille pour la dernière fois, et elle m'avait dit: «Je me sens très bien, et j'ai à présent les idées les plus agréables de toute ma vie. Je me mets à aimer la campagne, que je ne pouvais pas souffrir. Cela m'est venu dans ces derniers temps, en coloriant des lithographies pour m'amuser. C'était une belle vue de Suisse, avec des arbres, des montagnes, des chalets, des vaches et des cascades. Cette image-là me revient toujours, et je la vois bien plus belle qu'elle n'était. Je la vois même plus belle que la nature. Quand je ferme les yeux, je vois des paysages dont tu n'as pas d'idée, et que tu ne pourrais pas décrire; c'est trop beau, c'est trop grand! Et cela change à toute minute pour devenir toujours plus beau. Il faudra que j'aille à Nohant faire des grottes et des cascades dans le petit bois. A présent que Nohant n'appartient plus qu'à toi, je m'y plairai. Tu vas partir dans une quinzaine, n'est-ce pas? Eh bien, je veux m'en aller avec toi.

Ce jour-là il faisait une chaleur écrasante, et Gaubert nous avait dit: «Tâchez qu'elle ne veuille pas sortir en voiture, à moins qu'il ne pleuve.» La chaleur redoublant, j'avais fait semblant d'aller chercher une voiture, et j'étais rentrée disant qu'il était impossible d'en trouver.—«Au fait, cela m'est égal, avait-elle dit. Je me sens si bien que je n'ai plus envie de me déranger. Va-t'en voir Maurice. Quand tu reviendras, je suis sûre que tu me trouveras guérie.

Le lendemain, elle avait été parfaitement tranquille. A cinq heures de l'après-midi, elle avait dit à ma sœur: «Coiffe-moi, je voudrais être bien coiffée.» Elle s'était regardée au miroir, elle avait souri. Sa main avait laissé retomber le miroir, et son âme s'était envolée. Gaubert m'avait écrit sur-le-champ, mais je m'étais croisée avec sa lettre. J'arrivais pour la trouver guérie en effet, guérie de l'effroyable fatigue et de la tâche cruelle de vivre en ce monde.

Pierret ne pleura pas. Comme Deschartres auprès du lit de mort de ma grand'mère, il semblait ne pas comprendre qu'on pût se séparer pour jamais. Il l'accompagna le lendemain au cimetière et revint en riant aux éclats. Puis il cessa brusquement de rire et fondit en larmes.

Pauvre excellent Pierret! Il ne se consola jamais. Il retourna au Cheval blanc, à sa bière et à sa pipe. Il fut toujours gai, brusque, étourdi, bruyant. Il vint me voir à Nohant l'année suivante. C'était toujours le même Pierret à la surface. Mais, tout d'un coup, il me disait: «Parlons donc un peu de votre mère! Vous souvenez-vous?...» et alors il se remémorait tous les détails de sa vie, toutes les singularités de son caractère, toutes les vivacités dont il avait été la victime volontaire, et il citait ses mots, il rappelait ses inflexions de voix, il riait de tout son cœur; et puis il prenait son chapeau et s'en allait sur une plaisanterie. Je le suivais de près, voyant bien l'excitation nerveuse qui l'emportait, et je le trouvais sanglotant dans un coin du jardin.

Aussitôt après la mort de ma mère, je retournai à Fontainebleau, où je passai quelques jours tête à tête avec Maurice. Il se portait bien, la chaleur avait dissipé les rhumatismes. Gaubert, qui vint l'y voir, ne le trouvait cependant pas guéri. Le cœur avait encore des battemens irréguliers. Il fallait la continuation du régime, l'exercice continuel et pas la moindre fatigue d'esprit. Nous nous levions avec le jour et nous partions jusqu'à la nuit sur de petits chevaux de louage, tous deux seuls, allant à la découverte dans cette admirable forêt pleine de sites imprévus, de productions variées, de fleurs splendides et de papillons merveilleux pour mon jeune naturaliste, qui pouvait se livrer à l'observation et à la chasse en attendant l'étude. Il avait le goût de cette science et celui du dessin depuis qu'il était au monde. C'était un préservatif contre l'ennui d'une inaction forcée que de jouir de la nature comme il savait déjà en jouir.

Mais à peine étais-je remise de la crise qui venait de m'ébranler, qu'une alerte nouvelle vint me surprendre. M. Dudevant avait été en Berry, et n'y trouvant pas Maurice, il avait emmené Solange.

Comment avait-il pu s'imaginer que j'avais soustrait Maurice à sa velléité de le reprendre, pour lui jouer un mauvais tour? Je ne prétendais le lui cacher que le temps nécessaire pour laisser passer la mauvaise disposition que mon frère m'avait signalée. J'espérais toujours arriver à ce à quoi je suis arrivée plus tard, à m'entendre avec lui sur ce qui était avantageux, nécessaire à l'éducation et à la santé de notre fils. Qu'au lieu d'aller le chercher en Berry mystérieusement et en mon absence, il me l'eût réclamé ouvertement, je l'aurais soumis devant lui à l'examen de médecins choisis par lui, et il se fût convaincu de l'impossibilité de le remettre au collége.

Quoi qu'il en soit, il crut tirer une vengeance légitime de ce qui n'était chez moi qu'une inquiétude irrésistible, de ce qui à ses yeux fut un désir de le blesser. Quand l'âme est aigrie, elle se croit fondée à avoir les torts qu'elle suppose aux autres.

Jamais M. Dudevant n'avait témoigné le moindre désir d'avoir Solange près de lui. Il avait coutume de dire: «Je ne me mêle pas de l'éducation des filles, je n'y entends rien.» S'entendait-il davantage à celle des garçons? Non, il avait trop de rigidité dans la volonté pour supporter les inconséquences sans nombre, les langueurs et les entraînemens de l'enfance. Il n'a jamais aimé la contradiction, et qu'est ce qu'un enfant, sinon la contradiction vivante de toutes les prévisions et intentions paternelles? D'ailleurs, ses instincts militaires ne le portaient pas à s'amuser de ce que l'enfance a d'ennuyeux et d'impatientant pour toute autre indulgence que celle d'une mère.

Il n'avait donc d'autre projet à l'égard de Maurice que celui d'en faire un collégien et plus tard un militaire, et en enlevant Solange il n'avait pas d'autre intention, il me l'a dit lui-même ensuite, que celle de me la faire chercher.

J'aurais dû me le dire à moi-même et me tranquilliser; mais les circonstances de cet enlèvement se présentèrent à mon esprit d'une manière poignante, et, dans la réalité, elles avaient été plus dramatiques que de besoin. La gouvernante avait été frappée et ma pauvre petite, épouvantée, avait été emmenée de force en poussant des cris dont toute la maison était encore consternée. Solange n'avait pourtant pas été prévenue par moi contre son père, comme il se l'imaginait. Pendant la lutte avec Marie-Louise Rollinat et madame Rollinat la mère, qui se trouvait là, elle s'était jetée aux genoux de son père en criant: «Je t'aime, mon papa, je t'aime, ne m'emmène pas!» La pauvre enfant, ne sachant rien, ne comprenait rien.

Les lettres qui me racontaient cette nouvelle aventure me donnèrent la fièvre. Je courus à Paris, je confiai Maurice à mon ami M. Louis Viardot, j'allai trouver le ministre, je me mis en règle; je me fis accompagner d'un autre ami et du maître clerc de mon avoué, M. Vincent, un excellent jeune homme, plein de cœur et de zèle, aujourd'hui avocat. Je partis en poste, courant jour et nuit vers Guillery. Pendant ces deux journées de préparatifs, le ministre, M. Barthe, avait eu l'obligeance de faire jouer le télégraphe: je savais où était ma fille.

Madame Dudevant était morte un mois auparavant. Elle n'avait pu frustrer mon mari de l'héritage de son père. Elle lui laissait quelques charges qui lui valurent une douzaine de procès et la terre de Guillery, dont il avait déjà pris possession. Que Dieu fasse paix à cette malheureuse femme! Elle avait été bien coupable envers moi, bien plus que je ne veux le dire. Faisons grâce aux morts! Ils deviennent meilleurs, je l'espère, dans un monde meilleur. Si les justes ressentiments de celui-ci peuvent leur en retarder l'accès, il y a longtemps que j'ai crié: «Ouvrez-lui, mon Dieu.»

Et que savons-nous du repentir au lendemain de la mort? Les orthodoxes disent qu'un instant de contrition parfaite peut laver l'âme de toutes ses souillures, même au seuil de l'éternité. Je le crois avec eux: mais pourquoi veulent-ils qu'aussitôt après la séparation de l'âme et du corps, cette douleur du péché, cette expiation suprême, cesse d'être possible? Est-ce que l'âme a perdu, selon eux, sa lumière et sa vie en montant vers le tribunal où Dieu l'appelle pour la juger? Ils ne sont point conséquents, ces catholiques qui regardent la misérable épreuve de cette vie comme définitive, puisqu'ils admettent un purgatoire où l'on pleure, où l'on se repent, où l'on prie.

J'arrivai à Nérac, je courus chez le sous-préfet, M. Haussmann, aujourd'hui préfet de la Seine. Je ne me rappelle pas s'il était déjà le beau-frère de mon digne ami M. Artaud. Ce dernier a épousé sa sœur. Je sais que j'allai lui demander aide et protection, et qu'il monta sur-le-champ dans ma voiture pour courir à Guillery, qu'il me fit rendre ma fille sans bruit et sans querelle, qu'il nous ramena à la sous-préfecture avec mes compagnons de voyage, et qu'il ne voulut pas nous permettre de retourner à l'auberge, ni de partir avant deux jours de repos, de paisibles promenades sur la jolie rivière de Beïse et le long des rives où la tradition place les jeunes amours de Florette et de Henri IV. Il me fit dîner avec d'anciens amis que je fus heureuse de retrouver, et je me souviens que l'on causa beaucoup philosophie, terrain neutre en comparaison de celui de la politique, où le jeune fonctionnaire ne se fût pas trouvé d'accord avec nous. C'était un esprit sérieux, avide de creuser le problème général; mais un savoir-vivre exquis l'empêcha de soulever aucune question délicate.

Je me souviens aussi que j'étais si peu versée dans la philosophie moderne à cette époque, que j'écoutai sans trouver rien à dire, et qu'au retour je disais à mon compagnon de route: «Vous avez discuté avec M. Haussmann sur des matières où je n'entends rien du tout. Je n'ai, par rapport aux choses présentes, que des sentiments et des instincts. La science des idées nouvelles a des formules qui me sont étrangères et que je n'apprendrai probablement jamais. Il est trop tard. J'appartiens par l'esprit à une génération qui a déjà fait son temps.» Il m'assura que je me trompais et que, quand j'aurais mis le pied dans un certain cercle de discussion, je ne pourrais plus m'en arracher. Il se trompait aussi un peu, mais il est certain que je ne devais pas tarder à m'y intéresser vivement.

Huit mois se passèrent encore avant que j'eusse la tranquillité nécessaire à ce genre d'études.

M. Dudevant ayant hérité d'un revenu qu'il avouait être de 1,200 fr. et qui devait bientôt augmenter du double, il ne me semblait pas juste qu'il continuât à jouir de la moitié du mien. Il en jugea autrement, et il fallut discuter encore. Je ne me serais pas donné tant de peine pour une question d'argent, si j'avais pu être certaine de suffire à l'éducation de mes deux enfants. Mais le travail littéraire est si éventuel, que je ne voulais pas soumettre leur existence aux chances de mon métier: banqueroute d'éditeurs, banqueroute de succès ou de santé. Je voulais amener mon mari à ne plus s'occuper de Maurice, et il y paraissait disposé. Puisqu'il se croyait trop gêné pour payer son entretien sans mon aide, je lui proposai de m'en charger moi-même, et il accepta enfin cette solution par un contrat définitif, en 1838. Il me fit demander une somme de cinquante mille francs moyennant laquelle il me rendit la jouissance de l'hôtel de Narbonne, patrimoine de mon père, et celle beaucoup plus précieuse de garder et gouverner mes deux enfants comme je l'entendrais. Je vendis le coupon de rente qui avait constitué en partie la pension de ma mère; nous signâmes cet échange, enchantés l'un et l'autre de notre lot[22].

Quant à l'argent, le mien ne valait pas grand'chose, en égard au présent. Le collége de Narbonne, maison historique fort vieille, avait été si peu entretenu et réparé, qu'il me fallut y dépenser près de cent mille francs pour le remettre en bon rapport. Je travaillai dix ans pour payer cette somme et faire de cette maison la dot de ma fille.

Mais, au milieu des grands embarras que me suscitèrent mes petites propriétés, je ne perdis pas courage. J'étais devenue à la fois père et mère de famille. C'est beaucoup de fatigue et de souci quand l'héritage n'y suffit pas, et qu'il faut exercer une industrie absorbante, comme l'est celle d'écrire pour le public. Je ne sais ce que je serais devenue si je n'avais pas eu, avec la faculté de veiller beaucoup, l'amour de mon art qui me ranimait à toute heure. Je commençai à l'aimer le jour où il devint pour moi, non plus une nécessité personnelle, mais un devoir austère. Il m'a, non pas consolée, mais distraite de bien des peines, et arrachée à bien des préoccupations.

Mais que de préoccupations diverses, pour une tête sans grande variété de ressources, que ces extrêmes de la vie dont il fallut m'occuper simultanément dans ma petite sphère! Le respect de l'art, les obligations d'honneur, le soin moral et physique des enfants qui passe toujours avant le reste, le détail de la maison, les devoirs de l'amitié, de l'assistance et de l'obligeance! Combien les journées sont courtes pour que le désordre ne s'empare pas de la famille, de la maison, des affaires ou de la cervelle! J'y ai fait de mon mieux, et je n'y ai fait que ce qui est possible à la volonté et à la foi. Je n'étais pas secondée par une de ces merveilleuses organisations qui embrassent tout sans effort et qui vont sans fatigue du lit d'un enfant malade à une consultation judiciaire, et d'un chapitre de roman à un registre de comptabilité. J'avais donc dix fois, cent fois plus de peine qu'il n'y paraissait. Pendant plusieurs années je ne m'accordai que quatre heures de sommeil; pendant beaucoup d'autres années je luttai contre d'atroces migraines jusqu'à tomber en défaillance sur mon travail, et toutes choses n'allèrent pourtant pas toujours au gré de mon zèle et de mon dévouement.

D'où je conclus que le mariage doit être rendu aussi indissoluble que possible; car, pour mener une barque aussi fragile que la sécurité d'une famille sur les flots rétifs de notre société, ce n'est pas trop d'un homme et d'une femme, un père et une mère se partageant la tâche, chacun selon sa capacité.

Mais l'indissolubilité du mariage n'est possible qu'à la condition d'être volontaire, il faut la rendre possible.

Si, pour sortir de ce cercle vicieux, vous trouvez autre chose que la religion de l'égalité de droits entre l'homme et la femme, vous aurez fait une belle découverte.

CHAPITRE SIXIEME.

Mort d'Armand Carrel.—M. Émile de Girardin.—Résumé sur Éverard.—

Départ pour Majorque.—Frédéric Chopin.—La Chartreuse de Valdemosa.—Les préludes.—Jour de pluie.—Marseille. Le docteur Cauvières.—Course en mer jusqu'à Gènes.—Retour à Nohant.—Maurice malade et guéri.—Le 12 mai 1839.—Armand Barbès.—Son erreur et sa sublimité.

Deux circonstances portent ma pensée, en cet endroit de mon récit, sur deux des hommes les plus remarquables de notre temps. Ces deux à-propos sont la mort de Carrel, qui eut lieu presque le même jour que mon procès à Bourges, en 1836, et la question du mariage, que je viens d'effleurer à propos de ma propre histoire. C'est de M. Émile de Girardin qu'il s'agit. M. de Girardin journaliste, M. de Girardin législateur, dirai-je M. de Girardin politique et philosophique? Le titre de journaliste embrasse peut-être tous les autres.

Jusqu'à ce jour, le dix-neuvième siècle a eu deux grands journalistes, Armand Carrel, Émile de Girardin. Par une mystérieuse et poignante fatalité, l'un a tué l'autre, et, chose plus frappante encore, le vainqueur de ce déplorable combat, jeune alors et en apparence inférieur au vaincu sous le rapport de l'étendue du talent, est arrivé à le dépasser de toute l'étendue du progrès qui s'est accompli dans les idées générales et qui s'est fait en lui-même. Si Carrel eût vécu, eût-il subi la loi de ce progrès? Espérons-le; mais soyons sans prévention, et avouons que, fût-il resté ce qu'il était à la veille de sa mort, il nous paraîtrait, je parle à ceux qui voient comme moi, singulièrement arriéré.

Émile de Girardin ne s'est pas arrêté dans sa marche, bien qu'il ait paru, qu'il ait peut-être été emporté par des courants contraires en de certains élans de sa ligne ascendante.

Si bien que, sans dire une énormité, ni chercher un paradoxe, on pourrait entrevoir un incompréhensible dessein de la Providence, non pas dans ce fait douloureux et à jamais regrettable de la mort de Carrel, mais dans cet héritage de son génie recueilli précisément par son adversaire consterné.

Quel eût été le rôle de Carrel en 1848? Cette question s'est souvent posée dans nos esprits à cette époque. Mes souvenirs me le présentaient comme l'ennemi né du socialisme. Les souvenirs de mes amis combattaient le mien, et la fin de nos commentaires était qu'ayant un grand cœur, il aurait pu être illuminé de quelque grande lumière.

Mais il est certain qu'en 1847 Émile de Girardin était, relativement au mouvement accompli dans les esprits et dans le sien propre depuis dix ans, ce qu'était Armand Carrel dix ans auparavant.

Il l'a dépassé depuis, relativement et réellement: il l'a immensément dépassé.

Ce n'est pas un vain parallèle que je veux établir ici entre deux caractères très-opposés dans leurs instincts et deux talents très-différents dans leurs manières. C'est un rapprochement qui me frappe, qui m'a frappée souvent et qui me semble amené par la fatalité des situations.

Carrel, sous la république se fût prononcé pour la présidence, à moins que Carrel n'eût bien changé! Carrel eût peut-être été président de la république. M. de Girardin eût probablement soutenu un autre candidat; mais ce n'est pas la question de l'institution qui les eût divisés.

Jusque-là, sans s'en apercevoir, M. de Girardin n'avait donc pas été plus loin que Carrel, mais personne dans nos rangs ne s'apercevait que Carrel n'avait pas été plus loin que M. de Girardin.

Je n'ai pas connu particulièrement Carrel. Je ne lui ai jamais parlé, bien que je l'aie rencontré souvent; mais je me rappellerai toute ma vie une heure de conversation entre Éverard et lui, à laquelle j'assistai sans qu'il me vît. Je lisais dans l'embrasure d'une fenêtre, le rideau était tombé de lui-même sur moi lorsqu'il entra. Ils parlèrent du peuple. Je fus abasourdie. Carrel n'avait pas la notion du progrès! Ils ne furent pas d'accord. Éverard l'influença, puis, à son tour, il fut influencé par lui. Le plus faible entraîna le plus fort, cela se voit souvent.

Après avoir parcouru bien des horizons depuis ce jour-là, Éverard, en 1847, était revenu s'enfermer dans l'horizon limité de Carrel.

En voyant ces fluctuations des grands esprits, les partisans s'alarment, s'étonnent ou s'indignent. Les plus impatients crient à la défection, à la trahison. Les derniers jours de Carrel furent empoisonnés par ces injustices. Éverard réagit et lutta jusqu'à sa fin contre des soupçons amers. M. de Girardin, plus accusé, plus insulté, plus haï encore par toutes les nuances des partis, est seul resté debout. Il est aujourd'hui, en France, le champion des théories les plus audacieuses et les plus généreuses sur la liberté. Ainsi le voulait la destinée en le douant d'une force supérieure à celle de ses adversaires.

Il faudrait pouvoir retrancher de nos mœurs politiques la prévention, l'impatience et la colère. Les idées que nous poursuivons ne trouveront leur triomphe que dans des consciences équitables et généreuses. Qu'un homme comme Carrel ait été outragé et navré par des lettres de reproches et de menaces impies, que tant d'autres, également purs, aient été accusés d'ambition cupide ou de lâcheté de caractère, c'est, dit-on, l'inévitable écume qui court sur le flot débordé des passions. On ajoute qu'il faut en prendre son parti et que toute révolution est à ce prix amer.

Eh bien, non, n'en prenons plus notre parti. Excusons ces égarements inévitables dans le passé, ne les acceptons plus pour l'avenir. Disons-nous une bonne fois qu'aucun parti, même le nôtre, ne gouvernera longtemps par la haine, la violence et l'insulte. N'admettons plus que les républiques doivent être ombrageuses et les dictatures vindicatives. Ne rêvons plus le progrès à la condition d'y marcher en nous soupçonnant, en nous flagellant les uns les autres. Laissons au passé ses ténèbres, ses emportements, ses grossièretés. Admettons que les hommes qui ont fait de grandes choses, ou qui ont eu seulement de grandes idées ou de grands sentiments, ne doivent pas être accusés à la légère et qu'ils doivent toujours l'être avec mesure. Soyons assez intelligents pour apprécier ces hommes au point de vue de l'ensemble de l'histoire; voyons leur puissance et ses limites naturelles, fatales. Vouloir qu'à toutes les heures de sa vie un homme supérieur réponde à l'idéal qu'il nous a fait entrevoir, c'est faire le procès à Dieu même, qui a créé l'homme incertain et limité. Que nos suffrages, dans un état libre, ne se portent pas sur celui dont, à une certaine heure l'esprit défaille, hésite ou s'égare, c'est notre droit. Mais, en l'éloignant pour un instant de notre route, rendons-lui encore hommage en songeant que demain peut-être nos destins auront besoin de l'homme qui s'est reposé dans le scrupule ou dans la prudence[23].

Quand nos mœurs politiques auront fait ce progrès, quand les luttes de la popularité n'auront plus pour armes l'injure, l'ingratitude et la calomnie, nous ne verrons plus de défections importantes, soyez-en certains. Les défections sont presque toujours des réactions de l'orgueil blessé, des actes de dépit. Ah! je l'ai vu cent fois! Tel homme qui, respecté et ménagé dans son caractère, eût marché dans le droit chemin, s'est violemment séparé de ses coreligionnaires à cause d'une parole blessante, et les plus grands caractères ne sont pas à l'abri de la cuisante blessure d'une attaque contre l'honneur, ou seulement d'une critique brutale contre leur sagesse. Je ne peux pas citer les exemples trop rapprochés de nous, mais vous en avez certainement vu vous-même, quel que soit votre milieu. De funestes déterminations ont dû être prises devant vous, qui tenaient à un fil bien délié!

Et cela n'est-il pas dans la nature humaine? On devient insensiblement l'ennemi de l'homme qui s'est déclaré votre ennemi. S'il s'acharne, quelle que soit votre patience, vous arrivez peu à peu à le croire aveugle et injuste en toutes choses, du moment qu'il est injuste et aveugle envers vous. Ses idées mêmes vous deviennent antipathiques en même temps que son langage. Vous différiez sur quelques points au début, et voilà que les croyances même qui vous étaient communes vous apparaissent douteuses, du moment qu'il leur a donné des formules qui semblent être la critique ou la négation des vôtres. Vous partez d'un jeu de mots et vous finissez par du sang. Les duels n'ont souvent pas d'autre cause, et il y a des duels de parti à parti qui ensanglantent la place publique.

Quel est le plus grand coupable dans ces funestes embrasements de l'histoire? Le premier qui dit à son frère Raca. Si Abel eût dit le premier cette parole à Caïn, c'est lui que Dieu eût puni comme le premier meurtrier de la race humaine.

Ces réflexions qui m'entraînent ne sont pas hors de propos quand je me rappelle la mort de Carrel, la douleur d'Éverard et la haine de notre parti contre M. de Girardin. Si nous eussions été justes, si nous eussions reconnu que M. de Girardin ne pouvait pas refuser de se battre sérieusement avec Carrel, comme il était pourtant bien facile de s'en convaincre en examinant les faits; si, après avoir traité Carrel d'esprit lâche et poltron, on n'eût pas traité son adversaire de spadassin et d'assassin, il ne nous eût pas fallu vingt ans pour nous emparer de notre bien légitime, c'est-à-dire du secours de cette grande puissance et de cette grande lumière qu'Émile de Girardin portait en lui, et devait porter tout seul sur le chemin qui conduit à notre but commun.

Que de méfiances et de préventions contre lui! Je les ai subies, moi aussi; non pas pour ce fait du duel, d'où, dangereusement blessé lui-même, il remporta la blessure plus profonde encore d'une irréparable douleur: quand des voix ardentes s'élevaient autour de moi pour s'écrier: «Quoi qu'il y ait, on ne tue pas Carrel! on ne doit pas tuer Carrel!» je me rappelais que M. de Girardin, ayant essuyé le feu de M. Degouve-Dennuques, avait refusé de le viser, et que cet acte, digne de Carrel parce qu'il était chevaleresque, avait été considéré comme une injure parce qu'il venait d'un ennemi politique. Quant à la cause du duel, il est impossible que les témoins eussent pu la trouver suffisante, si Carrel ne les y eût contraints par son obstination. Sans aucun doute, Carrel était aigri et voulait arracher une humiliation plutôt qu'une réparation. Encore était-ce la réparation d'un tort peut-être imaginaire.—Quant aux suites du duel, elles furent navrantes et honorables pour M. de Girardin. Il fut insulté par les amis de Carrel, et pour toute vengeance il porta le deuil de Carrel.

Ce n'était donc pas là le motif de notre antipathie, et Éverard lui-même, en pleurant Carrel qu'il chérissait, rendait justice à la loyauté de l'adversaire, quand il était de sang-froid. Mais il nous semblait voir, dans ce génie pratique qui commençait à se révéler, l'ennemi né de nos utopies. Nous ne nous trompions pas. Un abîme nous séparait alors. Nous sépare-t-il encore? Oui, sur des questions de sentiment, sur des rêves d'idéal? et, quant à moi, sur la question du mariage, après mûre réflexion, je n'hésite pas à le dire. M. de Girardin socialiste, c'est-à-dire touchant aux questions vitales de la famille dans un livre admirable quant à la politique et à l'esprit des législations, laisse dans l'ombre ou jette dans de téméraires aperçus ce grand dogme de l'amour et de la maternité. Il n'admet qu'une mère et des enfants dans la constitution de la famille. J'ai dit plus haut, je dirai encore ailleurs, toujours et partout, qu'il faut un père et une mère.

Mais une discussion nous mènerait trop loin, et tout ceci est une digression à mon histoire. Je ne la regrette pas, et je ne la retranche pas; mais il faut que, remettant encore à un autre cadre l'appréciation de cette nouvelle figure historique, apparue un instant dans mon récit, je résume ce peu de pages.

Carrel disparut, emporté par la destinée, et non pas immolé par un ennemi. Un grand journaliste, c'est-à-dire un de ces hommes de synthèse qui font, au jour le jour, l'histoire de leur époque en la rattachant au passé et à l'avenir, à travers les inspirations ou les lassitudes du génie, laissa tomber le flambeau qu'il portait dans le sang de son adversaire, et dans le sien propre. L'adversaire lava ce sang de ses larmes et ramassa le flambeau. Le tenir élevé n'était pas chose facile après une telle catastrophe. La lumière vacilla longtemps dans ses mains éperdues. Le souffle des passions a pu l'obscurcir ou la faire dévier; mais elle devait vivre, et nous eussions dû la saluer plus tôt. Nous ne l'avons pas fait, et elle a vécu quand même. La mission de l'héritier de Carrel s'est ennoblie dans la tempête. Au jour des catastrophes elle a été chevaleresque et généreuse. Un moment est venu où lui seul a pu montrer, en France, le courage et la foi que Carrel eût sans doute été forcé de refouler au fond de son cœur, puisque Carrel n'eût pu se défendre du devoir de saisir, à un moment donné, le pouvoir pour son compte. M. de Girardin a eu le rare bonheur de n'y être pas contraint. C'est quelquefois un grand honneur aussi[24].

Revenons à Éverard. Trois ans s'étaient écoulés depuis qu'Éverard avait pris une grande influence morale sur mon esprit. Il la perdit pour des causes que je n'ai pas attendu jusqu'à ce jour pour oublier. Oublier est bien le mot, car la netteté des souvenirs est quelquefois encore du ressentiment. Je sais en gros que ces causes furent de diverse nature: d'une part, ses velléités d'ambition; il se servait toujours de ce mot-là pour exprimer ses violens et fugitifs besoins d'activité; de l'autre, les emportemens trop réitérés de son caractère, aigri souvent par l'inaction ou les déceptions.

Quant à l'innocente ambition de siéger à la Chambre des députés et d'y prendre de l'influence, je ne la désapprouvais nullement; mais j'avoue qu'elle me gâtait un peu mon vieux Éverard, car c'est comme vieillard, aux heures où sa figure altérée marquait soixante ans, que je le chérissais d'une affection presque filiale, parce que, dans ces momens-là, il était doux, vrai, simple, candide et tout rempli d'idéal divin. Était-ce alors qu'il était lui-même? C'est ce que je n'ai jamais pu savoir. Il était sincère à coup sûr dans tous ses aspects; mais quelle eût été sa vraie nature si son organisation eût été régulière, c'est-à-dire si un mal chronique ne l'eût pas fait passer par de continuelles alternatives de fièvre et de langueur? L'exaltation maladive me le rendait, je ne dirai pas antipathique, mais comme étranger. C'est lorsqu'il redevenait jeune, actif, ardent au petit combat de la politique d'actualité, que j'éprouvais l'invincible besoin de ne pas trop m'intéresser à lui.

C'est cette indifférence à ce qu'il regardait alors comme l'intérêt puissant de sa vie qu'il ne me pardonnait qu'après des bouderies ou des reproches. Pour éviter le retour de ces querelles, je ne provoquais ni ses lettres ni ses visites. Elles devinrent de plus en plus rares. Il fut nommé député. Son début à la Chambre le posa, dans une question de propriété particulière que je ne me rappelle pas bien, comme raisonneur habile plus que comme orateur politique. Son rôle y fut effacé, selon moi. Je ne voulais pas le tourmenter. D'un homme comme lui on pouvait attendre le réveil sans inquiétude. Nous fûmes des mois entiers sans nous voir et sans nous écrire. J'étais fixée à Nohant. Il y apparut toujours de loin en loin jusque vers la révolution de février. Dans les dernières entrevues, nous n'étions plus d'accord sur le fond des choses. J'avais un peu étudié et médité mon idéal; il semblait avoir écarté le sien pour revenir à un siècle en arrière de la révolution. Il ne fallait pas lui rappeler le pont des Saints-Pères. Il eût affirmé par serment et de bonne foi que j'avais rêvé, ainsi que Planet. Il s'irritait quand je voulais lui prouver que j'avais gardé et amélioré mes sentimens, et qu'il avait laissé reculer et obscurcir les siens. Il raillait mon socialisme avec un peu d'amertume, et cependant il redevenait aisément tendre et paternel. Alors je lui prédisais qu'un jour il redeviendrait socialiste, et qu'outre-passant le but, il me reprocherait ma modération. Cela fût arrivé certainement s'il eût vécu.

L'absence ni la mort ne détruisent les grandes amitiés; la mienne lui resta et lui reste en dépit de tout. Je ne fus jamais brouillée avec lui, et il le fut pourtant avec moi dans les dernières années de sa vie. Je dirai pourquoi.

Il voulait être commissaire à Bourges sous le gouvernement provisoire. Il ne le fut pas et s'en prit à moi. Il me supposait auprès du ministre de l'intérieur, une influence que j'étais loin d'avoir. M. Ledru-Rollin n'avait pas coutume de me consulter sur ses décisions politiques. Quelques personnes l'ont dit: ce fut une mauvaise plaisanterie. Éverard eut la simplicité de le croire sur des commentaires de province.

Mais, pour être dans la vérité et dans la sincérité absolue, je dus ne pas lui cacher que si j'avais eu cette influence et si j'avais été consultée, ou, pour mieux dire, si j'avais été le ministre en personne, je n'eusse pas raisonné ni agi autrement que n'avait fait le ministre. Je poussai la loyauté jusqu'à lui écrire que M. Ledru-Rollin ayant pris cette détermination et la déclarant après coup dans une conversation à laquelle je me trouvais présente, j'avais trouvé sérieux et justes les motifs qu'il en avait donnés.—Éverard, je l'ai dit déjà, et je le lui disais à lui-même, avait été surpris par la république dans une phase d'antipathie marquée pour les idées qui devaient, qui eussent dû faire vivre la république. Il eût pu redevenir l'homme du lendemain; mobile et sincère comme il l'était, on ne devait guère être en peine de son retour, et, dans tous les cas, on pouvait bien l'attendre sans compromettre l'avenir d'une puissance comme la sienne. Mais, à coup sûr, il n'était pas l'homme de ce jour-là, du jour où nous étions, jour de foi entière et d'aspiration illimitée vers des principes rejetés la veille par Éverard.

Je ne m'étais pas trompée. Sous la pression des circonstances, Éverard était à un des faîtes de la montagne, lorsque la violence des événements l'en fit descendre sans espoir d'y jamais remonter: la cruelle mort l'attendait. On m'a dit qu'il ne m'avait jamais pardonné ma sincérité. Eh bien, je crois le contraire. Je crois que son cœur a été juste et sa raison lucide à un moment donné connu de lui seul. Aujourd'hui que je vois son âme face à face, je suis bien tranquille.

Il est une autre âme, non moins belle et pure dans son essence, non moins malade et troublée dans ce monde, que je retrouve avec autant de placidité dans mes entretiens avec les morts, et dans mon attente de ce monde meilleur où nous devons nous reconnaître tous au rayon d'une lumière plus vive et plus divine que celle de la terre.

Je parle de Frédéric Chopin, qui fut l'hôte des huit dernières années de ma vie de retraite à Nohant sous la monarchie.

En 1838, dès que Maurice m'eut été définitivement confié, je me décidai à chercher pour lui un hiver plus doux que le nôtre. J'espérais le préserver ainsi du retour des rhumatismes cruels de l'année précédente. Je voulais trouver, en même temps, un lieu tranquille où je pusse le faire travailler un peu ainsi que sa sœur, et travailler moi-même sans excès. On gagne bien du temps quand on ne voit personne, on est forcé de veiller beaucoup moins.

Comme je faisais mes projets et mes préparatifs de départ, Chopin, que je voyais tous les jours et dont j'aimais tendrement le génie et le caractère, me dit à plusieurs reprises que, s'il était à la place de Maurice, il serait bientôt guéri lui-même. Je le crus, et je me trompai. Je ne le mis pas dans le voyage à la place de Maurice, mais à côté de Maurice. Ses amis le pressaient depuis longtemps d'aller passer quelque temps dans le midi de l'Europe. On le croyait phthisique. Gaubert l'examina et me jura qu'il ne l'était pas. «Vous le sauverez, en effet, me dit-il, si vous lui donnez de l'air, de la promenade et du repos». Les autres, sachant bien que jamais Chopin ne se déciderait à quitter le monde et la vie de Paris sans qu'une personne aimée de lui et dévouée à lui ne l'y entraînât, me pressèrent vivement de ne pas repousser le désir qu'il manifestait si à propos et d'une façon tout inespérée.

J'eus tort, par le fait, de céder à leur espérance et à ma propre sollicitude. C'était bien assez de m'en aller seule à l'étranger avec deux enfants, l'un déjà malade, l'autre exubérant de santé et de turbulence, sans prendre encore un tourment de cœur et une responsabilité de médecin.

Mais Chopin était dans un moment de santé qui rassurait tout le monde. Excepté Grzymala, qui ne s'y trompait pas trop, nous avions tous confiance. Je priai cependant Chopin de bien consulter ses forces morales, car il n'avait jamais envisagé sans effroi, depuis plusieurs années, l'idée de quitter Paris, son médecin, ses relations, son appartement même et son piano. C'était l'homme des habitudes impérieuses, et tout changement, si petit qu'il fût, était un événement terrible dans sa vie.

Je partis avec mes enfants, en lui disant que je passerais quelques jours à Perpignan, si je ne l'y trouvais pas; et que s'il n'y venait pas au bout d'un certain délai, je passerais en Espagne. J'avais choisi Majorque sur la foi de personnes qui croyaient bien connaître le climat et les ressources du pays, et qui ne les connaissaient pas du tout.

Mendizabal, notre ami commun, un homme excellent autant que célèbre, devait se rendre à Madrid et accompagner Chopin jusqu'à la frontière, au cas où il donnerait suite à son rêve de voyage.

Je m'en allai donc avec mes enfants et une femme de chambre dans le courant de novembre. Je m'arrêtai le premier soir au Plessis, où j'embrassai avec joie ma mère Angèle et toute cette bonne et chère famille qui m'avait ouvert les bras quinze ans auparavant. Je trouvai les fillettes grandes, belles et mariées. Tonine, ma préférée, était à la fois superbe et charmante. Mon pauvre père James était goutteux et marchait sur des béquilles. J'embrassai le père et la fille pour la dernière fois! Tonine devait mourir à la suite de sa première maternité, son père à peu près dans le même temps.

Nous fîmes un grand détour, voyageant pour voyager. Nous revîmes à Lyon notre amie l'éminente artiste madame Montgolfier, Théodore de Seynes, etc., et descendîmes le Rhône jusqu'à Avignon, d'où nous courûmes à Vaucluse, une des plus belles choses du monde, et qui mérite bien l'amour de Pétrarque et l'immortalité de ses vers. De là, traversant le Midi, saluant le pont du Gard, nous arrêtant quelques jours à Nîmes pour embrasser notre cher précepteur et ami Boucoiran et pour faire connaissance avec madame d'Oribeau, une femme charmante que je devais conserver pour amie, nous gagnâmes Perpignan, où dès le lendemain nous vîmes arriver Chopin. Il avait très-bien supporté le voyage. Il ne souffrit pas trop de la navigation jusqu'à Barcelone, ni de Barcelone jusqu'à Palma. Le temps était calme, la mer excellente; nous sentions la chaleur augmenter d'heure en heure. Maurice supportait la mer presque aussi bien que moi; Solange moins bien; mais, à la vue des côtes escarpées de l'île, dentelées au soleil du matin par les aloès et les palmiers, elle se mit à courir sur le pont, joyeuse et fraîche comme le matin même.

J'ai peu à dire ici sur Majorque, ayant écrit un gros volume sur ce voyage. J'y ai raconté mes angoisses relativement au malade que j'accompagnais. Dès que l'hiver se fit, et il se déclara tout à coup par des pluies torrentielles, Chopin présenta, subitement aussi, tous les caractères de l'affection pulmonaire. Je ne sais ce que je serais devenue si les rhumatismes se fussent emparés de Maurice; nous n'avions aucun médecin qui nous inspirât confiance, et les plus simples remèdes étaient presque impossibles à se procurer. Le sucre même était souvent de mauvaise qualité et rendait malade.

Grâce au ciel, Maurice, affrontant du matin au soir la pluie et le vent, avec sa sœur, recouvra une santé parfaite. Ni Solange ni moi ne redoutions les chemins inondés et les averses. Nous avions trouvé dans une chartreuse abandonnée et ruinée en partie un logement sain et des plus pittoresques. Je donnais des leçons aux enfants dans la matinée. Ils couraient tout le reste du jour, pendant que je travaillais; le soir, nous courions ensemble dans les cloîtres au clair de la lune, ou nous lisions dans les cellules. Notre existence eût été fort agréable dans cette solitude romantique, en dépit de la sauvagerie du pays et de la chiperie des habitants, si ce triste spectacle des souffrances de notre compagnon et certains jours d'inquiétude sérieuse pour sa vie ne m'eussent ôté forcément tout le plaisir et tout le bénéfice du voyage.

Le pauvre grand artiste était un malade détestable. Ce que j'avais redouté, pas assez malheureusement, arriva. Il se démoralisa d'une manière complète. Supportant la souffrance avec assez de courage, il ne pouvait vaincre l'inquiétude de son imagination. Le cloître était pour lui plein de terreurs et de fantômes, même quand il se portait bien. Il ne le disait pas, et il me fallut le deviner. Au retour de mes explorations nocturnes dans les ruines avec mes enfants, je le trouvais, à dix heures du soir, pâle devant son piano, les yeux hagards et les cheveux comme dressés sur la tête. Il lui fallait quelques instants pour nous reconnaître.

Il faisait ensuite un effort pour rire, et il nous jouait des choses sublimes qu'il venait de composer, ou, pour mieux dire, des idées terribles ou déchirantes qui venaient de s'emparer de lui, comme à son insu, dans cette heure de solitude, de tristesse et d'effroi.

C'est là qu'il a composé les plus belles de ces courtes pages qu'il intitulait modestement des préludes. Ce sont des chefs-d'œuvre. Plusieurs présentent à la pensée des visions de moines trépassés et l'audition des chants funèbres qui l'assiégeaient, d'autres sont mélancoliques et suaves; ils lui venaient aux heures de soleil et de santé, au bruit du rire des enfants sous la fenêtre, au son lointain des guitares, au chant des oiseaux sous la feuillée humide, à la vue des petites roses pâles épanouies sur la neige.

D'autres encore sont d'une tristesse morne et, en vous charmant l'oreille, vous navrent le cœur. Il y en a un qui lui vint par une soirée de pluie lugubre et qui jette dans l'âme un abattement effroyable. Nous l'avions laissé bien portant ce jour-là, Maurice et moi, pour aller à Palma acheter des objets nécessaires à notre campement. La pluie était venue, les torrents avaient débordé: nous avions fait trois lieues en six heures pour revenir au milieu de l'inondation, et nous arrivions en pleine nuit, sans chaussures, abandonnés de notre voiturin, à travers des dangers inouïs[25]. Nous nous hâtions en vue de l'inquiétude de notre malade. Elle avait été vive, en effet, mais elle s'était comme figée en une sorte de désespérance tranquille, et il jouait son admirable prélude en pleurant. En nous voyant entrer, il se leva en jetant un grand cri, puis il nous dit, d'un air égaré et d'un ton étrange: «Ah! je le savais bien, que vous étiez morts!»

Quand il eut repris ses esprits et qu'il vit l'état où nous étions, il fut malade du spectacle rétrospectif de nos dangers: mais il m'avoua ensuite qu'en nous attendant il avait vu tout cela dans un rêve et que, ne distinguant plus ce rêve de la réalité, il s'était calmé et comme assoupi en jouant du piano, persuadé qu'il était mort lui-même. Il se voyait noyé dans un lac; des gouttes d'eau pesantes et glacées lui tombaient en mesure sur la poitrine, et quand je lui fis écouter le bruit de ces gouttes d'eau, qui tombaient en effet en mesure sur le toit, il nia les avoir entendues. Il se fâcha même de ce que je traduisais par le mot d'harmonie imitative. Il protestait de toutes ses forces, et il avait raison, contre la puérilité de ces imitations pour l'oreille. Son génie était plein des mystérieuses harmonies de la nature, traduites par des équivalents sublimes dans sa pensée musicale et non par une répétition servile des sons extérieurs[26]. Sa composition de ce soir-là était bien pleine des gouttes de pluie qui résonnaient sur les tuiles sonores de la Chartreuse, mais elles s'étaient traduites dans son imagination et dans son chant par des larmes tombant du ciel sur son cœur.

Le génie de Chopin est le plus profond et le plus plein de sentiments et d'émotions qui ait existé. Il a fait parler à un seul instrument la langue de l'infini; il a pu souvent résumer, en dix lignes qu'un enfant pourrait jouer, des poëmes d'une élévation immense, des drames d'une énergie sans égale. Il n'a jamais eu besoin des grands moyens matériels pour donner le mot de son génie. Il ne lui a fallu ni saxophones ni ophicléides pour remplir l'âme de terreur; ni orgues d'église, ni voix humaines pour la remplir de foi et d'enthousiasme. Il n'a pas été connu et il ne l'est pas encore de la foule. Il faut de grands progrès dans le goût et l'intelligence de l'art pour que ses œuvres deviennent populaires. Un jour viendra où l'on orchestrera sa musique sans rien changer à sa partition de piano, et où tout le monde saura que ce génie aussi vaste, aussi complet, aussi savant que celui des plus grands maîtres qu'il s'était assimilés, a gardé une individualité encore plus exquise que celle de Sébastien Bach, encore plus puissante que celle de Beethoven, encore plus dramatique que celle de Weber. Il est tous les trois ensemble, et il est encore lui-même, c'est-à-dire plus délié dans le goût, plus austère dans le grand, plus déchirant dans la douleur. Mozart seul lui est supérieur, parce que Mozart a en plus le calme de la santé, par conséquent la plénitude de la vie.

Chopin sentait sa puissance et sa faiblesse. Sa faiblesse était dans l'excès même de cette puissance qu'il ne pouvait régler. Il ne pouvait pas faire, comme Mozart (au reste Mozart seul a pu le faire), un chef-d'œuvre avec une teinte plate. Sa musique était pleine de nuances et d'imprévu. Quelquefois, rarement, elle était bizarre, mystérieuse et tourmentée. Quoiqu'il eût horreur de ce que l'on ne comprend pas, ses émotions excessives l'emportaient, à son insu, dans des régions connues de lui seul. J'étais peut-être pour lui un mauvais arbitre (car il me consultait comme Molière sa servante), parce que, à force de le connaître, j'en étais venue à pouvoir m'identifier à toutes les fibres de son organisation. Pendant huit ans, en m'initiant chaque jour au secret de son inspiration ou de sa méditation musicale, son piano me révélait les entraînements, les embarras, les victoires ou les tortures de sa pensée. Je le comprenais donc comme il se comprenait lui-même, et un juge plus étranger à lui-même l'eût forcé à être plus intelligible pour tous.

Il avait eu quelquefois des idées riantes et toutes rondes dans sa jeunesse. Il a fait des chansons polonaises et des romances inédites d'une charmante bonhomie ou d'une adorable douceur. Quelques-unes de ses compositions ultérieures sont encore comme des sources de cristal où se mire un clair soleil. Mais qu'elles sont rares et courtes, ces tranquilles extases de sa contemplation! Le chant de l'alouette dans le ciel et le mœlleux flottement du cygne sur les eaux immobiles sont pour lui comme des éclairs de la beauté dans la sérénité. Le cri de l'aigle plaintif et affamé sur les rochers de Majorque, le sifflement amer de la bise et la morne désolation des ifs couverts de neige l'attristaient bien plus longtemps et bien plus vivement que ne le réjouissaient le parfum des orangers, la grâce des pampres et la cantilène mauresque des laboureurs.

Il en était ainsi de son caractère en toutes choses. Sensible un instant aux douceurs de l'affection et aux sourires de la destinée, il était froissé des jours, des semaines entières par la maladresse d'un indifférent ou par les menues contrariétés de la vie réelle. Et, chose étrange, une véritable douleur ne le brisait pas autant qu'une petite. Il semblait qu'il n'eût pas la force de la comprendre d'abord et de la ressentir ensuite. La profondeur de ses émotions n'était donc nullement en rapport avec leurs causes. Quant à sa déplorable santé, il l'acceptait héroïquement dans les dangers réels, et il s'en tourmentait misérablement dans les altérations insignifiantes. Ceci est l'histoire et le destin de tous les êtres en qui le système nerveux est développé avec excès.

Avec le sentiment exagéré des détails, l'horreur de la misère et les besoins d'un bien-être raffiné, il prit naturellement Majorque en horreur au bout de peu de jours de maladie. Il n'y avait pas moyen de se remettre en route, il était trop faible. Quand il fut mieux, les vents contraires régnèrent sur la côte, et pendant trois semaines le bateau à vapeur ne put sortir du port. C'était l'unique embarcation possible, et encore ne l'était-elle guère.

Notre séjour à la Chartreuse de Valdemosa fut donc un supplice pour lui et un tourment pour moi. Doux, enjoué, charmant dans le monde, Chopin malade était désespérant dans l'intimité exclusive. Nulle âme n'était plus noble, plus délicate, plus désintéressée; nul commerce plus fidèle et plus loyal, nul esprit plus brillant dans la gaîté, nulle intelligence plus sérieuse et plus complète dans ce qui était de son domaine; mais en revanche, hélas! nulle humeur n'était plus inégale, nulle imagination plus ombrageuse et plus délirante; nulle susceptibilité plus impossible à ne pas irriter, nulle exigence de cœur plus impossible à satisfaire. Et rien de tout cela n'était sa faute, à lui. C'était celle de son mal. Son esprit était écorché vif; le pli d'une feuille de rose, l'ombre d'une mouche le faisaient saigner. Excepté moi et mes enfants, tout lui était antipathique et révoltant sous le ciel de l'Espagne. Il mourait de l'impatience du départ, bien plus que des inconvénients du séjour.

Nous pûmes enfin nous rendre à Barcelone et de là, par mer encore, à Marseille, à la fin de l'hiver. Je quittai la Chartreuse avec un mélange de joie et de douleur. J'y aurais bien passé deux ou trois ans, seule avec mes enfants. Nous avions une malle de bons livres élémentaires que j'avais le temps de leur expliquer. Le ciel devenait magnifique et l'île un lieu enchanté. Notre installation romantique nous charmait; Maurice se fortifiait à vue d'œil, et nous ne faisions que rire des privations pour notre compte. J'aurais eu de bonnes heures de travail sans distraction; je lisais de beaux ouvrages de philosophie et d'histoire quand je n'étais pas garde-malade, et le malade lui-même eût été adorablement bon s'il eût pu guérir. De quelle poésie sa musique remplissait ce sanctuaire, même au milieu de ses plus douloureuses agitations! Et la Chartreuse était si belle sous ses festons de lierre, la floraison si splendide dans la vallée, l'air si pur sur notre montagne, la mer si bleue à l'horizon! C'est le plus bel endroit que j'aie jamais habité, et un des plus beaux que j'aie jamais vus. Et j'en avais à peine joui! N'osant quitter le malade, je ne pouvais sortir avec mes enfants qu'un instant chaque jour, et souvent pas du tout. J'étais très-malade moi-même de fatigue et de séquestration.

A Marseille il fallut nous arrêter. Je soumis Chopin à l'examen du célèbre docteur Cauvières, qui le trouva gravement compromis d'abord, et qui pourtant reprit bon espoir en le voyant se rétablir rapidement. Il augura qu'il pouvait vivre longtemps avec de grands soins, et il lui prodigua les siens. Ce digne et aimable homme, un des premiers médecins de France, le plus charmant, le plus sûr, le plus dévoué des amis, est, à Marseille, la providence des heureux et des malheureux. Homme de conviction et de progrès, il a conservé dans un âge très-avancé la beauté de l'âme et celle du visage. Sa physionomie douce et vive en même temps, toujours éclairée d'un tendre sourire et d'un brillant regard, commande le respect et l'amitié à dose égale. C'est encore une des plus belles organisations qui existent, exempte d'infirmités, pleine de feu, jeune de cœur et d'esprit, bonne autant que brillante, et toujours en possession des hautes facultés d'une intelligence d'élite.

Il fut pour nous comme un père. Sans cesse occupé à nous rendre l'existence charmante, il soignait le malade, il promenait et gâtait les enfants, il remplissait mes heures, sinon de repos, du moins d'espoir, de confiance et de bien-être intellectuel. Je l'ai retrouvé cette année à Marseille[27], c'est-à-dire quinze ans après, plus jeune et plus aimable encore, s'il est possible, que je ne l'avais laissé; venant de traverser et de vaincre le choléra comme un jeune homme, aimant comme au premier jour les élus de son cœur, croyant à la France, à l'avenir, à la vérité, comme n'y croient plus les enfants de ce siècle: admirable vieillesse, digne d'une admirable vie!

En voyant Chopin renaître avec le printemps et s'accommoder d'une médication fort douce, il approuva notre projet d'aller passer quelques jours à Gênes. Ce fut un plaisir pour moi de revoir avec Maurice tous les beaux édifices et tous les beaux tableaux que possède cette charmante ville.

Au retour, nous eûmes en mer un rude coup de vent. Chopin en fut assez malade, et nous prîmes quelques jours de repos à Marseille chez l'excellent docteur.

Marseille est une ville magnifique qui froisse et déplaît au premier abord par la rudesse de son climat et de ses habitants. On s'y fait pourtant, car le fond de ce climat est sain et le fond de ces habitants est bon. On comprend qu'on puisse s'habituer à la brutalité du mistral, aux colères de la mer, et aux ardeurs d'un implacable soleil, quand on trouve là, dans une cité opulente, toutes les ressources de la civilisation à tous les degrés où l'on peut se les procurer, et quand on parcourt, sur un rayon de quelque étendue, cette Provence aussi étrange et aussi belle en bien des endroits que beaucoup d'endroits un peu trop vantés de l'Italie.

J'amenai à Nohant, sans encombre, Maurice guéri, et Chopin en train de l'être. Au bout de quelques jours, ce fut le tour de Maurice d'être le plus malade des deux. Le cœur reprenait trop de plénitude. Mon ami Papet, qui est excellent médecin et qui, en raison de sa fortune, exerce la médecine gratis pour ses amis et pour les pauvres, prit sur lui de changer radicalement son régime. Depuis deux ans on le tenait aux viandes blanches et à l'eau rougie. Il jugea qu'une rapide croissance exigeait des toniques, et après l'avoir saigné, il le fortifia par un régime tout opposé. Bien m'en prit d'avoir confiance en lui, car depuis ce moment Maurice fut radicalement guéri et devint d'une forte et solide santé.

Quant à Chopin, Papet ne lui trouva plus aucun symptôme d'affection pulmonaire, mais seulement une petite affection chronique du larynx qu'il n'espéra pas guérir et dont il ne vit pas lieu à s'alarmer sérieusement[28].

Avant d'aller plus avant, je dois parler d'un événement politique qui avait eu lieu en France le 12 mai 1839, pendant que j'étais à Gênes, et d'un des hommes que je place aux premiers rangs parmi mes contemporains, bien que je ne l'aie connu que beaucoup plus tard; Armand Barbès.

Ses premiers élans furent pourtant ceux d'un héroïsme irréfléchi, et je n'hésite pas à blâmer, avec Louis Blanc, la tentative du 12 mai. J'oserai ajouter que ce triste dicton, le succès justifie tout, a quelque chose de plus sérieux qu'un aphorisme fataliste ne semble le comporter. Il a même un sens très-vrai, si l'on considère que la vie d'un certain nombre d'hommes peut être sacrifiée à un principe bienfaisant pour l'humanité, mais à la condition d'avancer réellement le règne de ce principe dans le monde. Si l'effort de vaillance et de dévouement doit rester stérile; si même, dans de certaines conditions et sous l'empire de certaines circonstances, il doit, en échouant, retarder l'heure du salut, il a beau être pur dans l'intention, il devient coupable dans le fait. Il donne des forces au parti vainqueur, il ébranle la foi chez les vaincus. Il verse le sang innocent et le propre sang des conjurés, qui est précieux, au profit de la mauvaise cause. Il met le vulgaire en défiance, ou il le frappe d'une terreur stupide, qui le rend presque impossible à ramener et à convaincre.

Je sais bien que le succès est le secret de Dieu, et que si l'on ne marchait, comme les anciens, qu'après avoir consulté des oracles réputés infaillibles, on n'aurait guère de mérite à risquer sa fortune, sa liberté et sa vie. D'ailleurs, l'oracle des temps modernes, c'est le peuple: Vox populi, vox Dei; et c'est un oracle mystérieux et trompeur, qui ignore souvent lui-même d'où lui viennent ses transports et ses révélations. Mais, quelque difficile qu'il soit à pénétrer, le génie du conspirateur consiste à s'assurer de cet oracle.

Le conspirateur n'est donc pas à la hauteur de sa mission quand il manque de sagesse, de clairvoyance et de ce génie particulier qui devine l'issue nécessaire des événements. C'est une chose si grave de jeter un peuple, et même une petite fraction du peuple dans l'arène sanglante des révolutions, qu'il n'est pas permis de céder à l'instinct du sacrifice, à l'enthousiasme du martyre, aux illusions de la foi la plus pure et la plus sublime. La foi sert dans le domaine de la foi; les miracles qu'elle produit ne sortent pas de ce domaine, et quand l'homme veut la porter dans celui des faits, elle ne suffit plus si elle reste à l'état de foi mystique. Il faut qu'elle soit éclairée des vives lumières, des lumières spéciales qu'exigent la connaissance et l'appréciation du fait même; il faut qu'elle devienne la science, et une science aussi exacte que celle que Napoléon portait dans le destin des batailles.

Tout fut l'erreur des chefs de la Société des saisons. Ils comptèrent sur le miracle de la foi, sans tenir compte de la double lumière qui est nécessaire dans ces sortes d'entreprises. Ils méconnurent l'état des esprits, les moyens de résistance; ils se précipitaient dans l'abîme, comme Curtius, sans songer que le peuple était dans un de ces moments de lassitude et d'incrédulité où, par amour pour lui, par respect de son avenir, de son lendemain peut-être, il ne faut pas l'exposer à faire acte d'athéisme et de lâcheté.

Le succès ne justifie pas tout, mais il sanctionne les grandes causes et impose jusqu'à un certain point les mauvaises à la raison humaine, l'adhésion d'un peuple étant dans ce cas un obstacle contre lequel il faut savoir se tenir debout et attendre. La fièvre généreuse des nobles âmes indignées doit savoir se contenir à de certains moments de l'histoire, et se ménager pour l'heure où elle pourra faire de l'étincelle sacrée un vaste incendie. Alors qu'un parti se risque avec un peuple et même à la tête d'un peuple pour changer ses destinées, s'il échoue en dépit des plus sages prévisions et des plus savants efforts, s'il est en situation de rendre au moins sa défaite désastreuse à l'ennemi, si, en un mot, il exprime par ses actes une immense et ardente protestation, ses efforts ne sont pas perdus, et ceux qui survivront en recueilleront le fruit plus tard. C'est dans ce cas que l'on bénit encore les vaincus de la bonne cause; c'est alors qu'on les absout des malheurs attachés à la crise, en reconnaissant qu'ils n'ont pas agi au hasard, et la foi qui survit au désastre est proportionnée aux chances de succès qu'ils ont su mettre dans leur plan. C'est ainsi qu'on pardonne à un habile général vaincu dans une bataille d'avoir perdu des colonnes entières dans la vue d'une victoire probable, tandis qu'on blâme le héros isolé qui s'en va faire écharper une petite escorte sans aucune chance d'utilité.

A Dieu ne plaise que j'accuse Barbès, Martin Bernard et les autres généreux martyrs de cette série d'avoir aveuglement sacrifié à leur audace naturelle, à leur mépris de la vie, à un égoïste besoin de gloire! Non! c'étaient des esprits réfléchis, studieux, modestes; mais ils étaient jeunes, ils étaient exaltés par la religion du devoir, ils espéraient que leur mort serait féconde. Ils croyaient trop à l'excellence soutenue de la nature humaine; ils la jugeaient d'après eux-mêmes. Ah! mes amis, que votre vie est belle, puisque, pour y trouver une faute, il faut faire, au nom de la froide raison, le procès aux plus nobles sentiments dont l'âme de l'homme soit capable!

Mais la véritable grandeur de Barbès se manifesta dans son attitude devant ses juges, et se compléta dans le long martyre de la prison. C'est là que son âme s'éleva jusqu'à la sainteté. C'est du silence de cette âme profondément humble et pieusement résignée qu'est sorti le plus éloquent et le plus pur enseignement à la vertu qu'il ait été donné à ce siècle de comprendre. Là, jamais une erreur, jamais une défaillance dans cette abnégation absolue, dans ce courage calme et doux, dans ces tendres consolations données par lui-même aux cœurs brisés par sa souffrance. Les lettres de Barbès à ses amis sont dignes des plus beaux temps de la foi. Mûri par la réflexion, il s'est élevé à l'appréciation des plus hautes philosophies; mais, supérieur à la plupart de ceux qui instruisent et qui prêchent, il s'est assimilé la force du stoïque unie à l'humble douceur du vrai chrétien. C'est par là que, sans être créateur dans la sphère des idées, il s'est égalé sans le savoir aux plus grands penseurs de son époque. Chez lui la parole et la pensée des autres ont été fécondes; elles ont germé et grandi dans un cœur si pur et si fervent que ce cœur est devenu un miroir de la vérité, une pierre de touche pour les consciences délicates, un rare et véritable sujet de consolation pour tous ceux qui s'épouvantent de la corruption des temps, de l'injustice des partis et de l'abattement des esprits dans les jours d'épreuve et de persécution.

CHAPITRE SEPTIEME ET DERNIER.

J'essaye le professorat et j'y échoue.—Irrésolution.—Retour de mon frère.—Les pavillons de la rue Pigale.—Ma fille en pension.—Le square d'Orléans et mes relations.—Une grande méditation dans le petit bois de Nohant.—Caractère de Chopin développé.—Le prince Karol.—Causes de souffrance.—Mon fils me console de tout.—Mon cœur pardonne tout.— Mort de mon frère.—Quelques mots sur les absents.—Le ciel.—Les douleurs qu'on ne raconte pas.—L'avenir du siècle.—Conclusion.

Après le voyage de Majorque, je songeai à arranger ma vie de manière à résoudre le difficile problème de faire travailler Maurice sans le priver d'air et de mouvement. A Nohant, cela était possible, et nos lectures pouvaient suffire à remplacer par des notions d'histoire, de philosophie et de littérature le grec et le latin du collége.

Mais Maurice aimait la peinture, et je ne pouvais la lui enseigner. D'ailleurs, je ne me fiais pas assez à moi-même quant au reste pour mener un peu loin les études que nous faisions ensemble, moi apprenant et préparant la veille ce que je lui démontrais le lendemain; car je ne savais rien avec méthode, et j'étais obligée d'inventer une méthode à son usage en même temps que je m'initiais aux connaissances que cette méthode devait développer. Il me fallait, en même temps encore, trouver une autre méthode pour Solange, dont l'esprit avait besoin d'un tout autre procédé d'enseignement, relativement aux études appropriées à son âge.

Cela était au-dessus de mes forces, à moins de renoncer à écrire. J'y songeai sérieusement. En me renfermant à la campagne toute l'année, j'espérais vivre de Nohant, et vivre fort satisfaite en consacrant ce que je pouvais avoir de lumière dans l'âme à instruire mes enfants; mais je m'aperçus bien vite que le professorat ne me convenait pas du tout, ou, pour mieux dire, que je ne convenais pas du tout à la tâche toute spéciale du professorat. Dieu ne m'a pas donné la parole; je ne m'exprimais pas d'une manière assez précise et assez nette, outre que la voix me manquait au bout d'un quart d'heure. D'ailleurs, je n'avais pas assez de patience avec mes enfants, j'aurais mieux enseigné ceux des autres. Il ne faut peut-être pas s'intéresser passionnément à ses élèves. Je m'épuisais en efforts de volonté, et je trouvais souvent dans la leur une résistance qui me désespérait. Une jeune mère n'a pas assez d'expérience des langueurs et des préoccupations de l'enfance. Je me rappelais les miennes cependant; mais, me rappelant aussi que si on ne les avait pas vaincues malgré moi, je serais restée inerte ou devenue folle, je me tuais à lasser la résistance, ne sachant pas la briser.

Plus tard j'ai appris à lire à ma petite-fille, et j'ai eu de la patience, quoique je l'aimasse passionnément aussi; mais j'avais beaucoup d'années de plus!

Dans l'irrésolution où je fus quelque temps relativement à l'arrangement de ma vie, en vue du mieux possible pour ces chers enfants, une question sérieuse fut débattue dans ma conscience. Je me demandai si je devais accepter l'idée que Chopin s'était faite de fixer son existence auprès de la mienne. Je n'eusse pas hésité à dire non si j'eusse pu savoir alors combien peu de temps la vie retirée et la solennité de la campagne convenaient à sa santé morale et physique. J'attribuais encore son désespoir et son horreur de Majorque à l'exaltation de la fièvre et à l'excès de caractère de cette résidence. Nohant offrait des conditions plus douces, une retraite moins austère, un entourage sympathique et des ressources en cas de maladie. Papet était pour lui un médecin éclairé et affectueux. Fleury, Duteil, Duvernet et leurs familles, Planet, Rollinat surtout, lui furent chers à première vue. Tous l'aimèrent aussi et se sentirent disposés à le gâter avec moi.

Mon frère était revenu habiter le Berry. Il était fixé dans la terre de Montgivray, dont sa femme avait hérité, à une demi-lieue de nous. Mon pauvre Hippolyte s'était si étrangement et si follement conduit envers moi que le bouder un peu n'eût pas été trop sévère; mais je ne pouvais bouder sa femme, qui avait toujours été parfaite pour moi, et sa fille, que je chérissais comme si elle eût été mienne, l'ayant élevée en partie avec les mêmes soins que j'avais eus pour Maurice. D'ailleurs mon frère, quand il reconnaissait ses torts, s'accusait si entièrement, si drôlement, si énergiquement, disant mille naïvetés spirituelles tout en jurant et pleurant avec effusion, que mon ressentiment était tombé au bout d'une heure. D'un autre que lui, le passé eût été inexcusable, et avec lui l'avenir ne devait pas tarder à redevenir intolérable; mais qu'y faire? C'était lui! C'était le compagnon de mes premières années; c'était le bâtard né heureux, c'est-à-dire l'enfant gâté de chez nous. Hippolyte eût eu bien mauvaise grâce à se poser en Antony. Antony est vrai relativement aux préjugés de certaines familles; d'ailleurs ce qui est beau est toujours assez vrai; mais on pourrait bien faire la contre-partie d'Antony, et l'auteur de ce poëme tragique pourrait la faire lui-même aussi vraie et aussi belle. Dans certains milieux, l'enfant de l'amour inspire un tel intérêt qu'il arrive à être, sinon le roi de la famille, du moins le membre le plus entreprenant et le plus indépendant de la famille, celui qui ose tout et à qui l'on passe tout, parce que les entrailles ont besoin de le dédommager de l'abandon de la société. Par le fait, n'étant rien officiellement, et ne pouvant prétendre à rien légalement dans mon intérieur, Hippolyte y avait toujours fait dominer son caractère turbulent, son bon cœur et sa mauvaise tête. Il m'en avait chassée, par la seule raison que je ne voulais pas l'en chasser; il avait aigri et prolongé la lutte qui m'y ramenait, et il y rentrait lui-même, pardonné et embrassé pour quelques larmes qu'il versait au seuil de la maison paternelle. Ce n'était que la reprise d'une nouvelle série de repentirs de sa part et d'absolutions de la mienne.

Son entrain, sa gaîté intarissable, l'originalité de ses saillies, ses effusions enthousiastes et naïves pour le génie de Chopin, sa déférence constamment respectueuse envers lui seul, même dans l'inévitable et terrible après-boire, trouvèrent grâce auprès de l'artiste éminemment aristocratique. Tout alla donc fort bien au commencement, et j'admis éventuellement l'idée que Chopin pourrait se reposer et refaire sa santé parmi nous pendant quelques étés, son travail devant nécessairement le rappeler l'hiver à Paris.

Cependant la perspective de cette sorte d'alliance de famille avec un ami nouveau dans ma vie me donna à réfléchir. Je fus effrayée de la tâche que j'allais accepter et que j'avais crue devoir se borner au voyage en Espagne. Si Maurice venait à retomber dans l'état de langueur qui m'avait absorbée, adieu à la fatigue des leçons, il est vrai, mais adieu aussi aux joies de mon travail; et quelles heures de ma vie sereines et vivifiantes pourrais-je consacrer à un second malade, beaucoup plus difficile à soigner et à consoler que Maurice?

Une sorte d'effroi s'empara donc de mon cœur en présence d'un devoir nouveau à contracter. Je n'étais pas illusionnée par une passion. J'avais pour l'artiste une sorte d'adoration maternelle très-vive, très-vraie, mais qui ne pouvait pas un instant lutter contre l'amour des entrailles, le seul sentiment chaste qui puisse être passionné.

J'étais encore assez jeune pour avoir peut-être à lutter contre l'amour, contre la passion proprement dite. Cette éventualité de mon âge, de ma situation et de la destinée des femmes artistes, surtout quand elles ont horreur des distractions passagères, m'effrayait beaucoup, et, résolue à ne jamais subir d'influence qui pût me distraire de mes enfants, je voyais un danger moindre, mais encore possible, même dans la tendre amitié que m'inspirait Chopin.

Eh bien, après réflexion, ce danger disparut à mes yeux et prit même un caractère opposé, celui d'un préservatif contre des émotions que je ne voulais plus connaître. Un devoir de plus dans ma vie, déjà si remplie et si accablée de fatigue, me parut une chance de plus pour l'austérité vers laquelle je me sentais attirée avec une sorte d'enthousiasme religieux.

Si j'eusse donné suite à mon projet de m'enfermer à Nohant toute l'année, de renoncer aux arts et de me faire l'institutrice de mes enfants, Chopin eût été sauvé du danger qui le menaçait, lui, à mon insu: celui de s'attacher à moi d'une manière trop absolue. Il ne m'aimait pas encore au point de ne pouvoir s'en distraire, son affection n'était pas encore exclusive. Il m'entretenait d'un amour romanesque qu'il avait eu en Pologne, de doux entraînements qu'il avait subis ensuite à Paris et qu'il y pouvait retrouver, et surtout de sa mère, qui était la seule passion de sa vie, et loin de laquelle pourtant il s'était habitué à vivre. Forcé de me quitter pour sa profession, qui était son honneur même, puisqu'il ne vivait que de son travail, six mois de Paris l'eussent rendu, après quelques jours de malaise et de larmes, à ses habitudes d'élégance, de succès exquis et de coquetterie intellectuelle. Je n'en pouvais pas douter, je n'en doutais pas.

Mais la destinée nous poussait dans les liens d'une longue association, et nous y arrivâmes tous deux sans nous en apercevoir.

Forcée d'échouer dans mon entreprise de professorat, je pris le parti de le remettre en meilleures mains et de faire, dans ce but, un établissement annuel à Paris. Je louai, rue Pigale, un appartement composé de deux pavillons au fond d'un jardin. Chopin s'installa rue Tronchet; mais son logement fut humide et froid. Il recommença à tousser sérieusement, et je me vis forcée de donner ma démission de garde-malade; ou de passer ma vie en allées et venues impossibles. Lui, pour me les épargner, venait chaque jour me dire avec une figure décomposée et une voix éteinte qu'il se portait à merveille. Il demandait à dîner avec nous, et il s'en allait le soir, grelottant dans son fiacre. Voyant combien il s'affectait du dérangement de notre vie de famille, je lui offris de lui louer un des pavillons dont je pouvais lui céder une partie. Il accepta avec joie. Il eut là son appartement, y reçut ses amis et y donna ses leçons sans me gêner. Maurice avait l'appartement au-dessus du sien; j'occupais l'autre pavillon avec ma fille. Le jardin était joli et assez vaste pour permettre de grands jeux et de belles gaîtés. Nous avions des professeurs des deux sexes qui faisaient de leur mieux. Je voyais le moins de monde possible, m'en tenant toujours à mes amis. Ma jeune et charmante parente Augustine, Oscar, le fils de ma sœur, dont je m'étais chargée et que j'avais mis en pension, les deux beaux enfants de madame d'Oribeau, qui était venue se fixer à Paris dans le même but que moi, c'était là un jeune monde bien-aimé qui se réunissait de temps en temps à mes enfants, mettant, à ma grande satisfaction, la maison sens dessus dessous.

Nous passâmes ainsi près d'un an, à tâter ce mode d'éducation à domicile. Maurice s'en trouva assez bien. Il ne mordit jamais plus que mon père ne l'avait fait aux études classiques; mais il prit avec M. Eugène Pelletan, M. Loyson et M. Zirardini le goût de lire et de comprendre, et il fût bientôt en état de s'instruire lui-même et de découvrir tout seul les horizons vers lesquels sa nature d'esprit le poussait. Il put aussi commencer à recevoir des notions de dessin, qu'il n'avait reçues jusque-là que de son instinct.

Il en fut autrement de ma fille. Malgré l'excellent enseignement qui lui fut donné chez moi par mademoiselle Suez, une Genevoise de grand savoir et d'une admirable douceur, son esprit impatient ne pouvait se fixer à rien, et cela était désespérant, car l'intelligence, la mémoire et la compréhension étaient magnifiques chez elle. Il fallut en revenir à l'éducation en commun, qui la stimulait davantage, et à la vie de pension, qui, restreignant les sujets de distraction, les rend plus faciles à vaincre. Elle ne se plut pourtant pas dans la première pension où je la mis. Je l'en retirai aussitôt pour la conduire à Chaillot, chez madame Bascans, où elle convint qu'elle était réellement mieux que chez moi. Installée dans une maison charmante et dans un lieu magnifique, objet des plus doux soins et favorisée des leçons particulières de M. Bascans, un homme de vrai mérite, elle daigna enfin s'apercevoir que la culture de l'intelligence pouvait bien être autre chose qu'une vexation gratuite. Car tel était le thème de cette raisonneuse; elle avait prétendu jusque-là qu'on avait inventé les connaissances humaines dans l'unique but de contrarier les petites filles.

Ce parti de me séparer d'elle de nouveau étant pris (avec plus d'effort et de regret que je ne voulus lui en montrer), je vécus alternativement à Nohant l'été, et à Paris l'hiver, sans me séparer de Maurice, qui savait s'occuper partout et toujours. Chopin venait passer trois ou quatre mois chaque année à Nohant. J'y prolongeais mon séjour assez avant dans l'hiver, et je retrouvais à Paris mon malade ordinaire, c'est ainsi qu'il s'intitulait, désirant mon retour, mais ne regrettant pas la campagne, qu'il n'aimait pas au delà d'une quinzaine, et qu'il ne supportait davantage que par attachement pour moi. Nous avions quitté les pavillons de la rue Pigale, qui lui déplaisaient, pour nous établir au square d'Orléans, où la bonne et active Marliani nous avait arrangé une vie de famille. Elle occupait un bel appartement entre les deux nôtres. Nous n'avions qu'une grande cour, plantée et sablée, toujours propre, à traverser pour nous réunir, tantôt chez elle, tantôt chez moi, tantôt chez Chopin, quand il était disposé à nous faire de la musique. Nous dînions chez elle tous ensemble à frais communs. C'était une très-bonne association, économique comme toutes les associations, et qui me permettait de voir du monde chez madame Marliani, mes amis plus intimement chez moi, et de prendre mon travail à l'heure où il me convenait de me retirer. Chopin se réjouissait aussi d'avoir un beau salon isolé, où il pouvait aller composer ou rêver. Mais il aimait le monde et ne profitait guère de son sanctuaire que pour y donner des leçons. Ce n'est qu'à Nohant qu'il créait et écrivait. Maurice avait son appartement et son atelier au-dessus de moi. Solange avait près de moi une jolie chambrette où elle aimait à faire la dame vis-à-vis d'Augustine les jours de sortie, et d'où elle chassait son frère et Oscar impérieusement, prétendant que les gamins avaient mauvais ton et sentaient le cigare, ce qui ne l'empêchait pas de grimper à l'atelier un moment après pour les faire enrager, si bien qu'ils passaient leur temps à se renvoyer outrageusement de leurs domiciles respectifs et à revenir frapper à la porte pour recommencer. Un autre enfant, d'abord timide et raillé, bientôt taquin et railleur, venait ajouter aux allées et venues, aux algarades et aux éclats de rire qui désespéraient le voisinage. C'était Eugène Lambert, camarade de Maurice à l'atelier de peinture de Delacroix, un garçon plein d'esprit, de cœur et de dispositions, qui devint mon enfant presque autant que les miens propres, et qui, appelé à Nohant pour un mois, y a passé jusqu'à présent une douzaine d'étés, sans compter plusieurs hivers.

Plus tard, je pris Augustine tout-à-fait avec nous, la vie de famille et d'intérieur me devenant chaque jour plus chère et plus nécessaire[29].

S'il me fallait parler ici avec détail des illustres et chers amis qui m'entourèrent pendant ces huit années, je recommencerais un volume. Mais ne suffit-il pas de nommer, outre ceux dont j'ai parlé déjà, Louis Blanc, Godefroy Cavaignac, Henri Martin, et le plus beau génie de femme de notre époque, uni à un noble cœur, Pauline Garcia, fille d'un artiste de génie, sœur de la Malibran, et mariée à mon ami Louis Viardot, savant modeste, homme de goût et surtout homme de bien!

Parmi ceux que j'ai vus avec autant d'estime et moins d'intimité, je citerai Mickiewicz, Lablache, Alkan aîné, Soliva, E. Quinet, le général Pepe, etc.! et, sans faire de catégories de talent ou de célébrité, j'aime à me rappeler l'amitié fidèle de Bocage, le grand artiste, et la touchante amitié d'Agricol Perdiguier, le noble artisan; celle de Ferdinand François, âme stoïque et pure, et celle de Gilland, écrivain prolétaire d'un grand talent et d'une grande foi; celle d'Étienne Arago, si vraie et si charmante, et celle d'Anselme Pététin, si mélancolique et si sincère; celle de M. de Bonnechose, le meilleur des hommes et le plus aimable, l'inappréciable ami de madame Marliani; et celle de M. de Rancogne, charmant poëte inédit, sensible et gai vieillard qui avait toujours des roses dans l'esprit et jamais d'épines dans le cœur; celle de Mendizabal, le père enjoué et affectueux de toute notre chère jeunesse, et celle de Dessaüer, artiste éminent, caractère pur et digne[30]; enfin celle d'Hetzel, qui pour arriver sur le tard de ma vie, ne m'en fut pas moins précieuse, et celle du docteur Varennes, une des plus anciennes et des plus regrettées.

Hélas! la mort ou l'absence ont dénoué la plupart de ces relations, sans refroidir mes souvenirs et mes sympathies. Parmi celles que j'ai pu ne pas perdre de vue, j'aime à nommer le capitaine d'Arpentigny, un des esprits les plus frais, les plus originaux et les plus étendus qui existent, et madame Hortense Allart, écrivain d'un sentiment très-élevé et d'une forme très-poétique, femme savante toute jolie et toute rose, disait Delatouche; esprit courageux, indépendant; femme brillante et sérieuse, vivant à l'ombre avec autant de recueillement et de sérénité qu'elle saurait porter de grâce et d'éclat dans le monde; mère tendre et forte, entrailles de femme, fermeté d'homme.

Je voyais aussi cette tête exaltée et généreuse, cette femme qui avait les illusions d'une enfant et le caractère d'un héros, cette folle, cette martyre; cette sainte, Pauline Roland.

J'ai nommé Mickiewicz, génie égal à celui de Byron, âme conduite aux vertiges de l'extase par l'enthousiasme de la patrie et la sainteté des mœurs. J'ai nommé Lablache, le plus grand acteur comique et le plus parfait chanteur de notre époque: dans la vie privée, c'est un adorable esprit et un père de famille respectable. J'ai nommé Soliva, compositeur lyrique d'un vrai talent, professeur admirable, caractère noble et digne, artiste enjoué, enthousiaste, sérieux. Enfin, j'ai nommé Alkan, pianiste célèbre, plein d'idées fraîches et originales, musicien savant, homme de cœur. Quant à Edgar Quinet, tous le connaissent en le lisant: un grand cœur, dans une vaste intelligence; ses amis connaissent en plus sa modestie candide et la douceur de son commerce. Enfin, j'ai nommé le général Pepe, âme héroïque et pure, un de ces caractères qui rappellent les hommes de Plutarque. Je n'ai nommé ni Mazzini, ni les autres amis que j'ai gardés dans le monde politique et dans la vie intime, ne les ayant connus réellement que plus tard.

Déjà, dans ce temps-là, je touchais, par mes relations variées, aux extrêmes de la société, à l'opulence, à la misère, aux croyances les plus absolutistes, aux principes les plus révolutionnaires. J'aimais à connaître et à comprendre les divers ressorts qui font mouvoir l'humanité et qui décident de ses vicissitudes. Je regardais avec attention, je me trompais souvent, je voyais clair quelquefois.

Après les désespérances de ma jeunesse, trop d'illusions me gouvernèrent. Au scepticisme maladif succéda trop de bienveillance et d'ingénuité. Je fus mille fois dupe d'un rêve de fusion archangélique dans les forces opposées du grand combat des idées. Je suis bien encore quelquefois capable de cette simplicité, résultat d'une plénitude de cœur, pourtant j'en devrais être bien guérie, car mon cœur a beaucoup saigné.

La vie que je raconte ici était aussi bonne que possible à la surface. Il y avait pour moi du beau soleil sur mes enfants, sur mes amis, sur mon travail; mais la vie que je ne raconte pas était voilée d'amertumes effroyables.

Je me souviens d'un jour où, révoltée d'injustices sans nom qui, dans ma vie intime, m'arrivaient tout à coup de plusieurs côtés à la fois, je m'en allai pleurer dans le petit bois de mon jardin de Nohant, à l'endroit où jadis ma mère faisait pour moi et avec moi ses jolies petites rocailles. J'avais alors environ quarante ans, et quoique sujette à des névralgies terribles, je me sentais physiquement beaucoup plus forte que dans ma jeunesse. Il me prit fantaisie, je ne sais au milieu de quelles idées noires, de soulever une grosse pierre, peut-être une de celles que j'avais vu autrefois porter par ma robuste petite mère. Je la soulevai sans effort, et je la laissai retomber avec désespoir, disant en moi-même: «Ah! mon Dieu, j'ai peut-être encore quarante ans à vivre!»

L'horreur de la vie, la soif du repos, que je repoussais depuis longtemps, me revinrent cette fois-là d'une manière bien terrible. Je m'assis sur cette pierre, et j'épuisai mon chagrin dans des flots de larmes. Mais il se fit là en moi une grande révolution: à ces deux heures d'anéantissement succédèrent deux ou trois heures de méditation et de rassérénement dont le souvenir est resté net en moi comme une chose décisive en ma vie.

La résignation n'est pas dans ma nature. C'est là un état de tristesse morne, mêlée à de lointaines espérances, que je ne connais pas. J'ai vu cette disposition chez les autres, je n'ai jamais pu l'éprouver. Apparemment mon organisation s'y refuse. Il me faut désespérer absolument pour avoir du courage. Il faut que je sois arrivée à me dire «Tout est perdu!» pour que je me décide à tout accepter. J'avoue même que ce mot de résignation m'irrite. Dans l'idée que je m'en fais, à tort ou à raison, c'est une sotte paresse qui veut se soustraire à l'inexorable logique du malheur; c'est une mollesse de l'âme qui nous pousse à faire notre salut en égoïstes, à tendre un dos endurci aux coups de l'iniquité, à devenir inertes, sans horreur du mal que nous subissons, sans pitié par conséquent pour ceux qui nous l'infligent. Il me semble que les gens complétement résignés sont pleins de dégoût et de mépris pour la race humaine. Ne s'efforçant plus de soulever les rochers qui les écrasent, ils se disent que tout est rocher, et qu'eux seuls sont les enfants de Dieu[31].

Une autre solution s'ouvrit devant moi. Tout subir sans haine et sans ressentiment, mais tout combattre par la foi; aucune ambition, aucun rêve de bonheur personnel pour moi-même en ce monde, mais beaucoup d'espoir et d'efforts pour le bonheur des autres.

Ceci me parut une conclusion souveraine de la logique applicable à ma nature. Je pouvais vivre sans bonheur personnel, n'ayant pas de passions personnelles.

Mais j'avais de la tendresse et le besoin impérieux d'exercer cet instinct-là. Il me fallait chérir ou mourir. Chérir en étant peu ou mal chéri soi-même, c'est être malheureux; mais on peut vivre malheureux. Ce qui empêche de vivre, c'est de ne pas faire usage de sa propre vie, ou d'en faire un usage contraire aux conditions de sa propre vie.

En face de cette résolution, je me demandai si j'aurais la force de la suivre; je n'avais pas une assez haute idée de moi-même pour m'élever au rêve de la vertu. D'ailleurs, voyez-vous, dans le temps de scepticisme où nous vivons, une grande lumière s'est dégagée: c'est que la vertu n'est qu'une lumière elle-même, une lumière qui se fait dans l'âme. Moi, j'y ajoute, dans ma croyance, l'aide de Dieu. Mais qu'on accepte ou qu'on rejette le secours divin, la raison nous démontre que la vertu est un résultat brillant de l'apparition de la vérité dans la conscience, une certitude par conséquent, qui commande au cœur et à la volonté.

Écartant donc de mon vocabulaire intérieur ce mot orgueilleux de vertu qui me paraissait trop drapé à l'antique, et me contentant de contempler une certitude en moi-même, je pus me dire, assez sagement je crois, qu'on ne revient pas sur une certitude acquise, et que, pour persévérer dans un parti pris en vue de cette certitude, il ne s'agit que de regarder en soi chaque fois que l'égoïsme vient s'efforcer d'éteindre le flambeau.

Que je dusse être agitée, troublée et tiraillée par cette imbécile personnalité humaine, cela n'était pas douteux, car l'âme ne veille pas toujours; elle s'endort et elle rêve; mais que, connaissant la réalité, c'est-à-dire l'impossibilité d'être heureuse par l'égoïsme, je n'eusse pas le pouvoir de secouer et de réveiller mon âme, c'est ce qui me parut également hors de doute.

Après avoir calculé ainsi mes chances avec une grande ardeur religieuse et un véritable élan de cœur vers Dieu, je me sentis très-tranquille, et je gardai cette tranquillité intérieure tout le reste de ma vie; je la gardai non pas sans ébranlement, sans interruption et sans défaillance, mon équilibre physique succombant parfois sous cette rigueur de ma volonté; mais je la retrouvai toujours sans incertitude et sans contestation au fond de ma pensée et dans l'habitude de ma vie.

Je la retrouvai surtout par la prière. Je n'appelle pas prière un choix et un arrangement de parole lancées vers le ciel, mais un entretien de la pensée avec l'idéal de lumière et de perfections infinies.

De toutes les amertumes que j'avais non plus à subir, mais à combattre, les souffrances de mon malade ordinaire n'étaient pas la moindre.

Chopin voulait toujours Nohant, et ne supportait jamais Nohant. Il était l'homme du monde par excellence, non pas du monde trop officiel et trop nombreux, mais du monde intime, des salons de vingt personnes, de l'heure où la foule s'en va et où les habitués se pressent autour de l'artiste pour lui arracher par d'aimables importunités le plus pur de son inspiration. C'est alors seulement qu'il donnait tout son génie et tout son talent. C'est alors aussi qu'après avoir plongé son auditoire dans un recueillement profond ou dans une tristesse douloureuse, car sa musique vous mettait parfois dans l'âme des découragements atroces, surtout quand il improvisait; tout à coup, comme pour enlever l'impression et le souvenir de sa douleur aux autres et à lui-même, il se tournait vers une glace, à la dérobée, arrangeait ses cheveux et sa cravate, et se montrait subitement transformé en Anglais flegmatique, en vieillard impertinent, en Anglaise sentimentale et ridicule, en juif sordide. C'était toujours des types tristes, quelque comiques qu'ils fussent, mais parfaitement compris et si délicatement traduits qu'on ne pouvait se lasser de les admirer.

Toutes ces choses sublimes, charmantes ou bizarres qu'il savait tirer de lui-même faisaient de lui l'âme des sociétés choisies, et on se l'arrachait bien littéralement, son noble caractère, son désintéressement, sa fierté, son orgueil bien entendu, ennemi de toute vanité de mauvais goût et de toute insolente réclame, la sûreté de son commerce et les exquises délicatesses de son savoir-vivre faisant de lui un ami aussi sérieux qu'agréable.

Arracher Chopin à tant de gâteries, l'associer à une vie simple, uniforme et constamment studieuse, lui qui avait été élevé sur les genoux des princesses, c'était le priver de ce qui le faisait vivre, d'une vie factice il est vrai, car, ainsi qu'une femme fardée, il déposait le soir, en rentrant chez lui, sa verve et sa puissance, pour donner la nuit à la fièvre et à l'insomnie; mais d'une vie qui eût été plus courte et plus animée que celle de la retraite, et de l'intimité restreinte au cercle uniforme d'une seule famille. A Paris, il en traversait plusieurs chaque jour, ou il en choisissait au moins chaque soir une différente pour milieu. Il avait ainsi tour à tour vingt ou trente salons à enivrer ou à charmer de sa présence.

Chopin n'était pas né exclusif dans ses affections; il ne l'était que par rapport à celles qu'il exigeait; son âme, impressionnable à toute beauté, à toute grâce, à tout sourire, se livrait avec une facilité et une spontanéité inouïes. Il est vrai qu'elle se reprenait de même, un mot maladroit, un sourire équivoque le désenchantant avec excès. Il aimait passionnément trois femmes dans la même soirée de fête, et s'en allait tout seul, ne songeant à aucune d'elles, les laissant toutes trois convaincues de l'avoir exclusivement charmé.

Il était de même en amitié, s'enthousiasmant à première vue, se dégoûtant, se reprenant sans cesse, vivant d'engouements pleins de charmes pour ceux qui en étaient l'objet, et de mécontentements secrets qui empoisonnaient ses plus chères affections.

Un trait qu'il m'a raconté lui-même prouve combien peu il mesurait ce qu'il accordait de son cœur à ce qu'il exigeait de celui des autres.

Il s'était vivement épris de la petite-fille d'un maître célèbre; il songea à la demander en mariage, dans le même temps où il poursuivait la pensée d'un autre mariage d'amour en Pologne, sa loyauté n'étant engagée nulle part, mais son âme mobile flottant d'une passion à l'autre. La jeune Parisienne lui faisait bon accueil, et tout allait au mieux, lorsqu'un jour qu'il entrait chez elle avec un autre musicien plus célèbre à Paris qu'il ne l'était encore, elle s'avisa de présenter une chaise à ce dernier avant de songer à faire asseoir Chopin. Il ne la revit jamais et l'oublia tout de suite.

Ce n'est pas que son âme fût impuissante ou froide. Loin de là, elle était ardente et dévouée, mais non pas exclusivement et continuellement envers telle ou telle personne. Elle se livrait alternativement à cinq ou six affections qui se combattaient en lui et dont une primait tour à tour toutes les autres.

Il n'était certainement pas fait pour vivre longtemps en ce monde, ce type extrême de l'artiste. Il y était dévoré par un rêve d'idéal que ne combattait aucune tolérance de philosophie ou de miséricorde à l'usage de ce monde. Il ne voulait jamais transiger avec la nature humaine. Il n'acceptait rien de la réalité. C'était là son vice et sa vertu, sa grandeur et sa misère. Implacable envers la moindre tache, il avait un enthousiasme immense pour la moindre lumière, son imagination exaltée faisant tous les frais possibles pour y voir un soleil.

Il était donc à la fois doux et cruel d'être l'objet de sa préférence, car il vous tenait compte avec usure de la moindre clarté, et vous accablait de son désenchantement au passage de la plus petite ombre.

On a prétendu que, dans un de mes romans, j'avais peint son caractère avec une grande exactitude d'analyse. On s'est trompé, parce que l'on a cru reconnaître quelques-uns de ses traits, et, procédant par ce système, trop commode pour être sûr, Liszt lui-même, dans une Vie de Chopin, un peu exubérante de style, mais remplie cependant de très-bonnes choses et de très-belles pages, s'est fourvoyé de bonne foi.

J'ai tracé, dans le Prince Karol, le caractère d'un homme déterminé dans sa nature, exclusif dans ses sentiments, exclusif dans ses exigences.

Tel n'était pas Chopin. La nature ne dessine pas comme l'art, quelque réaliste qu'il se fasse. Elle a des caprices, des inconséquences, non pas réelles probablement, mais très-mystérieuses. L'art ne rectifie ces inconséquences que parce qu'il est trop borné pour les rendre.

Chopin était un résumé de ces inconséquences magnifiques que Dieu seul peut se permettre de créer et qui ont leur logique particulière. Il était modeste par principe et doux par habitude, mais il était impérieux par instinct et plein d'un orgueil légitime qui s'ignorait lui-même. De là des souffrances qu'il ne raisonnait pas et qui ne se fixaient pas sur un objet déterminé.

D'ailleurs le prince Karol n'est pas artiste. C'est un rêveur, et rien de plus: n'ayant pas de génie, il n'a pas les droits du génie. C'est donc un personnage plus vrai qu'aimable, et c'est si peu le portrait d'un grand artiste, que Chopin, en lisant le manuscrit chaque jour sur mon bureau, n'avait pas eu la moindre velléité de s'y tromper, lui, si soupçonneux pourtant!

Et cependant plus tard, par réaction, il se l'imagina, m'a-t-on dit. Des ennemis (j'en avais auprès de lui qui se disaient ses amis, comme si aigrir un cœur souffrant n'était pas un meurtre), des ennemis lui firent croire que ce roman était une révélation de son caractère. Sans doute, en ce moment-là, sa mémoire était affaiblie: il avait oublié le livre, que ne l'a-t-il relu!

Cette histoire était si peu la nôtre! Elle en était tout l'inverse. Il n'y avait entre nous ni les mêmes enivrements, ni les mêmes souffrances. Notre histoire, à nous, n'avait rien d'un roman, le fond en était trop simple et trop sérieux pour que nous eussions jamais eu l'occasion d'une querelle l'un contre l'autre, à propos l'un de l'autre. J'acceptais toute la vie de Chopin telle qu'elle se continuait en dehors de la mienne. N'ayant ni ses goûts, ni ses idées en dehors de l'art, ni ses principes politiques, ni son appréciation des choses de fait, je n'entreprenais aucune modification de son être. Je respectais son individualité, comme je respectais celle de Delacroix et de mes autres amis engagés dans un chemin différent du mien.

D'un autre côté, Chopin m'accordait, et je peux dire m'honorait d'un genre d'amitié qui faisait exception dans sa vie. Il était toujours le même pour moi. Il avait sans doute peu d'illusions sur mon compte, puisqu'il ne me faisait jamais redescendre dans son estime. C'est ce qui fit durer longtemps notre bonne harmonie.

Étranger à mes études, à mes recherches et, par suite, à mes convictions, enfermé qu'il était dans le dogme catholique, il disait de moi, comme la mère Alicia dans les derniers jours de sa vie[32]: «Bah! bah! je suis bien sûre qu'elle aime Dieu!»

Nous ne nous sommes donc jamais adressé un reproche mutuel, sinon une seule fois qui fut, hélas! la première et la dernière. Une affection si élevée devait se briser, et non s'user dans des combats indignes d'elle.

Mais si Chopin était avec moi le dévouement, la prévenance, la grâce, l'obligeance et la déférence en personne, il n'avait pas, pour cela, abjuré les aspérités de son caractère envers ceux qui m'entouraient. Avec eux, l'inégalité de son âme, tour à tour généreuse et fantasque, se donnait carrière, passant toujours de l'engouement à l'aversion, et réciproquement.

Rien ne paraissait, rien n'a jamais paru de sa vie intérieure dont ses chefs-d'œuvre d'art étaient l'expression mystérieuse et vague, mais dont ses lèvres ne trahissaient jamais la souffrance. Du moins telle fut sa réserve pendant sept ans, que moi seule pus les deviner, les adoucir et en retarder l'explosion.

Pourquoi une combinaison d'événements en dehors de nous ne nous éloigna-t-elle pas l'un de l'autre avant la huitième année!

Mon attachement n'avait pu faire ce miracle de le rendre un peu calme et heureux que parce que Dieu y avait consenti en lui conservant un peu de santé. Cependant il déclinait visiblement, et je ne savais plus quels remèdes employer pour combattre l'irritation croissante des nerfs. La mort de son ami le docteur Mathuzinski et ensuite celle de son propre père lui portèrent deux coups terribles. Le dogme catholique jette sur la mort des terreurs atroces. Chopin, au lieu de rêver pour ces âmes pures un meilleur monde, n'eut que des visions effrayantes, et je fus obligée de passer bien des nuits dans une chambre voisine de la sienne, toujours prête à me lever cent fois de mon travail pour chasser les spectres de son sommeil et de son insomnie. L'idée de sa propre mort lui apparaissait escortée de toutes les imaginations superstitieuses de la poésie slave. Polonais, il vivait dans le cauchemar des légendes. Les fantômes l'appelaient, l'enlaçaient, et, au lieu de voir son père et son ami lui sourire dans le rayon de la foi, il repoussait leurs faces décharnées de la sienne et se débattait sous l'étreinte de leurs mains glacées.

Nohant lui était devenu antipathique. Son retour, au printemps, l'enivrait encore quelques instants. Mais dès qu'il se mettait au travail, tout s'assombrissait autour de lui. Sa création était spontanée, miraculeuse. Il la trouvait sans la chercher, sans la prévoir. Elle venait sur son piano soudaine, complète, sublime; ou elle se chantait dans sa tête pendant une promenade, et il avait hâte de se la faire entendre à lui-même en la jetant sur l'instrument. Mais alors commençait le labour le plus navrant auquel j'aie jamais assisté. C'était une suite d'efforts, d'irrésolutions et d'impatiences pour ressaisir certains détails du thème de son audition: ce qu'il avait conçu tout d'une pièce, il l'analysait trop en voulant l'écrire, et son regret de ne pas le retrouver net, selon lui, le jetait dans une sorte de désespoir. Il s'enfermait dans sa chambre des journées entières, pleurant, marchant, brisant ses plumes, répétant et changeant cent fois une mesure, l'écrivant et l'effaçant autant de fois, et recommençant le lendemain avec une persévérance minutieuse et désespérée. Il passait six semaines sur une page pour en revenir à l'écrire telle qu'il l'avait tracée du premier jet.

J'avais eu longtemps l'influence de le faire consentir à se fier à ce premier jet de l'inspiration. Mais quand il n'était plus disposé à me croire, il me reprochait doucement de l'avoir gâté et de n'être pas assez sévère pour lui. J'essayais de le distraire, de le promener. Quelquefois emmenant toute ma couvée dans un char à bancs de campagne, je l'arrachais malgré lui à cette agonie, je le menais aux bords de la Creuse, et, pendant deux ou trois jours, perdus au soleil et à la pluie dans des chemins affreux, nous arrivions, riants et affamés, à quelque site magnifique où il semblait renaître. Ces fatigues le brisaient le premier jour, mais il dormait! Le dernier jour, il était tout ranimé, tout rajeuni, en revenant à Nohant, et il trouvait la solution de son travail sans trop d'efforts; mais il n'était pas toujours possible de le déterminer à quitter ce piano qui était bien plus souvent son tourment que sa joie, et peu à peu il témoigna de l'humeur quand je le dérangeais. Je n'osais pas insister. Chopin fâché était effrayant, et comme, avec moi, il se contenait toujours, il semblait près de suffoquer et de mourir.

Ma vie, toujours active et rieuse à la surface, était devenue intérieurement plus douloureuse que jamais. Je me désespérais de ne pouvoir donner aux autres ce bonheur auquel j'avais renoncé pour mon compte: car j'avais plus d'un sujet de profond chagrin contre lequel je m'efforçais de réagir. L'amitié de Chopin n'avait jamais été un refuge pour moi dans la tristesse. Il avait bien assez de ses propres maux à supporter. Les miens l'eussent écrasé, aussi ne les connaissait-il que vaguement et ne les comprenait-il pas du tout. Il eût apprécié toutes choses à un point de vue très-différent du mien. Ma véritable force me venait de mon fils, qui était en âge de partager avec moi les intérêts les plus sérieux de la vie et qui me soutenait par son égalité d'âme, sa raison précoce et son inaltérable enjouement. Nous n'avons pas, lui et moi, les mêmes idées sur toutes choses, mais nous avons ensemble de grandes ressemblances d'organisation, beaucoup des mêmes goûts et des mêmes besoins; en outre, un lien d'affection naturelle si étroit qu'un désaccord quelconque entre nous ne peut durer un jour et ne peut tenir à un moment d'explication tête-à-tête. Si nous n'habitons pas le même enclos d'idées et de sentiments, il y a, du moins, une grande porte toujours ouverte au mur mitoyen, celle d'une affection immense et d'une confiance absolue.

A la suite des dernières rechutes du malade, son esprit s'était assombri extrêmement, et Maurice, qui l'avait tendrement aimé jusque-là, fut blessé tout-à-coup par lui d'une manière imprévue pour un sujet futile. Ils s'embrassèrent un moment après, mais le grain de sable était tombé dans le lac tranquille, et peu à peu les cailloux y tombèrent un à un. Chopin fut irrité souvent sans aucun motif et quelquefois irrité injustement contre de bonnes intentions. Je vis le mal s'aggraver et s'étendre à mes autres enfants, rarement à Solange, que Chopin préférait, par la raison qu'elle seule ne l'avait pas gâté, mais à Augustine avec une amertume effrayante, et à Lambert même, qui n'a jamais pu deviner pourquoi. Augustine, la plus douce, la plus inoffensive de nous tous à coup sûr, en était consternée. Il avait été d'abord si bon pour elle! Tout cela fut supporté; mais enfin, un jour, Maurice, lassé de coups d'épingle, parla de quitter la partie. Cela ne pouvait pas et ne devait pas être. Chopin ne supporta pas mon intervention légitime et nécessaire. Il baissa la tête et prononça que je ne l'aimais plus.

Quel blasphème après ces huit années de dévouement maternel! Mais le pauvre cœur froissé n'avait pas conscience de son délire. Je pensais que quelques mois passés dans l'éloignement et le silence guériraient cette plaie et rendraient l'amitié calme, la mémoire équitable. Mais la révolution de février arriva et Paris devint momentanément odieux à cet esprit incapable de se plier à un ébranlement quelconque dans les formes sociales. Libre de retourner en Pologne, où certain d'y être toléré, il avait préféré languir dix ans loin de sa famille qu'il adorait, à la douleur de voir son pays transformé et dénaturé. Il avait fui la tyrannie, comme maintenant il fuyait la liberté!

Je le revis un instant en mars 1848. Je serrai sa main tremblante et glacée. Je voulus lui parler, il s'échappa. C'était à mon tour de dire qu'il ne m'aimait plus. Je lui épargnai cette souffrance et je remis tout aux mains de la Providence et de l'avenir.

Je ne devais plus le revoir. Il y avait de mauvais cœurs entre nous. Il y en eut de bons aussi, qui ne surent pas s'y prendre. Il y en eut de frivoles qui aimèrent mieux ne pas se mêler d'affaires délicates; Gutmann n'était pas là[33].

On m'a dit qu'il m'avait appelée, regrettée, aimée filialement jusqu'à la fin. On a cru devoir me le cacher jusque-là. On a cru devoir lui cacher aussi que j'étais prête à courir vers lui. On a bien fait si cette émotion de me revoir eût dû abréger sa vie d'un jour ou seulement d'une heure. Je ne suis pas de ceux qui croient que les choses se résolvent en ce monde. Elles ne font peut-être qu'y commencer, et, à coup sûr, elles n'y finissent point. Cette vie d'ici-bas est un voile que la souffrance et la maladie rendent plus épais à certaines âmes, qui ne se soulève que par moments pour les organisations les plus solides, et que la mort déchire pour tous.

Garde-malade, puisque telle fut ma mission pendant une notable portion de ma vie, j'ai dû accepter sans trop d'étonnement et surtout sans dépit les transports et les accablements de l'âme aux prises avec la fièvre. J'ai appris au chevet des malades à respecter ce qui est véritablement leur volonté saine et libre, et à pardonner ce qui est le trouble et le délire de leur fatalité.

J'ai été payée de mes années de veille, d'angoisse et d'absorption par des années de tendresse, de confiance et de gratitude qu'une heure d'injustice ou d'égarement n'a point annulées devant Dieu. Dieu n'a pas puni, Dieu n'a pas seulement aperçu cette heure mauvaise dont je ne veux pas me rappeler la souffrance. Je l'ai supportée, non pas avec un froid stoïcisme, mais avec des larmes de douleur et d'enthousiasme, dans le secret de ma prière. Et c'est parce que j'ai dit aux absents, dans la vie ou dans la mort: «Soyez bénis!» que j'espère trouver dans le cœur de ceux qui me fermeront les yeux la même bénédiction à ma dernière heure.

Vers l'époque où je perdis Chopin, je perdis aussi mon frère plus tristement encore: sa raison s'était éteinte depuis quelque temps déjà, l'ivresse avait ravagé et détruit cette belle organisation et la faisait flotter désormais entre l'idiotisme et la folie. Il avait passé ses dernières années à se brouiller et à se réconcilier tour à tour avec moi, avec mes enfants, avec sa propre famille et tous ses amis. Tant qu'il continua à venir me voir, je prolongeai sa vie en mettant à son insu de l'eau dans le vin qu'on lui servait. Il avait le goût si blasé qu'il ne s'en apercevait pas, et s'il suppléait à la qualité par la quantité, du moins son ivresse était moins lourde ou moins irritée. Mais je ne faisais que retarder l'instant fatal où, la nature n'ayant plus la force de réagir, il ne pourrait plus, même à jeun, retrouver sa lucidité. Il passa ses derniers mois à me bouder et à m'écrire des lettres inimaginables. La révolution de février, qu'il ne pouvait plus comprendre, à quelque point de vue qu'il se plaçât, avait porté un dernier coup à ses facultés chancelantes. D'abord républicain passionné, il fit comme tant d'autres qui n'avaient pas, comme lui, des accès d'aliénation pour excuse; il en eut peur, et il se mit à rêver que le peuple en voulait à sa vie. Le peuple! le peuple dont il sortait comme moi par sa mère, et avec lequel il vivait au cabaret plus qu'il n'était besoin pour fraterniser avec lui, devint son épouvantail, et il m'écrivit qu'il savait de source certaine que mes amis politiques voulaient l'assassiner. Pauvre frère! cette hallucination passée, il en eut d'autres qui se succédèrent sans interruption jusqu'à ce que l'imagination déréglée s'éteignit à son tour, et fit place à la stupeur d'une agonie qui n'avait plus conscience d'elle-même. Son gendre lui survécut de peu d'années. Sa fille, mère de trois beaux enfants, encore jeune et jolie, vit près de moi à la Châtre. C'est une âme douce et courageuse qui a déjà bien souffert et qui ne faillira pas à ses devoirs. Ma belle-sœur Émilie vit encore plus près de moi, à la campagne. Longtemps victime des égarements d'un être aimé, elle se repose de ses longues fatigues. C'est une amie sévère et parfaite, une âme droite et un esprit nourri de bonnes lectures.

Ma bonne Ursule est toujours là aussi dans cette petite ville où j'ai cultivé si longtemps tant de douces et durables affections. Mais, hélas! la mort ou l'exil ont fauché autour de nous! Duteil, Planet et Néraud ne sont plus. Fleury a été expulsé comme tant d'autres pour cause d'opinions, bien qu'il n'eût pas même été en situation d'agir contre le gouvernement actuel. Je ne parle pas de tous mes amis de Paris et du reste de la France. On a fait jusqu'à un certain point la solitude autour de moi, et ceux qui ont échappé, par hasard ou par miracle, à ce système de proscriptions décrétées souvent par la réaction passionnée et les rancunes personnelles des provinces, vivent comme moi de regrets et d'aspirations.

Pour asseoir, en terminant ce récit, la situation de ceux de mes amis d'enfance qui y ont figuré, je dirai que la famille Duvernet habite toujours la charmante campagne où dès mon enfance je l'ai vue. Mon excellente maman madame Decerfz est aussi à la Châtre pleurant ses enfants exilés. Rollinat est toujours à Châteauroux, accourant chez nous dès qu'il a un jour de loisir.

Il est assez naturel qu'après avoir vécu un demi-siècle on se voie privé d'une partie de ceux avec qui on a vécu par le cœur; mais nous traversons un temps où de violentes secousses morales ont sévi contre tous et mis en deuil toutes les familles. Depuis quelques années surtout, les révolutions qui entraînent d'affreux jours de guerre civile, qui ébranlent les intérêts et irritent les passions, qui semblent appeler fatalement les grandes maladies endémiques après les crises de colère et de douleur, après les proscriptions des uns, les larmes ou la terreur des autres; les révolutions qui rendent les grandes guerres imminentes, et qui, en se succédant, détruisent l'âme de ceux-ci et moissonnent la vie de ceux-là, ont mis la moitié de la France en deuil de l'autre.

Pour ma part, ce n'est plus par douze, c'est par cent que je compte les pertes amères que j'ai faites dans ces dernières années. Mon cœur est un cimetière, et si je ne me sens pas entraînée dans la tombe qui a englouti la moitié de ma vie, par une sorte de vertige contagieux, c'est parce que l'autre vie se peuple pour moi de tant d'êtres aimés qu'elle se confond parfois avec ma vie présente jusqu'à me faire illusion. Cette illusion n'est pas sans un certain charme austère, et ma pensée s'entretient désormais aussi souvent avec les morts qu'avec les vivants.

Saintes promesses des cieux où l'on se retrouve et où l'on se reconnaît, vous n'êtes pas un vain rêve! Si nous ne devons pas aspirer à la béatitude des purs esprits du pays des chimères, si nous devons entrevoir toujours au delà de cette vie un travail, un devoir, des épreuves et une organisation limitée dans ses facultés vis-à-vis de l'infini, du moins il nous est permis par la raison, et il nous est commandé par le cœur de compter sur une suite d'existences progressives en raison de nos bons désirs. Les saints de toutes les religions qui nous crient du fond de l'antiquité de nous dégager de la matière pour nous élever dans la hiérarchie céleste des esprits ne nous ont pas trompés quant au fond de la croyance admissible à la raison moderne. Nous pensons aujourd'hui que, si nous sommes immortels, c'est à la condition de revêtir sans cesse des organes nouveaux pour compléter notre être qui n'a probablement pas le droit de devenir un pur esprit; mais nous pouvons regarder cette terre comme un lieu de passage et compter sur un réveil plus doux dans le berceau qui nous attend ailleurs. De mondes en mondes, nous pouvons, en nous dégageant de l'animalité qui combat ici-bas notre spiritualisme, nous rendre propres à revêtir un corps plus pur, plus approprié aux besoins de l'âme, moins combattu et moins entravé par les infirmités de la vie humaine telle que nous la subissons ici-bas. Et certes la première de nos aspirations légitimes, puisqu'elle est noble, est de retrouver dans cette vie future la faculté de nous remémorer jusqu'à un certain point nos existences précédentes. Il ne serait pas très-doux de nous en retracer tout le détail, tous les ennuis, toutes les douleurs. Dès cette vie, le souvenir est souvent un cauchemar; mais les points lumineux et culminants des salutaires épreuves dont nous avons triomphé seraient une récompense, et la couronne céleste serait l'embrassement de nos amis reconnus par nous et nous reconnaissant à leur tour. O heures de suprême joie et d'ineffables émotions, quand la mère retrouvera son enfant, et les amis les dignes objets de leur amour! Aimons-nous en ce monde, nous qui y sommes encore, aimons-nous assez saintement pour qu'il nous soit permis de nous retrouver sur tous les rivages de l'éternité avec l'ivresse d'une famille réunie après de longues pérégrinations.

Durant les années dont je viens d'esquisser les principales émotions, j'avais renfermé dans mon sein d'autres douleurs encore plus poignantes dont, à supposer que je pusse parler, la révélation ne serait d'aucune utilité dans ce livre. Ce furent des malheurs pour ainsi dire étrangers à ma vie; puisque nulle influence de ma part ne put les détourner et qu'ils n'entrèrent pas dans ma destinée, attirés par le magnétisme de mon individualité. Nous faisons notre propre vie à certains égards: à d'autres égards, nous subissons celle que nous font les autres. J'ai raconté ou fait pressentir de mon existence tout ce qui y est entré par ma volonté, ou tout ce qui s'y est trouvé attiré par mes instincts. J'ai dit comment j'avais traversé et subi les diverses fatalités de ma propre organisation. C'est tout ce que je voulais et devais dire. Quant aux mortels chagrins que la fatalité des autres organisations fit peser sur moi, ceci est l'histoire du secret martyre que nous subissons tous, soit dans la vie publique, soit dans la vie privée, et que nous devons subir en silence.

Les choses que je ne dis pas sont donc celles que je ne puis excuser, parce que je ne peux pas encore me les expliquer à moi-même. Dans toute affection où j'ai eu quelques torts, si légers qu'ils puissent paraître à mon amour-propre, ils me suffisent pour comprendre et pardonner ceux qu'on a eus envers moi. Mais là où mon dévouement sans bornes et sans efforts s'est trouvé tout à coup payé d'ingratitude et d'aversion, là où mes plus tendres sollicitudes se sont brisées impuissantes devant une implacable fatalité, ne comprenant rien à ces redoutables accidents de la vie, ne voulant pas en accuser Dieu, et sentant que l'égarement du siècle et le scepticisme social en sont les premières causes, je retombe dans cette soumission aux arrêts du ciel, sans laquelle il nous faudrait le méconnaître et le maudire.

C'est que là revient toujours la terrible question: Pourquoi Dieu, faisant l'homme perfectible et capable de comprendre le beau et le bien, l'a-t-il fait si lentement perfectible, si difficilement attaché au bien et au beau?

L'arrêt suprême de la sagesse nous répond par la bouche de tous les philosophes: «Cette lenteur dont vous souffrez n'est pas perceptible dans l'immense durée des lois de l'ensemble. Celui qui vit dans l'éternité ne compte pas le temps, et vous qui avez une faible notion de l'éternité, vous vous laissez écraser par la sensation poignante du temps.

Oui sans doute, la succession de nos jours amers et variables nous opprime et détourne malgré nous notre esprit de la contemplation sereine de l'éternité. Ne rougissons pas trop de cette faiblesse. Elle puise sa source dans les entrailles de notre sensibilité. L'état douloureux de nos sociétés troublées et de notre civilisation en travail fait que cette sensibilité, cette faiblesse est peut-être la meilleure de nos forces. Elle est le déchirement de nos cœurs et la morale de notre vie. Celui qui, parfaitement calme et fort, recevrait sans souffrir les coups qui le frappent ne serait pas dans la vraie sagesse, car il n'aurait pas de raison pour ne pas regarder avec le même stoïcisme brutal et cruel les blessures qui font crier et saigner ses semblables. Souffrons donc et plaignons-nous quand notre plainte peut être utile, quand elle ne l'est pas, taisons-nous, mais pleurons en secret. Dieu, qui voit nos larmes à notre insu et qui, dans son immuable sérénité, nous semble n'en pas tenir compte, a mis lui-même en nous cette faculté de souffrir pour nous enseigner à ne pas vouloir faire souffrir les autres.

Comme le monde physique que nous habitons s'est formé et fertilisé, sous les influences des volcans et des pluies, jusqu'à devenir approprié aux besoins de l'homme physique, de même le monde moral où nous souffrons se forme et se fertilise, sous les influences des brûlantes aspirations et des larmes saintes, jusqu'à mériter de devenir approprié aux besoins de l'homme moral. Nos jours se consument et s'évanouissent au sein de ces tourmentes. Privés d'espoir et de confiance, ils sont horribles et stériles; mais éclairés par la foi en Dieu et réchauffés par l'amour de l'humanité, ils sont humblement acceptables et pour ainsi dire doucement amers.

Soutenue par ces notions si simples et pourtant si lentement acquises à l'état de conviction, tant l'excès de ma sensibilité intérieure dans la jeunesse obscurcissait l'effort de ma justice, je traversai la fin de cette période de mon récit sans trop me départir de l'immolation que j'avais faite de ma personnalité. Si je la retrouvais grondeuse en moi-même, inquiète des petites choses et trop avide de repos, je savais du moins la sacrifier sans grands efforts dès qu'une occasion nette de la sacrifier utilement me rendait l'emploi lucide de mes forces intérieures. Si je n'étais pas en possession de la vertu, du moins j'étais et je suis encore, j'espère, dans le chemin qui y mène. N'étant pas une nature de diamant, je n'écris pas pour les saints. Mais ceux qui, faibles comme moi, et comme moi épris d'un doux idéal, veulent traverser les ronces de la vie sans y laisser toute leur toison, s'aideront de mon humble expérience et trouveront quelque consolation à voir que leurs peines sont celles de quelqu'un qui les sent, qui les résume, qui les raconte et qui leur crie: «Aidons-nous les uns les autres à ne pas désespérer.»

Et pourtant ce siècle, ce triste et grand siècle où nous vivons s'en va, ce nous semble, à la dérive; il glisse sur la pente des abîmes, et j'en entends qui me disent: «Où allons-nous? Vous qui regardez souvent l'horizon, qu'y découvrez-vous? Sommes-nous dans le flot qui monte ou qui descend? Allons-nous échouer sur la terre promise, ou dans les gouffres du chaos?»

Je ne puis répondre à ces cris de détresse. Je ne suis pas illuminée du rayon prophétique, et les plus habiles raisonnements, ceux qui s'appuient mathématiquement sur les chances politiques, économiques et commerciales, se trouvent toujours déjoués par l'imprévu, parce que l'imprévu c'est le génie bienfaisant ou destructeur de l'humanité qui tantôt sacrifie ses intérêts matériels à sa grandeur morale, et tantôt sa grandeur morale à ses intérêts matériels.

Il est bien vrai que le soin jaloux et inquiet des intérêts matériels domine la situation présente. Après les grandes crises, ces préoccupations sont naturelles, et ce sauve qui peut de l'individualité menacée est, sinon glorieux, du moins légitime. Ne nous en irritons pas trop, car toute chose qui n'a pas pour but un sentiment de providence collective rentre malgré soi dans les desseins de cette providence. Il est évident que l'ouvrier qui dit: «Du travail avant tout et malgré tout,» subit les nécessités du moment et ne regarde que le moment où il vit; mais par l'âpreté du travail il marche à la notion de la dignité et à la conquête de l'indépendance. Il en est ainsi de tous les ouvriers placés sur tous les échelons de la société. L'industrialisme tend à se dégager de toute espèce de servage et à se constituer en puissance active, sauf à se moraliser plus tard et à se constituer en puissance légitime par l'association fraternelle.

C'est à ce moment que nos prévisions l'attendent et que nous nous demandons si, après l'éclat éphémère des derniers trônes, les civilisations de l'Europe se constitueront en républiques aristocratiques ou démocratiques. Là apparaît l'abîme..., une conflagration générale ou des luttes partielles sur tous les points. Quand on a respiré seulement pendant une heure l'atmosphère de Rome, on voit cette clef de voûte du grand édifice du vieux monde si prête à se détacher qu'on croit sentir trembler la terre des volcans, la terre des hommes!

Mais quelle sera l'issue? sur quelles laves ardentes ou sur quels impurs limons nous faudra-t-il passer? De quoi vous tourmentez-vous là? L'humanité tend à se niveler, elle le veut, elle le doit, elle le fera. Dieu l'aide et l'aidera toujours par une action invisible toujours résultant des propriétés de la force humaine et de l'idéal divin qu'il lui est permis d'entrevoir. Que des accidents formidables entravent ses efforts, hélas! ceci est à prévoir, à accepter d'avance. Pourquoi ne pas envisager la vie générale comme nous envisageons notre vie individuelle? Beaucoup de fatigues et de douleurs, un peu d'espoir et de bien: la vie d'un siècle ne résume-t-elle pas la vie d'un homme? Auquel d'entre nous est-il arrivé d'entrer, une fois pour toutes, dans la réalisation de ses bons ou mauvais désirs.

Ne cherchons pas, comme d'impuissants augures, la clef des destinées humaines dans un ordre de faits quelconque. Ces inquiétudes sont vaines, nos commentaires sont inutiles. Je ne pense pas que la divination soit le but de l'homme sage de notre époque. Ce qu'il doit chercher, c'est d'éclairer sa raison, d'étudier le problème social et de se vivifier par cette étude en la faisant dominer par quelque sentiment pieux et sublime. O Louis Blanc, c'est le travail de votre vie que nous devrions avoir souvent sous les yeux! Au milieu des jours de crise qui font de vous un proscrit et un martyr, vous cherchez dans l'histoire des hommes de notre époque l'esprit et la volonté de la Providence. Habile entre tous à expliquer les causes des révolutions, vous êtes plus habile encore à en saisir, à en indiquer le but. C'est là le secret de votre éloquence, c'est là le feu sacré de votre art. Vos écrits sont de ceux qu'on lit pour savoir les faits, et qui vous forcent à dominer ces faits par l'inspiration de la justice et l'enthousiasme du vrai éternel.

Et vous aussi, Henri Martin, Edgard Quinet, Michelet, vous élevez nos cœurs, dès que vous placez les faits de l'histoire sous nos yeux. Vous ne touchez point au passé sans nous faire embrasser les pensées qui doivent nous guider dans l'avenir.

Et vous aussi, Lamartine, bien que, selon nous, vous soyez trop attaché aux civilisations qui ont fait leur temps, vous répandez, par le charme et l'abondance de votre génie, des fleurs de civilisation sur notre avenir.

Se préparer chacun pour l'avenir, c'est donc l'œuvre des hommes que le présent empêche de se préparer en commun. Sans nul doute, elle est plus prompte et plus animée, cette initiation de la vie publique, sous le régime de la liberté; les ardentes ou paisibles discussions des clubs et l'échange inoffensif ou agressif des émotions du forum éclairent rapidement les masses, sauf à les égarer quelquefois; mais les nations ne sont pas perdues parce qu'elles se recueillent et méditent, et l'éducation des sociétés se continue sous quelque forme que rêvete la politique des temps.

En somme, le siècle est grand, bien qu'il soit malade, et les hommes d'aujourd'hui, s'ils ne font pas les grandes choses de la fin du siècle dernier, en conçoivent, en rêvent et peuvent en préparer de plus grandes encore. Ils sentent déjà profondément qu'ils le doivent.

Et nous aussi, nous avons nos moments d'abattement et de désespoir, où il nous semble que le monde marche follement vers le culte des dieux de la décadence romaine. Mais si nous tâtons notre cœur, nous le trouvons épris d'innocence et de charité comme aux premiers jours de notre enfance. Eh bien, faisons tous ce retour sur nous-mêmes et disons-nous les uns aux autres que notre affaire n'est pas de surprendre les secrets du ciel au calendrier des âges, mais de les empêcher de mourir inféconds dans nos âmes.

CONCLUSION.

Je n'avais pas eu de bonheur dans toute cette phase de mon existence. Il n'est de bonheur pour personne. Ce monde-ci n'est pas établi pour une stabilité de satisfactions quelconques.

J'avais eu des bonheurs, c'est-à-dire des joies, dans l'amour maternel, dans l'amitié, dans la réflexion et dans la rêverie. C'était bien assez pour remercier le Ciel. J'avais goûté les seules douceurs dont je pusse avoir soif.

Quand je commençai à écrire le récit que je suspends ici, je venais d'être abreuvée de douleurs plus profondes encore que celles que j'ai pu raconter.

J'étais cependant calme et maîtresse de ma volonté, en ce sens que, mes souvenirs se pressant devant moi sous mille facettes qui pouvaient être différentes à mon appréciation, je sentis ma conscience assez saine et ma religion assez bien établie en moi-même pour m'aider à saisir le vrai jour dont le passé devait s'éclairer à mes propres yeux.

Maintenant que je vais fermer l'histoire de ma vie à cette page, c'est-à-dire plus de sept ans après en avoir tracé la première page, je suis encore sous le coup d'une épouvantable douleur personnelle.

Ma vie, deux fois ébranlée profondément, en 1847 et en 1855, s'est pourtant défendue de l'attrait de la tombe; et mon cœur, deux fois brisé, cent fois navré, s'est défendu de l'horreur du doute.

Attribuerai-je ces victoires de la foi à ma propre raison, à ma propre volonté? Non. Il n'y a en moi rien de fort que le besoin d'aimer.

Mais j'ai reçu du secours, et je ne l'ai pas méconnu, je ne l'ai pas repoussé.

Ce secours, Dieu me l'a envoyé, mais il ne s'est pas manifesté à moi par des miracles. Pauvres humains, nous n'en sommes pas dignes, nous ne serions pas capables de les supporter, et notre faible raison succombe dès que nous croyons voir apparaître la face des anges dans le nimbe flamboyant de la Divinité. Mais la grâce m'est venue comme elle vient à tous les hommes, comme elle peut, comme elle doit leur venir, par l'enseignement mutuel de la vérité. Leibnitz d'abord, et puis Lamennais, et puis Lessing, et puis Herder expliqué par Quinet, et puis Pierre Leroux, et puis Jean Reynaud, et puis Leibnitz encore, voilà les principaux repères qui m'ont empêchée de trop flotter dans ma route à travers les diverses tentatives de la philosophie moderne. De ces grandes lumières, je n'ai pas tout absorbé en moi à dose égale, et je n'ai pas même gardé tout ce que j'avais absorbé à un moment donné. Ce qui le prouve, c'est la fusion, qu'à une certaine distance de ces diverses phases de ma vie intérieure j'ai pu faire en moi de ces grandes sources de vérité, cherchant sans cesse, et m'imaginant parfois trouver le lien qui les unit, en dépit des lacunes qui les séparent. Une doctrine toute d'idéal et de sentiment sublime, la doctrine de Jésus, les résume encore, quant aux points essentiels, au-dessus de l'abîme des siècles. Plus on examine les grandes révélations du génie, plus la céleste révélation du cœur grandit dans l'esprit, à l'examen de la doctrine évangélique.

Ceci n'est peut-être pas une formule très-avancée dans l'opinion de mon siècle. Le siècle ne va pas de ce côté-là pour le moment. Peu importe, les temps viendront.

Terre de Pierre Leroux, Ciel de Jean Reynaud, Univers de Leibnitz, Charité de Lamennais, vous montez ensemble vers le Dieu de Jésus; et quiconque vous lira sans s'attacher trop aux subtilités de la métaphysique et sans se cuirasser dans les armures de la discussion sortira de votre rayonnement plus lucide, plus sensible, plus aimant et plus sage. Chaque secours de la sagesse des maîtres vient à point en ce monde où il n'est pas de conclusion absolue et définitive. Quand, avec la jeunesse de mon temps, je secouais la voûte de plomb des mystères, Lamennais vint à propos étayer les parties sacrées du temple. Quand, indignés après les lois de septembre, nous étions prêts encore à renverser le sanctuaire réservé, Leroux vint, éloquent, ingénieux, sublime, nous promettre le règne du ciel sur cette même terre que nous maudissions. Et, de nos jours, comme nous désespérions encore, Reynaud, déjà grand, s'est levé plus grand encore pour nous ouvrir, au nom de la science et de la foi, au nom de Leibnitz et de Jésus, l'infini des mondes comme une patrie qui nous réclame.

J'ai dit le secours de Dieu qui m'a soutenue par l'intermédiaire des enseignements du génie; je veux dire, en finissant, le secours également divin qui m'a été envoyé par l'intermédiaire des affections du cœur.

Sois bénie, amitié filiale qui a répondu à toutes les fibres de ma tendresse maternelle; soyez bénis, cœurs éprouvés par de communes souffrances, qui m'avez rendue chaque jour plus chère la tâche de vivre pour vous et avec vous!

Sois béni aussi, pauvre ange arraché de mon sein et ravi par la mort à ma tendresse sans bornes! Enfant adoré, tu as été rejoindre dans le ciel de l'amour le George adoré de Marie Dorval. Marie Dorval est morte de sa douleur, et moi, j'ai pu rester debout, hélas:

Hélas, et merci, mon Dieu. Puisque la douleur est le creuset où l'amour s'épure, et puisque, véritablement aimée de quelques-uns, je peux encore ne pas tomber sur la route où la charité envers tous nous commande de marcher.

14 juin 1855.

NOTES

[1] Cette partie a été écrite en 1853 et 1854.

[2] Le grand débit du liége ne consiste pas dans les bouchons, auxquels on ne sacrifie que les rognures et le rebut; il s'expédie en planches d'écorce que l'on décourbe et aplatit, et dont on tapisse tous les appartemens riches en Russie, entre la muraille et la tenture. C'est donc une denrée d'une cherté excessive, puisqu'elle croît sur un rayon de peu d'étendue.

[3] Le baron Petiet me prie de rectifier des erreurs de mémoire qui le concernent. Je l'ai confondu avec son frère le général, aujourd'hui député au Corps législatif. Celui qui était aide-de-camp et beau-frère du général Colbert en 1815 n'avait alors que vingt un ans, il avait été premier page de l'empereur, il avait fait campagne et comptait déjà six blessures. Il a quitté le service en 1830.

[4] Il y a quelques années, j'aurais volontiers admis en principe d'avenir, une religion d'État avec la liberté de discussion, et une loi de discipline dans cette même discussion. J'avoue que depuis j'ai varié dans cette croyance. Je n'ai pas admis intérieurement sans réserve la doctrine de liberté absolue; mais j'ai trouvé dans les travaux socialistes de M. Émile de Girardin une si forte démonstration du droit de liberté individuelle, que j'ai besoin de chercher encore comment la liberté morale échappera à ses propres excès si l'on accorde à l'homme, dès l'enfance, le droit d'incrédulité absolue. Quand je dis chercher, je me vante. Que trouve-t-on à soi tout seul? Le doute. J'aurais dû dire attendre. Les questions s'éclairent avec le temps par l'œuvre collective des esprits supérieurs, et cette œuvre-là est toujours collective en dépit des divergences apparentes. Il ne s'agit que d'avoir patience, et la

lumière se fait. Ce qui la retarde beaucoup, c'est l'ardeur orgueilleuse que nous avons tous en ce monde, de prendre parti pour une des formes de la vérité. Il est bon que nous ayons cette ardeur, mais il est bon aussi qu'à certaines heures nous ayons la bonne foi de dire: Je ne sais pas.

[5] Par M. Alfred de Bougy.

[6] Elle prétendait que le nom primitif était O'Wen.

[7] Encore une raison pour ne parler des vivans qu'avec réserve.

[8] Je crois que ce fut en mai 1832.

[9] En signalant ce fait, je n'entends pas dire que l'aumône forcée fût une solution sociale. On le verra tout à l'heure.

[10] Géraldy, le chanteur, était à Venise à la même époque, et fit, en même temps qu'Alfred de Musset, une maladie non moins grave. Quant à Léopold Robert, qui s'y était fixé et qui s'y brûla la cervelle peu de temps après mon départ, je ne doute pas que l'atmosphère de Venise, trop excitante pour certaines organisations, n'ait beaucoup contribué à développer le spleen tragique qui s'était emparé de lui. Pendant quelque temps, je demeurai vis-à-vis de la maison qu'il occupait, et je le voyais passer tous les jours sur une barque qu'il ramait lui-même. Vêtu d'une blouse de velours noir et coiffé d'une toque pareille, il rappelait les peintres de la Renaissance. Sa figure était pâle et triste, sa voix rêche et stridente. Je désirais beaucoup voir son tableau des Pêcheurs chioggiotes, dont on parlait comme d'une merveille mystérieuse, car il le cachait avec une sorte de jalousie colère et bizarre. J'aurais pu profiter de sa promenade, dont je connaissais les heures, pour me glisser dans son atelier; mais on me dit que s'il apprenait l'infidélité de son hôtesse, il en deviendrait fou. Je me gardai bien de vouloir lui causer seulement un accès d'humeur; mais cela me conduisit à apprendre des personnes qui le voyaient à toute heure qu'il était déjà considéré comme un maniaque des plus chagrins.

[11] Hélas! au moment où je relis ces lignes, un troisième est parti aussi. Mon cher Malgache ne recevra pas les fleurs que je viens de cueillir pour lui sur l'Apennin.

[12] Il en a écrit quelques autres que la postérité recueillera très précieusement, entre autres un opuscule intitulé: Questions sur le beau.

[13] Salon de 1831, par M. Gustave Planche. Paris, 1831.

[14] Et encore les vrais gourmands jouissent par l'imagination plus que par le sens, disent-ils.

[15] Mme Hortense Allart.

[16] Je lui conserverai dans ce récit le pseudonyme que je lui ai donné dans les Lettres d'un voyageur. J'ai toujours aimé à baptiser mes amis d'un nom à ma guise, mais dont je ne me rappelle pas toujours l'origine.

[17] Histoire de dix ans, volume IV.

[18] En se livrant à ce divertissement, le petit prince et ses jeunes invités étaient sur une galerie au-dessous de laquelle passaient les bonnets à poil.

[19] Ce grand homme si méconnu, si calomnié durant sa vie, insulté jusque sur son lit de mort par les pamphlétaires, ce prêtre du vrai Dieu, crucifié pendant soixante ans, a été cependant enseveli avec honneur et vénération par les écrivains de la presse sérieuse. Quand j'aurai, moi, l'honneur de lui apporter un tribut plus complet que celui de ces quelques pages, je ne dirai certes pas mieux qu'il n'a été dit dans ce même feuilleton par M. Paulin Limayrac, et avant lui, quelque temps avant la mort du maître, par Alexandre Dumas (28 et 29 septembre 1853). Ce chapitre des mémoires de l'auteur d'Antony est à la fois excellent et magnifique; il prouve que le génie peut toucher à tout, et que le romancier fécond, le poète dramatique et lyrique, le critique enjoué, l'artiste plein de fantaisie et d'imprévu, tous les hommes qui sont contenus dans Alexandre Dumas n'ont pas empêché l'écrivain philosophique de se développer en lui et de faire sa preuve, à l'occasion, avec une égale puissance.

[20] Un de ces enfans, Luc Desages est devenu le disciple et le gendre de Pierre Leroux.

[21] Juin 1855.

[22] Depuis ce temps nous n'avons eu ensemble que de bons rapports. Il est venu à Nohant pour le mariage de ma fille.

[23] C'est ainsi qu'il faut juger M. Lamartine.

[24] Au moment où je corrige ces épreuves, une douloureuse nouvelle vient me frapper: Mme de Girardin est morte, elle que je laissais malade il y a un mois, mais encore rayonnante de beauté, d'intelligence, de grâce et de bonté,

car elle était bonne, bien vraiment bonne! Tout le monde sait qu'elle avait du génie; mais cette tendresse délicate, cette fibre d'exquise maternité que ses ouvrages dramatiques venaient de révéler, ses amis seuls la connaissaient déjà. Pour moi, j'ai été à même de l'apprécier profondément.

Elle a pleuré avec nous la plus douloureuse des pertes, d'un enfant adoré, et pleuré si naïvement, si ardemment! Elle n'avait pourtant pas été mère, et ce n'est pas l'intelligence toute seule qui révèle à une femme ce que les mères doivent souffrir: C'est le cœur, c'est le génie de la tendresse, et Mme de Girardin avait ce génie-là pour couronnement d'une admirable organisation.

[25] Voyez un Hiver dans le midi de l'Europe, par G. Sand.

[26] J'ai donné, dans Consuelo, une définition de cette distinction musicale qui l'a pleinement satisfait, et qui, par conséquent, doit être claire.

[27] 1855.

[28] C'est à cette époque que je perdis mon angélique ami Gaubert. J'avais déjà perdu, en 1837, mon noble et tendre papa, M. Duris-Dufresne, d'une manière tragique et douloureuse. Il avait dîné la veille avec mon mari. «Il fut rencontré le 29 octobre, à onze heures du matin, par une personne de Châteauroux. Il était joyeux, il allait devenir grand-père, il venait d'acheter les dragées. Depuis lors on a perdu sa trace. Son corps a été retrouvé dans la Seine. A-t-il été assassiné? Rien ne le prouve; on ne l'avait pas volé; ses boucles d'oreilles en or étaient intactes.» (Lettre du Malgache, 1837.)

Cette déplorable fin est restée mystérieuse. Mon frère, qui l'avait vu deux jours auparavant, lui avait entendu dire, en parlant de la marche des événements politiques: «Tout est fini, tout est perdu!» Il paraissait très-affecté. Mais, mobile, énergique et enthousiaste, il avait repris sa gaîté au bout d'un instant.

[29] Cette enfant, belle et douce, fut toujours un ange de consolation pour moi. Mais, en dépit de ses vertus et de sa tendresse, elle fut pour moi la cause de bien grands chagrins. Ses tuteurs me la disputaient, et j'avais de fortes raisons pour accepter le devoir de la protéger exclusivement. Devenue majeure, elle ne voulait pas s'éloigner de moi. Ce fut la cause d'une lutte ignoble et d'un chantage infâme de la part de gens que je ne nommerai pas. On me menaça de libelles atroces si je ne donnais pas quarante mille francs. Je laissai paraître les libelles, immonde ramassis de mensonges ridicules que la police se chargea d'interdire. Ce ne fut pas là le point douloureux du martyre que je subissais pour cette noble et pure enfant: la

calomnie s'acharna après elle par contre-coup, et, pour la protéger envers et contre tous, je dus plus d'une fois briser mon propre cœur et mes plus chères affections.

[30] Henri Heine m'a prêté contre lui des sentiments inouïs. Le génie a ses rêves de malade.

[31] C'était aussi le sentiment de M. Lamennais. Silvio Pellico était pour lui le type de la résignation, et cette résignation-là l'indignait.

[32] Cette âme bien-aimée est retournée à Dieu le 20 janvier 1855.

[33] Gutmann, son plus parfait élève, aujourd'hui un véritable maître lui-même, un noble cœur toujours. Il fut forcé de s'absenter durant la dernière maladie de Chopin, et ne revint que pour recevoir son dernier soupir.